景泰蓝传奇

小 辉 ◎ 著

中国致公出版社

图书在版编目（CIP）数据

景泰蓝传奇 / 小辉著 . -- 北京：中国致公出版社，2023
ISBN 978-7-5145-2022-4

Ⅰ . ①景… Ⅱ . ①小… Ⅲ . ①长篇小说－中国－当代 Ⅳ . ① I247.5

中国版本图书馆 CIP 数据核字 (2022) 第 174175 号

景泰蓝传奇 / 小辉 著
JINGTAILAN CHUANQI

出　　版	中国致公出版社
	（北京市朝阳区八里庄西里 100 号住邦 2000 大厦 1 号楼西区 21 层）
发　　行	中国致公出版社（010-66121708）
责任编辑	王福振
责任校对	魏志军
责任印制	王晓明
印　　刷	廊坊市海涛印刷有限公司
版　　次	2023 年 3 月第 1 版
印　　次	2023 年 3 月第 1 次印刷
开　　本	710mm × 1000mm　1/16
印　　张	26.5
字　　数	484 千字
书　　号	ISBN 978-7-5145-2022-4
定　　价	98.00 元

（版权所有，盗版必究，举报电话：010-82259658）

（如发现印装质量问题，请寄本公司调换，电话：010-82259658）

目 录

第一章　意外的发现 …………………………… 001
第二章　拜师风波 ……………………………… 007
第三章　龙鳞光 ………………………………… 014
第四章　这小子不简单 ………………………… 020
第五章　可怕的后果 …………………………… 026
第六章　名震京华 ……………………………… 032
第七章　正式学艺 ……………………………… 039
第八章　码事儿 ………………………………… 045
第九章　深刻的教训 …………………………… 051
第十章　亲自出手 ……………………………… 057
第十一章　名师出高徒 ………………………… 063
第十二章　你找事的吧 ………………………… 069
第十三章　别妄想了 …………………………… 075
第十四章　懵懂的感情 ………………………… 081
第十五章　再见不是再见 ……………………… 087
第十六章　传统和现代的碰撞 ………………… 093
第十七章　好一番热情 ………………………… 099
第十八章　铜赵记的危难 ……………………… 105
第十九章　抢客户 ……………………………… 111
第二十章　师徒间的对决 ……………………… 117
第二十一章　不受欢迎的人 …………………… 123
第二十二章　作坊间要互相帮忙 ……………… 130
第二十三章　铜赵记的未来 …………………… 137
第二十四章　顽固的人 ………………………… 144
第二十五章　质问 ……………………………… 151
第二十六章　背叛师门 ………………………… 157
第二十七章　后台的帮助 ……………………… 163
第二十八章　师兄弟的分别 …………………… 169
第二十九章　李明飞的小算盘 ………………… 176
第三十章　沈玉坤的伎俩 ……………………… 182
第三十一章　真假的差距 ……………………… 188

第三十二章	黯淡的前途	195
第三十三章	被迫挑起重担	202
第三十四章	被时代抛弃的东西	209
第三十五章	童一博的阴谋	216
第三十六章	矛盾升级	222
第三十七章	猖狂的恶人	229
第三十八章	新来的女主人	236
第三十九章	更深层次的东西	243
第四十章	师兄弟间的对决	249
第四十一章	得罪客户的下场	256
第四十二章	撒娇的女人	262
第四十三章	商品和艺术品的区别	268
第四十四章	互惠互利的合作	274
第四十五章	女网友的引导	280
第四十六章	赵岚的困境	286
第四十七章	意外的收获	292
第四十八章	无私的帮助	298
第四十九章	不传的法宝	304
第五十章	永不再见了	311
第五十一章	最后的交代	317
第五十二章	你是个小偷	324
第五十三章	最好的建议	330
第五十四章	山外有山	336
第五十五章	工业园区正式建设	342
第五十六章	再见姚玉兰	349
第五十七章	观念不相同	355
第五十八章	京铜记的新把式	361
第五十九章	全新合作模式	367
第六十章	山雾萦然的真实身份	373
第六十一章	重新回归	379
第六十二章	赵岚的苦衷	385
第六十三章	疯魔的许明峰	392
第六十四章	寻找许明峰	399
第六十五章	重归于好	406
第六十六章	大结局	412

第一章　意外的发现

多年以后，当许明峰已经成为景泰蓝工艺品的制作大师的时候，回想起当初为老北京手工艺品传承所付出的努力，他可以很自豪地站在赵兴成的坟前，骄傲地说："师父，我从来都没让您失望过。"展望未来，他也确信，景泰蓝不仅可以进行不断的传承，还会成为世界工艺品行列里最耀眼的一颗明珠……

20世纪80年代初期，当改革开放的春风徐徐吹遍神州大地的时候，作为接受新事物最前沿的首都北京，也敞开胸怀，迎接改变。作为一个拥有千年历史的古都，想要完成华丽的转身，却又不丢掉自己厚重的文化底蕴，这成了一个巨大的挑战。

而老北京传承数百年的传统手工艺业，也将在这一场变革中接受时代的考验。传统手工艺业的发展以及传承，如何顺应这个新时代，不仅考验着整个手工艺业，同时也对从业者充满了考验。

景泰蓝，是老北京传统手工艺四大花旦之一。虽然景泰蓝的历史只有几百年历史，却足以见证北京城从发展到兴盛的整个历史。有道是，一道景泰蓝，半部燕京史。作为老北京最具象征意义的手工艺，在20世纪80年代的时候，也面临着在新时期如何传承的巨大考验。但总有这么一批执着的从业者，他们秉承着历史和文化双向传承的使命，一面紧紧跟随新时代的脚步，一面克服困难，为景泰蓝能够完成华丽的转身，顺应新时期完成传承而努力奋斗……

当清晨第一缕阳光照进北京城的时候，这座城市仿佛瞬间从千年的沉睡中苏醒过来，而许明峰已然早早地起床了。

当然，他不是被阳光给晃醒的，而是被此起彼伏、断断续续、叮叮当当敲打铜胎的声音唤醒。也许，还有空气里弥漫着的烧炭的味道。

对此，他早已习惯。作为一个从小生活在景泰蓝制作作坊里的人，许明峰对于景泰蓝工艺，仿佛有着天生的着迷。也许，这缘于在景泰蓝工艺师父亲身边的耳濡目染。

但恐怕他父亲都没想到，许明峰四五岁已经对铜胎制作、掐丝等工艺很熟悉了。七岁那年，他甚至偷偷给一件景泰蓝进行上蓝。尽管因此毁了一件景泰蓝，被父亲打了一顿。同时，他更是被父亲严厉禁止进入作坊，可小小年纪的许明峰，却仿佛被那作坊深深吸引着，景泰蓝似乎有着巨大的魔力，早就夺走了他的心。

这一段时间，许明峰一直偷偷摸摸地去作坊观察，尽管没少因此被父亲骂。很多工匠师傅都曾劝说他父亲，认为许明峰就是天生吃制作景泰蓝这碗饭的。但他父亲就是不同意。

许明峰记得很清楚，有一次他逃课去看一个师傅给一件作品烧蓝，结果被父亲发现。父亲狠狠地打了他一顿。随后父亲却含着泪，抚着他那红肿的脸颊，说："儿子啊，不是我不让你入这一行。实在是我们这一行的碗不好端，而且从古到今都是下九流行业，备受人们的歧视。你姥爷、爷爷就是这么屈死的。爸受了一辈子的窝囊气，不希望你重蹈覆辙。"

那时候的许明峰或许不明白父亲复杂的眼神、眼泪里的苦衷。可是，他那稚嫩的脸颊上，却露出了一个疑问来："爸爸，要是我们都不烧景泰蓝了，那以后世界上不是都没这些手工艺品了吗？"

那一刻，父亲似乎被儿子给问住了。

许明峰只记得，打这以后，父亲仿佛变得沉默了，而且总是一个人唉声叹气，似乎忧虑着什么。直到很多年以后，他才明白父亲心里的忧虑。

不过，许明峰并没有想到，父亲很快就准许他进入景泰蓝行业，并且还亲自给他找了一个师父。

那是在一个下午，许明峰趁父亲不在，偷偷溜到作坊里，去观看父亲刚刚制作完成的一件双龙花瓶。

许明峰知道，这件双龙花瓶父亲早在一个月之前就开始制作了，据说那客户是一位归国华侨。父亲对此非常重视，每一道工序，他都严格把关。

许明峰记得经常半夜的时候，父亲还在作坊里忙活。单是那一道上蓝的工序，父亲居然都修改了不止十几遍。

而前天父亲终于完成了最后的打磨精修工序后，从作坊里走了出来，整个人都瘦了一圈。看上去犹如变了一个人。

许明峰在对父亲的细致认真表示佩服的同时，更是对这件作品充满了浓厚的兴趣。

尽管父亲一再警告他，绝对不准去作坊里，尤其是去存放那件双龙花瓶的房间。

但父亲越是如此，反而越是勾起了许明峰的好奇心。这不，他今天盯着父亲出去后，神不知鬼不觉地就溜进父亲的那个房间去了。

怀着紧张不安的心情，许明峰环顾四周，搜寻着那件花瓶。在里面的一个角落里，他看到了那件景泰蓝花瓶。那是一对将近一米高的盘龙双耳束口花瓶，即便被放在一片昏暗的角落里，可是在许明峰看来，也依然光彩夺目。

一时间，他甚至看得有些呆了，眼睛里放射着光芒。

事实上，许明峰打小也接触了不少景泰蓝的花瓶，虽然年纪尚小，但阅历非常丰富。可是，眼前的这一对花瓶，却在他那幼小的心灵里泛起了巨大的涟漪。他努力睁大着眼睛，生怕眨一下眼，就错过任何一个细节。

许明峰不得不承认，他还从来没见过这么精美的景泰蓝工艺品。无论是花瓶的形态，还是上面的纹饰。尤其是那些恰到好处的填蓝，活灵活现地勾勒出了两个盘绕花瓶上的龙的形象。

许明峰看得兴起，情不自禁地走上前来，伸手抚摸着其中一个花瓶。他显得无比兴奋，甚至将脸凑了过来，仔细观察着上面那些极富光泽的釉蓝。同时，在心里也默默地寻思着，父亲是用了什么样的工序，才烧出了这样的釉蓝。

许明峰记得很清楚，父亲曾说过，他们许家制作景泰蓝也有些年月了。而许家最独门的，就是这种独具一格的烧蓝——许家蓝，具有非常鲜活的生命力。在表现动植物时，特点也是最为突出的。

许明峰寻思着，难道眼前花瓶上这种鲜活的釉蓝，就是许家蓝吗？

这么一想，许明峰就更加兴奋了。

此时，许明峰十分好奇，这种许家蓝，究竟是如何制作出来的。

他一边想着，一边轻轻敲打着花瓶的壁面。十几分钟过去了，许明峰却依然想不出个头绪。他站累了，下意识地往那花瓶上靠了一下。

但，下一秒花瓶直接翻倒了。"咣"的一声，异常的响亮，瞬间响彻了整个房间。

而许明峰也被这声音惊醒，完全清醒了过来。

等他再去看那花瓶时，彻底傻眼了。那个花瓶翻倒在地，上面的一大片釉面完全脱落下来。而掐丝的花纹，也都跟着变形了。

许明峰看傻眼了，一股冷汗瞬间冒了出来。他再清楚不过了，这个花瓶是彻底毁掉了。

这可是父亲花费了一个月的心血制作的，就被自己失手给毁了。接下来会发生什么事情，许明峰完全想得出。

那一刻，他特别害怕。可是，在房间里团团转了半天后，许明峰逐渐冷静了下来。

他脑海里突然闪出一个念头：要是能在父亲回来之前，修补好这个花瓶，是不是就没事了？

想到此，许明峰迅速凑上前来，蹲在地上，抓着那些摔碎的釉块，仔细地看了起来。

看了好一会儿，他眼睛一亮，非常欣喜地说道："我明白了，原来这釉蓝是这么制作出来的。"

当下，许明峰也不敢怠慢，找了一根绳子拴住那花瓶口，一点点地往作坊里拖去。因为这间房距离作坊很近。许明峰很快将花瓶拖到了作坊里，不过依然累得大汗淋漓。

他顾不上休息，迅速开始做修补的准备工作了。

一般作坊里短暂停工，都会封炉，这样下次使用可以节约时间。许明峰对这炉子非常熟悉，他娴熟地将炉子打开。

在炉子预热的时候，他就开始清理花瓶上残余的釉质。这些工作虽然烦琐，但对许明峰而言，并不是什么难事。

大约一个小时后，他就完成了釉质清理工作，接着就是进行掐丝的修补。如果对整个花瓶进行掐丝，许明峰知道这繁复的工序，凭他是几天都难以完成的。

但幸亏这花瓶只是做局部的掐丝修补。故而，这工序也相对简单了很多。

花了两个多小时，许明峰总算完成了掐丝的修补工序。同时，他又对那双龙的局部做了一些修改。

接下来，就是进行填蓝了。按照之前早就设想好的，许明峰开始进行釉蓝的调配。事实上，这也是一道非常重要的工序。老北京的诸多景泰蓝手工艺作坊，每一家都有自己独门的不传之秘。而这釉蓝的调配，就是其中一项。各家都有自己调配的釉蓝秘方，是绝不外传的。

许明峰也常常看到父亲在进行釉蓝颜料调配的时候，都是一个人关在一个房间里，不准任何人靠近。

可惜他也没接触过。眼下许明峰也只能凭着自己的理解，估摸着去调配这种釉蓝了。

本来他以为是很简单的事情。但是他尝试了半个多小时，始终达不到满意的程度。

眼瞅着时间一点点过去，许明峰也有些慌了。时间耽搁得越久，被父亲发现的概率也就越大。

许明峰深吸了一口气，努力让自己冷静下来。随后，他再一次进行了调配。让他没想到的是，这次总算成功了。

许明峰现在也顾不上高兴，立刻就开始填蓝。对于景泰蓝而言，这一道工序也是非常重要的。一个技艺高超的填蓝师傅是景泰蓝制作成功的关键。

许明峰丝毫不敢怠慢，尽管他也有很丰富的经验了。许明峰虽然在修补这个花瓶，却没有完全照搬父亲对于填蓝的处理。他是按照自己的想法，在填蓝的方式上，进行了再次创作。

当完成后，许明峰看着自己填蓝好的作品，不免有些沾沾自喜。看样子，似乎比原来那花瓶要更加出彩了。

此时，炉子也已经烧热了。许明峰看了看时间，随即将花瓶推进了炉膛……

等待的时间，对许明峰而言是一种煎熬。他怀着一种非常复杂的心情，尽管每一道工序都认为没问题，却隐隐担忧这花瓶等会儿出炉，会出现问题。

这种煎熬，一直持续到了花瓶烧制结束。

许明峰不敢有任何的怠慢，迫不及待地打开炉膛，小心翼翼地将花瓶拉了出来。

不过，当他看到花瓶的时候，却有些傻眼了。那花瓶居然变得黑乎乎的，仿佛烧焦了一样。

许明峰挠着头说："不，不，这，怎么会变成这样的？"

"那是因为你还少了一道工序。"忽然，外面的门打开了。

许明峰转头一看，惊出了一身冷汗，失声叫道："爸，您……您怎么来了？"

"我早就来了，一直在门外看着。"父亲沉着脸，缓步走了进来。

"爸，我……我……"许明峰张口结舌，此时已经一句话都答不上来了。

他此时也做好了最坏的打算，微微低着头，等着父亲的责骂。

不过，没想到父亲却没责骂他，而是走到他跟前，用手抚了抚他的脑袋，轻轻地说："小峰，你这件作品之所以不成功，只是因为缺少了一道工序。"

"缺少了一道工序，哪一道工序？"许明峰听到这里，忍不住抬头看了看父亲，问道。此时他也忘记了害怕。

父亲指了指那黑乎乎的花瓶说："我们许家蓝的釉蓝，里面添加的一些添加剂，在进行第一次烧制的时候，会在花瓶表面形成一层黑色的包裹，这叫碳衣。而只有形成这碳衣，许家蓝的基本烧制才算成功了。接下来，就是要对花瓶进行第二次回炉烧制，这个工序，在我们许家，叫作脱碳。"

说着话，父亲就将花瓶重新进行固定，然后放进了炉子里。之后，他回头对许明峰说："小峰，你记住了。这第二次回炉，一定要把握好时间。时间太短，完不成脱碳，反而会将碳衣嵌入釉蓝里；时间太久，则会损害釉蓝的色泽。"

"那，爸，这时间究竟要多久呢？"许明峰一脸好奇地看着父亲，困惑地问道。

父亲的嘴角，此时漾起一抹微笑："就是现在。"正说着，他忽然打开了炉门，以极快的速度将花瓶给拉了出来。

这一刻，许明峰惊愕地睁大了眼睛。他不敢相信，刚才还是黑乎乎的花瓶，此时此刻，居然变得光彩夺目。他一阵欣喜，拍着手说道："爸，这真是太不可思议了。"

父亲摇了摇头，轻轻笑了笑："傻小子。好了，接下来我们一起来完成打磨工序吧！"

"什……什么？"许明峰简直不敢相信自己的耳朵，"爸，您……您说什么？您让我和您一起打磨？难道，您允许我学习制作景泰蓝了？"

父亲点了点头，轻轻地说道："小峰，你今天给爸上了一课。过去，是爸的观念问题。今天，当我看到你独自完成景泰蓝的制作流程时，我忽然明白了，也许你命里就该吃这一碗饭的，我不该阻止你。爸意识到自己的问题了，现在给你道歉。"

"这，爸，您可别这么说啊！"许明峰闻言，不自然地笑着，下意识地挠了挠头。

父亲微微应了一声，继续说道："小峰，我做出这个决定，不仅因为那些，更因为你对这个花瓶所做出的修改，让这个花瓶更具有时代气息，符合当下的审美观念。事实上，我所坚守的，一直都是从你爷爷那传承下来的东西。你爷爷说过，老祖宗的工艺，一定要传承下去。可是如何传承，这是个问题。而今天，从你身上，我找到了答案。"

"爸，您说的这话，我怎么听不懂啊！"许明峰一头雾水，摇着头看着父亲说道。

父亲这时拍了拍他的肩膀，笑吟吟地说道："傻孩子，放心吧，等以后你长大了，一定会明白的。"

许明峰绝对想不到，若干年后，他才理解了这番话的含义。

而这时的他，也根本没想到，因为这次的花瓶事件，他的人生也就此发生了改变。

第二章　拜师风波

许明峰记得很清楚,父亲和那个客户交货的时候,那个客户用非常惊奇的眼神看着自己制作的那个景泰蓝瓶子,说:"这个瓶子真是太漂亮了,能做出这种符合当代审美观念的作品,我想一定是个技艺超群的老师傅吧?"

父亲什么都没说,可是脸上却带着自豪的笑容。

当天晚上,父亲将许明峰拉到了一边,很认真地问道:"小峰,你老实告诉爸爸,这辈子是不是愿意走制作景泰蓝的路呢?"

许明峰不知哪里来的勇气,看着父亲那略显严肃的目光,用力地点了点头,很认真地说道:"是的,爸,我想好了。"

"很好,孩子。既然这样,那你可要想好了,以后不管受多大的委屈,吃多少苦,你都不能叫出来。"父亲再次说道。

"嗯,我知道了。"许明峰这一次的目光里也多了几分坚定。

父亲应了一声,说:"好,小峰,你要记住。一旦走上这条路,你肩膀上的担子就会很重,你需要完成对这一门手工艺的传承,并保证顺应时代要求把它发扬光大。只要你能保证做到,我会全力支持你。"

"爸,我能做到。"许明峰说着,紧紧地握了握拳头。

"很好。"父亲说完,用力地拍了一下他的肩膀。

那一刻,许明峰只觉得稚嫩的肩膀有些疼痛。一瞬间,似乎有千钧重担压了下来。尽管他的身子颤抖了一下,但还是努力站稳了。

第二天一早,许明峰还在睡觉,就被父亲给叫醒了。

他揉着惺忪的眼睛,打着哈欠,迷迷糊糊地问道:"爸,您这么早叫醒我,有什么事情吗?"

父亲很神秘地说道:"别多问,赶紧起来跟我走。"

许明峰知道父亲的脾气，他不愿多说，自己问也是白问。当下，他也不敢怠慢，就匆匆地起身了。

之后，他甚至顾不上吃饭，就坐上了父亲骑着的永久自行车，出门去了。

许明峰那时候还不知道，自己这次是要离开家门，离开父亲了。而这一走，就是十几年。等到他回来，却已经物是人非了。当然这是后话。

许明峰记得很清楚，那天阳光明媚，两边的树枝上，不断有喜鹊叫着。不过，那敲打着铜胎的声音却越来越远了。

长这么大，他很少离开这里。去别的地方，他有些惶恐。

"爸，我们这是要去哪里啊？"许明峰轻轻地问了一句。

"别多问，去了就知道了。"父亲头也不回，冷声说道。

许明峰硬生生地憋着，将到嘴边的话强行咽回去了。

车子在老北京那胡同里七弯八拐，许明峰听着那清脆的铃铛声，不知不觉他发现已经离家很远了。

大约半小时后，父亲下了车子。

此时，他们站在一个非常颓败的作坊门口。许明峰刚下来，就嗅到了空气里弥漫着的烧蓝的味道，甚至耳畔还有若隐若现的敲打铜胎的声音。

他的脑海里忽然冒出一个念头来：等等，这个作坊难道也是制作景泰蓝的。

支好车子，父亲看了一眼许明峰："走吧！"说着，就先进去了。

许明峰不敢怠慢，赶紧也跟着进去了。

看来猜测得并不错，进来后，许明峰才发现，这里就是个景泰蓝的制作作坊。一路走来，好几个工棚里看见了一些匆忙的身影。

穿过前面的作坊，后面是一个相对古朴的四合院。穿过几个院子，许明峰跟着父亲来到了最里面的一间上房前。

此时，在院子中央，有和他年纪差不多的一男一女两个孩子正跪在地上，两人各自捧着一个铜胎，正在认真地进行掐丝。

在上房的门口，有一张破旧的太师椅，上面坐着一个四十多岁、有着一张古铜色面庞的男人。他一手摇着蒲扇，一手端着茶壶。不过，那嘴里念念有词，仿佛心思早就飞出去了。

许明峰看到这个人，不免有些胆怯，悄悄地后退了一步。这个人，让人觉得非常严肃，而且极其威严，让人感觉害怕。

父亲见状，拍了一下他。不过，越是如此，许明峰越是不安，吓得迅速躲到了父亲的身后。

"咯咯咯，哎，你就是那个新来的吧。怎么这么胆小，像个女孩子一样。"这时，那个跪着的男孩子冲许明峰挤了挤眼睛，笑嘻嘻地说道。

许明峰涨红着脸，偷偷地看着他，也不敢多说话。

倒是那个小女孩，拍了一下那个男孩子，嘟着嘴责怪道："玉坤哥，不准你欺负他。"

这男孩子嘿嘿一笑，冲许明峰做了一个鬼脸，像是故意吓唬他一样。

那女孩子连忙看着许明峰，轻轻说道："你别怕，玉坤哥就喜欢开玩笑。"

不知为何，许明峰看到那女孩子投射过来的目光，心里居然放松了不少。他微微点了点头，像是对她表示感谢。

这时，那女孩子露出了一个会心的笑。

"你们俩在干什么呢？是不是嫌这处罚还不够？告诉你们，今天的掐丝完不成，晚上都不准吃饭！"这时，那个中年男人坐了起来，眉头紧锁，阴沉着脸说道。

话音刚落，这俩孩子大气都不敢出一下，立刻缩着头，赶紧干起活来了。

"赵师傅，孩子我给你带来了。"父亲这时赶紧上前，冲那中年男人客气地打了一声招呼。

那中年男人微微点了一下头，扫了一眼许明峰。就是这一眼，却让许明峰吓得神经紧绷。他慌乱地躲在父亲后面，怎么也不肯出来。

这时，那中年男人的眼里闪过一抹失落之色。他摇了摇头，略显无奈地叹了一口气，随即说："行了，把拜师礼放下，你可以走了。"

父亲脸上露出一抹喜色，迅速将随身携带的一个包袱放在了地上。接着，他拉扯开许明峰，轻轻地说道："小峰，从现在起，赵兴成就是你的师父。以后，你就好好跟着他学习景泰蓝的制作。"

"爸，我……我想回家。"许明峰小小年纪，哪里想到那么多，他非常不安，赶紧抓着父亲的手，生怕父亲会将他一个人扔在这里。

"孩子，你现在已经没有回头路了。记住，好好学习，不要忘了你肩膀上的重担。"父亲说着，用力推开他，快步离开了。

"爸，您不要丢下我。"许明峰哭了起来，快步追了出去。

可是，没走多远，他就看到外面的门关上了。任凭他怎么敲打，也打不开了。

那个时候，许明峰根本不明白，父亲为什么会这么狠心地将他丢在这个陌生的地方。而事实上，很多年后，他才明白他们许家制作的景泰蓝已经非常式微了。而想要让许家后人继续吃上这一碗饭，那就必须要改换门庭，拜在别人门下学艺。对于家族式传承的中国传统手工艺者而言，这其实是一种莫大的耻辱。但任何行业里，都有兴衰法则。

父亲忍痛舍下自己的孩子，还要按照规矩，保证十多年不见面。若非是为了工艺的传承，他必然不会做出如此大的牺牲。

多年后，许明峰才明白，父亲离开的时候眼睛早就湿润了。

"如果你也想晚上不吃饭的话，就给我回来。"身后，师父赵兴成的话让许明峰回过神来。

他大气都不敢出一下，低着头，赶紧跑了过来。

"抬起头来，看着我。"赵兴成再次说道。

许明峰心跳得非常厉害，微微抬起了头，看着眼前那无比威严的面孔，异常紧张。

赵兴成这时放下了茶壶，清了清嗓子，缓缓地说道："从现在起，你就是我的徒弟了。眼前这俩人，你们认识一下吧！"

赵兴成话音刚落，先前那个男孩子迅速站了起来，擦了擦鼻子，笑嘻嘻地说："你好，我叫沈玉坤。按照辈分，我可是大师兄。快，赶紧叫师兄。"

那个女孩子此时也站了起来，拍了一下沈玉坤，冲许明峰轻轻一笑，说："玉坤哥就喜欢开玩笑，你别和他一般见识。我叫赵岚，上面坐着的是我爸。"

"你爸？"许明峰闻言，有些意外。

"怎么，你还有什么意见吗？"沈玉坤看了他一眼，淡淡地说道。

许明峰赶紧摇摇头，表示自己一点意见都没有。

"你叫什么名字啊？"赵岚走近许明峰，探头过来，略带好奇地问道。

许明峰显得非常害羞，轻轻说道："我……我叫许明峰。"

"咳咳……"赵岚还想说什么，却被赵兴成的咳嗽给打断了。他看了一眼赵岚，说："赵岚，别说多余的话。现在，你给这位师弟介绍一下我们。"

赵岚噘了噘嘴，很不情愿地应了一声，然后说："明峰，我们这个手工艺坊铜赵记，在四九城里，可是位列前几名的珐琅器制作作坊。很多商家，包括政府里使用的珐琅器，都是我们铜赵记制作出来的。"

沈玉坤这时也凑过来，一手搭着许明峰的肩膀，得意扬扬地说："兄弟，知道咱们这珐琅器为什么叫景泰蓝吗？"

许明峰一脸茫然，疑惑地看了看他。这是实话，许明峰事实上也的确不知道为什么这种珐琅器叫景泰蓝，他也看不出究竟有什么门道。

沈玉坤挑了挑眉头，带着几分得意的劲儿，趁机炫耀地说："这是因为这种珐琅器大约是在明朝景泰年间出名的，故而才叫景泰蓝。不是跟你吹，我们铜赵记的珐琅器早在景泰年间就已经是宫廷用品了。传承到现在，已经有几百年了，尤其是我们制作的珐琅器所独有的烫蓝工艺，放眼整个四九城，那都是独一无二的。"

"烫蓝？"许明峰睁大了眼睛，长这么大，他还是头一次听到这个新鲜的词汇。

沈玉坤正想继续讲，赵兴成干咳了一声，沉声说道："沈玉坤，你的话是不是太多了。我看，明天你也不用吃饭了。"

"啊，师父，我，我不敢了。"沈玉坤惊呼了一声，赶紧坐下来继续掐丝的工作。

赵兴成看了一眼赵岚，然后说："赵岚，把这拜师的礼品打开，现在开始行拜师礼。"

"好的，爸。"赵岚似乎也早就不想做那枯燥的掐丝工作了。一看安排新工作，立刻欣喜地跑开了。

沈玉坤眼见这种情景，虽然嫉妒得要命，却丝毫没有办法。

事实上，到现在许明峰也不明白，这所谓的拜师礼，究竟什么样。

赵岚的手非常快，很快就将那个包裹打开，就见里面放着几套衣服，还有三个馒头，一壶茶。

赵岚这时看了看许明峰，示意他过来。

许明峰愣了一下，这才走了过去。

赵岚拉了一下他，小声说："明峰，你别愣着啊，赶紧开始行拜师礼啊！"

许明峰挠了挠头，一脸困惑地问道："我……我不知道该怎么做啊？"

赵岚闻言，颇为无奈地摇了摇头，叹了一口气，然后凑到他耳边，如此这般地交代了起来。

"咳咳……"这时，赵兴成又轻咳了一声，缓缓地说道："赵岚，谁让你多嘴的。如果他不懂如何行拜师礼，那我看今晚也别吃饭了。"

"爸，我没教他，人家当然懂怎么行拜师礼了，这可是尊师重道的礼节。"赵岚回过神来，不自然地笑了笑。

说着话，她就赶紧给许明峰递了个眼色，示意他赶紧行动。

许明峰这才开始行动。他捧着那几件衣服，小心翼翼地来到赵兴成跟前，然后跪下，恭敬地将衣服奉上，然后说道："师父，四件衣服，护您春夏秋冬健康无忧。"

赵兴成微微颔首，一摆手，赵岚赶紧过来，将衣服收下，笑了笑说："明峰，我爸收了你第一道礼品了。现在，开始行第一道拜师礼，上馒头。"

"赵岚，你再敢多说一句，现在就去给我烧锅炉。"赵兴成脸一沉，严厉地说道。

赵岚吐了吐舌头，偷笑着不敢多说话了。

许明峰看着赵兴成那冷峻严厉的神色，更是吓得大气都不敢出。他惶恐地端着馒头过来，小心翼翼地来到赵兴成面前，轻轻说道："师父，请用饭。三餐馒头，护您一天三餐准时准点。"

赵兴成哼了一声，然后分别拿着三个馒头各自咬了一口放下了。赵岚随后从许明峰手里接过馒头，又给他递了个眼色。

许明峰大气不敢出，赶紧端着茶过来。他小心翼翼地倒了一杯茶，然后捧过头顶，递到了赵兴成面前，说道："师父，一杯清茶，护您一生心情顺畅。"

赵兴成应了一声，随即探手过来去端茶。

不过，就在这时，许明峰的手突然抖了一下。毕竟他太过紧张了，这种场面，也是头一次经历。

结果，那一杯茶倒出了一点。

赵兴成缩回了手，眉头迅速拧成了一团。

许明峰看到赵兴成脸色大变，吓得脸色发白，忙不迭地说道："对不起，都是我不好，我……我再给您倒一杯茶。"

"许明峰，你当这是什么。这么重要的场合，你居然犯下这种错误。"身后，传来了沈玉坤的声音。

赵岚见状，颇为不服气地说："玉坤哥，你怎么这么说呢。明峰就是手抖了一下，他又不是故意的。"

沈玉坤眼见刚才师父没发作，趁机撂下了手里的活计，打着替师父出头的幌子，站了起来说道："赵岚，咱们就事论事。拜师礼上，最忌讳的就是出现这种小插曲了。而且更可气的是，他竟然说要重新倒一杯，这是什么行为，明显就是不尊重师父。"

"我……我没有不尊重师父，我只是……"许明峰仓促间，居然词穷了，脑袋里一片空白。

"爸，您可别听玉坤哥胡说八道，我看咱们……"赵岚盯着赵兴成那阴晴不定的脸，心里升起一股不祥的感觉，赶紧替许明峰求饶。

"都给我住嘴！"赵兴成终于发作了，断喝一声。

一时间，大家都不说话了。

他扫了一眼许明峰，缓缓说道："许明峰，你给我听着，从现在起，你的主要工作就是烧炉。还有今天晚上罚你不准吃饭。"

许明峰低着头，默不作声。这时候，他早就已经六神无主了。

"我说的话，你究竟听到了没有。"这时，赵兴成再次强调了一遍。

赵岚小声叫了一下许明峰，这时，他才算回过神来，看了看赵兴成，惶恐不安地说道："我错了，求求您，饶了我吧，我再给您倒一杯。"

"唉，朽木不可雕也。"这时，赵兴成脸上露出一抹失望的神色。他看了一眼沈玉坤，缓缓说："玉坤，带他去锅炉房。"

"好嘞。"沈玉坤闻言，欣然一笑。其实，他也看不上这个看起来非常懦弱的师弟，尤其是师妹竟然还对他那么好，更让他心里很不舒服。

不过，如今可好了，他被师父派去烧炉子，等于宣判师父不会将技艺教授给他了。

两人走后，赵岚看了看赵兴成，忍不住问道："爸，明峰不就是刚才出了一点小差池，您难道就因此要让他烧炉子，不打算传授他技艺了。"

赵兴成扭头看了一眼赵岚，微微摇摇头，缓缓地说道："岚岚，你真的认为你爸是那种心胸狭隘的人，会因为这点事，就和他斤斤计较吗？"

"那是因为什么呢？"赵岚这时也迷茫了，困惑地看着赵兴成。

赵兴成长叹了一口气，缓缓地说道："这孩子性格太过懦弱，而且底气不足，显得非常无能。这样的人，根本成不了大器。就算我悉心教授他，恐怕也是于事无补。相反，还会败坏了我们铜赵记的名声。"

"可是爸……"赵岚听着父亲的话，心里还是有些不舒服。

"别说了，事情就这么定了。"赵兴成不等赵岚说完，直接打断了她，起身就走了。

第三章　龙鳞光

许明峰也是明白人，赵兴成让他去烧炉子，那就意味着已经放弃他这个徒弟了。

不过，赵岚这时却追了过来，轻声安慰他说："明峰，你也别多想，我爸就是考验你呢。你只要好好表现，相信他一定会改变主意的。"

"岚岚，你怎么不实话实说呢。师父什么脾气，你难道不清楚啊？"沈玉坤看了赵岚一眼，故意挤眉弄眼地说，"他做出的决定，从来都不会改变的。"

说着话，他随手搭上许明峰的肩膀，笑吟吟地说："许明峰，我看你也别指望在师父这里学什么本事了。就你这样的，也不是吃这一碗饭的人。"

许明峰没有说话，他看了看沈玉坤，撇开他，缓缓地走了。

"玉坤哥，你怎么可以这么对人家呢，太过分了。"赵岚狠狠地瞪了一眼沈玉坤，随即追向许明峰了。

有一句话叫既来之则安之。许明峰此时，也正是抱着这样的心态。

负责烧炉子的是个五十多岁的老师傅，叫安建民。安建民入这一行也有一些年头了，不过，烧炉子在整个景泰蓝的工艺制作环节里，是不被重视的。所以，他眼红着别人身边都有个徒弟，而自己这么多年，却连个徒弟毛都没收到，也是心急如焚。

而今，好不容易看到一个主动送上门的徒弟，安建民也是如获至宝。

他用那充满老茧的手，拉着许明峰，笑眯眯地说："小峰，你也别小瞧我们这烧炉子的。事实上，我们在整个珐琅器的制作工序中，占据着非常重要的位置。"

许明峰微微笑了笑，轻轻地说："安爷爷，我知道。您放心，我一定跟您好好学习。"

安建民露出喜悦的神色，抚着许明峰的脑袋，笑着说："很好，小峰。这样，你以后别叫我爷爷，就叫我安师父。"

"好的，安师父。"许明峰愣了一下，微微点了点头。

安建民听到这里，心都要飘起来了。这么多年了，可是头一次有人叫他师父。他非常兴奋，拉着许明峰的小手，走到那炉子跟前，指了指炉子说："小峰，我给你讲讲这烧炉子基本的要求。"

许明峰听了几句，目光却死死地盯着炉门。几秒钟后，他皱了一下眉头，缓缓说道："安师父，您这炉子里使用的是平底式加热方式吧。这样的炉子烧制小型的珐琅器应该没什么问题，可是一旦烧制体积较大的珐琅器，必然会因为整个炉壁受热不均匀，进而导致珐琅器的整体受热不均。那么，珐琅器的坏损率就大大增加了。"

安建民听到这里，颇为吃惊地看着他，诧异地说道："小峰，你怎么对烧炉子还有研究啊！"

许明峰挠了挠头，不自然地笑了笑，忙不迭地说："没有，我也是听我爸说的。"

安建民微微点了点头，对眼前这孩子的期望忽然提高了不少。其实，之前这炉子就因为烧制大型的景泰蓝出现过较高的坏损率，进而受到了赵兴成的责罚。他一度提出采购新型的炉子，却被赵兴成拒绝。因为这个炉子是赵兴成爷爷辈儿传下来的。赵兴成认为抛弃这炉子是欺师灭祖的行为。没办法，他只能用这个炉子烧制小型的珐琅器。而一些大型的珐琅器，则要用另一个炉子烧制。但那个炉子也是年代久远，非常陈旧，问题百出。

"小峰，那你还知道什么呢？"安建民随口问了一句。

许明峰想也没想，指了指地上的那些煤炭说："现在使用的这些煤炭应该是不黏煤吧，这种煤的水分含量在 10% 左右。我爸说这种煤用于取暖可以，可用来烧制景泰蓝，一定会对景泰蓝造成损害的。"

"小峰，你可真厉害啊！"安建民既惊讶又欣喜，他从没想到，自己居然会遇上一个对烧炉如此了解的人。而这人，却还是个年龄不到十三岁的孩子。

当下，他就拉着许明峰的手，饶有兴趣地说："来，小峰，我们好好聊聊。"

……

此时，在不远处，赵岚站在那里，呆若木鸡。刚才的一幕，她看得一清二楚。赵岚怎么都没想到，这个看起来老实木讷的人，居然还有这么不为人知的一面。

她心里非常高兴，小声嘀咕着："太好了，我一定要让我爸知道，他今天可是收了一个非常厉害的徒弟。"

赵岚满怀欣喜，兴致勃勃地跑去找赵兴成。不过，她还没来得及开口，直接就碰了一鼻子灰。赵兴成的态度非常坚决，一口就回绝了她："赵岚，做好你自己的事情。要是你也想受到和许明峰一样的惩罚，那就试试看吧。"

没办法，赵岚只能硬着头皮离开了。

做了一天的工，到晚上封炉的时候，许明峰其实早已经饿得饥肠辘辘了。一大清早被父亲带来，到现在也还没来得及吃一口饭。中午的时候，赵岚偷偷塞给他两个馒头，结果被赵兴成发现了。

于是，赵岚也被一并惩罚中午不准吃饭。

这件事情在许明峰的心里留下了很大的阴影，在他的印象中，这个师父更像那些凶残而不近人情的地主恶霸。

许明峰从作坊里出来，正巧看到赵兴成带着赵岚、沈玉坤在院子里吃饭。三个人喝着稀粥，搭配着油条、咸菜，吃得津津有味。这一幕迅速勾起了他肚子里的馋虫。

他隐约地感觉到肚子咕咕地叫着。可是，许明峰目光落在赵兴成身上的时候，赫然注意到他那严厉而威严的目光，饥饿感也就荡然无存了。他匆匆地走了过来，尽量不朝那个方向看。

但是饭菜的清香，一直勾着他。尤其是经过沈玉坤身边的时候，沈玉坤故意晃了晃手里的油条，咂着嘴说："这油条太香了，哎呀，吃一口，还想吃第二口。"

许明峰权当没听到，继续向前走。

此时，赵兴成放下手里的稀粥，瞥了他一眼，缓缓地说："许明峰，回去好好总结一下今天的心得，明天我要听。如果你说不好，明天也别想吃饭了。"

许明峰没有说话，快步就走了。其实，他心里早就有想法了，只不过他不确定这个严厉的怪人能否听得进去他的那些想法。

许明峰住在一个小偏房里，当然条件也并不算多好。窗户上还结着蜘蛛网。

躺在床上，他心事重重，怎么也睡不着觉。这一天，对他而言太漫长了。

瞟一眼窗外的月亮，他那还很稚嫩的脸颊上，忽然流下两行泪来。

"爸，您在哪里？我想回家！"

当然，许明峰的这些心里话，父亲显然是听不到的。

也不知过了多久，他陷入了迷迷糊糊的昏睡中。隐约感觉有人在推他，耳畔边响起了一个低低的声音："明峰，快醒醒，别睡了。"

许明峰睁开眼，赫然看到赵岚出现在他的面前。他惊呼了一声，迅速地坐了起来，吃惊地说道："你怎么在这里？"

"这可是我们家，我们还不是想来就来啊？"此时，沈玉坤从门口走了过来，手里提着几根油条。

赵岚扭头瞪了他一眼，没好气地说："玉坤哥，别闹了，赶紧把油条拿来。"

沈玉坤吐了吐舌头，随即将油条拿了过来。

赵岚一面将油条递给许明峰，同时又端着一碗稀粥过来，看了看他，轻轻说道："明峰，你一定饿坏了吧，赶紧来吃吧。"

许明峰见状，慌忙后退了一步，连连摇摇头说："不不不，赵岚、玉坤，我不能吃。要是让师父发现了，他一定会责罚你们的，你们还是赶紧端走吧。"

沈玉坤挑了挑眉头，走上前，一手搭着他的肩膀，嬉笑着说："哟，还真没看出来啊，你还挺会替别人着想的。"

许明峰挠了挠头，不自然地笑了笑说："谢谢你们的好意，但你们还是拿走吧。如果再让你们因为我受到惩罚，我会不安的。我爸说过，这世上人情债最难还。"

沈玉坤扭头看了看赵岚，说："岚岚，看到没有，他就是不识好歹。我都说了不来送，你偏要过来。"

"住嘴吧，玉坤哥。"赵岚瞪了他一眼，没好气地说了一句。

随即她转头看了看许明峰，缓缓地说："明峰，你赶紧吃吧，我爸现在不在。如果你再耽误下去，恐怕就真的被他发现了。"

"这……"许明峰有些迟疑了，说实话，他也的确太饿了。

"好了，许明峰，你能不能赶紧吃。等会儿，我们还有正事呢，别妨碍我们。"沈玉坤不耐烦地催促了一句。

许明峰这时也不好再推辞，当下就狼吞虎咽地吃了起来。

看着许明峰这么吃东西，赵岚脸上露出一抹心疼的表情。她递了一张纸给他，担忧地说："明峰，你慢点吃，不够还有呢。"

沈玉坤看到这一幕，心里不禁有些酸溜溜的："呵呵，岚岚，我怎么没见你这么关心过我呢，我可是你师兄呢。"

赵岚瞥了他一眼，没有多说话。

十几分钟后，许明峰风卷残云般地将饭菜都消灭干净了。

"够不够，要不够我再给你带一些过来。"赵岚看了看许明峰，轻轻问道。

"够了，赵岚，谢谢你。以后，我一定会报答你的。"许明峰看了看赵岚，一本正经地说道。

"得了吧，我们可不敢指望。"沈玉坤淡淡地说了一句，随即催促赵岚，"岚岚，时候不早了，我们得赶紧走了。"

"嗯。"赵岚应了一句，扭头看了一眼许明峰，说："明峰，你和我们一起去吧。"

"一起去，去哪里啊？"许明峰闻言，一头雾水地问道。

赵岚诡秘地一笑，轻声说："等会儿你去了就知道了。走吧。"

"什么？岚岚，你要带他一起去啊，这，这恐怕不合适吧。"沈玉坤闻言，脸上露出几分不情愿的神色。

"怎么，玉坤哥，明峰现在也是我们的师兄弟，是我们的一分子，为什么不能带他去。"听到这里,赵岚显得非常生气,狠狠地瞪了一眼沈玉坤。

沈玉坤颇为无奈地摆摆手:"得,你爱怎么着就怎么着。不过,许明峰,我可提醒你啊,如果你敢搞砸我们的好事,我们一定不会放过你的。"说话间还晃了晃拳头。

许明峰听到这里,心里更加疑惑不解。究竟是什么事情,让这两人居然如此的小心翼翼呢。

尽管心里充满了疑问,不过许明峰却不敢多问。

当下,他就跟着两人蹑手蹑脚地从里面出来了。

此时,外面一片漆黑,隐隐约约地可以看到一些作坊的影子,倒是平添了几分神秘的色彩。

头一次出现在这种陌生而漆黑的环境里,事实上许明峰心里是非常害怕而担忧的。

他紧紧地跟在赵岚的身后,大气都不敢出。

赵岚也仿佛感觉到了他的不安,扭头看了他一眼,轻轻安慰他说:"明峰,你别怕,没什么大不了的。"

带头的沈玉坤扭头做了一个"嘘"的手势,皱着眉头说:"你们能不能别说话,万一让师父发现,咱们可就惨了。"

什么,让师父发现?许明峰听到这里,心里更紧张了。得了,他们两人莫不是背着师父去干什么偷鸡摸狗的事情吧。

长这么大,他可算是个乖孩子。许明峰甚至有些后悔了,为什么要跟着他们一起出来呢。

不过,现在后悔也来不及了。

许明峰跟着两人在黑暗中摸索着走了一会儿,他忽然发现前面不远处的一个小房间里亮着一盏灯。确切地说,是非常昏暗的烛光。那烛火摇曳着,从窗户上可以模模糊糊地看到里面一个影子在晃动着。

许明峰心生疑惑,奇怪,这么晚了,这个房间里怎么还有个人在里面,在做什么?

虽然越想越觉得恐慌,不过,他也自知全无退路了。

三人好不容易摸索到了那房间的门口,沈玉坤将那关着的门轻轻推了一下,随即,两扇门打开了一道缝隙。接着,他迅速将脸凑了过去。

赵岚扭头看了一眼许明峰,然后给他示意了一下。许明峰有些吃惊,这是要他也凑过去窥视。

他犹豫了一下,但还是硬着头皮将脑袋凑了过去。

随后,赵岚也凑过来。于是,三人从上到下,依次贴上来,静静地观察着屋里的情形。

许明峰本来还是有所迟疑的,可是当脸凑过来的时候,他就觉得自己这次的行为值得。

里面是一间并不很大的房间，但是显得异常的古朴。房间里只有一个桌台，上面有一个黝黑发亮、造型精美的木头架子。在那架子上，躺着一个盘子。

而在盘子的一侧，一个男人紧锁着眉头，心事重重。同时，他一手托着下巴，一手不断抠着什么。

许明峰怎么都没想到，眼前这个人，居然是师父赵兴成。

当然，令他感到震撼的是那个盘子。尽管隔着一些距离，许明峰也一眼就看出来了，那是个景泰蓝盘子。造型非常精美，盘子边沿有精美的雕花，而盘子的里面，则是龙凤呈祥的传统图样。但这种造型和他所见过的那些全然不同，有一种沉稳、内敛的古典艺术美感。

不过，最让许明峰感到震撼的，还是那独具特色的釉蓝。他是头一次见到这么漂亮精美的釉蓝。在昏黄的油灯灯光映照下，折射出瑰丽无比的光芒，好像是龙鳞的光彩。而呈现在那蟠龙的身上时，就表现得更加突出了。

许明峰暗暗嗟叹，这世界上怎么会有这么精美绝伦的景泰蓝呢？究竟是怎样的工艺大师，才能打造出这样的作品呢？

沈玉坤这时低头看了一眼许明峰，悄声说："许明峰，是不是很震撼啊，头一次见到这么精美的珐琅器吧？"

许明峰抬头看了一眼他，微微点点头，连忙说："师兄，这到底是什么珐琅器啊，真是太漂亮了。"

"那是，这盘子叫龙凤吉祥盘，据说是明朝万历年间铜赵记专门进贡给宫廷的贡品。这盘子可是我们铜赵记的传世之宝。你看到没有，那个盘子上最有特色的釉蓝，呈现出五光十色的瑰丽光泽，这就是我们铜赵记所独有的，这个叫龙鳞光。"

"龙鳞光？"许明峰头一次听到这个名称，显得新鲜而又新奇。

沈玉坤见他露出无比崇拜的目光，一时间也更加得意："没听过吧，你瞧见了吧。这釉蓝的光泽，看上去是不是像龙鳞一样，即便是昏暗的烛光，也能映射出异常瑰丽的色彩。而这就是龙鳞光的独特魅力所在。"

"是啊，真是太神奇了。"许明峰听到这里，也忍不住跟着感叹起来。

"怎么，想学吗？要不然，你明天给我买一包大白兔，我传授给你这种技艺。"沈玉坤嘿嘿一笑，随口说道。

第四章　这小子不简单

赵岚抬头瞥了他一眼，没好气地说："玉坤哥，你能不能别吹牛啊。"

说着话，她看了看许明峰，连忙说："明峰，别听他瞎说。这种龙鳞光是我们铜赵记早就失传的工艺手法。"

"什……什么，失传了？"许明峰听到这里，有些惊愕地看着她。

赵岚缓缓地点了点头，说："对啊，据我爷爷说，这是在康熙年间就失传了的技艺。我们赵家的几代人，一直努力恢复这种工艺，可是始终没有成功。"

许明峰听到这里，仿佛有些明白了。他看了看赵岚，说："赵岚，这么说来，师父现在躲在房间里，就是在研究如何重现这种工艺了？"

"是啊，明峰，你还真聪明，一点就通啊。"赵岚眨了眨眼睛，笑了笑。不过，她随即又陷入了忧愁，说："但是我爸试验了很多次，始终没有成功。而这个，也成了他最大的心病了。"

许明峰想了一下，说："我觉得，会不会是师父的手法上有些问题呢？"

"许明峰，你懂个屁啊。你才刚来头一天，就敢质疑师父。"沈玉坤听到这里，颇为生气地说道。

"不，师兄，你听我说，我的意思是……"许明峰慌忙解释。其实，他从今天赵兴成对待烧炉的态度上，就觉得他有些太过守旧，非常固执。而这也是有很大问题的。

"谁在外面？"这时，里面传出了赵兴成的一声断喝。

沈玉坤脸色大变，赶紧给他们俩使眼色。当下，三人撒开脚丫子扭头就跑开了。

许明峰躲在房间里，惶恐不安，生怕赵兴成会追过来。不过等了很久，也没见来，他这才松了一口气。

本来，他以为这事情就算过去了。可是，第二天清早起来，从房间里出来，却见沈玉坤、赵岚跪在院子里，每个人的脑袋上都顶着一个景泰蓝花瓶。

赵兴成背着手，站在他们面前，训斥道："你们的胆子还真够大的，今天就给我顶到中午，罚你们不准吃饭。"

两个人低着头，大气都不敢出。

赵兴成扭头看了一眼许明峰，冷声说："许明峰，你看什么呢？难道昨晚你也去了？"

"我……"许明峰话才刚出口，突然被赵岚给打断了。

"爸，这事情和他没关系，都是我和玉坤哥。"

"哎，岚岚，事情明显不是这样的。"沈玉坤闻言，有些慌了。他心里非常不服气，昨晚上偷看的人又不是只有他们俩，凭什么他许明峰不用受惩罚呢。

"玉坤哥，你的话怎么那么多呢？"赵岚扭头瞪了他一眼，颇为生气地说道。

"到底怎么回事？"赵兴成脸色一变，看了看他们俩，目光落在了许明峰的身上，那神色更加严厉且充满了威严。

许明峰不免后退了一步，露出几分恐慌的神色。

"爸，这事真的和明峰没关系，昨晚去偷看的就我们俩。"赵岚目光坚定地看着赵兴成，又一次确定地说道。

"是吗，赵岚，我希望你能给我说实话。"赵兴成顿了顿，说，"如果让我调查出你和玉坤包庇某些人，对你们的惩罚就不是这么简单了。"

"哎，师父……"沈玉坤听到这里，可是慌了神。

不过，他的话没说完，就被赵岚狠狠地瞪了一眼。接着，她又很认真地说："爸，我说的就是实话，这事和明峰没关系，就是我和玉坤哥干的。"

赵兴成听到这里，微微颔首。不过却偷偷瞄了一眼许明峰，他也没多说什么，说了一句："很好，那你们别后悔。"说完就走了。

不过，赵兴成没走两步，身后却传来了许明峰的声音："师父，昨晚我也参与了。您……您也责罚我吧。"

赵兴成听到这里，迅速转头。却见许明峰已经跪在了赵岚的旁边，然后将地上的一个花瓶放在了头顶上。

那一刻，他的眼里有东西闪了一下，但是很快就一闪而逝。

他几步走到了许明峰的跟前，打量了他几眼，说："许明峰，你想清楚了吗？"

赵岚这时却慌了神，狠狠地瞪了一眼许明峰，生气地说道："明峰，你是不是傻啊，谁让你胡说八道的。"

许明峰看了看赵岚，很认真地说："赵岚，谢谢你和师兄对我的照顾。但是，我爸说，男子汉就要敢作敢当。不能因为我，让你和师兄受牵连。"

"哇,许明峰,没看出来啊,你还挺仗义啊。"那边,沈玉坤带着几分揶揄的口气说道。

许明峰没说话,而是用很诚恳的目光看着赵兴成。

这时候,赵兴成的内心是非常震撼的。他本来只是想测试一下,却没想到这个孩子居然主动承认。这一份勇气,甚至和他这年纪有些不太相符。难道是自己错了?也许,看到的软弱,只是表象。

赵兴成几步走到他跟前,看了看他,沉默了几秒,这才缓缓地说:"许明峰,你和赵岚、沈玉坤起来吧。等会儿洗把脸,吃了饭都去做该做的事情吧。"

"啊……师父,您……您不责罚我们了。"许明峰愣了一下,一脸疑惑地看着赵兴成。

"傻瓜,师父都这样说了,你还不明白啊。"沈玉坤迅速站了起来。

赵兴成看了看许明峰,缓缓地说:"你好好给我学习烧炉子。"说着就出去了。

这时,赵岚放下了花瓶,然后搀扶许明峰站了起来,欣喜地说:"明峰,今天你可是救了我们。"

许明峰依然一脸困惑:"赵岚,我……我什么时候救你们了。"

赵岚挑了挑眉头,非常得意地说:"我没猜错的话,我爸其实早就知道昨晚你也参与了。刚才他之所以那么说,就是测试你呢。经过这个事情,我看我爸对你的态度一定会大有改观的。烧炉子的活儿,你一定干不了多久的。"

听到这里,许明峰的心头也多了几分期待。其实,自从昨天晚上看了那个景泰蓝盘子后,许明峰心里久久不能平静。

但是许明峰很快发现,自己这种念头,有些太天真了。

时间过得非常快,许明峰跟着安建民烧炉子,一烧就是一年的光景。

在这一段时间里,许明峰俨然已经成了安建民的替代人,接替他做了大部分的工作。而安建民则坐在那里遥控。当然,他也得意地向其他人炫耀自己这个徒弟。

不过,许明峰的心里却一直很不甘心。多少次,他看着沈玉坤和赵岚被赵兴成安排学习景泰蓝的其他工艺,他充满了羡慕,可是只能躲在这火炉边。

这时,安建民就来安慰他,让他不要多想了,做好自己分内的工作。

但是,许明峰心里一直躁动着,不甘于这种现状。

而那天下午发生的一件事情,让许明峰做出了一个重大的改变。正是那个改变,也将彻底地改变他的人生轨迹。

那天下午,许明峰像往常一样,在安建民的指导下,给炉子里加煤。

这时,只见赵兴成急匆匆地走了过来。他看了看安建民,说:"老安,你赶紧将炉火调旺，半小时后，那个芙蓉花瓶要进炉烧制。"

安建民听到这里，脸色大变。他非常担心地看着赵兴成，忙说："这……这恐怕不行啊。赵把式，咱们这炉子什么性子，你还不知道。它只能吃个小珐琅。这些大的家伙什，塞进去会消化不良的。"

"你哪那么多的事情啊，这个炉子是老祖宗传下来的，之前不知烧了多少大的珐琅器，怎么到这里就这么多问题。"赵兴成脸色一变，生气地说道。

"赵把式，之前咱们的炉子已经试过，真的不行。"安建民听到这里，更是无比惶恐。他很清楚，这一次要是再将珐琅器烧坏，按照赵兴成的脾气，肯定会重罚他的。

"你还给我提那个事情，我看上次分明就是你操作失误导致的。"赵兴成一点不留情面，"这次你最好给我把炉火掌握好，这个珐琅器是我们最近花了大力气打造出来的，不允许出现半点差池。"

"可……可是，赵把式……"安建民听到这里，更加不安。他想要再说什么，但是话还没说完，就被赵兴成一摆手给打断，随即头也不回地走了。

安建民现在犹如热锅上的蚂蚁，急得团团转："哎呀，这可怎么办呢？这炉子根本交不了差的，等会儿要是烧坏了珐琅器，我……我……"

许明峰见状，走上前来，拉了一下他，轻轻地说："安师父，我看您也不用那么紧张。"

"怎么能不紧张啊，小峰，你是不知道你师父那脾气。我要是出错，恐怕这饭碗都保不住了。"安建民耷拉着脸，沮丧地说道。

许明峰闻言，很轻松地说："安师父，既然师父都说了，您也不用害怕，我们好好烧就行了。"

"小峰，你说得轻松啊。这个炉子什么脾气，你难道还不清楚。吞下那么大的珐琅器，一准是要消化不良的。到时候吐出来的，那可都是残渣了。"安建民摇摇头，他忽然觉得，这个小子到底还是有些太年轻了。

许明峰看了看安建民，一脸认真地说："安师父，您相不相信我？"

安建民闻言，愣了一下，有些疑惑地说："小峰，你这话是什么意思？"

许明峰想了一下，说："安师父，咱们现在对这个炉子稍微进行改造，就可以消化那些大的珐琅器了。我相信，一定不会出现您说的消化不良、直接吐出残渣的情况。"

"真的假的？小峰，我可是一把年纪的人了，你千万别骗我啊！"安建民皱了一下眉头，将信将疑。

许明峰连忙说："安师父，我什么时候骗过您，当然是真的。只要您按照我说的去做，我保证不会出现任何质量问题。"

安建民咬了咬嘴唇，迟疑了片刻。大概，他也觉得似乎没有别的选择了。想了一下，随即说："好，小峰，你说怎么办吧，我都听你的。"

许明峰应了一声，随即走到炉子边，很认真地说："安师父，记得我第一天来的时候，就和您讨论过这个炉子的缺点。这是属于平底式加热方式，这种情况是炉壁周围受热不均匀，由此导致珐琅器的烧制出现问题。现在，想要解决这些问题，就要让整个炉子受热均匀。"

"对，你说得非常对，这才是主要问题。可是这炉子……"安建民耷拉着脸，心里说，你说这么多，还不都是废话啊。

许明峰见状，继续说："安师父，我的意思是，咱们只要对这炉子稍微进行改造，在这炉子的四周加装四个火筒，就可以彻底解决炉子受热不均的问题。"

"这……这能行吗？"安建民闻言，将信将疑。

"这绝对可以的，"许明峰想了一下，说，"其实，前段时间，我还看过一些资料，在古代就有这种炉子，好像叫五行炉。"

安建民微微点点头，说："小峰，你说的这些我都没什么意见。可是，关键是你师父。他那个人就是个老顽固，执拗得很。如果让他知道咱们这么改造他祖传下来的炉子，一定饶不了我们啊！"

许明峰似乎早有应对之策，很镇定地说："您放心吧！安师父，如果师父真的找麻烦，我来应付。到时候，不会怪到您头上的。"

"这……这……"安建民听到这里，心依然有些不太放心。

许明峰看了看他，连忙说："安师父，我们要做就得赶紧做。否则师父来了，咱们就什么都做不了了。"

安建民仔细想想，似乎现在也没别的选择了。想了一下，一跺脚，说："成，今天我也豁出去一次。小子，我这条老命可都交给你了。"

许明峰这时露出了一抹浅笑来，也没多说什么。

"累死了，师父天天让我们不厌其烦地做这些掐丝、填蓝的活儿，真不知道他怎么想的。这些工艺，咱们也都掌握得很好了。"此时，在作坊里面，沈玉坤伸了伸懒腰，看了一眼旁边还在对一个铜胎进行掐丝作业的赵岚，不满地说道。

赵岚头也没回，淡淡地说："玉坤哥，我爸这是叫我们打基础呢。这么简单的道理你怎么不懂呢？"

"我怎么不懂了，岚岚，难道我们现在的基础打得还不够好吗？"沈玉坤说到这里颇为得意，"这次师父接的那个单子，制作的那个大花瓶，里面的填蓝和掐丝，很多不都是咱俩做的吗？"

赵岚听到这里，这才抬起头，看了看他，摇摇头，叹了一口气说："玉坤哥，你还真是够自信啊。就我们做的那些活儿，那么粗糙，我都看不下去。你还不知道吧，我们交工后，我爸又花了两个多小时进行修改。"

"什……什么，师父又……又修改了？"听到这里，沈玉坤霍地站了起来，有些惊讶地说道。

"你以为呢，我们掐丝的工艺太粗糙，而且焊接的衔接点一点都不平滑。至于填蓝，那些颜色不仅不自然，而且对釉料的选择调配都有很大的问题。如果我爸不去修改，你知道是什么后果。"

"这……这……"沈玉坤听到这里，一脸茫然。沉默了几秒，他有些吃惊地说道，"岚岚，既然如此，那，那师父为什么……"

"为什么不亲自做，却让我们来做，对吧？"赵岚说着，白了他一眼，没好气地说，"玉坤哥，看你脑子那么活络，挺聪明的，却怎么不明白我爸的苦衷。他这么做，还不是希望借此机会来锻炼我们吗？"

沈玉坤闻言，不免长叹了一口气，脸上有几分尴尬。这时他目光不经意地扫向外面，忽然看到了许明峰和安建民的身影。

"哎，岚岚，你快点看，他们俩在干什么呢？"

赵岚闻言，也跟着起身，迅速走了过来，往外面看了一眼，却见许明峰和安建民搬砖提瓦，不停地往烧炉房里跑。

"他们在干什么呢？"赵岚见状，皱了一下眉头，有些惊异地问道。

沈玉坤嘿嘿一笑，趁机说："是不是闲得慌，两人在里面盖房子呢。"

"别胡说，等会儿我爸要让他们去烧制那件珐琅器呢。"赵岚看了他一眼，责怪道。

沈玉坤轻笑一声："咱们作坊的那个炉子根本烧不了那么大的珐琅器，师父今天也不知道咋回事，干吗一定要在家里烧制呢？"

赵岚向左右看了看，压低嗓门说："你还不知道吧，咱们铜赵记一直和珐蓝记有合作，大型的珐琅器都交给他们烧制。可是这次的珐琅器我爸找他们烧制，他们新升任的把式田明都却说我们铜赵记早该被历史淘汰了，连个大型的珐琅器都烧不了。我爸一气之下，就要在自己家里烧制了，而且还邀请田明都来现场观看。"

"什么？师父这么做太冲动了。"沈玉坤听到这里，惊呼了一声，"得了，今天我们铜赵记的脸要丢大了。"

"别胡说。"赵岚扭头瞪了他一眼。

这时，沈玉坤突然指着烧炉房，惊叫道："岚岚，你快看，不好了，许明峰这小子胆子太大了，居然敢用锤子砸炉子。"

第五章　可怕的后果

这一幕，赵岚也看到了。她惊呼了一声，慌忙说："明峰这是要干什么，他疯了吗？要是让我爸知道了，那还得了啊！"

沈玉坤却一脸得意，笑了笑说："岚岚，咱们别管他。我看，他就是闲着没事，纯粹给自己找事呢。估计是因为被师父一直困在烧炉房，所以心里有怨气了。"

"玉坤哥，你干吗总是将明峰想得那么不堪呢。咱们认识一年多了，他是什么人，你还不清楚吗？"沈玉坤对许明峰有成见，这件事情，赵岚一直都知道。尽管她一直劝说，沈玉坤的态度却始终未曾有任何的改变。

沈玉坤心说，谁让你对他那么好呢。许明峰没来之前，赵岚一直都是他唯一的亲人，是他的妹妹。自然所有的好处也都给了他。可自从许明峰来了后，赵岚对他就冷落了不少，沈玉坤的心里那是非常不平衡。

不过，他心里那么想，嘴上却极力否认："岚岚，你想哪里去了，我对他可没有成见。你看，今天这个事情，他这不是自己给自己找事吗？"

"不行，我得过去看看。明峰他就算有什么气，也不能这么胡来。"赵岚说着就要走。

不过却被沈玉坤给拦住了："岚岚，这件事我奉劝你最好别插手。"

"玉坤哥，你这话什么意思？明峰也是我们的朋友，是我们的师兄弟，我们不能袖手旁观。"赵岚连忙说道。

"不，岚岚，你误会我的意思了。"沈玉坤看了看她，慌忙解释说，"如果我们过去，让师父知道，你猜他会怎么想。保不齐，会认为是我们唆使的。到时候出了事，对许明峰的惩罚会变本加厉的。"

"可……可是我们也不能眼睁睁看着他这么犯浑啊？"赵岚皱了一下眉头，有些担心地说道。

沈玉坤嘴一撇，轻笑了一声说："岚岚，我觉得明峰做事情还是有分寸的。认识这么久了,你应该很清楚,他可不是那种意气用事的人。"

"这……"赵岚本来还想说什么,却被沈玉坤硬拉着又去练习填蓝了。

不过,沈玉坤的心里并不是这么想的。他就想看看许明峰出错,看着他被师父责罚。

安建民之前也做过泥瓦匠,垒几个简单的火筒,那自然是轻而易举的事情。不到二十分钟的时间,他已经完成了对火炉的改造。

不过,四边加装的火筒,显得不伦不类的。

尽管安建民心里有些不舒服,但嘴上也不好说出来。

就在这时,赵兴成从外面回来了。不过,他并不是一个人,身边还跟着一个三十多岁的青年。

这青年一脸浮躁,不时地东张西望,不过脸上满是不屑、鄙夷。似乎眼前的一切,都入不了他的法眼。

尽管赵兴成早就看出了这一切,但一直都隐忍着,依然耐心地给他介绍着自己的作坊。

安建民凑到许明峰身边,一手抚着他的肩膀,轻声说:"小峰,你看到没有,这个人就是珐蓝记新任的把式田明都。之前,我们作坊里的大型珐琅器一直都交由他们烧制。他们家对于烧制珐琅器一直有自己的一套方式,烧制出来的珐琅器无论光泽,还是颜色,都要比市面上的同等珐琅器出色得多。"

"是吗,那为什么这次咱们没去他们那里烧制呢?"许明峰疑惑地看了看安建民,不解地问道。

"这个问题,我也不太明白。不过我总觉得事情没那么简单。"安建民也看出一些端倪了,脸色变得有些复杂。

这会儿,赵兴成已经引着田明都来到了锅炉房。本来,赵兴成是想介绍一下他们铜赵记的那个传承了好几代的窑炉。不过,当目光落在那窑炉上,顿时睁大了眼睛。

田明都也吃惊地看着窑炉,忽然忍不住笑了起来:"赵把式,这就是你所说的你们铜赵记的宝贝疙瘩窑炉啊。可是,我怎么看着不伦不类啊。而且这周围装的四个玩意儿,究竟干什么用的。"

赵兴成一脸尴尬,轻咳了一声,目光落在了安建民和许明峰身上,厉声喝道:"这是怎么回事,你们俩在干什么?"

安建民闻言,吓得双腿直哆嗦。这时候,他已经说不出话来了。

不过,许明峰此时却镇定自若,他看了看赵兴成,说:"师父,我们只是对火炉稍微做了一些改动。"

"你们说什么？你们胆子也太大了。这可是我们铜赵记传了几代的窑炉，这上面的每一个砖块都是文物。你们居然擅自改动，你们……你们……"

赵兴成气得双手直哆嗦，脸近乎扭曲了。

安建民慌了神，赶紧说："赵把式，事情不是你想的那样的。"

许明峰走上前一步，看了看赵兴成，说："师父，我们这么做，是为了方便烧制珐琅器。"

赵兴成正想说什么，却被田明都给打断了。他背着手，扬扬自得地走上前，围着那窑炉打量了一番，哼了一声，说："你们对窑炉究竟了解多少啊，居然敢这么乱弹琴。赵把式，我还真佩服你啊，手底下的人一个个都喜欢别出心裁。而且做任何决定，居然都不跟你打招呼。这一点，我们珐蓝记可不能比啊！"

赵兴成的脸早就气成猪肝色了，他一直紧紧攥着拳头。毕竟他怎么都没想到，自己今天居然丢了这么大的面子。而这一切，都是因为许明峰。对，一定是他。安建民那么老实，肯定不敢瞒着自己干这种事情的。

"您就是田把式吧，您刚才说我们乱弹琴，我可不敢认同。毕竟珐琅器还没烧制出来，您说什么都太早了吧。"许明峰也不知道哪里来的勇气，一步上前，看着田明都说道。

"哎哟，是吗？"田明都有些惊讶地看了看他，"好啊，你这小子大言不惭。好，今天我就和你打个赌。如果你们今天用这窑炉烧制出的珐琅器是合格的，以后我们珐蓝记给你们铜赵记烧制珐琅器一律打五折。"

"行啊，田把式，那我们就先谢谢您了。"许明峰看了看他，淡淡地说道。

"小子，话别说太满了，要是你们烧制不出来，那又该如何呢？"田明都瞥了他一眼，冷声说道。

许明峰想也没想，说："我免费去给你们当义工，干杂活，任劳任怨。"

"好，今天我看在赵把式的脸面上，就和你打这个赌。"田明都扭头看了一眼赵兴成，递了个眼色。

此时，赵兴成非常后悔。这个许明峰，不是给自己找麻烦吗？可是现在他也不好公开阻拦。

因为在下一秒两个工人已经将那件珐琅器花瓶推来了。

田明都看了看赵兴成，脸上露出一抹浅笑，缓缓地说："哟，赵把式，看来你们的速度挺快啊。莫不是你们早就做好准备了吧？"

"不，田把式，你误会了。"赵兴成听他这么一说，连忙替自己辩解。

不过，田明都似乎也听不进这些，一摆手，随口说："好了，赵把式，时间也不早了，咱们就开始吧。我这次来，也是等着看你们的好戏呢。"

如果说之前，赵兴成还抱着一丝侥幸心理，希望这次能有好运气，窑炉能烧制出完好的珐琅器。那么，现在他可是一点侥幸的心理都没有了。并且他也已经做好最坏的打算了。

他紧紧攥着拳头，咬了一下嘴唇，略一迟疑，这才一摆手："推进去吧。"

当下，那两个工人打开炉门，在许明峰和安建民的帮助下，将珐琅器给推进去了。

关好炉门后，许明峰看了看安建民，说："安师父，咱们开始吧。"

安建民闻言，微微点了点头。当下就将早就分好的煤往四个火筒里倒。

赵兴成早就看出有些不对劲了，他一个箭步上前，一把抓住了安建民的铲子，说道："老安，你用的是什么煤啊？"

安建民看了一眼许明峰，忙说："赵把式，这是气煤。这些煤囤了一些，我看放着也是浪费，于是就拿出来烧了。"

"胡闹，老安，你好歹也是烧炉这么多年的老师傅了，怎么还犯这种常识性的错误呢。"赵兴成一把夺过了安建民手里的铲子，气呼呼地嚷道，"你难道不知道，这气煤属于低等劣质煤，燃烧的时候，会产生大量的挥发物。而这些，都会影响珐琅器的烧制。那么多的不粘煤不用，你让我说你什么好呢？"

安建民面露难色，吞吞吐吐的，好半天也答不出一句完整的话，而不经意的，目光落在了许明峰的身上。

赵兴成瞬间明白了，这一准儿又是许明峰这臭小子给出的主意。不过，他也很诧异，这安建民怎么说也是从业二三十年的老师傅了，怎么会受一个小孩子的摆布呢。

他正疑惑，却见许明峰上前一步，看了看他，很认真地说："师父，你不要责怪安师父，是我建议这么干的。"

"许明峰，你才烧了多长时间的窑炉，居然敢这么胡作非为。你知不知道，你的操作，会给我们带来多大的损失。"赵兴成狠狠地瞪了他一眼，非常生气。

"爸，您先别生气啊。我看，明峰这么做，一定有他的道理。"这时，赵岚走了过来。她到底还是沉不住气，终于跑来了。

当然，沈玉坤也一并跟着来了。此时，他心里却等着看好戏呢。

"赵岚，你们不去做手里的活计，来这里干什么？"赵兴成扫了一眼赵岚。

"爸，烧制这么重要的花瓶，我们想要看看。我觉得您别太轻易下定论，明峰他……""住口，赵岚，这是什么时候，你居然还敢替他说话。"赵兴成不等赵岚说完，直接打断了她。

赵岚却很不服气，还想说什么，但许明峰给她使了个眼色，示意她别说了。接着，他对赵兴成说："师父，我这么做是有原因的。如果按照原来的炉子设计样式，自然可以用不粘煤。但是，现在整个炉子都做了修改，炉膛里面的环境也随之改变。单纯使用不粘煤显然不行。我之前翻看过很多资料，据说不粘煤里面有10%的水分，如果水分得不到有效蒸发，不仅会对炉膛造成一定的损害，甚至也会影响珐琅器的烧制质量。尤其是大型珐琅器，影响更明显。"

"那又怎么样呢？"赵兴成扫了他一眼，冷声说，"这难道就是你改用气煤的理由吗？"

"是，但也不是。"许明峰看了看赵兴成，连忙说，"师父，因为这个窑炉重新进行了设计，四周加装了火筒。这么做，就是要让炉膛整体受热均匀。因为这个窑炉之前是平底式加热方式，使用不粘煤带来的水分蒸发后产生的副作用，会对珐琅器的底部到上部造成影响。改进后的窑炉，如果还是按照那种方式，依然使用不粘煤，那么水蒸气等于从珐琅器的四面八方侵蚀，造成的损害就更严重了。"

听到这里，赵兴成也有些吃惊。当然，更吃惊的是田明都。他惊愕地睁大了眼睛，一脸难以置信。他不敢相信，眼前这个十四五岁的少年，居然会对窑炉，包括煤炭研究得这么透彻。

许明峰见赵兴成没说话，继续说道："而我之所以使用气煤，就是因为气煤会产生大量的挥发物。这些挥发物，如果掌握得好，能够和无烟煤散发的水蒸气结合，对于珐琅器的烧制，以及釉蓝的色泽、光彩等有很多好处。"

赵兴成听到这里，也是将信将疑。他皱了皱眉头，狐疑地打量着许明峰，说道："许明峰，你道听途说来的东西，也没尝试过，就这么贸然地拿出来做试验。万一要是失败了，你考虑过后果有多严重吗？"

"我想过，师父，本来我们是没打算这么做的。可是临时要用这窑炉烧制大型珐琅器。我们也没办法，只能试一试。"许明峰这时紧紧地盯着赵兴成，不知道为什么，他发现此时居然一点都不惧怕师父了。

赵兴成此时无奈地长叹了一口气，他神色复杂，一句话都说不上来了。是啊，现在还能说什么。不管怎样，那珐琅器也被推进炉膛了，一切都改变不了了。

倒是田明都，这会儿却不免大笑了起来。他扬扬得意地说："赵把式，你今天可是让我大开眼界啊。我还以为你这个小徒弟有多大的能耐呢，原来，也是个野路子啊。"

赵兴成铁青着脸，也不多说话。

不过，其他人都看得出来，今天他的脸是丢大了。今天这珐琅器要是烧制不成功，许明峰肯定是要吃不了兜着走了。

赵岚看了看许明峰，也不免暗暗为他捏了一把汗。这时候，她有心替他说话，可是也不敢开口了。

预定的时间，很快就到了。

安建民这时收起用了十几年的老怀表，看了看赵兴成，说："赵把式，时间到了，咱们可以开炉门了。"

第六章　名震京华

赵兴成深吸了一口气，紧锁着眉头，看了看他，犹豫了一下，方才说："好，你打开吧！"

安建民给许明峰递了个眼色，当下两个人就上前来，一起去打开炉门。

此时，周围的人都紧张了起来，眼睛死死地盯着炉膛口。

转眼间，在两个工人的帮助下，那件珐琅器被抬了出来。

这时，所有人都睁大了眼睛，死死盯着这件还散发着滚滚热浪的珐琅器。

但几秒钟后，就是几家欢喜几家愁了。

赵岚首先惊喜地叫了起来："哇，成功了，成功了。爸，这件珐琅器烧制成功了。"

赵兴成瞪了一眼赵岚，没有说话。其实，从拉出来的那一瞬间，他就看出来了。

此时此刻，他的内心是震撼的。不得不承认，这件珐琅器烧制得非常成功。尤其是那些形态各异的掐制的铜丝，以及光彩夺目的釉蓝。无一不令人眼前一亮。从业这么长时间，赵兴成还从来没制作出这么出彩的珐琅器。而他更不敢相信，这一切，居然都因为那个自己一直并不怎么看好的徒弟帮忙。

那会儿，他的心里已经有些动摇了。甚至说，开始考虑是不是要安排许明峰和赵岚他们一起学习。

要说这时最为失落的，就一定是田明都了。他一脸惊愕，简直不敢相信自己的眼睛。眼前这光彩夺目、流光溢彩的珐琅器，太令他震撼了。他都不敢相信，这个一直不被他看好的铜赵记，竟然能烧出可以媲美他们专业烧窑制作出的珐琅器。

他的嘴里，一直喃喃着："不，不，这……这不可能的……"

许明峰几步走到他面前，抬头看了看他，轻轻笑着说："田把式，怎么样，您现在还有什么话说吗？"

赵岚此时也快步跑了过来，一脸喜悦地说："明峰，你这不是明知故问吗？事实都摆在面前了，他还能说什么呢。那句话怎么说的，田把式，愿赌服输，对不对啊？"

"哼，"田明都冷哼了一声，尽力去掩饰自己的窘迫，他看了看赵兴成，说，"赵把式，你今天真是让我大开眼界了。行，咱们后会有期。"他扭头就走。

许明峰见状，冲着他的背影叫了一声："田把式，你可别忘了咱们的约定。"

田明都也没搭理，头也不回地走了。

许明峰本以为这事情就算解决了。他一转头，却看到赵兴成脸色非常难看地看着他。霎时间，脸上的得意荡然无存了。

赵兴成扫了他一眼，冷声说："许明峰，你是不是很得意啊。今天烧制成了一件珐琅器，你都要不认识你自己了吧？"

"师父，我……我没有啊。"许明峰闻言，心里一惊，赶紧辩解。

"住嘴，"赵兴成闷哼了一声，缓缓地说，"你还敢说没有，都写到脸上了。"

"爸，您这是干什么呢？"赵岚有些看不下去了，看了看赵兴成，有些不满地说，"你也看到了，刚才若不是明峰，他田把式还不定……"

"赵岚，这里没你说话的分儿。"赵兴成打断了她，随即瞅着许明峰，冷声说，"许明峰，现在我们可以算算你未经我允许擅自破坏这个窑炉的账了。"

赵兴成的话让其他人都吃了一惊。

赵岚还想插话，却被沈玉坤给拦住了。他刚才看着许明峰扬扬得意，心里一直很不舒服，而今看着师父要对他兴师问罪，心里暗自高兴。

许明峰听到这里，反而不紧张了。他看着赵兴成，不紧不慢地说："师父，我这并不是对窑炉进行破坏，而是完善。"

"完善，你这话是什么意思？"赵兴成听到这里，多了几分困惑。

包括安建民他们几个人，此时也是一脸疑惑。毕竟谁也不知道许明峰的葫芦里究竟卖的什么药。

许明峰笑了一声，缓缓地说："师父，您之所以不让我们擅自对这个窑炉进行改动，就因为它是咱们铜赵记祖上传下来的。但是，您可知道，这窑炉最初的样子，就是我现在改成的模样。"

"你说什么？"赵兴成听到这里，嗤之以鼻，"许明峰，你来我们铜赵记才多久，难道你还比我对这窑炉了解吗？"

许明峰说："师父，我自然没有您了解这个窑炉。但是我对这种类型的窑炉了解得多。事实上，这种窑炉叫五行煅仙炉。这上面加装的四个火筒，以及下面那个底火，分别代表金、木、水、火、土。古人认为珐琅器是来自五行的，那么自然也需要用五行来煅烧制作。这个窑炉我很早就注意到了，这四周装火筒的地方使用的材料，比原来火炉上的材料要新。那就是说，这是后来加装的。我估计，这窑炉早就损坏了。可能我们铜赵记祖上对这个五行煅仙炉结构不了解，就直接将那些缺口给封上了。"

"许明峰，你说什么。我看你真是大逆不道啊，居然敢对我们铜赵记的祖上不尊重。"沈玉坤听到这里，气呼呼地叫了起来。

"好了，都别说了，今天的事情到此为止。许明峰，你既然对烧炉这么了解，那以后就专心烧炉吧。"赵兴成说完，扭头就走了。

沈玉坤有些傻眼了，他所期望的事情，到底没发生。

许明峰此时也傻眼了，他不知道究竟说错了什么。他本以为，自己这一番表现，师父会很高兴的。可是，师父这一番话，分明是要永久让他烧炉了。

那一刻，他怔住了。不过就在那时候，许明峰暗暗做了一个重大决定。

一个漆黑的晚上，整个四九城万籁俱寂。铜赵记所在的这个四合院里的人们也似乎陷入沉睡之中。

不过，有一间房间此时却灯火通明。

此时，沈玉坤和赵岚正坐在工作台前，他们正全神贯注地对刚完成的一个掐丝花样进行焊接。虽然两个人做得非常细致、认真。可是，焊接的衔接处却依然出现了一些小小的瑕疵。

"你们两个这么长的时间究竟都在干什么，为什么现在做出来的活儿还是如此的粗糙。"冷不丁，赵兴成严厉的训斥打破了房间里的宁静。

沈玉坤和赵岚都本能地颤抖了一下，露出了几分慌乱不安。

这时，沈玉坤抬起头，看了看赵兴成，忙不迭地说："师父，我们这焊接得也很不错了。如果不仔细看的话，肯定是看不出什么问题来的。"

"沈玉坤，这就是你对待手里的活儿的态度吗？"这时，一手端着紫砂壶的赵兴成，快步走了过来，脸色非常难看，让沈玉坤浑身都不自然。

"师父，咱们做的这些活儿，其实已经很细致了。我看，您有时候就是太较真了。"沈玉坤虽然有些害怕师父，不过他还是坚持自己的意见。

听到这里，赵兴成露出了一丝失望的神色，颇为无奈地长叹了一口气。他走到沈玉坤的跟前，看了看他，说："沈玉坤，你知不知道我们老北京的珐琅器为什么能够传承几百年，到现在依然绵延不绝吗？"

赵岚这时忙说道："爸，我知道，这是因为我们这些手工艺人始终抱着一种严谨、认真的态度。"

赵兴成一向并不喜欢赵岚接他的话，不过这次却没反对，而是微微点了一下头，说道："岚岚，你说对了一部分。最重要的是我们把手里的活计当成我们的衣食父母。因为正是靠它们赏给了我们一口饭吃。自然，对于它们，我们就要怀着一种无比尊崇的心情。制作珐琅器，更要有无比虔诚的态度，不能有任何开偷工减料的行为。如果一个人连这么简单的事情都做不好，那我看他还是趁早离开这个行业。因为他根本不配端这个饭碗。"

"啊，师父……"沈玉坤听到这里，慌了神。他迅速站了起来，低着头，"师父，我错了，您不要撵我走啊。"

赵兴成看了看他，说："沈玉坤，这次是给你警告。如果下次你再说出这种话，你知道是什么结果。"

"是，师父，我记住了。"沈玉坤忙不迭地应着，只觉得脊背上冒着冷汗。

"好了，现在我来给你们详细讲一下，为什么你们在处理这些掐丝的焊缝的时候会出现那么多的瑕疵。首先，你们在使用焊粉的量上有问题，其次是焊接的火候和时机……"

赵兴成说着，已然上前去给沈玉坤亲自指导。

此时，三人的注意力完全放在赵兴成手里焊接的掐丝上了，却浑然不觉在外面的窗户边，有一个人正眼巴巴地注视着这里面的一切。

对，这个人就是许明峰。从那天赵兴成当众要他永远去看火炉开始，他就暗暗做了一个决定，利用闲暇时间偷师学艺。基本上，白天他是没时间的。不过，许明峰经过长时间的观察发现，赵兴成一到晚上就会特意给赵岚、沈玉坤开小灶，教授他们一些技艺，都是压箱底的东西。于是，许明峰也会抓着机会，每天晚上都来偷偷学艺。

此时，他看着里面赵兴成讲授的那些要点，然后也在心里默默地记着。

赵兴成教授完后，沈玉坤随即和赵岚开始学习。

赵兴成一边看着，同时又不断地摇着头："不行，不行，你们焊枪接触的这个角度有问题。不行，这焊粉第二次放的时间有些早了……"

一遍又一遍，赵兴成一直不厌其烦。不过，沈玉坤和赵岚却有些坚持不住了。

两人的眼皮不断地打架，同时一个哈欠接着一个哈欠地打着。

赵兴成看到眼里，不免露出几分无奈的神色："你们俩啊，怎么对于学习一点热情都没有呢？"

"师父，我们学了一整天，晚上又熬到现在，真的瞌睡死了。"沈玉坤伸了个懒腰，说道。

赵兴成在他后背上狠狠地拍打了一下，没好气地说："就你们这种消极的态度，我看以后也学不出个什么来。你们看看许明峰，他的积极性可比你们高多了。"

赵岚一直都为父亲不肯教授许明峰而不平，这时，她趁机问道："爸，这一次明峰他表现得那么好，为什么你还是不肯教他呢？"

"你懂什么，岚岚。许明峰这孩子的确是有一股韧劲，也很聪明。不过，他还需要一些锻炼，我得要他明白一些人情世故。否则他将来要吃大亏的。"赵兴成说到这里，眼神里也多了些许复杂的东西。

在门口听到师父说的这一番话，着实让许明峰深感震惊。他不敢想象，原来师父对自己居然还有这么中肯的看法。因为他一直都以为师父非常讨厌他，所以才处处针对他。

这时候，许明峰也还不太明白，师父要自己明白的人情世故，究竟是什么。

这时，赵兴成看了看时间，说："算了，时候不早了，大家休息去吧。"

"哎呀，师父太好了。"沈玉坤听到这里，立刻丢下了手里的活儿，一跃而起。

许明峰见状，赶紧扭头跑到一个偏僻处，迅速躲了起来。

等到他们三人陆续从里面出来，走了之后，他才闪身溜进房间里。

接着，许明峰也不敢打开电灯，只点了一盏油灯。借着那昏黄的灯光，他按照刚才记下的赵兴成讲授的步骤，认真地对那些掐丝进行焊接。

当然，许明峰也没能成功。不过，他没有气馁，而是仔细寻思着究竟哪里出错了，然后继续尝试。

时间过得非常快，也不知过了多久，许明峰在完成一次焊接后，用力擦了一下流泪的眼睛，欣喜地叫了起来："太好了，我成功了。"

不过，话刚说完，他心里一惊，赶紧捂住了嘴。冷汗也冒了出来。

他悄悄地溜到门口瞅了一眼，此时天已经微微泛亮。不过，外面没人。许明峰松了一口气。

他知道，平常师父起来得很早，自己不能再逗留了，当下就迅速吹灭了油灯，闪身出去了。

这样的日子，过了有将近一年。

而在这期间，许明峰通过这种方式学习，对于景泰蓝的各种工序也迅速熟悉了起来。尤其是赵兴成那种独到的处理珐琅器的方式，许明峰也学到了精髓。

不过，这一切在那一天，彻底发生了改变。

那天中午，许明峰和安建民正在给窑炉添加煤炭。这时，沈玉坤和赵岚走了过来。

沈玉坤一脸得意，看了他一眼，缓缓地说："明峰，忙着呢。好好干啊，炉火可要给调好了。明天中午，我和岚岚制作的珐琅器就要进行烧制了。"

"好的，我知道，你们放心吧。"对于这个事情，许明峰早就知道了。

前两天，赵兴成接了一个订单，要制作一批景泰蓝工艺品。而他专程将其中的三足香炉交给沈玉坤和赵岚来制作。

两个人接手后，自然也是加班加点，非常用心。

不过，许明峰曾偷偷去观看他们制作的流程。他其实发现了很多的问题，甚至一度想要帮助他们修改。可是，最后想想，到底还是放弃了。

他很清楚，一旦去做了，那么自己偷师学艺的事情就会暴露。

在这一行里待了那么久，许明峰对这里的规矩还是懂的。偷师学艺，这可是犯了行业里的大忌。赵兴成要是知道，轻则重罚，严重的话，会直接将他驱赶出铜赵记。

不过，他不能眼瞅着两个人出现错误而不去提醒。毕竟如果明天推进窑炉的话，那么一切可就功败垂成了。

想到这里，许明峰看着两人，忙说："师兄、岚岚，这次可是师父头一次交给你们这么重要的任务。所以，你们一定要严把每个工艺环节，绝对不能出现任何的纰漏。哪怕一点小小的瑕疵，也要尽力排除。尤其是掐丝的环节，每一点纹饰，都务必要尽善尽美。这样，才能尽可能地表现出师父设计的图样的韵味。切记要……"

"好了，许明峰，你的话怎么这么多，和师父差不多了。"沈玉坤本来是向许明峰炫耀的。没想到，这家伙居然反过来教训自己了。他根本听不进去，直接打断了他："许明峰，你是不是烧炉子心里不甘，一直羡慕我们呢？"

"玉坤哥，你别胡说。其实，我觉得明峰说的也有道理。要不然，咱们还是回去再检查检查吧。"赵岚看了一眼沈玉坤，缓缓说道。

沈玉坤应了一声，一摆手，淡淡地说："行，岚岚，那我们就去做我们的珐琅器吧。某些人，还是安分守己地烧炉子，别存什么非分之想了。"说罢扬长而去。

赵岚这时看了看许明峰，脸上挤出一抹浅笑，连忙说："明峰，你别在意。玉坤哥他就是这样的人。不过他没什么恶意。"

许明峰摇摇头，笑了笑，说："岚岚，你想哪里去了。咱们认识这么久了，我对师兄的为人还是很了解的。"

"那就好。"听到这里，赵岚也放心了不少，当下扭头跑走了。

不过，许明峰此时依然眼巴巴地瞅着赵岚的背影。他的心里，究竟还是有些放心不下。

安建民走了过来，看了他一眼，笑着说："小峰，我看你就别操那份闲心了。现在，咱们只要将自己分内的事情做好就是了。"

许明峰扭头看了他一眼，应了一声，也没多说什么。

晚上，许明峰照例又摸到了作坊的门口。

此时，赵岚和沈玉坤正比对着赵兴成设计好的图样纹饰进行掐丝。其实，这也是非常细致、需要足够耐心的工作。

两个人忙活了两个多小时，却依然无法做出赵兴成设计的那蜻蜓的翅膀纹路。

沈玉坤擦了擦有些模糊的眼睛，伸着懒腰说："岚岚，你说师父他老人家到底怎么想的。这蜻蜓的翅膀纹路那么复杂，用掐丝，那得浪费多少工时。依我看，还不如直接用釉料画上去，这多省事啊。"

赵岚瞥了他一眼，摇摇头说："玉坤哥，我看你就是好了伤疤忘了疼。我爸提醒你不要偷工减料，你竟然这么快就给忘了。"

第七章　正式学艺

沈玉坤不自然地笑了笑，忙说："没有啊，我怎么敢忘记呢。只是，岚岚，咱们都忙了大半夜了，你看这蜻蜓就是掐不出来符合要求的。我看天也不早了，要不然，我们还是回去休息吧。"

"不行，玉坤哥，这可是我爸交给我们的第一个任务，我们不能就这么一走了之的。"赵岚想都没想，直接拒绝了，然后顿了顿，接着说："再者，定好明天中午烧制，如果我们今晚不加班掐丝，那明天还要填蓝，这工期岂不是要耽误了。"

"这，这……得，我不走行了吧。"沈玉坤闻言，无奈地叹了一口气，一摆手，极不情愿地又干了起来。

"玉坤哥，你还记得明峰中午提醒我们的事情吗？"这时，赵岚忽然放下了手里的活儿，转头看了一眼沈玉坤，问道。

沈玉坤愣了一下，抬头看了看她，微微点点头，说："咋了？我看那小子就是装腔作势，自己不受师父待见，故意来酸我们的。"

"不，我觉得明峰好像看出我们现在遇到的问题了。"赵岚多了一个心眼儿，眉头微微皱了一下，忙说道。

"什么，你的意思是，这小子难道天天在外面偷看……"说着话，沈玉坤警觉地朝门口张望了一眼。

赵岚见状，不免摇摇头，说："玉坤哥，你瞎想什么呢。我的意思是说，明峰都比我们还操心。如果我们还不上点心，就太对不起我爸对我们的良苦用心了。"

听赵岚这么一说，沈玉坤也不好再多说什么了。

不过，在外面偷看的许明峰，此时也暗暗捏了一把汗。刚才，他一度以为赵岚发现了什么端倪。

过了两个多小时，外面的门突然推开了，赵兴成步履匆匆地从外面走了进来。

看到他们俩,就迫不及待地问道:"你们掐丝做得如何了?明天清早就开始填蓝,差不多完成了吧?"

"爸,那个,我们还有些小小的地方没有完善。不过,我们尽力在做了。"赵岚有些不安地站了起来,看了看赵兴成,慌忙说道。

"什么?到现在还没完成。你们俩真是太让我失望了。"赵兴成几步走到跟前,扫了一眼那铜胎上黏着的掐丝,神色立刻变得凝重了,"沈玉坤、赵岚,我教了你们这么长的时间,难道都学到狗肚子里去了吗?这么久了,居然连这么简单的蜻蜓翅膀纹路都掐不出来。"

沈玉坤也一阵惊慌,不安地说:"师父,这个活儿可没想象的那么容易。而且那些纹路有轻有重,单纯用掐丝,实在不好表现。"

"你给我住嘴,我看你平常就没好好记住我教的那些东西。否则,你也不会给自己找借口了。"赵兴成依然非常生气。

"爸,您别生气。我们保证,今晚哪怕不睡觉,也一定做出来。"赵岚脑子转得很快,赶紧说道。

"哼,最好如此。明天清早我来检查,如果你们做不好,都去给我烧炉子吧。"赵兴成说完,气呼呼地出去了。

这时,沈玉坤抚了抚胸口,看了一眼赵岚,说:"岚岚,这可怎么办呢?这个蜻蜓翅膀的纹路,我们怎么都掐不出来啊!"

"玉坤哥,你现在还有心思抱怨啊。我们赶紧开始吧,咱们肯定没找到窍门。"赵岚瞥了他一眼,随即就开始了手里的活儿。

不过,躲在外面窗户边的许明峰,看到里面的景象,却一直摇头叹气:"师兄、岚岚,你们这种方法,根本掐不出丝的。"

许明峰记得很清楚,师父之前曾教授过他们虚实线掐丝法。这种法子,现在运用在蜻蜓翅膀纹路上,可谓是再合适不过了。不过,他不明白,为什么他们就是想不起来呢?

也不知道过了多久,许明峰在外面站着,也有些发困了。

不过,里面的情景更加糟糕。沈玉坤和赵岚完全困得不行了,两人只觉得眼前有无数的星星在晃动着。

沈玉坤打了一个哈欠,伸着懒腰说:"岚岚,不行,我实在扛不住了。"

赵岚揉了揉通红的眼睛,用手擦了一下那满是倦意的脸:"玉坤哥,我也挺不住了。可是我们做不好,我爸明天一定不会放过我们的。"

"算了，师父想怎么惩罚就怎么惩罚吧，我实在是挺不住了。不行，我得先睡会儿。"说着，沈玉坤直接趴在桌子上了。

赵岚刚想去叫他，却听到了隐隐约约的呼噜声。她颇为无奈地叹了一口气，摇摇头说："唉，看来明天的责罚是逃不了了。"

赵岚终究是个女孩子，再加上一边的沈玉坤睡着了。很快，她也招架不住了，随即趴在桌子上睡着了。

许明峰在外面看到这个景象，不免慌了神。他心里不断叫着，希望他们赶紧起来。眼见两人丝毫没有动静，他有些着急了，情不自禁地叫出了声。

刚出口，他赶紧捂住嘴。幸而两人太困了，睡得非常死，丝毫没有听到。

许明峰松了一口气，可是现在更担忧了。他很清楚，距离天亮已经没多少时间了。如果现在不抓紧时间将那蜻蜓的翅膀纹路做好，师父一定会兴师问罪。

许明峰暗暗咬着嘴唇，想了片刻，心一横，做了一个重要的决定，他要替他们俩完成这蜻蜓翅膀纹路的掐丝。

当然，他要趁着两人睡着的工夫做出来。到时候自己神不知鬼不觉地再出去，也不会有人发现。

即便沈玉坤和赵岚发现什么端倪，也一定不会说出来的。

许明峰认为这计划天衣无缝，当即悄悄溜到了门口，然后轻轻推开了门，四下看了看，确定没人后，迅速闪身进去了。

关好门后，许明峰悄悄地来到两人的身边。他仔细看了看他们做成的半成品，摇了摇头，也没多说什么，然后拿起工具，迅速开始作业了。

其实，许明峰也没多大把握。他现在这么做，其实就是为了验证自己的想法。

这一坐下来，就完全沉浸于其中了。甚至周围发生了什么事情，许明峰也浑然不觉。

"啊，终于做好了。"许明峰将最后的一点掐丝给粘连好，长出了一口气。

看着那掐出的蜻蜓翅膀，栩栩如生，许明峰甚至看得有些入迷了。他嘀咕道："师父真是太厉害了，这样的技艺，恐怕外面也没几个人会。"

"许明峰，你背后这么夸赞我，倒是让我有些不好意思了。"忽然，身后传来了赵兴成的声音。

许明峰惊叫了一声，霍地站了起来。一扭头，赫然发现赵兴成就站在身后。看样子，他似乎早就进来了。

许明峰瞬间就感觉一股寒意袭来，心里暗叫不妙，同时也开始做着最坏的打算了。

他支吾着，有些不安地说："师父，您……您什么时候过来的？"

赵兴成几步走上前来，死死地盯着许明峰，也不说话。虽然他依然板着那不苟言笑的脸，但似乎少了几分严肃，多了几分慈祥。

饶是如此，许明峰依然惶恐不安。

"明峰，看起来你真是太投入了，居然都不知道我什么时候进来的。"

"师父，都是我的错。我……我不该进来的，我不该帮忙的。我不该……"许明峰竹筒倒豆子一样，一股脑地说了一大堆。

赵兴成用手抚了抚他的肩膀，脸上破天荒地挤出一抹难得的浅笑："明峰，你干吗给我认错呢？我又没责怪你。"

"可……可是师父，我偷师学艺，这可是犯了我们这个行业里的大忌。我担心，您会将我逐出……"后面的话，许明峰说不出来了。

赵兴成闻言，忽然大笑了一声。那声音特别大，几乎响彻了整个房间。

许明峰都看得有些傻眼了，他一度觉得像是做梦。毕竟，跟随师父这么长时间以来，这可是头一次见师父笑，而且还是这种放声大笑。看起来，都不像是他了。

"师父，您……您……"许明峰抬眼看着赵兴成，嗫嚅着。

赵兴成这才回过神来，收起了笑容。他轻轻说道："明峰，谁说你偷师学艺了。其实，你天天偷看我教授你师兄和岚岚技艺的时候，我都知道。"

"什……什么，您都知道？"许明峰大吃了一惊，简直不敢相信自己的耳朵。

赵兴成微微颔首，看了看他说："明峰，你也不想想，我在这个四合院里住了多长时间了。对这里的一草一木，我都非常熟悉。哪怕一点风吹草动，我也都能感觉得出来。"

"师父，那您既然早就知道，为什么还装作不知道呢？"许明峰这时更糊涂了，完全不知道赵兴成的葫芦里究竟卖的什么药。

赵兴成神秘地一笑，说："明峰，我知道你是个可造之才。其实，我一早就注意到你了。但是我要考验你，我要确定，你是否能够扛起更大的责任和担子。"

"师父，我怎么听不懂您这话什么意思呢？"许明峰挠着头，一头雾水地看着赵兴成。

"孩子，以后你就会明白了。"赵兴成也没过多地解释。

事实上，很多年后，许明峰才明白，师父所说的责任和担子，就是肩负起传承铜赵记景泰蓝手工艺的担子。

赵兴成说完后，随即用力地咳嗽了两声，大声说道："都起来了，天已经亮了。"

"额，天亮了……天亮了？啊！师父……"沈玉坤迷迷糊糊地伸着懒腰，刚睁开惺忪的眼睛，蓦地看到赵兴成，吓得冒了一股冷汗，站了起来，"师父，您……您怎么过来了？"

这时，赵岚也从梦中惊醒过来，触电般地站了起来。惊慌失措地看着赵兴成，很不安地说道："爸，您什么时候来的。"

"哼，等你们知道，黄花菜都凉了。"赵兴成冷哼了一声，看了看工作台说，"你们俩的精神真是好啊，我在外面忙得焦头烂额，你们居然在这里做梦。"

"爸，我们知道错了。"赵岚低着头，一脸的惶恐不安。

"别说那么多，我问你们，我交代给你们的活儿，你们做得如何了？"赵兴成故意问道。

"啊，师父，马上就好了，您稍等一下，我们这就去做……咦，怎么，怎么都做好了？"沈玉坤一转身，看到那已经做好的蜻蜓翅膀纹路，有些傻眼了。

赵岚也注意到了这些，愕然地睁大了眼睛。她忍不住失声叫道："这……这怎么可能呢？活见鬼了。"

"什么活见鬼了？"赵兴成没好气地说道，"你们应该好好感谢明峰，如果不是他帮忙，今天你们俩就等着挨罚吧。"

"明峰？"赵岚闻言，有些不敢相信地看着许明峰。

此时，沈玉坤也是无比意外。

赵兴成看了一眼许明峰，说："明峰，你就一五一十地将事情的原委给他们说说吧。"

许明峰扭头看了一眼赵兴成，微微点了点头。当下，他将经过讲了一遍。

听完之后，沈玉坤和赵岚都一脸震惊地看着他。

这时，赵岚走上前一步，轻轻握着许明峰的手，笑着说："明峰，真有你的，谢谢你帮我们了。"

"岚岚，你别这么说。"许明峰有点儿害羞，"其实，你之前总是帮我。我能帮你这点小忙，也没什么。"

沈玉坤这时也走了过来，一脸愧疚地看着许明峰，说："明峰，对不起。打从你第一天来这里，我就对你有成见，而且经常给你穿小鞋，让你在师父面前难堪。没想到，你却一直以德报怨。我当师兄的，真是汗颜啊。"

"师兄，你千万别这么说。其实我从来没怨过你。我知道，你都是为我好。"许明峰说着，露出了憨厚的笑容。

第七章 正式学艺 / 043

赵岚见状，也有些没忍住，扑哧一声笑了："明峰，你还真是个死心眼啊。"

"好了，你们都别说了。"这时，赵兴成清了清嗓子，看了看他们三人说，"现在，我要宣布一个消息。"

这时，三人将目光齐刷刷地投射到了赵兴成的身上。

赵兴成却只关注着许明峰，看了他一眼，说："明峰，从今天开始，你就和玉坤、岚岚一起学习珐琅器的工艺制作。"

"师父，这……这是真的吗？"许明峰听到这里，激动得眼眶里都溢满了泪水。那一刻，他甚至都觉得太不真实了。

"当然是真的，傻小子，我为什么要骗你。"赵兴成那威严的脸上，此时露出慈祥的表情，仿佛关爱着自己的孩子。

"明峰，你还傻愣着干什么，还不赶紧谢谢师父啊。"这时，沈玉坤拉着许明峰兴奋地说道。

许明峰回过神来，赶紧给赵兴成道谢。

赵兴成微微点了点头，脸上露出满意的神色："明峰，现在我就正式交给你，还有玉坤和岚岚，第一个任务，半个小时后，你们吃了饭，立刻开始给这珐琅器填蓝。如果出一点差池，我依然会惩罚你们的。"

"是，师父，保证完成任务。"许明峰闻言，兴奋地说道。

赵兴成微微点了点头，转身就出去了。

这时，三人高兴地抱成了一团。

远远地，赵兴成看着他们三人欢喜的样子，脸上也露出了欣慰的笑容。那一刻，他忽然莫名地充满了信心，他们铜赵记的景泰蓝手工艺，一定会经过这三个少年人传承并发扬光大的。

第八章　码事儿

在赵兴成的悉心指导下，许明峰进步得非常快。对于铜赵记的手工技艺，他也进一步熟悉起来。

当然，他们三个小伙伴之间的关系，也越来越融洽。

尤其是许明峰和赵岚之间，两人近乎亲密无间的那种关系。

同时，赵兴成心里有了个打算。

这一年，许明峰已经十七岁了。相比于少年时代，许明峰如今脱胎换骨，像是换了一个人。一米八的个头，非常魁伟。而那标准的国字脸，搭配那充满着坚毅神色的目光，更是平添了几分英朗气质。

许明峰此时也变得非常活跃而开朗，他多次代表赵兴成参加景泰蓝手工艺内部的活动。因为出色的表现，一度成为很耀眼的明星。

因此，许明峰也收到了不少姑娘的情书和邀约。

不过，他始终不为所动。他的眼里，能够装下的，始终只有一个人。

赵岚，虽然只有十六岁，不过却已经逐渐从一个女孩变成一个青春活泼的美少女了。

不知道何时，许明峰最神往的，就是欣赏赵岚抚弄长发时那动人的姿态了。

而赵岚也总是有意无意地在他面前做出一些调皮的姿态来。

两小无猜的少男少女，却浑然不觉，那初开的情窦，已经在两人之间悄悄地萌发了。

这天中午，许明峰和沈玉坤刚刚替赵兴成参加了一个活动回来。两人正在里面的房间里给赵兴成汇报工作，这时，忽然就见赵岚气冲冲地闯了进来。

许明峰一愣，还没来得及开口问她，却见赵岚瞪着他，异常生气地说："真是气死我了。许明峰、沈玉坤，你们以后别再招惹那些乱七八糟的人来我们作坊里。否则，我见一个就赶走一个。"

许明峰和沈玉坤面面相觑，对视了一眼，两人还完全不知道究竟发生了什么事，此时都一脸茫然。

"岚岚，发生什么事情了？"沈玉坤看了看她，露出笑容来。对赵岚，沈玉坤一直都当亲妹妹看待。当然，也能容忍她的各种刁蛮任性。

赵岚双手交叉着抱在胸前，杏眼一瞪，说："刚才有个女的过来，非要见你们其中的一个。竟还说你们都约好了，要一起去北海玩呢。哼，我真是没想到，居然有这么不要脸的人。"

听到这里，沈玉坤忍俊不禁。他摇了摇头，缓缓说道："岚岚，你说的这个女的是不是身上穿着花格子裙子，脚上穿着红皮鞋。"

赵岚闻言，睁大了眼睛，诧异地看着他说："咦，玉坤哥，你还挺清楚啊。看起来，这女人是和你有关系了。"

"不不不，"沈玉坤听到这里，连忙摆了摆手，"你这么说，可误会我了。这个姑娘叫梁艳，人家怎么会看上我呢，这是奔着明峰来的。"

"许明峰？"赵岚听到这里，更不悦了。她狠狠地瞪着许明峰，说："明峰，你是怎么认识这种乱七八糟的女人的。"

"呵呵，岚岚，你别胡说。人家可不是什么乱七八糟的女人。"许明峰听到这里，多少有些不自然，"我们是在一个景泰蓝交流会上认识的，她父亲可是京铜记的把式梁博达，她其实也……"

"行了，你别解释了，我看你就是被她给迷住了。"赵岚不等许明峰说完，直接打断了他，"哼，反正不管如何，我都把她给骂走了。这次给她个教训，看她以后还敢往我们这里来。"

"什么？"听到这里，许明峰大吃了一惊，"岚岚，你怎么可以这样呢。人家找我，说不定有其他什么事情。再说了，你这样冒失地骂走人家，这不是丢我们铜赵记的脸吗？"

"什么！许明峰，我没听错吧？"赵岚听到这里，颇为震惊。她瞪大了那一双明亮的杏眼，怔怔地看着他："你居然为了那么一个才认识几天的女人，就冲我发火。"

"岚岚，这是两码事。咱们得讲道理，一码归一码。"许明峰有些无语。

"你居然为了那个才认识几天的女人，冲我发火。"赵岚仿佛没听进去许明峰的话，继续重复着刚才的话。

"岚岚，你怎么胡搅蛮缠？咱们要讲道理，这件事情明明就是你做得不对。"许明峰无奈地叹了一口气，对赵岚，他也是太了解了，自己现在恐怕说再多赵岚都未必听得进去。

"赵岚,你干什么呢?"这时,一直未发话的赵兴成,忽然喝了一声,"你知不知道你闯祸了。这个事情可大可小,如果梁把式深究起来,那就不是你们之间的小矛盾了。"

老北京之间的手工艺作坊,从古到今,一直都有一个不成文的规矩。虽然是各守各的作坊,做着自己的活计。但是,如果同行要去串门,彼此都要热烈欢迎、热忱接待。如果你将人拒之门外,那必然会遭受同行的排挤。如果直接将人家给骂走了,那就是给自己拉仇恨呢。

人家如果不深究,一切倒还好说。可深究起来,这问题就严重了。他们会提出一个制作珐琅器的挑战,规矩也要由人家来定。这个,他们称为码事儿。

如果你不应战,那么你就要遭受全行业的排挤,会逼得你退出老北京这珐琅器的制作行当。而如果你迎战,输了的话,你就得要无条件接受对方的任何要求;要是侥幸赢了,那么,事情就算这么过去了。

不过,许明峰可是听说过,人家既然敢来找你码事儿,那自然是有备而来。从古到今,被码事儿的一方,鲜有赢的。

"好好,都是我的错,这下你们都满意了吧!"赵岚听到这里,非常委屈地抽泣起来,忽然掩面跑出去了。

"哼,这死丫头,真是越来越放肆了。"赵兴成气得大骂了一句,看了看他们俩说,"玉坤,你和明峰等下去把桂发祥的麻花、稻香村的糕点各打包两个点心匣子,咱们得去登门谢罪。"说着,就出去了。

沈玉坤这时摇了摇头,颇为不满:"师父还真是下血本啊,登门谢罪,还给他们准备点心匣子。你说说看,这一年到头,咱们什么时候吃过这种高级货呢。"

"好了,师兄,你也别抱怨了。我觉得师父做得对。这件事情,如果真的被梁把式闹得要码事儿,那问题可就严重了。"许明峰看了他一眼,缓缓说道。

沈玉坤瞥了他一眼,轻轻叹了一口气,说:"明峰啊明峰,你让我怎么说你呢。你是真不清楚,还是故意装糊涂呢?"

"这,师兄,你这话是什么意思,我怎么听不懂呢?"许明峰一时却被沈玉坤给问住了。

沈玉坤说:"明峰,你难道还没看出来,岚岚刚才这么做还不都是为了你?"

"为了我?"许明峰听到这里更加困惑了,"师兄,你这话我怎么听不明白呢?"

沈玉坤见状,摇摇头,说:"明峰,岚岚摆明就是吃醋啊。她见不得别人对你好,这你都不懂啊?"

"啊，师兄，你别胡说啊！"听到这里，许明峰脸一红，感觉心跳加速。

"嘿嘿，明峰，我说你在学习珐琅器制作上悟性那么高，现在都走在我和岚岚前面了。可是在这种人情世故上，你怎么就跟个榆木疙瘩一样，完全一窍不通呢。"沈玉坤说着，随手拍了一下他的肩膀。

"师兄，你……你别开玩笑了。我和岚岚，之间就是……"许明峰说到这里，又有些窘迫，结结巴巴地说不上来了。

"得了吧，明峰。咱们之间，我看你就别说谎了。你敢说，你没对岚岚动心？"沈玉坤此时像是个过来人，似乎一切都在他的预料中。

当然，情况也许的确是这样的。毕竟，他是旁观者清。

"我……我不知道你说什么呢，师兄，咱们赶紧去准备东西吧。"许明峰说着，低着头快步冲了出去。

沈玉坤见状，嘀咕了一句："明峰，你让我说你什么好呢？"说着，也一起出去了。

两个人出去买了点心回来，正好赵兴成也从里面出来了。

看了看他们俩，微微点了点头。三人会合后，随即就朝外面走去。

不过，他们刚出门，迎面见一个青年骑着一辆永久牌自行车过来。

看到赵兴成，随即问道："请问，你是铜赵记的把式赵兴成吗？"

赵兴成愣了一下，连忙点头："是我，敢问这位小哥，你是？"

"您好，我是京铜记的。我们梁把式给您送来一份码事儿书。两个小时后，请你们来我们京铜记作坊，梁把式已经邀请了四九城的各大名门作坊把式现场把门。"那青年说着，将一份粘着京铜记标记的牛皮纸本本递给了赵兴成。

三人听到这儿，傻眼了。尤其赵兴成，更是惊慌。他有些担忧地看了看那青年，忙说："这位小哥，这里面肯定有误会。能不能麻烦你们梁把式，给我个机会，咱们其实可以用别的方式来解决问题的。"

那青年轻蔑地笑了一声："赵把式，您现在说这个话，是不是有些太晚了。之前你们这里的人骂我师妹，不是骂得挺开心吗？甚至还要对我师妹动手。如果现在我们不找你们码事儿，那我们是不是也太跌份儿了。到时候，整个四九城的珐琅器业内，还有我们京铜记的立足之地吗？"

"这……这……"赵兴成闻言，一时间也有些语塞了。其实他知道，是自己这里理亏了。

那青年哼了一声，耸了耸肩，冷声说："赵把式，我觉得您现在还是赶紧准备一下，想想如何应对吧。"说着，骑着车子就走了。

"师父，咱们也犯不着怕他。既然人家都找上门了，我们迎战就是。"沈玉坤气血上涌，异常生气。

许明峰看了他一眼，摇摇头说："师兄，这事情根本没你想的那么简单。"

赵兴成长叹了一口气，极不情愿地打开了那个码事儿书。这码事儿书通常是对方提出要码事儿的要求。

不过，看到里面的内容，赵兴成就有些慌了。对方提出的要求其实很简单，就是要在规定的时间内，看谁能够制作出一枚珐琅器的戒指。

对于京铜记，赵兴成是很了解的，这个工艺作坊也是传承了两三百年。他们制作的珐琅器，最大的特点就是精巧。和传统意义上的大型珐琅器不同，他们更擅长制作戒指、鼻烟壶、项链等小物件。而且越是小巧的他们越能制作得精妙绝伦。

在清朝末年，他们成为皇家御用的珐琅器供货商。制作的珐琅器戒指，深受慈禧太后的喜欢。在指甲盖大小的地方上，京铜记可以掐出山水重叠的复杂画面。

而这种独门技艺，即便在现在，也鲜有几家可以制作出来。

京铜记所擅长的，自然也是铜赵记的短板。人家明显就用自己的长处和你的短处码事儿，明摆着就是要往死里整你。

赵兴成一想到失败后所要面对的可怕后果，一时间心急如焚，只觉得眼前一黑，闷哼了一声，紧接着什么知觉都没有了。

等他醒过来时，发现自己身在医院。

许明峰、沈玉坤和赵岚都在身边。

此时，赵岚早就哭成了个泪人儿。她抹着眼泪，无比懊悔地说："爸，对不起，都是我的错，我给你惹麻烦了。"

赵兴成缓缓坐了起来，摆了摆手，看了看许明峰他们俩，说："怎么回事，我为什么会在医院？"

"师父，您刚才急火攻心了，"沈玉坤赶紧端了一杯水给他，忙不迭地说，"医生说，你只要好好休息，就会没事的。"

"休息，现在可不是休息的时候。走，时间不能再耽误了，我们赶紧去赴约吧。"赵兴成现在最关心的是码事儿的事，当然，还有铜赵记的未来。

"哎，师父，您等等。"眼瞅着赵兴成起身，他们三人赶紧追了上来。

"爸，这件事情都是我闯的祸，我去找他们解决。只要他们能撤销这码事儿的决定，我任凭他们处置。"赵岚拉着赵兴成，忙不迭地说道。

"岚岚，事情因我而起。如果要一个人出来承担，那自然是我，和你没关系。"许明峰看了她一眼，连忙说道。

赵岚听了脸上露出感激的神色。

"都别说了，现在已经不是个人的恩怨了，而是我们铜赵记和京铜记两个工艺作坊间的矛盾了。既然人家来挑战，那我们就不能怯场。"赵兴成此时看了看他们三人，说，"孩子们，这次的码事儿，关系我们铜赵记的前途和命运，大家有没有信心打赢这场仗？"

三人对视了一眼，然后用力地点了点头。

看到这一幕，赵兴成自然也是备受鼓舞。满意地一笑，说："很好，只要我们师徒团结一致，我不信咱们应付不了这些麻烦，走！"

这一刻，赵兴成也是豁出去了。当然，他能突然充满信心，也是因为身边这三个徒弟。

京铜记，处在四九城最偏僻的地方。不过，他们的规模很大，占着很大的一块地面。论实力，要比铜赵记强得多。

从门口进来，一直走到里面。这一路过来，赵兴成只注意到京铜记的人看他们的目光，分明充满了鄙夷和不屑。那神情分明就是说：哼，你们这些人，就是自寻死路。

他们四人被引到了目的地——一个偌大的作坊里。

看样子，京铜记准备得非常充分。

"稍等，我们梁把式很快就来了。"负责引路的那个青年人傲慢地说了一句，转身就走了。

沈玉坤看到这景象，着实气得不行："这个浑蛋，狗眼看人低。"

"闭嘴，玉坤，别忘了咱们今天来的目的。"赵兴成瞥了他一眼，连忙提醒道。

沈玉坤撇了撇嘴，不再多说什么了。

"明峰，你怎么来了？"这时，一个扎着羊角辫、大约十六岁的少女，一蹦一跳地跑了过来。

没错，她就是梁艳。梁艳快步上前来，旁若无人地抓着许明峰的手，笑嘻嘻地说："明峰，你是不是专程来看我的？"

许明峰分明看到一旁赵岚的很气愤的脸，他慌乱地赶紧抽出手来，不自然地笑了笑："梁艳，我是陪着师父来参加码事儿的。"

"怎么你也来了？"梁艳说着，嘟着嘴，颇有几分不满地说，"明峰，今天这个事情，我是特地给她姓赵的一个教训。"

第九章　深刻的教训

"梁艳，你还以为我会怕你吗？"赵岚原本就憋着火呢，这时更是恼怒不已，"你要是看不顺眼，有种咱们也学那些男孩子去北海约架去。你居然玩阴的，你可真够卑鄙无耻的。"

"切，赵岚，你以为我跟你一样，是个土里滚的下贱坯子啊。约架，你还是去找别人吧，我才没空呢。"梁艳轻哼了一声，一脸高傲。

"你说谁下贱坯子的，臭丫头，信不信我抽烂你这狗嘴。"赵岚气得咬了咬牙，张着一个巴掌就想打过来。

"来来，你打我一个试试啊。"梁艳故意将脸凑了过来，这时候，她可是有恃无恐。

赵岚哪里还想那么多，就要动手。幸亏被许明峰及时抱住了："岚岚，你别冲动，千万别再惹事了。"

"明峰，你放开她。这个死丫头，今天居然敢骂我，还想打我。长这么大，我还没受过这种气呢。"梁艳越说越气，毕竟这可是自己的地盘。

许明峰暗暗叫苦，这些丫头片子，其实没一个是省油的灯。一旦发起火来，那就是个火药桶。

"好了，梁艳，你别说了。今天这个事情，也是因为我引起的，和岚岚没关系。"

梁艳看到许明峰袒护赵岚，心里更不是滋味："明峰，你干吗这么袒护这个野丫头。我今天给我爸说了，等着码事儿结束，他们铜赵记落败了，你就转投到我们京铜记，我爸会给你安排最好的职位。"

"哼，梁艳，我看你就省省吧。"赵岚气呼呼地说，"你以为，明峰是那种轻易就能被收买的人吗？就算我们铜赵记真吃不了珐琅器这碗饭，他也不会给你家当上门女婿的。"

赵兴成和沈玉坤哪里见过这阵势，都有些傻眼了。这时候，听赵岚说出这番话，也更是无语了。

"赵岚,你以为你谁啊。你凭什么替明峰做主,你是他女朋友吗?"梁艳气得脸通红,愤愤地说道。

"哼,我不是他女朋友,而是他未来的媳妇,我们早就私订终身了。所以,梁艳,你就省省吧。"赵岚脱口而出。

她说的也无非是气话,本来就没想太多。

可是,这会儿,包括许明峰在内的师徒三人,都有些傻眼了。

尤其是赵兴成,他一向认为家风甚严,对子女教育也是很过得去的。哪承想,自己这女儿,而今说出这一番大逆不道的话,他也有些气愤了,怒喝道:"赵岚,你给我住嘴,胡说八道什么呢?"

这时,赵岚才意识到说错话了,赶紧捂住嘴。同时,目光落在许明峰的身上,露出了尴尬而窘迫的神色。

自然,觉得无所适从的是许明峰。面对赵岚突然说出的这么一番话,他一时间有些茫然。

不过,梁艳这时却被气得不行,当下就火大了:"赵岚,你个死丫头,看我不撕烂你的嘴,让你得意。"

她说着就要动手。但就在这时,身后突然传来了一声断喝:"梁艳,给我住手。一个女孩子家,这么胡作非为,成何体统。"

这会儿,梁艳方才作罢,一回头,就见一个四十岁出头的男人,背着手,快步走了过来。

霎时间,她就像泄了气的皮球,迅速走了过去,低着头,小声说道:"爸,您怎么来了。"

"我要是不来,你是不是打算闹翻天呢?"那男人训斥道。

许明峰他们认出来这就是京铜记的把式梁博达。

梁博达的身后还陆陆续续地跟着十几个人,而这些人,都是四九城里知名的工艺作坊的把式。

沈玉坤看到这种情景,小声说:"师父、明峰,你们看到没,这梁博达可是有备而来啊。居然将四九城里的大部分把式都邀请来了。今天咱们要是落败,那可是丢人丢到家了。"

"师兄,事情还没到那个地步,我们可别灰心。"许明峰看了看沈玉坤,说道。

尽管他心里也没底,可是他很清楚。眼下最需要的就是对自己有信心。否则绝对无法应对接下来的挑战。

沈玉坤暗暗笑了一声，心说，明峰，也就是你能有这么好的心态了。明摆着这就是一场无法赢的码事儿。

赵兴成看了一眼他们俩，虽然什么都没说。可是，那神态分明告诉他们：别乱说话。

紧接着，他就径直向梁博达走来。

"赵把式，幸会幸会。"这时，梁博达也迎了上来。

"梁把式，客气了。其实，我想跟你解释一下今天发生的不愉快的事情，我……"

赵兴成还抱着一点侥幸心理，希望能取消这场码事儿。

但是，他的话还没说完，就被梁博达打断了。梁博达淡淡地说："赵把式，既然事情已经到了这个地步，我看你说那么多也没什么意思。现在，在场有这么多的把式见证，咱们好好地码事儿就好。"

这会儿，赵兴成也不好再多说什么了。他看了看那些人，硬着头皮说："好，梁把式，我应了这场码事儿。"

"很好，规矩你应该也都知道。"梁博达笑了一下，然后指了指两边那早就准备好的制作工具说，"你现在挑一个工作台，咱们十分钟后就开始码事儿。以两个小时为限，我们就来看看谁做的戒指更能获得大家的认可。"

赵兴成听到这里，有些泄气。可是现在，他也别无选择，只能无奈地应下来。

当下，他就带着许明峰他们三人，直接走到了左边的工作台。

赵兴成看了看他们三人，说："你们三人尽快熟悉一下你们的工具，我现在就去设计戒指的花纹。"

许明峰见状，连忙走了过来。他看了看赵兴成，说："师父，您打算设计什么样的花纹呢？"

赵兴成摇了摇头，看了看他说："明峰，说实话，我现在脑子里一片空白，暂时也没什么想法。"

许明峰很清楚，此时赵兴成心里已经乱了。就算现在真的勉强去设计，恐怕设计出来的也未必能够成事儿，决然不是梁博达的对手。

他想了一下，说："师父，要不然，这设计的事情交给我吧。您就和师兄、岚岚他们先定好工序。"

"明峰，你做得了吗？"赵兴成看了看他，颇为担忧地说，"这可绝对不是小事情。明峰，虽然你之前设计过咱们铜赵记的很多珐琅器的花纹。但这次的情况是不同的。既要小巧，还要精妙，这恐怕不是一件容易的事情。"

"放心吧，师父，我不会让您失望的。"许明峰看了看他，轻轻笑了一声。

话虽然如此，但赵兴成还是不太放心："明峰，你先告诉我，你有什么思路？如果我觉得可以，那你再设计也不迟。"

许明峰想了一下，看了看他说："师父，我觉得是这样的。如果单纯比设计制作戒指的精美新巧，咱们铜赵记根本不是他们的对手。如果想要赢这个码事儿，我们就得学会扬长避短，走一下捷径。"

"哦，是吗？"听许明峰这么一说，赵兴成心里忽然像是被什么拨弄了一下，来了兴趣，"明峰，你继续往下说。"

许明峰微微点了点头，继续说道："师父，我觉得我们要凸显铜赵记的特色，比如，在釉蓝的色泽、光彩度的表现上着力突出。而至于花纹之类的设计，我们反其道而行之，不仅不需要学习京铜记设计的复杂，反而要越简单越好。当然，最关键的一点，要契合我们这个铜赵记的釉蓝的主题，就再好不过了。"

听到这里，赵兴成转忧为喜，脸上露出几分欣喜。他拍了拍许明峰的肩膀，忙说："明峰，你这个思路非常好，这设计就由你来做，我很放心。"

"爸，您和明峰嘀嘀咕咕在说什么呢？"这时，赵岚凑了过来，好奇地问道。

"没什么。岚岚，你的掐丝技艺最好，接下来你主要负责掐丝。"赵兴成也不和她多说什么，当下就开始布置任务了。

许明峰也不敢耽误时间，当即就开始进行设计了。

"你就是许明峰？"正在这时，有人叫了他一声。

许明峰一抬头，看见梁博达。他愣了一下，连忙站了起来，恭敬地答道："您好，梁把式，我就是许明峰。"

梁博达应了一声，然后上下打量着他，眼里满是赞许和欣赏："嗯，果然是仪表堂堂。怪不得我家艳艳成天嘴里念叨着呢。"

许明峰隐约听出了点儿别的味道来，有些尴尬地说："梁把式，梁艳和岚岚之间其实有些误会，希望您千万别介意。"

"哎，那都翻篇的事情了，咱们不提了。"梁博达一摆手，笑吟吟地说，"明峰，我可是听了你的很多事迹啊，你小子现在也算是我们珐琅器制作行当里的一颗明星了。"

许明峰也不知道梁博达究竟是什么意思，不过他也很客气地应道："梁把式，您客气了。其实，这都是因为我师父的教诲。"

"哈哈，明峰，看不出来你还挺谦虚的。"梁博达笑了笑，眼眸之中闪着光，"今天，你也见识了我们京铜记的规模了吧。实话跟你说吧，在咱们四九城这珐琅器的手工艺制作行当里，我们京铜记算是首屈一指的。同时，也是全行业里发展最好的。"

"梁把式，这些我都知道。据说您对经营管理非常有一套，您最近引用国外的那些企业化的管理模式来对京铜记进行改革，让贵作坊焕然一新。说实话，这也是很值得我们学习的。"许明峰对京铜记也做了很多的研究。其实，传统的手工艺作坊而今面临的最大的问题，就是在改革开放浪潮中，如何顺应时代的发展。

毕竟，时代在进步，很多传统的东西都被认为过时了。而你要是不做出努力和改变，稍不注意，就会被淘汰。

而事实上，这么多年来，许明峰目睹了老北京的很多传统产业日渐衰微，甚至走向消失。而对于景泰蓝行业而言，同样面临不小的压力。有很多手工艺作坊，就因为经营不善，陆陆续续地倒闭了，有不少还是传承了数百年的京城老字号。

梁博达听到这里，面上露出几分欣喜来："明峰，真是难得啊。你这个年纪，能够有这样的见识，可比那些老古董强多了。我跟你商量个事，不知道你意下如何啊？"

"梁把式，您请说！"许明峰也没多想，就直接说了一句。

"明峰，是这样的。你看你这样有才华的人，留在铜赵记这个地方，实在是有些屈才了。我觉得，你应该有更广阔的发展空间和平台。"梁博达笑了一声，说，"等这个码事儿结束后，如果你不介意，就来我们京铜记。你放心，我一定会重点培养你。甚至可以考虑将来将京铜记交给你经营。"

如果是别人，对方开出了这么优越的条件，想来定然就动心了。可许明峰却很冷静，甚至说，他没有丝毫动心。他只是看了看梁博达，用很平淡的口气说："梁把式，谢谢您的好意，我……"

"哎，别急着回答。你可以先考虑一下。"说着，就笑眯眯地走了。

"明峰，梁把式找你说半天，都在谈什么呢？"这时，赵兴成过来了。

看得出来，他其实早就注意到这些，一直想过来了。

许明峰倒也没隐瞒，一五一十地讲了一遍。同时，连忙表示自己的意见："不过，师父您放心，我根本没答应他。"

赵兴成听完，依然是气愤难当，恼火地说道："梁博达，你未免也太小人了吧。逼着我来和你码事儿，现在居然还想挖我的墙脚。明峰，你没让师父失望。像梁博达这样的人，背祖叛宗，居然把老祖宗传承下来的手工作坊，用洋鬼子的那一套什么狗屁管理模式来进行改革，简直就是大逆不道。就他这改成四不像的作坊，给个把式，我都不去做，我还害怕死后没脸去见祖宗呢！"

听到这里，许明峰也有些哭笑不得了："师父，我想你可能是误会了。其实，梁把式他只是对作坊进行一些改进，这是顺应时代。"

"什么顺应时代，就是崇洋媚外。哼，当年他们京铜记的把式被八国联军抓过。我看就是做洋奴做多了，太丢中国人的脸了。"赵兴成越说越气。

许明峰看到这里，也不好再说什么了。这么长时间了，对师父他还是很了解的。虽然赵兴成在技艺上很高超，可他却是个极度守旧的人。他认为试图去改变传统的行为，都是大逆不道，是对祖宗的不敬。

"赵把式，现在，我们要开始码事儿了，不知道你们这里准备好了没有？"这时，在对面早就准备停当的梁博达看了看赵兴成，轻轻问道。

"好了，梁把式，我可以开始了。"赵兴成自从得知梁博达居然敢背着他挖自己的徒弟，此时心态都变了。本来他就对梁博达引进国外的企业管理模式对作坊进行改革意见很大。经过这个事情，现在算是彻底站在他的对立面了。

梁博达微微颔首，当下就开始手里的活计了。

这时，许明峰拿出设计好的画稿，递给了赵兴成："师父，我设计好了，您看如何？"

赵兴成迫不及待地拿着画稿仔细看了一番，微微皱了一下眉头："明峰，这是不是设计得太过简单了，能行吗？"

"师父，您放心吧。我保证万无一失。"许明峰看着赵兴成，充满信心地说道。

此时，赵兴成也不好再多说什么了。他咬了咬嘴唇，心一横，说："行，师父今天就信你一次。如果真的不成事儿，大不了咱们师徒四人去什刹海乞讨去，总不至于饿死。"

许明峰闻言，也是有些无语。

接下来，他就开始给赵岚和沈玉坤布置任务了。沈玉坤主要负责铜胎的锻打、酸洗工序。当然这对他而言也是最为在行的。沈玉坤似乎对铜胎的锻打、酸洗有一种天赋，制作出来的铜胎算是他们几个人中最为出色的，不过也仅限于此。

赵岚负责掐丝。掐丝对赵岚而言，也是最拿手的。也许，这也是继承了父亲的基因的原故。

第十章　亲自出手

本来，赵兴成要去调制釉蓝及最为关键的填蓝的部分工序。许明峰却接过了他手里的活计，笑着说："师父，这些脏活累活儿，怎么能劳烦您亲自动手呢，交给我来做吧。"

"哎，明峰，这怎么行呢。这次码事儿事关重大，这釉蓝的调制和填充是最为关键的。为了万无一失，还是我来做吧。"赵兴成并不是对许明峰不放心，而是他太害怕不能成事儿。虽然刚才话说得轻松，可铜赵记真的丢了制作景泰蓝的饭碗，那对他而言是不可想象的灾难。

许明峰笑了笑，轻轻地说："师父，您是我们的最高领导，怎么能让您亲自动手。我看，您现在就站在一边把控全局，监督着我们就好了。"

"对，爸，我们三人在您手底下都学习了那么多年，您还能对我们不放心吗？"赵岚扭头冲他笑了一声，眨了眨眼睛。

听赵岚这么一说，赵兴成也不好再说什么了。没办法，他只能站在一边，接着，摸出自己的旱烟袋，吧嗒吧嗒地抽了起来。

许明峰一点点地将桌子上准备的釉料进行调配，每一步他都做得极其小心。

不过，在做到最后的时候，他从身上掏出一个小瓶子，拧开盖子，倒出了一点灰褐色的釉料，接着和那些调制的釉料迅速搅和在一起。

当然，这一幕也被赵兴成给发现了。他顾不上抽烟，赶紧冲了过来，一把抓住许明峰的手，惊叫道："明峰，你刚才往釉料里倒的那些灰色东西是什么？"

许明峰很镇定，看了看他，不紧不慢地说："师父，您别紧张，这是我专门配置的，是专门为这次的码事儿准备的。"

"胡闹，你做这个事情刚才怎么不和我商量。这可不是闹着玩的，釉料的调配要非常谨慎，稍微有些差池，烧制出来就会带来不可想象的后果。"

"师父，您相信我，一定没事的。我设计出来的，自然我也知道该如何处理。"许明峰看了看赵兴成，一本正经地说道。

"这，唉，你啊你，希望这次别出什么问题就好了。"赵兴成自知如今也无法改变现状了。没办法，只好松开了他的手。

当下，许明峰就开始填蓝了。

此时，那些现场观摩的把式们，纷纷将目光落在了铜赵记的这一边。同时，他们也在不断地议论。大致认为他们再怎么折腾，也于事无补。毕竟，结果也都是大家完全可以想象到的。

而令他们无法想象的是，都到了这个火烧眉毛的时候了，赵兴成居然还能一身轻松，抽着旱烟，完全置身事外。不少人都认为，保不齐就是赵兴成自知无力回天，现在是破罐子破摔了。

别看那只有一枚硬币大小的戒指，可是，因为太小，要处理上面的细节，反而更耗费时间。

许明峰完成填蓝的工序，已经是两个多小时后。他确认了好几遍之后，这才放心了。

赵兴成这时候可没心情再去抽烟了，别上烟袋锅子，迅速上前："这最后的煅烧工序，就由我来完成吧。"

"师父，让我来吧，您老还是歇着吧。"沈玉坤见状，连忙说道。

"不行，这事情就这么定了，没得商量。"赵兴成用一种不容置疑的口吻说道，当下，就拿过托盘，捧着戒指，小心翼翼地走向窑炉了。

此时，梁博达完成这最后的工序已经有二十多分钟了。眼见赵兴成这才将东西送进去，轻蔑地笑着说："赵把式，看来你们还是慢了啊。啧啧，你们这速度还是不行啊。"

"梁把式，还没到最后一刻呢，别高兴得太早了。"赵兴成说着，打开了炉门，随即将托盘推进了炉膛里。

接下来，就是等待了。不过，这时候赵兴成却非常焦虑。背着手，不停地来回踱步。

沈玉坤和赵岚两人现在也很不安。他们的目光，都死死地盯着窑炉。

倒是许明峰，这时却非常淡定。他像是没什么事情，就将桌子上剩下的其他釉料，不断地进行调配。他一边调配，还一边仔细地观察那色泽，嘴里也不断地嘀咕着什么。

不知道过了多久，就见梁博达得意地笑了笑说："赵把式，再过十分钟，我们的珐琅器可就要出炉了。不知道你们的珐琅器，还要等多久呢？"

"不劳梁把式操心，我们现在就要出炉了。"冷不丁地，许明峰忽然叫了一声，紧接着，就走了过来。

他话音刚落，众人纷纷叫了起来，迅速将目光集中到了他的身上。大家的眼神里都是诧异，甚至带着几分质疑。

估计不少人都认为这个小子是不是脑子进水了。

赵兴成几步走到许明峰身边，看了他一眼，说道："明峰，你说什么胡话呢。这才多久，我们现在出炉，那釉料都还没成型呢。"

"师父，您放心吧。我既然能现在出炉，自然有我的打算和考虑。"许明峰自信满满，冲赵兴成微微一笑。

赵兴成如今对这个徒弟越来越有些摸不透了，他迟疑了一下说："好，我就听你的。"

他的话音刚落，众人更是震惊无比。尤其是梁博达，他忍不住大笑了起来："赵把式，我没听错吧。你从业这么多年了，居然没一点基本常识。如果现在出炉，你考虑过会是什么样的后果吗？"

赵兴成应了一声，看了看他说："你放心吧，梁把式，我既然放手让我徒弟去做，那就完全相信他。"

沈玉坤见状，忙说："你们等着，我来取。"当下就快步走到窑炉边，打开炉门，就将托盘取了出来。

这时，所有人的目光齐刷刷地落在那枚戒指上。梁博达和赵兴成更是无比紧张。

不过，下一秒，他们露出了不一样的表情。梁博达看到那枚戒指的一刻，立刻放声大笑起来。

而赵兴成却脸色惨白，有些怅然若失。要不是被赵岚搀扶着，恐怕他已经跌倒在地上了。

因为那托盘里的戒指，却是个黑乎乎的东西，像是刚从煤堆里挑出来的煤核。

"啧啧，赵把式，你千算万算，现在到底还是失算了吧。看来，你这次要失败了。"梁博达一脸得意，带着几分傲慢，缓步走了过来。

赵兴成紧紧攥着拳头，咬了咬嘴唇，微微喘了一口气，说："梁把式，你不要得意了。就算这次的码事儿我没成事儿，就算我丢了制作珐琅器的饭碗，我也不会服气的。"

"唉，赵把式，我说你这又是何必呢。其实，你如果跟我说几句软话，说不定我也不会做出太过分的事情。毕竟大家都是吃珐琅器这碗饭的。"梁博达笑了一下，更加得意了。

"慢着，赵把式，您现在说这话，是不是有些为时过早。"这时，许明峰走到梁博达身边，看了看他，说道。

梁博达一愣，微微皱了一下眉头，说："明峰，你这话是什么意思？"

第十章　亲自出手　／　059

许明峰看了看那黑乎乎的戒指，说：“我现在之所以取出戒指，因为这是我们工艺环节里必需的一步。”

"必需的一步，你的意思是，难道还要进行回炉？"梁博达也是见多识广的人，听他这么一说，也颇为吃惊。

"梁把式，您说得非常对，果然是见多识广的人啊。"许明峰应了一声，随即给沈玉坤递了个眼色。

沈玉坤会意，当下迅速将托盘重新放进了窑炉里。

这时候，赵兴成仿佛也想到了什么，抓着许明峰的胳膊，吃惊地说道："明峰，难道这就是传说中的二次煅烧法吗？"

"师父，您说得没错，这就是二次煅烧法。不过，也谈不上什么传说，根本没那么神。"许明峰随口说道。

"不，明峰，这一门工艺，我听说乾隆时期就失传了。事实上，我们赵家祖上好几代都试图恢复这种工艺，可是一直都没成功过，没想到，你居然……徒弟，你真是太给师父长脸了。"赵兴成兴奋不已。

"师父，您这么说，让我都有些无所适从了。"许明峰挠着头，不自然地笑了笑。

他想了一下，然后压低了嗓门，轻轻说道："其实，这是我们许家制作珐琅器一直用到的工艺。不过，我爸说这一门工艺很复杂，对釉蓝的调配要求极高。做不好，整个珐琅器可就彻底毁了。"

赵兴成想到了什么，一拍额头，说："哦，我明白了。所以，刚才你往釉料里加的是你许家独家配置的辅料吧。"

"是的，师父。"许明峰点了点头。

"嗯，明峰，非常好。"赵兴成这时候看着许明峰，比看着亲儿子还要亲切。

此时，梁博达的脸色最为难看。他甚至隐隐感觉这次的码事儿，自己有可能会落败了。

大约十分钟后，梁博达那边的窑炉打开了。当里面的戒指被取出来后。众人纷纷把目光投过来。此时，大家都惊愕地睁大了眼睛，不敢相信地看着眼前那光彩夺目、异常耀眼的戒指。

京铜记不愧为传承几百年的珐琅器制作老字号，看着就会被这戒指精美的做工及瑰丽无比的色彩吸引。尤其在那小巧的戒指上，精妙无比地勾画出的山水图。甚至连那小鸟的羽毛都看得清。

许明峰他们看到这个，也不得不佩服京铜记的工艺，制作出来的珐琅器真可谓是巧夺天工。

梁博达自信满满，将戒指逐一给那些把式们看。然后，他得意地对赵兴成说："赵把式，就算你们用上二次煅烧又如何。不过，这最后的结果还真不好说呢！"

许明峰闻言，不免笑了一下，点点头，看着他说："也对，梁把式，您说的简直太对了。这最后的结果，还真不好说呢！"

"明峰，你……你还能整出什么花样吗？"梁博达本来还对许明峰青睐有加，不过他现在却觉得这小子也没什么大本事。

许明峰笑了笑，说："梁把式，别着急，好戏马上就要上演了。"

说着话，他看了看时间，然后对沈玉坤说："师兄，时间差不多了，可以取出来了。"

沈玉坤点了点头，当下就快步上前，随即将戒指取了出来。

这时候，众人的目光再次齐刷刷地落在了那枚戒指上。

不过这时候却让他们刮目相看，和先前那黑乎乎的样子相比，此时简直是脱胎换骨。

呈现在众人面前的是一枚光彩夺目的戒指。整枚戒指，由铜胎做底，而釉蓝形成的蟠龙形态，却缠绕了戒指一圈。而戒指的正面，造型其实非常简单，乃是一个圆形，中间掐丝出一个方形的形态。看起来有点像枚铜钱。不过，最独特之处，却是在于圆形的里面，所呈现出的蓝色，乃是一种蔚蓝的天空的颜色，而方形铜掐丝内部的蓝色，却呈现出一种泛着金黄的蓝色。

而当两种蓝色搭配在一起，则是相得益彰，令人赏心悦目。这所呈现的美感仿佛有一种魔力，深深地吸引着人的眼球。

一时间，所有人都看得傻眼了。包括梁博达，也看得瞠目结舌。他缓步走过来，探手去摸那戒指。

"哎，梁把式，小心，这很烫。"此时，许明峰提醒了他一句。

梁博达方才恍然回过神来。他迅速缩回了手，看了看许明峰，微微点了点头。不过，半张着的嘴里，却愣是一句话都说不出来。

赵兴成这时喜不自禁，如获至宝地仔细打量着这枚戒指，不断地点着头："真是太漂亮了，我就没看错。靠我们老祖宗的手艺制作出来的工艺品，太传神了。今天这个码事儿，就算没成事儿，我看到了这么精美的戒指，那也值得了。"

众人被这一枚戒指深深吸引，纷纷凑了过来。当看到这枚戒指的时候，也都不住地点头称好。

看到这一幕，梁博达似乎也预感到有些不妙了。他微微后退了一步，眉头拧成了疙瘩。

许明峰看了看众人,淡然一笑,说:"诸位,那么现在就请各位来评判一下,我们双方做出的珐琅器,究竟谁的更为出色呢。"

这时,众人不断地交头接耳,议论纷纷。

梁博达是个明白人,自然看出个中缘故。他清了清嗓子,看了看众人,冷声说:"你们议论什么,有什么就说什么吧。我这人还是很讲公平的,大家赶紧做出评判吧!"

众人随即开始表决。

自然,还有不少人青睐于京铜记的戒指。不过,一大半的人,却纷纷选择了铜赵记的戒指。

于是,这最后的结果,也是显而易见的。

梁博达看到这结果,霎时间犹如泄气的皮球。他非常清楚,从这一刻起,他们京铜记的名气,就要一落千丈了。

不过,许明峰这时却说道:"梁把式,如果认真说起来,今天咱们双方根本是没有输赢。或者说,我们其实也没赢你们。"

"你说什么?"赵兴成听到这里,倒是有些大跌眼镜。自己这徒弟,今天是不是疯了,居然说出这么一番话来。

沈玉坤也凑了过来,看了看许明峰,不满地说道:"明峰,我看你是不是脑子进水了,你怎么可以说这种话。咱们好不容易成事儿了,你这么说,万一……"

许明峰冲他一笑,微微摇了摇头。

梁博达似乎也被许明峰的话弄得有些困惑了。他颇为诧异地看了看许明峰,有些不解地问道:"许明峰,你这话到底何意啊,我怎么听不懂?"

许明峰看了他一眼,随即扭头环顾了一下那些把式们,笑了一声,说:"梁把式,其实如果单论做这种精妙的珐琅器的实力,我们铜赵记根本不是你们的对手。因为这是你们最擅长的,这是我们无法比的。但是我们今天能够成事儿,其实是靠了扬长避短。我们充分发挥了铜赵记的特色,淋漓尽致地展现了釉蓝的色泽。而且我们化繁为简,将平常众所认知的戒指繁复的设计花纹,做得简单,这给人一种耳目一新的感觉。其实,这就是一种走捷径。"

赵兴成正想动怒,心说你小子是不是疯了,怎么把这些秘密都给说出来了。

第十一章　名师出高徒

不过，梁博达却抢了话头。他看了看许明峰，瞬间仿佛明白了什么。他几步上前，紧紧攥着赵兴成的手，感触颇深地说："赵把式，我真羡慕你啊，教出了这么好的一个徒弟。"

赵兴成一愣，看了看他，说："梁把式，你现在这么说，我还真有些糊涂了。"

梁博达说："赵把式，你徒弟算是给我上了一课。确切地说，是给我们所有人都上了一课。我今天借着码事儿，利用我们京铜记的优势，企图坑害你们铜赵记。而你们铜赵记现在明明已经胜券在握，但明峰担心这次你们成事儿后，我们京铜记的名气会受到影响。故而，他才说出刚才的那一番话，就是要帮我们京铜记找回面子。做人做事，总能够留三分，日后才好相见。明峰这孩子，将来一定能够成大器的。"

"这……"此时，赵兴成心里也是五味杂陈，一时间说不出什么了。

这一次的码事儿，迅速在四九城的珐琅器手工艺制作界内传开。而许明峰的名声，也即刻传开了。

当然，这一点，是许明峰根本没想到的。或者说，他并不想要这些。

"明峰，那个报社的记者又来采访你了，难道你还不见啊？"作坊里，许明峰正在和赵兴成设计一个花纹图案，此时，沈玉坤兴冲冲地跑了过来，说道。

"师兄，我不是都说了，我不想接受采访。"许明峰头也不回，随口应了一声。

"这不太好吧。"沈玉坤有些不甘心，缓缓说道，"你看，人家都来了这么多趟了。总是拒绝，这太不礼貌了吧。"沈玉坤笑了笑。

这时，赵兴成狠狠地瞪了他一眼，没好气地说："玉坤，有什么礼貌不礼貌的。咱们做手工艺的，不要去在意那些虚名。我们要做的，就是踏实做好手里的活计。"

"可……可是师父……"沈玉坤欲言又止。

"嘿嘿，玉坤哥，我看是你想接受采访吧。"这时，赵岚笑嘻嘻地走了过来，开玩笑地说道。

"岚岚,你少插话。"沈玉坤丢给她一个白眼,然后看了看赵兴成说,"师父,要不然,你们就在这里做事,我来替明峰接受采访。"说着,转身就跑出去了。

"哎,玉坤你……"赵兴成想去叫他,可对方已经跑得没影儿了。

"爸,您也别叫了。您还没看出来,玉坤哥心痒难耐,早就想出去了。"赵岚凑到许明峰身边,一手搭在他肩膀上,冲赵兴成笑着说。

"唉,玉坤这孩子,如果总是沉迷于这些无用的虚名里,不做好手里的活计,将来会吃亏的。"赵兴成说着,无奈地叹了一口气。

不过,赵兴成怎么也想不到,他这无心之语,却一语成谶。日后,沈玉坤和他们分道扬镳,走了很长一段弯路。

当然,这都是后话了。

"明峰,你还在调试呢。起来,我们去吃饭吧。"

此时,许明峰坐在工作台前,仍然在一遍遍地调配着一种釉料。这阵子,他和赵兴成一直在试验通过增加一些辅料来丰富釉蓝的光泽,以期开发出展现宝石光泽的釉蓝。

按照赵兴成的说法,历史上曾给明朝宫廷进贡的景泰蓝工艺品里,有一批珐琅器是有这样的光泽的,而且还被称为宝石釉。

不过,后来也就莫名地失传了。赵兴成的爷爷曾做过努力,试图找回这失传的宝石釉。无奈,到死他都没成功。

但是,许明峰很清楚。其实,赵兴成做这个事情,初衷还是想重新找回铜赵记失传的技艺龙鳞光。而宝石釉,应该说是个过渡品。

许明峰转头看了一眼,就见赵岚来到了身边。他点了点头,随即注意力又放在了那釉料的盘子里:"岚岚,你去吃饭吧,我现在没空。"

"不行,明峰,我要你和我一起去。你怎么跟我爸一样,扎进这珐琅器的研究里,跟走火入魔一样。这都一天了,你难道还不打算去吃饭啊?"

赵岚说着,轻轻拉了一下他的胳膊。

"岚岚,我真的有很重要的事情。你看,要不然……"许明峰有些无奈地叹了一口气,扭头看了看她,缓缓说道。

"不行,许明峰,你难道打算一辈子都和这珐琅器过吗?这都几天了,你都没好好地看过我呢!"赵岚撇了撇嘴,有些不满。

"啊,岚岚?"许明峰听到这里,忽然听出了另一层意思,扭头看了看赵岚,脸上露出了羞涩的表情。

此时，赵岚也意识到自己说的话有问题了，脸上掠过一抹的红晕。她忽然起身，一跺脚转身跑开了。同时，嘴里还嘀咕着："哼，你爱来不来，好心当作驴肝肺。"

"哎，岚岚，你等等，我这不是来了吗？"许明峰见状，苦笑了一声，赶紧丢下了手里的活儿，二话不说就追了上去。

"岚岚，你别生气。我向你保证，以后一定多花时间陪你。"许明峰快步追上来，抓住了赵岚的胳膊，忙不迭地说道。

这时，赵岚扭头看看许明峰，本来还紧绷着的脸忽然绽放出一个灿烂的笑容："这可是你说的啊，不准反悔啊。"

"我……"许明峰这会儿忽然看明白了，赵岚刚才可都是装的。可是现在他也不好再说什么了。

两人从作坊里出来，赵岚轻轻靠近许明峰。那一刻，许明峰心跳得非常厉害。他感受着赵岚少女特有的体香，以及那灼热的目光。不过，许明峰很乐意享受这样的时光。

好几次，他试图探手去握住赵岚的手。不过，犹豫了几次，一直都未成功。

而就在这时，赵岚忽然伸出两只胳膊，身子也轻轻地靠了过来。

他不自然地扭头看了看赵岚，嘴唇动了动，欲言又止。

赵岚甜甜一笑，轻轻说道："明峰，我能问你个问题吗？"

"岚岚，你想问什么就问吧？"许明峰看了看她，忙应道。

"嗯，明峰，你以后打算找个什么样的女孩子做女朋友呢？"赵岚眨了眨眼睛，那一双眼眸似乎比任何时候看起来都深情。

"我……我没想过啊。"许明峰挠了挠头，有些不知所措。当然，他心里其实是有答案的。

"你说说啊，我想听。"赵岚又一次催促道。

许明峰几乎是脱口而出："岚岚，我真正接触的女孩子并不多。如果真要找，我想找你这样的。"

"啊，明峰，你好讨厌啊。"赵岚闻言，脸颊"唰"地绯红一片，迅速撒开了他的手，捂着脸朝前面跑去。

许明峰怔怔地看了几眼，嘀咕道："咦，岚岚，我说错什么了吗？"他还以为赵岚生气了，赶紧追了上去。

"明峰，我们去吃驴打滚吧，还有艾窝窝、糖卷果。"许明峰被赵岚拉到了最近的一条小吃街上。看着那些小吃，赵岚如数家珍，满脸都是兴奋。

许明峰应了一声，摇摇头说："岚岚，你吃这么多，小心消化不良。"

"这你别管，我就喜欢吃。"赵岚一撇嘴，轻轻笑了一声，随即就跑到了一个驴打滚的摊位前。

许明峰也不去多问什么，当下就追了上来。这个时候，他只要准备好钱付账就好了。

两个人说是吃饭，其实就是玩。两个多小时后，赵岚摸了摸肚皮，说："今天吃的真是太多了。"

"是啊，你都快将这小吃街吃遍了。"许明峰淡然一笑，翻了翻钱包，"幸亏，我这钱包里钱还是够用的。"

"明峰，你真是太没劲了，这个时候谈钱。"赵岚白了他一眼，忽然看到不远处的一个身影，说，"咦，那是我朋友。明峰，你在这里等一下，我去和她说几句话。"

"哎，岚岚，你等一下。"许明峰慌忙说道。不过，赵岚已经走远了。

本来他是想告诉她，赶紧回去，自己还要继续做事呢。

不过，现在看起来是没机会了。

许明峰百无聊赖，只能在街上四处张望。其实，他对逛街根本没什么兴趣。这一点和沈玉坤不同。沈玉坤这阵子经常找理由出去，说是调查市面上的珐琅器。但谁知道他究竟干什么去了呢。

不经意地，许明峰忽然看到远处有一个地摊，围着不少人。那摊位的老板，是个五十多岁的人，穿着也古朴得很。而他所贩卖的，却是些古玩之类的东西。

本来，许明峰对这些也根本没什么兴趣。但无意间看到这老板从包里掏出一个方口的景泰蓝花瓶，正给众人介绍着什么。

看到这景象，许明峰眼眸里放射出了光芒来。他好像突然来了兴趣，情不自禁地就朝那个地方走去。

等他挤过来，就见那老板正唾沫横飞地给大家介绍这花瓶的来历："大家瞧仔细了，这可是宣德年间的花瓶，从宫廷里流出来的绝品。"

他话音刚落，立刻一群人就嚷嚷着问了起来。那老板见状，眼睛里闪着光，逐一给他们解释起来。

不过，许明峰仔细打量着这花瓶，只是看了几秒，他就看出问题所在了。凭着多年的经验，他一眼就看出来，这是个仿品。这个花瓶就是利用现代工艺做成的，并且这工艺手法还算不上太成熟。一般而言，这种仿品做成后，要在表面涂抹上一层杏干粥，让其生锈。数十天后擦掉锈迹，接着用胭脂油再重新涂抹一遍，这样就可以达到以假乱真的效果了。

不过在真正的行家眼里，这其实是一眼就可以看出端倪的。

虽然很多人去询问，但老板一说价格，不少人犹豫了。许明峰见状，也没多说什么。江湖人自然有江湖人的规矩，许明峰知道他们也是混口饭吃。

就在他准备要走人的时候，忽然见一个穿得跟港台电影里的女明星一样时髦、留着个披肩烫发的女孩走了过来。她一手摘下戴着的太阳镜，眨着一双大眼睛，看了看老板的那个花瓶，脸上多了几分兴奋的神色。

老板也是个精明人，一下就看出来，对方十有八九是个归国华侨。自从改革开放以来，这古老的北京城里，倒是拥进来了不少华侨。对这些江湖人而言，这可是他们发财的好机会。

这些华侨喜欢各种古玩古董。但是他们对于如何鉴别这些古货的真假，却所知甚少。

江湖人利用这点，趁机将一些假货卖给他们。

当然，这个老板一准也是这一类人。

他此时眼里闪烁着异样的光芒，立刻将那花瓶拿起来，递到了这姑娘的面前，笑眯眯地说："这位小姐，我看你就是个识货的人。怎么，你也是来淘货的吧？茫茫人海，你一眼就看中了这个花瓶，这说明什么，说明彼此有缘啊。"

许明峰听到这里，心里就觉得好笑。这些个江湖人，也真是张口就来啊。

此时，那姑娘接过花瓶，仔细打量了起来。后来，看到瓶底落款"大明景泰年制"时，立刻露出了几分欣喜。

"老板，你这个瓶子，真的是景泰年间的货吗？"

"当然了，小姐，你的眼光好啊！我这瓶子，可是从宫廷里流出来的正品。当年，还是祁钰皇帝登基的时候打造的。严格说起来，这可是精品中的精品啊。"

老板滔滔不绝，说起谎话来眉头都不皱一下。

听到这里，这姑娘难掩兴奋，她拿着瓶子仔细翻看了一下，然后盯着老板问道："老板，这瓶子多少钱啊？"

老板咬了咬嘴唇，说道："小姐，看起来咱们也算是有缘人。这样，我也不虚报价。五万块，不还价。"

他话音刚落，人群里响起了喊喊喳喳的议论声。许明峰心里说，这老板也真够黑啊。刚才给那些人报价只要一万多。没想到，看到归侨，居然下手这么狠。

那姑娘犹豫了一下，看了看老板说："老板，你这个价格……"

"啊，小姐，你要是觉得高的话，那咱们再商量，你看三万咋样？"老板大概是有些心虚了。听那姑娘一说，赶紧降价。

扑哧一声，这姑娘笑了起来。她掏出一块手帕，擦了擦脸。然后看着老板，柔声说："不，老板，我想你误会了。我意思是，你这个景泰年间的景泰蓝，居然才要价五万，真够便宜了。前一段时间，加德士拍卖一个景泰年间的三角炉，成交价都在二十万上下的。"

"二十万……"老板听到这里，一脸震惊。估计他也没想到会是这样。

那姑娘这时笑了笑，说："老板，既然刚才降价到三万，那我也不客气了。就这么成交吧。"说着话，她就去掏钱。

不过，老板的脸色此时却变得异常难看，估计是有些后悔刚才要价太低了。

当然，他现在也只是少赚了。事实上，这个花瓶的成本加起来，连二十块钱都不到。

此时许明峰有些看不下去了。就在那姑娘要交钱的时候，他忽然上前，拦住了她的手："小姐，你交钱之前，请三思啊。"

"这位先生，你……你这话什么意思啊？"那姑娘闻言，愣了一下，有些疑惑地看了看许明峰。

许明峰正想说话，却见那老板狠狠地瞪了一眼他，恼火地说道："喂，你干什么的。趁早赶紧走开啊。这里没你什么事情，最好别乱插嘴。"

许明峰甚至都没正眼看他，随口说道："老板，你紧张什么呢，我什么都没说。"

那老板忽然抓着许明峰的衣领，直接给揪扯到了一边。紧接着，压低嗓门说："小子，我奉劝你最好嘴巴老实点。有些话该讲，有些话不该讲。你要是乱说话，信不信我让你走不出这条小吃街。"

许明峰用力打开了他的手，缓缓说道："老板，你还真别吓唬我。这个地面，我比你熟。要真较真起来，咱们俩不定谁走不出去呢。"

说着，又走了回来，他再次扫了一眼那老板，淡淡地说："老板，本来我刚才是不想拆你的台的。可是，既然你话都说这份儿上了，那我只能对不住了。"

"你……"老板闻言，有些气急败坏。

许明峰这时看了看那姑娘，说："小姐，你是头一次来我们北京吧？"

"是啊，我跟着我哥来做生意。我们俩对你们老北京的景泰蓝非常喜欢，这一次我是专程来捡漏的。"这姑娘说。

许明峰听了，有些哭笑不得。你这行话倒是会得不少。不过，这专业鉴别知识却少得可怜啊。他应了一声，看了看这姑娘说："小姐，既然是捡漏，那你的这一双招子自然更应该放亮一点。否则，你不小心就捡到个赝品。"

第十二章　你找事的吧

"赝品？"那姑娘闻言，立刻有些慌神，"什……什么，你说这个花瓶是赝品！"

许明峰不置可否："这个，得问老板了。老板，你是自己说呢，还是我替你说。"

"臭小子，我警告你，再胡说八道，信不信我废了你丫的。"老板这时一脸狰狞，气恼地说道。

许明峰根本就不在意，他耸耸肩说："好，既然老板不说，那我替他说。小姐，根据老板所说，这个花瓶是景泰年间制作的。不过，根据流传到现在的景泰年间花瓶的样式，大多都是山水花草之类的纹饰。而人物的纹饰，则根本没有。尤其是这个花瓶，你注意看，上面有一个人在抽长烟。"

"这抽长烟怎么了，小子，你学过历史没有。明朝的时候，人们都已经开始抽烟了。"这老板连忙说道。

许明峰微微点点头，说："老板，你说得没错。不过，烟草这些东西是明朝中后期才从吕宋传到中国的。景泰年间，怎么会有烟草，难道这个人是穿越的吗？"

"这……这个可能是……"这老板一时间也是张口结舌，说不上话来了。

许明峰说："还有一点，老板，你看这平底的款项，用的好像是唐寅的字体吧。"

"啊，对，这就是唐伯虎亲笔题的。所以，我这瓶子的价值更高。"那老板也没想那么多，直接就说道。

"哈哈，老板，你这可是第二个错误了。唐寅是1470年成化年间出生的人，而景泰是明代宗1450年到1457年用的年号。这中间可是差着十几年呢，你能解释一下，这究竟是什么原因吗？"

许明峰的话音刚落，众人纷纷议论起来了。

这时，老板更是哑口无言。

许明峰接着说："老板，还有几点，这个珐琅器花瓶所使用的工艺，很多都是现代的，甚至下面提款用的颜料，也是现代才有的。你们下次做仿品，我觉得还是要多下一些功夫。"

老板听到这里，有些不安了。他很清楚，眼前这个人，很显然是个懂行的人。他试探性地问了一句："你到底是什么人？"

"我是什么人不重要，重要的是，咱们北京正在大力招商引资，而海外的侨胞给我们提供了不少帮助。在这个时候，你却用这种手段行骗，你丢的不仅是你自己的脸，还有北京人的脸，甚至全中国人的脸。"

说到这里，老板算是一句话都答不上来了。同时，围观的不少人都跟着指责起这个老板来。

他似乎担心事闹大了引来警察，仓促地收了东西，然后夺过那花瓶，灰溜溜地走了。

许明峰见状，也转身就走。

不过，没走两步，那个姑娘却追了上来。

"先生，谢谢你刚才帮忙。否则，我要买个赝品回去，一定会被我哥责骂死的。"

"客气了，小姐。我也是看不惯他这么骗你一个外行人，忍不住说了几句。"许明峰淡然一笑。

"那个，先生，你能方便留个姓名和住址吗？我日后好感谢你。"那姑娘连忙问道。

"小姐，我们只是萍水相逢，感谢就不用了。不过，你以后买这些古货，记住一定要找专家看看。"许明峰没有给对方提供自己的资料，其实他也没想过要对方报答。

那姑娘还想说什么，这时来了两个西装男，一个人凑过来说了一句什么。她连忙跟许明峰道别，就匆匆地走了。

"明峰，刚才跟你聊天的那个洋妞是谁啊？"许明峰刚走过来，迎面碰上赵岚。

赵岚显然看到了刚才发生的一切，脸色非常难看。

许明峰苦笑一声，忙解释说："岚岚，你误会了，人家就是个归国侨胞，不是什么洋妞。"

"啧啧，还挺会替人家讲话的。明峰，刚才看你们俩聊得挺热乎的，是不是看上这打扮时髦的假洋鬼子了。"赵岚说话酸溜溜的，听着也很不舒服。

许明峰苦笑了一声，忙不迭地说："岚岚，你说哪里去了，事情不是你想的那样。"他就一五一十地将事情原委讲了一遍。

赵岚听完，却是一副将信将疑的神情："你倒是挺会编故事，我看你们俩肯定就没那么简单。"

"岚岚，你要相信我啊，我真的没骗你。"许明峰见状，赶紧很认真地说道。

"好啊，你想让我相信你也很简单。这样，你陪我再去什刹海转转再说。"赵岚这时咧嘴一笑，眼神里透着一股狡黠。

"啊，岚岚，你……"这会儿，许明峰算明白了，自己是掉进她的圈套了。

"怎么，你不愿意吗？"赵岚轻哼了一声，显得颇为生气。

"不，不是的。只不过师父说今天下午还有个重要客户要来，谈一个很大的订单。他要我去帮忙，所以……"

"没事，咱们就去一会儿，不会耽误事的。"赵岚说着，拉着许明峰就走。

此时，许明峰纵然想后悔，也来不及了。

两个人逛尽兴后回来，已经是两个多小时之后了。

远远地，两人就看到作坊的门口停了一辆黑色的奔驰。20世纪80年代初期，北京城里汽车是很稀少的。而这种奔驰，更是凤毛麟角。

赵岚如同发现新大陆一样，迅速跑了过来，围着那奔驰，前前后后地看了起来。

许明峰虽然也很意外，不过他却没那么激动。缓步走上前，只是随便扫了一眼。

不过，他下一秒忽然想到了什么，赶紧拉着赵岚就往门里跑。

"哎，明峰，你干什么呢，我还没看够呢！"赵岚有些恋恋不舍。

"岚岚，你还看呢，今天我的事情都被你耽误了。"许明峰看了她一眼，无奈地说道。

他猜这奔驰车的主人，一准就是师父要见的大客户了。

许明峰和赵岚来到赵兴成的房门口时，只见沈玉坤正透过门缝往里看呢。

赵岚悄悄地走了过去，然后抬脚踢了一下他的屁股。

沈玉坤吓了一跳，差点没叫出声来。

不过，幸好他及时反应过来，扭头看了看他们俩，赶紧做个嘘声的手势："你们干什么呢，别出声啊。"

"咋了，玉坤哥？你有胆量在这里偷窥，还怕被发现啊？"赵岚挑了挑眉头，颇有几分生气地瞪了他一眼，说道。

"岚岚，你别跟着瞎胡闹。师父正在里面接见一个重要的客户呢。"沈玉坤看了她一眼，连忙说道。

"不对啊，玉坤哥。我记得，你好像对这件事情一向都没什么兴趣，怎么今天……"赵岚后面的话没说完，当然，沈玉坤是知道她什么意思的。

他不自然地笑了笑，挠着头，忙说："其实……其实我是在看那个女的。据说是老板的妹妹。啧啧，人家的头发都是卷的，穿的裙子和皮鞋，你这辈子都没见过。"

许明峰和赵岚听到这里，忍俊不禁。赵岚轻哼了一声，缓缓说道："玉坤哥，你丢不丢人啊。闹了半天,你居然在看女人。还有,这一定又是个假洋鬼子。我说你们男人,怎么都喜欢这些打扮得妖里妖气的假洋鬼子呢!"

说着话,她目光落在了许明峰身上。这话分明就是说给他听的。

许明峰颇有几分尴尬,不自然地说道:"那个,师兄,咱们还是走吧。躲在这里,要是被师父发现,一准儿没我们的好果子吃。"

"怕什么,不妨事的。"沈玉坤淡淡地说了一句。

"谁在外面?"忽然房间里传出了赵兴成的声音。

霎时间,他们几个人都紧张起来了。尤其沈玉坤,显得非常不安。他不安地看了看他们俩:"明峰、岚岚,咱们还是赶紧走吧。让师父发现,可不好了。"

"怎么,玉坤哥,你现在怕了?我看已经晚了。"赵岚白了他一眼,淡淡地说道。

可不是,随后里面再次传出了赵兴成的声音:"你们仨都进来吧,别在外面杵着了。"

"啊,师父早就发现了我们。"许明峰吃了一惊。

他们俩无奈地摇摇头,随即沈玉坤推开门,率先进去。许明峰和赵岚见状,也规规矩矩地进去了。

许明峰进来后,还没反应过来,一个声音传来:"是你啊,先生,没想到我们这么快就又见面了。"

许明峰愣了一下,就见一个满脸欣喜的姑娘走了过来。嘿,这不是之前他帮助过的那个时髦的侨胞吗?

"小姐,你……你怎么……"

这时,和赵兴成坐在一起的一个二十七八岁的男人站了起来,看了看那姑娘,疑惑地问道:"明丽,怎么了,你们难道认识吗?"

那个姑娘迅速走到那男人身边,看了看他说:"哥,这个人就是我给你说的那个帮助我、避免我被骗的人。"

"啊,先生,幸会幸会。谢谢你帮了我妹妹,要不然她一定会伤心死的。"那个男人迅速走了过来,紧紧握着许明峰的手,显得很激动。

这一幕,倒是让许明峰有些措手不及了。他忙点头:"客气了,这只是一点小事而已。"

"敢问,这位先生,你是……"这个男人看了看许明峰,忍不住问道。

许明峰还没来得及说话,这时,赵兴成走了过来,看了看他说:"李老板,他是我的徒弟许明峰。"

"许明峰,我听说过。当年,你替赵把式完成了码事儿,可以说是震惊京城内外啊。"那个男人闻言,眼神里似乎多了几分膜拜。

许明峰有些无语，不自然地笑了笑，忙说："你客气了，先生。"

赵兴成看了看许明峰，当即说："明峰，这是要和我们合作的李明飞李老板。"

"李老板，你好。"许明峰打了一声招呼。

"不用客气，明峰。今天能认识你，真的好高兴，以后你就叫我飞哥吧。"李明飞再次握了握许明峰的手。

"这……"许明峰闻言，着实有些愣了。他甚至有些不太明白，这些归国的侨胞，难道攀亲戚速度都这么快吗？

"你好，峰哥，我叫李明丽，以后你就叫我明丽吧。"这时，那个姑娘也凑了过来，同时伸出一只手。

明摆着，人家是想和他握手。不过，许明峰还没来得及伸手，沈玉坤却已经挤了过来。他连忙握住李明丽的手，无比恭敬地笑道："明丽小姐，你好，我叫沈玉坤，是明峰的师兄。以后，你要是有什么不懂的，也可以问我。"

李明丽淡然一笑，但随即就抽出了手。

不过饶是如此，沈玉坤的眼睛还是一直死死地盯着李明丽。这个打扮时髦的女孩子，算是在沈玉坤的心头激荡起了层层的涟漪来。那一刻，他也暗暗下了一个决心。

赵兴成这时轻咳了一声，沈玉坤方才回过神来，赶紧站到了一边。不过，那注意力却一直没从李明丽的身上离开过。

不过，李明丽却正眼都没看他，而是满脸欣赏地看着许明峰。

李明飞这时看了看赵兴成，说："赵把式，既然您是明峰的师父，那我也没什么好和您讨价还价的了。就按之前我们议好的价格吧！稍后，我会让秘书和您签合同。不过，我有个条件，还望赵把式能够成全啊。"

赵兴成本来和李明飞因为订单的价格，一直没商议妥当。而今见他如此痛快地答应下来，心里高兴得很呢。他想都没想，当即就问道："李老板，您有什么条件，尽管提。我们能做到的，都会尽全力去满足的。"

李明飞点了点头，看了看许明峰，说："我希望这一批的订单，明峰可以全程参与制作。"

"好的，这不是问题。"赵兴成松了一口气，满口答应下来。

李明飞这时拍了一下许明峰的肩膀，说："明峰，我的货，可都拜托你了。"随即就和李明丽一起出来了。

李明丽还有些恋恋不舍，临上车的时候，看了看许明峰，缓缓说道："明峰，我有空能找你玩吗？"

"啊，这……"许明峰听到这里，也是有些大跌眼镜。

赵岚见状，迅速将许明峰拉到身后，看了看她说："李小姐，恐怕你不能来。因为明峰要给你们制作珐琅器，没工夫陪你玩。你要是真的闲得慌，我看可以找别人。"

沈玉坤这时赶紧凑上前来，笑了笑，恭敬地说："明丽小姐，如果你不嫌弃的话，可以来找我玩。对老北京，我可是熟得很。"

"不用了，谢谢你的好意。"李明丽根本不等沈玉坤说完，转身就钻进了车子里，直接关了车门。

一直等车子走好远了，李明丽仍然不住地回头看。

李明飞是个过来人，当然看出一些端倪了。他抚了抚妹妹的肩膀，柔声说："明丽，别看了。有机会，你完全可以再见到他。"

"去你的，哥，你别胡说，我谁也没看。"李明丽赶紧回过头来，脸色有点不自然。

"哈哈，还骗我呢。你哥我可是过来人，当我没看出来，你对许明峰可是印象深刻啊。"李明飞很不客气地说道。

听到这里，李明丽倒也没什么好隐瞒的了。她拉着李明飞的胳膊，凑过来，笑着说："哥，你觉得明峰这个人咋样呢？"

李明飞轻笑了一声说："这个许明峰仪表堂堂，而且年轻有为。我刚才仔细观察过他，他的一言一行，都透着一股力量。我要是没猜错的话，这小子将来可是不得了。哎，如果有这样的一个人做我妹夫，我脸上也有光啊。"

"啊，哥，你瞎说什么呢。"李明丽闻言，用拳头捶打了一下李明飞，嗔怪了一句。

"哈哈，明丽，你还害羞呢。"李明飞见状，忍不住笑了起来。不过，他随即脸色一变，微微摇摇头，说："明丽，不过我还是要泼你一盆冷水。"

李明丽听到这里，皱了皱眉头，说："哥，你这话什么意思？"

李明飞略一沉思，说："明丽，你发现没有，那个赵把式的女儿赵岚，似乎和许明峰的关系不一般。我觉得，如果你想和许明峰在一起，她可是一个很大的阻碍啊。"

"哼，我才不在乎呢。而且我也根本没将她放在眼里。"李明丽说着，脸上流露出几分得意的神色。从小娇生惯养，而且李明丽也是自信满满。她认为，凭着自己的能力和努力，就没有得不到的，当然也包括男朋友。

李明飞笑了笑，说："那我预祝你成功了。不过，你也看看，其实那个沈玉坤对你挺有好感的。"

"得了吧，哥，对我有好感的人多了，难道我都要有所表示吗？"李明丽说着，瞥了一眼李明飞。

第十三章　别妄想了

"好好，那我要看看，你这次能否成功了。"李明飞说着，摇了摇头。

李明飞兄妹走后，赵兴成立刻召集铜赵记的众人，开了一个会。当然，主要是讨论如何完成这个订单。

事实上，李明飞要的这批景泰蓝工艺品数量不少，而且工期也很紧。要在两个星期内完成。

按照工作量，自然少不了要加班加点了。

许明峰而今也是深受赵兴成的信任，故而这次的订单几乎都是由他来主持进行制作，而赵兴成则负责监督。

这一天晚上，许明峰和赵岚正在工作台前，耐心地给一个铜胎进行掐丝的粘连工作。

此时，赵兴成快步走了进来。看了看他们俩，眉头拧成了一团："明峰、岚岚，怎么就只有你们俩，玉坤呢，他去哪里了？"

赵岚扭头看了看赵兴成，咧嘴一笑，说："爸，现在玉坤哥可是有事情做了。两个小时之前，明峰将设计出的一份珐琅器的样稿打算拿给李老板过目。于是，玉坤哥自告奋勇，主动承担起了递送样稿的工作。我记得李老板下榻的酒店距离我们这作坊并不是很远。这小子来回最多半个小时，怎么两个多小时了，到现在还没回来呢？"

赵兴成闻言，脸色瞬间变得很难看。他其实也注意到了，自从李明飞来过一次后，沈玉坤好像就完全坐不住了，经常出去。就算在作坊里，也一副猴屁股扎蒺藜的样子，完全坐不住，更别提认真学习珐琅器的制作了。

"这还用说吗，玉坤哥一准儿是去找人家李明丽小姐了。爸，我看您可以撮合一下他们俩。以后咱们和李老板也算是亲家，那以后他有什么单子，还不都给我们做啊。"赵岚说着，忍不住咯咯地笑了起来。

"死丫头，胡闹。"赵兴成狠狠地瞪了一眼她，嗔怪道，"你师兄是什么人，人家李小姐是什么人，这根本不可能的事情。再说了，李老板只是来北京出差。半个月后，他就要和李明丽小姐回香港了。这死小子，回来我再好好教训他。"赵兴成说了一句，背着手出去了。

赵岚这却欣喜不已，直接跳了起来："太好了，这可是我最近听到的最振奋人心的消息了。"

许明峰扭头看了她一眼，叹口气，说："岚岚，我说你干什么呢。赶紧过来把这点掐丝给粘好。这个时候，你居然发神经呢！"

赵岚吐了吐舌头，摆出一副调皮的样子，缓缓说道："明峰，咱们应该好好庆祝一下。这李明飞兄妹俩半个月后就走了，这可是个好消息。"

许明峰闻言，有些不解："岚岚，人家走不走，关你什么事情，你怎么还要庆祝呢？"

"你不懂，有些事情，是只有我自己才懂的。"赵岚诡秘地一笑，也不跟许明峰多说什么。

两个人正说着话，听到外面沈玉坤哼着小曲儿回来了。

"得，玉坤哥看起来今天约到那个李明丽了。"赵岚看了一眼许明峰，嘿嘿笑了一声。

许明峰只是淡淡一笑，也没过多在意，随即就继续忙着手里的活计了。

很快，沈玉坤打开门，快步走了过来。

他一脸兴奋，同时步履急促。他直接走到许明峰身边，拍了一下他的肩膀，忙不迭地说："明峰，你快停下手里的活儿吧，走，跟我出去办点事情。"

许明峰看了他一眼，缓缓说道："师兄，你干什么呢。我这儿正粘掐丝呢，现在可是关键的时候。"

"哎呀，什么关键不关键的。我跟你说的事情，才是最关键的，你赶紧跟我走。"沈玉坤说着，不由分说拉着许明峰就走。

"慢着！"这时，赵岚拦住了沈玉坤的路，板着脸盯着他，问道，"玉坤哥，你拉着明峰去干什么？"

"这和你没关系，岚岚，等会儿师父问起来，你就说我俩出去办点事情。"沈玉坤咧嘴冲赵岚笑了一下。

"不行，你今天要是不讲清楚你要拉着明峰干什么，我就不让你走。"赵岚哼了一下，张开双臂。

"你……"沈玉坤见状，无奈地摇了摇头，迟疑了一下说，"其实是明丽想见明峰，说是有重要事情和我们谈。"

"什么……"赵岚听到这里,肺都要气炸了,"玉坤哥,你可真够可以啊。这才和那个假洋鬼子认识多久,居然被人家策反,成了帮她打入我们内部的特务了。"

"岚岚,你瞎说什么呢?"沈玉坤扫了她一眼,缓缓说道,"人家明丽找明峰,的确是有事情。她现在就在王府井附近的星岛咖啡馆等我们呢。"

"师兄,我这里还有事情呢,要不你去吧。"许明峰对那赴约根本没兴趣,他的心思更多的是在这珐琅器的制作上。

"傻小子,我说你是不是走火入魔了呢。"沈玉坤看到许明峰居然对珐琅器的制作这么着迷,也是无法理解,"你知不知道,那星岛咖啡馆,可是很多有头有脸的人才能进得去的。咱们现在好不容易有机会被请过去,不好好去占一下便宜?再说了,人家明丽一番好意,你不去,是不是太说不过去了。"

"哼,师兄,我看就是你惦记那假洋鬼子呢。不过,我奉劝你还是省省心吧,人家未必看得上你呢。"赵岚也是不留情面,有什么话直接就说了出来。

"岚岚,你不懂就别跟着瞎掺和。快走吧,明峰,明丽说还有一些珐琅器的问题想要请教你呢。"沈玉坤不由分说就强行拉走了许明峰。

"不行,你们要走也可以,我也得跟着去。否则我就告诉我爸。"赵岚见拦不住了,索性就出了个下策。

沈玉坤眼见很难甩掉这个包袱,想了一下说:"行,岚岚,我可以带你去。但是你要保证,不能给我惹事。"

"好,只要别人不招惹我,我才懒得招惹别人呢。"赵岚甜甜地笑了。说起来,她也对那咖啡有些动心了。经常听人说喝咖啡呢,她其实也有一些向往。

沈玉坤应了一声,当下就带着他们两人悄悄地出去了。

星岛咖啡,北京很早就有的一家咖啡馆。据说老板是个美国人,对咖啡很有研究。

毕竟是头一次来这个地方,赵岚本来还兴致勃勃的。到门口的时候,却有些退缩了。她不自然地靠近许明峰,下意识地握住了他的手。

许明峰见状,也紧紧握着她的手,轻轻说道:"怎么了,岚岚,你很紧张吗?"

"我……我……"赵岚支吾着,却一句话都答不上来。

许明峰笑了,轻轻说道:"岚岚,还记得吗?以前咱们从这星岛咖啡馆路过,你说希望能来这里喝一杯咖啡。现在你的愿望要实现了。"

赵岚有些不悦,缓缓说道:"可是,我希望是你请我来的,而不是那个假洋鬼子。"

许明峰有些哭笑不得,忙叮嘱她:"岚岚,进去后,你可千万别这么称呼人家。"

"哼,那要看我的心情。"赵岚说着,故意将脸转向了一边。

许明峰见状，也无奈地叹了一口气，当下拉着她就进去了。

进去后，三人像是刘姥姥进了大观园，不时地东张西望。周围的一切，对他们而言都非常的陌生，又很新奇。

"哎，在这里。"忽然，临窗的一个位子上，就见打扮入时的李明丽冲他们招了招手。

沈玉坤见状，立刻堆着笑脸，打着招呼就跑了过去。

许明峰和赵岚对视了一眼，两个人几乎同时叹了一口气，这才过来了。

李明丽敷衍性地和沈玉坤打了一个招呼，然后请他坐到对面最里面的位子。

接着，她看了看赵岚，甜甜地一笑，说："赵岚小姐，请你坐进去吧。"然后指了指自己坐的位子的里面。

赵岚此时也没想太多，还以为对方是客气。当下就直接坐到了里面。

坐下后，赵岚刚想招手让许明峰坐下，却见李明丽看了一眼许明峰，指着对面的位子："明峰，请坐。"随即自己在赵岚的旁边坐下了。

这会儿，赵岚算是彻底明白过来了。这个李明丽就是要和许明峰坐对面的。而明显地，她和沈玉坤都成了陪衬。一瞬间，她心里别提有多恼怒了。

不过，她现在也没别的选择了。

许明峰坐下后，李明丽随即叫来服务员，然后询问他们三人喝什么咖啡。

三个人对视了一下，其实哪里懂。许明峰挠了挠头，看了看李明丽，忙说："李小姐，你就看着点吧，我们也不是太懂。"

"那好，我就不客气了。"李明丽说着，就点了一通，接着就让服务员拿走了菜单。

很快咖啡就上来了。

沈玉坤早就迫不及待，端着喝了一口。不过，下一秒直接吐了出来，苦笑着说："妈呀，这什么咖啡，怎么跟中药一样，苦不拉几的。"

赵岚见状，得意地一笑说："怎么样，玉坤哥。你非要来喝这些所谓的高档饮料呢，现在明白了吧，还不如我们的中药好喝呢。"

"第一次喝都这样，慢慢就习惯了。"李明丽说着，然后叫服务员端了一些牛奶和糖果，然后给许明峰加了进去："明峰，你现在尝尝，这味道应该好很多了吧。"

许明峰分明感觉到了对方的热情，他不自然地笑了笑，忙说："啊，李小姐，谢谢你了。"

"啧啧，看不出来啊，李小姐，你还真是热情啊。"赵岚在一边早就看不下去了，这时不冷不热地说道。

"赵小姐，你客气了。明峰是我的恩人，我这么做也是应该的。"李明丽说着，又亲自给许明峰放了几颗糖。

许明峰眼瞅着赵岚脸色大变，暗叫不妙，赶紧将咖啡杯子往自己身边拉了一下："啊，李小姐，我够了。"

"明峰，你不用客气的。我不是都说了吗，你就叫我明丽。"李明丽一手托着下巴，目光灼灼地盯着许明峰。

许明峰也很意外，事实上，他所认识的女孩子，都是很拘谨、羞涩的。像李明丽这么开放热情的，还真是少见。

许明峰客气了一句，然后忙问道："明丽，那个，你找我们来，究竟有什么事情啊？"

李明丽看了看他，想了一下说："其实还真有一件事情，我不是太懂，想请教一下明峰你。"

"哟，李小姐，这还真是稀奇啊。居然有你不懂的，不过你要请教，也犯不着请教明峰。毕竟比他学识渊博的人，那可是不胜枚举啊。"赵岚不满地说道。

"赵小姐，你说得非常对。可是，这北京城里，我也只和明峰比较熟。"李明丽故意将比较熟说得很重。

赵岚也听出这弦外之音了，气得暗暗抓着那杯子，恨不得直接给泼出去。

许明峰明显嗅到了空气里的火药味，他暗暗给旁边的沈玉坤递眼色，希望能缓解一下尴尬的气氛。不过，这个师兄此时却托着下巴，呆呆地看着李明丽，仿佛有些入迷了。

他无奈地叹了一口气，忙问李明丽道："明丽，你有什么不懂的，现在说吧！"

李明丽略一沉思，这才说："明峰，我今天刚收了一个珐琅器雕花盘子，说是乾隆年间的，也不知真假。所以，我想请你看看。"

"是吗，在哪里啊？"听到这里，许明峰眼睛里立刻冒出光来。

李明丽说："这里人多眼杂，我不便拿出来。暂时让咖啡馆老板给收起来了，我们一起去后台看看吧。"

"好，那我们现在就去吧。"许明峰多少有些期待。其实，他倒是在博物馆里见识到不少乾隆年间的珐琅器，不过却从未亲手触摸过。而今，好不容易有这样的机会，他怎能不期待。更何况，许明峰很清楚，乾隆年间的景泰蓝工艺品，是非常华丽的。虽然在整体的工艺水平上完全无法和明朝景泰年间出产的相比。但是也有很多可取之处，包括用料、布局，甚至于上面的雕花、镀金等诸多工艺。

"慢着，我们也要一起去。"这时，赵岚也站了起来，有些不满地说道。

李明丽看了她一眼，轻笑了一声说："赵小姐，后面是老板的办公室，人家不想太多闲杂人员进去。所以抱歉了，你们就暂时在这里等等。"

她边说边拉着许明峰往里走。

"岂有此理，这个假洋鬼子，她什么意思啊？"赵岚越想越气，狠狠地拍了一下桌子。

"算了，岚岚，你难道还没看出来。这个李小姐好像只对明峰有兴趣，我们俩今天算是来当陪衬了。"方才沈玉坤也看出一些端倪了。说实话，他的心里还是有些落寞的。

"哼，玉坤哥，你还说呢。要不是你，事情能变成这样吗？"赵岚狠狠地瞪了一眼沈玉坤，气呼呼地说道。

"啊，这，我……"沈玉坤支吾了一句，随即又掩饰说，"不过，岚岚，咱们也许是误会人家李小姐了。李小姐这么知书达理，而且又漂亮，怎么会干出这种事。其实你没发现，她刚才看我的眼神，还带着几分羞涩呢。"

"你……师兄，你真是无可救药了。"赵岚气得不行，随即叫来了服务员，然后一通乱点。

"岚岚，你疯了。点了那么多东西，咱们吃得完吗？"沈玉坤见状，不安地叫道。

"哼，我就要点这些贵的。我倒要看看，这假洋鬼子究竟有多少钱。等会儿付不了账，看她怎么下台。"

沈玉坤听到这里，也无语了。他还真不懂，这女人的心里，有时候不知道在想什么呢。

许明峰也没想到，李明丽居然可以直接进到这咖啡馆老板的办公室里。

而且她旁若无人，进来就直接坐在了老板椅上，然后随手将旁边的一个抽屉打开了，取出一个精美的木头盒子。

李明丽小心翼翼地将盒子放在了桌子上，然后轻轻打开，从里面取出一个精美的景泰蓝盘子。

许明峰看到这盘子的第一眼，眼睛里立刻放出光来，带着几分兴奋和欣喜。他一眼就认出来了，这是个真品。

"明丽，我能看看吗？"

"当然可以，明峰，你拿住了。"李明丽将盘子递给了他。

当下，许明峰接过这盘子，仔细地看了起来，一边看着，一边心里默默地念叨着这上面是用了什么样的釉料。

同时，许明峰也推理着这盘子的工序是什么。眼睛时不时地闪烁着兴奋莫名的光。

第十四章　懵懂的感情

就在这时，忽然他感觉一个身体贴在了身上。然后，一双胳膊从后面紧紧搂住了他。

许明峰吃了一惊，差点将那盘子丢在地上。

他一转身，却见李明丽搂着自己。他有些不安，吃惊地看着她，说道："明丽，你……你这是干什么，快点放开我，这样不好。"

"明峰，我喜欢你。从第一次你帮我的时候，我就喜欢上你了。"李明丽用非常大胆的目光看着许明峰，柔声说道。

"这，明丽，你别这么说，我不知道该……该……"许明峰张口结舌，不知道该如何招架这个热情如火的姑娘。

李明丽两只手紧紧地勾着他的脖子，然后缓缓地将那迷人的脸颊凑了过来。她的眼神如此专注，而那翕动的红唇，却也是如此的动人。

许明峰只觉得心跳得非常厉害，他有些傻眼了。一时间，不知道该怎么办。是啊，他还只是个对男女之情非常懵懂的少男呢。

而且面对李明丽这样大胆而热情的姑娘，他根本没有一点应对的策略。

尽管许明峰不断地后退着，可是李明丽却步步进逼。

"明峰，你干吗一直后退，难道你很害怕我吗？"

"不，不是的。明丽，我……我只是……只是不知道……"许明峰只觉得脸火辣辣的，他脑子里一片空白，甚至都无法完整地说出一句话来。

"咯咯，明峰，你是不是害羞啊。怎么，难不成，之前都没女孩子跟你表白过吗？"李明丽看着这个略显羞涩的男孩子，心里越发地喜欢了。

许明峰涨红着脸，挠了挠头，不自然地说："只是……只是没有你这样的。明丽，你能不能先松开我。这样不好，万一让人看到，会说我耍流氓的。"

"怕什么，这里又没有外人，只有我们俩。"李明丽笑了笑，然后将脸凑了过来，距离许明峰很近，"明峰，你告诉我，你心里是怎么想的，你喜不喜欢我呢？"

"我……我……"许明峰咬着嘴唇迟疑一下，随即说道，"明丽，我们不是一个世界的人。我想，你肯定会遇上更好的人。"

"你这算是拒绝我了吗？"李明丽听到这里，多少有些失望，眼神里带着些许的忧伤，"明峰，究竟是什么原因，你能告诉我吗？是因为我丑，还是别的什么原因。"

"不，都不是。明丽，是我配不上你。"许明峰尽力地将脸转过去，不敢面对李明丽。

"不对吧，我看，是因为那个赵岚吧。"李明丽一语道破。

许明峰心里咯噔一下，他似乎被人看穿了心思，脸上的表情都有了些许变化。

"看来，是被我猜中了。"李明丽这时的神色更加忧伤，"明峰，我到底哪里不如她。"

"不，不是的，明丽，你比她好。只是我们俩不合适。而且这和岚岚没关系。"许明峰忙不迭地说道。当然，他还是不忘否认自己对赵岚的感情。

"不，明峰。我不信，我不信你对我没有一点动心。我不信，我不相信。"李明丽说着，似乎有些太过激动，忽然她凑了过来，直接将脸贴到了许明峰的脸颊上。

一瞬间，感受着李明丽那柔软的红唇，许明峰整个人触电一般地颤抖了一下。下一秒，他迅速推开了李明丽，条件反射般地冲了出去。

"明峰，你站住。"李明丽见状，赶紧去追。可是走到门口的时候，她忽然停了下来。她仿佛想到了什么，缓缓地转过了身子。

"咦，明峰，你怎么这么快就过来了。"此时，沈玉坤眼见许明峰快步过来，忙不迭地问道。

许明峰涨红着脸，正眼都没看他，缓缓说道："我们走。"说着，快步就朝外面走去。

赵岚见状，赶紧起身追了出去。

不过，沈玉坤却还坐在那里，皱着眉头，嘴里念叨着："这明峰怎么发神经一样，好好的，干吗要走呢？"

"明峰，你怎么了，我看你脸色好难看啊？"赵岚追了出来，好不容易追上许明峰，连忙追问道。

许明峰不自然地摸了摸脸颊，看了看赵岚，眼神有些躲闪地说："没……没什么。"

不过，赵岚是个明白人，似乎看出一些端倪来了。她皱了一下眉头，忽然一个箭步冲上来，拦住了他的去路："明峰，你老实告诉我，究竟发生了什么事情？"

"这……"许明峰低着头，犹豫了一下，支吾着说，"岚岚，明丽……她……她刚才搂着我，对我表白，还……还……"

"啊！她还怎么你了？"赵岚闻言，忍不住问道。

"她，她还亲我。结果，结果被我推开，我跑出来了。"许明峰此时神色显得很凝重，迟疑了一下，说，"岚岚，我刚才是不是做得有些太过分？其实，我就是没想太多。"

"哈哈哈，明峰，你做得非常好，没什么不妥的。"赵岚听到这里，忍不住大笑起来。同时心里更是无比愉悦，她拍着许明峰的肩膀，忙说："明峰，你别有心理负担。真出什么事情，我来帮你。"

"好了，不提这件事情了。"许明峰说着，快步向前走去。

"哎，明峰，等一下。"赵岚这时追了上来，一把抓着他的胳膊问道，"明峰，人家李小姐也是那么出色，你为什么却无动于衷呢？难不成，你心里有别人了？"

"我……我……岚岚，你这不是明知故问啊。"许明峰说着，更是有些不自然，撇开赵岚，快步朝前走去。

那一刻，赵岚心里无比甜蜜。尽管许明峰什么都没说，可她心里什么都清楚。

这之后的几天里，李明丽好几次委托沈玉坤向许明峰提出邀约。可是许明峰再也没过去，而且态度一次比一次坚决。

这天下午，沈玉坤骑着自行车再次来到了李明丽下榻的那个酒店。虽然他很清楚李明丽心里所想的只有许明峰，不过，他也不在乎。对沈玉坤而言，只要能每天看一眼李明丽，就足够了。

他可以心甘情愿地为她做任何的事情。

李明丽此时刚刚洗浴过，穿着一件宽松的睡袍，犹如出水芙蓉。

沈玉坤看到她的这种样子，一时间也有些着迷了。这个装扮时髦的姑娘，早就彻底打开了他的心扉。沈玉坤感觉自己的心、自己的魂儿都完全被对方勾去了。

李明丽看了他一眼，注意到他的眼睛正盯着自己身上看，下意识地轻轻将领口拉扯了一下。接着，她指了指旁边的沙发，柔声说："沈先生，你坐吧。"

沈玉坤回过神来，随即在旁边坐下。不过，那双眼睛却一直紧紧盯着李明丽。

李明丽在旁边落座，她看了他一眼，缓缓说道："怎么，沈先生，你今天来找我，是有什么事情吗？"

沈玉坤点点头，忙说道："李小姐，我来是想给你说说明峰的情况的。其实，他这几天也的确很忙。不过，他还是托我……"

"别说了。"李明丽根本不等他讲完，就打断了他，她那美丽的脸蛋上多了几分忧伤，"沈先生，谢谢你这一段时间对我的帮助。不过，我以后不会再去找明峰了。你以后也不用再来了。"

"啊，李小姐，这是为什么呢？"沈玉坤听到这里，心里一沉，"李小姐，明峰这个人脾气一向非常古怪。而且我觉得他根本就配不上你。"

"沈先生，你可是明峰的师兄，怎么能背后这么诋毁他呢？"李明丽脸上多了几分不悦。

"不，我不是那个意思。"沈玉坤听到这里，忙不迭地说，"李小姐，我的意思是，我其实可以……"

"沈先生，你的心思我明白。你也不用多说什么了，明天就是你们的交货日期，而那时，我也会跟着我哥回香港了。"李明丽是个非常聪明的女人，她也早就意识到沈玉坤接下来要说什么，根本不等他说完，就直接打断了他。

沈玉坤嘴唇动了动，倒是多了几分不甘心。他惊讶地说道："什么，李小姐，你明天要走？这么快，怎么不再多住几天呢？"

"我原来想在北京发展的，不过现在我感觉没那个必要了。这个地方，只会带给我伤心。"李明丽说着，端起一杯红酒，微微喝了一口。

这个举动，沈玉坤也看呆了。李明丽喝酒的动作看起来那么优雅，举止那么迷人。他看得有些入神，一时间居然忘了接话。

李明丽见状，脸上闪过一丝不悦。当即轻咳了一声，缓缓说道："沈先生，我再麻烦你最后一件事情。回头你告诉明峰一声，明天我要和他单独见一面。也许以后再也不会见面了。"

"好，李小姐，这话我一定带到。"沈玉坤看了看她，忙不迭地回道。

"好了，沈先生，时间不早了，你先走吧。"这时，李明丽下了逐客令。

沈玉坤心里当然是一万个不情愿走的。可是，如今李明丽话都说到这个分儿上了，他也不好再说什么，迟疑了一下，缓缓说道："好，李小姐，那我就先走了。"

送走了沈玉坤，李明丽刚要回酒店，却见李明飞站在身后。

"哥，你怎么来了？"李明丽看了看他，有些吃惊地问道。

"明丽，这件事情你真想好了？明天，你确定要和我一起走吗？"李明飞再次问了她一句，想要确认一下。

自己妹妹的脾气，他是了解的。不达目的，决不罢休。别看李明丽年纪不大，感情经验却非常丰富。只要她看上的男生，就没有追不到的。而在许明峰这里碰了一鼻子灰，可能让她感到太失败了。

李明丽用力地点了点头，很确定地说："是的，哥，我都想好了。"

"明丽，这可不像你啊。难道你就打算这么放弃了？"其实，李明飞还是不想让李明丽就这么放弃。毕竟对许明峰，他也是青睐有加。他甚至还想，如果将来自己有这样的妹夫，对自己的事业也会有帮助的。

"不，哥，我不是放弃。只是，我想好好地清净一下，仔细想想。"李明丽看了看他，说道。

"明丽，这就对了。"听到这里，李明飞露出了一抹笑意，"明丽，你知道吗？我这次来北京考察，目的之一就是这景泰蓝市场。通过考察，我发现中国内地的市场方兴未艾，将来这景泰蓝的市场是非常庞大的。这里面可是蕴藏着很大的商机。"

"哥，你的意思是？"李明丽闻言，愣了一下。

李明飞略一思索，说："明丽，你说得非常对。他们这种传统手工作坊的生产方式，制造景泰蓝成本高、出货慢。对于一个商品社会而言，这就是很大的弊端。"

李明丽听到这里，眼睛里露出了几分兴奋："哥，这么说来，你是决定采纳我的意见，投资景泰蓝产业，并且利用公司化管理、工厂流水线的模式来生产吗？"

李明飞点了点头，看了看她说："对，明丽。这样，咱们回去后，好好地研究一下方案。相信我，属于我们的东西，谁也抢不走。"

"好，哥，我知道了。"李明丽听到这里，也是满脸兴奋。

这兄妹俩的对话，在不久的将来很快就成了现实，并且直接在这古老的北京城里掀起了巨大的波澜。

而赵兴成也万万想不到，正是李明飞现在定制的这一批珐琅器，会对他的作坊造成巨大的冲击。

李明飞定制这一批珐琅器，其实真正的目的是要拿回去，研究进行产业化的可能性。

次日中午，李明飞兄妹如期来到了铜赵记作坊。而这时，铜赵记也如期完成了订单，将所有的珐琅器都交货了。

完成最后一道程序，李明飞和赵兴成握了握手，说了几句客气话。

不过，这时李明丽却眼巴巴地待在作坊里，她看了看赵兴成说："赵把式，请问明峰在哪里，为什么我进来到现在，就没见过他？"

赵兴成忙说："哦，是这样的，明峰这阵子为了赶工期，经常加班加点。他已经连续两天没合眼了。今天完成了工期，我让他赶紧休息去了。"

"是吗，那我能去看看他吗？"听到这里，李明丽有些担心。虽然告诉自己要放下了，可是听说心上人累成这般，还是不由自主地担心起来。

赵兴成闻言，迟疑了一下说："李小姐，这个……"

李明飞见状，忙替李明丽求情："赵把式，你就算帮我妹妹一个忙吧。放心，她只是临别想和他说几句话，绝对不会打扰他休息的。"

话既然都已经说到这个分儿上了，赵兴成也不好再说什么。应了一声，随即指了指一个房间，李明丽见状快步跑过去。

事实上，许明峰尽管已经累得不行，不过躺在床上却睡不着。他还在思索着刚交货的那些珐琅器，寻思着里面有没有什么质量问题。

就在这时，外面的门打开了，李明丽走了进来。

他吓得直接坐了起来，有些不安地问道："明丽，你怎么来了？"

李明丽眼见许明峰一脸憔悴，更加心疼。她慌忙上前，情不自禁地伸手抚着许明峰的脸颊："明峰，你怎么把自己累成这样啊。我真不明白，你干吗那么拼命？这作坊里又不是只有你一个人。"

许明峰慌忙避开了李明丽的手，干笑了一声，说："明丽，这些珐琅器都是我来负责的，自然我得多操心了。"

"明峰，听我的，以后千万别这样，一定要好好爱惜自己的身体，好吗？"李明丽眼神里透着一股浓浓的柔情，很难令人拒绝。

"好，我知道了。"许明峰迅速将眼神躲开，不敢去看李明丽的眼睛。他很害怕自己会忍不住。毕竟像李明丽这样的女人，是很难让人拒绝的。"那个，明丽，所有的珐琅器你们都清点好了吧，没什么问题吧？"

"没有问题，明峰，你就别操那份心了。"李明丽看了看他，岔开了话题，"明峰，这一阵子你一直躲着我，是不是因为在咖啡馆里吓着你了。"

"那个，我一直都很忙。明丽，你别多想。"许明峰也不善于撒谎，说起来整个人都很不自然。

李明丽淡然一笑，说："明峰，你也不用解释。其实，那也没什么。你现在也不用太紧张，我今天来是和你告别的。"

"你要走了？"听到这里，许明峰还是有些意外。

第十五章　再见不是再见

李明丽点了点头，盯着他，轻轻说道："明峰，也许，我很久都不会再来了。"

"哦，那祝你一路顺风。"许明峰随便搪塞了一句。事实上，他也不知道该说些什么。

"明峰，我走了，你会不会想念我呢？"

"明丽，那个，我也不知道该怎么跟你说。"

李明丽听到这里，深吸了一口气，缓缓说道："好了，明峰，你不用说了，我都明白了。"说着，忽然勾着许明峰的脖子，在他脸上亲了一下转身快步出去了。

许明峰当时就愣住了，不由自主地摸着那脸上残留的香吻，傻了一般。

说起来，对于这个打扮时髦还非常热情的姑娘，许明峰也不能说不动心。只是他的心里更多地记挂着赵岚。

而这时李明丽突然走了，他这心里还是空落落的，一种怅然若失的感觉迅速漫延上心头。

"明峰，你要是真舍不得，就出去追啊。反正，人家还没走远呢。"这时，赵岚推开门进来了，看了看许明峰，酸溜溜地说道。

许明峰闻言，看了看她，慌忙掩饰说："岚岚，你胡说什么呢？"

"哼，我早就看出来了。那个假洋鬼子把你们这些男孩子都给迷住了。"赵岚越说越气，握着拳头狠狠地捶打了一下许明峰的腿。

"哎哟，岚岚，你干吗打我啊？还下手这么重。"许明峰抱着腿，痛叫了一声。

"活该，谁让你对那个女人恋恋不舍了。"赵岚轻哼了一声，气呼呼地说道。

许明峰也无语了，摇了摇头，嘀咕道："你这么强横野蛮，谁要娶了你，肯定要遭殃。"

不过，就这么一句话，却被赵岚给听到了。忽然，她爬上床来，又是拳打，又是脚踢："死明峰，你刚才说我什么，你再说一遍。"

"啊，岚岚，我什么都没说啊。"许明峰惊叫了一声，赶紧抓着被子遮挡。

这时，赵兴成和沈玉坤从旁边走了过来，听到了里面的动静。赵兴成摇了摇头，叹口气说："岚岚这死丫头，真是越来越胡闹了，没个女孩子的样子。"

沈玉坤看了看赵兴成，忙说："师父，您就没看出来，岚岚和明峰之间……"

下面的话，沈玉坤也没说，不过赵兴成当然是个明白人。他瞪了一眼沈玉坤，说："玉坤，该说的话就说，不该说的话别说。"

"是，我知道了。"沈玉坤捂着嘴，暗叫一声不妙，转身就要走。

"等一下，这阵子你天天魂不守舍的，没事就往外面跑，我还没和你算账呢。"赵兴成说，"沈玉坤，你给我过来，今天给我好好制作三十个铜胎。完不了工，你晚上就别吃饭了。"

"啊，师父，您也太狠了。"沈玉坤闻言，顿时哭丧着脸。不过，这时他的念想也算是断了。李明丽走了，自己的魂儿似乎也跟着丢了。

晚上，众人准备吃饭的时候。京铜记忽然送来了一张请帖。

赵兴成非常意外，自从上次的事情后，他们铜赵记和京铜记往来也并不多。而今，京铜记居然送来请帖，而且是专门请他去附近最大的荣氏火锅城吃铜火锅、涮羊肉。

赵岚瞥了一眼那请帖，淡淡地说："爸，这个梁博达今天这么破费，还请您到荣氏火锅城吃涮羊肉，我看他一定没安什么好心。"

"岚岚，你别瞎说。上次我们俩也算是冰释前嫌了，这次他邀请我，一定是有别的事情。"赵兴成看了她一眼，缓缓说道。

沈玉坤脑子转得非常快，此时凑了过来，笑眯眯地说："师父，这阵子咱们吃的东西一直都没什么油水。今天好不容易有人请客吃涮羊肉，让我们也跟着沾沾光、打打牙祭吧。"

"对呀，爸，咱们这次去宰他一顿。"赵岚一想起涮羊肉的滋味，忍不住也有些流口水了。虽然是地道的老北京人，可是这北京的铜锅涮羊肉赵岚还真没吃过几次。

"我是去谈事情的，又不是去吃酒的。"赵兴成瞪了一眼他们俩，扭头看了一眼旁边正打算去吃饭的许明峰，"明峰，你和我一起去吧。"

"我？"许明峰闻言，有些意外地看了看赵兴成，"师父，你们谈事情，我去不合适吧。"

"就是，爸，您也太偏心了。凭什么让他去，不让我去，我可是您亲闺女。"赵岚闻言，颇为不满地说道。

"你就好好在家待着吧。"赵兴成瞪了她一眼，说，"让明峰去，这可是梁把式特意交代的。"

"什么，梁把式，哼，我看一定是他那个女儿。"赵岚听到这里也是气得不行，"都这么长时间了，梁艳是不是还对明峰念念不忘。不行，今天我更得去了。"

"胡闹，好好在家里待着。"赵兴成斥了一句，叫上许明峰出去了。

路上，赵兴成犹豫了许久，这才忍不住问了一句："明峰，你和岚岚之间是不是……其实，这种事情本来我不该多问的。不过，你也知道，岚岚的母亲死得早，是我拉扯她长大的。我的意思呢，就是希望以后有个人能好好照顾她，别让她受委屈。"

"啊，师父，您……您这话……"许明峰怎么都没想到，师父今天突然跟他说了这么一番话。

赵兴成难得地露出一抹浅笑，一脸和蔼："明峰，你在很小的时候就被父亲送到我这里。其实，这么多年以来，我一直都当你是亲儿子看待。你和岚岚之间的感情，我都看在眼里。师父并不反对你们，只是岚岚从小被我娇生惯养，刁蛮任性惯了。以后，我希望你能多忍让一下她，行吗？"

许明峰这时倒是真无语了，不过看到师父眼神里的期望，他用力地点点头，很认真地说："师父，您放心，我一定不会让岚岚受半点委屈，会好好待她的。"

"那就好，那我就放心了。不管你们俩以后会如何，师父都希望你们的关系一直很好。"赵兴成微微应了一声。

赵兴成的话，摆明就是将赵岚托付给许明峰了。一时间，许明峰只觉得自己肩膀上的责任重大。

没多久，两人就来到了荣氏火锅城。放眼整个北京城，这个火锅城是非常有名的。一向生意兴隆，食客络绎不绝。

不过，这个火锅城的涮羊肉远近闻名，可是价钱也很昂贵。一般人也很少来吃的，而能吃得起的，往往都是一些暴发户。

赵兴成走近就闻到了那扑鼻的香味，肚子里的馋虫被勾出来了。

他和许明峰走进梁博达订的包厢里，进来一看，里面支了两张桌子，此时都坐满了人。而他没想到的是，这落座的人，居然都是有头有脸的景泰蓝作坊把式。

这一幕，着实让这师徒二人诧异。

赵兴成看了一眼许明峰，小声嘀咕道："这梁把式难不成是发了什么大财，居然这么破费，请了这么多的把式。"

许明峰抬头看了看他，说："师父，我觉得事情没这么简单。或许有别的什么事情。"

赵兴成应了一声，其实他也猜到了。

"赵把式、明峰，你们来了，快请进，现在大家都在等你们呢。"梁博达起身笑吟吟地迎了过来。

"不好意思,梁把式,让大家久等了。"赵兴成和他客气了一句,当下就和许明峰进来了。

梁博达引着他们在自己坐的位子旁边的两个位子落座。

在他们这些手艺人的行当里,其实还是有旧社会的一些规矩的。最讲究的,就是这座位的次序。

一般而言,能够和做东的人坐在一起的,那自然是上宾了。

而今,赵兴成和许明峰被安排坐在了这么重要的位子上,足以看出,今天这个宴会,他们俩也是要唱主角的。

两个人也都是明白人,此时对视了一眼,各自的心里也都有数了。

赵兴成故意装糊涂,坐下后,很诧异地看着四周,非常好奇地问道:"梁把式,这是怎么回事啊?今天是不是有什么大喜事,怎么把咱们的把式们都请来了?"

梁博达笑着,拍了一下他的肩膀,说:"赵把式,你说对了。今天,我还真是有两件大喜事呢。"

"哦,是吗,那你快说说,好让我们沾沾你的喜气啊!"赵兴成闻言,淡淡地说了一句。

梁博达却也不着急,当下说:"不着急,我们先喝上一杯再说。"

赵兴成是个明白人,既然梁博达并不着急说,那很显然他所说的喜事,肯定就是个棘手的事情。

不过,他现在也不多说。既来之则安之,看了一眼许明峰,递了个眼色。两人随即就吃喝起来。

话说这老北京的铜锅涮羊肉,味道实在太好了。这师徒俩也不客气,津津有味地吃了好半天。

突然,梁博达用手抹了一把通红的脸颊,看着赵兴成说道:"赵把式,我今天要给你说的第一件喜事,就是我打算联合咱们这些珐琅器的老把式们,成立一个协会。我想好了,这协会就叫珐琅器工艺协会。"

赵兴成听到这里,心里咯噔一下。果然,这听着就不是什么好事。不过,他嘴上没说,若无其事地说:"梁把式,这是好事啊。不过,我不太明白,这珐琅器工艺协会,主要是做什么的?"

梁博达端着一杯酒,猛灌了一口,说:"赵把式,相信你也看到了,而今我们这个产业,那真是日渐衰微。自从国家实行改革开放以来,我们这些传统的手工艺作坊受到了很大的冲击。你可以问问在座的那些把式们,他们现在手里的活儿还多吗?甚至有不少人连自己都养活不了了。"

话说到这里，不少人都不自然地低下了头，仿佛是直接被他给说中了。

赵兴成应了一声，看了看他说："梁把式，你说的这些问题我都清楚。那么，这个珐琅器工艺协会，难道能帮大家解决这吃饭问题吗？"

"这是当然了，这工艺协会可以帮大家找活儿。"梁博达笑眯眯地说道。

这时，一旁于大利作坊的田振发把式看了看他们说："赵把式，你真该好好听听梁把式的话。我们于大利最近就是靠梁把式的帮忙，才得到了一笔很大的订单。"

"是吗？"赵兴成听到这里，脸上浮起了一抹浅笑。此时，他似乎也知道梁博达的意思了。

这时，有不少把式纷纷声称，有梁博达牵线搭桥，帮他们拉了一笔很大的订单。

这时，旁边已经有人也跟着说道："我觉得，梁把式的提议非常好，咱们这个协会早就该成立了。而且这主席人选，也应该由梁把式来担任。"

"哎，大家别这么说。"梁博达摆了摆手，笑着说，"我为大家帮忙，可没想这些。其实，我就是想让这个协会可以统一管理调配。"

赵兴成算是听明白了，这梁博达的野心还真是不小啊。他看了看梁博达，说："梁把式，多谢你的一番好意。不过，我对于加入这个协会没什么兴趣。当然，我并不妨碍大家加入。"

梁博达看了看他，脸上露出了一丝失望的神色："怎么，赵把式，你有什么意见吗？其实，我组织成立这协会，也是为大家好。"

许明峰看了一眼赵兴成，说："梁把式，其实我们最近也接了一个订单。所以，有些事情我们可以自己做好，不需要协会帮忙。"

"什么，你们也接了一个订单？"梁博达闻言，颇为诧异，皱了皱眉头，"给你们订货的客户该不会也是香港的一个商人吧？"

"怎么，你们的也是？"许明峰闻言，吃了一惊。

"他是不是叫李明飞，还有个妹妹叫李明丽？"梁博达忍不住抓住了许明峰的胳膊，失声叫道。

"是的，梁把式，您怎么会知道得这么清楚？"许明峰也非常意外。

赵兴成皱了一下眉头，看了看他说："梁把式，难道你那个客户，也是李老板，怎么会这么巧。"

"这……这……"梁博达闻言，微微点了点头，却答不出话来了。

此时，那些把式们纷纷议论起来。

第十五章　再见不是再见　/　091

许明峰看到这场景，似乎明白过来了。他站了起来，看了看众人，说："诸位把式们，我要是没猜错的话，你们接到的订单，是不是也是这位李明飞老板的。"

大家异口同声地应了一声。

许明峰闻言，脸上的神情变得凝重起来。他看看赵兴成，然后目光落在了梁博达身上："梁把式，您就没觉得这事情有点儿奇怪吗？为什么这个李老板不惜重金，将我们每个作坊的珐琅器都订购了一批，这里面，会不会有什么问题？"

梁博达想想，虽然也觉得非常蹊跷，可还是摇了摇头："明峰，你是不是警惕性太高了。人家李老板也许只是着迷我们的珐琅器而已。"

"不对吧，我怎么觉得这事情透着一种诡异。但是，我一时间又说不上来。"许明峰皱了一下眉头，他越想越觉得不对劲，可就是说不上来哪里不对劲。

赵兴成看了看梁博达，问道："梁把式，你和这李老板打交道有多久了。对于他，你了解多少呢？"

"这……"梁博达摸了摸脑门儿，想了一下说，"我了解的也并不是很多，只是听说他在香港可是个非常精明的商人，脑子非常活络。哦，对了，据说他这次来北京，是专门来考察市场的。"

"考察市场？"许明峰愣了一下，困惑地看着他，说道，"梁把式，他要考察什么市场，这个您清楚吗？"

"这个，我还真不太清楚。"梁博达闻言，摇了摇头。

此时，田振发仿佛想起了什么，看了看他们说："对了，我想起了一件事情。据我一个朋友说，这李明飞经商非常有一套。而且，他最善于从传统的手工艺产业里发掘商机。"

梁博达看了看他，说："田把式，你这话怎么说？"

田振发看了看他，说："梁把式，我听说李明飞曾经看到一个手工染色的工艺布品很受欢迎。于是，他迅速加大投资，将这个传统的工艺产业进行了工业化的生产。"

"工业化生产？"梁博达听到这里，大吃了一惊。

许明峰对此是非常了解的，看了看他说："梁把式，也就是说，李明飞采用工厂自动化的模式，将传统手工作业的方式完全改成流水线式的规模化生产。这样的结果，就是可以大量生产。"

"什么？这简直是岂有此理。这样的生产模式，那不是对我们祖先流传下来的玩意儿的一种侮辱吗？那些机器生产出来的东西，能和我们亲手打造出来的工艺品相提并论吗？"赵兴成听到这些，率先气不过了，狠狠地拍了一下桌子。

第十六章　传统和现代的碰撞

许明峰宽慰了他一下,然后看着田振发,问道:"田把式,我要是没猜错的话,是不是经过李明飞的这种工业化的改造后,这种传统手工作业的染布作坊会纷纷倒闭,完全退出历史舞台了。"

"这……"田振发迟疑了一下,但还是点了点头,看着许明峰说,"是的,因为手工制作的染布非常耗费工时和人工,成本要求很高,但工业化模式生产出来的成本要低很多。价格上,就无法相提并论。如果不是当地政府采取及时保护性措施,这个手工染布的行业怕只能停留在博物馆里了。"

田振发的话音刚落,众人发出一阵唏嘘声,大家都有一种莫大的危机感。

赵兴成听到这里,轻笑一声,缓缓说道:"咱们现在可都是被李明飞给耍了。他之所以订购我们各个作坊里的珐琅器,无非就是要学习我们的工艺技术。将来好进行工业化生产。可我们呢,却还沾沾自喜,以为占了多大的便宜。不仅搞聚会庆祝,甚至还要弄什么协会,真是可笑。"

梁博达听到这里,别提有多尴尬了。他轻咳了一声,说道:"赵把式,眼下也只是我们的猜测,你最好还是别妄下定论。"

赵兴成说:"梁把式,是不是猜测,我想在座的人,应该心里都很清楚。我看,现在我们应该做的,是好好想想我们这些行业的未来吧。"

此时,大家都纷纷低下头来。对于新时代来临,他们这些传统的手工艺人其实都没做好接受改变的准备。而他们也很清楚,如果自己不想办法顺应这个新的时代,那么迎接自己的也必然是退出历史舞台的下场。

梁博达看了看他,缓缓说道:"赵把式,你说得非常对。现在,我们的确是得好好想想了。其实,大家也应看到我们京铜记如今的变化了。咱们国家现在实行改革开放,据说我们国家将来也要大力发展经济。我们如果可以做出改变,这或许对我们来说就是一个出路。"

许明峰看了一眼梁博达，说："梁把式，您的想法是对的。"

梁博达闻言，眼睛里闪着光。他点了点头，笑眯眯地说："明峰，你们年轻人见识广，我想你最清楚了。"

"哼，梁把式，对你这种做法，我还是不敢苟同。咱们老祖宗传承几百年的饭碗，如今非要包装成国外那商品的模样？我看，这就是背祖离宗。"

赵兴成一听梁博达还是想撺掇众人对自己的作坊进行改革，心里就火大了。

"你……赵把式，你怎么可以这么说呢。哼，我看你就是顽固不化。咱们国家几千年都是农业国家，而今不也转变成工业国家了。你还谈老祖宗呢，老祖宗说过，识时务者为俊杰，你怎么没听进去。还有，不管白猫黑猫，抓住老鼠的就是好猫。"

梁博达也不是省油的灯，这时也和赵兴成据理力争。

"行了，梁把式，你也别给我讲那些大道理。"赵兴成端着酒，喝了一口，然后说，"反正，我该说的话已经说了，在座的各位，如果真想做背离祖宗的事情，那我也不拦着。明峰，我们走！"说着，他霍地起身，转身就出去了。

许明峰有些尴尬，看了看众人，然后赶紧给梁博达道了一声歉，这才出去了。

路上，赵兴成一直沉默不语。不过快到家里的时候，他忽然看了看许明峰，问道："明峰，你今天为什么要替梁把式说话，难道你也认可他所谓的公司化的管理模式吗？"

"哦，师父，我不是那意思。"许明峰看了看他说，"梁把式这种公司化的管理模式，其实很容易将他们作坊给带偏的，甚至会带来无可挽回的损失。"

"哦，你倒是说说看。"赵兴成一听许明峰说梁博达的问题，顿时来了兴趣。

许明峰想了一下，说："师父，梁把式口口声声说要对这些手工艺业进行公司化的改革，要实行全面的商业化。这出发点确实很好，可是他却忽略了一个重要事实：咱们手工艺业和其他的产业不同。"

"有什么不同？"赵兴成皱了一下眉头，不解地问道。

许明峰说："师父，我记得您说过，每一个出自您手里的珐琅器，就像是您的孩子，是您用心打造出来的。其实，从这一点上来讲，您就是创作者，而您手里打造出来的珐琅器，就是创作出的作品。这些作品，我听说可以叫艺术品。"

"啥玩意儿？艺术品？"赵兴成听到这个新鲜词，也有些蒙了。

许明峰点点头，说："对，师父，就是艺术品。艺术品有特殊性，绝对不能以普通的商业化生产模式来批量生产，否则就丧失了它本身的艺术价值。"

"你说得这么高深，我可听不懂啊。"赵兴成也没多少文化，而对于涌进来的新名词更是一点儿不懂。

许明峰笑了笑，说："师父，我这么跟您说吧。您看，一个画家画出来的一幅作品有价值呢，还是通过印刷厂印刷出来的那些画有价值呢？"

"哎，明峰，你要是这么说，那我可就明白了。"赵兴成闻言，忍不住拍了一下额头，笑吟吟地说道。

许明峰说："师父，前者是有生命的，是可以代表创作者的思想，传达文化信息的。而后者却不同，那就是一张普通的画纸。"

"明峰，你说的真是太对了。我其实就是这么想的，可惜我这嘴不行啊。"赵兴成拍了一下他的肩膀，说，"可惜啊，刚才在火锅城里，应该用这些话来说梁把式的。"

"不过，师父，虽然工业化生产模式会对我们传统手工艺会造成损害，但我觉得我们要顺应这个时代，传承下去，还是要做出一些改变……"

许明峰的话还没说完，却被赵兴成打断了。"明峰，你别说了。我看，你就是接受那些新鲜玩意儿太多，让你也受影响了。以后，你不准再提什么对我们手工艺进行改革之类的话。"赵兴成说着，快步朝里面走去了。

许明峰本想去叫他，可是到嘴边的话，还是生生地咽回去了。

回到房间里，许明峰才刚坐下，就见沈玉坤和赵岚急匆匆地进来了。

他们一进来，就拉着许明峰问长问短的。

"明峰，你们怎么去了那么久啊，快说，都吃什么好吃的了。"

"明峰，你去都没给我们带一些回来啊。"

许明峰苦笑了一下，看了看他们，摇摇头说："师兄、岚岚，今天这哪里是去吃饭，这就是去吵架了。"

"怎么回事啊，刚才我看师父脸色也不太好，究竟出什么事情了？"沈玉坤见状，连忙问道。

许明峰叹了一口气，然后将事情原委一五一十地讲了一遍。

听到这里，两人也是不免唏嘘。倒是赵岚，这时很得意地说："明峰，你现在看出来了吧。那个假洋鬼子和她哥，一看就不是什么好人。幸亏他们走了，否则我看你和玉坤哥还要被她迷得七荤八素。"

沈玉坤瞪了一眼赵岚，叫道："岚岚，你别胡说。这件事情咱们又没什么证据。保不齐，这就是李明飞一个人干的，明丽什么都不知道呢。"

"哎哟，玉坤哥，瞧你那样子。一口一个明丽地叫着，多亲切。可惜人家的心思都不在你身上。"赵岚白了他一眼，故意酸了他一句。

"你……算了,人家都走了,不提了。"沈玉坤一摆手,表情变得非常严肃。他看了看许明峰,很认真地说:"明峰,你今天长记性了吧。以后记住了,千万别再提让师父对咱们作坊进行改革之类的话。师父这人,最忌讳别人说这个。在他看来,认真传承祖上的东西,才是对祖先的孝顺。"

许明峰应了一声,然后看了看他,小声问道:"师兄,师父去哪里了?"

"还能去哪里,自然又去那个房间里,去看那个盘子了。"沈玉坤叹了一口气,说,"看起来,师父这辈子如果不能将龙鳞光这门技艺恢复,他到死都不会瞑目的。"

"玉坤哥,你胡说什么呢。"赵岚握着拳头,狠狠地捶打了一下他。

话糙理不糙,许明峰很清楚,这的确是赵兴成最大的心病。估计,也正是这一执念,才会让他的思想那么偏执。

而在那一刻,他也暗暗下了决心,一定要好好钻研这珐琅器的工艺。希望有一天,能够替赵兴成恢复那失传的龙鳞光工艺。

时间过得非常快,转眼之间,已经是二十世纪九十年代中期了。此时,改革开放已经越来越深入。而那古老的北京城,也迎来了翻天覆地的变化。

铜赵记周围除了那几个依然还在坚守的手工作坊,很多老旧的房子都被拆了,转而起了很多高楼大厦。

而他们这一片作坊,依然弥漫着古老的气息,和充满现代气息的高楼大厦形成了非常鲜明的对比。

在这里,许明峰已经很难听到信鸽的声音,取而代之的,是越来越多的汽车的轰鸣声。

周围刚修的道路上,随处可见奔跑着的桑塔纳。那些脖子上戴着金链子的个体户们,一个个手里拿着大哥大,装模作样地说起了港台腔。

其实,对于这些人,许明峰一向是嗤之以鼻的。

他现在却也不得不面对一个现实,他们传统的手工艺产业,仿佛在这个日见繁华、商业气息越来越浓重的都市里逐渐迷失了方向。就如同他们的作坊所在的地方,像是被整个社会都遗弃了一样。

尽管他们的生存环境越来越严峻,可是许明峰他们三人却一直没有辜负赵兴成的厚望,制作珐琅器的工艺水平越来越高,频繁获得一些奖项。由此,他们三人的名声也在整个业内响起来。

这天,他们参加完一个工艺品展览会。刚出来,准备走时,却见不远处围着不少人。

赵岚本来也是个爱看热闹的人,这时拉着他们俩嚷嚷着要去看看。

许明峰和沈玉坤也没多说什么，就跟着她一起过去了。

都说天涯何处不相逢，许明峰怎么都没想到，他们挤进人群里，却见到了熟悉的面孔。

有一个叫双明的工艺品公司刚刚成立，此时，有关领导与公司的负责人正在剪彩。

而当看到剪彩的人时，许明峰有些傻眼了。因为居然有李明飞和李明丽兄妹俩。

多年不见，李明飞似乎成熟了不少，不过也多了中年人特有的啤酒肚。

让许明峰深感意外的是，李明丽犹如变了一个人。和当初还带着几分青春气息的少女相比，而今的她，活脱脱就是个职场女领导。她留着齐耳短发，白净的脸颊上，异常显眼的黑色眉毛和那赤焰似的红唇，形成了鲜明的对比。整个人看起来非常精明干练，同时却又带着一种不让须眉的女中豪杰的姿态。

她熟练地和李明飞配合着众人，动作中却显出几分洒脱。

沈玉坤看到这情景最先兴奋起来，他用力地揉了揉眼睛，欣喜地叫道："这，我不是在做梦吧，这真是明丽吗？太好了。"

赵岚狠狠地踩了他一脚，没好气地说："玉坤哥，你能不能有点出息啊。是不是她，关你什么事？人家几年前都不拿当你一回事，现在我看更是不会正眼看一下你。"

沈玉坤也不去理会她，自顾自地往前挤。

倒是许明峰，这时看了看赵岚说："岚岚，我们别看了，回去吧！"

"好的，明峰。"赵岚早就不想待在这里了，如今听许明峰一说，当下牵着他的手就走。

如今，两人的关系已经完全公开了。赵岚紧紧握着他的手，心里无比的甜蜜。

"明峰，咱们今天又得奖了。你说，我们该如何庆祝呢？"

"你说吧，岚岚，我都听你的。"许明峰扭头看了她一眼，轻轻一笑。

如今，二十多岁的许明峰更加成熟，同时身上的气质也非常出众。对赵岚而言，这就是她最喜欢的地方。

"那，那我要这个……"赵岚说着，故意将脸凑了过来。

许明峰一看她凑过来的脸，摇了摇头说："岚岚，你这是做什么？大街上，也不怕羞啊？"

"那有什么，明峰，反正咱们是情侣，有什么好怕的。"赵岚说着，忽然眉头一皱，说，"你别说那些没用的，就说，你到底亲不亲吧？"

"这，好，我亲就是了。"许明峰有些不自然，看了看周围，这才极不情愿地亲了过来。

正在这时，不远处忽然传来了一个声音："明峰，真的是你吗？"

许明峰转头一看，却见李明丽站在不远处，此时正用复杂的眼神盯着他看。而在她的旁边，沈玉坤就站在那里。

很显然，是沈玉坤将她带来的。

怕什么来什么，许明峰刚才之所以急匆匆地要走，理由很简单，就是担心和李明丽撞上。

可如今，沈玉坤竟然还将她给带来了。他心里非常生气，瞪了一眼沈玉坤。

不过，沈玉坤仿佛根本没注意这些，他的注意力都在李明丽的身上。

赵岚心里自然也很不舒服，这时她紧紧搂着许明峰的胳膊，然后靠着他，仿佛宣示自己的主权。她看了看李明丽，带着几分炫耀的口气说："李小姐，不，应该叫你李总了吧！你还真会挑时间啊，没看到我和明峰正忙呢，干吗来打扰我们？"

李明丽微微摇了摇头，脸上挂着一种看不透的笑。她的反应很冷静，似乎比几年前，更加沉稳了。

"赵岚，你别误会。我只是很久没见明峰了，想和他叙叙旧而已。"李明丽说着，几步走了过来。

这么多年过去了，李明丽真的以为自己早就平复了对许明峰的感情。可是她发现，当再看到许明峰时，心里本就沉寂的情感，瞬间翻滚了起来。这时候，她才明白过来，自己从来都没忘掉这一份感情。甚至说而今更加深了。

"行了吧，李总，你心里想什么，别以为我不清楚。"赵岚态度上依然很不友好。

许明峰看了她一眼，忙笑着说："明丽，你好。"

李明丽应了一声，轻轻说道："明峰，其实，我前阵子就来了。因为实在太忙，就没去看你。不过，我可是听了不少关于你的新闻啊。你现在真了不起，我为你感到骄傲。"

"客气了，明丽。"许明峰淡淡一笑，和她说话一直都用很客套的方式。

这一点，李明丽也感觉到了。她看了看赵岚，说："赵岚，什么时候和明峰结婚，记得通知我一声。"

第十七章　好一番热情

"好，你放心吧。谁都不通知，我也一定要通知你的。"赵岚不冷不热地说道。

对这个女人，她可是一点好印象都没有。

沈玉坤这时走了过来，笑了笑说："李小姐，你不是还没吃饭吗？要不咱们一起吃个饭吧。"

"这……"李明丽看了看许明峰，说，"我倒是没问题，只不过明峰他……"

本来，许明峰是想拒绝的。可是他还没来得及开口，就被沈玉坤抢了话头。沈玉坤笑了一声说："明峰好说，李小姐能赏光，那是最好了。"

"嗯，好。咱们这么多年没见，正好我也有一些话想和你们说。"李明丽说着，颇为深情地看了一眼许明峰。

许明峰此时也不好再拒绝了，看了一眼赵岚，当即就和她一起去了。

四个人在附近的一个酒店订了一个包厢，李明丽点了很多菜。

许明峰看了看一桌子的饭菜，不安地说："明丽，咱们四个人，吃不了这么多菜。而且这些菜都这么贵，你太铺张了。"

"这不算什么，明峰，对于我们之间的情意而言，这区区一桌子饭菜值几个钱。"李明丽说得轻描淡写。

倒是赵岚，却听得有些不舒服了，轻哼了一声，缓缓说道："啧啧，真是难得啊。李小姐，你的一番热情，还真是让我们不好辜负呢。"

得了，看赵岚的样子，摆明又要吃醋了。

这房间里的气氛一瞬间也有些尴尬，许明峰赶紧转移话题，看了看李明丽，问道："明丽，你刚才说找我们有事，到底什么事啊？"

"是这样的，"李明丽端着酒，喝了一口，然后看了看许明峰说，"明峰，我想和你们开展一项合作。如果这事情做成了，对我们双方而言，那就是一个双赢的局面。"

"李总，你还用和我们合作啊。而今，你这公司都开了，以后你们规模化生产。一天生产的景泰蓝工艺品，足以抵得上我们一年产的。"赵岚听到这里，心里别提有多生气了。好你个李明丽，闹了半天，你还是对许明峰不死心呢。

"赵岚，你说得没错，我们公司的确是在进行规模化、工厂化生产珐琅器。"李明丽说着，转头看向许明峰，忙说，"不过，我们现在缺乏重要的珐琅器工艺设计师，负责整体的工艺品设计及质量把关。同时，还要提供标准化的一些参数。"

"所以，你就想到了我们，对不对。"赵岚闻言，冷哼了一声，"李总，你有没有想过，你这个公司一旦运转成功，那我们传统的手工艺业会受到多大的冲击。有多少靠这个吃饭的手艺人，会因此失业。"

"对不起，这个问题不是我要考虑的。"李明丽双手一摊，决然地说，"赵岚，你应该睁开眼睛看看这个世界了，这种传统的手工艺迟早要被时代淘汰的。而企业化的管理、工业化的生产，以及商业化的推广运营，乃是当今主流的方式。况且我这么做，也是为了保护景泰蓝，也是为国家做贡献。"

"行了吧，你少给自己脸上贴金。"赵岚很不客气地说，"你就是个唯利是图的商人，眼里只有钱。我告诉你，我们不会助纣为虐，我们不能亲手毁掉自己的饭碗，这是老祖宗传下来给我们的。"

"岚岚，你也别这么说，咱们现在这一行的确是不好混了。你看看，这连续两个月了，我们铜赵记的作坊都没接到任何的活儿了。"沈玉坤赶紧替李明丽说话。

即便如此，李明丽也没对他投来任何感激的眼神。她的眼睛里，只有许明峰："明峰、赵岚，我知道你们的困扰。正是基于此，我才来找你们合作，其实也是来帮助你们的。这样，如果你们三人肯来我们公司担任设计师的话，明峰，我一个月给你一万五的薪水。沈先生，你是一万三，而赵岚，你一个月一万。"

"什……什么！一万三？"听到这里，沈玉坤有些傻眼了，惊愕地瞪大了眼睛，嘴巴都合拢不上了。

20世纪90年代中期的时候，就算是很吃香的正式工，一个月满打满算也才几百块钱。就这，也很了不得了。一个月一万三，这对沈玉坤而言，简直就是天文数字。他甚至都不敢想，这么一笔巨款，自己要如何花呢？

"哼，真是可笑啊。"赵岚听到这里，完全不为所动，"李总，你还真是大手笔啊，出的价钱不低啊。不过，你是拿我们也当商品了吗？"

"岚岚，人家李小姐一番诚意，你能不能先闭嘴啊。"沈玉坤有些看不下去了，瞪了一眼赵岚，说道。

"玉坤哥，你让我说你什么好呢？"赵岚气得不行，真没想到，自己这个师兄居然这么窝囊，完全被这个女人迷住了。可是，却没看出，李明丽分明是利用他们。

"赵岚，如果你觉得这价钱低的话，那我们其实还可以再商量。"李明丽看了看她，连忙说道。

"明丽，这不是钱的问题。"这时，许明峰终于发话了，"我们不会和你合作的，这是我们的原则。还有一点，我希望你能够明白，我们传统的手工艺是绝对不会退出历史舞台的。因为我们打造的不是商品，而是艺术品，这是我们的区别。"

"明峰，说得好。"赵岚听到这里，兴奋不已，拍了拍手，挑了挑眉头，颇为得意地看了看李明丽说："怎么样，李总，你现在还有什么好说的吗？"

李明丽分明从许明峰的眼神里看到了坚定和不容商量。那会儿，她算是明白，自己失算了。她叹了一口气，说："明峰，我希望你还是慎重考虑一下我的建议。"

"不用考虑，这就是我的答案。"许明峰想都没想，一口回绝道。

此时，李明丽一句话都说不上来了。

回去的路上，赵岚兴奋不已，拉着许明峰的胳膊，笑吟吟地说："明峰，你今天表现得真好，可是给我长脸了。今天回去，我要好好地犒赏一下你。"

听到这里，许明峰也是哭笑不得。他叹了一口气，摇摇头说："岚岚，我今天这么说，可不是为了给你长脸。我是为了我们手工艺产业。"

"好，不管怎么说。反正，你今天表现很出色，本姑娘回去一定要好好地犒赏你。"赵岚冲他扮了一个鬼脸。

许明峰也没当一回事，他回去，还有更重要的事情要做。

三人回到家里，直接去了赵兴成的房间。毕竟，他们要将今天参会的消情况给他汇报一下。

来到赵兴成的房间，三人当时就慌了神。只见赵兴成趴在地上，旁边是一个摔烂的碗。

三人惊呼了一声，赶紧上前，将他搀扶起来。

连续叫了好几声，赵兴成才从昏迷中清醒过来。

赵岚急得直抹眼泪，抓着他的手说："爸，您这是怎么了？"

"岚岚，我没什么大事。就是刚才喝水呢，突然就晕倒了。"赵兴成看了看她，说道。

"师父，您先别说话了，我送您去医院。"许明峰看了他一眼，忙不迭地说道。

"别费事了，"赵兴成摆摆手，"我没什么大事。这都老毛病了，从前几年就开始了，时不时就昏倒。估计是太累了，休息一下就好了。"

"师父，您还是去医院看看吧，要不然我们不放心。"这时，沈玉坤看了看他，说道。

"好了，玉坤，我没事。"赵兴成看了看他们，随口问道，"你们今天参会，都说了什么啊？"

许明峰看着赵兴成的样子，鼻子一酸。他到今天才发现，师父是真的老了，头发花白，脸上的皱纹也多了很多。

"还不是那些话，师父。"许明峰忍不住眼眶发红，他缓缓说道，"其实也没什么大不了的。师父，您还是休息吧。"

他不想给赵兴成说太多，不想让他再操心了。

不过，这时赵岚却插了一句话："谁说没事的，爸，您知不知道，那个李明飞来北京了，他还和他那假洋鬼子妹妹一起合开了一个制作珐琅器的公司，叫什么双明。甚至，他还……"

"岚岚，你能不能别说了，赶紧让师父休息吧。"许明峰瞪了一眼赵岚，打断了她的话。

即便如此，一切都为时已晚。赵兴成看了看他们，冷声说道："慢着，你们是不是隐瞒了我什么事情。"

"啊，没有，没有啊。"许明峰不自然地看了看赵兴成，忙说，"师父，看您说的，我们能有什么事情瞒着您呢。"

"少来这一套。"赵兴成依然脸色铁青，转头看了看赵岚，说道，"岚岚，你来说，究竟出了什么事情？"

赵岚这时也不敢多说了，不自然地看了看许明峰和沈玉坤。嘴唇动了动，欲言又止。

赵兴成见状，气得狠狠地拍了一下床头，恼怒地说道："你们要是不说的话，从今天晚上开始，我就不吃饭了。"

"啊，师父，您千万别，我们说还不成吗？"沈玉坤见状，也不敢再隐瞒了，当即一五一十地将事情原委讲了一遍。

许明峰之所以不想让赵兴成知道，就是考虑到他现在的身体状况不是太好。一旦知道了，会对他产生一定的影响。

可是，他们担心的事情，到底还是发生了。赵兴成还没听完，就显得无比生气，怒喝道："真是岂有此理，他们这些人也未免太过分了。哼，还想来挖我们这些人。怎么，这是想让我们搬起石头砸自己的脚吗？"

赵岚闻言，赶紧上前，宽慰着他说："爸，您也别太生气了。您看，现在我们不是都严词拒绝了他们吗？"

赵兴成点了点头，看了看他们三人，略显欣慰地说："你们三人能够不为那些利益所动，坚守我们的初心。对于这点，我还是很高兴的。也不枉费我对你们的教导，这点很好。"

看到赵兴成的脸色平缓了不少，许明峰悬着的心也慢慢放下了。

他很认真地看着赵兴成，忙说："师父，您放心吧，我们自然是有我们坚守的东西。而且我相信，咱们传统的手工艺，绝对不会被他们这些工业化的商品所取代的。"

"好，明峰，很好。你能有这一份心，就很可贵了。"赵兴成看了看他，轻轻点点头，说，"眼下，咱们这些传统的老作坊，的确是遇到了一些难关。有很多的老字号，甚至都很久没接到活儿了。可是，越是在这个时候，我们越是要坚守住，千万不能为那五斗米折腰。"

沈玉坤听到赵兴成说这些，心里感觉无比别扭。其实，他对李明丽提出的那些条件，早就很动心了。

但是，现在他也不敢太违拗师父。对赵兴成的脾气，沈玉坤还是很了解的。

等赵兴成休息了之后，三人随即出来了。

许明峰看了看他们俩，叮嘱道："师兄、岚岚，你们切记啊。师父的身体现在不是很好，咱们以后尽量少拿这种话来刺激他。"

沈玉坤咬了咬嘴唇，迟疑了一下，看着许明峰说："明峰，其实……其实我觉得，咱们也不能死守一条路吧！现在这社会，发展得太快，日新月异，如果我们不尽快做出改变，恐怕也是会被淘汰的。"

"玉坤哥，你这话什么意思。怎么，你还惦念着那个假洋鬼子开出的优越条件吗？或者说，你还对人家念念不忘？"赵岚听到这里，显得非常生气，狠狠地瞪了一眼沈玉坤。

"哎，岚岚，瞧你这话说的。我……我这不是为大家着想吗？"沈玉坤神色有些不自然，忙不迭地替自己辩解。

"行了，你什么都不用说了。"赵岚摆摆手，"如果你真想去，我们不会拦着你的。"说着，转身气呼呼地走了。

"岚岚，你怎么可以这么说呢？"沈玉坤眼见赵岚转身走人，也是够无语的。

许明峰看了一眼他，忙说："师兄，你也别介意。岚岚的脾气，我想你应该很了解的。其实，她就是刀子嘴豆腐心。她的本意，还是希望你能够留下来的。"

"好，我知道了，明峰。"沈玉坤无奈地叹了一口气，一转身，就回房间去了。

这时，许明峰的心里莫名地有些落寞。看着眼前这作坊就感到一种末日的气息。

连日来，赵兴成的病似乎越来越严重了。每到半夜，许明峰总能听到他剧烈的咳嗽声。

当他起身过来探望的时候，就见赵兴成披着一件衣服，走进那个房间。他就站在那里，神色凝重地看着那个盘子，不住地唉声叹气。那表情里，总是充满了惋惜。

而这时候，许明峰的心里就非常难受。他非常清楚，赵兴成忧虑的是什么。

这天中午，许明峰和赵岚去外面给赵兴成买药。当两人回来的时候，就见作坊里很多工人师傅都围着赵兴成，嚷嚷个不停。

赵兴成坐在台阶上，紧绷着脸，也不多说话。

两人见状，赶紧跑了过来。

一直在人群里劝说那些老师傅的沈玉坤，见状如蒙大赦，赶紧迎了上来，忙不迭地说道："明峰、岚岚，你们可算回来了。再晚一些，我恐怕就招架不住了。"

"怎么了，师兄，这是出什么事情了？"许明峰看了他一眼，有些意外地问道。

沈玉坤叹了口气，说："咱们作坊连续几个月都没给工匠发工资，这不，今天大家都在闹呢。如果我们再不发薪水，恐怕他们就会集体出走。"

"岂有此理，这些人都是我们铜赵记的老伙计了。这么多年，我爸什么时候亏待过他们。而今，我们作坊只不过暂时遇到了一些困难，他们居然一点情面不讲。不行，我要和他们讨个说法。"赵岚气得不行，这就要过去。

不过被许明峰及时拉住了。他摇了摇头，说："岚岚，这个时候你千万别这么说。否则只会将事情弄得更僵。其实，你想想，他们也是要生活的。几个月没薪水，他们靠什么吃喝，靠什么养家糊口呢？"

赵岚听到这里，也不好再多说什么了。

许明峰想了一下，说道："我来和他们谈，这样，你和师兄先照看师父。"

两人应了一声，随即就去照看旁边的赵兴成了。

许明峰走了过来，看了看众人，笑了一声说："诸位师傅，大家的心情我很理解。不过，我希望你们能够给我们一些时间，我向你们保证，届时一定会给你们发工资的，一分都不会少的。"

"明峰，你小子都到这时候了还睁着大眼说瞎话呢。"其中一个老师傅走了出来，情绪激动地说道，"这都几个月了，你们一直都这么推。你也知道的，我们家可是有好几口子人都要靠我来养活的。"

第十八章　铜赵记的危难

"理解，理解。"许明峰点点头，忙说，"您放心，你们的心情我都很理解。我向您们保证，一定会尽快解决你们的工资问题。"

"小峰，你也别说那些虚的了。"这时，已经头发花白的安建民缓步走上前一步，看了看许明峰说，"你就实话实说，具体什么时候能给我们发工资吧？"

"这……"许明峰略一思索，说，"这样，半个月后，你们看成不成？"

"半个月？"安建民闻言，将信将疑，"小峰，怎么说我们也是有师徒名分的，你可别骗我啊。"

"安师父，瞧您说的，我怎么会骗您呢。"许明峰看了看他，连忙说，"其实，我本来暂时还不想说的。可是，现在到了这时候，我不说不行了。事实上，我们这两天刚洽谈了一个大的订单。只要半个月内这订单完成，拖欠大家的几个月的工资，都会悉数发放的。"

许明峰的话音刚落，顿时，人群兴奋起来了。安建民更是率先上前，紧紧抓着许明峰的胳膊，激动地说："小峰，你说的可是真的啊？"

"当然了，安师父，我什么时候骗过您呢？"许明峰很认真地说道。

安建民闻言，脸上充满了喜悦。他转头看了看众人，说："好了好了，大家都散了吧。既然少东家都发话了，那咱们就权且再等他半个月。"

安建民在众多工匠中还是很有威信的。话说出来，大家纷纷离场。

等到所有人都散去后，赵兴成撑着站了起来，几步走到许明峰跟前，看了他一眼，诧异地问道："明峰，你说的是真的吗？你们真的拉到订单了？"

此时，赵岚和沈玉坤也诧异地看着许明峰。奇怪，他什么时候拉到的订单，他们俩却完全不知道。

许明峰摇了摇头，看了看他们说："没有，师父，我刚才是权宜之计。"

"什么？明峰，你可真是胡闹啊。"听到这里，赵兴成气不打一处来，狠狠地瞪了他一眼说道，"你这么欺骗人，那到时候你要如何给他们发工资呢？"

许明峰略一沉思说："师父，您放心吧，我有办法拉到订单。"

看着许明峰的自信表情，赵兴成却有些质疑："明峰，你该不会想去找李明飞他们帮忙吧。我告诉你，咱们宁可穷死饿死，哪怕把这些工匠们都解散了，我也不会允许你做这种事情。"

"师父，我向您保证，我绝对不会这么做的。"许明峰信誓旦旦地向赵兴成表示。

眼见许明峰话都说到这份上了，赵兴成也不好再多说什么。不过，他还是很困惑："明峰，你不找他们帮忙，那你要如何拉到订单？要知道，现在很多比我们铜赵记更大的工艺作坊，都很难拉到投资。"

"师父，这您就别管了，我自有办法。总之呢，您就好好在家里养病。至于其他的事情，我来操办就是了。"许明峰故意卖了个关子，也不多说什么。

"好，那我就等着看你的好消息了。"对于自己的这个徒弟，赵兴成还是很放心的。这么多年过去了，他做事一直都很靠谱，而且总能给自己意外的惊喜。

事实上，许明峰还真的有一个计划。只不过，他也不太确定，自己这计划付诸实施后，会不会遭到赵兴成的反对。

随后，他就出去了，一直到很晚才回来。而赵岚和沈玉坤问他究竟做什么去了，许明峰也是只字不提。

第二天清早，许明峰就早早起来。他刚出了作坊，却见赵岚和沈玉坤已经在外面等着了。

许明峰愣了一下，皱着眉头问道："师兄，你和岚岚怎么……"

赵岚走了过来，然后不客气地坐在了他的自行车后座上，紧紧搂着他说："明峰，你想做大事情，怎么能够少得了我们呢。"

沈玉坤打了一下那自行车的车铃，笑嘻嘻地说："明峰，昨天你宣布那个事情，我就觉得你小子肯定在酝酿什么大计划。这不，我和岚岚就合谋好，今天早上在外面抓你个现行。"

许明峰闻言，不自然地笑了笑。他看了看沈玉坤说："师兄，我其实是不想让你们参与进来。如果这事情做不成，那责任就是我一个人的。"

"好了，咱们师兄妹这么多年的感情了，你居然还说这种见外的话。铜赵记不仅是你的，也是我们大家的。我们都有义务，要让它传承下去。"沈玉坤冲他笑了笑。

此时，许明峰也不好再多说什么了。当下，他点点头，就和沈玉坤一起出发了。

四九城的晨光洒在三人的身上，照着三个朝气蓬勃的年轻人。这古老的城市，而今在改革开放的浪潮中，正逐渐焕发出新的生机。

赵岚看着不远处一个建筑工地，无限唏嘘地说："你们瞧见没有，那个地方，曾经是老关丰的作坊。而今这个传承了几百年的手工艺作坊，却变成了一堆废墟。"

沈玉坤也无限感慨，说："是啊，最近这几年，很多老作坊都纷纷经营不下去，彻底地关门了。你瞧瞧那里刚开的什么快捷酒店，之前就是几个工艺作坊。"

许明峰说："其实，不仅是我们珐琅器的手工艺作坊，事实上，很多其他行业的传统工艺作坊都纷纷因经营不善关门了。不过这也没什么。历史的兴衰中，王朝都在不断更替，我们这些作坊又算得了什么。"

赵岚有些不甘心，说："明峰，话虽然如此，可是，我听说日本有很多传承了几百年的老字号，人家现在照样运转得非常好。"

许明峰扭头看了她一眼，淡然一笑说："岚岚，那你知道人家是会灵活转变的吗？如果我们想保住咱们铜赵记，我们就要转变思想，改变传统的经营作坊的那一套思路。"

说到这里，赵岚也无奈地叹了一口气："明峰，你这话算说到点上了。就我爸那种老顽固的脾气，他肯定是不会同意的。"

对于这一点，许明峰自然是非常清楚的。所以，他今天做的事情，才要瞒着赵兴成。

沈玉坤这时注意到了什么，看了看许明峰斜挎着的包，疑惑地问道："明峰，你这包里装的是什么啊？"

许明峰神秘一笑，说："这个嘛，暂时不告诉你们。不过，很快你们就会知道了。"

"跟我们还搞得这么神秘。"赵岚白了他一眼，略显不满地说道。

不过，许明峰依然是什么都没说。

"明峰，你怎么才来啊，我爸都等你很久了。"半个小时后，三人骑车来到了市里一个酒店门口。

刚停好车子，就见一个打扮得非常时髦的女人走了过来。

许明峰一看，却是梁艳。这个梁艳一直很向往港台的生活方式。许明峰早就听说过，梁艳隔三岔五就找机会去香港购物，甚至还有模有样地学了一口粤语腔。

不过，赵岚对她却一直看不惯。

她也不太明白，这都多少年过去了，这个女人仿佛对许明峰还不死心，依然充满热情。

许明峰嗅着她身上扑面而来的香水味，不由得皱了一下眉头。他微微点了点头，没多说什么，就进去了。

赵岚跟了过来，瞥了一眼梁艳，不冷不热地问道："梁艳，你身上是喷了胡椒粉吗？怎么那么冲鼻子。"

梁艳脸色一变，瞪了她一眼说："赵岚，我看你真是个土包子。知道不，这叫香水。算了，和你这种乡下丫头解释这些，还不是对牛弹琴啊。"说着，转身朝里面走去。

她似乎故意气赵岚的，故意扭动着那紧身的超短裙。

"臭不要脸的，穿成这样。"赵岚看着她那背影，气得不行。

"岚岚，你懂不懂欣赏，人家这种超短裙搭配黑丝袜，有一个词叫性感。"沈玉坤似乎挺受用。一边说着，一边瞅着梁艳，屁颠颠地跟进去了。

赵岚听到这里，更气了。同时，忍不住朝自己身上看了几眼，小声嘀咕道："难道，我真的穿得很土吗？"

不过，她眼下最关心的还是许明峰怎么找上梁博达了。这两个人，究竟葫芦里卖的什么药呢。

当他们来到酒店内部，就见旁边的一个角落里，完全被布置成了一个展厅。而且上面还有一个横幅，用醒目的一行字写着："艺术与文化的碰撞——中国手工艺景泰蓝巡展。"在展厅里，布置了很多的展台。每一个展台上，都摆着一件精美的珐琅器，下面还有关于这件珐琅器的详细介绍。

许明峰走到一个展台边，然后从挎包里取出了一个盘子，放了上面。

赵岚看到那盘子，吃了一惊。她怎么都没想到，许明峰居然将铜赵记的传世之宝、赵兴成的心肝宝贝龙凤呈祥盘偷了出来。难怪他这一路上一直三缄其口，什么都不肯透露。

展厅里有很多来自各个作坊的把式，看到这个龙凤呈祥盘，纷纷惊愕地睁大了眼睛。

尤其是梁博达，更是难以置信。他缓缓走向前，仔细打量着这盘子，吃惊地叫道："我的天哪，这……这可真是稀世珍宝啊。明峰，这就是你们铜赵记的压箱底的宝贝啊。"

许明峰看了看他，点点头说："梁把式，这个龙凤呈祥盘是我们铜赵记传承了几百年的珐琅器。而且这是个孤品。您看上面的釉色，呈现出泛着金光的龙鳞样光芒。只可惜，这样的工艺失传了。"

"不简单啊，真是太不简单了。"梁博达不断地点头，"真是没想到啊，就你师父那老顽固，家里居然还有这种价值连城的好宝贝。不过，我也算明白了。他是不是一直想要恢复这个工艺啊，所以才对任何试图改变传统的行为都抱有成见。"

许明峰点了点头，看了看他说："对，梁把式。不过，希望您也理解他。"

"我理解，但是，明峰，我有一件事情不太明白。"梁博达皱了一下眉头说，"你小子拿你师父的心头肉来这里展示。这万一要是客户看上了这个，你们又制作不出来，那不是一切都白搭了吗？"

许明峰笑了一下，看了看他说："别着急，梁把式，我这里还有东西呢。"他又从挎包里取出一个花瓶。

梁博达一看，不住地点头道："哦，这就是你们铜赵记最具代表性的工艺，烫蓝了吧。"

"对，这个工艺手法只有我师父会。其实，您仔细看，这个瓶子的工艺，虽然不能和龙凤呈祥盘相比，但是也丝毫不差。我相信，一定可以打动那些人的心。"许明峰自信满满地说道。

许明峰说的这倒是实话，铜赵记的烫蓝工艺，在整个业内也是出类拔萃的，制作出的珐琅器整体都是一流的。无论艺术美感，还是呈现出的视觉冲击力，那都是非常令人吃惊的。

梁博达听到这里，看了看许明峰，笑着说："明峰，我怎么感觉我像是给你搭台，让你唱戏了。而我们这些人，全都成了配角了。你用这龙凤呈祥盘吸引客户，然后你再趁机推销你们这烫蓝珐琅器。这一手，玩得真好。"

"梁把式，您可千万别这么说。机会面前，大家可都是平等的。能不能拉到订单，那可就是各凭本事了。"许明峰嘿嘿一笑。

梁博达这时候也不好多说什么了，不过眼神里对这个青年却充满了赞许。

这时，沈玉坤和赵岚已经快步走过来了。

赵岚拉着许明峰的胳膊，劈头就问道："明峰，你到底什么意思？你的胆子未免也太大了吧！这个龙凤呈祥盘对我爸意味着什么，你难道不清楚吗？你居然背着他，偷偷给……"

"岚岚，你听我说。"许明峰打断了赵岚的话，看了看她，笑着说，"我知道，背着师父，偷出龙凤呈祥盘，的确不太好。不过，我只是暂时借用一下。等展会结束，再还回去。只要你和师兄保密，就神不知鬼不觉了。"

沈玉坤看了看他，缓缓说道："好了，明峰，我们可以不说。但是，你现在至少应该跟我们说说，你这葫芦里究竟卖的是什么药啊？"

许明峰想了一下，说："是这样的，我前阵子就打听到，这个酒店里最近入住了一批东南亚来的华侨。他们此次来北京的目的，一则是为投资，二则是为了文化寻根。

尤其是这文化寻根，就是要探寻中国传统的文化根源。"

"可是，这和我们珐琅器有什么关联啊？"沈玉坤皱了皱眉头，很不解地问道。

许明峰说："师兄，你想想，他们所探寻的文化根源是什么，还不就是能够承载中国历史和传统文化艺术的东西吗。而咱们的珐琅器，那是再合适不过的了。"

"这能行吗？"沈玉坤闻言，还是有些将信将疑。显然，他不太相信许明峰说的这一番话。

许明峰拍着胸脯，异常自信地说："师兄，你要相信我。而且我对他们很多侨胞都有些了解的。这些人虽然在商业上取得了巨大的成功，可是在思想上却显得有些空虚。而他们如今的文化寻根，一方面是为填补这种空虚，另一方面则是要通过这种方式，来对自己进行身份的提升。"

赵岚听到这里，倒是有些明白了："我懂了，这是咱中国人自古就有的习惯。从古到今，但凡那些发家致富的商人们，总是每时每刻地都希望为自己镀上一层文化的金。"

"说得对啊。"许明峰朝赵岚投来了一个赞许的眼神，然后说，"我打听清楚了，今天这些商人们等会儿要出去参加什么活动。咱们在这里摆一个展厅，一定可以吸引他们的注意的。到时候，说不定订单就有了。"

"明峰，你小子的鬼主意还真不少啊。"沈玉坤这时也对许明峰佩服得不行，"你说吧，接下来让我和岚岚做什么？"

许明峰看了看他们，然后如此这般地做了一些安排。当下，两人就明白了。

大约半个小时之后，就见一行人从里面走了出来。

许明峰看到其中的两个人，却是吃了一惊。他怎么都没想到，在这里能碰到李明飞和李明丽兄妹俩。

这兄妹俩正和那些商人们有说有笑，而且李明飞还和他们谈论着什么合作之类的话题。

等等，合作？许明峰仿佛想到了什么。

这时，那几个商人似乎注意到了这个展厅，目光纷纷投射过来。而其中有一个五十多岁的人扶了扶自己的近视眼镜，非常兴奋地说："大家快看，这可是传统的手工艺景泰蓝，我们看看吧。"他第一个就走了过去。

随即，其他的几个商人纷纷走了过来。

赵岚和沈玉坤眼见那么多人过来，就立刻按照许明峰交代好的，极力地拉拢他们到铜赵记的展台前来。

第十九章　抢客户

而李明飞兄妹似乎没料到会出现这种情况，先是愣了一下。但随即反应过来，赶紧追了过来。

不过，他们很快注意到了许明峰。

倒是李明丽，看到许明峰时她满脸都是欣喜。她快步跑了过来，忙叫道："明峰，你……你们怎么会在这里啊？"

许明峰没有即刻回答她，而是反问道："明丽，你们怎么会和这些商人们在一起呢？"

李明丽闻言，说道："哦，是这样的。这些商人对景泰蓝非常感兴趣，正和我们洽谈一批大批量景泰蓝的合作项目。这不，我们正打算带他们到我们的工厂去实地考察一下。如果没什么问题，今天就可以将合同敲定了。"

"是吗，那真应该恭喜你们了。"听到这里，许明峰心里忽然有些落寞。唉，自己还是来晚了一步，没想到，居然被他们给捷足先登了。

这时，李明飞走了过来，打量了一番许明峰，笑了笑说："明峰，怎么样，你也看到如今的发展趋势了吧。你们那一套传统的方式，恐怕是不行了。如果你有兴趣的话，不如来我们公司吧。我可以在我妹妹开出的条件基础上，再给你加2%的提成，你觉得如何？"

许明峰摇摇头，看了看他说："李老板，多谢你的好意。但是，我们有自己存活的方式。"

"明峰，我这是在帮你。你真觉得，你们这种传统的手工艺作坊，能够在这个时代存活吗？"李明飞此时仍然自信满满。毕竟之前类似于这种商业竞争，他可一直都是胜券在握，从来没有失败过。

许明峰正想说话，这时，先前那个戴着近视眼镜的男人叫了他一声："小伙子，这个盘子……"

"哦,先生,这个盘子是我们铜赵记传承数百年的手工艺品。它属于景泰蓝最兴盛的明朝景泰年间制作出产的。你看看,这工艺手法,其实很多都失传了。"许明峰见状,赶紧跑了过去,耐心地给这商人介绍了起来。

李明飞看到这情景,隐隐有些不安。他正想过去,却被李明丽给拦住了。她看了看他,摇摇头说:"别急,哥。咱们先看看,等会儿再说。"

李明飞看不懂自己这妹妹究竟葫芦里卖的什么药:"明丽,你的意思是……"

李明丽摇了摇头,也不多说什么。

没办法,李明飞只好不说话了。

那商人听着许明峰的介绍,眼睛里更是露出兴奋的光芒:"这是真的吗?景泰年间的珐琅器,果然工艺水平一流啊。尤其是这上面的釉色,这个色泽真是太漂亮了,简直像是龙鳞放射的光芒。"

"先生,你真是眼光独到。这就是我们铜赵记已经失传的龙鳞光工艺。"许明峰顿了顿,接着说,"其实,我们铜赵记数百年来,一直追寻的就是探索和表达中国传统的文化和艺术。而我们所打造的,也不单单是一件普通的工艺品,而是一件凝聚了中国千百年来文化的艺术品。虽然龙鳞光工艺失传,但我们铜赵记主打的其他工艺品也是出类拔萃的,比如,这件花瓶,所使用的就是我们最高的工艺水准烫蓝……"

许明峰的一番介绍,让这个商人不住地点头。这时,他还向其他的人招手。

赵岚和沈玉坤也拉来了不少商人。此时,铜赵记的展位前,可以说是人气最为旺盛了。

经过许明峰的那一番介绍后,众人明显情绪高涨。在那个戴眼镜的商人最先开始向许明峰抛出想要一批订单的意向后,其他的商人也不甘落后,纷纷抛来了橄榄枝。

李明飞看到这情景,着实有些傻眼了。他不敢相信自己的眼睛,忍不住说道:"这……这怎么可能呢。他们怎么会……"

"哥,这就是人家明峰的高明之处。"李明丽非但没有失落,反而带着几分兴奋,"明峰这人太聪明了,很具有商业才华。他非常明白他们手工艺的优势和劣势。所以,他能够扬长避短,充分发挥他们的优势所在,竭尽所能地遮蔽自己的劣势。同时,他打听清楚客户所需,进而进行精准且恰到好处的商业宣传。"

听李明丽说完后,李明飞轻笑了一下,缓缓说道:"明丽,照你这么说,那这小子还真是个不可多得的商业奇才了。哼,我还就不信这个邪。你等着,我现在就将这些客户拉回来。"

"哥，你现在去也成功不了了。"李明丽看了他一眼，缓缓说道。

"我不信，咱们走着瞧。"李明飞扭头看了她一眼，不甘心地说道。

李明丽见状，摇了摇头，说道："哥，你如果坚持要去。那你一定要记住，扬长避短。记住尽量回避我们商品的劣势，要竭尽所能地推销我们的优势所在。"

"明丽，这个不需要你来教我。"李明飞快步朝前走了过来。

他不信，自己纵横商场多少年的老江湖，能轻易败给许明峰这个对商业运营一窍不通的人。

"丁老板，咱们走吧，时候也不早了。"这时，李明飞走到那个戴眼镜的商人跟前，笑着说道。

那商人看了他一眼，忙说："李董，实在抱歉啊！我刚才仔细看了看，觉得这个铜赵记的景泰蓝，可能更适合我们的要求。要不然，咱们下次再合作吧。"

李明飞尽管早就猜到了，可是听他这么一说，心里还是有些失落。不过，他早就做好了应对方案。他笑了一声说："丁老板，这些纯手工打造的工艺品的确很好。但是，你要明白啊！他们可是无法批量生产的。而且这价格上，也是无法和我们相比的。"

"这个……"那商人听到这里，倒是有些迟疑了。

李明飞见状，趁机跟进道："丁老板，你想想。你可是要开发东南亚的景泰蓝市场的。你觉得他们这些无法标准化批量生产且成本高昂的工艺品，可以成为大范围流通的商品吗？"

这话一出，那个商人渐渐冷静了不少。

赵岚早就看不下去了，此时，想要去和他理论，不过被许明峰给拦住了。

他摇了摇头，示意她别吭声。他上前一步，看了看李明飞说："李老板，你刚才说的真是很精彩。而且你说的也句句在理。但是，我现在想问你一句，一幅画家画了很久的画作，能和打印机打印出来的图画相提并论吗？"

"你……你这话什么意思？"李明飞听到这里，气得实在不行。这小子太狠了。居然用这种比喻，明显就是贬低他那机器生产的珐琅器。

许明峰淡淡一笑，不以为然地说："李老板，你别生气，我可没别的意思。听说国外有好多豪华汽车，都是纯手工打造的。当然，这些车子自然不能和那些批量化生产的车子相比。可是，若干年后，你会发现，那些批量化生产的车子已经进了废品收购站，而纯手工打造的车子，却还被人小心收藏着。而这就是手工艺的魅力所在。它不仅仅作为一种商品，还有衍生的附加价值，如文化、艺术，还有一个民族的性格传承。"

"好，说得好。"那个丁老板这时忍不住拍了拍手，朝许明峰投来了赞许的眼神。"小伙子，你说的没错。我定了，就你们了。"

许明峰听到这里，也是松了一口气。而李明飞的脸色却非常难看。

按照约定，这几个老板明天中午就正式造访他们铜赵记，具体商谈合作的项目。

展会结束后，许明峰他们收拾了东西，就要赶回家去。

他们刚从酒店出来，就见李明丽追了上来。

经过中午的事情，李明丽对许明峰更是佩服有加。而内心深处，也对这个青年更加着迷了。

"明峰，你们这就要回去了吗？"

"怎么，李小姐，你难道还想请我们吃饭吗？不过，我看你也没那么好心。今天我们抢了你们的客户，你心里一定很生气。"赵岚不客气地说道。

李明丽闻言，摇摇头，不以为然地笑着说："赵岚，我看你真的想多了。其实，我现在过来，是想帮你们的忙。"

"帮我们？"许明峰愣了一下，有些不解地看着她。

李明丽皱了一下眉头，说："明峰，你以为你们今天搞定那些客户，就算万事大吉了？我告诉你，事情远没有那么简单。这些人对景泰蓝的需求量非常大，而且他们规定的交货时间也非常短。如果是我们工厂进行机器生产，这还没什么，可是，你们作坊单纯靠手工打造，这效率再怎么高，也会影响工期的。所以……"

"所以，你就假惺惺地想来帮忙了。"赵岚打断了她的话，冷冰冰地说道。

"岚岚，别这么说话。"许明峰看了她一眼，然后冲李明丽说，"明丽，谢谢你的好意。不过，我们会有办法解决的。"说完，他就和赵岚、沈玉坤走了。

回到作坊的时候，天已经擦黑了。

因为平时都没什么活儿，那些工匠都早早地回家了。此时，整个作坊陷入了一片死一般的沉寂。

沈玉坤朝赵兴成的房间看了一眼，小声说："也不知道师父是不是睡着了，咱们赶紧把那龙凤呈祥盘放回去，都装作什么事情没发生啊！"

三人对视了一眼，默契地点了点头。

不过，当许明峰打开那个房间门，三人都准备进来的时候，登时傻眼了。

只见赵兴成铁青着脸，站在那里。一张脸紧绷着，仿佛随时都要发火一样。

看到这一幕，三人暗叫完了。

"爸，您……您怎么在这里啊？"赵岚首先怯生生地叫了一声。

"哼，这话应该我问你们吧。"赵兴成语气平缓地说道。

不过，越是如此，三人就越紧张不安，预感到会有什么事情发生了。

"师父，我……"许明峰看了看赵兴成，迟疑了一下。

"给我住嘴。"赵兴成断喝一声，忽然怒吼道，"许明峰，你给我跪下。"

许明峰吃了一惊，也不敢多说什么，迅速上前，赶紧跪下来了。

沈玉坤和赵岚见状，也都很知趣，纷纷上前，都跪在了地上。

"真没看出来，你们师兄妹三人，还挺团结啊。不过，今天你们居然敢背着我干出这种事情来，你们说该如何办？"赵兴成看到这一幕，轻哼了一声。

"师父，都是我的错，您要责罚就责罚我一个人，和师兄、岚岚都没关系。"许明峰知道是在劫难逃了，赶紧主动包揽所有的罪过。

"不，师父，这是我想的招儿。"沈玉坤闻言，也连忙说道。

"爸，您别责罚玉坤哥和明峰。这龙凤呈祥盘是我偷出去的，和他们没关系。"赵岚看了一眼赵兴成，忙不迭地说道。

"你给我住嘴，你个死丫头。枉你还是我赵家人，居然干出这种背离祖宗的事情，看我今天不打死你。"赵兴成似乎太激动，冷不丁地抽出一根藤条来，二话不说就打了下来。

"师父，和岚岚无关，要打就打我。"许明峰见状，赶紧冲了过来，紧紧抱住了赵岚。

结果，那藤条硬生生地打在了许明峰的身上。

"好，许明峰，你还真是个男人啊。这个时候，倒是担负起责任来了。既然如此，今天我就成全你。"赵兴成说着，再次狠狠地打了下来。

"明峰，你快点躲开，这和你没关系。"赵岚见状，大惊失色道。

"不，岚岚，我不会躲开的。"许明峰死死地抱着赵岚不肯松开。

沈玉坤眼见许明峰的身上多了很多血红的印迹，慌了神。他赶紧起身，紧紧抓着赵兴成的手："师父，您别打了。再这么打下去，明峰会出事的。"

"你滚开，沈玉坤，我还没和你算账呢。"赵兴成气呼呼地叫嚷着。

"师父，您如果真要打，就打我一个人。是我这做师兄的没起带头作用，都是我的错。"沈玉坤连忙说道。

"你……你们！都要气死我是不是，你们……"赵兴成越说越气，可就在这时，忽然陷入了昏厥中。

幸亏，被沈玉坤及时给抱住了。

而许明峰和赵岚，此时也赶紧起身……

本来，他们兄妹三人正要将赵兴成送到医院去。不过这时赵兴成却醒了过来。

他努力撑着身子，缓缓坐了起来。看了看他们三人，忙说："你们要送我去哪里？"

"爸，您的病很重，我们带您去医院。"赵岚抹了抹红了的眼睛，忙不迭地说道。

"不用，我自己的身体我清楚，我没事。"赵兴成推开了他们，气呼呼地朝自己的房间走去。

三人对视了一眼，颇为无奈地摇摇头，但随即都跟了过来。他们就站在门口，当然也不敢往里进。

大约十分钟后，里面传出了赵兴成的声音："明峰，你是不是还在外面呢？"

"啊，师父，我在外面。您有什么吩咐？"许明峰慌忙回道。

"你去给我倒杯水。"赵兴成说道。

"好的，我这就去。"许明峰闻言，忙说道。

"爸，我去给您倒水吧。"赵岚担忧地说道。毕竟是亲生女儿，她更担心父亲的身体。

"你给我在外面等着，不准你进来。"里面传出赵兴成很生气的声音。

赵岚还想说什么，却被沈玉坤拉住了。他摇摇头，示意她什么都别说。

随后，许明峰倒了一杯热水，然后推门进去了。

此时，赵兴成已经从床上坐了起来。看到许明峰进来，他连忙摆手，示意他在旁边坐下。

"明峰，你身上的伤还疼不疼啊？"赵兴成担忧地看了看许明峰背后还在不断渗血的地方，有些心疼地问道。

"没事了，师父，一点小伤，不碍事。"许明峰不以为然地说道。

"对不起啊，师父刚才下手有些重了。"赵兴成这时无奈地叹了一口气。

"师父，您可千万别这么说。"许明峰闻言，连忙说道，"您教育我是应该的，谁让我们犯错了呢。再说，今天这件事情，的确是我做得不对。"

"好了，明峰。其实，师父理解你的心情。"赵兴成看了看他，缓缓说道，"今天的事，你会不会怪师父呢。我是个老顽固，根本不懂得变通。"

"不，师父，我从来没这么想过。"许明峰闻言，惊呼了一声。

赵兴成却显得很淡然，摇摇头说道："明峰，你就算这么想也没关系。我知道，不仅是你们，其实在很多同行的眼中，我就是个冥顽不灵的老古董。"

"师父，您千万别在意别人的看法。"许明峰看了他一眼，忙说道。

第二十章　师徒间的对决

赵兴成端着水，喝了一口，微微点点头说："好了，明峰。其实，师父是想告诉你，我其实不是冥顽不灵的。我这么做，就是为了坚守我们的传统，是守住我们老祖宗留给我们的最后一点精神财富。如果一切都要改变，那么就不是我们的东西了。就说你们今天的行为，这算什么，等于出卖我们的人格和尊严。我也不懂你说的什么艺术不艺术的，但是，我不能容许家传的一些东西，被沾染着铜臭味的商人们指手画脚。甚至，多看一眼都不行。"

"师父，我……"许明峰有心想给师父解释一下，他这只是一种宣传手段，只是为了更好地推销他们的手工艺品所做出的些许改变。可是，当看到赵兴成一脸固执认真的表情，他到嘴边的话，还是生生地咽回去了。他很清楚，眼下根本和师父说不通的。

"怎么，明峰，你有什么话要说吗？"赵兴成看了一眼许明峰欲言又止的样子，疑惑地问道。

"没……没什么。"许明峰连忙否认，随便搪塞了一句，"我是说，那些客户们要的货估计量会很大。师父，到时候您可能要多费心一些。毕竟烫蓝这个工艺，我们都不懂。"

赵兴成微微应了一声，看了看他说："明峰，你放心吧。等时机成熟了，我一定会将这烫蓝工艺传给你们。但是，眼下还不是时候。"

许明峰有些哭笑不得，看来，赵兴成是误会他的意思了。他慌忙解释："不，师父，我的意思是……"

"别解释了，行了，这事情就算这么过去了。"赵兴成看了他一眼，随手握住他的手，"明峰，答应师父，只此一次，以后绝对不容许再做这种事情。"

"这……好吧。师父，我答应您。"许明峰本以为趁着这个契机，可以和师父商量一下对作坊进行改造的打算，可是，眼下看来，这一切都只能成为泡影了。

这一晚，许明峰躺在床上，失眠了。

他感觉眼前一片漆黑。自己雄心勃勃，试图去改变作坊现状的行为，完全被师父摒弃。他也不知道，再这么下去，他们的作坊还能走多远。

他感觉自己真的回天无力了。

次日中午，那个丁老板和其他的几个商人纷纷过来和赵兴成洽谈业务。

一切，果然如同李明丽所料想的那样。他们这些人一开口，就要了非常庞大的一批订单。而且还要一个月之内必须全部交货。

但是，这对于生产效率非常低的手工作坊而言，简直是不可能完成的任务。尤其是这烫蓝的手艺，只有赵兴成一个人会。等于说，这么庞大的订单全部都压到他头上。

许明峰当时听到这些，就想拒绝。可是，他刚要开口，却被赵兴成给抢了话头。

"没问题，一个月就一个月。诸位老板放心，我们保证会按时交货的。"

送走了那些老板后，许明峰慌忙找到赵兴成，担忧地问道："师父，您疯了吗？这么多的订单，咱们一个月怎么完成。这么大的工作量，您要一个人完成这烫蓝。可是您的身体，我担心吃不消。"

"傻小子，师父的身体没问题，你放心吧。这才多少货啊，我没事的。"赵兴成满不在乎地说道。

"可是，师父……"许明峰又不傻，他看得出来，赵兴成其实是强撑的。他的精神头事实上已经大不如前了。

"别说了，就这么定了。从明天开始，我们就上工。"赵兴成说，"另外，你以后不准当着外人说我的身体问题。尤其是那些工匠。他们可都指着我们吃饭呢，不能让他们担心。"

"好，师父。"赵兴成的话既然都说到这份儿上了，许明峰也不好再多说什么，只能点了点头。

此时，那些工匠们得知刚刚签订了几个订单，都非常兴奋。

尤其是安建民，更是脸上有光。眼见赵兴成从房间里出来，这些人纷纷围拢过来，问长问短的。

赵兴成看了看众人，然后大声说："诸位师傅，这一段时间，我亏欠了大家太多。但从现在起，这一切都改变了。从明天起，我们就开始正式上工。等这几个订单完成后，我不仅将拖欠的几个月工资都给大家发放了，同时，要额外补助每个人一个月的工资，也算是报答大家这么多年对我们铜赵记不离不弃的支持。"

此话一说，众人欢呼雀跃起来。

赵兴成看到这种景象，脸上露出了几分欣慰。他已经好久没看到自己的工匠们能有这样的精神头了。

然而，他却又知道，这一切都因为许明峰昨天那些叛逆的行为。尽管在那件事情上，他无法容忍。可是转念一想，如果不是许明峰昨天的行为，他的铜赵记只怕会面临更加艰难的局面，甚至有彻底倒闭的可能。

每次想到这里，赵兴成就觉得痛苦而纠结。

当天下午，赵兴成就带着许明峰他们去购置原材料了。

赵兴成对于使用的原材料，向来都是亲力亲为。在他看来，自己所制作的每一件珐琅器，任何一个环节他都必须亲自把关，绝对不能容许任何质量问题影响铜赵记的声誉。因为这也是祖上传下来的规矩。铜赵记这个招牌，在他看来，比自己命还要重要。

而让许明峰没想到的是，赵兴成仿佛突然间变得精神抖擞起来。整个人的精气神，似乎突然间恢复到了从前。

赵岚和沈玉坤也看在眼里，尤其是赵岚，非常高兴。在她看来，父亲能重新恢复往日的精神，对她而言就是最好的消息。

然而，一切看起来转好的表面，其实隐藏着一层让人很担心的忧患。

夜，已经很深了。许明峰在迷迷糊糊之中，隐约地听到了一阵接一阵的咳嗽声。

他醒了过来，推开门出来，赫然看见赵兴成的房间里还亮着灯。

他有些吃惊，奇怪，都这么晚了，师父怎么还没睡觉呢。

怀着好奇，许明峰走了过来。

在门口，他轻轻推开一点门，赫然看到赵兴成坐在一个工作台前，就着灯光，正在调配釉料。他的每一步都做得非常小心、谨慎。而旁边是已经调配好的釉料。

许明峰是知道的，关于铜赵记的招牌——烫蓝工艺，调配釉料就是一个重要的环节。而一般情况下，师父都是一个人在一个封闭的空间里来进行的。只是，而今这么多的订单，他一个人着实有些吃不消。

不过，让许明峰更加担心的，是赵兴成此起彼伏的咳嗽声。每咳嗽一声，他的心都跟着揪一下。

就在这时，赵兴成拿着一块手帕捂着嘴咳嗽了一下。他大概也是不经意看了一眼，结果就见那手帕上满是血。

不过，赵兴成却反应平淡，似乎已经习以为常了。

许明峰看到这景象，却非常震惊。他知道，这可不是什么好兆头。他听说过，有很多绝症，就是剧烈的咳嗽，而且痰中带着血丝。

难道，师父也……

许明峰想到这里，心头就更是一紧。差一点，他就直接冲进去了。

但，许明峰是知道规矩的。他极力控制住，轻轻敲了敲门，小声说道："师父，您还没睡呢？"

这时，里面传来赵兴成的声音："哦，是明峰啊。我等会儿就睡，你怎么也没睡？"

"我睡了一觉了，刚才听到您在咳嗽。所以，我就起来了。"许明峰说道。

"没什么事情，明峰，你也别为我担心。你赶紧睡觉吧，我身体没什么大碍。"赵兴成随口说了一句。

"师父，我不困了。我现在方便进来吗？我想和您说点事情。"许明峰忙说道。

"什么事情啊，非得要现在说。明峰，你知道咱们铜赵记的规矩的，我现在正在调配明天准备用的釉料。按说，你是不能进来的。"赵兴成说。

"师父，您让我进来吧，我说完就走。"许明峰再一次说道。

"这……"赵兴成沉默了，大约几秒钟后，说，"这样，你稍等一下。"

十几分钟后，就见赵兴成打开了门。

看到师父那充满病态的疲惫脸颊，许明峰心里一阵难受。他忽然鼻子一酸，差一点就哭出来了。

赵兴成有些疑惑，愣愣地看了看许明峰，轻轻问道："明峰，你怎么了？我看你脸色好像不太好。"

"没……没什么，师父。"许明峰迅速将脸转了过去，生怕被赵兴成看出什么来。

赵兴成也没多问，当即让他进来了。

这时，许明峰发现，赵兴成用一块布盖住了工作台上的釉料。

他走过来，然后在旁边坐下。

赵兴成随后也坐下来了，他刚要说话，又咳嗽了几声。不过，他这一次很小心，迅速将那捂着嘴的手帕紧紧攥在手里。似乎很害怕被许明峰发现什么。

许明峰见状，轻轻问道："师父，您不碍事吧？"

"没事，没事。"赵兴成摆摆手，说道，"明峰，师父这都是老毛病了。哦，你不是说找我有事情吗，什么事情，你快点说吧。等会儿，师父还有事情忙呢。"

许明峰咬了咬嘴唇，缓缓说道："师父，您是不是有什么事情瞒着我们呢？"

"我能瞒你们什么，傻孩子，你一天到晚，胡思乱想什么呢？"赵兴成说着，忽然又咳嗽起来。

看准赵兴成掏出手帕去捂着嘴唇而后放下来的当口，许明峰忽然冲了上去，迅速夺过了那手帕。仔细一看，不由得脊背发凉。其实，那手帕上都不是血丝了，上面有很多的血。

"师父，这……这……"许明峰吃了一惊，看着赵兴成缓缓问道。

"唉，明峰，你别紧张。师父这不是什么大事，我就是……"赵兴成见状，依然是极力遮掩饰。

"师父，都到这个时候了，您怎么还隐瞒呢。"许明峰着急了，上前来，紧紧抓着他的手，盯着他说，"您身体是不是出问题了？要不然，明天咱们去医院看看吧。"

"不，不能去，我没事的。"赵兴成闻言，一口回绝，"明峰，现在工期这么紧，咱们没那么多的时间耽误。"

"师父，您不说，我就去找岚岚和师兄。"许明峰说着，故意装作要走的样子。

赵兴成见状，慌了神："明峰，你站住，这件事情千万不能叫他们知道。尤其是岚岚，她会受不了的。"

"那您告诉我，究竟发生什么事情了，好吗？"许明峰看了看赵兴成，问道。

"这……"赵兴成迟疑了一下，神色复杂地看着许明峰，缓缓说道，"明峰，我告诉你可以，但是你要向我保证，绝对不能让他们知道。"

"好，师父，您说吧。"许明峰心里顿时紧张了起来。

"明峰，我其实早就去医院看过了。医生说我得的是肺癌。恐怕……恐怕也没多少日子能活了。"赵兴成说到这里，脸色暗淡了不少。

"什……什么？"许明峰听到这里，吃了一惊。尽管心里已经有所准备，可是听到这个消息，他还是无比的心痛。

"明峰，你也别太紧张。这人啊，生老病死，都是正常的。"赵兴成眼见许明峰眼眶里溢满了泪水，连忙宽慰了他一句。

可是，许明峰却摇着头，坚决地说："师父，我不准您这么说。您现在还有那么多的事情没做呢，您还没看到我和岚岚结婚。您一定得好好活着，成吗？这样，明天我带您去医院。不管花多少钱，咱们都一定要将这病给治了。"

"不行，明峰，我打听过了。这病看下来，得花不少钱呢。"赵兴成几乎都没听完，直接回绝了许明峰，同时非常坚决地说："还有，我们铜赵记如今面临经济危机，哪里有钱给我看病。我这病也是绝症，就不用看了。"

"师父，可是……"许明峰听到这里，心如刀割。

"好了，明峰，你什么都别说了。"赵兴成不等他说完，就打断了他，"明峰，你听我的，咱们一定要守着秘密，千万别说。"

许明峰沉默着，一句话都没说。

第二十章 师徒间的对决 / 121

赵兴成这时长叹了一口气，缓缓说道："明峰，师父如果真的走了，心里就有三件事放不下啊。"

"师父，您说，什么事啊？"许明峰一愣，连忙看着赵兴成问道。

赵兴成一手抚着他的肩膀说："明峰，我这第一件事情，就是岚岚。岚岚自小就没了妈，而今，我也要走了。这世界上，她就没什么亲人了。以后，我就把她托付给你了。答应师父，一定要好好照顾她，千万别叫她受一点委屈，好吗？"

许明峰擦了一把眼泪，缓缓说道："好，师父，我明白了。"

赵兴成满意地应了一声，继续说道："明峰，我这第二件事情，就是关于烫蓝这门工艺的。你知不知道，为什么到现在我还拿不定主意将这门工艺传给你们三人呢。因为我很担心你们三人受到现在社会上新鲜东西的影响，会改变烫蓝的工艺，这是我绝对不允许的。所以，你能答应我，能坚守这个最原始的工艺，不去做任何的改变吗？"

"师父，我……"许明峰没想到赵兴成居然说这个。但是，说实话，他其实心里完全没底，根本不确定自己能否做到这些。骨子里，他也算是受到这新思想影响很深的人。而且许明峰也一直想从根本上改变铜赵记传统的经营方式。

"好了，明峰。咱们说说第三件事情，也是我最关心的事情。"赵兴成看了他一眼，继续说道，"你知不知道，我现在最放心不下的，就是龙鳞光这门工艺。我研究了那么多年，可是到现在也没研究出什么眉目。如果有一天我撒手人寰了，却不能寻找回这门工艺，恐怕我也会死不瞑目的。"

"师父，您千万别说丧气话。我相信，您一定会成功的。"许明峰忙宽慰他道。

赵兴成淡淡一笑，缓缓说道："明峰，你别安慰我了。你们三人，我是从小看着长大的。玉坤这孩子，就是太浮躁，他的心思从来就没有在珐琅器的制作上，而且很容易被外面的花花世界迷惑。我预料，他恐怕是很难在我们铜赵记待下去了。而岚岚呢，她性格柔弱，缺乏那种坚韧不拔、吃苦耐劳的精神。而只有你，明峰，你是个在珐琅器制作上很有天赋的人。而且你的见识，还有你对珐琅器工艺制作的执着，这都是你的优势所在。所以，传承我们铜赵记的重任，就交给你了。我想，如果我死了，这个任务就落在了你的身上。答应我，若是有一天你能重新制作出龙鳞光，记住要在师父的坟头上烧炷香。这样，我九泉之下，也能瞑目，也好给我的祖上有个交代了。"

"师父，您别说了。"许明峰听到这里，忽然呜呜地哭了起来。

"好了，孩子，今天我给你说的这些，只有你一个人知道。记住，千万别让他们知道。"

"师父，我记住了。"许明峰觉得赵兴成那用力攥着自己肩膀的手，虽然颤抖着，却充满了力量。

第二十一章　不受欢迎的人

那一刻，他只觉得身上多了一份责任。

次日一早，许明峰起来的时候，赵岚和沈玉坤看到他双眼发红，都非常吃惊。

当然，许明峰也是赶紧找理由，说自己昨晚为制作珐琅器熬夜导致的。

虽然两人没再起疑心，可是许明峰的心里却如同压了一块石头。

一整天，他都心事重重。

尽管铜赵记之后就进入了紧张的赶工期，所有人都铆足了劲儿工作。

可是，因为工匠们手工制作的效率本身就很低，所以，十天之后，制作出来的成品其实也并没有多少。

见此情景，赵兴成也是忧心忡忡。

这天中午，已经连续工作了两天三夜没合眼的许明峰师兄妹三人放了半天假。三人难得轻松一下，就想赶紧去外面吃点东西，接着回来睡觉。

他们刚出了作坊，骑着车子还没走多远，忽然就见一辆黑色的奔驰汽车迎面开了过来。

三人一眼就认出来了，这是李明丽他们的车子。

赵岚本来满是笑容的脸，立刻就紧绷了起来。

她轻哼了一声，非常不悦地说："怎么又是这个讨厌的人，她又来干什么？"

许明峰转头看了一眼赵岚，轻轻说道："岚岚，你少说两句。说不定人家找我们是真的有什么事情呢。"

这时，车门打开，只见李明丽从里面钻了出来。

她几步上前，目光紧紧地盯着许明峰，非常惊异地问道："明峰，你们这是要去干什么？"

沈玉坤闻言，忙堆着笑说："啊，李小姐，我们要去吃点东西。"

李明丽微微点头，笑了一笑说："我看你们的样子，是不是几天没睡了。"

"你怎么知道的？"沈玉坤闻言，有些吃惊地看着她。

李明丽淡然一笑，说："我知道的可不止这些，我还知道，你们赶工期，赶了十天，可是到现在也没做出来多少珐琅器。恐怕到时候你们也很难交差的。"

赵岚这时从车子上跳了下来，很生气地看了她一眼，不冷不热地说："李总，你什么意思，今天难道是来看我们的笑话的吗？"

"不，赵岚，你误会了。"李明丽看了看她，忙说，"其实，我是来帮你们的。"

"帮我们？哼，你会这么好心。"赵岚可不相信有这种好事，在她看来，这就是猫哭耗子假慈悲。

许明峰看了一眼赵岚，然后对李明丽说："明丽，我们的问题，我们会想办法解决的。"

"不，明峰。有些问题，远比你们想的要复杂得多。"李明丽说，"这样吧，你们跟我来。咱们一起去吃点饭。等下，我带你们去个地方。"

"啊，好。"沈玉坤闻言，想都没想，立刻就答应了。

许明峰和赵岚本来不想去的，可是，沈玉坤却不由分说地拉着他们就走。

他凑到两人耳边，小声说："你们俩怎么这么傻啊，长这么大，咱们都没坐过奔驰车呢，今天可要好好享受一下。还有，人家还请客吃饭，咱们得赏脸啊。"

"玉坤哥，你真没出息。"赵岚看到沈玉坤那模样，也是气得很无语。不过，眼下她也不好再多说什么了。

当下，三人就一起坐进去了。

不过，当车子开动后，沈玉坤立刻就后悔了。

他只觉得肚子里翻江倒海，感觉五脏六腑都要翻滚出来了。

李明丽见状，忙说："沈先生，你这该不会是晕车吧。你先忍忍，马上就好了。"

沈玉坤脸色苍白。

车子刚到饭店门口，沈玉坤就迫不及待地跳下车，哇哇地吐了好半天。

赵岚几步走上前，拍了一下他说："玉坤哥，这奔驰车坐得如何啊？"

"岚岚，你能不能闭嘴。"沈玉坤哭丧着脸说道。

"哼，我看你就活该。看你以后还坐不坐这假洋鬼子的车了，就是自找的。"赵岚轻哼了一声，转身就走了。

本来，李明丽还想点几个菜。许明峰却阻止了她，各自点了一份面。

吃完之后，他们三人随即就被李明丽带走了。

车子开了一段时间，却直接进了一个很大的工厂。

而许明峰没想到，这就是李明飞兄妹俩开的双明工艺品公司的一个工厂。

下车后，李明丽就带着他们进了一个车间。

这时，他们三人看着里面流水线上忙碌的工人，熟练地配合那自动化的机器在对珐琅器完成一道道工序。那一瞬间，几个人都有些傻眼了。

虽然许明峰之前听说过机器化生产珐琅器，可是，今天却是头一次见到。尽管他对这个并不感兴趣，然而看到眼前这一幕，却还是非常震惊。

沈玉坤一脸讶异，看了看旁边的李明丽，非常意外地说道："李小姐，这……这就是你们所谓的工业化流水线生产珐琅器啊，真是太壮观了。"

李明丽点点头，给他们介绍说："我们这全部都是标准化生产，效率是非常高的。一件珐琅器从铜胎的锻造、酸洗，到后面的掐丝、填蓝、烧制、打磨完成，用的工时只有你们手工作坊的五分之一不到。而且因为这种批量化的生产，各种成本也会大幅降低。"

许明峰点点头，说："明丽，你们这生产方式，的确非常厉害。在效率上，我们手工艺作坊确实无法和你们相提并论。"

李明丽淡然一笑，说："明峰，我今天带你来看这些，并不是要给你展示我们工厂的实力。我是想帮你，懂吗？"

沈玉坤脑子转得非常快，挑了挑眉头，睁大了眼睛，笑吟吟地说："李小姐，你是想用工厂协助我们完成那些珐琅器吧。这样，我们就可以大幅度地缩短制作耗费的时间，足以在规定时间内交货了。"

"对，就是这样的。"李明丽朝他投来一个赞许的目光，但随即注意力就落在许明峰的身上。

"明峰，现在时间已经过去十天了。可是你们完成的珐琅器还不到订单的30%。二十天后，你如何能够完成呢。但是，如果让我们工厂来帮助你们，一切就很容易了。"

"李总，你会这么好心帮我们。说吧，你想要什么报酬呢？"赵岚看了看她，一针见血地说道。

李明丽略一沉思，说："这样吧，给你们生产的珐琅器，我们只收取工厂运营的成本费。这对你们所赚取的丰厚报酬而言，是可以忽略不计的。"

"哟，是吗？我看条件不仅如此吧，接下来，是不是应该就是但是了。"赵岚仿佛看穿了李明丽的心思，略带讽刺地说道。

李明丽微微摇摇头，轻笑了一声说："赵岚，你说得没错。我们毕竟是商人，以赚钱为根本。上次，我看了你们在酒店展厅所展示的那两件珐琅器，我和我哥都很感兴趣。你们看这样好不好，你们将那龙鳞光技艺和烫蓝工艺转让给我们。我们除了付你们技术转让费，同时还有3%的业务提成。"

"哈哈哈，精彩啊，真是精彩。"赵岚拍了拍手，笑了笑说，"李总，我就说嘛，你不可能让我们拣这么大的便宜。原来，这重头戏在这里啊。只可惜，我们恐怕要让你失望了。"

"怎么……"李明丽听到这里，有些疑惑地问道。

许明峰看了她一眼，说："明丽，你上次给我们开出高薪报酬的条件，我们都没答应。你觉得，这件事情我们能答应吗？还有一点，你要明白。这龙鳞光工艺其实早已经失传了，而这烫蓝的工艺目前只有我师父懂。而我师父是什么人，你应该很清楚的。所以基本是谈不成的。"

"这……"听到这里，李明丽脸上露出几分复杂的神色来。

许明峰看了看时间，说："好了，时间不早了，我们该回去了，就不打扰了。"说着，拉着赵岚，看了一眼沈玉坤，就走了。

看着他们远去的身影，李明丽脸上充满了难掩的失落。这时，她从旁边的工作人员手里拿过一个大哥大，拨了一个号码，接通后说道："哥，对不起，我的计划失败了。他们看样子是油盐不进，我们还是想别的办法吧。"

那边，李明飞显得很生气地说："明丽，我看你就别痴心妄想了。许明峰那小子根本就不喜欢你，你还这么一次次地帮他，有意思吗？照我说，咱们现在就别管。哼，我倒要看看，届时他们不能按期完工，怎么和那些人交代。到时候，那些人也一定会求着来和我们合作的。"

"可是哥……"李明丽听到这里，心里却有些不甘。

"明丽，你就是太一厢情愿，总将某些事情想得太简单。"李明飞说，"听我的，到时候他们走投无路，咱们再去找他们谈。那么，掌握主动权的，就是我们了。"

……

三人当天回去后，本来是准备立刻上工的。

可是，赵兴成却叫上他们，说要一起开个会。

四个人坐定后，赵兴成看了看他们三人，脸上露出几分心疼，轻轻说道："孩子们，这阵子大家都辛苦了。"

"师父，您才是最辛苦的人。"许明峰看了看他，说道。

赵兴成叹口气说:"明峰、岚岚、玉坤,你们估计一下,就咱们从现在起,不眠不休,这到规定时间,能完成订单吗?"

三人对视了一眼,纷纷摇了摇头。

赵兴成说:"对,其实我也是这么想的。所以,咱们不能这么拼命。我们必须得想个万全之策,不能工期都没赶出来,先把自己累出毛病了。"

沈玉坤听到这里,立刻哭丧着脸,说:"师父,您都知道,我这阵子感觉眼睛都要滴血了,整个腰都要断了。"

赵兴成微微应了一声,看了看他说:"玉坤,你的辛苦师父看在眼里。那你说说看,有什么好的办法没有啊?"

沈玉坤迟疑了一下,说:"师父,我眼下倒是有一个主意,绝对可以提前完成订单。就是……就是不知道当讲不当讲啊。"

"你说吧,如果可行的话,我一定会采纳的。"赵兴成有些意外,这个徒弟一向抱着不问世事的姿态,今天突然提意见了。难道转性了?不过他心里还是很高兴的。

"师父,我寻思着,咱们是不是可以利用工厂的流水线来进行生产。这样,生产效率就会大幅度提高,这一切就都不是问题了。"沈玉坤看了看赵兴成,试探性地问道。

其实,自从今天在那工厂里观摩后,沈玉坤心里萌生了一个念头,以后他们珐琅器的工艺传承,说不定就可以用机器化的生产来完成。

"玉坤,这就是你提的意见啊?"赵兴成听到这里,脸色陡然一变。

沈玉坤闻言,心里也跟着一紧:"师父,我……我就是觉得,咱们不能老抱着一种对新鲜事物的成见。您看,当年清政府就是顽固守旧,结果闹得八国联军都进北京了。"

"有意思啊,玉坤,你今天还能引经据典了。"赵兴成倒是没发火,轻笑了一声说,"玉坤,你的想法是很不错。可是,你考虑过一个问题没有。我们这次签订的那些订单,人家的要求就是纯手工打造。如果我们现在用了机器生产,那你说这算不算违约呢?"

"这……这……师父,我看您就是故意找理由。您对这些新事物一向意见很大,反正我觉得机器化生产肯定是大势所趋,您得转变态度。"沈玉坤的态度忽然变得有些坚决,看了看赵兴成说道。

"玉坤哥,你能不能别说了。"这时,赵岚轻轻拉了他一下,小声说道。

"赵岚,你别说话,让他说。"此时,赵兴成阴沉着脸,瞪着沈玉坤说道。

"师父,其实这么长时间,我一直有些话憋在心里没说出来。既然今天您让说,那我就说好了。我觉得,您在很多事情上,不仅太过守旧,而且还有些独断专行。"沈玉坤今天似乎也豁出去了，看了看他，不管不顾地说道。

"师兄，你能不能别说了。"许明峰看了一眼沈玉坤，连忙劝道。

他担心沈玉坤的话，会激怒赵兴成。因为眼下也只有他很清楚赵兴成的身体状况。

"不，我要说。"沈玉坤看了一眼许明峰，继续说道，"如果师父能够接受新的事物和思想，对我们铜赵记进行改革。那么，我们铜赵记会陷入窘境吗？师父口口声声说要保住铜赵记，可是就因为他的守旧，导致铜赵记陷入了巨大的危机，工匠师傅们几个月都发不了工资。如果不是明峰想办法，现在的状况还真不好说。可是，即便如此，师父还是顽固不化。现在大家都被这些订单弄得累得不行，师父，我觉得机器化生产是很好的解决办法。但您仍然不接受。师父，我想问问您，您口口声声说改变了铜赵记的运营方式，就是对祖宗的不敬，如果当铜赵记运转不下去，直接关门倒闭，那么，您就能面对祖宗了吗？"

"混账，沈玉坤，你……你这个混账东西，你居然……"赵兴成气得发抖，几乎说不出话来。

"师父，徒儿不孝了。可是，有些话，我不吐不快。"沈玉坤看着他，脸上却是一种从未有过的坚决。

"你……你……"赵兴成气得浑身颤抖着。而就在这时，他突然剧烈地咳嗽了一声，忽然一口鲜血喷了出来。

"啊，师父……"

"爸……"

一时间，三人都慌了神。沈玉坤更是惊恐不安，赶紧冲上前，紧紧搀扶着颤巍巍的赵兴成。

"我……我没事。"赵兴成大口大口地喘着气，缓缓说道。

沈玉坤看着赵兴成那惨白的脸色，更加惊慌了。他抹着眼泪，忙不迭地说道："师父，徒儿不孝，徒儿惹您生气了。您……您这是怎么了？"

赵兴成缓缓出了一口气，摆摆手说："玉坤，你不要自责。其实，你说得非常对。我身为铜赵记的把式，的确是对不起列祖列宗。"

"不，师父，都是我胡言乱语，我不是人。"沈玉坤说着，用力打自己耳光。

"好了，玉坤，别这样。"这时，赵兴成抓住了他的手，摇了摇头。

许明峰看了一眼沈玉坤，连忙说："师兄，你别说了。咱们赶紧扶师父去休息，别让他说话了。"

沈玉坤闻言，连忙点了点头。当下，三人就一起搀扶着赵兴成去休息了。

等赵兴成休息后,三人从房间里出来。此时,沈玉坤依然是一脸的自责。

许明峰看了他一眼,说:"师兄、岚岚,师父的身体状况,不能再承担如此重的工作量了,我们必须另想办法。"

"明峰,你们不准去找机器来代工。我就是活活累死,也绝不允许这种事发生。"这时,里面传来了赵兴成的声音。

许明峰朝房间里回了一声:"师父,您放心吧,我会想一个不找代工,而且是纯手工制作的办法来解决问题。"

第二十二章　作坊间要互相帮忙

里面，赵兴成没再说话了。

赵岚看了看许明峰，担忧地问道："明峰，你难道有什么其他的办法吗？"

许明峰想了一下，说："眼下，是有一个办法。不过，我要出去一趟。岚岚，你和师兄在家里照看师父。"

两人也不知道许明峰接下来要干什么，但是他们清楚，许明峰一定是有两全其美的办法了。当下，他们也都没再多说什么。

许明峰随后骑着自行车出去了。

半个小时后，许明峰骑着车子直接来到了京铜记。

这时，梁艳正拿着一个刚买的照相机在把玩。看到许明峰过来，她迅速跑了过来，拉着许明峰甜蜜地说道："明峰，你怎么来了。走，咱们去拍照吧。"

许明峰只是随便扫了一眼那照相机，对于这种高档玩意儿，许明峰毫无兴趣。

他笑了一下，说："梁艳，改天吧。我今天来找你爸是有急事的。"

"哼，又是找我爸。明峰，你这人太没劲了，怎么总是来找我爸。"梁艳有些不满地回了一句，"我看，你倒是和赵岚一起就有很多时间。"

"这，梁艳，对不起，我真的找你爸有急事。"许明峰有些哭笑不得，对这个梁艳，他其实一点兴趣都没有。甚至还有几分抵触。

梁艳耸耸肩，说："得，我带你去见他吧。不过，等你的事情解决完，得要帮我拍照。"

"好吧。"许明峰闻言，无奈地苦笑了一下。

此时，梁博达正从一个工作台上下来，身上还沾染着釉料。

这时，他看到许明峰过来，有些吃惊地问道："咦，明峰，你小子怎么过来了？"

许明峰看了看他，说："梁把式，我今天是给您送钱来的。"

"得了吧，你小子给我送钱？"梁博达摇了摇头，对许明峰的话全然不信。

许明峰说："梁把式，我说的可是真的。我们铜赵记打算将我们最近接的一些订单外包一部分给你们，不知道你们有没有兴趣。"

"什么，外包给我们？"梁博达听到这里，感到非常意外。

上次在酒店弄展厅，梁博达事实上也没接到多少订单。而其他的很多作坊，情况比他更惨。他心里一直都很不平衡，总觉得倒是让铜赵记吃饱了。

许明峰点点头，很认真地说："梁把式，我们考虑到你们京铜记及其他的作坊们上次搞展览，大家都没接到多少订单。我师父本着同甘共苦、一起进退的心，决定将一部分订单外包给你们。这样，有钱大家一起赚，您看可好？"

梁博达闻言，轻哼了一声："明峰，你师父会这么好，这太阳打西边升起了吗？还有，我怎么觉得，是你们消化不了那么多的订单，才外包给我们的吧。"

"梁把式，这您就别管了。反正我就问您接不接吧。您要是不接，我去找别的作坊。"许明峰说着，做出一副要走的架势。

见状，梁博达有些慌了。他心里当然渴望得到这些订单了。否则，他养着这么一个庞大的作坊，那么多的嘴等着吃东西呢，自己能不忧虑吗？

"哎，明峰，你别着急走啊。有话咱们好说，你看你慌什么。走，一起进去喝点茶吧。"梁博达见状，赶紧拉住了他。

许明峰笑了一声，说："梁把式，这喝茶就免了。我就是给您说一下具体的合作方式。你们只要按照我们的要求，负责铜胎的锻造、掐丝、填蓝、烧制、打磨工序就行了。"

梁博达闻言，皱了皱眉头，说："你什么意思，必须按照你们的要求。照你这么说，我们不是成了只负责生产的工厂了。"

"嗯，您要是这么说，也行。"许明峰说，"另外，这釉料的调配，由我们完成。还有填蓝后的一道工序，也必须由我们来完成，你们才能进行烧制。"

"你们这是什么意思？这么麻烦，难道还要我们工人们来回奔波，这不是折腾人吗？难道我们都要全面配合你们？"梁博达越听越气，心里老不乐意了。

许明峰说："梁把式，这是你们唯一的选择。因为，其他的工序都相对简单，但是，这釉料的调配及填蓝后的一道工序，涉及我们铜赵记的独家工艺烫蓝。这是不对外的，这点您应该明白。当然，也希望您能理解。"

梁博达听到这里，也不好再说什么了。他笑了一下说："明峰，你看这样成不成啊。我帮你们做一部分的订单。但你们能不能也匀给我一部分单子，让我们作坊全

第二十二章　作坊间要互相帮忙　/　131

权负责。你看，我这里也有那么多张嘴，都指着我吃饭呢。"

许明峰双手一摊，无奈地说："梁把式，这不是我不肯帮忙。而是那些客户只看重我们的烫蓝了，而没看上你们家的工艺，这也不能怪我啊。"

"你……好，你小子有能耐。行，就这么定了。明天，我去找你们师父。"梁博达感觉许明峰摆明就是给自己伤口上撒盐呢，但是也很无奈。

许明峰应了一声，转身就走了。

这时，梁艳从屋子里出来了。她刚才去换了个胶卷，这时看到许明峰已经没影了。走到梁博达身边，生气地说道："爸，您怎么回事，怎么让明峰就这么走了。"

梁博达看了看她，说："艳艳，我知道你心里想什么呢。不过，我还是劝你死了这条心吧。许明峰这小子心思根本不在你身上。"

"可……可是……"梁艳嘟囔着，气得轻轻地踢着地。

梁博达抚着她的肩膀，轻轻说道："艳艳，我知道许明峰这小子很优秀。说实话，我也很看好他。可是，他的眼里就只有他们铜赵记，还有赵把式的女儿赵岚。别难过，回头爸再给你物色个好男人。"

"哼，我不管，我就要明峰。"梁艳气得一跺脚，转身悻悻地走了。

梁博达无奈地叹了一口气，摇摇头说："你这孩子，难道我不希望有这样一个女婿吗？"

从京铜记出来后，许明峰随后又去了其他的几个作坊。

等回到铜赵记的时候，已经是晚上了。

他迫不及待地赶紧回到赵兴成的房间。此时，赵兴成正在和赵岚、沈玉坤说话，看起来精神挺好，似乎身体也恢复了不少。

许明峰也总算松了一口气，迅速走了过来。

"明峰，你这一下午都跑哪里去了？"赵兴成看了看他，问道。

许明峰笑了一下，然后将整个经过都讲了一遍。

赵兴成听完，脸上露出了抑制不住的喜悦。他拍了拍许明峰的肩膀，笑吟吟地说："明峰，可真有你的啊。这也算是一举两得了，我们既能在规定时间内完成所有的订单。同时这些货物还都是纯手工打造的。"

许明峰接着说："师父，最重要的，是这些珐琅器的核心部分——烫蓝工艺，还是要由我们铜赵记完成。那么，所有的珐琅器，自然也是要打上我们铜赵记的标签了。"

"好好，明峰，你考虑得非常周全。行，这件事情就按照你所说的去办吧。"赵兴成笑了笑，然后看了一眼赵岚，说，"岚岚，你怎么还坐着呢。明峰还没吃饭呢吧，去，给他做点饭吃啊。"

赵岚应了一声，看了看许明峰，眼眸里露出几分柔情。当即，她起身就出去了。

赵兴成这时紧紧拉着他的手，说："来，明峰，咱们爷儿俩得好好合计一下明天怎么对付梁把式他们。想要这些人明天完全听我们的安排，那可不是件容易的事情。"

"好，师父。"许明峰坐到了赵兴成的身边。

沈玉坤见状，主动挪开了一点。自从许明峰进来，他发现赵兴成似乎兴趣高涨了不少。

而且，经过下午的事情，沈玉坤觉得赵兴成仿佛对自己一直都很冷漠。一直到现在，都没怎么和自己说过话。

沈玉坤心里一阵失落，找了一个理由，起身走了。

从作坊里出来后，沈玉坤漫无目的地在路上走着。

不知不觉间，他忽然走到了一个刚刚开业不久的舞厅门口。从门口看到里面闪烁的霓虹灯，以及里面不断扭动着的穿着火辣的女郎，他的心头像是被什么给撩拨了一下。

沈玉坤早就听说过这种歌舞厅，可他印象里，这种地方一直都是不健康的，是那种只有社会青年才会来的地方。

但现在第一次看到里面的景象，他却觉得自己的魂儿仿佛都被勾去了。

就在这时，忽然有人搂着自己的肩膀，轻轻叫道："沈先生，怎么样，要不一起去玩玩吧。"

沈玉坤转头一看，却见是李明飞。他有些意外，不自然地笑了笑，忙说："李老板，我不去了。那个，我先走了。"

"哎，沈先生，看你的样子，心情是不是很不好。走吧，一起来放松一下吧。"李明飞抓住了他的手，说道。

"这……"沈玉坤有些迟疑了。

李明飞似乎看穿了沈玉坤的心思，笑了笑说："沈先生，既来之则安之，我看你也别想太多了，走吧！"说着，拉着他就往里面走去。

进到里面，沈玉坤立刻被里面灯红酒绿的景象深深迷住了。尤其是那舞池里，一些穿着非常性感热辣的美女，不断扭动着的身子，感觉他的魂儿都要被勾去了一般。

"来，沈先生，坐这里。"李明飞引着他，选了一个位子坐下后，叫来服务员，点了一些酒水。

"沈先生，你是头一次来吧。"李明飞笑眯眯地说着，然后掏出了一根香烟，递给了沈玉坤。

沈玉坤虽然不会抽烟，可还是接住了。李明飞给他点燃后，他抽了几口，却忍不住剧烈咳嗽起来。

"哈哈，沈先生，别急，这烟要一口一口地抽。"李明飞给沈玉坤做了一个示范。

"谢谢你了，李老板。"沈玉坤看了看他，说道。

"别客气，咱们也算老朋友了，你就别一口一个李老板地叫我，多生分。这样，你叫我飞哥吧，我就叫你玉坤。"李明飞说着，吐了一个烟圈。

沈玉坤微微点点头，忙说："好，飞哥。"

"怎么了，玉坤，我看你心情好像不是太好，是不是遇上什么烦心事了。"

"没什么，我就是太累了，出来走走。"沈玉坤也不想和他讲太多。

李明飞却一脸担忧："哎呀，玉坤。我听说你们现在的订单完成了还不到30%，可是这时间已经过了三分之一了。我真担心，这要是到了交货日期，你们完不成订单，非但得不到报酬，还要付很大一笔违约金。"

沈玉坤闻言，却是一笑，不以为然地说："飞哥，这个你就不用担心了。其实，明峰已经将这个问题给解决了。"

"什么，解决了，怎么可能呢？"李明飞有些惊讶。

沈玉坤看了他一眼，然后将许明峰去找梁博达他们的事情说了一遍。

听到这里，李明飞忽然有些激动，霍地站了起来，气愤地说道："岂有此理。"

"飞哥，你……你这是怎么了？"沈玉坤见状，诧异地问了一句。

李明飞意识到自己失态了，赶紧笑了一下，回道："我没事，玉坤，这么说来，你们也算是解决问题了。"

"对啊，是解决了。我估计没错的话，有可能还会超前完成所有的订单。"沈玉坤淡淡地说了一句。

"那我要提前恭喜你们了。"李明飞笑了一下，不过，傻子都看得出来，他这笑有多假。

这之后，李明飞找了个理由，起身就走了。

其实，他本来心情不错，来这舞厅里玩。偶然看到沈玉坤，就想通过他来打探一下铜赵记完成订单的情况。可是，却断然没想到出现这种转机，这也是他绝对想不到的。

回到酒店，李明飞来到了李明丽的房间，气呼呼地坐在了沙发上，打开一瓶红酒，直接灌了几口。

李明丽有些吃惊，看了看他，忙问道："哥，你这是怎么了，怎么突然喝起闷酒来了。"

李明飞狠狠地将酒瓶掼在桌子上，气呼呼地说道："真是岂有此理！"

"怎么了，是不是生意上出现什么问题了。"李明丽见状，走了过来，担忧地说道。

"不是，是许明峰。这臭小子，怎么这么鬼精灵。"李明飞似乎在自言自语。

"明峰，明峰他怎么了？"听到许明峰的名字，李明丽立刻打起了精神。

李明飞看到这情形，心里非常不舒服。自己这个妹妹不知怎么了，自从认识这许明峰以来，简直走火入魔了一般。这么多年过去，她居然对他的感情非但丝毫没有减少，反而越来越浓烈了。

他也没做隐瞒，一五一十地将事情原委讲了一遍。

听完这些，李明丽忽然笑了起来。

李明飞见状，非常不解："明丽，你是不是傻了，笑什么呢？"

李明丽也倒了一杯酒，喝了一口，说："哥，你就为这点事情生气，太不值得了。其实，我觉得这倒是个好事。这足以证明，我的眼光可是非常不错的。"

"你什么意思？"李明飞分明听出来，李明丽这是话里有话啊。

李明丽看了看他，说："哥，从发生这么多的事情来看，明峰可是个不可多得的人才啊。如果咱们能将他收为己用，那对我们的商业发展，可是好处太多了。"

李明飞闻言，轻哼了一声，摇摇头说："明丽啊明丽，你让我说你什么好呢。你还真是不到黄河心不死，到现在了，你居然还念念不忘想要招到自己麾下呢。可是，你也没看出来吗？这许明峰压根儿就对我们公司没兴趣。人家是自命不凡的人，怎么会看得上我们这些满是铜臭味的商人呢？"

"哥，你也别这么说。"李明丽此时更加有兴趣，"越是这样，越说明明峰这个人是难能可贵的。如果有一天为我们公司效力，那一定会竭尽全力的。而且他可是赵把式最器重的人。我寻思，赵把式一定会将自己的所有压箱底的技艺都传给他的。"

"得了吧，明丽，这种白日梦，我看你自己做吧，我可不跟着你做了。"李明飞站了起来，一摆手说，"明丽，听哥一句劝，回头是岸。否则，将来你会遍体鳞伤的。"说着就出去了。

李明丽却轻哼了一声，眼里透出一种坚决来："明峰，我一定会让你心甘情愿来到我身边的。我相信，这一天迟早会到来的。"

次日一早，梁博达等诸多把式纷纷会聚于铜赵记。赵兴成布置了一下任务后，众人这就开始赶工了。

第二十二章　作坊间要互相帮忙　/　135

不过，对于梁博达而言，却是一件非常不舒服的事情。他怎么都没想到，而今这赵兴成却成了号令群雄的人物了。散去后，那些把式们居然纷纷将赵兴成看成了衣食父母，一个个都对他感激涕零。

居然还有人提出让他担任珐琅器协会的会长。

梁博达心里除了骂这些人见利忘义，没有道义可言，却也说不出什么。

自从有这些作坊加入后，制作效率果然迅速得到了提高。

短短十五天的时间，所有的订单居然超前完成。

第二十三章　铜赵记的未来

这一点，是许明峰他们都没想到的。

那天交货，也非常顺利。

可是，即便如此，众人却还是累得不行。尤其是赵兴成，连日来巨大的工作量，让他的身体几乎都要垮掉了。

仿佛突然之间，他又苍老了几十岁，看起来老态龙钟。

许明峰看在眼里，急在心里。

那天中午，铜赵记召开了一次内部会议。众多工匠师傅因为得到了相应的报酬，此时可以说情绪都非常高涨。他们对铜赵记的未来，也都充满了信心。

赵兴成来了一段开场白后，就开始和大家探讨铜赵记的未来。

"这次，我们一起完成了这些订单。我却丝毫高兴不起来。相信大家都看到了，眼下我们这些传统的作坊，面临的情况越来越糟糕了。大家都来谈谈，我们将来要如何应对这变化太快的社会，而保证自己不被淘汰呢？"

众人议论纷纷，但是没一个统一的意见。这时，安建民看了一眼许明峰，说："赵把式，我看，这个问题应该由明峰回答最好了。毕竟，这次的订单也是他找来的。我觉得，咱们都应该好好听他说。"

赵兴成转头看向许明峰，微微点点头。

许明峰嘴唇动了动，想要说什么。可是话到嘴边，又生生咽回去了。他知道，自己不能说。因为只要提出自己的意见，一定会遭到师父强烈反对的。毕竟师父心里的那些念头，他是最清楚的。

许明峰思前想后，还是说："我这一次也是侥幸，下一次就不知道了。我觉得，还是听师父怎么说吧。"

赵兴成脸上露出满意的神色，似乎对许明峰这听话的行为感到欣慰。

不过，坐在许明峰一旁的沈玉坤，却有些听不下去了。他轻轻捅了捅许明峰，小声说："明峰，你心里不是这么想的吧。"

"师兄，我什么想法都没有。"许明峰看了他一眼，慌忙说道。

沈玉坤说："明峰，我觉得师父既然让咱们说，那我们就说啊。其实，我觉得我的那个想法，一定会给我们铜赵记带来好处的。"

许明峰知道沈玉坤要说什么，他忙说："师兄，你千万别说。"

"怎么不能说，你看当着这么多工匠师傅的面，师父这次肯定也不好说什么。而且我寻思着师父或许已经想通了。"

"可……可是……"许明峰迟疑了一下，欲言又止。

"没什么可是的，明峰。等会儿我说出来，你一定要支持我啊。"沈玉坤看了看他，说道。

许明峰张口结舌，一时间不知道该如何应答。他略一沉思，只能无奈地点点头。

沈玉坤见状，似乎得到了鼓励，随即说："师父，我有话说。"

赵兴成看了他一眼，说："玉坤，我早就看出来你有什么话说了。好，说吧。"

沈玉坤微微点点头，当即站了起来，看了看众人说："我觉得，如今我们这些传统的老作坊，如果想在新时代的环境下，继续走下去，唯一的选择就是进行企业化的管理、工厂化的运营、机器化的生产。这是大势所趋，咱们别的不说，你就看看，这北京城的周边都开了多少工厂，又有多少国外的公司开了进来。而今我们印象里那个古老的四九城，早已经开始转变成一个高楼林立的国际化大都市了。所以，我们也应该进行彻底的改革。"

"玉坤，你这种所谓的改革，恐怕是要砸我们的饭碗吧。"其中一个工匠师傅不满地说道。

"我不是那意思。"沈玉坤看了看他，连忙说道。

"你不是那意思，那你是什么意思？"那工匠师傅很生气地说，"我可是听说了，这种所谓的工厂化的管理、机器化的生产，就是要用那些破铜烂铁来代替人进行生产。这么一来，我们不都失业了？难道这还不是砸我们的饭碗吗？你倒是改革成功了，可是，我们这些跟随铜赵记这么多年的老伙计们，是不是都要喝西北风了？"

"这……"沈玉坤一时间语塞了。他也没想到，工匠师傅居然反应这么激烈。

沈玉坤赶紧看了一眼许明峰，连忙说："其实，这也不是我一人的想法，明峰也是这么认为的。对不对，明峰。"

"我……我……"

"玉坤，你说你的，为什么非要带上明峰呢。"这时，赵兴成咳了一声，故意打断了许明峰的话。

沈玉坤愣住了，一瞬间，他好像陷入了孤立无援的境地。而这时，诸多工匠师傅也纷纷开始对他口诛笔伐，质疑他是不是收了那些黑心资本家的好处。

沈玉坤一脸委屈，可以说是百口莫辩。不过，他看着坐在旁边却一直不肯开口的许明峰，心里忽然多了几分怨恨。

会议讨论到最后，其实也没讨论出什么结果。众人还是一直坚持，要按照从前的方式，继续运营铜赵记。而这仿佛也是赵兴成最终的目的。

散会后，沈玉坤气呼呼地朝外面走去。

许明峰见状，赶紧追了上去："师兄，你等一下，我有话和你说。"

"许明峰，你少给我假惺惺的。现在，你还和我说什么呢？咱们之间，还有什么好说的呢？"沈玉坤扭头狠狠地瞪了他一眼，无比气愤地说道。

"师兄，我是有苦衷的。当时的情况，我自己都不能发言，更谈何支持你呢。"许明峰显得很无奈。

他甚至犹豫，是不是要将师父得了绝症的事告诉师兄。

沈玉坤的态度依然非常坚决，冷冷地扫了他一眼，非常不满地说："许明峰，你不用跟我解释。刚才的情况我都看到了，我不是傻子，我是真没想到啊，咱们师兄弟这么多年的感情，居然顶不上那些工匠师傅。不，还有师父的一句话。哼，我真是太傻了，竟然这么相信你。"

"不，师兄，我之所以不想顶撞师父，是有原因的。"许明峰迟疑了一下，皱着眉头。他心说，师兄，如果我今天帮了你，那么，师父的病情加重，我就是罪魁祸首了。

差一点，许明峰就要说出来了。但是到最后，他还是忍住了。他答应了赵兴成，要严守那秘密，而他只能执行。

"许明峰，你什么都不用说了。我告诉你，我今天什么都看明白了。我就像个傻子一样，被你们所有人玩了。"沈玉坤气呼呼地说了一句，就快步走了。

许明峰叫了他几声，结果对方丝毫没有回应。那一刻他明白，他们师兄弟的感情算是破裂了。而这种破裂，想要修复，并不是一件容易的事情。

许明峰回来的时候，在作坊门口碰见了赵岚。赵岚上前来，看了看他说："明峰，你没追回玉坤哥吗？"

许明峰点了点头："没有，他这次肯定真的生气了。"

赵岚摇摇头,似乎对许明峰今天的所作所为也非常不满:"明峰,说实话,我也不明白为什么你今天要这么对待师兄。我记得,你可是个言出必行的人。你现在这种行为,分明就是将玉坤哥置于一种孤立无援的境地。说得不好听点,这叫背叛。换了谁都会生气的。"

"岚岚,我……"许明峰欲言又止,无奈地说,"好了,我不想做任何的解释。也许有一天,你会明白的。"

撂下这么一句意味深长的话,许明峰转身就走了。

赵岚看着他的背影,心里抖动了一下。她忽然明白,刚才自己的话说得有些过了。

不过,她也没再去找许明峰,而是直接去了赵兴成的房间。

赵岚突然闯了进来,看见赵兴成躺在床头,正拿着手帕擦拭着嘴角的血。

赵岚见状,大惊失色。她一个箭步冲了上来,慌忙抓着那手帕,失声叫道:"爸,您这是怎么了,怎么吐了这么多血。"

赵兴成忙说:"岚岚,你别紧张,我没事。"

"您还说没事呢,您都吐了这么多的血。爸,您是不是得了什么病?走,咱们去医院。"

"不,岚岚,不用去了。"赵兴成拒绝了赵岚,说道。

"爸,您这病看起来很严重,为什么不去。难道您已经看过了吗?"赵岚见状,更加不安。

赵兴成眼见是遮掩不过去了,随即将病情告诉了她。紧接着,他抓着她的手,缓缓说道:"岚岚,听爸的话,今天的事情你千万别生明峰的气。他之所以临阵倒戈,不替玉坤出面,是因为害怕我生气。"

"什么?"赵岚吃了一惊,"爸,您的意思是,明峰早就知道您的病情了?"

"是的,而且我还让他发誓不准对你们俩说。"赵兴成说到这里,也是长长地叹了一口气,"说起来,也是难为这个孩子了。其实,夹在我和你们俩之间,他有苦难言,着实受了太多的委屈。"

"爸,我……"赵岚本来想告诉赵兴成,刚才还对许明峰说了很多难听的话,可是话到嘴边,还是咽下去了。

赵兴成看了看她,语重心长地说:"岚岚,明峰是个好男人,是值得你托付终身的。爸的时日不多了,可是想到你以后的生活,心里就放不下。如果将你交给明峰,我是可以瞑目的。"

"爸,您别说了。"赵岚听到这里,呜呜地哭了起来。

"傻丫头,别哭了。让外面的工匠师傅看到,成何体统。"赵兴成说着,轻轻责怪了她一句。

夜已经深了,赵岚不知道怎么从父亲的房间里出来的。可是,她的脑海里,却是父亲那苍老而疲惫的脸颊。想到这里,她就心如刀绞。

这时,她忽然看到工作间里还亮着灯。走过去一看,是许明峰。他独自一个人在工作台前,仍然很认真地调配着釉料。

他的眼睛通红,看起来非常憔悴。

难不成,他居然在这里忙到现在吗?

赵岚没有即刻进去,而是做了一碗阳春面端了进来。

"明峰,你还没吃饭吧。快停了手里的活儿,来吃个饭。"赵岚在他旁边坐下,抓住了他的手。

许明峰抬头看了看她,说:"岚岚,我不饿。"

"不行,你必须吃。"赵岚态度坚决,用命令的口气说道。

许明峰迟疑了一下,这才端着面吃了起来。

赵岚看他吃得津津有味,也松了一口气。她犹豫了一下,方才说:"明峰,今天下午,我……我说的话有些重了。不,是我误会你了。"

"岚岚,你说什么呢。我都没放在心上,你想什么呢?"许明峰看了她一眼,轻轻一笑说道。

赵岚摇摇头,脸色一沉说:"明峰,其实我已经知道实情了。你受太多委屈了,我和玉坤哥都欠你一个道歉。"

"什么实情?"许明峰闻言,放下了碗,诧异地看着她。

赵岚点点头,看着他说:"我爸都跟我说了,他已经没多少日子可活了。"

说到这里,赵岚忽然呜呜地哭了起来。

许明峰见状,心里也一阵难受,轻轻将她揽入了怀中,柔声说道:"好了,岚岚,你别难过了。师父的情况,我们也都无法改变。而眼下,我们唯一能做的,就是了却他最大的心愿。"

"他最大的心愿?"赵岚听到这里,吃了一惊。

许明峰说:"师父而今最大的心愿,就是能够重现龙鳞光工艺。如果我们能够做到,那么他一定会很欣慰的。"

赵岚这时忽然明白了什么:"所以明峰,你现在就是在研究这个吗?"

许明峰没说话,只是笑了笑。

赵岚的心里忽然涌起一股暖意来。她紧紧靠着许明峰，眨了眨眼睛，语气温柔地说："明峰，我陪你一起干。"

许明峰应了一声，两人四目相对，互相交融。那一刻，两颗心似乎也迅速地紧紧贴在一起了。

这之后的一段时间里，铜赵记再次陷入了没有订单、整个作坊都空闲下来的窘境。

而在作坊外，那些建筑工地上响彻云霄的机器隆隆声，似乎越来越近。

而只有许明峰他们清楚，这是因为越来越多的作坊支撑不下去，将地都卖出去了。

在此时，他们铜赵记，俨然已经成了附近最大的一个工艺作坊了。而这个显得颓败的手工艺作坊，和外面一片欣欣向荣的新时代建筑，形成了极其鲜明的对比。

有天晚上，许明峰发现赵兴成独自拄着一根拐杖，颤巍巍地站在门口，远眺着那繁荣的街景。他的神色里，却有一种难掩的怅然若失。

在这一段时间里，赵兴成似乎更加苍老了。随着病情的加重，他甚至走路都很费劲。可是，每晚深夜，他依然雷打不动地来到那个房间里，对着那个龙凤呈祥盘发呆。

许明峰每次看到这种景象，心里就一阵难过。

此时的铜赵记，已经显得萧条了不少了。因为这些工匠师傅们，到底还是要吃饭的。可是铜赵记却始终发不出工资。不少人陆陆续续地离开了这里，选择开始新的生活。

尽管对他们而言，除了制作珐琅器，对别的行业一窍不通。可是，他们知道，在这个日渐繁荣、却又略显陌生的城市里，他们得学会融入。

而此时的铜赵记，留下来的也是那些依然对传统工艺眷恋不舍、充满深厚感情的老工匠。诸如安建民这种老工匠师傅依然坚守着。在他看来，自己是属于活在那个古朴而厚重的四九城里的人。对于如今这个新的大都市，他根本不习惯。

但是，在这一段时间里，沈玉坤犹如失踪了一样，一直未曾出现在铜赵记，尽管许明峰他们去找了，却仍然杳无音信。

这天中午，许明峰和赵岚去外面给赵兴成买药回来，就见门口停着李明飞的奔驰车。

赵岚见状，脸色立刻变得非常难看。她小声嘀咕道："这一对兄妹，真是阴魂不散，又来我们这里干什么？"

"进去看看吧。"许明峰也没多说什么，不过他仿佛也猜到了。

赵兴成的房间里，此时他正拄着拐杖，神情复杂地看着坐在对面的李明飞兄妹俩。

他一边咳嗽着，一边断断续续地说道："你们提的条件的确非常优厚，看样子，我也是没有理由拒绝的。"

李明飞闻言，眼睛里闪着光，忙说："赵把式，您早该这么想了。其实，您真该出去看看了。如今的北京，可不是八十年代那个古老的城市了。如今，它正变成一座国际化的商业大都市。所有的一切，都在进行商业化运营。现在，珐琅器的工厂如同雨后春笋一般，不知道开了多少。大家现在都忙着赚钱，谁还有工夫去欣赏什么艺术。对他们而言，廉价而美观的商品，就是他们的需求。而这才是当今社会的主流。"

第二十四章　顽固的人

赵兴成擦了擦嘴角一抹残留的血丝，缓缓说道："李老板，我不懂你说的什么国际化大都市。不过，我恐怕要让你失望了。不管你出多少钱，我们这作坊肯定不会卖的。更别提我们的烫蓝，以及龙鳞光工艺了。这是老祖宗留给我的衣钵，要是在我手里丢了，那我死后还有什么脸面去见他们。"

"您……赵把式，您怎么就是食古不化呢。"李明飞听到这里，着实够生气的。

"对，你说得没错，我就是这么一个认死理的人。所以，你们也别在我这里白费心机了。"赵兴成说着，又剧烈地咳嗽起来。

李明丽见状，起身走了过来。她皱着眉头，看了看他手帕上的血，吃惊地说道："赵把式，您这病得可不轻啊。"

"没什么大事，这一时半会儿还死不了的。"赵兴成迅速收起了手帕，说道。

李明丽摇摇头，忙说："不，赵把式，您这病非常重。如果不赶紧治疗的话，恐怕……"

"恐怕什么，李小姐，你接下来想说什么呢？"这时，赵岚和许明峰一起进来了。赵岚劈头盖脸地就来了一句不客气的话，态度更是极坏。

李明丽看了她一眼，但随即目光就落在了许明峰的身上。她忙说："不，赵岚，你千万别误会，我没别的意思。我是说，赵把式这病情很严重。如果可以的话，我可以介绍他去一家很不错的医院。当然，医疗费什么的你们都不用操心。"

"谢谢你的好意了，可是我们不需要。"赵岚说着，轻哼了一声，几步走到了赵兴成的身边。

李明丽转头看了一眼许明峰，说："明峰，我不是和你们开玩笑。你师父的病非常严重，必须尽快去医院治疗。"

许明峰点点头，走上前来，看了看她说："明丽，你说的这些，我们都清楚。不过，我们会有办法的。"

"会有办法，你们还能有什么办法？"李明飞有些激动地说，"你们看看吧，这都几个月了，你们作坊到现在还没接到一个订单。外面的工匠师傅都走了一大半，看看人家京铜记，已经打算和我们合作了。"

"什……什么……"赵兴成听到这里，显得非常激动而气愤。他霍地站了起来，拄着拐杖用力地戳了几下地面，恼怒地叫道："梁博达，你……你居然为了这点蝇头小利，连祖宗传下来的衣钵都能卖，你真是……真是……"

赵岚赶紧扶着他，不断宽慰他。

随即她非常生气地盯着他们俩，说："请你们走，我们不想看到你们。我告诉你们，就算我们穷死、饿死，我们也不会卖掉铜赵记的。"

"好，那今天就是我自作多情了。"李明飞气呼呼地说了一句，转身出去了。

李明丽多少有些尴尬，看了看他们，忙不迭地说："那个，我哥，他……他态度不好，我给你们道歉了。"说着看了一眼许明峰，当即也出去了。

这时，赵兴成咳嗽得更加厉害了。许明峰和赵岚赶紧将他搀扶到了床上去。

两人出来给赵兴成煎药的时候，赵岚忍不住抹着眼泪，幽幽地说："明峰，我爸的病越来越严重了。我听说有一种西药，能减轻我爸的痛苦。但是这药非常贵，我们恐怕……"

许明峰看着赵岚神色忧伤的模样，心里也是非常难受。他紧紧搂着赵岚，轻轻说道："岚岚，你别难过，这样吧，我去想想办法。"

"明峰，你能有什么办法呢？"

"这你别管了，我想，总归有一些办法的。"

许明峰微微皱了一下眉头，那一刻，他下了一个很大的决心。

第二天一早，他将几个烫蓝工艺的珐琅器包装好，然后骑着自行车载着出去了。

半个多小时后，许明峰来到了一条非常繁华的商业街。

曾经这里还是手工艺作坊的天下。而今却是另一番天地。物是人非，想想总是令人感慨万千。

许明峰其实早就发现了，在这里每天都有人摆地摊，兜售各种物件，以及古董之类的玩意儿。

今天过来，他就是想碰碰运气。

在一个名牌运动衣门店的橱窗边，许明峰支好车子，迅速将那几件珐琅器铺在地上。

第一次以这种方式卖东西，许明峰只觉得像是和沿街乞讨一样。看着周围人不断投来的目光，他脸上火辣辣的。

不过，许明峰却始终没想到，摆了一个中午摊，居然一个物件都没卖出去。

很多人上前，只是看了看。结果一问价格，就都走人了。

甚至，有人要去买，旁边也有人劝说，别的地方一样的珐琅器，价格只有这里的十分之一。而且是机器生产的，不仅质量好，而且还很时髦。

听着这些话，许明峰就觉得荒唐可笑。什么时候，这机器生产的珐琅器居然成了质量上乘的代名词了。而且他也注意到了，如今的人们，似乎更加浮躁了，更注重表面的东西，却并不在意内涵。他们买东西，似乎更在意的是，这件东西是否能赶得上潮流。

想到这里，许明峰的心里多少还是非常失落的。

"明峰，你怎么在这里？"冷不丁地，旁边一个声音传来。

他一抬头，却见是李明丽。李明丽打扮得非常时髦，就跟这大街上来来往往的漂亮女人一样。许明峰还想到了最近非常流行的一个名词：摩登女郎。用来形容她，真是太贴切了。

许明峰支吾道："没……没什么。"

不过，李明丽也是个明白人，一眼就看出来了。她叹了一口气，说："明峰，你说你这又是何苦呢。你还没吃饭吧，走吧，我请你吃饭。"

许明峰慌忙拒绝，然后从身上掏出了一个有些干裂的馒头，啃了一小口，笑着说："明丽，你去吃吧。你看，我这不是带着吃的吗？"

李明丽看到这一幕，心里莫名的一阵难受。她摇摇头，说："明峰，你就吃这个，这怎么行呢。走，我请你吃牛排。"

"不，我要摆摊呢。万一等会儿有人来买，我……"

"这样吧，你跟我走。这些东西，我全部都要了。"李明丽想都没想，说道。

"不行，明丽，这怎么能行呢。"许明峰知道李明丽想帮他，但他还是拒绝了。

"怎么不行，我说行就行。"她说着，这就上前来，二话不说就将那些珐琅器都包起来了。

此时，许明峰也不好再多说什么。

就这样，他被她拉着，直接来到了李明丽下榻的酒店里。

不过，这时候许明峰绝对想不到，接下来会碰到一个老熟人。

李明丽带着许明峰来到了自己的房间，然后打电话让前台送来了两份牛排。

她正坐下和许明峰要吃的时候，却见门打开了。李明飞喜滋滋地说道："明丽，你看我带谁来了？"

李明飞话刚说完，目光落在了许明峰身上："哟，这不是明峰吗？稀客啊，你怎么会在这里？"

"我……师兄！你……你怎么也在这里？"许明峰的话没说完，忽然发现沈玉坤站在李明飞的身后。

这么长时间不见，沈玉坤像变了一个人。他留着一头刚烫染的金色鬈发，穿着一件花哨的衣服，戴着一副墨镜。这乍一看，还以为是个电影里走出来的人。

沈玉坤似乎也很意外，他伸出两根戴着戒指的手指，将墨镜推到了额头上，皱着眉头，看了看许明峰说："许明峰，咱们还真是有缘分啊。没想到，在这里都能见面。"

"师兄，你这说的什么话。"许明峰连忙上前，紧紧抓着他的手。

"走开，别碰我。还有我要声明，咱们不算师兄弟。"沈玉坤说着，用力打开了许明峰的手。

李明飞转头冲他笑了笑，说："明峰，看到没有，你师兄可是个聪明人。他这一段时间，帮我们工厂解决了不少的问题。你看看，人家现在的生活过得多滋润啊。"

许明峰闻言，皱着眉头看向沈玉坤："师兄，我没听错吧。你，你居然……"

"许明峰，你有什么资格来指责我。哼，我告诉你，我这是想办法将我们铜赵记的衣钵传承下去。我没猜错的话，咱们铜赵记在师父的领导下，现在是不是已经朝不保夕了？"

许明峰摇摇头，没有多说话。

李明飞这时走了过来，拍了拍许明峰的肩膀，笑吟吟地说："明峰，我今天想和你好好谈一谈合作的事情。"

许明峰没有说话，似乎有些怅然若失。

李明飞拉了一把椅子坐了下来。他扭头看了一眼李明丽，说："相信你也看到了，我妹妹对你可是一往情深。这么多年了，除了你，她可没对任何男人这么好过呢。如果你答应来我们公司做事，我聘请你担任珐琅器的总设计师。"

"什……什么？"沈玉坤闻言，脸色变得非常难看。他心里着实够气恼的，自己的能力也不比许明峰差，可是李明飞居然也没给自己开出这么好的条件。这么长时间，居然只是让自己在工厂里当个狗屁的车间主任。想到这里,他对许明峰的忌恨,就增加了不少。

许明峰看了看他,缓缓说道:"李老板,谢谢你的好意,可是我……"

"哎,别着急回答啊,你听我把话说完。"李明飞继续说,"我给你开出的报酬是非常丰厚的。另外呢,我还打算将我妹妹嫁给你。你看,我这公司将来也有我妹妹的一半。想想吧,这还不都是你的吗?"

沈玉坤听得有些傻眼了,他有些目瞪口呆地看着李明丽。那一刻,沈玉坤的拳头紧紧地攥紧了。为什么自己朝思暮想的女人,居然只看上许明峰?

"哥,你说什么呢?谁……谁要嫁给他了?"李明丽闻言,脸一红,略显羞涩地说道。

"哈哈,明丽,你的小心思我还不清楚。"李明飞笑了笑,然后看了看许明峰说,"明峰,你应该好好想想。就算你不为自己着想,也应该为你师父着想。只要你答应这些条件,我可以安排你师父去国外就医。他的病可不能再拖了,否则的话……"

往下的话,李明飞也没多说。当然,这意思却是再明显不过的了。

沈玉坤听到这里,大吃了一惊:"李董,你刚才说什么?我师父的病?他……他老人家到底怎么了?"

"怎么,玉坤,你到现在还被蒙在鼓里啊。"李明飞看了他一眼,说道,"他得了肺癌,而且病情非常严重。"

"什……什么。"沈玉坤闻言,整个人像是丢了魂儿一样。他缓缓转过头,看了看许明峰,说,"许明峰,是不是你也知道了。为什么,为什么不告诉我?"

"师兄,我……我……"许明峰迟疑了一下,一时间,他也不知道该如何跟他解释。

"好啊,你们真可以啊。我明白了,是师父故意隐瞒我的。哼,原来,他一直都未曾当我是他的徒弟,只是当我是外人。"沈玉坤无比生气,转身跑了出去。

许明峰想去追,却被李明飞拦住了。他看了看许明峰,说:"明峰,你放心吧,你师兄没事的。你就说说看,这条件如何吧。"

"这……这……"说实话,对于李明飞刚开始开出的那些条件,许明峰还真没什么动心的。可是,当李明飞提到给赵兴成治病的时候,他却有些心动。为了师父,他是什么事情都可以做的。

他抬头看了看李明飞,咬着嘴唇说:"李老板,你……你真的确定,我师父的病在国外能治好吗?"

李明飞说:"明峰,我不敢确定能不能完全治好。但我保证,国外的医疗条件一定比国内要好得多。"

"这……"许明峰紧紧攥着拳头,看了看他说,"李老板,你让我考虑一下成吗?"

"好,明峰,我等你。"李明飞闻言,笑了笑说道。

李明丽也非常惊异,这么久以来,这算是第一次从许明峰口中得到的比较确定的消息。那一刻,她甚至觉得像在做梦。

"明峰,你说的是真的吗?"

"明丽,那个,我先走了。"许明峰看了她一眼,转身就出去了。

李明飞看了看李明丽,说:"好了,明丽,别看了,人家都走远了。"

李明丽看到哥哥眼神闪烁,忽然意识到了什么,说:"哥,你刚才的话,是不是故意那么说的。"

李明飞说:"明丽,这话怎么说呢。其实,这就是技巧。我们做生意的人,和人进行商业谈判,想要掌握主动权,最重要的,就是摸清楚对方的命门。"

"所以你就故意说,你能找到国外的医生,能看好赵把式的病吗?"李明丽听到这里,也颇为生气。

"哎,明丽,话可不能这么说。我可没说能治好他的病,只不过,去国外的话,医疗条件应该更好些。刚才你也听到的。"李明飞说道。

"可是……"李明丽欲言又止,不免皱了皱眉头。

李明飞见状,轻轻拍了一下她的肩膀,柔声说道:"好了,明丽,你也别多想了。我向你保证,只要他许明峰能够答应我的条件,我一定会尽全力去救治赵把式的。我看他的病情还没有恶化。如果得到及时的治疗,还是有痊愈的可能的。"

"是吗,那可太好了。哥,我要去将这个消息告诉明峰。"李明丽闻言,无比的兴奋,这就要出去。

不过,李明飞一把抓住了她:"明丽,你急什么呢。让他先回去好好考虑一下。你现在过去,只会让事情更糟糕。"

"可……可是我……"

"别可是了。"李明飞淡淡地说道,"真是女大不中留啊,我可是你亲哥。你却不关心我吃没吃饭,心里只想着那个许明峰。"

"哥,对不起啊。那,那我们吃饭吧。"李明丽不自然地笑了笑。话虽然这么说,可是这心里却依然怀着对许明峰无限的牵挂。

许明峰不知道自己是怎么回去的，这一路上，他一直心事重重。确切地说，他的内心充满了纠结和挣扎。

"明峰，你今天出去干什么了，怎么到现在才回来啊？"许明峰被赵岚叫了一声，方才回过神来。

抬头看了看赵岚，许明峰一阵感慨，上前紧紧搂着她，轻轻说道："岚岚，我碰上了一件麻烦事，不知道该怎么办。"

"什么麻烦事，明峰，你这是怎么了？"赵岚有些意外，许明峰今天看起来好像很怪啊。

许明峰这时丢开了她，眼神有些躲闪，连忙说："没什么。"

"不，明峰，你肯定有事情。说，你今天到底干什么了？"赵岚一眼就看出来，许明峰在说谎。

第二十五章 质问

许明峰只好承认，自己出去卖珐琅器了。

赵岚还是很意外的："什么，明峰，那你今天全都卖完了吗？"

许明峰应了一声，说："全卖完了。"

"可你为什么不高兴呢，要不然，明天我和你一起去卖。咱们作坊里还有那么多存货呢，咱们每天卖一些，我觉得也还是很不错的。"赵岚听到这里，露出了几分欣喜，甚至开始计划起来了。

"不，岚岚，明天还是算了吧。"许明峰一口回绝了她。

"怎么了，明峰？"赵岚狐疑地看着他，心生疑惑。

"没什么，岚岚。那个，师父他怎么样了？"许明峰慌忙岔开话题，就往里面走去。

"等一下，许明峰，今天的那些珐琅器，是不是都被李明丽给买走了。"身后，忽然传来了赵岚的质问。

许明峰站在那里不敢乱动。他知道，怕是瞒不住她了。

这时，赵岚迅速走上前来，挡住了他的去路。扫了他几眼，说："说，你今天和李明丽都干什么了？"

许明峰看了看她，忙说："岚岚，是这样的。我今天打听到，师父的病，如果到国外治疗，说不定会好的。"

"真的吗？"赵岚听到这里，无比欣喜。她甚至带着几分激动，紧紧抓着许明峰的手，忙问道，"明峰，你从哪里得到的消息？"

许明峰咬了咬嘴唇，心一横，当即将事情原委讲了一遍。

赵岚听完，愣住了，像是个木头人一样，傻站在那里，许久都没动静。

好半天，她才回过神来，看了看许明峰说："明峰，如果……如果他们真能帮我爸治好病，我可以同意你和李明丽结婚的。"说着，她忽然抹着眼泪，幽幽地哭了起来。

"不，岚岚，这个事情，我不能答应。我答应过师父，要好好照顾你，我不能这么做。"许明峰忽然紧紧搂着她，轻轻说，"岚岚，我不能没有你。"

"明峰，我也不想和你分开。可是我爸的病，我们难道还有别的选择吗？现在，我们只有一条路可走了。"赵岚也紧紧搂着许明峰，呜呜地哭了起来。

"你们俩什么都别说了，我的病我很清楚。就是吃了太上老君的仙丹，也是回天乏力了。"这时，赵兴成站在了不远处，拄着拐杖，幽幽地看着他们。

"师父，您什么时候过来的？"许明峰吃了一惊，赶紧和赵岚分开了。

"已经有些时间了，看你们那么投入，我不忍心打扰你们。"赵兴成拄着拐杖，艰难地朝前走来。

赵岚赶紧上前搀扶。

赵兴成脸色非常难看，盯着许明峰说："明峰，我告诉你。今天是最后一次，如果以后再让我发现你背着我去大街上摆地摊卖东西，咱们就断了这一段师徒之情。我们铜赵记的珐琅器，是曾经进贡给宫廷的，不是摆地摊的玩意儿。"

"师父，我……"许明峰心里一阵纠结，他不知道该如何跟赵兴成说。

赵兴成没再搭理他，转身就走了。

为了给赵兴成看病，许明峰可以说是绞尽脑汁。虽然当天卖了一些珐琅器，赚了一些钱。可是，赵兴成的医药费却非常昂贵。那点钱根本支撑不了多久。

许明峰心急如焚，好几次都动了再去贩卖珐琅器的念头。可是，赵兴成总是在关键时刻出现，他的计划都以失败告终。

这天下午，他去给赵兴成买药，回来的时候，遇上了李明飞兄妹俩。

李明飞自信满满，笑吟吟地说："明峰，经过这几天的考虑，我想你应该也有打算了吧。怎么样，要不要答应我们的条件？"

许明峰看了看他，笑了笑说："李老板，多谢你的好意。不过，我还是想靠自己的能力来解决问题。还有明丽，谢谢你这么长时间对我的帮助。我无以回报，只能对你说一声谢谢。"

"明峰，你说什么……"李明丽本来也以为许明峰这次会答应他们的要求，可是怎么都没想到他居然一口回绝了。

李明飞尤其意外，这让他有一种深深的挫败感，心中万分恼怒："许明峰，你可要考虑清楚了。你师父的病，如果没我的帮忙，他恐怕支撑不了多久的。"

许明峰点点头，用很坚定的语气说："李老板，我已经考虑清楚了。相比于给师父看病，我更看重他对我的认可。"

"好，你们可以。"李明飞气不打一处来，转身就走了。

李明丽看着许明峰，迟疑了一下，忙说："明峰，你……"

"明丽，你什么都别说了。"许明峰说着，微微点了点头。

这一刻，李明丽似乎也明白了什么。她眼神里充满了忧伤，转身快步走了。

看着李明丽的背影，许明峰在心里默默地说道："明丽，谢谢你对我的爱。我希望你能找到更好的归宿。"

李明飞气呼呼地回到公司，坐下没多久，只见秘书带着沈玉坤进来了。

其实，这阵子沈玉坤也是越想越气。他觉得在李明飞这里没有得到足够的重视，同时别的珐琅器公司也给他开出了更优厚的条件。

李明飞正眼都没看他一眼，淡淡地说："玉坤，你来找我，有什么事情吗？"

沈玉坤走上前一步，笑了笑说："李董，我今天是来向你辞职的。"

"辞职？"李明飞愣了一下，迅速坐正了身子，有些诧异地看着他，"你干得好好的，为什么要辞职？"

沈玉坤笑了笑，然后掏出一盒香烟，抽出一根点上，狠狠地抽了一口，说："李董，我记得你当初找我，曾这么跟我说过，水往低处流，人往高处走。一个人想要混得好，目光就要放得长远些。我记住了这些话，所以，我打算去找个能给我更大发挥空间的舞台。"

"你说什么？"李明飞这时算是听出一些味道来了。他轻哼了一声，缓缓说道："玉坤，是不是别的公司给你开出更好的条件了？"

"李董，我想这就没必要再跟你说了吧。"他笑了一声说，"不过，念在咱们合作一场，我明天会正常上完最后一天班。"

"这……玉坤，瞧你说的，这就太见外了。"李明飞闻言，忙不迭地笑道，"这样吧，你继续在这里上班，条件方面，咱们好商量。"

"不，李董你误会了。我觉得，咱们真的没什么好说的了。"沈玉坤这时掐灭了烟头，转身就要走。

"等一下，玉坤。要不然这样，我让你做我们公司的总设计师，全权负责所有珐琅器的设计工作。薪酬方面，一个月五万。另外，年底还有百分之三的业务提成。"

沈玉坤都走到门口了，听到这话，他转过身来，有些诧异地说道："李董，你说什么，我没听错吧？"

"当然，你怎么会听错呢？"李明飞站了起来，迅速走上前来，拉着他说，"我李明飞说出的话，什么时候不算数过。"

"不，我的意思是，这个总设计师的位置不是留给明峰的吗？"沈玉坤显得很困惑。

"那个，"李明飞迟疑了一下，这才说，"我和他谈崩了。这小子食古不化，和你师父一样。"

"哦,我明白了。这么说来,我就是个替补啊。如果现在许明峰回心转意的话,那你还是会毫不留情地将我赶走。"沈玉坤如今也是非常精明。

李明飞听到这里,着实气得不行,越发觉得当初给沈玉坤提供机会是个错误。这小子,而今是越来越不受自己的控制了。

可是,他却又不得不面对一个现实。自从他们的工厂经由沈玉坤进行管理监督之后,整体的工艺水平提升了不少,由此也带来了更好的销量。

他想了一下,说:"这样,玉坤。如果你答应继续留下来,我可以撮合你和明丽。"

"真的吗?"沈玉坤闻言,将信将疑地看着他。

李明飞看到沈玉坤的变化,心里一喜。看来,李明丽果然就是沈玉坤的软肋。他忙说:"当然是真的,明丽虽然对许明峰感情执着。可是,如今她接二连三地被许明峰拒绝,已经彻底受伤了。而现在,我相信你可以填补这个空当。当然,经过我撮合,这一切就水到渠成了。当然,你如果不愿意的话,就权当我什么都没说。"

"我……我愿意。"沈玉坤这时也没再多想了,看了看他,连忙说,"李董,那……那咱们就继续合作吧。"

"嗯,非常好。"李明飞见状,不由得露出了意味深长的笑来。

经过那天的事情,李明丽连续将自己关在房间里有一个多星期都没出来。虽然李明飞敲了好几次的门,却于事无补。

这天中午,沈玉坤经过一番精心打扮,嚼着口香糖,走了过来。

他敲了敲门,笑吟吟地说:"明丽,开开门。"

"沈玉坤,你又来做什么。我已经说过了,我任何人都不想见。"里面传出李明丽的声音。

沈玉坤笑了一声,轻轻说道:"明丽,我来呢,是想告诉你一些关于许明峰的事情。当然,你如果不想听的话,就当我没来过,我这就走。"

话音刚落,里面传出李明丽的声音:"哎,玉坤,你等等。"

很快,就见穿着睡衣的李明丽站在了门口。她非常着急地看了看沈玉坤,问道:"你说明峰他怎么了,是不是出什么事情了?"

沈玉坤看到自己朝思暮想的女人,居然一门心思只惦记着许明峰,这心里别提有多不舒服了。不过,他没表现出来,而是笑了笑,说:"是这样的,我告诉明峰这几天你把自己关在酒店房间里的事情后,他非常担心,提出要来看看你。"

"啊,他要来看我。"李明丽闻言,不免有些惊慌,"那他什么时候过来。不行,我得赶紧去打扮一下,我可不想让他看到我这么一副样子。"

沈玉坤说："我已经和明峰约好在楼下一个咖啡馆里见面了，这样，你去打扮下，我在下面等你。"

"好，玉坤，谢谢你了。"李明丽感激地看了他一眼，无比欣喜地钻进房间里了。

这时，李明飞从旁边走了过来。他看了看沈玉坤，笑了笑说："玉坤，你还真有本事啊。我这么多天都没将她叫出来。而你一句话，就叫她出来了。"

"李董，这还不是跟你学的吗？抓住了对方的弱点，咱们就能掌握主动权了。"沈玉坤轻轻一笑。

这一幕，让李明飞看得浑身都不自在，甚至有些不安。

十分钟后，李明丽经过了一番精心的打扮，兴冲冲地出了酒店。

此时，早就等候的沈玉坤看到她过来，顿时觉得眼前一亮。这个女人，不管什么时候，总是那么令他怦然心动。

他迅速掐灭了手里的烟头，赶紧迎了上来："明丽，你今天好迷人啊。"

"谢谢，玉坤，你说明峰会喜欢吗？"李明丽只是扫了他一眼，心思全都在许明峰身上。

她这时心里忽然又燃起了一丝的希望，许明峰这么担心她，难道是对她还有感情。

沈玉坤淡淡一笑，心里却非常不舒服。

随后，两人来到了那个咖啡馆里。选了个位子坐下后，沈玉坤着迷地看着她，轻轻说道："明丽，你想喝点什么？"

"什么都行，要不然，等明峰过来再点吧。"李明丽显得心不在焉，时不时地朝外面看看。

沈玉坤应了一声，这时他看了一眼服务员，递了个眼色。似乎双方早已经商量好了，随即那服务员走了。

"玉坤，你说明峰怎么现在还不来呢？"李明丽这时转过头，看了看沈玉坤。

"明丽，今天我想给你一个惊喜。"沈玉坤咧嘴笑了笑，这时，就见那个服务员捧着一束鲜花过来了。

沈玉坤接过鲜花，然后恭敬地捧到李明丽面前，笑吟吟地说："明丽，送给你。另外，我想请你做我的女朋友，可以吗？"

这时候，整个咖啡厅里的人纷纷朝这里看来。不少人纷纷跟着起哄，都嚷嚷着要让李明丽做沈玉坤的女朋友。

沈玉坤心里也是暗暗得意，这是他刚从一个外国电影里学到的招儿。据说对付任何女人，都无往而不利。

不过，李明丽这时却神色冰冷。她沉默了片刻，缓缓说道："沈玉坤，这就是你把我约来咖啡馆的真正目的吧。也就是说,明峰担心我、来看我都是你编造的谎话,对不对?"

"明丽,我这么做,也是不得已的。不然,你还是不肯出来。"沈玉坤连忙说道,"不过,你放心。只要许明峰能够做到的事情,我都能做到。甚至我比他做得更好。只要你肯给我一个机会,让我来证明自己。"

"沈玉坤,你太过分了。枉我把你当朋友,你居然利用我对明峰的感情,这么算计我。"李明丽闻言,脸色变得非常难看。

"明丽,我对你是真心的。求你了,给我一个机会吧。"沈玉坤一脸虔诚地看着她,然后将鲜花递到了她的面前。

"这一束鲜花,你爱给谁就给谁,我不稀罕。"李明丽根本就没接,一脚将椅子踢开,转身气呼呼地走了。

沈玉坤傻乎乎地站在那里,半天一句话都没说出来。

"明丽,你不是和玉坤出去吃饭了,怎么这么快就回来了?"李明飞在酒店门口碰上了李明丽。

"吃饭?哼,哥,他这么干,也是你帮着出的主意吧。你们还真是好手段,这么欺骗我。"李明丽狠狠地瞪了一眼李明飞,气恼地说道。

"明丽,你别生气啊。其实,我觉得玉坤他也挺不错的。人挪死,树挪活。难道许明峰不喜欢你,你就这么单恋他一辈子吗?"李明飞听到这里,也有些生气了。

"不用你管,这是我自己的事情。"李明丽看着李明飞,态度非常强硬地反驳道。

"你……明丽,你真是太让我失望了。你居然为了那个男人顶撞我。"李明飞恼火地吼道。

"哥,这还只是开始。如果逼急了我,更过分的事情我也能做得出来。还有我告诉你,别让沈玉坤在我身上浪费时间了,我的心里只有明峰。"李明丽说完,气呼呼地走了。

"你……李明丽,你真是丢尽了我们李家的颜面。"李明飞盯着她的背影,异常生气地咆哮起来。

"明峰,这是今天最后一服药了。咱们得想想办法啊,要不然明天我爸就没得吃了。"厨房里,赵岚一边煎着药,一边抹着眼泪对许明峰说。

许明峰宽慰了她一句,轻轻说道:"岚岚,你别难过。放心,我明天去想办法。"

赵岚应了一声,说:"要不然这样,咱们明天去京铜记向梁把式借一些钱吧。他上次来探望我爸,曾给我说过,有什么困难,可以去找他。"

第二十六章　背叛师门

许明峰应了一声，他其实知道，梁博达上次明着是来探望赵兴成，实际是来炫耀他而今的成就的。

就在这时，赵兴成的房间里传来了怒吼："沈玉坤，你这个逆徒，你枉费我对你的教导，你丢尽了我们铜赵记的脸面……"

两人对视了一眼，二话不说，赶紧冲了出去，朝赵兴成的房间跑去……

他们进来后，就见赵兴成挂着拐杖，撑着整个身子，颤巍巍地站在电视机前，情绪异常激动地吼道："逆徒，这逆徒，我当初真是瞎眼了，我怎么会收了这么一个逆徒。"

"爸，您怎么了？"赵岚这时快步上前来，赶紧搀扶着他，忙不迭地问道。

赵兴成指着电视，气喘吁吁地说道："你们看，你们自己看吧。这就是你们的大师兄，这个当初被我寄予厚望的人，而今居然干出这种背离祖宗的事情来。"

许明峰和赵岚对视了一眼，赶紧朝电视上看了一眼。这才注意到，原来此时电视上正播放着一则新闻，是关于双明手工艺公司正式任命了一个总设计师，专门负责珐琅器的设计制作。

而他们没想到，这个设计师居然是沈玉坤。

沈玉坤在接受采访的时候，不仅彻底否决了传统手工艺对珐琅器的影响，甚至还断言，将来珐琅器的传承和发展，必然要以新兴的机器化运营的方式来实现。

赵岚看到这些新闻，也非常震惊。她根本无法相信，缓缓说道："这……这怎么可能呢？玉坤哥，他怎么干出这种事情来。"

许明峰却很冷静，其实对于这一点他早就想到了。

"师父、岚岚，你们也别太意外。其实，这人各有志，我们不能强求他。"

"不强求，可是我不能让他这么败坏我的门风。"赵兴成说着，不断用自己的拐杖戳着地面。同时他也咳嗽得更加厉害了。

赵岚赶紧宽慰了他一句,然后示意许明峰去关电视。

不过,却被赵兴成阻止了:"不准关,我要看看这个逆徒,接下来还要说我们传统手工艺多少坏话。"

这时,一个女记者正在采访沈玉坤。女记者问道:"沈先生,我听说你曾拜师于铜赵记这个老北京的传统手工艺作坊。而且赵兴成把式,也是你的师父。著名的工匠师傅许明峰和赵岚也分别是你的师弟和师妹。关于他们,你能给我们讲讲吗?"

沈玉坤看着镜头,轻轻地拉了拉自己的领带,一本正经地说道:"我师父是个食古不化的老古董,他早就应该被这个时代抛弃了。一方面,他口口声声说不能对铜赵记进行改造,否则死后无法面对祖上。可是,而今铜赵记已经濒临倒闭,几乎要毁在他手上了。那么,他死后就有脸面去面对铜赵记的祖上了吗?至于说,我的师弟和师妹,他们工艺水准的确很高,但是也受我师父的影响,全都是冥顽不灵的古董。这些人,早就该被时代抛弃了。而能继承和全面发展我们老北京景泰蓝文化的,只有我们这些全面接纳和迎接新时期改变的人。"

"逆徒……"赵兴成听到这里,勃然大怒,用力地将拐杖砸向电视。

同时,一口鲜血喷了出来。接着,整个人昏厥了过去……

赵兴成苏醒过来的时候,发现自己躺在医院的病房里。

而赵岚和许明峰就坐在旁边。眼见他醒来,两个人也是无比欣喜。

赵岚更是哭了起来,激动地说道:"爸,您总算醒来了。您知不知道,我们……"

"岚岚,我昏迷了多久?"赵兴成打断了她的话,问道。

赵岚没有说话,而是转头看向了许明峰。许明峰似乎很了解赵兴成的心思,连忙说:"师父,您别担心,您也没昏迷多久,也就三四天。"

"什……什么,怎么那么久。"赵兴成听到这里,慌了神,一边嚷嚷着"坏了坏了,我的多少事情都给耽误了",一边迅速起身。

许明峰见状,连忙拉住他说:"师父,您不能走。医生说,您现在的状况不是太好,必须要在医院里配合治疗。"

赵兴成听到这里,停了下来。他微微皱了一下眉头,打量着他们俩说:"是吗?那医生有没有说我的病情有多严重。究竟我还能活多久啊。"

"这……"许明峰听到这里,有些迟疑了。

事实上,医生说的要严重得多。他现在仍旧记得医生说的那句话,如果赵兴成再这么拖下去,不配合治疗的话,恐怕最多三个月。

赵岚这时紧紧抓住了许明峰的手，微微摇摇头，看着赵兴成，擦着眼泪说："爸，医生说，您只要配合治疗，病情并不算太严重的。"

"配合治疗，真是笑话啊。"赵兴成听到这里，不免嗤之以鼻。他摇摇头，眼神里忽然显现出一种淡漠。脸色突然间也变得犹如死灰一般，瞳仁却显得无比深邃。许明峰从赵兴成的眼里，看出了一种坦然，一种对死亡平静待之的心态。

"好了，你们俩就别骗我了。我的身体，我还是很了解的。恐怕，我最多也只能撑三四个月吧。不过，这一时半会儿我还死不了。正因为如此，我更不能耽误时间了。"说着，他拿开了赵岚的手，拔掉输液管，起身离开。

两个人没办法，只好跟着他走。

赵兴成强行出院后，迫不及待地赶紧回到了家里。

而他做的第一件事情，就是跑到那个房间，紧紧捧着那个龙凤呈祥盘，嘴里还在喃喃自语着，也不知在说些什么。

赵岚和许明峰就站在门口，看着那一幕，两个人心里非常难受。

赵岚几次想进去，都被许明峰给拦住了。他很清楚，在这个时候，赵兴成是不想被任何人打扰的。

从医院里出来后，赵兴成仿佛变了一个人。他从那个房间里出来后，就直接钻进了作坊里，一直就没离开工作台。

而且他还不允许任何人靠近。赵岚做的饭，也只能放在门口。

不过，赵兴成的身体却越来越差了，咳嗽得也非常厉害。

两个人在外面听到了，心也就跟着揪了起来。

不过，相比这些，还有让两人更不安的事情。

上次去医院，家里仅有的一点钱也几乎花光了。

而赵兴成现在看病，还需要不少钱。赵岚非常揪心，她虽然知道父亲的病回天无力。可还是想要在最后的日子里，尽量让父亲减轻痛苦，走得从容一些。

这一晚，许明峰在自己的房间里，正对几样釉料进行调配试验。他很清楚赵兴成而今唯一的遗憾是什么，他现在所做的，就是尽量能让龙鳞光工艺再现人间。那么，师父一定会很开心的。

但是，这么多天以来的试验，均以失败而告终。

就在这时，赵岚端着一碗荷包蛋进来了。她放到了许明峰面前，轻轻说道："明峰，你也快一天没吃东西了，吃一点吧。"

许明峰回头看了她一眼，说道："哦，岚岚，我不饿，你吃吧。"

许明峰很清楚，家里现在也就只剩下这点鸡蛋了。

赵岚心里非常难受。她轻轻握着许明峰染上釉料的手指，轻轻地说道："明峰，你还是歇息一下吧。你这样，我爸知道，他也会难受的。"

许明峰淡然一笑，说："没关系，岚岚。"

说着，他转头看了看赵岚，说："岚岚，这几天，我一直都在想一个问题。只不过我不知道该不该说。"

赵岚闻言，忙说："明峰，你有什么话，尽管说吧。我们俩难道还需要藏着掖着吗？"

许明峰的脸色多了几分凝重，缓缓说道："岚岚，我觉得，师父研究的龙鳞光工艺，这个方向和工艺的程序是不是有什么问题。"

"为什么这么说？"赵岚听到这里，有些诧异地看着他。

许明峰说："岚岚，我仔细想过了。你看，我们试验了好多遍了，而且就眼下我们所知的那些釉料都逐一地做了相应的调配。甚至还有这工艺程序，都是严格按照师父所说的那种方式来的。可是，却没一个成功的。所以，我怀疑，这会不会是我们缺少了一种关键性的釉料配料呢。还有这工艺程序，我们或许也少了一项。"

"这……"赵岚听到这里，也不知道该怎么说了。事实上，对于景泰蓝的核心工艺，她了解不多，"明峰，我也说不上来。"

许明峰略一沉思，说："这个事情不能拖了，我得告诉师父这些。"说着，他就要起身。

赵岚见状，慌忙抓住了他的手，忙说："不，明峰，你不能去。"

许明峰有些意外，看了看赵岚，不解地问道："为什么，岚岚？"

赵岚想了一下，说："明峰，我爸的脾气你还不了解吗？他之所以坚持用现在这种配料及工序试验龙鳞光工艺，最重要的一点，就是他认为坚持祖上传下来的一切，就是正确的。任何违背祖宗的想法都是大不敬，是根本不会被容许的。这么长时间了，你应该很了解的。如果你现在跟我爸谈这个事情，你能想象出，他会是什么样的反应吗？"

许明峰看着赵岚紧紧盯着自己的眼睛，摇摇头说："岚岚，我倒是没想那么多。也许祖上本身就是错误的呢。毕竟，这么一门工艺已经遗失了几百年了。后人所谓的工艺手法，其实也不过是自己臆想出来的。而还要我们严格遵守，我觉得这不公平。"

"不，明峰，你可千万别这么说。"赵岚听到这里，有些慌了神。她摇摇头说："明峰，你根本不知道龙鳞光工艺对我们铜赵记意味着什么。这对我爸而言，可是比我还重要的,他不容许任何人质疑。即便你是他的徒弟也不行,他会为了维护祖上,不惜和你断绝师徒关系的。"

"什……什么?岚岚,这事情会这么严重吗?"许明峰听到这里,诧异地叫了起来。

"明峰,你仔细想想吧。玉坤哥说了什么,又做了什么。你看我爸都气成什么样了。"赵岚神色复杂地看着他,缓缓说道,"但那些事情,都不算严重的。而你今天说的,才是最严重的。这在我爸看来,就是亵渎铜赵记的祖上,是大不敬的行为。"

许明峰听到这里,犹豫了。确切地说,他心里乱成了一团麻。

赵岚轻轻握着他的手,非常专注地看着他,柔声说道:"明峰,答应我,千万别把今天的话告诉他。就算是为了爸的身体,好吗?"

许明峰看着赵岚,心里忽然就有些软了。他迟疑了一下,极不情愿地点点头,缓缓说道:"好,岚岚,我答应你就是了。"

听到这里,赵岚总算是松了一口气。这时,她想起了什么事情,忙说:"明峰,我爸的药已经没了,可是我们明天买药,却……"

许明峰见状,紧握着她的手,轻轻说道:"岚岚,你别担心。这样,明天咱们出去想想办法吧。"

"明峰,你不会又想去摆地摊吧?"赵岚听到这里,脸上多了几分忧虑。

"不,我有别的办法。不过,岚岚,明天我要你配合我一下。"许明峰神秘地一笑,却也不多说什么。

次日一早,许明峰骑着自行车,早早地就出门了。

骑了有三十多分钟后,许明峰来到了一个酒店的门口。

他仔细打量了一番这酒店,小声说道:"嗯,就是这里了。"

前天,他来这里的时候,无意间看到有一队从美国过来的旅游团,下榻在这里。

许明峰本来也没在意,但昨晚上自从赵岚说了那些事情后,许明峰心里忽然就有了一个主意。

大约十分钟后,他就见一个导游带着一伙金发碧眼的外国人走了出来。

那导游嘴里叽里咕噜的,也不知道说的什么。不过,许明峰依稀听到了故宫、颐和园这些北京特有的风景名胜。看样子,这些老外也是特别仰慕中国古典文化的。

这么一想,许明峰心里就更加高兴了。

他迅速跑到导游跟前,很恭敬地问道:"导游先生,能跟你商量个事情吗?"

那导游不耐烦地看了看他,说:"你有什么事情,赶紧说,我要带人出游呢。"

许明峰忙说:"是这样的,你带的这一个旅游团,是不是对咱们中国的古典文化都特别的向往啊。"

"你问这个干什么？"那导游扫了一眼许明峰，一脸的不屑。

许明峰说："我是铜赵记景泰蓝工艺作坊的。说起来，我们也是老北京传统的手工艺了，有着非常悠久的历史。你看这样可好，你带队去我们工艺作坊，我们作坊免费给你们参观。"

那导游闻言，眼睛里闪过了一抹光："小子，你还挺有商业眼光啊。怎么着，我看这免费是有条件的吧。"

许明峰笑了笑，忙说："是这样，导游先生。届时，我们会推荐大家去购买我们的珐琅器。"

导游听到这里，不免大笑了一声："你想得倒是挺好的，不过我帮你这么大的忙，我能得到什么好处呢？"

许明峰早就想到了这些，忙说："导游先生，到时候我们肯定少不了你的好处。"

"这样吧，小子，咱们也明人不说暗话。"那导游瞥了一眼许明峰，很直接地说，"你们卖的珐琅器，我要抽百分之五十的佣金。"

"什……什么？百分之五十。"许明峰听到这里，有些迟疑了，"导游先生，你是不是有些太过分了。事实上，我们这些珐琅器都是纯手工打造，这利润方面本来就很薄。"

"那你还跟我说什么呢？"导游听到这里，陡然间脸色大变，不客气地将许明峰给推开了，冷冰冰地说道："好狗不挡道，别妨碍我带队。"

那一刻，许明峰忽然就怒了。他紧紧攥着拳头，一股怒火涌上心头。

如今的北京城，变得越来越繁荣，有钱人越来越多。而在这些有钱人眼中，处在社会底层的穷人就成了他们鄙夷的对象。

只不过他们却忘了，曾经他们也是小老百姓。

许明峰吃多少苦，他都不怕。但是，这种对他人格上的侮辱，却令他难以忍受。

他死死地盯着那个导游，尽力地克制心中那股怒火。他知道这个时候绝对不能轻易发火。否则，事情闹大了，自己也脱不了身。而师父和赵岚还等着他呢。毕竟，他现在是铜赵记唯一的靠山了。

第二十七章　后台的帮助

"你看什么看，你个土包子，不服气吗？哼，我告诉你，我就是揍你一顿，那你也是活该。"那导游气焰颇为嚣张，扫了一眼许明峰，故意晃了晃拳头。他以为，眼前这个土里土气的人，估计要被他震慑住了。

不过，许明峰却始终淡定自若，完全没被他唬住。

导游见状，倒是有些下不来台了。他冲许明峰大声喝道："你聋了是不是，我让你赶紧给我滚，听不到吗？信不信，我现在就叫警察来。"

"叫警察来又怎么了，警察是专门服务你这种社会败类的吗？"冷不丁地，酒店门口传出一个高亢的声音。

许明峰一看，没想到是李明丽。他有些吃惊地道："明丽，你……你怎么来了？"

李明丽走到他跟前，轻笑一声说："明峰，我和我哥就在附近。看到这里发生的事，就赶过来了。"

那导游打量了一番李明丽，轻蔑地说道："你谁啊？口气不小啊。哼，你就算叫你哥来，又能怎么样？"

李明丽微微一笑，说："我叫李明丽，我哥叫李明飞。不过，我不用叫我哥来，对付你也足够了。"

"啊，你们……你们难道是双明集团的……"那导游听到这里，陡然间脸色大变。

李明丽轻哼了一声，淡淡地说道："算你还有点眼力，立刻给这位先生道歉。"

那导游闻言，也是二话不说，赶紧给许明峰道歉。他不得不道歉，否则他的饭碗可就不保了。要知道，双明集团涉足多个项目投资。而国内最早的海外旅游项目，就是双明集团最先开发的。在业内，那也是无人不知无人不晓的。这导游又不傻，他们旅行社和双明集团有合作关系。他可不想因此得罪他们，而让自己丢了饭碗。

许明峰看了一眼那导游，缓缓说道："你不用跟我道歉，你该道歉的，是中国无数像我这样的穷人。套用你刚才的话,麻烦你以后睁开眼睛看清楚,千万别狗眼看人低。我们中国现在的确还有很多的穷人,但我们也有尊严,和你们这些所谓的有钱人是一样的。"

那导游忙不迭地点头,半句话都不敢多说。

许明峰也不想为难他,当下就叫他走了。

本来他想即刻和李明丽告辞的,可是,却被李明丽给拦住了。

"明峰,你们刚才说的话,我都听到了。看来,你们现在真的遇上了很大的麻烦。"

许明峰不自然地笑了笑,轻轻说道:"明丽,我们的事情我自己可以解决的。"

"明峰,这都什么时候了,你怎么还嘴硬呢。"李明丽看了他一眼,颇为无奈地摇摇头,"难道,你师父的病情还能耽误吗?我想,他现在都没药可吃了吧。"

"这……"许明峰听到这里,迟疑了起来。

李明丽走上前来,看了看他说:"明峰,不如这样吧。你把你们那里的珐琅器都交给我,我来帮你卖掉。"

"不行,明丽。"许明峰闻言,连忙拒绝,"你之前已经帮了我们好多,我不想一再请你帮忙。你们也是生产珐琅器的,这对你们公司的声誉不好。而且这事情如果让你哥知道了,那就太……"

李明丽听到这里,淡然一笑,说道:"明峰,看来你还挺会为我着想。要不然这样,我认识好多旅行社。我让他们帮着你推销一下这些珐琅器。你们这些纯手工的工艺品,他们一定会喜欢的。"

"嗯,明丽,那我先谢谢你了。"许明峰听到这里,赶紧说道,"不过,你放心。你的人情,以后我一定会还的。"

"明峰,你为什么还不明白呢?我做这些根本不需要你还我什么。"李明丽说着,上前来紧紧握着许明峰的手,认真地说道。

从对方的眼神里,许明峰感受到了一股浓浓的情意。当然,他又不是冷血动物,怎么会不知道。可是,他却不能接受这份感情。

许明峰不知道该说什么,他只能报以微笑。

于是,在李明丽的帮助下,许明峰很快卖掉了铜赵记的不少珐琅器。而且他也瞒过了赵兴成,没有引起他的怀疑。

可是,看着赵兴成没日没夜,像是走火入魔一般地围着那工作台转,他心里非常难受。而之前对赵岚所说的那一番话,许明峰更是犹豫着是不是要对赵兴成说。

经过李明丽的帮忙,铜赵记不仅销售掉了大批库存的珐琅器。甚至还因为外面的需求，进而继续开工运转。这个原本已经死气沉沉，几乎要树倒猢狲散的铜赵记，瞬间多了几分生机来。

而那些几乎扛不住，纷纷要离开的几个工匠师傅，也在这时留了下来。

这一日，李明飞正在办公室里打电话，忽然就见沈玉坤急匆匆地赶了过来。

李明飞看他的脸色很难看，心里担心是不是工厂那边出了什么事情。

自从让沈玉坤担任总设计师后，他们工厂制作出来的珐琅器质量上乘，而且有着一种手工艺品的质感。在同类商品中，一直是佼佼者。自然，这也让李明飞赚得盆满钵满。

现在，他对沈玉坤也是待如上宾。见他过来，迅速就结束了那个电话。他站起身，亲自上前迎接，笑眯眯地说道："玉坤，你的脸色怎么那么难看，是不是出什么事情了？"

"是出了事情，而且还和你有莫大的关系。"沈玉坤异常生气，狠狠地拍了一下桌子。

虽说李明飞是他的老板，可是他在李明飞面前，如今也是非常放肆。

李明飞对此并不在意，缓缓问道："到底出了什么事情？"说着，掏出一根烟，递给了他。

沈玉坤倒也不客气，迅速点燃了，狠狠地抽了一口："李董，不知道你听说了没有，而今铜赵记恢复了生机，而且运转得非常好。有两个客户，本来都打算订购我们的商品。可是他们临时改变主意，突然去找铜赵记了。"

"什么，居然有这种事情？"李明飞听到这里，吃了一惊，有些意外地问道，"不可能的啊，玉坤，咱们的客户可都是很忠诚的。一般而言，他们也不会轻易改变的。"

"你说得没错，他们的确是不会轻易改变。"沈玉坤愤愤地说道，"那是因为某个人影响了他们，让他们改变了主意。"

"某个人？"李明飞闻言，皱了一下眉头，有些不满地说，"玉坤，你少给我阴阳怪气的。你就明说，这人到底是谁？"

"你妹妹，李明丽。"沈玉坤一字一顿地说道，"李董啊李董，明丽还真是让我刮目相看啊。都这么久了，居然还对人家明峰不死心。为了帮他，居然将自家的客户都介绍给他。今天，我可是大开眼界了。"

"岂有此理。"李明飞闻言，气不打一处来，狠狠地将手里的烟头扔到了地上。他看了一眼沈玉坤，说道："玉坤，这样，你先等着，我会给你一个交代的。"说着，就气呼呼地出去了。

此时，李明丽刚从外面购物回来。她提着一堆东西来到酒店，忽然听到有人喊她。一转头，却见休息区的沙发上，李明飞正坐在那里。

第二十七章　后台的帮助　/　165

李明丽愣了一下，随即走了过来。

她在李明飞旁边坐下，看了看他，有些好奇地问道："哥，你怎么来了？这个时候，你不应该正在公司里忙吗？"

李明飞端着桌子上的咖啡喝了一口，冷哼了一声，缓缓说道："明丽，有人背后给我捅刀子，你说我还能在公司里忙吗？别到时候，我都被人家给卖了，却还帮人家数钞票呢。"

李明丽是个明白人，她一下就听出来李明飞话里有话了。而且这话还是针对她的。

她轻哼了一声，说道："哥，你有话就直说，别拐弯抹角的。咱们兄妹俩，什么时候居然要这样说话了。"

"什么时候？就是从你认识许明峰之后。"李明飞生气地说道，"明丽，自从你认识了许明峰之后，我发现你就越来越不像自己了。你的胳膊肘总是向外拐。现在，居然还干出将我们的客户介绍给他的事。你这么做，真是太让我寒心了。"

"这……"李明丽听到这里，迟疑了一下，说道，"哥，你都知道了？"

"明丽，你这么做，究竟值不值得呢？"李明飞紧紧盯着她，说道，"不是当哥的说你，那个许明峰的心思根本就不在你身上，你这么为他付出，值得吗？"

"哥，你别说了。"李明丽低着头，神色变得复杂起来。

"哼，我不说。"李明飞摇摇头，缓缓说，"明丽，你听哥一句话吧。不要在无谓的人身上浪费你的感情了，好吗？你的人生路还那么长，你的选择还有很多呢。而且，玉坤这个人我觉得也挺不错的，你看他如今发展得多好。为什么你就不能好好考虑一下他呢？"

"好了，哥。从现在起，我不会再插手你的那些事情了。"李明丽这时站了起来，忽然态度很坚决地说，"但是，你也别想说服我看上沈玉坤。这个人，我从一开始就很讨厌。"说着她就走了。

"你……"李明飞看着李明丽的背影，着实气得不行。他无奈地叹了一口气，摇摇头说："真是女大不中留啊，明丽，你这么执迷不悟，到头来是要栽跟头的。"

这时候，李明飞对许明峰更多了几分憎恶。他甚至觉得，自己妹妹变成这样，许明峰就是罪魁祸首。

连日来，赵兴成一直待在作坊工作间里，根本没出来。

但这天中午，他忽然打开了门，拄着拐杖，从里面出来了。

将近两个月，他今天是头一次大白天从里面走了出来。

不过，他整个人却仿佛苍老了许多。因为病魔的折磨，整个人瘦了一大圈，形容枯槁。

他颤巍巍地走着，每一步都非常费劲。

此时，外面大家都在忙着，这时看到他出来，纷纷停下了手里的活计，目光齐刷刷地落在了他的身上。

赵岚这时也和许明峰刚从外面回来，看到赵兴成，他们迅速跑了过来。

可是，看到父亲这近乎脱相的样子，赵岚心如刀绞。一瞬间，她泪如泉涌。她迅速上前，紧紧搀扶着赵兴成，失声说道："爸，您怎么出来了？"

赵兴成看了看她，用非常低的声音说道："岚岚，我就是出来看看。听说咱们作坊又复工了，是不是接了很多订单啊？"

赵岚点点头，转头看了一眼许明峰，忙说："爸，这都是明峰的功劳。"

赵兴成听到这里，目光落在了许明峰身上。他缓缓伸出手，忽然紧紧攥住了许明峰的胳膊，轻轻说道："明峰，这段时间辛苦你了。看来，以后铜赵记交给你打理，师父可以瞑目了。"

"师父，您千万别这么说。"许明峰忙说，"我只不过是做了一点分内的事情。而关键的事情，还要靠师父您呢。所以，师父您一定要好好养身体。将来我们铜赵记要靠您领导呢。"

赵兴成听到这里，微微摇摇头，脸上露出一种无比淡然的神情："明峰，师父的身体师父是知道的，我恐怕陪你们走不了多久了。以后的日子，就要靠你们自己了。"

"爸，您不要这么说好不好。"这时，赵岚忽然掩面抽泣起来了。

"好了，不说了。"赵兴成笑了笑，轻轻说道，"岚岚，今天中午给大家都放假吧。我们一起去吃铜火锅涮羊肉吧。"

"好的，爸。"赵岚想都没想，立刻答应了父亲的要求。她很清楚，这火锅对父亲而言，可是吃一顿少一顿了。

这是这么久以来，赵兴成第一次走出来，看着外面日新月异，他脸上的表情一直很复杂。

当他走到一个十字路口，看到一栋刚刚投入运营的酒店时，赵兴成的眼角忽然湿润了。

许明峰见状，忙问道："师父，您怎么了？"

赵兴成回过神来，看了看许明峰，缓缓说道："明峰，你看到没有。这个地方，曾经是个釉料批发市场。"

"师父，我知道。从前，您经常带着我和师兄、岚岚一起来这里辨认釉料。"许明峰说道。

"唉，可惜啊。"赵兴成说了一句意味深长的话，长长地叹了一口气。

"爸，您也别难过了。"赵岚轻轻宽慰说，"如今时代在变化。您看看，我们周边这些地方，很多传统的老字号、手工艺作坊都纷纷倒闭了。而现在，都盖成了酒店、住宅楼。"

"也就是说，我们这些传承了几百年的手艺活儿，要被时代给抛弃了，对吗？"赵兴成听到这里，脸上更是多了一层伤感。

"爸，我不是这个意思。"赵岚没想到，自己无意中说的话，却触动了赵兴成敏感的神经。

"没什么，也许，这就是我们的宿命吧。"赵兴成说着，撇开了赵岚的手，缓缓朝前面走去。

"爸……"赵岚看着他形销骨立的身影，心里更是无比难受。

她刚想要去追，却被许明峰给拦住了。他看了一眼赵岚，摇摇头说道："岚岚，别追了，让师父一个人静静吧。"

赵岚闻言，点了点头，心里一阵难受，忽然扑到许明峰的怀里，哭了起来。

"来，老伙计们，今天这杯酒我敬诸位。"包厢里，赵兴成努力撑着身子站了起来，颤巍巍地端着一杯酒，看了看诸位工匠师傅，缓缓说道。

许明峰见状，连忙说："师父，您现在不能喝酒，要不然我来替您喝吧。"

"不用了，明峰，我自己来。"赵兴成拒绝了他，却很认真地说，"这杯酒，是我以铜赵记把式的身份，向诸位工匠师傅敬的，谁都不能代替。"

此时，大家纷纷举起了酒杯。不过，脸上都多了几分伤感。其实，大家都知道赵兴成时日不多了。于是，整个包厢里都被一种浓郁的伤感氛围笼罩着。

"大家怎么都这副表情，来，都高兴点。我这杯酒，感谢大家这么多年来，对我们铜赵记的不离不弃，一直坚守在这里。我赵兴成代表我们赵家的列祖列宗，感谢诸位为我们铜赵记所做的贡献。"赵兴成说着，将酒一口喝了。

不过，那些工匠师傅们却都没喝。每个人的脸上，都流淌着明晃晃的泪花儿。

赵岚更是泣不成声，她低着头，不敢去看自己的父亲。

"都高兴起来，别这么一副表情。俗话说得好，天下没有不散的筵席。今天这顿酒，就算我提前请大家喝的辞别酒了。我想，以后我怕是没机会了。"赵兴成说着，然后又倒了一杯，说，"这第二杯酒，请求诸位，在我死后，一定要好好地帮助和支持明峰。虽然他还很年轻，可我相信，他会是个好把式。"

"师父，您……"许明峰见状，慌忙站了起来。

赵兴成看了他一眼，一摆手说："明峰，你还傻愣着干什么。赶紧给大家敬酒。"

第二十八章　师兄弟的分别

许明峰应了一声，随即端着酒，逐一给诸位工匠师傅敬酒。酒宴结束后，许明峰和赵岚搀扶着赵兴成从火锅店里出来，他们正准备离开时，却见门口忽然停下来几辆高档的轿车。

紧接着，就见李明飞、李明丽，以及沈玉坤和几个金发碧眼的外国人依次从车子里钻了出来。

这一幕，让双方的人都看得有些傻眼。

尤其是赵兴成，看到沈玉坤后脸色变得非常难看。他的呼吸越来越急促，挂着拐杖的手，一直都在颤抖。

而沈玉坤，像是呆住了一样。

不过，很快他就回过神来，快步走上前来。

算起来，已经有好长一段时间没看到赵兴成了。虽然和赵兴成之间闹了很大的矛盾。可是，在沈玉坤的眼里，他毕竟是自己的师父，是从小将他养大的人。在他的内心深处，师父其实和自己的父亲没什么区别。

可是，他没想到，再次见到师父，他却像是换了一个人。整个人病恹恹的，似乎随时都有突然死掉的可能。

那一刻，沈玉坤的心忽然揪住了。他上前来，紧紧抓着赵兴成的手，哭泣道："师父，您……您这是怎么了。我们才多长时间没见，您怎么变成这样了？"

赵兴成用力地撇开了他的手，气呼呼地说道："沈玉坤，你不要叫我师父，咱们师徒恩情彻底断绝。以后你走你的阳关道，我过我的独木桥。"

"不，师父，我是您的徒弟啊。"沈玉坤听到这里，更是难受。他回头看向许明峰和赵岚，带着责问的口气说道："岚岚、明峰，到底出了什么事情？师父为什么突然变成了这般模样，告诉我，你们是怎么照顾师父的！"

赵岚擦了擦眼泪，看着他，非常生气地说："玉坤哥，你还有脸问这种话。你知不知道，我爸得了肺癌，而且已经晚期了。本来，他还可以活得好好的，可是就因为你加入了双明公司，把他给气成这样了。"

"师父，对不起，都是徒儿不好。"沈玉坤听到这里，心里无比难受。

"走开，沈玉坤，我说过了，我和你师徒情分已经断绝。"赵兴成说着，拄着拐杖，在赵岚的搀扶下缓缓地朝前走去。

沈玉坤想要去追，却被许明峰拉住了："师兄，你还是先别去了。"

"许明峰，把师父交给你们照顾，你们就是这样照顾的吗？"沈玉坤心中憋着一团怒火，而他认为造成今天这种局面的始作俑者，就是许明峰。这时，眼见他过来劝慰，沈玉坤突然将气都撒他身上来了，立刻揪住了他的衣领，气恼地叫骂道。

"师兄，都是我没照顾好师父。是我的错，你打我骂我，我都没任何意见。"许明峰看了看沈玉坤，缓缓说道。

"你以为，我不敢动手吗？"沈玉坤说着，当即挥舞起拳头来。

眼瞅着，他几乎要打过来，这时李明丽忽然冲了上来。她一把抓住沈玉坤的手，狠狠地瞪了他一眼，冷哼了一声，说："沈玉坤，你有什么资格和脸面在这里教训明峰。"

"明丽，这是我们铜赵记内部的事情，和你没关系。"沈玉坤见李明丽又来帮许明峰说话，心里非常恼怒。

"哼，亏你还说你是铜赵记的人。"李明丽瞪着他说道，"你现在倒是过得逍遥快活，但你想过没有，你师父早早就被检查出得了肺癌。而那时候，你去哪里了？还不是明峰，他忍辱负重，独自撑起铜赵记，艰难地维持运转。你师父一家一度陷入窘境，几乎连买药的钱都没有，你又去哪里了？"

"什……什么？"沈玉坤听到这里，仿佛晴天霹雳一样。事实上，到现在为止，他也才刚知道赵兴成得了绝症的事情。他缓缓地转过头，看向了站在远处的李明飞，沉声说道："明丽，你和你哥是不是早都知道了？"

李明丽没说话，只是担心地看着许明峰。

沈玉坤那一刻心里怒火万丈，他狠狠地瞪了一眼李明飞。

"明峰，师父出了这么大的事情，为什么你不来找我帮忙。"

"师兄，你觉得，师父如果知道我去找你，他还肯接受你的帮助吗？"许明峰苦笑了一下，缓缓说道。

沈玉坤想了一下，说："明峰，这样，明天你安排师父去市里最好的医院。钱的事你不用操心，一切有我。这卡里有二十万，你先拿着，密码是师父的生日。"

这时，沈玉坤掏出一张银行卡，递给了许明峰。

但许明峰只是看了一眼银行卡，根本没有接："师兄，这卡我不能要。让师父知道，他一定会更生气，病情会加重。"

"明峰，你怎么这么死脑筋，难道不能不告诉他吗？"沈玉坤瞪了一眼他，气恼地说道。

"师兄，你怎么还不明白。师父的病已经无药可救了，他现在唯一的愿望，就是希望在死之前将失传的龙鳞光工艺重新恢复。还有你上次加入双明公司的事情，也是深深伤了他的心。如果你真有心的话，我觉得你还是亲自去看望他。只要你真诚道歉，我相信，师父一定会原谅你的。"

"这……这个……"听到这里，沈玉坤迟疑了。他有些犹豫不决："明峰，我……我不知道我能不能去。我害怕……我害怕师父他老人家……"

"师兄，你又没尝试，怎么会知道呢？"许明峰看了看他，缓缓说道。

"不要说了。"沈玉坤打断了他的话，"让我好好想想。但是，这段时间，你们好好照顾师父。"

说着，沈玉坤转身来到李明飞跟前，不知说了一句什么，当即就走了。

但那一刻，李明飞的脸色变得非常难看。

李明飞这时带着那些外国人走了过来，经过许明峰身边的时候，看了他一眼，甚至连多余的话都没说。

本来，他是想叫着李明丽一起进去的。不过李明丽没有搭理他，他只好作罢。

许明峰眼见赵兴成他们渐渐走远，看了看李明丽，慌忙说道："明丽，我先走了。"

"明峰，你先别着急。"李明丽看了他一眼，连忙说，"我其实，是有个事情想和你说一下。"

"什么事情，你说吧。"许明峰此时还不知道，接下来发生的事情会对他日后造成多大的影响。

李明丽皱了一下眉头，迟疑了一下方才说："明峰，首先，我要跟你说一声对不起。那个，我给你介绍的那些客户，恐怕……恐怕……"

李明丽后面的话没说完，可是意思许明峰却再明白不过了。他笑了一下，轻轻说道："明丽，你千万别这么说。事实上，你帮了我这么多。如果真要说对不起，那也是我对你说。说实话，我一直不知道该如何偿还你的人情。"

"明峰，我对你做的这些，从来没想要你偿还什么。这是我心甘情愿去做的，你别

第二十八章　师兄弟的分别 / 171

多想了。"李明丽看了看许明峰，柔声说道。

许明峰微微点点头，看了看她说道："明丽，不管如何，我还是要对你说一声谢谢。我得先回去了，否则岚岚和我师父要担心了。"

李明丽听到这些话，心里一阵阵的难受。这时候，她忽然明白了什么。

忽然间，她眼角噙满了泪水。她看着眼前这个自己苦恋了这么多年的男人，心绪复杂。她情不自禁地探手过来，摸向许明峰的脸颊。

许明峰有些意外，赶紧闪躲开了，吃惊地说道："明丽，你这是干什么？"

李明丽恍然回过神来，意识到自己失态了。她深吸了一口气，说："明峰，你能抱一下我吗？"

"明丽，你说什么？"许明峰吃了一惊，有些不敢相信地看着李明丽，一度还以为自己听错了。

李明丽忙解释说："明峰，你别误会。我没别的想法，只是想要你抱一下我。"

"这，好吧。"许明峰犹豫了一下，但还是张开双臂，轻轻地将李明丽搂入怀中。

李明丽此时心中感慨万千。可是，她知道这是最后一次了。

和许明峰分开后，李明丽看了看他，然后掏出一枚玉石戒指，递给了他。

许明峰有些意外，愣愣地看着她："明丽，你这是什么意思？"

李明丽说："明峰，这两天我就要走了。也许以后都不会回来了。不过，如果再回来，我想你和赵岚一定结婚了。我没什么可以送的，就送你们一个戒指吧，就当我随礼了。"

"明丽，这太贵重了，我不能收。"许明峰看了一眼那枚戒指，慌忙拒绝。

"不，明峰，你收着吧。"李明丽将戒指放到了他手上，然后掩面跑开了。

看着李明丽的背影，许明峰心潮起伏。许久，他方才轻轻说了一句："明丽，希望你以后能幸福。"说着就走了。

来到包厢里，李明丽迅速收拾了一下心情，然后笑着给众人道歉。

在李明飞身边坐下后，她倒了一杯酒自顾自地喝着。

李明飞凑了过来，瞥了她一眼，小声说道："明丽，你和许明峰解释清楚了吧，这小子没生气吧。"

"没有，哥，他根本就不是你想的那种人。"李明丽转头看了他一眼，淡淡地说道，"还有，麻烦你给我订一张明天回香港的机票。"

李明飞闻言，吃了一惊，诧异地问道："怎么了，明丽，你这是打算回去吗？"

李明丽点点头，看了看他，幽幽地说道："不然呢，我还待在这里有什么意思。我想回香港好好休养一段时间。另外我会听你的话，尽快忘记许明峰，重新开始新的生活。"

"好好，明丽。"李明飞听到这里，欣喜不已，"我的好妹妹，你总算想通了。来，这杯酒我敬你，祝贺你脱离苦海。"

李明丽苦涩地笑了笑，心说，脱离苦海？现在算是脱离苦海了吗？回到香港，那会不会是一个新的苦海呢？

许明峰回到铜赵记的时候，那些工匠师傅们都陆陆续续地回去了。

此时，他刚来到赵兴成的房门口，就见赵岚从里面走了出来。

她看了看许明峰，做了一个"嘘"的手势，悄悄说道："明峰，走，去那边，我爸刚睡着。"

许明峰点点头，当即就和赵岚去别的地方了。

此时，两个人来到了作坊外面。在一处刚刚被推平的作坊废墟上，赵岚找了个地方坐下来，许明峰见状，也坐在了旁边。

此时，皓月当空。不远处，是灯火通明繁华的商业街，以及还在日夜不息地施工的建筑工地。

所以，这明月之下，却没有该有的静谧，反而多了几分不该有的喧闹。

赵岚抬头看了一眼明月，轻轻说道："明峰，你知道吗？小时候，只要外面繁星满天，我就喜欢坐在外面发呆。可是，现在的月亮越来越淡了，天上的星星也越来越少了。取而代之的是那城市里的霓虹灯。"

许明峰叹了一口气，伸手轻轻搂着她，缓缓说道："岚岚，这就是时代的进步啊。你看，现在咱们作坊里连一部电话机都没装上呢，我听说好多人都流行用什么计算机了。"

"计算机，那是什么东西啊？"赵岚一脸困惑地看着他。

许明峰挠了挠头，摇摇头说："这个我也不太清楚。不过我听说是个和电视机一样的机器，但是它比人脑还聪明，能干好多事，火箭飞上天都要靠它。哦，对了，据说咱们珐琅器的设计，都可以利用它帮忙。"

"是吗？这么厉害啊！"赵岚的脸上也露出了不可思议的神色来，"不过，要是让我爸知道了，他肯定又说这洋玩意儿亵渎祖宗了。"

许明峰当然清楚这些，他没多说什么，只是摇了摇头。

赵岚忽然想起了什么，看着他说："明峰，我们走后，你和师兄都说什么了？"

许明峰倒也没怎么隐瞒，一五一十地将经过讲了一遍。

第二十八章　师兄弟的分别

赵岚听完，长叹了一口气，说："玉坤哥其实也不容易，只可惜，现在我爸根本不肯原谅他。"

许明峰说："不管如何，师父终究是师父。我相信，师父的心也是肉长的。如果师兄能够诚恳地来给师父认错道歉，他一定会原谅他的。"

"难，我看玉坤哥很难来的。"赵岚说到这里，忽然转头看了他一眼，似乎想起了什么，说道，"明峰，我问你个事情。你和李明丽有没有说什么啊？"

"我们？我们也没说什么，就是随便打了一下招呼而已。"许明峰担心赵岚多想，赶紧解释。

"好了，明峰，你也别隐瞒我了。其实，我早就知道了，你的那些客户都是李明丽帮忙介绍的。"赵岚淡淡地说道。

"啊，岚岚，你什么时候知道的？"听到这里，许明峰睁大了眼睛，惊愕地看着她，满是不敢相信的眼神。

"你以为这能瞒过我，我是干什么的。"赵岚说着，挑了挑眉头，脸上露出几分得意的神色来。

许明峰微微点点头，也不隐瞒，就将事情原委说了一遍。然后，他取出了一枚戒指，递给了赵岚。

"岚岚，这是明丽硬要塞给我的。"

"哇，明峰，这可是蓝宝石啊。我听说，是非常昂贵的啊。"赵岚眨了眨眼睛，惊讶地说道。

许明峰说："我不肯收，可是她执意要给我。"

赵岚这时说："明峰，既然人家送给我们这么贵重的一个礼物，那我们也不能空手接，咱们得回礼。这样，你才能心安。"

"你的意思是？"许明峰愣了一下，一脸困惑地看着赵岚。

赵岚凑到许明峰面前，咧嘴一笑说："傻啊，你可以打造一副珐琅器镯子送给她啊。明峰，凭你的手艺，想要打造一副工艺精美的镯子，这肯定不是难事吧？"

"对啊，我怎么没想到呢。"许明峰当即就要起身，"我这就去设计，这一次咱们一定要给她一件贵重的回礼。"

"傻瓜，我又没让你现在过去。"赵岚拉住了他，笑着说，"明天再去做，也来得及。现在，你先陪我看月亮吧。"

许明峰笑了笑，虽说是坐下来了，可心里却已经开始惦记着如何设计手镯了。

晚上，等赵岚入睡之后，许明峰就开始着手设计工作了。

他一直忙活到天微微明的时候，终于制作出了一副手镯。

这两个手镯造型非常精美，一只手镯是两只比翼鸟相互交颈的形态，而另一只手镯，是连理枝并在一起的形态。

昨晚，许明峰有感而发，忽然想起了白居易《长恨歌》里的一句诗词："在天愿作比翼鸟，在地愿为连理枝。"他就以此为设计核心，设计并制作了这一副手镯。

当然，许明峰的出发点，是祝愿李明丽能够找到自己的归宿。

他也顾不上休息，随即进行了包装。随后，就立刻去李明丽下榻的酒店了。

等到他火急火燎赶到的时候，却见房间里人去房空。此时，只有一个服务员在收拾房间。

许明峰愣住了，慌忙问那女服务员。女服务员告诉他，李明丽一早就去飞机场了。

那一刻，许明峰心里忽然有一种落寞感。

第二十九章　李明飞的小算盘

　　他不知道自己是怎么从这个酒店里走出来的，就在要离开的时候，李明飞却迎面走了过来。

　　看到许明峰，他脸色瞬间变得非常难看，冷冷地问道："许明峰，你还来干什么？我妹妹已经走了，你以后再也不用担心有人来纠缠你了。"

　　许明峰闻言，心里也非常不舒服。他看了看李明飞，说："李老板，我只是想来送一下明丽。毕竟她帮了我那么多。"

　　"哼，你还知道她帮了你那么多。许明峰，你还真是够有良心的。我妹妹对你那么好，换来的就是你这么无情无义的对待吗？"李明飞心里本来窝着一股火呢，这时候，总算可以发泄出来了。

　　许明峰微微低下头，愧疚地说道："李老板，你怎么说都行，是我对不起明丽。所以，我本来想今天送她一样东西，也算临别赠物了。"

　　李明飞瞥了他一眼，心说，你一个穷酸小子，还能送什么。再说了，我们家明丽什么没见过。你送的东西，她也未必看得上呢。

　　"用不着你这么假惺惺的。"

　　"不，李老板。请你帮个忙，麻烦将这个东西交给明丽。"许明峰说着，迅速将那包装精美的盒子拿了出来，塞给了李明飞，转身就走了。

　　李明飞想去叫他，可是发现对方已经走远了。他拿起手里那盒子扫了一眼，一边打开，一边自言自语道："你小子能送什么，我倒挺好奇。"

　　不过，在打开的瞬间，他登时有些傻眼了。

　　他用力揉了揉眼睛，欣喜不已地说道："这副手镯真是太精美了。"

　　李明飞如获至宝一般，小心翼翼地将两个手镯取了出来，拿在手上把玩着。他发现，这个珐琅器的手镯不仅造型非常精美，上面的纹饰也栩栩如生。上面的釉色，更是瑰丽。那样的颜色，不仅鲜艳，还带着几分通透感，仿佛透明的一般。

李明飞这时想到了什么，赶紧跑了出去。可是，等他出来的时候，哪里还有许明峰的身影呢。

"这小子的手艺，真是太了得了。"李明飞抑制不住内心的狂喜和兴奋，轻轻说着。他忽然想到了什么，随即快步回到酒店。

二十多分钟后，沈玉坤来到了李明飞的办公室。

他一进来，就显得很不耐烦地说："李董，你找我有什么事情。没看到我特别忙吗？"

李明飞发现，经过昨晚的事，沈玉坤似乎更加傲慢了，完全不将自己这老板放在眼里。

不过，这时他尽力克制住内心的愤怒，看了看他，缓缓说道："玉坤，你还能忙什么呢，不过是一些无关紧要的事情。"

"你说什么，我忙的事情无关紧要？"沈玉坤听到这里，顿时火大起来。他一直压制着心里的怒火，总算找到个机会，要发泄出来了。

李明飞瞥了他一眼，不慌不忙地说："玉坤，你先别着急。我给你看样东西，你要是能制作出这个，以后你就是天天冲我发火，我都不会生气的。"

说着，将那盒子扔在了桌子上。

"什么东西，神神秘秘的。"沈玉坤看了他一眼，疑惑地拿起盒子，然后打开了。

不过，下一秒，他震惊地看着盒子里那一副精美无比的手镯，有那么几秒钟甚至完全愣住了。

"这……这副手镯是谁做出来的？"

"你先别问这个，我就问你，以你的专业眼光看看，这个手镯的工艺在眼下市面上，算不算一流的。"

"当然算一流的了。"沈玉坤不假思索地说道，"李董，你看到没有。这个手镯的造型取自白居易的《长恨歌》里的一句诗：'在天愿作比翼鸟，在地愿为连理枝。'寓意上，就非常好。其次，这整个造型，无论是铜胎，还是上面的掐丝、镀金，简直是完美。尤其是这上面的釉料，我从没见过烧制得这么漂亮的釉料。通透无比，透着一种玉石的温润，真是太……"

"玉坤，好了，你别说了，我知道了。"李明飞眼见他越说越兴奋，就打断了他的话，看了他一眼，说，"我现在就想问你一个问题，这样的工艺水准，你能达到吗？"

"这个，李董，你也太会开玩笑了。我不行，这样的工艺水准，我看没个三四十年的造诣，恐怕是达不到的。放眼整个四九城，我看也没几个。就算是我师父，都未必能制作得出来。"沈玉坤闻言，看了他一眼，连忙说道。

第二十九章　李明飞的小算盘　/　177

"是吗，那我恐怕要让你失望了。"李明飞闻言，淡淡地说道，"你还不知道吧，这是许明峰制作的，是要送给明丽的。"

"什么？明峰制作出来的。"沈玉坤听到这里，愣了一下。

"怎么，感觉很不可思议吧？"李明飞看了看他，带着讽刺的口气说道。

"不，我也没感觉多不可思议。只是我很震惊，明峰如今的手艺竟然这么高了，太让人刮目相看了。"沈玉坤这时倒是一脸淡然，似乎也并不是太过意外。

这一点，还是让李明飞深感疑惑的。他皱了皱眉头，看了看他说："玉坤，看来你丝毫不震惊啊。怎么样，你也想想办法，制作出一批这样水准的珐琅器如何？"

"对不起，我做不到。"沈玉坤一口回绝了他。

"什么，你做不到？玉坤，你可不能说做不到，为什么许明峰能做到，你做不到。"李明飞越说越激动。

"那是因为他叫许明峰，你懂不懂？"沈玉坤反驳的话，也说得铿锵有力。

李明飞有些迷惑了，愣愣地看着他："你这话是什么意思？"

沈玉坤略一沉思，说："李董，我这个师弟从小就在珐琅器制作上拥有独特的天赋。十一二岁的时候，他就可以制作出让我师父刮目相看的珐琅器。而当年，我们铜赵记和京铜记之间的一场码事儿，他临场发挥，制作出的一枚戒指，其工艺水准让在场的每个人都佩服得五体投地。这是老天爷赏饭，我根本不能和他比。"

"哼，沈玉坤，看来，你总算承认和你师弟之间的差距了。"李明飞说着，掏出了一根烟，然后自顾自地点上了。

沈玉坤见状，嘴角一撇，凑到他面前，看了他一眼说："李董，你这话什么意思？怎么着，是想炒了我吗？"

"你说呢？"李明飞也是不置可否，抽了一口烟，狠狠地朝他吐了一口。

"好，没关系。李董，我就等你这句话了。这样，我等会儿就去财务结算工钱，咱们后会有期。"沈玉坤说着，转身就出去了。

其实，从昨晚离开的那一刻起，沈玉坤就已经暗暗做好了打算。他要离开李明飞，自己单干。

本来，他还寻思着要如何开口呢。结果，现在李明飞送给自己个机会，他也就坡下驴了。

"你……你……"看着沈玉坤离开的背影，李明飞气得抓着那手镯，差点扔了出去。

但是，下一秒，他忽然意识到了什么。随即，将那手镯拿在手里仔细端详着。

很快，他脸上就浮现出一个意味深长的笑来："沈玉坤，你别以为离了你，地球就不转了。我还要多谢你师弟的帮忙呢。"随即，他拿起大哥大，然后拨通了一个号码……

自从给李明飞送去后，许明峰一直对制作的那个玉镯记忆犹新。他其实也没想到，自己无意间又开创出一个新的工艺流派。

随后，他又烧制了一些相似的珐琅器给赵兴成看。

赵兴成自然也是赞不绝口，夸赞许明峰聪明能干。而且还给他这个工艺起了一个特别的名字。因为这烧制出来的珐琅器光泽通透而富于玉一般的光泽和温润感，于是就命名为"玉釉"。

这天晚上，赵兴成特意叫许明峰和赵岚到跟前，然后说："明天我们珐琅器工艺协会要举办一个座谈会，商讨我们这些传统工艺品将来的发展。明峰，你思想活跃，明天就和岚岚一起去吧。说不定还能学习一些经验。"

"爸，那怎么行呢。您身体现在很差，我还是在家里照顾您吧。"赵岚看了看他，担忧地说道。

"哎呀，你去吧，我没什么事情，能照顾得了自己。"赵兴成推辞了一下。

不过，赵岚仍然不放心。看着师父一再坚持让赵岚跟着自己去，许明峰想了一个折中的办法，让安建民来帮着照应他一下。

自从前天将最后一批订单做完后，铜赵记就又给那些工匠师傅们放了假。至于什么时候开工，却没任何消息。

许明峰提出的建议，很快得到了他们俩的首肯。

第二天一早，等安建民来了之后，两个人一起出发了。

不过，许明峰并不知道，他今天参会，会有怎么样的遭遇。

那个座谈会是在一个刚刚落成的酒店里举办的。许明峰听说，这次会议是一家新兴的企业赞助的。据说，这家企业一直有心振兴珐琅器手工艺。

许明峰载着赵岚，赶到那酒店。他这才发现，包括自己在内，有不少人都是骑着自行车来的。自行车停在这酒店的门口，和那些汽车相比，形成了非常巨大的落差。

赵岚下车后，目光就一直落在旁边的一辆黑色的桑塔纳上。

许明峰见状，有些好奇地问道："岚岚，你怎么了，发什么呆呢？"

赵岚回过神来，不自然地笑了笑，忙说没什么，说着就往前走去。

许明峰这时注意到了什么，他追上赵岚，凑上来说："岚岚，你相信我。总有一天，我也会让你坐上这种车子的。"

"明峰，我不在乎这些东西。"赵岚看了看他，轻轻说道，"其实，我就是想让我爸坐一次这种车子。"赵岚看了看他，轻轻一笑说道。

许明峰听到这里，说："岚岚，师父肯定不坐的。他的心思，你还不明白啊？"

赵岚看了他一眼，摇摇头，脸上露出几分无奈来。

赵岚这种表情，倒是让许明峰有些困惑了。

很快，他们就来到了会议室里。

两个人也是头一次来到这种高档的地方，对周围的一切都感觉很新鲜，时不时地东张西望。

当然，不仅他们，其他不少人都在东张西望，满脸都是好奇。

许明峰和赵岚找了位子坐下后，他正要跟赵岚合计一下今天要演讲的内容。

这时，忽然听到有人叫他，抬头一看，是梁艳。

梁艳打扮得非常花哨，一头披肩的烫发，一身低领的修身短裙，一双黑色的长筒靴，扑鼻迎来的香水味，让人不免有一种想掩鼻的冲动。

许明峰不仔细看，定然是认不出她的。

他慌忙站了起来，看了看她："梁艳，你怎么也来了？"

梁艳将那不知道擦了多少粉的白乎乎的脸凑了过来，说道："明峰，我知道你今天要来，特意赶过来的。"

"梁艳，看不出来你还真是有心啊。"一旁，赵岚颇为不满地说道。

赵岚的话，算是一语双关。

只不过，梁艳的心思都在许明峰的身上，她可没有工夫去细细咂摸这个。她甚至都没正眼瞧一眼赵岚。

"明峰，你上次答应说要帮我拍照片呢。这都拖了那么久了，你现在可不许赖账了，今天可要帮我啊。"梁艳说着，又靠近许明峰，一手轻轻地拉着他。

许明峰一慌，脸上露出不安的神色来。他迅速挣开梁艳的手，不自然地说道："那个，梁艳，我今天也没空啊，你也看到了，今天是有事情的。"

"你说这个座谈会吗，明峰，你瞧瞧，这参会的都是什么人，全部都是老古董一样。你真的要和这些人一起开会，那还不闷死啊。"梁艳说着，回头看了一眼那些人。

她倒是说了一句实话，这参会的人，的确都是些年过半百的人。而且他们的穿着，以及聊的话题，都显得沉闷不已。

赵岚轻哼了一声，走到了许明峰跟前，看了看梁艳说："梁艳，你以为我们都和你一样吗？哼，我们今天可是来开会的，不是来陪你逗闷子的。"

"赵岚，你说话最好客气点。哼，人家明峰还没说要娶你呢，你自作多情什么呢？"梁艳也轻哼了一声，很不服气地说道。

"你……"

"艳艳，你乱跑什么呢，赶紧回去坐着。"这时，就见梁博达走了过来。

相比于之前，梁博达那时候还是红光满面，一副人逢喜事精神爽的架势。可是，如今再看，许明峰却发现梁博达神色抑郁、眼神复杂，似乎蕴藏着无尽的愁绪一般。

梁艳嘟囔了一句，极不情愿地走了。

这时，梁博达走到许明峰面前，和他打了一声招呼，又问了一些赵兴成的近况。

许明峰一一作答，然后小声问道："梁把式，我看您脸色不太好，是不是最近遇到了什么事情啊？"

梁博达闻言，脸色更加难看了。他长叹了一口气，摇摇头说："唉，一言难尽啊。明峰，说实话，我当初真该听你师父的话。"

"究竟出什么事了？"许明峰听到这里，有些吃惊地看着他。

梁博达说："我一心想要搞商业化运营，对我们京铜记进行改革。可是，我们经验不足，频繁遭遇失败。后来，我们和李明飞的公司有合作。可是，这所谓的合作，居然要共享我们的很多工艺。当时我们也没怎么在意，但是最近……"

"最近怎么了，梁把式，您是不是发现被这个人给坑了呢？"赵岚看了看他，淡淡地说道。

"这……"梁博达闻言，也是无奈地点点头，长叹了一口气说，"唉，差不多就是这样。这李明飞居然把我们京铜记的很多工艺都申请了什么专利。"

"申请专利？"许明峰和赵岚一脸迷惑地看着他，一时没反应过来。

事实上，这个词，许明峰倒是听说过。据说，这好像是什么保护知识产权的。但具体是什么，他也不太了解。

梁博达说："他申请了专利，就是以后那些工艺我们都不能再用了，否则就是侵权，要吃官司的。如果我们想要用，就需要他们授权。可这授权费是天文数字。"

听到这里，赵岚忍不住骂了一句："李明飞这浑蛋，也太卑鄙了吧。"

许明峰无奈地叹了一口气，说："梁把式，这件事情我也不能帮您什么。"

梁博达忙说："不，明峰，你可以帮我的。你知不知道，我们京铜记现在所有祖传的工艺都被李明飞申请了专利。本来，我们京铜记的情况就不太好。如今还要被他讹上那么多授权费，那我们就只能等着倒闭了。可是，我们京铜记上上下下还有那么多工匠师傅，要等着我养活呢。我听说，你和李明飞的妹妹李明丽关系一直很好，要不然你就帮个忙……"

"梁把式，您也真会找人啊。对不起，这个忙我们可帮不上。"赵岚没听完，就打断了他，非常生气地说道。

第三十章　沈玉坤的伎俩

许明峰看了她一眼，赶紧解释说："梁把式，岚岚说话直，您别在意。不过，她的意思是，明丽已经离开北京去香港了。事实上，我现在也联系不上她。所以，只能对您说声抱歉。"

"是吗？"梁博达听到这里，顿时就像是泄了气的皮球，整个人都蔫了，"看样子，我们京铜记只能等着被收购了。"说着他默默转身，回到了自己的座位。

看到这一幕，许明峰的心里很不是滋味。他想了一下，说："不行，回头我找李明飞谈谈。"

赵岚看了看他，说："明峰，你找他谈能谈出个什么来。他这种人就是商人，唯利是图。人家从一开始和梁把式合作，就是设好了一个陷阱，等着他往里面跳呢。"

"可是……"许明峰说着，却还是有些扼腕。

赵岚轻轻抚了抚他的肩膀，柔声说道："明峰，算了，别想太多了。至少通过这个事情，我们是真正看清楚了李明飞的嘴脸。幸亏，当初我们禁得住诱惑，没和他有任何的合作。"

许明峰点点头，似乎想起了什么，看了看赵岚，有些不安地说道："岚岚，我们好像忘了，师兄还在他们的公司。"

"糟糕，我怎么把他给忘了。"听到这里，赵岚也拍了一下额头，露出一丝担忧来，"明峰，回头咱们得赶紧找他谈谈。我们得让他尽快离开李明飞，别到时候人家把他给卖了，他却还替对方数钱呢。"

有一句话叫，说曹操，曹操就到了。

就在这个当口，只见沈玉坤从外面进来了。西装革履，梳着个大背头。乍一看，倒还真有几分港台过来的老板气派。

他冲众人笑了一笑，摆摆手说道："大家都来了吧，那么，咱们这个座谈会就正式开始吧。"

赵岚和许明峰听到这里,却有些愣神了。两人对视了一眼,起身走了过来。

"玉坤哥,这个座谈会,难道是你举办的吗?"赵岚上前来,看到他问道。

沈玉坤看了一眼赵岚,咧嘴一笑说:"是啊,岚岚。我的目的,就是要重振我们老北京的这一门手工艺。"

"这……"赵岚说到这里,倒是有些迟疑了。她忍不住回头看了一眼许明峰,分明是问他什么意思。

许明峰想了一下,凑到沈玉坤跟前,小声说道:"师兄,咱们能借一步说话吗?"

沈玉坤点点头,随即引着他们来到了一个角落里。接着,他自己点上了一根烟,又递给许明峰一根。

赵岚连忙替他挡住了:"他不抽烟,不过师兄,我建议你也别抽烟,对身体不好。"

"岚岚,你不懂。现在外面做生意的,不抽烟,可是什么事情都谈不成的。"沈玉坤笑了一下,然后自己点上了烟,转头看了一眼许明峰,说,"明峰,你找我,究竟想说什么?"

许明峰看了他几眼,方才说:"师兄,你跟着李明飞干了这么久,有没有觉得不对劲啊?"

"明峰,你为什么突然这么问?"沈玉坤闻言,愣了一下,一脸困惑地看着他。

许明峰想了想,说:"师兄,这个李明飞你一定要提防啊,他可不是什么省油的灯。"

赵岚也跟着附和道:"对,师兄,你千万要小心。我看,实在不行,你还是赶紧离开他的公司吧。"

"怎么了,你们是不是碰上什么事情了?"沈玉坤皱了一下眉,一脸疑惑地问道。

两人对视一眼,将梁博达被坑的事情讲了一遍。

不过,沈玉坤听完,却是非常平静。他笑了笑说:"这也没什么大惊小怪的,怪就怪他梁博达贪得无厌,被李明飞那点眼前的蝇头小利诱惑住了。你看我们师父,根本不为所动。李明飞就是开出再高的价格,咱们铜赵记的工艺也绝对不外传。那么,他就算想申请专利,也申请不了啊。"

两人点点头,许明峰说:"你说得倒也对。可是从这个事情上,就足以看出李明飞不是什么好人。师兄,他给你开出这么丰厚的条件,我看就是想利用你。等你手上的技术都被他的人学走后,他一定会毫不犹豫地辞掉你。"

"哈哈,明峰,这点还用你来教我啊。"沈玉坤听到这里,忍不住大笑了起来,"虽然在珐琅器的制作上,我的悟性没你好。可是你记住了,在社会上混,和什么人如何打交道,这点我可要比你强一百倍。他李明飞能算计我,太高看他了。"

"那，玉坤哥，你的意思是？"赵岚听到这里，也是松了一口气，忙问道。

沈玉坤说："你们放心吧，他非但算计不到我，而且还频频被我算计。其实，我去他公司这么久，从他们公司学到的东西，远比他们从我身上学到的东西多得多。还有我现在已经离开他们公司了。所以是我算计了他，而不是他算计了我。"

"什么？师兄你……"许明峰听到这里，着实非常诧异。

沈玉坤颇为得意，看了看他，笑着说道："明峰，我现在有原始资本，也有很多客户。现在，我正打算自己成立个珐琅器公司，自己开工厂。不过，我现在紧缺的就是珐琅器的总设计师。这样，你和岚岚一起过来吧。咱们都是从小一起长大的师兄妹，有钱我们也一起赚，你看如何？"

起初，沈玉坤还不知道如何开口。现在，他找到了一个合适的机会。

许明峰看了一眼赵岚，摇摇头说："对不起，师兄，这个我不能答应。"

"怎么，明峰，你是觉得我开的条件不好吗？"沈玉坤看了看他，脸上已经有了几分不满。

"不，师兄。我的意思是，咱们是手工艺作坊，我们秉持的理念，就是要纯手工制作。而你现在进行机器化生产，我们很多传承的东西可就都没了。"

"许明峰，你怎么和师父一个样，都这么食古不化呢。"

"不，师兄，这不是食古不化，这是原则问题。"

"什么狗屁原则，你看看，现在咱们四九城，传统的手工艺作坊，究竟还有多少？"

"师兄，这是两码事。"

"你少说废话，明峰，我现在就问你一句，究竟答不答应跟我一起干？"

"师兄，你这是逼我。对不起，我不能答应。"

"好，许明峰，算你狠。之前你那么背叛我，可我还是忍下了。本来我想冰释前嫌，和你一起干。但你现在居然还不识抬举，行，那我们就走着瞧吧。"沈玉坤这时丢掉了烟头，转身就走了。

"师兄，师兄，你等等。"许明峰眼见沈玉坤生气走人，着实有些慌了。

而赵岚却拉住了他，若有所思地说道："算了，明峰，让他走吧。毕竟，咱们已经不是一路人了。"

"岚岚，你说什么？"许明峰转头看了一眼赵岚，有些吃惊地问道。

"没什么，明峰。只是玉坤哥已经变了，他不再是从前那个人了。"赵岚看了他一眼，拉着他的手就走了。

两个人回来的时候，就见沈玉坤铁青着脸，看他们的眼神不仅陌生，而且还带着几分怒气。

他们相继落座后，沈玉坤站了起来，看了看众人说："在座的各位，都是珐琅器行业里的翘楚，也都是有着多年丰富经验的老把式了。而今，时代在不断发展，而我们传统的作坊却不断面临倒闭的危机。这件事不得不引起我们的重视，所以，我们要自己找出路。"

此时，已经有不少人纷纷恭维起来。

"玉坤，你现在也是成功人士了，就来谈谈吧，给我们大家指出一条路来。"

"对，如今得叫你沈老板了。我们大家以后可要跟着你混呢。"

"大家客气了，那么，接下来我就来谈谈我的想法吧。"沈玉坤得意地笑笑，随即就开始侃侃而谈。

众人听着沈玉坤的话，目瞪口呆，似乎都不敢相信。

沈玉坤所谈的，全部都是关于如何对传统的手工作坊进行工厂化改革，他甚至还提出了要让这些把式们将自己压箱底的工艺卖给沈玉坤，而他们则以技术入股的方式参与合作。

他的这些话自然引起了不少人的抵触，他的话还没说完，大家就交头接耳起来。

沈玉坤谈完之后，看了看众人，随即满怀信心地说道："怎么样，大家对我所说的有什么感想。"

这时，不少人的目光落在了梁博达的身上。毕竟在座的人中，也就他最有威望了。

梁博达其实早就憋着一股气呢，他因为被李明飞算计，心里正火大呢。万万没想到，沈玉坤居然又故技重演。而他认为，这沈玉坤一定就是李明飞派过来的。

他迅速站了起来，看了看沈玉坤，淡然一笑道："玉坤，你说实话，你提的这些意见，真的就是为了我们好吗？"

"梁把式，这还用说吗，当然是为你们好了。我看着咱们传统的手工艺纷纷走向衰落，我心里也是万分焦急啊。这不，才想出这种办法来。其实，我觉得我们必须改变，要适应这个时代……"

"打住。"梁博达打断了他的话，缓缓说道，"玉坤，你的办法既然这么好，那为什么不先去找你们铜赵记合作呢？"

梁博达的话音刚落，其他的人也纷纷附和，同时看向他，分明就是问他理由呢。

沈玉坤算是被问住了，他张口结舌，许久之后，才缓缓说道："我师父是个老古董，他太过守旧了。我想，在座的人都知道，现在铜赵记的状况究竟如何，你们也都清楚。我师父口口声声说对作坊改革，就是对不起祖上，是对传统手工艺的亵渎。可是，我们铜赵记马上就要在他老人家的手上终结了。那么，这难道就不算愧对祖上，不是对传统手工艺的亵渎吗？"

赵岚和许明峰听到这些，心里着实不舒服。

尤其是赵岚，她紧盯着沈玉坤，异常生气地说道："沈玉坤，你说这个话，我实在不敢苟同。"

"哦，赵岚，你要有什么不满，那就请你讲出来。"沈玉坤瞥了她一眼，不冷不热地说道。

赵岚正要说，却被许明峰拉住了。他站了起来，看了看沈玉坤，说道："师兄，还是我来说吧。"

赵岚颇为吃惊地看了一眼许明峰，她分明看到对方的眼睛里，充满了坚定。

梁博达见状，趁机叫道："好，明峰，我就想听你说。"

沈玉坤脸色非常难看，可是这时候也不好说什么。他一摆手，说："行，许明峰，你就说吧。"

许明峰应了一声，看了看众人，当即就开始了自己的演讲。

许明峰所讲的，其实还是关于手工艺和机器化生产之间的差距和优缺点。之后，他也更坚定地认为，传统的手工艺走向衰落是暂时的，一定会迎来振兴。要迎合新时代的发展，自然要改革。可是，绝对不能从根本、底蕴上去改变。否则那就不是传统的手工艺了。

许明峰的话，算是直接说到了点子上。顿时，众人喝彩连连，热烈地鼓掌。

沈玉坤却非常尴尬，他走到许明峰跟前，冷冷地注视着他，缓缓说道："许明峰，你演讲得真精彩。可是，你这些太过理想化了。按照你所说的，我看这些传统的手工艺统统都要消亡了。你现在连给师父看病的钱都拿不出来，不就靠着出卖自己的尊严，骗了李明丽那么多钱，不然能挺到现在吗？居然还有脸给我谈什么文化传承、历史重任，真够荒唐的！"

"师兄，你……"许明峰怎么都没想到，沈玉坤居然这么不可理喻。而从对方的眼神里，他分明看到了仇恨。

沈玉坤这时看了看众人，轻笑着说道："大家好好想想，如果你们也得了一场大病，都没钱去治疗，还要靠着自己的徒弟去当小白脸，骗别人的钱，出卖尊严的话，那你们随便，我不拦着。"说着，他转身就出去了。

赵岚早就听不下去了，气呼呼地说道："沈玉坤太过分了。不行，我要找他去。"

许明峰却拉住了她，连忙说道："算了，岚岚，没那个必要。"

赵岚看了看许明峰，气愤难当："明峰，从现在起，咱们就和他一刀两断。"

许明峰没说话，虽然他很不愿意承认。可是他知道，自己和沈玉坤现在彻底站在了对立面。

这时，就见那些把式们，已经没有先前的坚定了，脸上露出了迟疑之色。甚至，已经有人打算去找沈玉坤谈合作了。

梁博达走了过来，看了看许明峰说："明峰，咱们不能跟着沈玉坤走那路子。可是，我们也得有自己的办法。否则，我们真的就要被时代给淘汰，成为历史的罪人了。"

梁博达说着，摇头叹气地走了。

梁博达的话，在许明峰的心里烙下了深深的印记。

回去之后，他一直心潮起伏，难以平静。

有那么几次，许明峰已经走到了赵兴成的门口。可是，他最后还是犹豫了，掉头回去了。

但他心里的那些话，却一直在胸腔里翻涌着。

许明峰知道，自己必须找师父谈谈，铜赵记必须要做出一些改变，去适应这个新时代。而且他也是有自己的想法的。

这天中午，许明峰和赵岚刚给赵兴成送了饭，从工作间里出来。

不知何时，李明飞站在了外面。他嘴里叼着香烟，手里还捧着一个盒子。不过，脸上却得意无比。

两人对视了一眼，立刻走了过来。

对李明飞，他们可没什么好印象。尤其是赵岚，更是极度地讨厌这个人。

"李老板，你来干什么？莫非又来聘请我们当你们公司的总设计师？"

赵岚上来就说了一句不客气的话。

李明飞听完，哈哈大笑起来。他摇摇头，说道："赵岚小姐，你的嘴简直和刀子一样啊。不过，如果你们有这个意向，我们公司的大门，随时向你们敞开。"

"不了，李老板，你的好意，我们心领了。"许明峰笑了笑，一口回绝了他。

李明飞似乎早就料到这个结果，他一点都不意外："明峰，其实我今天来，是想送给你一个小礼物。这是我们公司新出的一款产品，请你用专业的眼光鉴定一下质量。"

"我们为什么要帮你这个忙。"赵岚说话直接，似乎根本就不打算给对方留面子。

李明飞看了她一眼，说："赵岚小姐，先别着急发表意见。我要是你的话，一定会先看看这个产品再说。"

赵岚愣了一下，扭头看了看许明峰，当即她就打开了那盒子。赫然发现里面躺着一副手镯，而这手镯，却看着这么熟悉。

第三十一章　真假的差距

她转头看了看许明峰，目光最后落在了李明飞身上："这……这不是明峰制作出来，送给李明丽的那副手镯吗？"

"哈哈，赵岚小姐，你的眼神真好啊。"李明飞闻言，大笑了起来。

许明峰看了几眼，眉头皱了一下："不，岚岚，这根本不是我送明丽的那副镯子。"

"啧啧，明峰，你的眼神更好，不愧是专业的工艺师。"李明飞似笑非笑。

赵岚取出那手镯看了几眼，忽然明白过来："李明飞，你该不会将那一副手镯仿造出来了吧？"

"是，我不仅仿造出来了，而且还进行了大批量的生产。你们看看，这规格，还有成色、形态，是不是和原版的一模一样。"李明飞颇为得意地说道。

"一模一样？"许明峰听到这里，不由得摇摇头，淡淡一笑，说，"李老板，你也真敢给自己脸上贴金啊。仔细看看，你们这做工还是有些差距的。比如，这铜胎的处理，少了一个环节，所以缺乏了一种自然的圆润。而这掐丝，则缺乏一种手工打造的细腻。最重要的是上面的釉色，就是很普通的釉料光泽，能和那一副手镯相比吗？"

李明飞听到这里，脸上的笑容逐渐消失了。他点点头，说："对，明峰，你说得没错。我的厂子里，的确制作不出你那原版的手镯。不过，这已经足够了。而且我跟你说，这商品的销量非常好。我还申请了专利，仿冒必究。所以……"

"李明飞，你也真够卑鄙的！"赵岚听到这里，气不打一处来。

李明飞双手一摊，得意地说："今天，我也是给你上了一课。商业社会，一切都是以利益为准则的。我这也不算卑鄙，我这叫抢占先机，懂不懂。"

赵岚还想说什么，却被许明峰拦住了。他看了看李明飞，摇摇头说："李老板啊李老板，我看你真是聪明一世糊涂一时。亏你还经营了珐琅器这么久呢，其实你对珐琅器根本不了解。"

"你，你这话是什么意思？"李明飞闻言，愣了一下，不解地问道。

许明峰笑了笑，说："李老板，你以为你仅仅模仿了这个手镯的外形设计，就算抢占了先机。可是，你却忽略了最重要的一点。一件出色的珐琅器，外形设计只是一部分，而最核心的部分，是它的釉色。为什么珐琅器的俗称叫景泰蓝，还不是因为这蓝是代表了珐琅器核心特质的釉料。你如果现在掌握了最核心的釉质工艺，能制作出和那副手镯一样有着明玉一般温润且光泽通透的新产品，那你申请了专利，这才是你的胜利。可是你根本没有。毫不夸张地说，我现在随便再制作一副造型不同的手镯，但因为用上那工艺，形成明玉一般的通透光泽和质感，那么你觉得你花了大价钱申请专利制作的手镯，能比得过我这手镯吗？"

许明峰一席话，直接让李明飞哑口无言。

赵岚也笑了起来，她指了指旁边作坊里的窑炉，说："李老板，看来你要学习的东西还很多。要不这样，你就来我们这里学习吧，先从烧炉开始。十年后，我保证你可以出师。"

"哼，你们也别太得意了。"李明飞说着，转身气呼呼地朝外面走去。

许明峰看着他的背影，缓缓说道："李老板，别太得意的是你。我师兄可是打算开工厂，要和你对着干呢。看来，你以后的日子也未必好过。"

李明飞停了一下，转身看了一眼许明峰，这次迅速地走了。

那一刻，许明峰知道，李明飞是紧张起来了。

赵岚这时说道："明峰，我觉得刚才李明飞说的话，也是有几分道理的。"

"哦，你的意思是？"许明峰看了她一眼，问道。

"我觉得，咱们也该给我们所设计制作的工艺品，甚至包括我们铜赵记的工艺，比如烫蓝，申请专利。"赵岚看了一眼许明峰，说道。

"对，岚岚，你说得很对。其实，我也正想说这个事情。"许明峰看了看她，笑着说道。

"明峰，你这些天一直在我爸的门口徘徊，是不是想说这个。"赵岚看了看他，问道。

"不仅如此，还有其他的。只不过，我怕师父他听不进去。"许明峰担忧地说。

"算了，明峰，这事情以后再说吧。"赵岚对自己的父亲很了解，"答应我，我爸这最后的时光里，别让他生气，让他安度余生。"

许明峰心里矛盾起来。他心说，岚岚，你还不了解师父，他想要的不是安度余生，而是要恢复龙鳞光这一失传的工艺。

就在这时，里面的工作间里忽然传出东西掉在地上的声音。

两人吃了一惊，迅速跑了过去。

进来后，却见赵兴成躺在地上，几个花瓶的铜胎压在他的身上。

其实，那花瓶铜胎根本没多少重量。可是，赵兴成却挣扎着，愣是没将那些铜胎给推开。

两人赶紧上前，将那几个花瓶铜胎给拿掉，然后搀他起来。

"爸，您没事吧？"赵岚担忧地看着他，不安地问道。

眼前的赵兴成，已经是越来越虚弱了。

他看了看赵岚，轻轻摆摆手说道："没事，岚岚，我一时半会儿还死不了。"

"师父，您别硬撑了。"许明峰搀扶着他，走到一边坐下了，然后说，"您天天这么忙活也不是个办法，师父，我感觉这样下去根本找不到龙鳞光的制作工艺的。"

赵兴成听到这里，愣了一下，转头看了看他说："明峰，你是不是有什么话要跟我说啊？"

"我……"许明峰看到赵岚微微摇头，于是，他到嘴边的话，生生地咽了回去，连忙否认，"不，师父，我只是担心您而已。"

"不对，你肯定有话对我说。"赵兴成说着，转头看了一眼赵岚，没好气地说，"岚岚，你先出去，我和明峰有话要说。"

"不，爸，我不走，我要留下来陪您。"赵岚闻言，赶紧说道。

"既然留下来，那你就别给明峰使眼色。"赵兴成说着，迅速转过头来，不去看她了。

"明峰，你有什么话，就说吧。这些天，你在我的门口徘徊了那么多次了。其实我一直都等着你进来。"

"啊，师父，您都知道了？"许明峰闻言，有些惊愕地看着他。

"哼，你也不想想，你们仨都是我看着长大的。你们的脚步声我当然听得出来了。"赵兴成说着，示意许明峰说。

许明峰到底还是有些迟疑，他犹豫再三，说道："师父，我说可以。但是您要保证，不能生气。"

"你怎么那么啰唆，赶紧说吧。"赵兴成说着，哆嗦着从后面抽出自己的烟袋锅子，想要点烟。可是手却一直颤抖着。

赵岚见状，赶紧去帮忙点烟。虽然之前劝阻他不要抽烟，可是现在她已经不在意了。

许明峰深吸了一口气，然后看着赵兴成说道："师父，您有没有感觉，您现在进行的龙鳞光工艺的研究，其实很多地方都是有问题的。"

"你说什么？"赵兴成听到这里，忽然将嘴里的烟袋拿开了。他拧着眉，死死地盯着许明峰。

许明峰此时心一横，当即豁出去了："师父，您仔细想想，您现在进行的工艺研究，以及釉料的选择等诸多工艺，都是参照铜赵记祖上传下来的工艺，对不对？"

"是这样的。"赵兴成静静地回了一句。

许明峰接着说道："师父，那既然如此，我们现在可是将所能想到的各种工序，包括已知的各种工艺手法都试了一遍。可是，这龙鳞光工艺为什么还不能恢复。"

"哦，那依你看，这是什么原因呢？"赵兴成缓缓说道，他的表情依旧非常平静。可越是如此，许明峰反而更多了几分担忧。

"师父，我觉得，这一门工艺其实在明朝的时候就失传了。而后面我们先祖们所探寻的龙鳞光工艺，所用的各种办法，以及使用的各种原材料，是不是靠着臆想来进行试验的。久而久之，这反而影响了我们对其他工序及原材料进行尝试。所以，如果我们换个思路，不妨考虑一下其他的工艺手法，以及其他的一些釉料，那会不会……"

"住嘴！"赵兴成忽然叫了一声，紧接着直接站了起来，缓步走到许明峰跟前，"许明峰，你的胆子不小啊，居然敢质疑我们铜赵记祖上的能力。"

"师父，人非圣贤孰能无过。万一，祖上他们是记错了呢？"许明峰大气都不敢出，可还是忍不住说出了心里的话。

"住口，许明峰，我看你真是大逆不道。"赵兴成断喝了一声，"你居然敢质疑我们祖上，我真是瞎眼了，居然教出你这样目无尊长的徒弟。你如今吃饭的家伙，不也是祖上传下来的。你……"

赵兴成越说越气，整个人都颤抖着。

赵岚和许明峰都慌了神，两人赶紧去搀扶他。

许明峰也意识到了问题的严重性，立刻道歉道："师父，对不起，我不该说那些话。"

"你不用跟我说对不起。"赵兴成用力推开了他，喝道，"许明峰，从现在起，你也别叫我师父，咱们师徒之间恩断义绝。"

"什么？师父，您说什么呢？我……我……"许明峰慌了神，一度还以为自己听错了。

赵岚也跟着劝阻道："爸，您怎么可以这么说呢。明峰他……"

第三十一章　真假的差距　/　191

"住嘴。"赵兴成冲她咆哮了一声,狠狠地瞪着许明峰大声说道,"许明峰,你给我滚,我没有你这个徒弟,赶紧离开我们铜赵记。"

"师父,我不走……"许明峰看出来赵兴成是说真的,他从来没这么绝望过、这么愤怒过。

"你给我滚,我们铜赵记不要你这种白眼狼。"赵兴成说着,忽然剧烈地咳嗽了起来。

赵岚担心他的情况变得更糟糕,看了一眼许明峰,连忙说:"明峰,要不然,你……你就先走吧。"

"岚岚,我……"许明峰正想说什么,却见赵岚给他使眼色,他没有办法,转身就出去了。

刚出门,就听到身后赵兴成的声音:"许明峰,拿上你的东西立刻给我离开铜赵记。如果让我发现你在周围徘徊,不要怪我报警。"

许明峰心里一惊,他没想到自己的心思居然都被赵兴成看透了。事实上,他也的确想暂时在外面候着。等赵兴成的气消了,自己再回来。

可……

这时候,许明峰忽然感觉无比绝望。他发现,自己真的要和铜赵记彻底分开了。

他转过头,看了一眼赵兴成说:"师父,我可以走,但请允许我给您磕三个头,谢谢您这么多年对我的养育。"

"我不稀罕。许明峰,你给我走。"赵兴成咆哮着。

而一旁的赵岚却已经哭成了个泪人儿。

许明峰没有理会赵兴成,他磕了三个头,然后起身回到自己的房间里,收拾了一下行李,随即就走了。

赵岚想去追,可是,赵兴成这时却喝道:"赵岚,你要是敢去找他,我就碰死在这里。"

赵岚停了下来,哭得更加伤心了。

夜,已经很深了。许明峰背着自己的行李走在大街上。

一直到现在,他都不敢相信几个小时前发生的事情。

离开了铜赵记,许明峰忽然觉得自己失去了所有的依靠,对接下来该干什么他也是一片茫然。

这时,他看到一个流浪汉在一个墙角靠着,似乎很惬意地在睡觉。

看到这一幕,许明峰也在不远处找了一个地方坐下来。

他这次出来，身上没带一分钱。赵兴成如今看病花钱很多，铜赵记的钱原本也所剩无几了。许明峰担心赵岚钱不够用，就把身上所有的钱都掏出来了。

不过，自己要露宿街头了。

"哎，小同志，你醒醒，别再睡了，会着凉的。"

清早，许明峰正睡得迷迷糊糊的时候，忽然听到有人叫他。

睁开眼睛一看，原来是一个清洁工正在扫地。

他挣扎着站了起来。

"你是不是第一次来北京？没找到落脚处吗？"那清洁工好心地问道。

"我……我……"许明峰支吾了几句，也没说出一句像样的话来。

"小同志，难道是来北京谋生的吗？前面有个叫望京酒店的，里面现在正招聘服务员呢。你要是不嫌弃，不如去那里先干着。管吃住，一个月有三百块钱呢。"

这清洁工倒是很热情，甚至给许明峰指了指方向。

许明峰感激地点点头，提着自己的行李，迅速走人了。

许明峰虽然离开了铜赵记，可是自己的心却一直还在那里。他终究是忍不住，中午的时候，提着东西又回去了。

但是，距离铜赵记大约只有五百米的时候，他远远地看到了一个略显佝偻的人站在那里，异常愤怒地瞪着他。

许明峰停了下来，迟疑了几秒钟，极不情愿地转身走了。

看来，赵兴成早就料到他会有这一手，所以早早地就在那里防着他回去的。

许明峰心里空落落的，茫然地走在路上，却不知道要走向何方。

俗话说得好，好事不出门，坏事传千里。

许明峰被赵兴成逐出师门的事情，一夜之间几乎传遍了整个珐琅器手工艺行业。

众人除了震惊之外，却也蠢蠢欲动。毕竟许明峰的能耐，在整个业内都是非常有名的。很多人深信不疑，若是自己的作坊有许明峰在，那必然能重振旗鼓。

许明峰像一个流浪汉，在大街上游荡着。

当然，他也格外注意，尽力避免被人认出来。

这几天，已经有不下五个作坊的人来找过他。甚至有三四个工艺品公司朝他抛来了橄榄枝，开出了非常诱人的条件。

但许明峰一概拒绝。尽管被赵兴成逐出师门，可许明峰的心却永远属于铜赵记。在他看来，现在改投别的作坊或者公司，那就是辱没师门，是愧对师父的。

这天中午，许明峰揣着咕咕乱叫的肚子，在街头游走。他这几天一直饥一顿饱一顿，而且吃的都是别人扔的残羹剩饭，俨然已经成了一个叫花子。

可就算如此，他却心安理得。

"明峰，真的是你吗？"许明峰在一个饭店门口，正等着一桌客人走掉，忽然，身后传来一个声音。

一转头，却见是梁艳。

许明峰吃了一惊，迅速用那乱蓬蓬的头发遮挡着脸，不自然地说道："梁艳，你……你怎么……"

"明峰，我总算找到你了。"梁艳非常欣喜地说道。她丝毫不顾及许明峰身上脏兮兮的衣服，抓着他的手说道："你知不知道，这一个多月，我找你找得有多辛苦啊。"

"梁艳，你……你找我干什么啊。快松开我，我身上太脏了。"许明峰慌忙挣开她的手。

梁艳摇了摇头，叹口气说道："明峰，你瞧瞧你都成什么样了。走吧，我先带你去打理一下。"

第三十二章　黯淡的前途

"不，梁艳，谢谢你的好意，我还是不去了。"许明峰想都没想，一口回绝了她。

梁艳见状，叹口气说道："明峰，你这样又是何必呢。难道，你被姓赵的父女俩抛弃了，自己以后就不生活了吗？"

"梁艳，不准你这么说我师父和岚岚，他们是有苦衷的。"许明峰态度强硬地说道，许明峰其实这么久也是故意不想让赵岚找到自己。事实上，他在大街上撞见过她很多次，但都迅速躲开了。

梁艳见状，无奈地摇了摇头，说："明峰，你说你这是何苦呢。这样吧，咱们先去打理一下，然后去吃个饭吧。"

"我……我……"许明峰支吾着，想要推托，可是肚子却又不争气地咕咕响了起来。

梁艳笑了笑说道："明峰，你也别死撑了。你再这么下去，会出事的。"

"我其实已经在找工作了，那个酒店招聘服务员，我打算去干呢。"许明峰情急之下，忽然指向了远处的望京酒店。

梁艳听到这里，说道："明峰，你是不是以为我想劝你去我们京铜记呢。我看你多虑了，我就是看你这样于心不忍。"

看着梁艳眼里透出的真诚，许明峰这时候也不好再多说什么了。

随后，梁艳带着许明峰来到了望京酒店，许明峰洗了个澡，打理了一下仪容。

重新出来的时候，已经是焕然一新，犹如变了一个人。

梁艳见状，满意地点点头，然后带着他去了餐饮部。

许明峰也是许久没这样吃饭了，看着桌子上丰盛的饭菜，狼吞虎咽地吃了起来，也没什么顾忌了。

"明峰，你慢点吃。"梁艳见状，递了张纸巾给他。

许明峰应着，嘴里却丝毫没有闲着。

痛痛快快地吃了一顿后，许明峰算是有了一点精气神。

他坐直了身子，接过梁艳递过来的矿泉水，一口气喝了大半瓶。这时深吸了一口气，看了看梁艳说道："梁艳，谢谢你了。"

"明峰，你还用跟我客气吗？"梁艳轻笑一声，探手过来，轻轻握住了他的手。

那一刻，许明峰注意到梁艳眼眸里露出柔柔的光。那目光里有柔情，更有热情。

许明峰不是傻子，他当然清楚梁艳对自己的感情。可是，他却不能接受。他迅速抽出了手，缓缓说道："梁艳，不管怎么说，我都要感谢你。你放心，等我以后赚钱了，我一定还你。"

"说这干吗呢。"梁艳一摆手，似乎想起了什么，看了看他说，"对了，明峰，你要找工作，对吧？不过我觉得你干服务员有些大材小用了。我这里有一份工作，你要是不嫌弃，不妨先干着如何？"

"是吗，是什么工作啊？"许明峰愣了一下，疑惑地问道。

梁艳说："我爸爸最近认识了一个从东南亚过来的华侨商人，他对咱们的珐琅器很感兴趣。可是他因为对珐琅器了解得不深，一再遭人欺骗。所以我请你给他做个顾问，帮忙参谋，辨别一下真假。"

"这也可以吗？"许明峰闻言，有些不敢相信，还有这种好工作。

"当然可以，你跟他干，也不会有什么背叛师门的心理负担了。另外，这薪水方面，一个月给你五千，如何？"

"五千？"许明峰听到这里，惊愕地睁大了眼睛。

"怎么，嫌少吗？不够的话，再加？"梁艳见状，连忙又说道。

"不，梁艳，你误会我的意思了。我是说，我就是给人家出一点主意，一个月给五千，这是不是太多了。"五千块钱，对许明峰而言，那也是天文数字。毕竟在北京，一个普通老百姓一个月的开销最多也才一百块钱出头。工薪阶层，一个月能赚三四百块钱，那都羡煞多少人了。

"明峰，我看你就是太老实了。既然你没什么意见，那就这么定了。"

随后，梁艳就联系了那个商人。

大约半个小时之后，许明峰见到了那个东南亚商人。那是个大约五十岁的中年人，叫陈天诺。他口齿不太伶俐，估计还不能熟练地说普通话。

不过，许明峰对陈天诺并没什么好印象。他见到梁艳的时候，一双眼睛就肆无忌惮地在她身上乱瞄。两人握手的时候，他仿佛也很不情愿丢开她的手。

要不是许明峰提醒，陈天诺估计还不肯放开。

陈天诺似乎对许明峰也没怎么在意，打量了他一番，淡淡地道："许先生，你有什么才能，最好先展示一下。我之前可是碰到过不少骗子，只会说，却什么能耐都没有。"

许明峰笑道："陈先生，你说吧，让我如何展示。"

陈天诺摸了摸额头，说道："这样吧，我刚收了两个珐琅器。一个据说是乾隆时期的，另一个是当代的精品。你给看看，我是不是买亏了。"

"好。"许明峰说道。

陈天诺这时拉着梁艳，凑近她说道："艳艳，走吧，咱们一起去吧。"

"这……"梁艳迟疑了一下，看了一眼许明峰，当下就和他一起去了。

看到这一幕，许明峰心里更是特别不舒服。从梁艳刚才的表情来看，她分明就很不乐意。

好容易来到了陈天诺的房间里，他小心翼翼地搬来了两个包装精美的盒子。打开后，里面放着造型精美的珐琅器花瓶和香炉。

许明峰只是看了几眼，就指着它们说道："我没猜错的话，这个花瓶应该是当代的精品，而香炉是乾隆朝的吧。"

"哇，小子，你眼力不错啊。看一眼，就道出了年代。"陈天诺看了他一眼，露出吃惊的表情。

许明峰谦虚地一笑，说道："不过，陈先生，我恐怕要给你泼点冷水。这个花瓶算不上当代的精品。充其量，就是个做工一般的珐琅器。按照现在的行价，顶多五十块钱就很了不得了。而至于这个香炉，虽然造型非常精美，而且上面的釉质极其丰富。但是这是个赝品，顶多也就值个一百五十块钱。"

"什……什么？"陈天诺听到这里，脸色变得非常难看，沉声叫道，"许明峰，你一口否认了我所有的东西。那你今天倒是说出个所以然，否则的话，咱们可没完。"

许明峰摇了摇头说道："陈先生，一件上乘的珐琅器，首先是要看它的整体设计的匀称感。而这个花瓶，你如果放在阳光下看，就会看到那铜胎的锻造很不平整。而且这花瓶的瓶口边，有凹凸不平的坑洼。这是因为锻造铜胎的手法粗糙造成的。一般而言，只有新手才会犯的常识性错误。还有这掐丝、这釉质……"

"好了，你别说了。"陈天诺的脸色越来越难看，一摆手打断了许明峰。他气愤地说道："这些骗子，竟然敢这么哄骗我。"

许明峰笑了笑，说道："陈先生，这俗话说，隔行如隔山。其实，珐琅器这一行水也是很深的。你之前上当受骗，我看，就权当交学费了。"

许明峰是故意这么说的，目的就是挫一挫他的锐气。

陈天诺闷哼了一声，脸上满是尴尬。他瞥了一眼许明峰，说道："好了，你通过考验了。从现在起，你就是我的顾问了。一个月底薪五千，另外你帮我鉴定一件真品的话，我给你百分之三的业务提成。"

"陈总，你也太小气了，怎么才百分之三。"这时，梁艳走到陈天诺跟前，拉着他，不满地叫道。

"好好，艳艳，你既然都开口了，那就百分之五，成吗？"陈天诺看到梁艳，两眼放光，忙不迭地说道。

不过许明峰看到这一幕，心里却万分不舒服。

许明峰送梁艳离开的时候，他终于忍不住开口问道："梁艳，你和那陈先生到底是什么关系？"

"怎么了，明峰，你为什么这么问呢？"梁艳愣了一下，疑惑地看着许明峰。

许明峰想了一下，说道："梁艳，我感觉那个陈先生似乎对你心怀不轨。我觉得你最好还是离他远一点的好。"

听到这里，梁艳忍不住咯咯地笑了起来。她忽然凑到许明峰面前，盯着他说道："怎么，明峰，你是担心我呢，还是吃醋呢？"

"我……"许明峰不敢看梁艳那火热的目光，却也答不上来一句话。

梁艳见状，不由得掩嘴笑了笑。"傻瓜，我有分寸的。放心吧，我才不会轻易让那老家伙占便宜呢。"说着，转身就走了。

话是这么说，但是许明峰的心里总是不太舒服。

不过，他暂时也就在这里安顿下来了。

许明峰的业务能力，自然也很快得到了陈天诺的认可。两人的合作，应该说还是很不错的。

但许明峰的心里一直都很不舒服。因为陈天诺三天两头地打着收购京铜记珐琅器的幌子趁机找梁艳。

甚至有好几次已经是晚上了，陈天诺还极力挽留梁艳。

不过，许明峰每次实在看不下去，就及时出现，把梁艳给拉出去了。

就因为这个事情，陈天诺似乎对许明峰也越来越不满了。

这天下午，许明峰干了有一个多月，刚领到了六千多块钱的工资。

本来他想请梁艳去吃个饭。毕竟梁艳也帮助了他这么多。

可是，整整一个下午，他都没见到她的人。

许明峰隐约觉得，这事情一定和陈天诺有关系。

为此，他特意在陈天诺下榻的酒店门口蹲点。

一直到晚上十点多的时候，许明峰才看到梁艳喝得醉醺醺的，被陈天诺架着从外面回来了。

梁艳也不知道说着什么，不过陈天诺并不在意这些，他一脸迫不及待，急匆匆地架着梁艳就往电梯里钻。

许明峰看到这一幕，立刻就怒了。

他不敢多想，赶紧跟了进来。

许明峰从电梯里出来，陈天诺已经带着梁艳进了自己的房间了。

他在门口犹豫了一下，立刻敲起了门。

一阵急促的敲门声后，门打开了。只见陈天诺穿着一件宽松的睡袍，叼着一根雪茄，瞄了一眼许明峰说："许明峰，你发什么神经呢。这么晚了，你有什么事吗？"

许明峰瞪着他，说道："陈老板，梁艳在你房间里吧？"

"是在我房间里，可是，这关你什么事情？"陈天诺轻哼了一声。

许明峰咳嗽了一声，缓缓说道："梁艳是我的朋友，你说关不关我的事情。这么晚了，她在你这里总不合适吧。我看，我还是带她走吧。"

许明峰说着就要进去。

陈天诺脸色陡变，带着几分威胁的口气说："许明峰，你知不知道你在干什么？"

许明峰淡然一笑，说道："陈老板，你放心，我一直都很清楚我在干什么。"

"我警告你，如果你敢进去。那么，明天我就炒你的鱿鱼。"陈天诺非常蛮横地说道。

他自认为自己给许明峰一份不可多得的工作，薪水还那么高。许明峰自然要听自己的。

许明峰听到这里，大笑了起来。他摇了摇头，淡淡地说道："陈老板，我想你还不知道吧。外面有多少公司，给我开出了更好的条件，可是我也没答应。这一阵子以来，我虽然拿了不少报酬，可是我给你挽回的损失却是这点报酬的几百倍，甚至上千倍。你炒了我，看看损失大的是谁。"

他不由分说就推开了陈天诺，快步走了进去。

只见梁艳昏睡在床上，身上衣衫不整。

许明峰非常恼怒，迅速给梁艳穿好了衣服，接着就将她给背出去了。

"你！许明峰，你小子可以啊。行，你今天敢走，明天就别来上班了。"许明峰背着梁艳出去没多远，就听到陈天诺的要挟。

许明峰停了下来，转头看了他一眼，轻笑一声说道："陈老板，放心吧，我明天不会来了。但是我也请你以后别再来找我。"说着大摇大摆地走了。

陈天诺着实气得不行,他还从来没见过这么狂妄的人。

但是他未必明白,许明峰这么狂妄,是人家本来就有这个资本。

许明峰在外面租了一个房子,并不是很大。

此时,梁艳喝得酩酊大醉,他也不放心让她一个人住酒店。没办法,只好带着她去自己的住处了。

将梁艳放在自己的床上安顿好后,许明峰就趴在旁边睡了。

恍惚之中,他仿佛又来到了铜赵记。他看到了赵兴成正拄着拐杖,步履蹒跚地走到窑炉边,将一件半成品的珐琅器送进了炉膛里。

但是随后那窑炉忽然发生了爆炸。

许明峰惊恐不安地叫着,他拼命地想冲上去。可是仿佛有一种巨大的力量,紧紧拉扯着自己。任凭他如何努力,都于事无补。

他无力地跪在地上,眼睁睁地看着整个铜赵记在漫天大火中化为灰烬。而赵兴成也消失得无影无踪了。

许明峰只能大声地呼喊着,但他的声音似乎也只有自己能够听到。

这时,他惊醒了过来。

这才发现,原来刚才只是做了一个梦。看看外面,天已经亮了。

许明峰回想起那个梦,却依然胆战心惊。

虽然只是个梦,可是一切都显得太真实了。

他眼见梁艳还在睡觉,也没去打扰,跑出去买了一些早餐。

等到回来的时候,却见自己这本来还略显邋遢的房间忽然整洁了不少。而梁艳此时正端着一盆水,在擦桌子。

许明峰见状,赶紧上前,说道:"梁艳,你快点放下,谁让你做这些的?"

梁艳笑了笑,轻轻说道:"明峰,我看你这房间里太乱太脏,所以我……"

"没关系,我自己习惯了。"许明峰不自然地一笑,忙拉着她在旁边坐下,然后取出早餐,"那个,你先吃吧!"

梁艳看了他一眼,微微点点头。她一边吃,一边好奇地问道:"明峰,我……我昨晚怎么会睡在你家里呢?"

"这个,说来就话长了。"许明峰说着,叹了一口气。

"怎么回事,明峰?"梁艳停了下来,看着许明峰。

许明峰也不隐瞒,一五一十地将昨晚发生的事情告诉了她。

"啊，这……这是真的吗？"梁艳非常吃惊地看着许明峰。

许明峰应了一声，注视着她说："梁艳，你现在明白了吧。我早说过，这个陈天诺根本不是什么好人，以后你要离他远点。"

梁艳微微点点头，脸颊上似乎飞上了一抹红晕。她注视着许明峰，轻轻说道："明峰，昨晚你真的一直等我到八九点吗？"

"是啊，怎么了？"许明峰也没多想，随口说道，"我感觉陈天诺肯定要对你做坏事，我不放心。"

第三十三章　被迫挑起重担

梁艳听到这里，心里暖暖的。她带着几分羞涩，说道："明峰，我真是太高兴了。原来……原来你一直都这么担心我呢。"

"啊，梁艳，我……"许明峰这才注意到梁艳那眼里带着浓浓的柔情，很显然对方是误会了自己的意思。

不过，许明峰想要解释的时候，却被梁艳往嘴里塞了半截油条："明峰，别光我吃啊，你也吃。"

就在这时，门外传来赵岚的声音："明峰……"

许明峰一回头，看到赵岚站在门口。他慌了神，迅速站了起来，赶紧跑了过来，诧异地问道："岚岚，你怎么来了？"

"明峰，看来，我耽误你的好事了。"赵岚眼神复杂，瞅着许明峰的眼睛里，满是伤心。

"啊，不，岚岚，你听我解释，事情不是你想的那样。"许明峰慌忙抓着她的手，忙不迭地说道。

赵岚用力地撇开了他的手，冷冰冰地说道："你不用给我解释，我也不想听。"

这时，梁艳徐步走了过来，瞥了一眼赵岚说道："赵岚，你有什么资格跑来说这种话呢。当初，你们父女俩将明峰赶了出去，他跟个流浪汉一样，谁去管过他。现在，你倒是跑来了。"

"梁艳，你给我住嘴，我不想和你说话。"赵岚斥了她一句，深吸了一口气说，"我今天不是来和你们吵架的，也不是来和你们讨论谁是谁非的。"

"那就好，赵岚，你还算有自知之明。我告诉你，明峰已经开始新的生活了，你最好别打扰他。"梁艳说着，故意凑到许明峰的跟前，手搭在了他肩膀上，表现得极其亲密。

许明峰慌忙甩开了梁艳的手，赶紧给赵岚解释道："岚岚，你听我说，其实梁艳是……"

"好了，明峰，你不用给我解释这些。"赵岚打断了他，深吸了一口气，轻轻说道，"其实，我今天来，不是和你说这个的。我是想告诉你，我爸，他……他……"

"师父……师父他怎么了？"许明峰听到这里，感觉心里一沉。他的心里，隐隐升起了一种不祥的感觉，下意识地紧紧抓住赵岚的手。

这时，赵岚忽然呜呜地哭了起来，"我爸昨晚执意要去试验刚研究出的龙鳞光工艺，因为操作不当，导致窑炉发生了爆炸。他……他被……"

话没说完，赵岚已经失声痛哭起来了。

"不，不……"许明峰听到这里，仿佛晴天霹雳。

那一刻，他忽然想起了自己所做的梦。原来，这个梦居然是真的。

赵岚擦了擦眼泪，深吸了一口气，神色复杂地说道："明峰，我爸将你逐出师门，其实他内心也是很痛苦的。昨天傍晚的时候，他还一直念叨着你的名字。"

"师父……师父……"许明峰听到赵岚的话，更是心如刀割。忽然，他无力地跪在了地上。

这时候，他是多么的悔恨。为什么，为什么在师父最后的一刻，他却没能陪在身边。

赵岚神色木然，缓缓说道："明峰，我来只想告诉你。虽然我爸将你逐出师门，但是他心里最看重的人，仍然是你，甚至比我这个女儿还重要。"说着，赵岚转身，迅速走了。

赵岚的那些话，更是让许明峰痛苦不已。他挣扎着起身，迅速跑了出去。

梁艳见状，赶紧追了出来。

可是，梁艳跑到大街上的时候，就看见许明峰追赵岚去了。那一刻，她像是遭遇了重大的打击。而她的心里也仿佛明白了，有些缘分，似乎就是天注定的。不是属于你的，不管你如何努力，也都徒劳。

许明峰回到了阔别多日的铜赵记，如今一切都面目全非。也不知道赵兴成给窑炉里加了什么燃料，居然产生那么巨大的爆炸。整个铜赵记几乎被夷为平地，到处都是瓦砾。

许明峰走进来，一眼就看到了里屋放着的赵兴成的棺椁及遗像，他瞬间泪如泉涌，彻底崩溃了。

他无力地跪在了地上，痛苦地号叫着，一步一步地朝前面爬去。尽管地上到处都是破碎的瓦片，但许明峰丝毫不在乎。

许明峰爬到了赵兴成的遗像前，用力地磕着头。那时候，他仿佛走火入魔一般。

虽然有不少人来劝阻，可是没任何效果。

这时，沈玉坤走了过来，他一把揪住许明峰，狠狠地朝他脸上打了一拳，气恼地说道："许明峰，你现在来做样子了。师父能有今天，和你脱不开关系。"

许明峰心里正无比痛苦，他任凭沈玉坤抓扯着，缓缓说道："师兄，你说得对，都是我害的。你打我、骂我都行。这样，我会好受一些。"

"你以为我不敢吗？"沈玉坤再次出手，狠狠地打在他脸上。

许明峰打了个趔趄，摔在地上，脑袋撞到了旁边的石柱上。瞬间，他头破血流，昏了过去。

等许明峰醒来的时候，已经是几天之后了。他发现自己躺在医院里，脑袋上还缠着厚厚的纱布。

这时，病房门打开了，只见沈玉坤和安建民走了进来。

看到许明峰醒来，两人也是欣喜不已。安建民上前来，抓住许明峰的手，忙不迭地说道："小峰，你可算醒了。你知不知道，这几天我都快担心死了。"

沈玉坤则满脸愧疚，看着许明峰一言不发。

许明峰摇摇头，赶紧问道："我昏迷多久了？我要给师父守孝去。"

沈玉坤看了他一眼，缓缓说道："明峰，师父已经下葬了。如果你真要去看，我陪你去墓地看看。"

"好。"许明峰闻言，二话不说，迅速从床上跳了下来，拉着沈玉坤就朝外面走去。

安建民见状，慌忙说道："明峰，你等等。医生说你有脑震荡，不能乱跑，得休息休息。"

当然，许明峰并没有搭理他。

出来的时候，沈玉坤开着一辆黑色的桑塔纳过来，打开车门，让许明峰坐了进来。

看到这辆车子，许明峰也是感慨万千。

"怎么了，明峰，你发什么呆呢？"沈玉坤看了他一眼，问道。

"没什么。"许明峰应了一声，忙说道。

不过，路上，许明峰还是忍不住问赵岚的情况。

沈玉坤一直三缄其口，但架不住许明峰再三催问，这才说道："自从师父下葬后，岚岚就离奇地失踪了。"

"失踪？"听到这里，许明峰有些意外，愕然地看着他，"师兄，这失踪，究竟是什么意思呢?"

沈玉坤长出了一口气,缓缓说道:"事情的经过我都了解了,明峰,你当初被逐出师门,其实责任不在你。但岚岚夹在你和师父之间,一直忍受着痛苦的煎熬。而这次,师父横遭不测,你又和那个梁艳在一起,她实在受不了了。你想想,她毕竟是个女孩了,突然间遭遇这么多的变故,换谁也受不了的。"

"师兄,岚岚她误会了,我和梁艳真的什么事情都没有。"许明峰赶紧解释。

沈玉坤摇摇头,一摆手:"好了,明峰,你给我解释有什么用,岚岚已经走了。她留言说,不会再回来了。另外,让我把这个戒指交给你,并祝你以后幸福。"说着,掏出一枚戒指。

许明峰才发现,这是当初李明丽送给他的那枚戒指。本来,他是要等结婚时亲手戴到赵岚手上的。可是如今一切都变了。

他缓缓地接过这枚戒指,心里明白,赵岚这一次是真的伤心了。恐怕他们俩永远都不可能走到一起了。

赵兴成葬在了一个小山头上,在这个位置,正好可以眺望到铜赵记。仿佛这一切也都是冥冥中注定的。也许也是赵兴成生前的遗愿。就算死了,也要看着自己守护了一辈子的铜赵记。

许明峰立在坟头前,久久不发一言,仿佛一尊雕塑。

沈玉坤走到他跟前,点了一根香烟,递给他:"明峰,抽一根吧。"

"不,我不抽。"许明峰木然地答了一句。

沈玉坤见状,自己倒是抽上了。他吐了一口烟,说道:"明峰,对不起,那天我下手有些重了。"

"没事,师兄。其实,我还要谢谢你,你打得好。"许明峰淡淡地说道。

沈玉坤见状,走到他跟前,手轻轻搭着他的肩膀,缓缓说道:"明峰,之前咱们兄弟之间有些过节。可是,自从师父死后,有很多事情我也想明白了。"

许明峰没说话,他的心思仿佛只在眼前的坟墓上。

沈玉坤想了一下,说道:"明峰,往后,你有什么打算吗?"

"这个,我还没想好呢。"许明峰缓缓地说道。

"你看,咱们铜赵记已经彻底地破败了。而其他的工匠们,我也想方设法安排到我的工厂里去了。明峰,人总要朝前看。我看,你不妨先来我这里干吧。"沈玉坤看了他一眼,轻轻地说道。

"破败?"许明峰闻言,心里有些不舒服。他轻轻拿掉了沈玉坤的手,神色复杂地看着他说:"师兄,铜赵记只是出了一些问题而已,但是这个招牌还在。我们身为铜赵记的人,应该想办法重新振兴它,而不是置之不理。"

"你……你什么意思?"听到这里,沈玉坤忽然感觉到一丝不安,皱了皱眉头,缓缓说道。

许明峰说:"师兄,我想好了。从今天起,我要挑起振兴铜赵记的重担。同时我也要继承师父的遗志,将铜赵记的传统手工艺传承下来。还有,我要完成师父未了的心愿,继续进行龙鳞光工艺的研发。"

"许明峰,你是不是疯了?"沈玉坤听到这里,勃然大怒,"你看清楚了,师父已经为了这龙鳞光,搭上了性命,难道你也要步他的后尘?咱们铜赵记都成什么样子了?它已经被时代遗弃了。想要传承,我们就要有新的方式,你懂不懂?"

"师兄,我看不懂的人是你。研发出失传的龙鳞光工艺,就是我们对传统工艺的传承。还有,不管时代如何发展,但传统的东西,它永远不会被遗弃的。只不过,它还没找到一个时机去焕发新的生机而已。"许明峰也是非常固执,坚持着自己的意见。

"你……你简直是不可救药。哼,既然话说到这个份儿上,那你就去完成你的使命吧。"沈玉坤狠狠地将烟头摔在了地上,转身气呼呼地走了。

看着沈玉坤的背影,许明峰长出了一口气,幽幽地说道:"师兄,看样子,你到底还是不了解什么才是真正的传承。"

回去之后,许明峰坐在那一片废墟上,发呆了一整晚。

夜,已经很深了。天上月光皎洁,倾洒在地面上,仿佛给大地披上了一层银光。这让本来惨淡的周围环境,倒是平添了几分美感。

恍惚之间,许明峰仿佛看到了昔日的情景。曾经就是在这月光之下,他们师兄妹三人,就在这偌大的作坊里面玩耍、捉迷藏,甚至于被赵兴成责罚。

而赵兴成对他们每一个人悉心教导的画面,也一幕幕地出现在许明峰的眼前。

这一切,似乎都如同刚刚发生过一样。每每想到这些,许明峰脸上总会泛起一抹笑意。

不过,这时他最为牵挂的还是赵岚。他掏出了那一枚戒指,若有所思地看向那一轮明月。这个时候,不知道赵岚身在何方,是否也在欣赏着这一轮明月呢?忽然间,许明峰想起了苏东坡写的《明月几时有》。他默默地念叨着,当念到"但愿人长久,千里共婵娟"时,忍不住潸然泪下。

次日一早,许明峰立刻召集工人过来,着手对整个铜赵记的作坊做清理和修葺工作。

所幸他手里还有六千块钱。这些钱虽然不多,但是修葺铜赵记,还是绰绰有余的。

一个月之后,铜赵记焕然一新,俨然变了样子。在周围一片古朴的建筑中,格外显眼。

这一晚,许明峰也重新来到了那个房间里,站在那个龙凤呈祥盘的面前,伫立良久。

当晚,许明峰就着手进行龙鳞光工艺的探寻研发。

现在,他完全可以按照自己的思路来了。许明峰不再局限于昔日曾经用过的那些工艺和原材料,一边广泛搜集相关的工艺和材料,一边不断翻阅各种古代关于珐琅器记载的书籍,希望从中找到一些线索。

而白天,许明峰也开始铜赵记的重新运转的相关工作。不过这时候,除了安建民及三四个工匠师傅,许明峰也暂时招不到其他人。

不过他也不灰心。他一面积极参与与景泰蓝有关的活动,竭尽全力对铜赵记的珐琅器进行宣传。另一面,他也和安建民他们积极进行珐琅器的新工艺的研发。

这一时期,许明峰相继研发出了几个新品种。

虽然震惊了整个业内,但是他们这种纯手工的工艺品,似乎在这个新时代里水土不服,根本不是那些工厂化生产的珐琅器的对手。

因此,铜赵记一直都处于一种艰难经营的状态。

时光荏苒,转眼之间,已经过去了几年。

昔日古老的四九城,而今已经摇身一变,成了一座繁华的国际化大都市。

香港已经回归祖国,前来内地做生意的港商日渐增多。不过让许明峰没想到的是,昔日在北京生意做得很大的李明飞,却逐渐退出了内地市场。

这天中午,许明峰带着自己精心制作的一个珐琅器方口花瓶,参加市里举办的非物质文化遗产博览会。

因为这几年人们的生活越来越富裕,而精神文化需求也越来越大。社会上兴起寻找传统文化的活动。

许明峰没想到,景泰蓝居然能申请成为非物质文化遗产。他心里一直非常高兴,甚至心里默默地念叨着,师父如果在天有灵,听到这个消息,一定会非常高兴的。因为他所坚持么多年的传承,而今终于得到了社会的认可。

许明峰骑着摩托车,看着周围鳞次栉比的高楼大厦,一度有些迷惘。虽然不知道在这个城市里穿行了多少遍,他却始终有些不太习惯。

唯一让他舒服的,是那些电子屏幕上不断循环播放的那英和王菲演唱的《相约九八》。不知道为什么，听到这首歌，他总是心潮起伏。

据说，此次参加这博览会，如果参选的作品能得到政府的认可，可以得到一笔不菲的扶持资金，同时获得政府的大力宣传。

正因为这机会难得，许明峰也才格外重视。为了制作这花瓶，他和安建民等几个工匠师傅，连续忙活了五六天才完成。

不过一进到这会场里，许明峰看到台下参会的人，心里却莫名的一阵感伤。

想想成立珐琅器工艺协会的时候，那些大大小小的作坊把式们，可是济济一堂。

而今偌大的会场里，却稀稀落落的只有几个人。

甚至都是一些上了年纪的人。而年轻人根本没几个。

第三十四章　被时代抛弃的东西

许明峰知道，如今的年轻人，对这传统行业非常嫌弃，没人愿意从事。毕竟这一行太过辛苦，而且赚的钱也实在少得可怜。

不过，许明峰也能理解。毕竟而今新时代下的年轻人，他们追求的东西不同。但终究少了一些使命感。

大概是因为人少，主办方多少也有些灰心丧气，在台上讲话的时候都显得毫无底气。

随后，就是各参与方逐一对自己的作品进行介绍。

主办方的几个人显然都没什么兴趣，一直交头接耳。

很快，就轮到了许明峰。

他迅速走上台来，小心翼翼地取出花瓶。

主持人走了上来，打量了一番那花瓶，问道："许先生，你这个花瓶，我看起来也很普通，并没有什么特别的地方啊。甚至还不如地摊上卖的那些水货。"

许明峰笑了笑，看着她说："别着急，现在说这个话为时尚早。"说着，他掏出一个手电筒，直接打了一束光在珐琅器上。

这时候奇迹出现了。只见这花瓶上那原本看起来平淡无奇的釉蓝，折射出无比瑰丽的光芒。那光芒，轻轻地晃动着，就如同阳光投射在大海上形成的粼粼波光，非常赏心悦目。

这时，在场的人无不震惊。

甚至那几个主办方的人也惊讶地走了过来，脸上满是难以置信的神色。

这时，一个四十多岁、戴着一副眼镜的男人走了上来，看了看许明峰说："许先生，你这个景泰蓝用了什么法宝啊，居然这么神奇！"

许明峰看了他一眼，笑着说道："先生，这是我们铜赵记利用新开发的波光釉工艺制作而成的。"

"是吗？"这男人闻言，凑近看了又看，随后不住地点头。他看了看许明峰，然后笑了一声说道："许先生，我非常喜欢你这件珐琅器。怎么样，开个价吧？"

"这……先生，我想你可能误会了。"许明峰愣了一下，连忙说，"我这件花瓶是非卖品，我只是拿来参展的。如果你有兴趣的话，我们作坊可以再做出类似的。"

"不，我只要这件。"这男人皱了一下眉头，非常坚定地说，"你开个价吧，我绝对不还价。"

"对不起，我真的不能卖。"这么多年了，能这么开价的人并不是只有他一个，许明峰其实根本不在意。

这时，旁边有个人走了过来，迅速将许明峰拉到一边。他压低了嗓门，小声说道："许明峰，我看你是不是死心眼儿啊。你知不知道，这是龙发地产的老板童一博。咱们这次的博览会，可是人家赞助的。不就是一件破珐琅器吗，你还真当宝贝了。大不了，回头再做一件嘛。你现在趁机捞一笔，童老板也高兴。这也是皆大欢喜的事情。说不定童老板一高兴，你们铜赵记就能得到他的赞助……"

许明峰断然没想到，对方居然说出这样的话来。所谓的支持传统手工艺，其实只是个幌子。

听到这里，他心里凉了半截。他想都没想，一口回绝了他："对不起，对你而言，这也许就是个破烂。但对我而言，它就是我的孩子。我说不卖，就绝对不会卖的。"

许明峰再次走到童一博身边，看了看他说："先生，真的抱歉，我不能答应你的要求。"说着，他重新将花瓶装好，直接带走了。

身后，许明峰听到不少人在冷嘲热讽。不少人都认为他是个傻子，脑子进水了。

可是对这些话，许明峰却全然置之不理，根本就不在意。

回到作坊里，安建民他们迫不及待地问许明峰情况。许明峰大致说了一遍，接着叹口气说道："安师父，对不起，我这次又把事情搞砸了。看来，我们的计划失败了。"

安建民闻言，安慰了他一句："没事，小峰。"

这时，他似乎想起了什么，忙说："对了，小峰。刚才有个人过来，说是什么龙发地产公司的。他想问我们，是不是卖地皮。"

"什么，卖地皮？"听到这里，许明峰吃了一惊，诧异地说，"你说刚才那人是龙发地产的，居然这么巧？"

"怎么，你认识？"安建民闻言，有些意外地问道。

"对啊，那个高价买咱们花瓶的童一博，就是龙发地产的老板。"许明峰说着，不免感慨了一句。

这时，另一个工匠说："许把式，听说咱们这一行很多作坊的地皮都被龙发地产收购了。他们打算在这里开发高档别墅小区。而我们作坊处的位置，可是黄金地段。我看，他们日后还是会再来的。"

"是吗？"许明峰明白，如今他们这些传统作坊，几乎被这些新时代的商厦、酒店、住宅社区给蚕食殆尽了。

而今，铜赵记是所剩不多的几个还残存的大型作坊之一。可是，他们也是处在风雨飘摇中。过了今天，也未必知道明天如何呢。

但许明峰心里无比坚定。

他一抬头，朝远处望去。那个方向，正是师父坟头所处的位置。许明峰暗暗说道："师父，您放心。不管有多大的压力，我都会保住我们铜赵记的。"

这一晚，许明峰又在龙凤呈祥盘前面驻足了良久。

他看得近乎眼花了，这才回过神来，然后开门走了出来。

这一晚，天上又是明月当空。可是，在不远处那越来越明亮的霓虹灯的反衬下，这月光似乎暗淡了很多。

蓦然间，许明峰忽然想起了赵岚。他心里默默地念叨着："岚岚，你在哪里呢？"

这时，他忽然看到前面正走过来一个人。在路灯下，那个身影是那么熟悉。尽管对方穿着时尚，打扮摩登。可是对方的步态，举手投足，许明峰都再熟悉不过了。

他用力地揉了揉眼睛，失声喊道："岚岚，我……我不是做梦吧？"

而此时，对面的人也愣住了。她呆呆地看着许明峰，足足有一分多钟，就那么站着，一句话都没说。

但随后，她就快步走了过来。

许明峰见状，也情不自禁地快步迎了上来。

走近了，终于看清楚了。

是赵岚，是那个朝思暮想的人。许明峰异常激动，他忍不住冲上前来，紧紧地搂着赵岚，激动异常地说道："岚岚，我不是做梦吧。真的是你，真的是你啊。"

可是，对方却无动于衷，任凭他紧搂着，她根本没有动。

几分钟后，就听到赵岚语气冰冷地说了一句："够了没有。如果够的话，请你放开我。"

这时，这个显得非常陌生的声音，让许明峰迅速回过神来。

他松开了赵岚，看着这个一脸淡然的女人，有些意外地说道："岚岚，你……你这是……"

"没什么，明峰。"赵岚轻轻抚了一下她的头发。

这会儿，许明峰才发现，赵岚完全变了样。她留着一头齐耳的短发，原本乌黑的长发也染成了酒红色。

这个女人，已经不是往日那个赵岚了，她是如此陌生。

瞬间，许明峰的激动，消失得无影无踪。

赵岚说着，挤出一个淡淡的笑，轻轻说道："我刚才是闲来没事，就出来散散步，结果不知不觉间，就走到这里来了。"

听到这里，许明峰也非常意外："岚岚，你的意思是，你早就来了。之前你究竟去哪里了？"

赵岚看了他一眼，摇摇头，说道："明峰，你还是叫我赵岚吧。我们俩之间，好像也没那么熟吧。"

"我……"许明峰被赵岚一句话噎得说不上来话了。

可是看着赵岚脸上的冷漠，他真不敢相信，这就是昔日那个赵岚。

赵岚这时从口袋里掏出一盒女士香烟，抽出一根点上，吸了一口。目光落在了铜赵记作坊招牌上，幽幽地说道："明峰，这么多年，还一直在坚持吗？何必呢，我觉得你真的没必要这么做。"

说着，她吐了一个烟圈。那缭绕的烟雾，冉冉上升。许明峰发现，这一团烟雾在这夜色中是如此清晰。

赵岚抽烟非常娴熟，而且举手投足之间，带着老于世故的神态。看到这些，许明峰心里非常不是滋味。他不知道，赵岚这些年究竟经历了什么事情，才变成了如今的模样。

可是，他还是忍不住上前来，看着她问道："岚岚，哦不，赵岚，你……你什么时候学会抽烟的。我记得，你说过你最讨厌抽烟的。"

赵岚轻轻弹了一下烟灰，幽幽地说道："明峰，你要明白，人总会变的。而人最讽刺的地方就在于，有一天会变成他当初最讨厌的那个人。"

说完，她迅速朝作坊里面走去。

许明峰见状，也跟了过去。

在整个作坊里转了一圈，赵岚转头看了一眼许明峰，缓缓说道："明峰，我听说你们最近的运转，还是有很大困难的。怎么样，需要我的帮助吗？"

"岚岚，我们自己能解决困难。我现在只想知道，这么多年，你究竟是怎么过来的。"许明峰紧紧盯着她，忙不迭地问道。

"还能怎么，也就那样，得过且过。"赵岚这时丢掉了烟头，看了看许明峰，说，"明峰，你也是老大不小的人了。我看，你不如找个人结婚吧。"

"赵岚，我……我当初和梁艳真的是……"许明峰有些激动，赶紧上前紧紧抓住赵岚的手。

可是，这时他却发现赵岚的手指上戴着一枚闪闪发光的钻戒。

许明峰知道，那是一枚订婚戒指。那一刻他有些傻眼了，整个人像是丢了魂儿一样。

赵岚迅速抽出了手，脸上闪过一抹不自然的神色，轻轻说道："明峰，不管当初如何，但都已经过去了，我们大家都应该朝前看。"

许明峰似乎没听进去赵岚的话，他只觉得胸口上仿佛压着一块石头，让他感觉上不来气。

"朝前看，赵岚，你真以为有些事情可以像你说的那么简单吗？也许你做得到，但我做不到。"许明峰说着，缓缓朝房间里走去。

赵岚看着他那孤零零的身影，心里忽然犹如针扎一样。恍惚之间，她似乎看到了父亲往日的身影。刹那间她泪目了。

可是，她迅速转过头，赶紧擦去了泪水。

赵岚没有再跟进去，而是转身就走了，甚至都没来得及去和许明峰道别。

也许他们之间的感情，早在数年前她不声不响地走掉时，就已经荡然无存了。而今的再见，除了徒增彼此的伤感，大概剩下的，也只遗憾了。

赵岚从作坊里离开，终于忍不住放声大哭起来。她无力地跌坐在地上，像是一个无助的孩子。这一刻，她只觉得心头像是被割掉了一大块肉。而那种切肤之痛，只有自己才能体会到。

毋庸置疑，她对许明峰还是有感情的。甚至那一份感情是刻骨铭心的。可是如今一切都难以回到从前了。

赵岚孤零零的身影，在月光的映照下，显得格外清晰。只可惜如今在这月光下，她却再也找不回昔日爱人温暖的怀抱了。

不知道痛哭了多久，赵岚缓缓站了起来。她深深地吸了一口气，转头看了一眼作坊，幽幽地说道："明峰，我的亲人，我的爱人，希望你这一辈子都能够幸福。"

赵岚拭去泪水，徐徐地朝前走去了。而在她的面前，是越来越繁华的都市……

次日中午，许明峰正在作坊里忙碌，外面传来了敲门声。

他过去开门,却见门口站着一个西装革履的青年,看到他,很恭敬地说道:"你好,请问你是铜赵记的把式许明峰吗?"

许明峰点了点头,看了看他问道:"请问你是?"

"你好,我是龙发房产的,关于你们这作坊,我们能不能谈一谈呢?"

听他这么一说,许明峰就什么都明白了。他笑了笑,淡淡地说道:"谈什么,你们是不是想要买我们的地皮呢?"

"对,许把式,既然大家都是明白人,那我们就开门见山地谈吧。"那个人显然也是个老手,随即掏出一份合同递给许明峰,说,"你看,这是我们拟的一份合同书。上面地皮转让的价格,还没填具体的数字。你说个数字,咱们详细谈一谈,你看如何?"

许明峰闻言,想都没想,一口回绝了:"先生,实在对不起,我们这作坊不对外转让。"

"许把式,你先别着急拒绝我啊。"那个人见状,连忙说,"你们这作坊我也早就打听过了,其实现在的经营状况非常不乐观。我要是没猜错的话,你们这里的工匠师傅都许久没发工资了吧。与其让大家都跟着你过这种紧巴巴的日子,还不如卖了这地皮,赚一把多好。"

"对不起,我们习惯过这种紧巴巴的日子了。"许明峰依然斩钉截铁,一口回绝了。

"哎,许把式,你做人不要这么死脑筋啊。"那人见状,到底有些慌了。

许明峰看了他一眼,淡淡地说道:"这不是死脑筋,有些事情跟你说,你也不会明白的。"

那人还想说什么,却被许明峰直接打断了。

本以为这事情就这么消停下来了。可是,许明峰断然没想到,这之后,接二连三地居然来了好几拨的人。这几天里,铜赵记作坊的门槛,毫不夸张地说几乎都被龙发房产的工作人员踏破了。

龙发房产甚至还动用了政府的相关人员过来。但无一例外,都被许明峰给搪塞过去了。

虽然如此,许明峰他们却还是将事情想简单了。

这天下午,他满怀信心地去和一个刚从新加坡过来的外商谈一个珐琅器的订购合同。

这个客户,是许明峰经过好一番努力才争取到的。

如果能够谈成这笔交易,对改善他们铜赵记如今惨淡的状况,会有很大帮助。

许明峰骑着摩托车,半个多小时后,来到了那个客户下榻的酒店。

进到房间里，许明峰和这个客户热情地打了一声招呼，然后赶紧将制作出的两个样品拿给他看。

他正滔滔不绝地给这个客户做介绍，不过对方仿佛并不怎么感兴趣。而是直接打断了他，淡淡一笑说道："许把式，你就先别介绍这个了。这样吧，我给你引荐一个老熟人。"

"熟人？"许明峰闻言，愣了一下，一头雾水地看着他。

那客户点了点头："对，你们就是老熟人。"

"他在哪里啊？"许明峰忍不住环顾了一下周围。

"别着急，他马上就到了。"那客户笑了一声，眼睛看向门口。

十几分钟后，外面传来了敲门声。

这客户随即起身去开门："看，来了。"

不过，许明峰这时还是一头雾水，心里纳闷，对方究竟是谁啊，为什么要搞这么神秘的方式来见自己呢。

第三十五章　童一博的阴谋

很快，那个所谓的老熟人就进来了。

但许明峰看到他，脸上丝毫没有一点惊喜，反而隐隐有一种不祥的感觉。

对方不是别人，正是童一博。

两人相继落座后，那客户冲许明峰一笑，说："怎么样，我说你们认识吧？"

许明峰这时候已经大概明白了，缓缓说："看来，我今天来得不是时候啊。"

童一博见状，连忙说："许把式，你怎么说这种话呢。我觉得，咱们之间是有些误会。其实，我今天来，也是为了消除这个误会的。"

"童老板，我看你才误会呢，我和你之间没什么误会。"许明峰非常认真地说道。

童一博不自然地笑了笑，看了一眼那客户说："许把式，上次我很不礼貌，在此我给你道歉，希望你见谅。"

"童老板，你千万别这样。其实，那件事情我也根本没放心上。"许明峰闻言，忙说道。

那个客户见状，赶紧和稀泥："既然误会消除了，那接下来我看咱们就好谈了。"

他给童一博递了个眼色。

童一博会意，看了看许明峰，说："许把式，听说你今天和我这朋友来谈景泰蓝的购置的，我就厚着脸皮来凑个热闹了。"

许明峰心想，你凑热闹，我看你是来搅事的。他淡然一笑，说："童老板，你真的只是来凑热闹的吗？难道就没别的事情吗？"

"这……"童一博迟疑了一下，不自然地笑道，"当然，也还是有其他的事情的。许把式，关于你们铜赵记的地皮……"

"童老板，我没说错吧，这才是你最主要的目的吧。"许明峰淡然一笑，说，"实在抱歉啊，还劳烦你亲自跑一趟。但我还是那句话。这铜赵记打从明朝起就在那个地面上存在了，绵延至今，也传承有几百年了。想当初，师父将铜赵记交到我手上，是让我发扬光大，而不是去卖掉这个地皮。否则我死后如何面对我师父，又如何面对铜赵记列位把式们。"

"许把式，我看你就是太钻牛角尖了。做人，一定要活终。否则，如何才能在社会上立足呢。"童一博看了他一眼，咧嘴一笑说，"如今这个社会上，想要做成事情，可不是单单靠着一厢情愿，以及那满腔的理想抱负。最重要的还是要靠人脉。懂不懂，也就是你们所说的关系。"

尽管童一博没有把话说得太明，许明峰却听出了一些弦外之音。他笑了一下，转头看向那客户说："我明白了，童老板的意思应该是，我今天如果和你谈不拢的话，那我这珐琅器的合同恐怕也谈不成了。"

"这是你自己说的，不过你非要这么理解，也没有问题。"童一博看了他一眼，脸上露出一丝得意。

那样子分明是说，臭小子，你要是敢坏我的事，我就砸了你的饭碗。

许明峰闻言，点点头，说："好，童老板，话说开就好。嗯，既然如此，那我看就没什么好谈的了。我宁可今天白跑一趟，也不会去干那典卖祖宗家当、死后无法面对祖上的事情。"说完，他起身就走。

那客户眼见如此，赶紧起身，一把抓住了许明峰的胳膊。"哎，许把式，你干吗着急走呢？真不至于将事情闹到这般田地的。"

许明峰回头看了一眼这客户，淡淡一笑，说："从邀请我来的那一刻起，其实你已经打算将事情闹到这般田地了吧。"

客户闻言，脸色也显得有些难看。这时，童一博走了过来，看了看许明峰说："许把式，我觉得你最好别冲动，有些事情，我们还是从长计议的好。"

那客户闻言，立刻笑着说："对，我觉得童老板说的对。要不然这样，我这里有一个两全其美的法子，不知道你们感不感兴趣呢？"

许明峰此时心早就离开了，至于他所说的什么两全其美的法子，他也是完全没一点兴趣。

倒是童一博迅速来了兴趣，看了看那客户，忙说："你说，什么办法？"

那客户想了一下，说："是这样，我觉得老童，你不如在别的地方给许把式再投资兴建一个作坊。而许把式呢，将这个地皮还以这种价格卖给你。这样，你得到了地皮，而许把式也保住了铜赵记。说起来，这也算是两家都不吃亏了吧！"

童一博闻言，想都没想，直接说："嗯嗯，我看这个办法行。许把式，你怎么看呢？"

第三十五章　童一博的阴谋　/　217

许明峰闻言，不免觉得好笑，摇摇头说："童老板，我还是刚才的意思，没什么好说的。"说着，打开门，直接出去了。

下了电梯后，许明峰正要从酒店里出来，迎面却见赵岚从外面回来了。

她的身后，还跟着一个随从，提着一堆行李。

两人看了几眼，愣了几秒。但随即，赵岚就恢复常态，有些意外地问道："明峰，你来这里干什么？"

许明峰随口敷衍了一句，说自己谈事情。

赵岚也没多问，似乎这个时候，两人之间也少了很多话。

彼此就这么站着，尴尬地看着对方。大约有一分钟，许明峰打破了沉默，说："赵岚，那个我先走了，我还有点事情。"

"嗯，好，明峰，你走吧。"赵岚看了他一眼，微微点了点头。

许明峰正要走，忽然身后传来了童一博的声音："许把式，你等一下，我还有话和你说呢！"

许明峰转头一看，童一博已经快步跑了过来。

他看了一眼他，冷声叫道："童老板，你又跑来干什么？我想，该说的话，我已经都说了。"

童一博正要说话，目光却落在了赵岚的身上。他有些意外，诧异地看着她说："岚岚，你……你这么快就回来了，东西都买够了吗？"

"我买的差不多了。"赵岚看了他一眼，脸上闪过一抹不自然的神色，慌忙说道。

"岚岚……"许明峰听到这么亲昵的称呼，心里不由得咯噔一下。他看向赵岚，缓缓问道："赵岚，这到底是怎么回事？"

"咦，你们俩怎么认识啊？"童一博一愣，有些疑惑地看着许明峰和赵岚。

看起来，他还不知道赵岚和许明峰之间的关系。

赵岚微微低着头，眼神躲闪。她似乎不愿说。

不过许明峰却无法保持淡定了。他看了看童一博，问道："童老板，你和赵岚认识？"

童一博听到这里，想也没想，直接说："哦，你还不知道啊，岚岚是我的未婚妻。这次，我是陪她来北京采购一些东西。嗯，下个月我们打算举办婚礼了。许把式，回头你可要来喝我们的喜酒啊。"

听到这消息，许明峰整个人颤抖了一下。

他缓缓看向赵岚，缓缓叫道："赵岚，这……这是真的吗？"

赵岚低着头，咬着嘴沉默了几秒钟，方才说："是……是真的。明峰，其实，昨晚我就想跟你说这个事情。只不过话到了嘴边我却说不出口。"

童一博也不是傻子,这时也看出一些端倪了。

他走到赵岚身边,手轻轻揽着她的腰,故作吃惊地问道:"岚岚,原来你说昨晚去见一个重要的亲人,说的就是许把式啊。你们俩,到底是什么关系啊?"

许明峰淡淡地说:"童老板,我们是什么关系,没必要告诉你。"

"这可不行,许把式,我是岚岚的未婚夫。她的任何事情,我都有知情权。"

许明峰已感觉到对方眼里带着威胁。

许明峰刚想说话,却被赵岚打断了。她看了一眼童一博,说:"一博,其实……其实我有很多事情骗了你。事实上,明峰是我的师弟。我爸就是赵兴成,曾经的铜赵记把式。"

"什……什么,这……这是真的吗?"童一博闻言,愣了愣神,有些不敢相信地看着赵岚。那眼神里却闪着异样的光芒。

赵岚点点头,慌忙说:"一博,你要相信我,我不是刻意隐瞒你的。只不过,我有自己的苦衷。"

"傻瓜,你干吗这么说呢?"童一博似乎一点都没生气,用手摸了一下赵岚的脸颊,笑着说:"我是真没想到啊,没想到闹了半天,咱们居然是一家人啊。嗯,既然岚岚叫你明峰,那我也不和你见外了。明峰,你看,这既然都是自己人,有些事情,我们还是能谈的,对吧?"

许明峰心里异常难受,他的注意力一直都在赵岚的身上。他看都没看童一博一眼,冷声说:"童老板,我该说的话都已经说了,这事情没任何商量的余地。"说着,他快步走了。

赵岚看着许明峰的背影,忍不住激动地叫他。可是许明峰头也不回。

赵岚努力忍住内心的伤痛,缓缓回过头来,看了看童一博说:"一博,我们回去吧!"

"哼,是该回去了。赵岚,咱们得好好谈谈了。"童一博脸色大变,随即快步朝电梯里走去。

在赵岚的房间里,她坐在床头,一直不安地看着童一博。

童一博进来后一言不发,已经连续喝了三杯威士忌。而他似乎还非常生气,脸色非常难看。

赵岚见状,有些不安,轻轻叫了一声他的名字。

童一博转头看了她一眼,说:"赵岚,给我说老实话,许明峰那小白脸是不是就是你一直念念不忘的旧情人啊。"

"不,一博,你听我说。其实,那些都已经过去了。"赵岚闻言,赶紧解释道。

"哼,过去了,你这种鬼话骗谁呢?"童一博听到这里,冷哼了一声。他几步走了过来。忽然,一手紧紧捏着她的脸,凑上来说:"赵岚,你是不是真以为我是傻子呢。我们认识也不是一天两天了,你当我不清楚啊。怪不得到现在,你还不让我碰你。原来你心里惦记的是那个小白脸吧。真没想到,这么多年了,你们还藕断丝连。说,昨晚上你们在一起都干啥了?"

"你……"赵岚听到这里,气不打一处来,愤怒地将童一博的手甩开,气恼地叫道:"童一博,你也太过分了。是,我承认我和明峰曾经有过感情。可是那些已经过去了。昨晚我去见他,也只是把他当成一个亲人而已。我告诉你,我既然做了你的未婚妻,就不会做出那种苟且的事情来。"

"哈哈哈。"童一博听到这里,忍不住大笑了起来。他跌跌撞撞地走到一边,端着那半瓶酒,又猛灌了一口。接着,看了看赵岚说:"赵岚,你以为你的三言两语,我就会相信吗?"

"好,童一博,那你倒是说说看。究竟我要如何做,你才肯相信呢?"这时,赵岚也掏出一根香烟,点燃抽了一口。

童一博想了一下,随即说:"很简单,赵岚。我们公司正做房地产开发,而铜赵记占据了一块非常不错的地皮。这样,你去找许明峰谈,让他将地皮卖给我们,那我就相信你。"

"什么,不行,这个事情我做不到。"赵岚闻言,想都没想,一口拒绝了。

"赵岚,你居然这么干脆就拒绝了。"童一博听到这里,气愤难当。他想了一下,说,"我告诉你,这铜赵记是你们赵家的。你只要以你父亲合法继承人的身份,要求收回铜赵记,他许明峰屁话都不会有的。"

童一博现在甚至有些后悔了,早知道就尽快和赵岚结婚了。这样,他就可以以合法的赵兴成女婿的身份,堂而皇之地将许明峰这个外人给赶走了,他可以光明正大地继承铜赵记。

"童一博,你死了这条心吧。我不可能这么做的,而且我父亲如果在天有灵,也绝对不会容许我这么干。你根本不会明白,这铜赵记对我们意味着什么。"赵岚的态度也是非常干脆而坚决。

童一博闻言,勃然大怒。他几步上前,一把揪住赵岚的衣领,一个耳光脆生生地落在了赵岚的脸上。"贱人,你和那许明峰还真是一个口气啊,连这表情都是一个德行。哼,我早该想到,你们关系不寻常,还给我说那么多大道理。我不明白,我现在明白也不晚,你这贱人摆明就是向着那个小白脸。"

赵岚只觉得脸上火辣辣的，她狠狠地瞪着童一博，口气却依然非常生硬："童一博，你嘴巴最好给我放干净点。我告诉你，我和明峰清清白白，绝对没你想的那么龌龊不堪。"

"少废话，赵岚，明天就给我去找许明峰谈。要是事情谈不好，你就别回来了，老子也不会和你结婚的。"童一博说着，再次打了她一个耳光，愤然出去了。

赵岚捂着那火辣辣的脸颊，痛哭着。这时她蓦然看到了窗外的月亮。月光多么皎洁，而赵岚仿佛看到了许明峰的身影出现在月光下。

次日中午，许明峰正在作坊里研究釉料，忽然听到外面一阵骚动。

他打开门，就见安建民兴奋地走了过来，拉着他说："小峰，你快瞧瞧谁来了！"

许明峰抬头一看，是赵岚。她用一条纱巾裹着脸，可是那一双眼神，他再熟悉不过了。

不过，许明峰此时已经非常冷静。或者可以说，是非常淡然。

他看了看赵岚，缓缓说："赵岚，你来做什么？"

"明峰，我们能单独谈一谈吗？"赵岚看了看外面，眼神有些慌乱。

"好，进来吧。"许明峰冷冷地说了一句，头也不回地走进房间。

安建民他们几个人却看得有些傻眼，都不敢相信，这许明峰和赵岚昔日是那么恩爱的情侣，而今再次相逢，居然会形同陌生人。

赵岚进去后，关了门。

她环顾着四周，不住叹气："明峰，这里还是按照从前的样子进行修葺的吧。"

"赵岚，我们也别绕弯子了。"许明峰看了她一眼，说，"赵岚，如果你是替你未婚夫来当说客，劝阻我卖这地皮的话，那我只能拒绝你了。而且我劝你最好别开这个口。"

听到这里，赵岚笑了，几步走到许明峰跟前，注视着他说："明峰，我们认识这么久，难道你就是这么看我的吗？"

许明峰说："赵岚，说实话，我真的不了解你了。也许，正如你所说的那样，我们已经是陌生人了。"

"对，陌生人。"听到这三个字，赵岚心里有如受到了强烈的撞击，她看了看许明峰，说，"其实，我今天是来和你谈关于龙发地产买卖铜赵记地皮的事情。但是，我不是劝你卖的，更不是以铜赵记合法继承人的身份来逼迫你的。我今天来，是劝你一定要守住底线。不管童一博使出什么阴招，你都不能答应他的要求。"

第三十六章　矛盾升级

"赵岚，你……你说什么？"许明峰闻言，有些意外。

赵岚这时轻轻解开了丝巾，挤出一抹浅笑："明峰，咱们师兄妹三个人中，只有你最有资格担起铜赵记的重担，能完成我爸交付的任务，完成这手工艺的传承。"

许明峰听得有些傻眼了，不敢相信地看着她："岚岚，你……你……"

他的话没说完，忽然注意到赵岚的脸颊一片红肿。许明峰几乎是本能地霍地站了起来，迅速上前，紧紧抓着赵岚的手，担忧地叫道："岚岚，这……这到底是怎么回事。你的脸怎么成了这样，是谁干的？"

"明峰，你别管，也别问。做好自己的事情就好。"赵岚看了看他，然后重新将丝巾包裹住脸颊，轻轻地说，"明峰，我今天来这里，是想告诉你，我是铜赵记的人，一辈子都是，从未改变。"

"赵岚，是不是童一博那浑蛋干的。不行，我找他算账去。"许明峰气得不行，随即就朝外面走去。

赵岚见状，赶紧抓住了他的手："明峰，你站住。"

"赵岚……"许明峰回头注视着赵岚那红肿的脸颊，心里更加难受。

赵岚不以为然地说："明峰，我这不算什么，你也别在意。今天我来，还有个事情。"

"还有事情？什么事情？"许明峰愣了一下，疑惑地看着她。

赵岚转头看了一眼那工作台，皱了一下眉头说："明峰，这么多年过去，你是不是依然没有研发出龙鳞光工艺。"

许明峰露出一丝惭愧的神色，微微点了点头："是啊，说起来也很抱歉。唉，我辜负了师父的期望。"

赵岚轻轻宽慰了他一句："明峰，你也别往心里去，其实我这次来，就是打算给你介绍一个人。说不定，她可以帮上你的忙。"

"谁啊？"许明峰听到这里，一脸困惑。

"走吧，我先介绍你们认识。"赵岚说着，就往外面走去。

许明峰也不知道赵岚葫芦里卖的什么药，但还是跟上去了。

不过，许明峰怎么都没想到，赵岚带他去见的，居然是一个刚刚大学毕业的女大学生。

这个女大学生住着一间并不大的房间，许明峰跟着赵岚进来，立刻就被眼前的景象震惊了。

就见这房间里堆满了各种珐琅器的原材料，以及半成品。

而在一个角落里，只见一个人正低头趴在桌子上，也不知道在干什么。

许明峰和赵岚对视了一眼，赵岚微微点了点头，随即上前来，轻轻叫道："玉兰，你家里要被盗了。"

不过，对方并没理会，依然趴在那里。

许明峰见状，小声叫道："这……这也太入迷了吧？"

赵岚看了看他，微微一笑说："明峰，你还说她呢。难道你没发现，你和她非常相像吗？"

听到这里，许明峰不自然地笑了笑。其实平常倒是没发现什么，不过现在才注意到，这种一头扎进工作里的状态，其实不就是自己的日常吗？

赵岚说着，走到了那个人身边，用力拍了一下她的肩膀，大声叫道："姚玉兰，你家里要被偷光了。"

"哎呀……"那个人直接一跳而起，盯着赵岚看了几眼，带着几分责怪的口气叫道，"哎呀，岚姐，原来是你啊。你来怎么不打招呼，刚才吓死我了。"

"哼，我都叫了你那么多声，你都没注意啊。"赵岚瞥了她一眼，摇了摇头。

许明峰也才注意到，眼前是个刚二十岁出头的姑娘。她却丝毫没个姑娘的样子，头发蓬乱，衣衫不整。甚至领口还敞着。

不过，她却浑然不觉，一边挠着头，一边笑着说："岚姐，我这不是忙呢吗？怎么，有事吗？"

"玉兰，你不是一直嚷嚷着要找个高人好好研究学习珐琅器吗？这不，我给你找来了。"赵岚说着，顺手指了指站在一边的许明峰。

这姑娘转头看了一眼许明峰，迅速走了过来。然后，她用非常夸张的动作凑到许明峰跟前，上下前后打量了好一番。接着，她又露出非常怪异的表情："哇，这是个大帅哥啊。你长得好像那个，那个最近热播的《还珠格格》里的五阿哥永琪。"

许明峰听到这里，有些哭笑不得。这部电视剧他听说过，最近挺火爆的。他清了清嗓子，不自然地说："那个，姑娘……"

赵岚走了过来，看了看他们，说："来，我给你们做个介绍吧。"

"先别急，我先整理一下。先生，麻烦你能先出去一下吗？"那个姑娘看了看许明峰，尴尬地笑了笑。

许明峰点点头，转身出去了。

大约二十分钟后，门打开了。许明峰再看到她，非常吃惊。刚才看起来还很邋遢的姑娘，转眼之间，就成了一个打扮非常时髦的美女。

她转头看一眼赵岚，笑着说："岚姐，现在，你可以给我们做介绍了。"

赵岚点点头，然后给他们做了介绍。

许明峰这才知道，这个叫姚玉兰的姑娘，是个大学生。她本来学的是美术专业，不过本人却对中国传统工艺美术非常着迷。尤其是景泰蓝，姚玉兰更是无比着迷。

姚玉兰和赵岚是在一个珐琅器交流会上认识的，两人相谈甚欢，很快就成了无话不谈的闺密。

而姚玉兰听闻赵岚说了很多关于许明峰的事情后，就对他非常崇拜，一直催促赵岚介绍他们认识，想拜他为师。

两人交谈了几句后，姚玉兰打量了一番许明峰，一手托着下巴，眨了眨那明亮的眼眸，轻轻说："许把式，说实话，看到你还是很意外的。你和我想象中的样子，还是有些差别的。"

赵岚和许明峰对视了一眼，转头看了看她说："玉兰，这话怎么说？"

姚玉兰神情专注地看着许明峰，嘴角勾起一抹浅笑："在我印象里，这工匠师父多半非常迂腐，而且大多是老态龙钟、长得上不了台面的人。但是，我没想到，许把式却是个大帅哥啊。哎呀，我越看越和五阿哥像啊。以后能和帅哥一起做事，心情也会很愉悦的。"

许明峰闻言，有些无语。眼前这小姑娘，分明就是个还在追星的花痴。这样的人，真能给自己提供什么帮助吗？对此，许明峰是持怀疑态度的。

他看了看赵岚，微微摇摇头，说："玉兰，我看你可能有些误会。我们还没具体谈，这一起做事现在说有些为时过早吧。"

姚玉兰听到这里，看了看他说："许把式，我知道你想什么呢。不过，我对你的能力也有些怀疑呢。这样吧，我考考你。如果你能让我满意，那我就考虑拜你为师，跟你合作。"

赵岚闻言，有些慌了神。她看了一眼姚玉兰，脸一沉："玉兰，你太没礼貌了。难道，你还不相信我吗？"

姚玉兰刚想说什么，却被许明峰给抢了话头。他看了看她，淡淡地说："好，玉兰，你随便考吧。"

姚玉兰想了一下，说："这样，我也不为难你。许把式，你说说这金属胎珐琅工艺，一般分几种，都是哪些啊？"

许明峰听到这里，只是摇摇头，淡淡一笑说："这种入门级的东西，如果我不会，那也太丢人了吧。一般分为掐丝珐琅器、錾胎珐琅器、画珐琅器以及透明珐琅器四个工艺。而景泰蓝就属于其中的掐丝珐琅器工艺，这是一种源自波斯、元朝时传到中国的金属胎珐琅器工艺。在明朝景泰年间工艺水平最高。而随后，工艺水平下降，导致很多著名的工艺都失传了。而我们铜赵记的传世工艺龙鳞光工艺，就是其中一种。"

姚玉兰听到这里，忍不住拍了拍手，微微点点头说："很好，许把式。看样子，你对景泰蓝研究得非常深入啊。"

"过奖了，这其实只是皮毛的东西。如果真说起个中详细的工艺，包括釉料的调配，以及火候的掌握等，恐怕三天三夜都说不完的。"许明峰谦虚地笑了笑。

姚玉兰听到这里，眼里露出了几分赞许。不过，她仿佛还不满足，看着许明峰继续说："许把式，你对景泰蓝工艺研究这么深，不知道对其他几个工艺是否熟悉呢？"

"这个……"许明峰迟疑了一下，看了看她说，"这个，我也了解一些吧！"

其实，许明峰何止了解一些。为了重现失传的龙鳞光工艺，许明峰广开思路，早就开始了对其他几门工艺的研究。而透明珐琅器工艺，是他最近一段时间研究的最为深入的一门工艺。

姚玉兰听到这里，眉头微微皱了一下，看着他说："许把式，我实话跟你说吧，我研究的重点一直是怎么融合透明珐琅器工艺和景泰蓝工艺。所以，我其实希望有人能够在透明珐琅器工艺上给我一些指导性意见。"

许明峰看出来了，这个姑娘分明还是考他呢。不过，人家很聪明，没明说。

虽然说许明峰对于姚玉兰是否做自己的学生或者帮手完全没多大兴趣，不过这时候他可不想落于下风。

第三十六章 矛盾升级 / 225

他想了一下，说："我对透明珐琅器工艺了解得并不是太多，这门工艺据说分硬透明珐琅工艺和软透明珐琅工艺。而尤其以硬透明珐琅工艺最复杂，当然所呈现的美感也更震撼，但用到的贴金片和银片花纹等诸多工艺也是非常烦琐的。只可惜，现在这种贴金银片的硬透明珐琅工艺已经失传了。但是，我最近的研究中，似乎找到了这一门工艺的踪迹。而且我发现这门工艺和我们铜赵记失传的龙鳞光工艺似乎有某种关联。但是，我现在还不太明白。"

姚玉兰听到这里，欣喜地叫道："许把式，太好了，就是你了。嗯，从现在起，我就是你的徒弟和助手了。"

"啊，玉兰，你……你说什么？"许明峰愣了一下，有些诧异地看了看她。

姚玉兰紧紧握着许明峰的手，一脸崇拜地看着他说："许把式，我现在已经是你的徒弟了，以后就叫你师父吧！"

许明峰闻言，有些哭笑不得。他慌忙抽出了手，干笑了一声："别，玉兰，你这么叫，这不是折我的寿吗？要不然这样，你叫我峰哥吧。"

"这么说，你是肯收下我了。"姚玉兰笑了一声，轻轻说道。

"哦，不是，我的意思是……"

许明峰这才回过神来，赶紧解释。

可是，他话没说完，却被赵岚给打断了。她看了看许明峰，说："明峰，就这么定了。这样，明天就让玉兰来铜赵记吧。"

"太好了，峰哥，那我先回去准备一下东西。"姚玉兰说着，兴奋地转身跑回房间里去了。

许明峰看了一眼赵岚，无奈地摇了摇头。不过，当看到姚玉兰在房间里忙碌的身影时，他忽然心里一动，这一幕多么熟悉啊。

赵岚这时拍了一下他，问道："明峰，你看什么呢，入迷了？"

许明峰有些尴尬地笑了笑，忙说："赵岚，你有没有发现，这玉兰的身上，有你昔日的身影啊？"

赵岚脸上掠过一抹异样的神色，但很快就恢复了。她轻轻说："明峰，过去的，都让它过去吧。我们总要向前看，你说对不对？"

"是……是的。"许明峰摇了摇头，有些尴尬地笑了笑，随即就走了。他得承认，自己对赵岚根本放不下。

赵岚看着他的背影，心里波涛汹涌。

其实，她将姚玉兰介绍给许明峰，有自己的打算。她认为自己和许明峰是不可能的了，可是当看到许明峰孤零零一人的时候，却又于心不忍。她知道许明峰心里还装着自己，而姚玉兰和昔日的自己很多方面都很像。所以，找她去许明峰身边，就是要有一个人代替自己来照顾他。

从今天的情况来看，姚玉兰对许明峰非常崇拜。看样子，两人将来也许真的可以走到一起的。

两个人回去的时候，已经是夜里十点多了。

眼见距离作坊越来越近，许明峰很不情愿回去。他多想牵着走在身边那个人的手一起回去。只可惜这都是自己一厢情愿的想法而已。

距离铜赵记大约五百米的时候，赵岚忽然停了下来，看了看许明峰，说："明峰，我就不过去了，你自己回去吧。"

"赵岚，你……你不去坐一下吗？"许明峰回头看了一眼她，忍不住问道。

"不了。"赵岚淡然一笑，极力掩饰着自己内心的难受。她何尝不想进去坐一坐，只不过进去后她害怕自己又会控制不住自己的情感。

许明峰没再多说什么，他知道，赵岚早就不属于他了。人家有了新的归宿，尽管那个归宿未必是好的。

"赵岚，如果童一博再欺负你，一定要告诉我。要记住，不管什么时候，我都是你的亲人。"许明峰回头看了一眼赵岚，轻轻说道。

"好，明峰，谢谢了。"赵岚嘴角漾起一个淡淡的笑，随即转身就走了。

本以为，自己可以忍得住。可是赵岚却没想到，没走多远，她已经泪流满面了。

许明峰怀着复杂的心情，徐徐朝作坊里走去。

他走到一个拐角的时候，忽然看到作坊一边的墙角下，有四五个黑影，鬼鬼祟祟的，正提着一桶桶的不知什么液体，朝作坊里倾倒。

很快，空气里弥漫过来一股味道。许明峰吃了一惊，他怎么都没想到，居然是汽油。

本来，他想立刻冲过去。但转念一想，自己这么冒失地过去，恐怕不能抓他们的现行。

不过，许明峰转头看到远处的一家饭店门口停着一辆警车，立刻他就有主意了。

十几分钟后，那几个黑影将汽油都泼洒到了铜赵记作坊里面，他们正打算离开，忽然面前两盏耀眼的灯亮了起来。

第三十六章　矛盾升级　/　227

几个人见势不对，掉头就想跑。

可是，就在这时，七八个警察冲了出来，上前就将那几个人全部抓住了。

二十分钟后，警察局里。几个二十多岁、地痞模样的人正接受警察的审讯。

刚开始，他们还是死活什么都不说。

但当警察说出他们可能要面临的罪行时，他们就慌了神，立刻一五一十地将事情的原委都招了出来。

而许明峰听到这事情原委，非常吃惊。他怎么都没想到，雇用这些人焚烧他们铜赵记的人，居然是童一博。

根据他们的供述，童一博的目的很简单，就是要让铜赵记失火。到时候许明峰别无选择，就只能被迫和他合作。

很快，警察就将童一博抓捕归案。

第三十七章 猖狂的恶人

童一博对于自己所犯的罪行供认不讳。

经过警察的同意，许明峰得到了和童一博对话半个小时的机会。

此时，两人就面对面地坐着。

许明峰紧紧握着拳头，看着眼前这个男人，他心里异常愤怒："童一博，你是不是也没想到会是这样的结果吧？"

"哼，许明峰，你也别高兴得太早了。我告诉你，我既然敢做，就什么后果都想到了。"童一博有恃无恐，似乎根本就不在乎。而这一点，是许明峰根本就没想到的。

许明峰说："童一博，这件事情暂且不说。为什么你要打赵岚，她可是你的未婚妻。"

"哈哈哈，"听到这里，童一博忍不住大笑了起来。他摇了摇头，说："许明峰，看你的样子，是不是非常心疼啊。"

"你少废话，我告诉你，如果再让我知道你欺负赵岚，我不会放过你的。"许明峰说着，暗暗握了握拳头。

对于很多事情，许明峰是都可以忍受的。可是他最无法忍受的，是赵岚被人欺负。赵岚在他的心中，不仅是最爱的人那么简单，她还是自己的亲人。

"许明峰，欺不欺负她，和你有什么关系。"童一博一脸得意地说："你好好看看你自己吧，算什么玩意儿。你这么自作多情，赵岚也不会看上你的。我就是天天打她，她也马上就要成为我的妻子了。"

"你……"童一博的话，让许明峰瞬间火了。不过，他很快克制住了自己的愤怒。这个时候，他知道如果自己冲动，后果就严重了。

童一博见状，却是一脸鄙夷，微微摇摇头说："许明峰啊许明峰，就你这屌样，还想替赵岚出头，我看还是省省吧。另外我也告诉你，以后少和赵岚眉来眼去的。你要记住了，她是我的未婚妻。"

"童一博，我看你还是省省吧。"许明峰这时站了起来，扫了他一眼，冷冷地说，"我已经查过了，你这种罪行，判得不会轻的。"边说边往外走。

不过，他走到门口的时候，听到童一博不以为然地说："许明峰，你也太小看我了。我告诉你，我已经打电话给我的律师了。不用三天，我一定可以出去的。不信，咱们走着瞧。"

许明峰只听说过律师是打官司的，可是他并不了解，律师究竟有多大的作用。

从警察局出来的时候，许明峰看见赵岚神色匆匆地走了过来。

看到许明峰，她非常惊慌地上前来，紧紧抓着他的手，关切地问道："明峰，你有没有事情啊。我听说童一博要放火烧铜赵记，是不是真的？"

许明峰点点头，看了看她说："赵岚，事情是真的。不过，他没有得逞。"

"这个浑蛋，太卑鄙了。我真没想到，他居然会想出这种阴损的招儿来。"赵岚闻言，也是气得不行。

许明峰看了她一眼，犹豫了一下说："岚岚，不是我说你。我觉得，你还是趁早离开童一博吧！这个浑蛋，他根本配不上你。"

"明峰，我的事情，我知道如何处理。你没事就好，赶紧先回去吧。"赵岚看了看他，淡淡地说了一句，转身就朝警察局走去。

随即他也转身走了。

让许明峰没想到的是，第二天中午，童一博被释放了，是被律师保释出来的。他还听说，童一博要去外地。

童一博一走，赵岚也会跟着走。

当时听到这消息的时候，许明峰立刻骑着摩托车，飞一般地赶往赵岚下榻的那家酒店。

这一路上，他想了很多。而最多的，依然是和赵岚的那些回忆。

许明峰那时候下了一个很大的决心，不管如何，今天一定要阻止赵岚跟着童一博离开。他已经失去赵岚一次了，不想再次失去她。

可是，当他火急火燎地赶往酒店的时候，早已人去楼空。

而据服务员所说，清早赵岚就退房离开了。

那一刻，许明峰忽然像泄了气的皮球，无力地跌坐在地上。

他有种想哭，却哭不出来的感觉。

他不知道自己是怎么离开酒店的，可是依稀地，他听到身后传来赵岚的声音。甚至，他能感觉到对方就在身后。他的心上人就如同曾经的模样，那么天真无邪，那么泼辣任性。

许明峰没有回头，轻轻擦了一下湿润的眼睛，骑着摩托车走了……

回到作坊，安建民等几个工匠围了上来，问他赵岚有没有回来。

许明峰叹了一口气，摇摇头说："安师父，我去晚了，赵岚她走了。"

安建民闻言，轻轻宽慰了他一句："小峰，你也别太难过了。我看岚岚也是个明白人，绝对不会嫁给那个浑蛋的。说不定，过一段时间她就回来了。"

许明峰知道，安建民不过是安慰他罢了。当然，他也希望赵岚能够回来。只可惜，她还能回来吗？

许明峰下意识地看向远处的那个山头。他默默地说道："师父，对不起，我没有完成您的遗嘱，照顾好岚岚。"

"哇，你们这里还挺气派啊。"这时，门口传来一个脆生生的声音。

许明峰他们一转头，却见一个穿着背带裤、戴着一顶贝雷帽的姑娘进来了。许明峰怎么都没想到，姚玉兰会找到这里。她又换了一身打扮，他差点没认出来。

安建民几步上前，笑嘻嘻地问道："小姑娘，请问你来这里做什么啊？"

姚玉兰笑了笑，指了指许明峰说："喏，我是来找我师父的。"

安建民听到这里，转头看了一眼许明峰，忍不住吃惊地叫道："是吗，小峰，你还真是让我刮目相看啊。而今你居然都有徒弟了。"

许明峰不自然地笑了笑，有些尴尬地说："安师父，您别听她胡说。其实，她就是我招聘来的助手。"

随后，许明峰就逐一给他们做了介绍。

姚玉兰这时看了看众人，说："大家都还没吃饭吧，这样吧，我初来乍到，也没啥见面礼，等会儿我给大家做一顿丰盛的晚餐。"

其他几个工匠闻言，立刻高兴地拍手称好。

许明峰这时也不好再说什么了，只好点了点头。

姚玉兰笑了笑，看了看众人说："那，几位师傅先忙，我这就去准备了。"说着，她像个精灵一样一跳一跃地跑向厨房。

这时，安建民拉着许明峰走到一边，小声说："小峰，你有没有发现个事情啊？"

许明峰一头雾水，诧异地看了看安建民，不解地问道："安师父，您说什么事情啊？"

安建民说："你仔细看看，这小姚有些地方挺像岚岚的。说实话，当初岚岚在

第三十七章　猖狂的恶人 / 231

的时候,咱们这作坊里可是有不少乐趣啊。可是,自从她走后这里就感觉少了很多生机。不过,如今这个小姚来了,以后可就大不一样了。"

许明峰微微点点头,说:"安师父,她是岚岚介绍过来的。她是有些像岚岚。可她毕竟不是。"

"哎,明峰,我看你也别总是这么一副愁眉苦脸的样子。"安建民看着自己这徒弟这么多年吃了那么多苦,其实也很心疼他,"我觉得岚岚既然介绍她给你,估计也是有用意的。你好好把握,说不定你们俩还能发展出点什么。"

"安师父,您别乱点鸳鸯谱。"

"唉,这孩子,还是太执迷不悟了。这么多年,一直都没变啊。"安建民看着许明峰的背影,无奈地叹了一口气。

晚上,工匠师傅们陆续下班的时候,姚玉兰已经准备了满满一桌子丰盛的饭菜。

在众人相继落座后,姚玉兰又亲自给众人倒上了酒。

许明峰也很意外,自从赵岚走后,已经很多年了,他都没吃过一顿像样的饭菜。眼前这一幕,恍如一场梦,是那么不真实。

姚玉兰看了一眼发呆的许明峰,拉着他坐了下来,笑了笑说:"峰哥,你傻愣着干什么,快坐下来尝尝,我这手艺到底如何啊?"

许明峰应了一声,随即夹菜。而姚玉兰也招呼其他人夹菜,看着众人吃菜的时候,她迫不及待地问道:"怎么样,这味道还行吧?"

安建民等几个工匠师傅交换了个眼神,不由都笑了起来。安建民点点头,笑了笑说:"小姚,你的手艺不错啊。啧啧,这能去饭店里颠勺了。"

姚玉兰听到这里,也是一脸高兴:"只要你们喜欢,以后我天天给你们做,绝对不重样。"

"那敢情好啊。"安建民笑了笑,转头看了看许明峰,话里有话地说,"小峰,我没说错吧,家里有个女人,就是不一样啊。"

许明峰有些尴尬,他当然明白安建民话里的意思。他赶紧端着酒,忙说:"诸位师傅,这杯酒我敬你们,感谢这么长时间大家不离不弃,对铜赵记的支持。"

几个人见状,也纷纷举杯。

安建民更是半开玩笑地说:"本来啊,我是打算明天就不干了。不过,如今小姚来了,那我以后还要继续干下去了。"

姚玉兰闻言,冲安建民报以一个爽朗的笑。

这时,一个工匠师傅估计喝得有些上头了,随口说了一句:"许把式,要是小姚以后能做咱们铜赵记的老板娘，那我们可都跟着沾光了。"

许明峰刚喝了一口酒，听到这里，直接给喷出来了。

而这时，姚玉兰脸上泛起了一抹红晕。不知道，她究竟是窘迫呢，还是害羞。

可是，众人都注意到了，姚玉兰这时注视许明峰的眼神，非常大胆。

许明峰有些尴尬，看了看那个工匠师傅，说："我看你是不是喝多了，要不然就吃点菜。"

这时，那个工匠师傅意识到了什么，有些不自然地笑了笑，赶紧端着酒喝了起来。

场面有些尴尬，倒是姚玉兰，这时忽然站了起来，对大家说："嗯，看大家无聊，我给大家唱个歌吧。"

众人立刻鼓掌。

这时，姚玉兰就在月光下一边翩跹起舞，一边唱了起来："有一个姑娘，她有些任性，她还有一些嚣张……"

夜已经深了，许明峰在外面的路边独自坐着，他时不时地抬头看一眼天上的月亮。也是在这个时候，他是最想念赵岚了。

"峰哥，这么晚了，你怎么还不休息，在这里发什么呆呢？"这时，姚玉兰走了过来，看了看他问道。

许明峰回头看了她一眼，笑了一声："好，我这就去睡。"

姚玉兰跟着许明峰进去后，却没去自己的房间，反而紧随许明峰去了他的房间。

许明峰站在门口，看了她一眼说："玉兰，你跟我过来干什么，怎么不去睡觉啊？"

姚玉兰笑了笑，说："峰哥，我挺好奇，你这样的人，住的房间是什么样子的。所以，让我看看吧。"说着，推开门就进去了。

许明峰想阻拦，却来不及了。

进来后姚玉兰就帮他整理房间。

许明峰见状，赶紧拦住她："玉兰，你快住手。这些活儿，怎么能让你干。"

"峰哥，算起来，我其实还是你徒弟。我听说过，徒弟照顾师父的饮食起居，这是行内的规矩。"姚玉兰说着，拉开了许明峰的手。

"哎……"

"好了，峰哥，你先出去吧。等整理好，你再进来。"姚玉兰说着，不由分说就将许明峰给推了出去。

站在门口，许明峰看着里面忙碌着的姚玉兰，不免泛起一种异样的感觉。恍惚间，他似乎觉得屋内那个人是赵岚。

许明峰忍不住朝前走来，轻轻叫了一声："岚岚……"

"峰哥，你刚才说什么？"这时，姚玉兰回过头来，看了一眼屋外。

许明峰瞬间清醒过来，方才注意到刚才自己走神了。他不自然地笑了一声，赶忙说："啊，没什么。"

"好了，峰哥，你可以进来了。"这时，姚玉兰冲他笑了笑。

许明峰进来，看着整洁的房间，一时间还有些不习惯。这，这是自己的房间吗？

说起来，自从赵岚走后，许明峰对于个人的生活一直都非常不上心。他的主要精力都放在了研究龙鳞光工艺上。对于住的地方，他甚至也没太多的要求，只要能睡觉就可以了。

而今，看着这狗窝一样的房间忽然焕然一新，他心里也是感慨万千。

"好了，峰哥，你可以睡觉了。"姚玉兰看了他一眼，咧嘴一笑，然后就出去了。

不过，走到门口的时候，姚玉兰似乎想起了什么，看了看他说："峰哥，明天，我等着你给我上课呢。"说着就走了。

许明峰摇了摇头，也没多说什么。

是夜，躺在床上，他辗转反侧，怎么都睡不着。不知道为什么，眼前总是浮现出赵岚的身影。

"岚岚，你究竟在哪里？我们这辈子难道真的不能再见面了吗？"

……

许明峰早早起来，刚来到工作间，发现姚玉兰不知何时已经在这里了。她此时正全神贯注地伏在工作台上，即便许明峰到来，她也浑然不觉。

许明峰走上前来，有些好奇她究竟在干什么。

不过，他走过来一看，吃了一惊。就见姚玉兰正在一个画稿上设计花纹图案。

许明峰眼见她一直皱着眉头，似乎碰上了一个棘手的问题。

他顺手拿出一支笔来，在画稿上迅速画了几笔，笑笑说："怎么样，玉兰，现在这个设计稿是不是看起来很舒服了？"

姚玉兰没有回头看许明峰，而是惊喜地看着画稿，兴奋地叫道："哇，这的确是神来之笔啊。古典而厚重的艺术美感立刻展现出来了。峰哥，你还真厉害啊。"

说完，姚玉兰方才转头看了一眼许明峰。

许明峰见状，摇摇头，摆摆手说："我这也不算什么厉害，不过是经常接触，熟悉了而已。倒是你，玉兰，看你的工笔，美术方面的造诣可不低啊。"

姚玉兰笑了笑，说："我学的也只是皮毛而已。"

许明峰在另一个工作台前坐下来，开始手头的工作。

姚玉兰见状，好奇地凑过来，不解地问道："峰哥，你这是在调配釉料吗？"

"是的，我现在有一个难题一直没有攻克。"

"什么难题，说来我听听。说不定，我能够帮得上忙呢！"姚玉兰见状，连忙说道。

许明峰倒也不做隐瞒，一五一十地将龙鳞光的事情讲了一遍。他说："玉兰，我也不藏着掖着。事实上，我请你来我这里做事，也是因为赵岚说你在景泰蓝方面有一些工艺造诣，可以帮上我的忙。"

第三十八章　新来的女主人

"这个，峰哥，岚姐夸大其词了。"姚玉兰不自然地一笑，随即说："不过，认真说起来。我倒是觉得，我们的研究不能仅仅局限于眼下所知的这些工艺，关于釉料的选择，也不能仅仅局限于目前所知的这些。我觉得，我们还是要拓展思维，从其他方面来进行。"

许明峰听到这里，也是眼前一亮，微微点点头，说："嗯，玉兰，你说得不错。"

这一点，倒是许明峰没想到的。没想到姚玉兰年纪轻轻就有这样的见识，实在意外。而从她的身上，他似乎看到了自己当年的身影。

姚玉兰见状，随即也滔滔不绝地讲了起来。

许明峰不听则已，听着就有些入迷了。他甚至非常震惊。姚玉兰关于景泰蓝方面的那些认知，不仅超出了他的预想，甚至超出了他的知识范围。

姚玉兰居然还提到了很多失传的古代工艺。包括许明峰最近一直研究的那个早已经失传的硬透明珐琅工艺。姚玉兰居然大致说出了一些具体技法，这着实让许明峰欣喜不已。

于是，两人一边探讨，一边在工艺作坊里忙碌。

就连安建民他们这些工匠都非常吃惊，谁也没想到两人如今竟然到了无话不谈、形影不离的地步了。

一个工匠私底下对安建民说："老安，你瞧见没有，这许把式口口声声说对小姚没感觉，和人家只是普通的朋友关系。可现在看看，啧啧，还不是掉进人家的美人陷阱里了。"

安建民拍了一下他，责怪道："胡说什么呢，什么叫美人陷阱。那是我这徒弟有本事，自然有小姚这样的小丫头崇拜啊。"

"难不成，这个小姚真的会成为咱们的老板娘吗？"

"这个，还真不好说。"安建民的神情又变得复杂了起来，"不过我倒是希望如此。小峰自从岚岚走后，一直很消沉。如今他好容易找到一个和自己有共同语言的人，实在不容易。希望他们俩幸福吧。"

说到这里，安建民忍不住看向远处的山头。他在心里默默地念叨，希望赵兴成可以保佑许明峰和姚玉兰能够有情人终成眷属。

这天中午，安建民他们几个人吃完饭，没有散去，都站在许明峰的工作间门口，一直盯着里面。

这都半个月了，许明峰在这个工作间里始终没出来，犹如闭关一样。而且他也绝不允许任何人打扰。

而姚玉兰也是如此，整日和许明峰泡在那工作台前。

一个工匠师傅开玩笑说，这许明峰和姚玉兰莫不是在修炼什么绝世武功吧。

这时，姚玉兰收拾完碗筷，正要再进去。安建民眼疾手快，赶紧上前拉住了她，忙不迭地问道："小姚，你们俩整天在里面做什么呢？这小峰都进去那么久了，什么时候出来呢？你看，我们大伙儿都有些担心他啊！"

姚玉兰看了他一眼，笑着说："安师父，您别担心。我和峰哥正在做一件很了不起的事情，这事情做成后，说不定对咱们铜赵记会有巨大的帮助呢。"

安建民他们几个工匠闻言，更是一头雾水。

安建民正要问她是什么事情，忽然工作间里传出了许明峰欣喜莫名的叫声："太好了，我成功了，我成功了。"

几个人吓了一跳，还以为许明峰出了什么事情。

就在这时，只见他打开门，跑了出来，上前紧紧抱住姚玉兰，兴奋无比地叫道："玉兰，成功了，我们成功了。"

姚玉兰也紧紧搂着许明峰的脖子，目光柔和地看着他："峰哥，我就知道，你一定可以成功的。因为我一直都相信你的能力。"

安建民他们都看得傻眼了，谁也没想到，这许明峰在短短三个多月的时间里，居然和姚玉兰进展这么快，两人如今的样子，分明就是亲密的情侣了。

"小峰，你……你们成功什么了？"安建民这时忍不住问了一句。

许明峰这时放下了姚玉兰，走到安建民身边，擦了一把满是胡楂的脸颊，笑着说："安师父，我和玉兰联合研制开发出了一款新的工艺品，将现代的审美和古典的优雅之美相融合，由咱们铜赵记传统的诸如玉釉等工艺加工而成。我相信，这一定会成为咱们铜赵记打开市场的重要产品的。"

姚玉兰看了看他，眨了眨眼睛，笑着说："峰哥，这还用说吗，这是肯定的。我们俩出手，一定马到成功。"

"真的假的，小峰，那……那能给我们看看成品吗？"安建民闻言，忍不住问道。

许明峰说："哦，我刚刚完成填蓝工艺。安师父，麻烦您将它推进火炉里。记住，采用二次煅烧法。另外最后的打磨工作，一定要……"

许明峰的话没说完，忽然眼前一黑，晕了过去。

他醒来的时候，已经是第二天的清早。他从床上起来，见姚玉兰趴在自己的床头，已经睡着了。

看着她的样子，许明峰心里忽然一阵怜惜。不知为什么，他有些莫名其妙的感触，眼前的人仿佛就是赵岚。他轻轻探手过来，去抚摸她的脸颊。

而就在这时，姚玉兰忽然醒了过来。她揉着惺忪的睡眼，看到许明峰坐了起来，一阵欣喜。

姚玉兰紧紧抓着许明峰的手，忽然上前紧紧搂着他，说："峰哥，你醒了，太好了。你知不知道，这两天你可吓死我们了。"

许明峰闻言，有些不自然地笑了笑。这时他才感觉被姚玉兰紧紧搂着。

可是，下一秒许明峰的脑子却变得出奇地清醒。他慌忙推开了姚玉兰："玉兰，你……你别这样。这……这让人看到，影响不好。"

"峰哥，你……你怎么……"姚玉兰有些诧异。

事实上，经过这三个多月的相处，两人可以说是亲密无间，无话不说，而且彼此也非常关心对方。

姚玉兰还是个情窦初开的少女，加上之前就对许明峰佩服得五体投地。不经意之间，她已经对许明峰芳心暗许了。

昨天，许明峰突然给她那热烈的拥抱，让她的少女情怀一直都在泛滥着。而今，自己主动投怀送抱，可没想到对方却做出这样的反应，这实在令她有些失落。

工作间的气氛，多少有些尴尬。许明峰被姚玉兰看得很尴尬，赶忙问道："对了，我怎么突然晕倒了？"

"峰哥，是这样的。医生说你太疲惫了，所以才会突然昏厥。而且医生说这很危险，以后不准再这么没日没夜地干了。"姚玉兰说着，眼里多了几分心疼。

许明峰被看得浑身不舒服，迅速躲开她的目光，忙说："那……那个我会注意的。

对了，那个珐琅器制作出来了没有？"

"出来了，峰哥，你是没见啊，这件珐琅器非常精美，我都无法形容。"姚玉兰看了看他，非常兴奋地说道。

"是吗，那我一定要去看看。"许明峰迅速起身，随便跐着鞋子就往外面跑。

在一个陈列间里，许明峰见到了自己花费了多少个日夜制作出来的花瓶。

眼前的花瓶，静静地伫立在桌子上面。窗外，一缕阳光射进来，正好射在它身上，仿佛一个美丽的佳人沐浴于阳光之中。

在花瓶的外形设计上，许明峰充分结合了古典和现代艺术。花瓶整体呈现流线型，宛若一个婀娜多姿的少女。花瓶上装饰的四凤齐鸣的耳朵设计，运用了古典建筑的风格。

当然，许明峰最为关注的，还是自己对于"爬满"整个花瓶的那些花纹的设计。这是他和姚玉兰研究了这么久，综合现代的审美与古典艺术美感形成的一种设计风格。

那些花纹大气而且赏心悦目，更泛着一种玉石一般的光泽，尤其是在瑰丽的蓝色背景衬托下，更呈现出一种让人惊艳的美感。

姚玉兰这时注意到，这个珐琅器花瓶在阳光的映照下，似乎更光彩夺目了，特别是釉蓝色在金黄色的掐丝之间，能呈现出不一样的色泽。

她很吃惊地看了看许明峰，不解地问道："峰哥，这个釉蓝为什么会出现这种变化？我记得，之前咱们好像都没设计这些啊。你看，这掐丝隔离开的两片釉蓝，完全呈现出不同的视觉冲击。"

许明峰非常得意，看了她一眼，笑着说："怎样，玉兰。这整体看起来，是不是更有层次感和立体感了。"

这一点，姚玉兰还是承认的。她点点头，说："是这样的，峰哥。经过这种釉蓝的衬托，整个花瓶上的那些花纹更有层次感、立体感，让人有一种如置身其中的神奇效果。只不过，这种釉蓝你究竟是如何做出来的。之前，我好像没怎么听你说过？"

许明峰嘿嘿一笑，上前爱不释手地抚摸着花瓶说："说起这个，就有些话长了。"

当姚玉兰得知这是当年许明峰参加码事儿无意间开发出的釉蓝掐丝工艺，她更是对眼前这个人佩服得五体投地。

自然而然，那心里的爱慕也增加了不少。

许明峰这时说："行了，我要出去一趟。今天中午十一点市里有个老北京手工艺品展览会，听说各地的商人都来参加。"

姚玉兰点点头，看了他一眼说："峰哥，这个工艺品展览会我倒是听说过。不过，这需要提前一个月预约的。否则那展位……"

许明峰打断了她的话，神秘一笑，说："玉兰，你怎么知道我没预约呢？"

听许明峰这么一说，姚玉兰更是无比惊讶地看着他。看样子，眼前这个人可是个做事情非常讲究计划的人。

姚玉兰发现，自己对他还是不够了解。本以为，他只是个一头扎进珐琅器研究、对其他事情都不闻不问的人。可是现在看来自己还是错了。

许明峰说完就走，姚玉兰见状，赶紧追上来，说："峰哥，咱们这个工艺，还没有个名字啊？"

许明峰愣了一下，看了看她说："名字好说，玉兰，这次你出了不少力。嗯，你说用什么名字，就用什么名字。"

姚玉兰闻言，欣喜不已。她想了一下，说："峰哥，不如，就叫峰兰花工艺吧。"

许明峰闻言，愣了一下。但随即点了一下头："好，玉兰，就这么定了。"说着就走。

姚玉兰再次拦住了他。

"又怎么了，玉兰？"许明峰有些无奈地看了她一眼。

姚玉指了指脸颊，说："峰哥，你瞧瞧你的样子，跟流浪汉一样。难不成你就打算这一副模样过去吗？"

许明峰愣了一下，迅速走到镜子边看了一眼，不由得吃了一惊："妈呀，这个头发脏兮兮、满脸胡楂的家伙，真的是我吗？"

不过，看到姚玉兰带笑的脸，他瞬间哈哈大笑起来。

许明峰一直到中午都没回来，姚玉兰做好了饭，但自己无心吃，而是眼巴巴地瞅着门口。

安建民见状，走到她身边，轻轻宽慰她说："小姚，你就安心吃饭吧。小峰只不过是参加展览会而已，可能就是耽误了。"

"安师父，我知道。只不过，他中午没吃饭，我怕他……"姚玉兰看了看安建民，不自然地说道。

旁边一个工匠说："小姚，没看出来，你还对我们许把式挺关心的啊。啧啧，许把式还真是有福气啊。你做我们的老板娘，那我们也都能跟着享福了。"

姚玉兰听着这话，心里美滋滋的。不过，她却露出几分羞涩来，嗔怪道："讨厌，你们都别胡说啊。"

安建民轻轻抚了抚她的肩膀，笑吟吟地说："小姚，这可不是胡说。其实，你们俩相处了这么久，我们可都是看在眼里的。今天也没外人，你就给我交个底，你喜不喜欢小峰啊？"

"安师父，您……您怎么问人家这种问题。叫人……叫人怎么回答呢？"姚玉兰低着头，那"羞色"已经从脸颊蔓延到耳朵根了。

一个工匠师傅见状哈哈大笑。

安建民说："小姚，这里也没外人，有什么就说什么吧。你如果真喜欢他，那回头我来促成这个事情，如何？"

"这，安师父，那……那我就听您的了。"姚玉兰小声说道。说完，她迅速起身，捂脸跑了。

"啧啧，看到没，这丫头的意思是答应了。"这时，旁边一个工匠师傅说道。

安建民得意地说："那是啊，你们也不看看，我徒儿也是很有魅力的。"

顿时，众人哄然大笑起来。

下午两点多，许明峰兴致勃勃地从外面回来了。

他一进到作坊，就冲正在窑炉旁帮忙的姚玉兰说："玉兰，你快点过来，我有事情和你说。"

姚玉兰闻言，点了点头，立刻走了过来。她走上前，有些好奇地问道："峰哥，怎么了？"

许明峰欣喜地说："玉兰，告诉你个好消息。这次展览会非常成功。有一个东南亚的大客户对我们铜赵记的珐琅器非常感兴趣。嗯，他和我们约定四点钟在酒店见面。如果这次成功的话，那我们可以得到一个大订单。"

"真的假的，峰哥，这太好了。"姚玉兰闻言，也是非常激动。

许明峰这时却有些忧虑地说："不过，那个客户约见的，并不仅仅是我们一家。还有好几个作坊，所以，这竞争也是非常激烈。我仔细想了想，这次就带着我们烧制出来的那个花瓶去竞标。"

"好，峰哥，我和你一起去吧。"姚玉兰看了看他，说道。

"行，玉兰，你赶紧去准备一下，二十分钟后我们出发。"许明峰瞥了她一眼，说道。

姚玉兰应了一声，就去准备了。

不过，许明峰没想到，姚玉兰所谓的准备，就是精心化妆。

第三十八章　新来的女主人　/　241

等她重新出现在自己眼前的时候，俨然一位穿着时髦的都市丽人了。

她像个精灵一样，迅速跑到许明峰跟前，挽着他的手，露出纯真的笑容："峰哥，你说我穿这一身去，合不合适啊？"

"可以，你穿什么都好看。"许明峰淡淡一笑，这时脑海里却不自然地出现了赵岚的身影。

不知道为什么，他总是能够从姚玉兰的身上看到赵岚的身影。

他在心里再次轻轻地问道："岚岚，你究竟在哪里呢？这么久了，你知不知道我有多想念你呢？"

许明峰的眼眶忽然潮湿了。

"峰哥，你……你怎么突然哭了？"姚玉兰有些诧异地看着许明峰，不解地问道。

"噢，没什么，我只是有些伤感。"许明峰随便敷衍了一句。

第三十九章　更深层次的东西

姚玉兰也没多问，在她看来，也许许明峰只是太激动了。而更深一层的原因，她并没想到。

那个客户所在的是最近新投建运营的希尔顿酒店。

在进去的时候，许明峰无意间瞟到不远处的一座大楼的一个大屏幕上，一个记者正在采访一个非常成功的企业家。那个企业家西装革履，坐在一间非常宽敞的办公室里。

姚玉兰也注意到了这些，看了看许明峰，说："峰哥，这人你认识吗？"

许明峰淡淡地说："认识，他是我师兄沈玉坤。"

"什……什么，他就是昔日离开铜赵记的大师兄沈玉坤吗？"姚玉兰难以置信。

要知道，眼前这个人可是当今北京市有名的青年企业家，曾荣获十大杰出青年称号。姚玉兰记得，沈玉坤可是个商业奇才。他名下的沈铜记手工艺公司，不仅是北京市最大的一家珐琅器工艺制作公司，同时在全国也名列前茅。这个公司制作的珐琅器因为工艺精美，畅销海内外。

许明峰点点头，轻轻说："说起来，我们虽然在一个城市里，却很多年都没有见过面了。"

姚玉兰听到这里，更是不解："峰哥，既然你师兄这么成功。那……那你为什么当初不去找他帮忙呢？要不然，咱们铜赵记也不是如今的样子了。"

许明峰摇摇头，看了看她说："玉兰，有很多事情绝对不是想象的那么简单。我们道不同，不相为谋。"说着，他就朝酒店里走去。

姚玉兰一脸困惑，她还不太明白许明峰这话究竟是什么意思。

此时，在偌大的房间里，就见七八个人正各自捧着自己拿来的珐琅器。一边吹嘘自己的珐琅器如何突出，一边又不失时机地极力贬低对方的珐琅器如何有缺点。

许明峰看到这种场面，也着实有些无语。

这种同行相轻的现象，看来从古至今是不会有任何改变了。

不过，许明峰没想到的是，这之后，沈玉坤也过来了。

他的排场非常大，有两个保镖亲自开道，而他则手抄着裤袋，悠然地走了进来。

让许明峰没想到的是，跟在他身后的是梁博达。

这么多年没见，梁博达似乎也苍老了不少，身体佝偻着，走路也不是很利索了。

他提着一个包装严密的盒子，里面显然装着一件珐琅器。

双方这次见面，也只是打个照面。

或者对许明峰而言是如此。毕竟，他和沈玉坤之间从闹矛盾到现在，也一直未曾联系。

沈玉坤几步走到许明峰跟前，用一种居高临下的姿态，打量了一番许明峰，轻哼了一声，略显傲慢地说："许明峰，好久不见啊。不过我还真没想到，这种场合，你居然也会来，令人深感意外啊。"

许明峰感受到了对方身上那凌人的傲气，甚至于对方眼眸中对自己的轻视。他心里却非常平静，淡淡地一笑，说："师兄，你说过的，人总是会变的。"

"是吗，你变了吗？"沈玉坤故作吃惊地打量了一番许明峰，随即又摇摇头说："不，我感觉你没丝毫变化。"

许明峰也不愿意和他争辩，淡淡地说："师兄，看样子，你今天和我们的目的也是一样。不过，我很意外。你接受记者采访，说的可是客户都找到你家里去了，你一向是不缺客户的。今天怎么了，居然和我们这些人来争抢了？"

沈玉坤听到这里，脸上闪过一抹不自然的神色。他轻哼了一声，说："许明峰，你不用说这些没用的话。我告诉你，今天我出马，那么客户唯一的选择，就是我了。"

"是吗，你凭什么那么自信呢？"许明峰看了他一眼，有些不屑地问道。

"凭什么，就凭我们俩如今地位的悬殊。"沈玉坤扬扬得意地说道。

"沈玉坤，对吧？之前峰哥说你是他师兄，我对你还抱着几分崇拜的。可如今看到你本人，说实话，我真为峰哥感到丢人。"姚玉兰看不下去了，上前说道。

其实，她也是个心直口快的人。

沈玉坤轻蔑地看了一眼姚玉兰，轻哼了一声说："你一个丫头片子，有什么资格来教训我。"

"对，你说的没错，我的确就是个丫头片子。可是，就你这种傲慢而目中无人的样子，是个人都有资格来教训你。"

"你……哈哈。"沈玉坤本来想动怒，但忽然大笑了起来。他转头看了一眼许明峰，微微笑了笑说,"许明峰啊,这个丫头片子这么维护你。莫非是你新交的女朋友吗?"

许明峰刚想辩解,不想姚玉兰却紧紧拉着他的手,带着几分示威地看了一眼沈玉坤:"你说的没错,我就是他女朋友。怎么,羡慕不羡慕?"

"羡慕?笑话!我身边的女人哪一个不比你好看。"沈玉坤轻蔑地说,"不过,我就是好奇啊。许明峰,你答应师父要照顾岚岚。而今,你却直接找了别的女人。你说,如果师父在天之灵知道,会作何感想。"

"岚岚,你是说岚姐。峰哥,你们俩难道……"姚玉兰听到这里,有些诧异地看了看许明峰,似乎不敢相信。

"师兄,我和岚岚的事情,不用你来操心。我看,你还是想想将来如何向师父交代吧。"许明峰没有去回答姚玉兰的话,而是狠狠训斥了沈玉坤一句。

"放心,我会向师父证明,究竟是谁将咱们传统的手工艺传承下来了。"沈玉坤说着,得意扬扬地走开了。

梁博达这时跟了过来,经过许明峰身边的时候,眼神躲闪。

也许因为太慌乱,差点跌倒。不过许明峰迅速上前,及时搀扶住了他。

"梁把式,您……您没事吧?"

梁博达摇摇头,露出一抹苦涩的笑,同时推开了许明峰的手:"许把式,我没事。不过,你以后还是别叫我梁把式了。因为我们京铜记已经连招牌都卖给沈老板了。"

"什……什么?"听到这里,许明峰大为吃惊。他睁大了眼睛,失声叫道,"梁把式,您……您为什么这么做?"

梁博达摇摇头,叹口气说:"许把式,一言难尽啊。总之,我想告诉你,你这个师兄远比李明飞阴险可怕。和他合作的几个作坊,都被他坑了。他让我们签订了一些带有陷阱的合同,导致我们破产。最后逼得我们变卖作坊。唉,算了,不提了。"

许明峰听到这儿,心里瞬间腾起一团怒火。他不敢相信,自己这个师兄,怎么会变成这副德行呢。

不远处,沈玉坤眼见他们交谈,故意大声叫道:"梁博达,干什么呢?还不赶紧过来。"

他的言语之中,对梁博达没有丝毫尊重,甚至还带着几分鄙夷,俨然他是将梁博达看成自己的随从了。

这一点,更是让许明峰难以接受。

"太过分了,梁把式,我去找他。"许明峰气愤难当,当即就要过去。

不过,许明峰被梁博达拦住了。他摇了摇头,看了看他说:"许把式,算了,多一事不如少一事吧。"说着，赶紧走了。

许明峰站在原地，看着梁博达的身影，心里越发不是滋味。

沈玉坤进来后迅速成了焦点，不少人围拢上来，一个个都恭敬地上前巴结他。

而许明峰和姚玉兰站在那里，俨然成了和他们融不到一起的两类人。

"不好意思啊，让大家久等了。"这时，一个人进来，笑吟吟地说道。

当许明峰回过头看去时，却吃了一惊，他怎么都没想到，这个人居然是陈天诺。几年不见，陈天诺似乎更加老了，一头白发，还拄着一根拐杖。

而让许明峰意想不到的是，陈天诺的身边，居然跟着一个艳丽的妇人。那女人打扮得非常性感，穿着一身低胸装，曼妙有致的身材格外显眼。

等等，她为什么看起来那么面熟。忽然，许明峰失声叫道："梁艳。"

对，眼前的人就是梁艳。许明峰一度还以为自己看走眼了。这……这怎么可能呢。梁艳当初那么讨厌陈天诺，可是为什么最后却跟了他。

而且许明峰了解过，这个陈天诺其实是有家室的。

想到这些，他的心里蓦然涌起一股难以名状的感觉。

不过，这时最激动的还是梁博达。他迅速跑上前来，紧紧抓着梁艳的胳膊，惊喜地叫道："艳艳，真的是你吗，我不是做梦吧？"

"爸，您……您……您怎么……"梁艳愣了一下，有些意外地看着他。

梁博达这时激动得泪流满面："艳艳，爸不是做梦吧。几年前，你只留下一封书信，就不辞而别。这么多年，爸一直在寻找你。没想到今天终于见到你了。"

"爸，我……我有我的苦衷。"梁艳说着，眼眶里也溢满了泪水。而下一刻，她的目光落在了许明峰身上。

其实从一进来，梁艳就注意到了许明峰。

其实那所谓的苦衷，梁艳不说，许明峰也知道是什么。

这时，陈天诺冲梁博达一笑，说："岳父，您好啊。"

"岳父？你……你叫我岳父？"梁博达闻言，用异样的目光看着陈天诺，有些恼火地叫道："陈天诺，谁是你岳父，你可不要乱叫。"

"不，我可没乱叫啊。"陈天诺这时用手揽着梁艳的腰，笑吟吟地说："艳艳可是我的妻子，您是艳艳的父亲。那么，您不就是我的岳父吗？"

"你……你说什么？"梁博达闻言，不由得后退了一步。他缓缓转过头，看向梁艳，失声叫道："艳艳，这……这是真的吗？"

"爸，我……我……"梁艳低着头，一时间无言以对。

"梁艳，你个混账东西，我们梁家的脸都要让你给丢尽了。你看清楚没有，他都多大了，是可以当你爷爷的人了。"梁博达气呼呼地叫嚷着，忽然一个耳光狠狠地打在梁艳的脸颊上。他身体战栗着，仿佛随时要摔倒。

"哎，岳父，您……您这是干什么呢？"陈天诺见状，赶紧挡在了梁艳面前，生气地瞪着梁博达叫道。

"你给我滚，我没有梁艳这女儿，你不要叫我岳父，我丢不起这人。"梁博达气呼呼地叫着，迅速朝外面走去。

"哎，岳父，您等等。我其实正想和您商量一下和您女儿的婚事呢。"陈天诺眼见他出去，赶紧追了出去。

这时，梁艳轻轻抽泣着。

不过她并没有离开，而是缓步走到了许明峰的跟前。

她用异常愤怒而充满仇恨的目光看着许明峰，忽然笑了起来："许明峰，你看到今天的场面，是不是非常高兴啊？"

"不，梁艳，你……你为何这么说？"许明峰慌忙否认，他甚至不明白，梁艳为什么会这么憎恨他。

梁艳紧紧攥着拳头，狠狠地说："你知不知道，当年你为我出头，不惜和陈天诺闹翻。那时候，我有多高兴。我以为，我找到了自己的爱情。可是，可是我太天真了。"

"梁艳，你听我说。其实，其实我当时已经跟你说了，我真的是……"许明峰忙解释。他真没想到，这么多年过去，梁艳居然还对当年的事情耿耿于怀。

"你不要跟我解释，我也不想听。你只让我感到了无情，你的心真是太狠了。"梁艳缓缓说道。

"这位小姐，你究竟是谁啊，凭什么这么诋毁我峰哥。"姚玉兰听不下去了，看了看她叫道。

"峰哥，呵呵，叫得真亲啊。"梁艳转头瞥了一眼姚玉兰，再次将目光落在许明峰的身上。"许明峰，我真的那么差劲吗？当初，我付出那么多，你居然对我那么狠心。如今，你竟然和这个小丫头在一起了。你告诉我，她究竟哪里优秀了？"

"梁艳，事情不是你想的那样。"许明峰闻言，有些不安，下意识地抓着她的手，忙解释。

"你走开，别给我玩这假惺惺的一套。"这时，梁艳用力甩开了许明峰的手。她有如仇人一般看着许明峰，缓缓说："我告诉你，许明峰，你毁了我的人生，我也不会让你好过。今天这个订单，你休想拿到。哼，我只要一句话，陈天诺正眼都不会看你的作品一眼。"

"梁艳，你这么做又是何苦呢？"许明峰无奈地说。

"哼，许明峰，你是不是也很害怕啊。没关系，现在你向我道歉，给我低头。那么，我或许会考虑放你一马。"

梁艳心里气恨难平，这时她其实只想让许明峰对自己低头。也许只有这样，她的心里才会得到一丝安慰。

"不，梁艳，我从来没做错什么，我为什么要道歉，为什么要向你低头？"许明峰看了看她，不卑不亢地说道。

"你……许明峰，你行。你总是表现得这么不被约束，一副目空一切的样子，你知道我有多恨你这个样子吗？行，既然你这么说，那我们就走着瞧。"梁艳气恼地说了一句，就气呼呼地出去了。

姚玉兰想去追，却被许明峰给拦住了。他摇摇头，淡淡地说："算了，玉兰，有些事情不能强求。如果真是这样的结果，我们也无能为力。"

"可……可是，峰哥……"姚玉兰显然很不甘心。

许明峰摆了一下手，说："好了，玉兰，什么都别说了，我们走吧。"

姚玉兰没再说什么，就和许明峰走了。

身后，传来了沈玉坤的冷嘲热讽。

有几次，姚玉兰企图过去和他理论，都被许明峰给拦住了。

两人走到门口，准备要出去的时候，迎面碰到了陈天诺。

陈天诺看了他们一眼，有些诧异地说："哟，明峰，你这是要去哪里啊？"

许明峰说："我要走。"

"走，为什么要走呢？你的珐琅器，我可还没看呢。而且说实话，我对你今天展览会上展出的那件珐琅器很有兴趣。"

"可……可是……"许明峰迟疑了一下，但还是将到嘴边的话生生咽回去了。

陈天诺似乎明白了什么，笑着说："我知道，你是顾忌艳艳吧。是的，艳艳刚才的确劝说我了。不过，我未必听她的意见。你来都来了，如果不争取一下，那是不是也对不起自己了。毕竟这个订单可是非常大的。"

许明峰知道，自己眼下的确很需要这个订单。毕竟这不仅可以给铜赵记带来一笔丰厚的报酬，同时，还能给铜赵记带来巨大的转机。

但许明峰也明白，他不仅和梁艳，也和陈天诺有过节。想当初，自己为了梁艳，不惜和他终止了合作关系，这让陈天诺丢人丢大了。

第四十章　师兄弟间的对决

他知道，陈天诺一直都耿耿于怀。

倒是姚玉兰，却没那么多顾忌，这时说："陈先生，你既然都这么说了，那我们就却之不恭了。峰哥，咱们就留下争取一下吧。"说着，就拉着许明峰往回走。

此时，许明峰也不好再说什么了。

不过，他也做好了最坏的打算。

陈天诺走了过来，看了看众人，说："对不起，刚才我这里出了一些小意外。不过，现在没事了，那么，现在我们就开始正式竞标了，请大家展示一下你们的珐琅器吧。"

陈天诺话音刚落，大家纷纷将自己的珐琅器展示了出来。

这时，沈玉坤也不慌不忙地将自己的珐琅器取了出来。

他拿出来的，是一个方口圆底花瓶，上面的纹饰非常华丽。可以说，一拿出来，就足够耀眼。

陈天诺这时也被深深吸引，迅速走上前，好奇地打量起来。

陈天诺也露出了赞赏的神色，不时发出溢美之词。

沈玉坤见状，更加得意。当然，他也有这样的资本。这几年，他因为接二连三地接收了一些作坊和他们的工艺，故而本身的工艺水平得以大幅度地提升。

沈玉坤自认为，现场是没人可以他和匹敌的。

眼见陈天诺对自己的花瓶这么认可，沈玉坤也有些得意。他看了一眼许明峰，说："许明峰，你也别傻愣着了，将你的珐琅器拿出来吧，让大家看看。"

这时，陈天诺也回过神来，看了看许明峰，微微点头说："对啊，许把式，让我看看你这次带来的是什么作品。"

陈天诺说这话时，脸上露出一丝阴沉的神色。其实他早就算计好了，许明峰就算拿出再好的珐琅器，他也会将其贬得一无是处，故意让他当众难堪。当年这小子让自己尴尬，到现在都让他很不舒服。

许明峰犹豫了一下，随即打开了盒子，然后取出了那个瓶子。

一屋子的人瞬间发出了惊叹声，目光齐刷刷地落在这花瓶上。

大家的注意力都被这花瓶深深吸引，一个个交头接耳，惊叹于这一流的工艺水平。

沈玉坤也看得傻眼了，他怎么都没想到，许明峰而今的工艺水平居然突飞猛进到这种地步。眼前这个造型独特的花瓶，着实令人赏心悦目。

他迅速走上前来，仔细地打量着这花瓶。结果仔细看后，心里就更惊叹于这工艺之惊巧。那一刻，他忽然意识到，自己的工艺水平和许明峰相比，还是有很大差距的。

"许明峰，你老实告诉我，这……这真的是你制作出来的吗？"

"师兄，这当然是我制作出来的。"许明峰看了看他，淡淡地说道。

"不，我不相信。这种一流的工艺水平，你怎么可能制作出来。"沈玉坤摇着头，气愤地叫道。

许明峰淡淡一笑，看着他说："师兄，你到现在难道还不明白吗？我们之间最大的差距是什么，其实并不是工艺的水准。说实话，你这个花瓶的工艺水准也是非常高的，这花瓶运用了多个作坊的工艺，而且大量沿袭了乾隆时期的珐琅器风格。整体上很华丽，造型的确出类拔萃。但是你这个花瓶只是一个商品，是一个毫无生命力的瓶子而已。它缺乏手工艺上的艺术创造，也就丧失了生命力。说不好听一点，这只是机器进行标准化生产出来的复制品。我们这花瓶却不同，它的每一道工序，都是我们纯手工打造，是我们工匠倾注了心血制作而成。故而每一件工艺品都不尽相同。因此，他们才有了生命力。"

"哼，又是这一套，许明峰，我不相信，我不相信。传统手工艺已经走到了尽头。珐琅器的未来，还是要靠机器化来传承的。"沈玉坤歇斯底里地叫着。

许明峰摇摇头，转头看了一眼陈天诺，说："陈老板，你来做评断吧。"

陈天诺刚才被深深地震撼到了，那一刻他的态度已经彻底发生了改变。他转头看了一眼许明峰，说："许把式，如果你能答应我，以这种标准制作同样款式的景泰蓝，那么，我就将这个订单交给你。"

"可以，陈老板。但是，我们每一件工艺品大体上是相同的，但在细节表现上会有一些不同。这点，我希望陈老板可以谅解。"许明峰看了看他，忙说道。

"好，这没问题。"陈天诺看了看他，说，"我要的就是这种不完全相同。这才是艺术，才是我一直想要的那种古典和现代融合的完美艺术。许把式，我要将这个订单翻一番。另外如果你能完成得让我满意，以后我会和你建立长期的合作关系。"

"什……什么……"沈玉坤听到这里，犹如当头棒喝，瞬间愣住了。许久，他都没回过神来。

而许明峰和姚玉兰却惊喜万分，两人兴奋地抱在了一起。

沈玉坤不知道自己是怎么回去的，此时，他住在一个非常高档的公寓里。

他进到房间里，迅速打开了一瓶高档的洋酒，倒了一杯，猛灌了一口。

随即，走到巨大的落地窗边，然后点上一根香烟，狠狠地抽了一口。

这一刻，他的心已经开始动摇了。沈玉坤甚至开始怀疑，自己曾经所努力的一切，是不是都值得呢？恍惚之间，他从那玻璃上仿佛看到了师父赵兴成的身影。他幽幽地叫道："师父，您的坚持难道是正确的吗？难道我现在做的一切，都不是为了传承吗？"

他似乎看到赵兴成摇摇头，一脸严肃地看着他，沉声说："玉坤，你这根本不是为珐琅器的传承做努力。你只是在走捷径，为自己谋福利而已。这么多年，你难道没发现，你已经逐渐迷失自己了吗？"

"不，师父，我没有。我现在的所作所为，都是为了我们景泰蓝的工艺传承。您难道没看到，我们公司生产的珐琅器，已经行销全世界。现在很多外国人对珐琅器的了解，都是因为有我这样的人。"

沈玉坤激动地叫着，他太想向赵兴成证明自己的所作所为都是正确的。

可是，赵兴成却摇着头："玉坤，我的孩子，我太了解你了。你从小很聪明，可是这也是你最大的毛病，你爱耍小聪明。我们珐琅器工艺传承几百年到如今，靠的不是耍小聪明，而是孜孜不倦、不怕吃苦、能忍受寂寞的刻苦钻研精神。最重要的是脚踏实地。而这些品质，你都没有，只有明峰有。"

"不，师父，您的眼里只有许明峰。"沈玉坤愤怒地叫着，他狠狠一脚踹在了玻璃上。

看着外面灯火阑珊的夜景，他无力地跌坐在地上，蜷缩成了一团……

从酒店里出来，许明峰和姚玉兰心情大好。

姚玉兰这时也注意到，许明峰的脸上，难得地出现非常欢愉的表情。

她轻轻挽着他的胳膊，笑吟吟地说："峰哥，咱们今天可是签了一个大单子。怎么，我们不好好去庆祝一下吗？"

许明峰看了看她，笑着说："好啊，玉兰，你说吧，怎么庆祝呢？"

姚玉兰眨了眨眼睛，想了一下说："峰哥，那边那个小吃街，不是拆了吗？现在又重新建了。我听说，又增加了很多小吃。不如咱们也去吃吧？"

"什么，玉兰，难道你也喜欢吃这里的小吃？"许明峰有些意外，诧异地看了看她。

"怎么，峰哥，难道除了我，还有其他人也爱吃这里的小吃吗？"姚玉兰不解地看了看他，忙问道。

"这……没谁，我是说我。"许明峰赶紧编了个谎话。他和赵岚的往事，也不想去讲给别人听。

尽管如此，姚玉兰还是看出了一些端倪。虽然她表面上嘻嘻哈哈的，一副对所有事情都无所谓的样子。可是，她毕竟也是女人。

进到这条小吃街，许明峰的脑海里就浮现出诸多往事。

回想起和赵岚昔日在这里买小吃的情景，许明峰这时也会会心地露出一抹浅笑来。

从小吃街出来，两人准备回去的时候，许明峰不经意地一转头，却见一个穿着高领毛衣的女人在人群里穿梭。

"啊，岚岚……"许明峰惊讶不已，迅速放开姚玉兰，钻进了人群中。

可是，他找寻了好半天，依然没找到那个只短暂出现了几秒钟的身影。

奇怪，难道是自己看花眼了吗？许明峰呆呆地立在那里，但是他深信不疑，自己看到的就是赵岚。

"峰哥，你刚才看到谁了？"这时，姚玉兰追了上来，紧紧拉着许明峰的胳膊问道。

许明峰看了她一眼，不自然地说："没谁，我刚才看花眼了。"

姚玉兰没再多问，可是心里却装了事。

两个人回去的时候，已经天黑了。

姚玉兰坐在许明峰骑着的摩托车后面，紧紧依偎着他，忽然两只手死死地搂着他的腰。

许明峰感受着那青春的身体，不由得颤抖了一下。他回头，却见姚玉兰也正看向他。

那一刻，姚玉兰的目光里带着几分温柔，甚至还有几分渴望。

许明峰有些心乱，赶紧回头，不再去看她。

这时，姚玉兰轻轻凑到了许明峰的耳畔，轻轻问道："峰哥，我能问你一个问题吗？"

许明峰愣了一下，头也不回，随口说道："玉兰，你要问什么啊？"

"峰哥，你和岚姐是不是曾经谈过恋爱？"姚玉兰问道。

事实上，这个问题已经憋在姚玉兰心里很久了。她藏不住事，到底还是问出来了。

"这……"许明峰犹豫了，没有回答。

姚玉兰见状，忙说："峰哥，我就是好奇而已。你给我说说嘛，你和岚姐当年究竟发生了什么事情？"

"好，我说。"许明峰想了一下，随即一五一十地给她讲起了和赵岚的往事。

姚玉兰听完，一脸惊讶地看着许明峰。

许明峰见状，一度还以为自己说错了什么话。他有些慌张："玉兰，我是不是说错了什么话？"

"没……没有，峰哥，你别多想。"姚玉兰闻言，回过神来。她深吸了一口气，缓缓说："峰哥，我只是感觉不可思议而已，没想到，你和岚姐之间居然还有这么一段过去。"

许明峰摇摇头，淡然一笑，轻轻说："算了，玉兰，那都是过去的事情了。现在谈这个，也没什么意思了。"

姚玉兰嘴动了动，欲言又止。从许明峰的神色中她看得出来，眼前这个男人分明是口是心非。虽然许明峰口口声声说已经过去了，可是他心里真的放下了吗？不，在姚玉兰看来，许明峰恐怕从来就没放下过这一段感情。他心里记挂最多的，还是这个女人。

但姚玉兰没有因此而感到难受。内心深处反而对许明峰多了一丝爱恋。在她看来，也许这就是有情有义的表现。

像许明峰这种有情有义的人，是非常少见的。

夜深了，姚玉兰毫无睡意。她坐在窗台边，看着窗外那一轮无比皎洁的明月，心里感慨良多。

"岚姐，你究竟在哪里呢？你当初为什么要将我推荐给峰哥呢？"

恍惚之间，她仿佛看到了明月上面浮现出赵岚的身影。"玉兰，我不能和明峰在一起。但是，我想让一个人替我好好地照看他。而这个人就是你。答应我，替我好好照顾他……"

那一刻，姚玉兰的眼睛湿润了。她深深地吸了一口气，轻轻说："岚姐，你放心，我一定会替你好好照顾峰哥的。"

三天后，陈天诺亲自过来，和许明峰正式签订了合同。

虽然这合同是签下来了，许明峰的心情却不是太好。

那天中午，他正在作坊里忙活，忽然外面有一个人急匆匆地跑了进来。看到许明峰，他就慌张不安地冲上来，紧紧抓着他的手叫道："许把式，我可算找到你了？"

许明峰见状，有些意外，疑惑地问道："同志，你……你找我有什么事情吗？"

那个人这时眼眶里忽然溢满了泪水，颤抖着说："许把式，我……我是京铜记作坊的。我……我师父不行了，医生说，就这两三天的事情。但是这几天他一直念叨着你。"

"什……什么？同志，你是说梁把式他……他……"那个人点点头，此时，哭得更加伤心了。

"别哭，同志，你告诉我梁把式在哪一家医院，我现在就过去。"许明峰听到这里，慌忙问道。

那个人刚说完，许明峰甚至顾不上换工作服，就推着摩托车跑了出去。

从作坊里出来，刚巧碰上姚玉兰从外面买菜回来。问明情况后，她直接将菜扔下，迅速坐上车子。

许明峰有些诧异，看了看她，不解地问道："玉兰，你坐上来干什么？"

姚玉兰紧紧搂着他，说："峰哥，我知道梁把式对你而言是个很重要的人。如今他要离开了，我知道你心里一定很难受。所以我要陪着你，一起陪他走过最后的时光。"

听到这里，许明峰没再多说什么，只是微微点了点头。

大二十多分钟后，两个人来到了医院里。

此时，在梁博达的病房门口，已经聚集了很多人。其中，不少人是京铜记的人。当然，也有那些作坊的把式。

不过，此时，每个人都黯然神伤。

当然，这里哭得最伤心的人是梁艳。

她穿着素雅，和往日那种花哨打扮简直形成了鲜明的对比。

不过，让许明峰意外的是，这一次她仍然是和陈天诺一起来的。

尽管和陈天诺之间有生意上的往来，许明峰却对这个人根本没什么好印象。甚至有些抵触，有些后悔和他的合作。

另一方面，他又无法眼睁睁地看着自己的作坊因为没有这个订单而没落，和其他那些作坊一样成为历史。所以，他心里一直很挣扎。

陈天诺看到许明峰到来，先是吃惊，随后却非常欣喜。他立刻上前来，笑眯眯地说："许把式，你来了？"

这个时候，也只有陈天诺还嬉皮笑脸。这一点着实让许明峰非常不舒服。他应了一声，也没多说什么。

陈天诺这时拉着他，笑着说："许把式，咱们去那边谈吧。正好，我还有个生意想和你谈呢！"

"对不起，陈老板。有什么事情，咱们以后再说吧。今天，我是来看梁把式的。"许明峰正眼都没看他，眼睛死死地盯着病房门口。

"这有什么好看的，这老梁也是够古怪的。都这个时候了，老梁居然不准任何人进去。尤其是我这个女婿，难道他不知道他要靠我送终的吗？"

陈天诺说着，手抄在裤袋里，露出了几分得意的神色。

第四十一章　得罪客户的下场

陈天诺的这种举动，让许明峰非常恼怒。他看了他一眼，口气变得严厉了一些："陈老板，你这是什么话？是不是太过分了。"

"哎，许把式，你什么意思？我怎么过分了。请你注意你的态度，我可是你的客户。惹恼了我，小心我终止合作。"陈天诺冷哼了一声，一脸的傲慢。

他的样子显然是根本没有将任何人放在眼里。

事实上，很多人都看不下去了。但也是慑于他的淫威，一直都没声张。而今，看到许明峰出头，一个个都觉得大快人心。

许明峰知道，陈天诺一定会提到合作的事。他刚想说什么，但话没说出来，旁边的姚玉兰拉了一下他的胳膊，微微摇摇头，然后她上前一步，看了看陈天诺，冷笑着说："陈老板，你以为这合作是你想终止就能终止的吗？别忘了，咱们可是签订了合同的。如果一方单方面无故终止合同，要偿付违约金的。"

"你……你个小丫头片子，敢跟我谈违约金。你知不知道，我身边有多少顶级律师，他们什么棘手的案子都能打赢。"

姚玉兰说："陈老板，就算你的律师团队再厉害，他们也不能睁眼说瞎话，这个合同是我们双方都公证过的。如果你不信，我们就法庭上见。"

"你……行，你们真行啊。"陈天诺大概自知理亏，气得闷哼了一声，转身悻悻地走了。

不少人都纷纷叫嚷着活该。看来他们早就憋不住这口气了。

许明峰走到梁艳身边，轻轻抚了抚她的肩膀，说："梁艳，事已至此，你就别难过了。"

"明峰，谢谢你刚才支走了陈天诺。"梁艳这时忽然抬起头，看了看许明峰，无比感激地说道。

"梁艳，你别说这种客气话。"许明峰看了看她，轻轻说道。

"我爸他，他现在……"梁艳结结巴巴的，下意识地看向了门口。

许明峰说："梁艳，我知道了。这样，我先进去看看梁把式，回头我们再说。"说着，许明峰就朝病房走去。

此时，只留下了梁艳和姚玉兰。这会儿，梁艳的态度明显缓和了不少。她看了看姚玉兰，轻轻说："姚玉兰姚小姐，对吧？你好，之前我对你有所冒犯，还请见谅。"

姚玉兰摇摇头，不以为然地说："梁艳女士，你不用客气。既然我峰哥都谅解你了，那我也不会说什么。"

此时，梁艳微微点点头，露出了几分羡慕的表情："姚小姐，我真羡慕你能和明峰走在一起。你是如何打动他的？"

姚玉兰摇摇头，淡淡地说："梁女士，我从来没想过什么打动不打动的。也许，这就是缘分吧。"

"缘分，缘分……看样子，我和明峰这辈子是注定无缘了。"梁艳说着，眼神里透出无比的忧伤。

病房里，许明峰一眼看到了躺在床上、非常虚弱的梁博达。

他的心头一阵阵难受，怎么都无法将眼前的人，和昔日那个梁把式联系到一起。

而这一幕更是让他想到了师父。想到此，他更加难受。

他缓缓走到床头，轻轻叫了一声："梁把式，您……您还好吗？"

这时，梁博达缓缓睁开了眼睛。虽然他已经非常虚弱了。可是，那一双眼睛依然异常明亮。

尤其是看到眼前的人，他眼里更放射出异样的光芒。一瞬间，整个人也精神起来了。

他缓缓伸出双手，战栗地攥着许明峰的手，断断续续地说："明峰……明峰，真的是你吗？"

"梁把式，是，是我，我在这里呢？"许明峰看了他一眼，忙不迭地说道。

这一刻，梁博达眼眶变得湿润起来了。他微微点了点头，缓缓说："明峰，我能在临死前，见你最后一面，我想我也可以瞑目了。"

"不，梁把式，您千万别这么说。我相信您会好起来的，京铜记还等着您来振兴呢。"许明峰闻言，慌忙说道。

梁博达摇了摇头，那张脸上满是不甘和无奈："明峰，你不用安慰我了。我的身体状况和我们的京铜记作坊一样，恐怕已经是走到头了。"

"梁把式，您……"

"明峰，你先别说，让我把话说完。其实，这些话我憋在心里很久了。"梁博达打断了许明峰的话，幽幽地说："咱们这传统的手工艺，和这个时代一直都显得格格不入。所以才有那么多作坊支撑不下去。不仅作坊没了，就连地皮都变卖了。我曾经踌躇满志，以为可以通过改革振兴我们京铜记，避免这样的下场。但是，后来接二连三的失败，让我明白了。改革，说起来容易，但真做起来谈何容易。事实上，有很多作坊也都在进行着这种努力，可是无一例外地都失败了。想来，当年你师父就是看到了这些，才固执地认为坚守传统，不做任何改变，才是维系传统作坊的办法。只可惜，我们俩都错了。"

"梁把式，我师父他……"许明峰没想到，这时候梁博达忽然提到了赵兴成，这倒是很让他感觉意外。而且听梁博达的意思，仿佛知道赵兴成当年的很多事情。

梁博达继续说："明峰，你师父当年那么固执，别说你，其实很多人都认为他认死理。但是，你们一定要理解他。自从改革开放以来，时代变化得太快，我们这些人都是从小接受的那种固有观念，想要顷刻间转变，是很困难的。尤其是你师父，他对于铜赵记的传承，有强烈的使命感和荣誉感。在他看来，这种传统的观念让铜赵记存活了几百年，一定可以继续生存下去。但他错了。而我，也错了。我们都错了，但明峰，只有你是对的。"

许明峰听到这里，低下头来，他努力控制住自己的情绪，不让眼泪流出来。

梁博达继续说："明峰，这些年，我也算是看着你成长的。你所做的努力，我也看到了。当年你提出的那种改革，其实才是最适合我们传统作坊适应这个新时代的。可是，等我醒悟过来的时候，我却发现一切都为时已晚。"

"梁把式，您别这么说。等您病好了，我们联手，咱们共同去振兴老北京的珐琅器。"

许明峰紧紧握着他的手，充满信心地说道。

梁博达摇摇头，说："明峰，你别安慰我了。我请你过来，其实是有两件事，拜托你帮忙。无论如何，请你一定要答应我。"

"梁把式，您请讲！"许明峰想也没想，说道。

梁博达略一沉思，说："明峰，我死后，我们京铜记一定是树倒猢狲散。可惜，我们京铜记的那些工匠师傅，他们很多都是有着几十年丰富经验的人。我……我不能眼睁睁看着他们……"

"梁把式，您别说了。这样，他们这些人如果愿意，我们铜赵记都接收。我向您保证，只要有我许明峰一口吃的，就绝对不会亏待他们。"

"好，明峰，谢谢你了。"梁博达闻言，露出了感激的表情。

随即他又说道："明峰，答应我，无论如何，都要将咱们老北京的这门手艺活儿给传承下去。这不仅是我们吃饭的家伙什，也是祖先留给我们的精神财产。"

"好，梁把式，我知道了，我向您保证，一定会传承下去的。"许明峰说到这里，忽然哭了。

他想努力克制住内心的那种伤痛，可是这汹涌的情感，这时却像波涛一样，直接堵在胸口了。

梁博达这时仿佛有些释然了，露出了坦然的笑："明峰，我可以放心地走了。你不知道，这两天我一直梦见你师父。那个老古董，他一直躲在一个墙角里抽着烟，还催促我赶紧去呢！"

"梁把式，您……您别说了。"许明峰听到这里，心里更加不是滋味。

"傻孩子，别难过。这人啊，总有这么一天的。"梁博达轻轻抚了抚他的头，说："明峰，我知道你们师徒之间的过节。也很清楚，你们师徒连最后一面都没见。嗯，这样，我很快就要见他了。如果你有什么话要我带给他，现在就说吧。"

"我……我……"许明峰一时间语塞了，不知道该从何说起。

梁博达挤出一抹浅笑："明峰，你不说，我也知道。放心，我会告诉你师父，他当初可是收了一个好徒弟啊，没给他丢脸。这一点可比我强一百倍。"

"梁把式，您……您别说了。"许明峰听到梁博达说这些，心如刀割。

梁博达这时深吸了一口气，缓缓说："好了，明峰，时候不早了。我有些累了，想休息了。这样，你先回去吧。"

"梁把式，我……我……"

"走吧，我想睡一会儿。"梁博达说着，翻过身子，直接背向许明峰。

许明峰生生地将话咽回去了。他其实很清楚，梁博达是故意撵他走的。

许明峰走到门口的时候，身后忽然传来了梁博达的声音："明峰，幸亏你当初没选择艳艳，她不配嫁给你。"

许明峰有些意外，但他没说话，更没回头，直接出来了。

许明峰刚一出来，梁艳迫不及待地上前来，抓着许明峰的手，不安地问道："明峰，我爸都跟你说什么了？"

许明峰随便跟她说了几句，不过，梁艳似乎对于什么传承并不关心。她有些惶恐地问道："明峰，那个，我爸他有没有提到我？"

许明峰没有将梁博达最后的话说出来，而是摇摇头说："没有，艳艳。我想，梁把

第四十一章　得罪客户的下场　/　259

式也许想和你单独聊聊。"

"不，我爸他，他不愿意见我。我在病房门口已经站了很久，可是……可是他……"梁艳话没说完，哭得更加伤心了。

姚玉兰看了看她，说："梁女士，你知道你父亲为什么不肯见你吗？他今天这样子，都是你给气的。我想，原因你也很清楚。可你呢，居然还带着那个陈天诺过来。你觉得，你父亲会见你吗？换作任何人，都不会见你的。"

"哎，玉兰，你说什么呢？"许明峰吃了一惊，瞪了她一眼。

姚玉兰却不以为然，缓缓说："怎么了，峰哥，难道我说错了吗？"

"可是，有些话也不能说得太直接。"许明峰显得很无奈，姚玉兰真是口无遮拦。

倒是梁艳，此时却格外豁达，仿佛对此根本不在乎了。她擦了擦眼泪，看了一眼姚玉兰，随即注意力落在许明峰身上。"明峰，姚小姐说得非常对。是我做了不光彩的事情，我让爸爸丢脸了。"

"梁艳，你也别放心上。她就是这么个人，说话直来直去的，但绝对不是有心的。"许明峰赶紧替姚玉兰辩解，尽管梁艳说不在意，他却有些过意不去。

梁艳说："没关系，明峰。不过，我现在也明白了，你为什么会选择姚小姐。因为她和赵岚非常像。简直就是一个模子里刻出来的。"

姚玉兰听到这些话，心里非常不舒服。她皱了皱眉头，看着梁艳说："梁女士，你这话什么意思？"

"没什么意思，姚小姐，你如果不明白，就去问明峰吧。"梁艳说着，转身走了。

她走得很孤单、很落寞。

回去的时候，许明峰心里久久不能平静，脑海里一直浮现着梁艳的形象。仿佛看到了昔日自己的身影。

"峰哥，这么晚了，你怎么还忙呢！我给你做了消夜，吃一点吧！"

工作间里，许明峰正在调配釉料，此时姚玉兰端着一碗汤面进来了。

"马上就好了，玉兰，我感觉好像快找到研发龙鳞光工艺的方向了。只不过，现在……"许明峰说着，回过神来，看了一眼姚玉兰。

姚玉兰探头过来，往工作台上扫视了一眼，说："峰哥，你眼下做的，不就是想从硬透明珐琅工艺里得到灵感吗？其实，之前我就想说了，你这方法很对。不过工艺还欠火候。比如，这个银片的贴附和雕花，我觉得你应该这么做……"

当下，姚玉兰就亲自做了起来。而许明峰也探头过来，非常专注地看着。

大约十分钟后，姚玉兰直起身子，长舒了一口气，颇为得意地说："怎么样，峰哥，你看我这手艺如何？"

许明峰看着姚玉兰做好的银片贴附和雕花，脸上露出了欣喜的神色。他看了看她说："玉兰，你真是厉害啊。我发现，现在没你都不行了！"

许明峰说着，随手拍了一下姚玉兰的肩膀。

本来，他也是无意的。下一秒姚玉兰却直接靠到他怀中。两手勾着他的脖子，将脸凑了过来，几乎贴到了他脸颊上。

"峰哥，你说的是真的吗？你真的离不开我，对吗？"

"我……我……玉兰，你……你这是干什么，快放开我。"许明峰眼神里有些慌乱，心跳得非常厉害，他想推开姚玉兰，却发现自己被她搂得死死的。

"不，我不放开。峰哥，我们认识这么久了，我看得出来，你对我是有感情的。今天，我就想知道，你喜欢不喜欢我？"姚玉兰死死盯着许明峰，眼神里充满了期待。

"我……我……"一时间，许明峰还真不知道该如何作答。或者说，他其实根本就没想好。

姚玉兰看了看他，说："峰哥，你不说的话，那我就自己去找答案了。"

"玉兰，你要干什么……"

许明峰一愣，还没反应过来，姚玉兰就直接将脸凑过来，那嘴唇紧紧盖住了他的嘴唇。

那柔软的嘴唇，瞬间让许明峰脑袋里一片空白，他有些呆住了。

但几秒钟后，他反应了过来，赶紧推开了姚玉兰，慌忙叫道："玉兰，你……你干什么呢？"

姚玉兰看了看他，深吸了一口气，说："峰哥，你这么抗拒我，是不是因为岚姐？"

"我……我不知道你在说什么！"许明峰有些慌乱，迅速将脸转了过去，不敢去看姚玉兰。

姚玉兰轻哼了一声，缓缓说："峰哥，你不用解释，其实你心里想什么，我都很清楚。可是我想告诉你，岚姐已经走了，她不会再回来了，你要清醒一点，要往前看。"

"玉兰，你能不能别说了。"许明峰有些生气，忽然歇斯底里地吼了起来。

那一刻，姚玉兰有些蒙了。她像不认识许明峰一样，呆呆地看着他。

但几秒钟后，她仿佛醒悟过来了，深吸了一口气说："好了，峰哥，我懂了。你放心吧，从今天起，我不会再打扰你的生活了。"

说着，姚玉兰转身就跑了出去。

第四十二章　撒娇的女人

许明峰这时猛然回过神来，看到姚玉兰跑出去的身影，他似乎意识到了什么。二话不说，立刻冲了出去。

在作坊门口，许明峰好容易追上了姚玉兰。

姚玉兰用力挣扎着，气呼呼地叫道："许明峰，你放开我。"

"不，玉兰。你，你别走，就算我求你了。"许明峰看着她道，口气里充满了请求。

姚玉兰冷冰冰地说："我不走，留下来算怎么回事？许明峰，我觉得，你根本不需要我。"

"不，我需要你。玉兰，我发现，我根本离不开你。"许明峰也没多想，脱口而出。

姚玉兰听到这里，其实心里是非常高兴的。

不过，她表面上却佯装不觉，依然保持那冷冰冰的姿态，淡淡地说："哼，你是离不开我这个助手吧。如果我走了，以后就没人帮你了，对不对？"

"也不尽然。"许明峰迟疑了一下，咬着嘴唇，缓缓说，"玉兰，其实，我从来没将你当作助手。在我眼里，你就是我生命里不可或缺的一部分。"

姚玉兰听到这里，心里仿佛吃了蜜一样甜。她忽然转过身来，转了一下眼珠，带着几分狡黠，看了一眼许明峰说："你说的是不是真的，峰哥，可别勉强啊！"

"啊，玉兰，你……你刚才不是……"许明峰有些傻眼了，愣愣地看着姚玉兰。嘿，这女人的脸怎么跟六月天一样，说变就变啊。

"我刚才什么了，峰哥，你说，你刚才说的是不是真的？"姚玉兰这时上前一步，带着逼问的口气叫道。

"是的，玉兰。我承认，我心里对赵岚还有些牵挂。但也许你说的是对的。其实，那都是过去的事情了。而我们都要往前看，玉兰，这么长时间我们在一起，其实……其实我对你是喜欢的。"许明峰迟疑了一下，随即说道。

听到这里，姚玉兰非常高兴，脸上洋溢着得意的笑。"峰哥，这可是你说的，可不是我逼你的。嗯，既然说出来了，那这以后我可是你的女朋友了，对不对呢？"

"这……对，玉兰，你就是我的女朋友了。"许明峰迟疑了一下，硬着头皮说道。

不过，他却隐约感觉，自己咋像是着了她的道呢。

姚玉兰这时将脸凑了过来，然后闭着眼睛，脸上浮起一抹浅笑："峰哥，那你现在是我男朋友了，就证明给我看，吻我。"

"啊，玉兰，这……这在外面，不大合适吧？"许明峰环顾了一下四周，有些为难地说道。

"这有什么，咱们现在是情侣，想做什么就做什么。再说了，这可是在作坊里，又是半夜，谁能看到什么？除非你不想亲我，很讨厌我。"姚玉兰嘟着嘴，有些不满地说道。

"不，玉兰，我没有。"许明峰说道。

"那你还啰唆什么呢，赶紧的，我等着呢！"姚玉兰再次将脸凑上来。

许明峰犹豫了一下，随即凑了过来。可是，他还没靠过来，就被姚玉兰直接勾着脖子，两个人的嘴唇碰在了一起……

那一刻，四目相对。两颗孤独的心也走在了一起。

两天后的清早，许明峰接到通知，梁博达去世了。

梁博达的葬礼规模并不是很大，而且参加的人除了京铜记还留下来的那几个工匠师傅，也就只有生前关系很好的几个作坊把式了。

让许明峰深感意外的是，从葬礼开始到结束，他都没见过梁艳。

对于梁艳的行踪，众说纷纭。有人说她跟着陈天诺走了，有人说她羞于参加父亲的葬礼，躲在了某个地方。

但是，从这个时候起，许明峰就再也没见过梁艳了。

参加完梁博达的葬礼，许明峰来到了京铜记的作坊里。

整个作坊萧条破败，毫无生气。

许明峰伫立在门口，一直盯着大门口上的那块门匾。他曾经听梁博达说过，这个匾额有三百年的历史了。

可是，而今看起来却显得颓败，上面结满了蜘蛛网。一阵风吹过来，一大片蛛网在京铜记的三个字面前晃荡着。

此时，那些工匠师傅陆陆续续从里面走出来。

他们神色黯然，一个个都打算和这个工作了多少年的地方告别。很多人的眼里充满了眷恋。

许明峰走上前来，看了看他们，问道："几位师傅，你们这就要走了吗？"

这时，一个大约六十岁的老师傅看了看许明峰，摇着头说："许把式，你还不知道呢。我们这作坊在梁把式生前就典卖给一个开发商了。人家限定我们今天就搬出去，马上就要来拆了。"

"什……什么，这么快吗？"许明峰听到这里，也非常吃惊。

"唉，不提了。看来，我们这些手艺人注定要被这个时代抛弃了。"那工匠师傅说着，满脸忧伤和无奈。

"走吧，我们还是找个谋生的手段去吧。"另一个大约五十岁的工匠拉着他，幽幽地说，"我听说，那边有几个新开的工厂，招看门的，咱们一起去试试吧！"

许明峰闻言，慌忙说："几位师傅，你们难道就真的愿意放下自己的手艺，去做别的吗？"

"不做这个，还能做什么呢？"这时，一个三十岁出头的工匠看了看许明峰，双手一摊说："许把式，现在这个时代，我们这种手艺人，靠传统手艺是活不了的。你看我们京铜记，当年也是很大的工艺作坊，可如今呢？"

他话音刚落，其他的几个工匠师傅也不住地叹气。

许明峰说："大家千万别灰心丧气，我们要对自己有信心。"

"这可不是光凭一句话就能解决问题的。许把式，如今像你们作坊能坚持到现在的，恐怕也是凤毛麟角了。"

许明峰微微应了一声，看了看他说："如果你们不嫌弃的话，不如来我们铜赵记吧。我向你们保证，只要有我一口吃的，就绝对不会亏待诸位的。"

"这……"那个工匠师傅有些迟疑了，忍不住回头，看了看其他几个老师傅。

此时，他们纷纷议论起来。

这时，先前那个老师傅看了看许明峰，说："许把式，你……你真的愿意接收我们吗？"

"当然，大家都是拥有多年丰富经验的老师傅了。对我而言，这可是无价之宝。如果大家肯来，我向你们保证，会给你们在京铜记同等的待遇。"

"可……可是……"另一个工匠师傅有些迟疑地看着许明峰，似乎在担心什么。

许明峰看了看他，笑着说："这位师傅，我知道你担心什么。你放心吧，咱们这一门手艺一定不会消亡。而且不仅不会消亡，还会得到传承。并且我一直深信不疑，这个时代的人们，也是需要我们的。"

许明峰的话，深深地打动了他们。

几个人互相看了看，其中那年轻工匠看了看许明峰说："许把式，既然话都说到这里了，那行，我们跟你走。"

许明峰心里一喜，忙说："太好了。"

"不过，"那个工匠看了看许明峰，说，"我们在走之前，要将这块匾额带走。我相信梁把式如果在天有灵，一定不希望这块招牌被毁掉了。"

"好，带走吧。"许明峰点点头。

当下，那几个工匠师傅一起摘掉了这块匾额。

他们一行人离开的时候，迎面看到工程队浩浩荡荡地开向了京铜记作坊。

许明峰忍不住回头，看着那作坊在施工队的作业下，轰然倒塌。

这一刻，他的心里有一种说不上来的难受。

恍惚之间，他仿佛看到两个身影站在那一片废墟前。那两个人，分别是赵兴成和梁博达。两个人就站在那里，满脸堆笑地看着许明峰，心里充满了欣慰。

许明峰的眼眶变得湿润起来，擦了一下眼泪，心里默默地说道："师父、梁把式，我向你们保证，一定会将咱们的手艺传承下去。"

有了京铜记工匠师傅的加入，许明峰的作坊不断发展壮大。

交付了陈天诺的订单之后，许明峰原以为和他之间也不会再有合作了。

他没想到，之后，陈天诺又来找他合作。

而且这一次，他要的订单更大了。这一点，是许明峰没想到的。

经过上次的事情，许明峰本来并不想和他合作了。

不过，姚玉兰耐心地劝说了他一番，他才算勉强答应了下来。

双方见面，陈天诺却将上次的事情早就抛诸脑后了。对于许明峰，比上次更加恭敬了。

按照陈天诺的话说，他是个生意人。在他眼里，没有永远的敌人，也没有永远的朋友，只有永恒的利益。

这种观念，许明峰完全无法理解。

但这一次和陈天诺谈订单，发生了一件让他想不到的事情。

这天中午，陈天诺特地赶到铜赵记签订合同。

一般而言，客户亲自登门来签约的事，并不多见。

其实，从一开始，许明峰打算直接去找陈天诺签约的，没想到对方比他还热情。

对方显得非常急迫，似乎担心许明峰会改变主意。

这一点，也是许明峰一直都很不明白的。

两人寒暄后，陈天诺就迫不及待地问道："许把式，我们就开门见山吧。这次，我不仅要和你们签这一笔大订单，同时，我们也希望获得你们的产品在东南亚整个市场的独家代理权。"

"独家代理权？"许明峰闻言，有些困惑，着实不解。

这时，旁边的姚玉兰看了他一眼，笑了一笑，然后又看了看陈天诺说："陈老板，你想要独家代理权，可不是那么简单的事情啊。"

陈天诺微微点点头，应了一声说："我知道，条件方面，你们尽管开，我一定尽力满足。"

姚玉兰刚要说话，许明峰连忙阻止了她，看了看陈天诺说："陈老板，先等一下，我还不明白这所谓的独家代理权究竟是什么。"

陈天诺笑了笑，看了一眼姚玉兰，说："许把式，这所谓独家代理权，就是说我要独家代理你们作坊的产品。比如我要代理你们在整个东南亚的产品，那么，除了我之外，你们不能和东南亚方面的任何商家进行合作了。"

"什么？"许明峰听到这里，霍地站了起来。他微微皱了一下眉头说："陈老板，这个条件，我们恐怕不能答应你。"

"许把式，这事情咱们慢慢商量。"陈天诺闻言，一点也不意外，似乎这个结果也是他早就料到了的，"我独家代理你们的产品，那自然不会亏待你们。我们公司有强大的营销宣传能力，可以全方位地帮你们进行产品宣传。届时，我相信不仅你们的产品会誉满天下，同时你也会因此而声名大噪。另外明年东南亚将举办亚洲手工艺产品展览。如果可以，我想邀请你们来参加。"

按说，这样的条件也是非常诱人的了。许明峰此时却心如止水。他几乎想都没想，直接拒绝了。"对不起，陈老板，我真的不能答应你。我还是那句话，如果咱们想合作，就是这种方式。但是，我不会单独只服务你一个商家的。"

陈天诺闻言，有些不悦，沉着脸说："许把式，你可要想清楚啊，过了这个村可就没这个店了。还有你要想清楚。如果你不同意这么合作，那今天这个合同，恐怕也很难签了。"

许明峰淡然一笑，不以为然地说："无所谓，陈老板。反正现在我们还没签合同，一切都还来得及。"

"你……"陈天诺听到这里，气得霍地站了起来，愤然道，"许明峰，你真是和那些老古董一个样，顽固不化。"说着，转身就走。

姚玉兰见状，慌忙追了出去。

不过，许明峰转身就去工作间里忙活了。失去这样的客户，他是一点都不在意的。

他正在工作台前忙活着，这时，姚玉兰快步走了进来。不由分说就将许明峰面前的釉料给拿开了。

许明峰抬头看了她一眼，有些无奈地笑了笑："玉兰，你这是干什么？"

姚玉兰生气地说："峰哥，都这个时候了，你怎么还有心思干活呢。刚才如果不是我极力挽留，咱们恐怕要失去一个大客户了。"

"这样的客户，就算再大，失去了又怎样？"许明峰淡然一笑，随手又夺过来釉料。

"你……你怎么可以这样想呢？"姚玉兰眼见许明峰态度如此随意，着实有些生气，"峰哥，你现在可是把式。你要考虑清楚，眼下咱们作坊里又增添了那么多工匠师傅，每天都有多少人张嘴等着吃饭呢。本来眼下这形势，我们传统的手工作坊就很难存活。现在，好容易有陈天诺这样的大客户要和我们长期合作，这可是好事啊。我真不知道你是怎么想的，为什么要拒绝人家呢？"

许明峰听到这里，缓缓放下了手里的活计。他看了一眼姚玉兰，淡淡地说："玉兰，你知不知道，一旦和陈天诺签订了这独家代理协议，我们会付出什么样的代价呢？"

"什……什么代价？"姚玉兰愣了一下，有些困惑地问道。

许明峰说："其实，他刚才的话没明说，但是我知道他接下来要说什么。如果我们将独家代理权授权给他。那么，就意味着今后我们只能按照他的要求生产单一的珐琅器了。我如果料想得不错的话，他一定会要求我们严格按照生产线那种标准去生产。"

"这……这有什么问题吗？"姚玉兰有些不解。

许明峰说："玉兰，你难道就没想过，为什么陈天诺没去找那些有工厂的珐琅器公司来生产？"

这一点，是姚玉兰所完全没想到的。她困惑地摇摇头，不解地问道："这，是为什么呢？"

许明峰说："很简单，因为那些工厂生产的珐琅器在市场上是掉价的。现在越来越多的有识之士，都认识到了这一点。而且，他们也发现了传统手工艺珐琅器的特点。故而对传统的珐琅器需求量就变得非常大了。"

姚玉兰仿佛有些明白了，说："陈天诺看到了这巨大的市场，所以就想和我们签下这独家代理权。"

第四十三章　商品和艺术品的区别

"是的，在他的眼里，其实我们这些珐琅器和那些机器生产的是没什么区别的。对他而言，这都是商品。"许明峰应了一声，继续说道，"不过，这么做，就必然会对我们造成巨大的伤害。你也知道，眼下我们唯一的客户就是陈天诺。虽然我们和他签的是东南亚市场的独家代理权，可基本上我们作坊出产的所有珐琅器都要按照他所要求的标准进行生产。那么，长此以往，我们作坊就丢了传统手工艺所独有的优势——独创性，所有工匠师傅都会按部就班地执行一样的流程。而我们作坊成什么了，那就是个代工工厂而已。时间长了，我想也没人会记得我们作坊本来是一家传承数百年的手工艺作坊。他们只记得，我们是一家只会生产标准化珐琅器商品的工厂而已。而这是我最不愿意看到的。当然，我师父在天有灵，也不会答应。"

姚玉兰听到这里，叹了口气，微微摇头说："峰哥，你考虑的倒是挺长远的。可是，我们如果不签的话，那我们可能又要饿肚子了。而且这个机会千载难逢。我们会有出国扬名立万的机会的。"

姚玉兰说到这里，眼中闪烁着兴奋的光。

而许明峰注意到了这些，他忽然有一种陌生的感觉。眼前的姚玉兰，仿佛变得他不认识了。

"玉兰，你的最重要目的，难道就是靠这个出名吗？"

"不然呢？"姚玉兰有些困惑地看了看许明峰，说："峰哥，我们这么辛苦地努力做这些珐琅器，探索那些失传的工艺，我们究竟是为了什么？你不要告诉我你真的就是为了所谓的什么传承。在我看来，这都不现实。"

"不现实？"听到这里，许明峰的心忽然凉了半截。他怎么都没想到，这个他曾经以为的纯真的姑娘，居然会有这么功利的心态。那一刻，他心潮翻涌，"玉兰，如果我告诉你，我就是这么想的呢？"

"峰哥，你醒醒吧！"姚玉兰有些诧异，上前紧紧抓着他的胳膊，有些激动地叫道，"你能不能不要这样了？现在是什么社会，你不能这么不现实。"

"哼，不现实。好啊，玉兰，那你倒是给我说说，究竟怎样才是现实呢？"许明峰看了她一眼，淡淡地说道。

姚玉兰说："峰哥，眼下我们就要靠着这珐琅器扬名立万，成为名扬四海的世界顶级工艺品大师。到时候，我们随便参加个电视节目，随便一场演讲，那收入就足以让我们吃喝一辈子。到那时候，我们再也不用像现在这么辛苦了。"

听到这里，许明峰的心里感到一阵压抑。他缓缓推开了姚玉兰的手："玉兰，所以按照你的说法，你这么辛苦地钻研珐琅器的工艺，其实根本不是为了什么传承。而你所谓的爱好，无非就是帮你扬名立万的阶梯而已。那么，你之前跟我说的，你要将失传的那些工艺寻找到，努力传承下来，都是骗人的。"

"峰哥，我……我……"姚玉兰一时答不上话来。

"我明白了，你出去吧。"许明峰缓缓转过身，直接背对着她，似乎根本不愿意看她一眼。

"峰哥，我……"姚玉兰看到许明峰背过身子的一刹那，心里忽然莫名地有些不安。

"我要你出去，听到没有。"忽然，许明峰咆哮起来，把姚玉兰吓了一跳。

自从认识许明峰，这还是头一次见他发这么大的火。虽然没有看到他的脸，可是那声音却非常高，震得房顶嗡嗡作响。

姚玉兰那一刻显得非常惶恐不安，脸色苍白。她大气都不敢出一下，甚至不知道自己如何转过身，然后离开的。

从工作间里出来，姚玉兰一肚子的委屈。她捂着脸，坐在墙角，呜呜地痛哭起来。

安建民等几个工匠刚才也听到了争吵声，这时见姚玉兰出来，他们赶紧过来了。

"小姚，你们俩好端端的，怎么突然吵起来了？"安建民关切地抚着姚玉兰的肩膀，轻轻问道。

姚玉兰抬起泪眼婆娑的脸，看了看安建民说："安师父，我……我不知道究竟哪里做错了，峰哥他突然冲我发那么大的火。"

安建民看着姚玉兰伤心的模样，心里也是非常不好受。事实上，这么长时间以来，他一直将这丫头当自己的女儿。

"小姚，刚才你们俩的谈话，我也听到了一些。其实，这件事情也怪不得小峰。当然也不能怪你。小峰当年深受我们赵把式的影响，他一直将传统的珐琅器工艺传承当成己任。这么多年，他不辞辛苦，为的就是这个。"

"安师父，可是峰哥他根本改变不了什么。现在这个社会，有多少人还会关注这些东西呢。你们都是过来人，最清楚了。如今的老北京传统手工艺，有多少还存在的？别说传承了，又有多少年轻人愿意去接过这样的衣钵，去和他一样默默无闻做着这种事情呢？"

"你说的没错，但小峰就是这样的人。"安建民说着叹了一口气，目光落在了那工作间门口，微微皱了一下眉头说，"我深信，我们铜赵记的珐琅器工艺，在小峰手里一定可以得到传承，并且发扬光大。"

"安师父，您……"姚玉兰有些吃惊地看了看安建民，她没想到，不仅许明峰是这么一个执迷不悟、爱钻牛角尖的人，就连安建民竟然也是这样。

"好了，你也别多想了。这样，我去找他谈一谈。"安建民安慰了她一句，随即就走了。

晚上，姚玉兰正要去睡觉，忽然外面传来敲门声。

她打开一看，是许明峰站在门口。

她有些意外，看了看他，连忙将他让进来。

许明峰涨红着脸，有些不自然地看了看她说："那个，玉兰，我……我来，就是想跟你说一声对不起。今天……今天是我的态度不好，我向你道歉。"

姚玉兰听到这里，脸上露出了一抹笑意。她连忙上前抓着许明峰的手，柔声说："峰哥，该说对不起的是我。其实，我今天说话的方式也有问题。"

许明峰应了一声，说："玉兰，人各有志，我不应该强求你的。这么说起来，我也是太过自私了。"

"峰哥，对不起，是我没照顾到你的感受。"姚玉兰说着，忽然上前来，紧紧搂着他。

许明峰迟疑了一下，缓缓搂住了她。

下一秒，姚玉兰忽然抬起头，双手勾着许明峰的脖子，将脸贴了过来。

"峰哥，吻我……"姚玉兰目光灼灼地看着许明峰，这时候她的脸颊红红的，映着那灯光，似乎可以掐出水来。

这时候，许明峰心里也是无限感慨。他的心头，似乎被什么撩动着，忍不住上前，亲吻姚玉兰……

恍惚之中，许明峰感觉自己似乎充满了无尽的力量。他在自己所执着的珐琅器工艺传承上，一直努力着，一直到献出自己毕生的精力。

清早，许明峰从床上刚要起来，姚玉兰上前，紧紧搂着他，温柔地说："峰哥，你要去哪里，我和你一起去。"

许明峰看了她一眼，随手在她脸上掐了一下，说："玉兰，我得去工作了。你看，太阳都升得老高了。"

"管他呢,咱们再睡一会儿,大不了今天休息一天。"姚玉兰无限柔情,轻轻将身子靠在他后背上。

许明峰苦笑了一下:"玉兰,还有那么多的事情要做,怎么能休息。而且我昨晚突然想到,如何利用硬透明珐琅工艺对现在的工艺进行改良。这个试验如果成功,我就能恢复龙鳞光工艺了。"

"什……什么,峰哥。昨晚那个时候,你居然还想这种事情?"姚玉兰闻言,有些哭笑不得。

许明峰不自然地挠了挠头:"那个,玉兰,我……我先起来了。"许明峰嘿嘿一笑,赶紧起身。

看着许明峰离开的身影,姚玉兰坐在床上,神情复杂。

事实上,她也很清楚。虽然现在和许明峰表面上相安无事。可是两个人至此也清楚彼此的心思了。而且姚玉兰到现在也无法认同许明峰。在她看来,这么辛苦地为珐琅器努力,就应该得到功成名就、扬名立万的回报。

不过,姚玉兰也想明白了不急于一时。在许明峰身边,事实上她也得到了成长。

姚玉兰也决定继续学习。一方面努力去寻找失传的硬透明珐琅工艺,另一方面也协助许明峰找回铜赵记失传的龙鳞光工艺。到时候,她一定可以说服许明峰听从自己的建议,成为她所期望的工艺大师。

不过,理想很丰满,现实很骨感。

姚玉兰断然没想到,她和许明峰很快就要分道扬镳了。

那天晚上,忙活了一天,许明峰和姚玉兰打算出去吃饭。

两人刚来到门口,只见一辆黑色的奔驰轿车停在了作坊门口。

在20世纪90年代末期,对于一个普通的北京人而言,能开上奔驰的人,绝对不是一般人。

姚玉兰忍不住好奇地打量着这辆奔驰,眼里闪着光。

这时,车门打开,却见沈玉坤从里面钻了出来。

虽然同在一个城市,许明峰和这个师兄却鲜有机会见面。上次见面后,许明峰都不知道有多久没见过这个师兄了。

甚至他几乎都忘记了自己还有这么一个师兄。

沈玉坤西装革履,头发梳理得油光可鉴。他下车后,就掏出一根中华烟,点上抽了一口,看了看许明峰说:"明峰,你要出去吗?"

姚玉兰对沈玉坤并没什么好印象，淡淡地说："这不是沈老板吗，真是稀客啊。你这么尊贵的人，怎么屈尊跑我们这种小地方来了？"

沈玉坤淡淡一笑，看了一眼姚玉兰说："姚小姐，我明白明峰为什么喜欢你了。你伶牙俐齿，说话直来直去。这一点，倒是和我那师妹挺像的。"

许明峰轻咳了一声，看了看他说："师兄，你找我有什么事情？"

沈玉坤看了看他，笑着说："明峰，上次一别，我们算起来有一年多没见了吧。其实，我今天来找你，是想和你谈谈的。"

"哼，沈老板，你是真心来和峰哥谈的吗？我看，你也用不着说得那么亲密。上次的事情，让我们明白，你和峰哥其实就是两类人。如果不是有事情，一辈子不见你也不会想他的吧。"

"哈哈，姚小姐，我真是越来越喜欢你了，你和岚岚太像了。"沈玉坤闻言，一点都不生气，反而说了一句调侃的话。

不过，姚玉兰却明显很生气。

她刚想说什么，被许明峰给拦住了。许明峰看了沈玉坤一眼，缓缓说："师兄，你有什么事情，就说吧。"

沈玉坤没有立刻说，而是将车门拉开了，然后做了一个请的姿势："明峰，走吧，我已经订好餐厅，咱们边吃边聊吧。"

许明峰有些迟疑，本来想拒绝的。可是姚玉兰却拉着他的手道："峰哥，走吧。既然沈老板请客，那我们不能不给面子。"

许明峰没有办法，只能硬着头皮进去了。

十几分钟后，三人来到了一家高档的西餐厅。

不过，这个西餐厅，让许明峰心生无尽的感慨。因为这个西餐厅，曾经就是京铜记所在的地方。

站在西餐厅门口，许明峰长久伫立，心里有一种说不上来的感觉。

恍惚之间，他似乎又看到了赵兴成和梁博达站在门口。

这时，沈玉坤看了他一眼，有些好奇地问道："明峰，你发什么呆呢，进去吧！"

许明峰回过神来，深吸了一口气，看了看他说："师兄，你知道这个餐厅曾经是什么地方吗？"

"知道，不就是京铜记作坊吗？"沈玉坤淡淡地说道。

许明峰闻言，轻哼了一声说："师兄，看样子，你是什么都知道啊。"

沈玉坤说："明峰，实不相瞒。当初，还是我一手撮合，梁把式才将这作坊给卖出去的。而且这个餐厅，也有我参股。"

"什么？"听到这里，许明峰异常恼怒。他恨恨地看着这个师兄，说，"师兄，你……你怎么可以这么做？"

沈玉坤倒是很坦然，耸耸肩，不以为然地说："这有什么问题吗？明峰，你要想清楚了，他这京铜记本来就经营不下去了，我这么做也是在帮他的。而且你也看到了，如今这社会，又有几个人还在坚持做传统的手工艺呢？"

"师兄，看样子我们两个永远不可能走到同一条路上来了。"许明峰神色复杂地看了他一眼，自顾自地朝餐厅里走去。

看着他的背影，沈玉坤颇为无奈地摇摇头，叹口气说："唉，明峰，你现在真是和师父越来越像了，这么执迷不悟。"

沈玉坤带着两人来到早就订好的位子，相继坐下。

很快，上来一桌子丰盛的饭菜。姚玉兰打量了一番，转头看了一眼沈玉坤："沈老板，你今天居然点了这么多菜，看样子是大出血了。"

沈玉坤笑了一笑，然后拿着一副刀叉，颇为得意地说："明峰，看到没，这里的餐具，都是我们公司生产的。瞧见没有，这就是工业化带来的福利。否则的话，现在恐怕也没人知道景泰蓝了。"

许明峰瞥了一眼，淡淡地说："师兄，你请我来，不会就是为了炫耀你这些成果吧？"

"不，明峰。事实上，我这次邀请你过来，是想和你谈一笔生意。"沈玉坤说着，亲自给许明峰倒了一杯红酒，非常恭敬地说道。

"是吗，师兄，难得你能来找我合作，真是稀奇。我记得，你可不止一次公开诋毁我所坚持的东西。"许明峰倒也不客气，端着酒喝了一口。

"明峰，那都是过去的事情了，你该不会这么记仇吧。"沈玉坤闻言，慌忙说道。

"不，我不记仇。师兄，你想和我谈什么合作，就直说吧。"许明峰发现，自己这个师兄不仅看起来越来越陌生，甚至也越来越像陈天诺，浑身上下充满了铜臭味。

这让他伤心，也让他无奈。

沈玉坤自己倒了一杯酒，然后一股脑地喝了。随即他缓缓说："明峰，是这样的。我听说陈天诺最近找你们谈合作了，似乎想要你们的工艺品的独家代理权，对不对？"

姚玉兰看了他一眼，酸溜溜地说："啧啧，沈老板，真是没想到啊，你这消息还挺灵通啊。原来，你一直都在关注着我们呢。"

第四十四章　互惠互利的合作

沈玉坤多少有些尴尬，不自然地笑了笑，摆摆手说："哪里的话，铜赵记本来就是我的根，我自然是要关注的。"

许明峰看了他一眼，说："是有这么回事。怎么，师兄，你突然问这做什么？"

沈玉坤说："明峰，我知道你的脾气。我没猜错的话，你肯定没有答应他吧？"

"是啊，师兄，你很了解我啊。这件事情我的确没答应，而且我猜你也应该想到我为什么没答应吧？"许明峰看了看他，轻笑道。

沈玉坤说："对，明峰，这点我很清楚。其实，我这次找你来，也是因为这事。只要咱们之间合作成功，这对我们而言就是一举两得的事情。"

"让我猜猜看，师兄，你这次找我，应该是想让我答应给陈天诺独家代理权，然后我将具体的生产任务交给你来做。"

"明峰，你厉害啊，不枉我们师兄弟这么多年。"沈玉坤露出吃惊的神色，看了看许明峰说，"明峰，我想过了，这利益方面，我们四六分成如何。你只负责和陈天诺接头谈合作，而生产任务交给我们公司负责。陈天诺所要求的那些珐琅器，由我们的工厂生产再合适不过了。"

姚玉兰闻言，露出一分喜色。她看了看沈玉坤说："沈老板，你这个提议很好啊。"

沈玉坤笑了一声："姚小姐，看来你是个明白人啊。这对我们双方而言是双赢的局面。这就避免了让铜赵记成为单纯的机器工厂的下场，而我们公司正好可以得到大量订单。"

"可是，师兄，这么做，我们不是欺骗人家吗？"许明峰冷声说道。

"什么骗不骗的，明峰，他一个外行人，根本就不懂。陈天诺的心思，我比你清楚。"沈玉坤不以为然地说道。

"不管他是怎么想的，但，师兄，我们不能这么做。"许明峰态度变得很坚决，"你忘了师父曾经如何教导我们的，做人一定要诚实守信。尤其在对待珐琅器这件事情上，我们更不能存在任何欺骗的行为。"

"明峰，你怎么这么死脑筋呢。师父的话难道是金科玉律吗？听师父的，迟早我们都要饿肚子的。"沈玉坤听到这里，着实有些生气，"你一定要考虑清楚了，这件事情做成了，你们可是坐在家里什么都不用干都可以赚钱。关键是你们还可以接其他的单子，你还能继续你的龙鳞光工艺的研究，根本没任何损失。"

"没任何损失？"听到这里，许明峰就觉得荒唐可笑，"师兄，你将问题想得太简单了吧。这是我们铜赵记接洽的。如果事情败露，那么遭受损失的，就是我们铜赵记。届时铜赵记几百年的声誉就要毁于一旦。将来，我们如何面对铜赵记的祖上，如何面对师父？"

"够了，许明峰，你别张口闭口就提师父。"沈玉坤显得很生气，瞪了他一眼，说，"你想清楚了，眼下是关系到你前途的时候。如果你答应这件事情，我向你保证，会对你进行全方位包装，将你塑造成一个一流的珐琅器工艺大师。将来，会以学者的身份参加各种会议，出席各种高档的场合。单是出场费，就足够让你吃喝一辈子。"

说者无心，却触动了姚玉兰的心思。

她兴奋地睁大了眼睛，欣喜地看着沈玉坤，吃惊地说："沈老板，你……你真的可以做到吗？那……那你能包装我吗？"

"当然可以，姚小姐，只要你让明峰和我合作。我向你保证，不出半年，我就让你成为京华名人圈里的人。到时候，大街小巷都能听到你演讲的声音，在繁华的高楼大厦的大屏幕上看到你被记者采访的画面。"

沈玉坤画的这个大饼，让姚玉兰眼前一亮。

她转头紧紧拉着许明峰的胳膊，忙不迭地叫道："峰哥，这是个千载难逢的好机会，我觉得咱们不能放弃。要不然，我们就答应吧。"

"答应什么？"许明峰听到这里，非常生气。他狠狠瞪了一眼姚玉兰，说："玉兰，我说过了，这事情没商量的。"

"可是……"

"没什么可是的，"许明峰不等姚玉兰说完，直接打断了她，看了看沈玉坤说，"师兄，对不起，我们没什么好谈的了。我吃饱了，先走了。"说着，起身就走了。

姚玉兰见状，有些不安，看了一眼沈玉坤，然后起身慌忙跟了出去。

回到作坊里，姚玉兰追上许明峰，很不满地叫道："峰哥，你真是太冲动了。这饭都没吃完呢，就这么一走了之了。"

"哼，你觉得我还能吃得下去吗？话不投机半句多，我师兄今天来就是故意给我们下套的。"许明峰冷冰冰地说了一句。

"话也不能这么说，其实，我觉得他刚才的话，也是有道理的。"姚玉兰迟疑了一下，看了看他，说道。

"有道理，玉兰，我看是说到你心坎里去了吧。我知道你的心思，我还是那句话，人各有志。你如果真的想选这条路，我不反对，但我不会去的。"许明峰说得非常干脆。

"峰哥，你……你怎么这么固执呢。"姚玉兰试图劝说许明峰，"这么一个千载难逢的好机会，如果能把握住，那我们估计很快就能出国发展了。到时候，咱们一定会有更广阔的空间，就不用整天窝在这小小的作坊里了。"

"不，玉兰，我不去。在我看来，这个作坊就是我的全部。"许明峰淡淡地说了一句，头也不回地朝工作间走去。

"你……许明峰，你怎么这么自私？你就算不为自己着想，难道不为我们俩的将来着想吗？如果真的要一辈子困守在这里，我是不会的。"姚玉兰有些激动，瞪着他，异常生气地叫道。

许明峰愣了一下，缓缓回过头来。他看了看姚玉兰，淡淡地说："玉兰，如果在这一简单的事情上我们都达不成一致的话，你觉得我们之间还有未来吗？"说着，他头也不回地进工作间了。

姚玉兰呆呆地站在原地，耳畔不断回响着许明峰的话。她的心彻底凉了。

连续一个多星期，许明峰都泡在工作间。虽然和姚玉兰之间发生了一些争执，但是对他并没产生多大的影响。他在这几天没日没夜的钻研中，无意间竟然将失传的硬透明珐琅工艺给找到了。

而且许明峰发现，通过这个工艺，找到龙鳞光工艺指日可待。

许明峰这才想起了姚玉兰，这么多天，好像一直都没见到她。

他打磨好利用硬透明珐琅工艺制作出的一个葫芦，打算送给姚玉兰。

不过，安建民却告诉他，姚玉兰打算离开铜赵记，准备去东南亚发展。而且正是沈玉坤给介绍的。

听到这里，许明峰许久都没反应过来。

安建民宽慰他一句，说："明峰，一小时后，玉兰就要搭乘飞机离开了。如果你还想挽留她，就赶紧去机场找她吧。"

许明峰听完，带着那葫芦，二话不说骑着摩托车就出发了。

一路上，他骑得特别快，满脑子都是姚玉兰的身影。

而事实上，这时候姚玉兰在候机厅里，手里攥着飞机票，正打算离开。

可是，她的目光却时不时地盯着门口。她总是期盼着奇迹发生，有那么一个熟悉的身影出现。

可是，一直到已经开始登机了，姚玉兰也没看到那个熟悉的身影。

这时候，她彻底心灰意冷了。她很清楚，那个记挂着的男人也许不会再来了。

姚玉兰擦了一把眼角，深吸了一口气，提着行李就走。

就在这时，身后忽然传来了许明峰的声音："玉兰，你等一等。"

姚玉兰听到这里，迅速转身，当看到许明峰快步跑来的身影，她二话不说挤出了人群，冲了上来。

姚玉兰上前来，紧紧搂住了许明峰，抽泣着："峰哥，我以为你不会来了！"

"玉兰，我为什么不来。你不辞而别，就忍心扔下我吗？"许明峰轻轻抚着她的头，柔声说道。

"呜呜……"姚玉兰委屈地哭着，忽然抬头看了看许明峰，轻轻问道，"峰哥，那，那么你这次来，是答应和我一起走吗？"

"不，玉兰，我还是那句话，人各有志。你要走，我不拦着，但我不会走的。"许明峰这时候依然旗帜鲜明，这一点着实让姚玉兰深感意外。

她推开了许明峰，像是不认识他一样："峰哥，那……那你……"

许明峰想了一下，然后将那个葫芦递给她："玉兰，感谢你这么长时间陪伴我。这是我在你的帮助下，参透了硬透明珐琅工艺，然后制作出的一个平安葫芦，希望保佑你平平安安。"

姚玉兰战栗着，轻轻接过这葫芦，已经泣不成声："峰哥，为什么……为什么你不肯跟我走？只要你现在答应跟我走，我一辈子都不会离开你的。我们……我们会组建一个很好的家庭，我们可以过上更好的生活。"

许明峰看着姚玉兰泪水涟涟的样子，心里也特别不是滋味。他得承认，自己不仅对姚玉兰有很深的感情，同时也曾希望和她有一段美好的生活。

可是，他知道自己肩负的使命，不能答应姚玉兰的这种请求。

他轻轻给姚玉兰擦了擦眼泪，说："玉兰，对不起，我不能跟你走。当然，我也不会强求你留下。人各有志，我只希望你以后要幸福。"

"峰哥……"姚玉兰没再说什么，一扭头，掩面走了。

许明峰呆呆地立在那里，眼睛忽然变得模糊了。

他昏昏沉沉的，不知道自己如何回的家。

两三天的时间里，他将自己完全关在房间里，不吃不喝，不发一言。

安建民等几个工匠师傅都慌了神，担心许明峰会出什么事情。

但是，谁也没想到，几天后，许明峰从房间里走出来了。他双手用力擦了擦满是污垢的脸，咧嘴一笑说："安师父，对不起，这几天让你们担心了。"

"小峰，你可算出来了，真把我们吓死了。"安建民看着许明峰那憔悴不堪的模样，一阵心疼，赶紧上前。

"没事了，"许明峰轻轻一笑，"安师父，你们都去做事吧，我等会儿出去一趟。"

"小峰，你……你真的没事吗？"安建民有些不放心，"这俗话说，天涯何处无芳草。小姚虽然走了，可是我相信你还会遇上更好的姑娘。"

许明峰淡淡地一笑，没再说什么，随即就出去了。

所有人都以为许明峰会出什么事情，却不知道他其实是在做一件很重要的事情。

他专程跑去市里，找了一个专门建网站的公司，咨询建网站的具体事宜。

这几天，许明峰一直都在思索，如何让他们铜赵记跟上时代的节奏，同时又能保持自己的特色。

这个时候，互联网的发展越来越快，充满了无限的商机。前几天，许明峰甚至还曾见过一个瘦小的男人，背着一个黑色挎包，四处奔波，宣传他依托互联网搭建的线上销售平台。

虽然这个男人被很多人诟病，许明峰却对他充满了钦佩之情。而正是这件事，也让许明峰觉得可以借助互联网，对珐琅器工艺进行宣传和营销，让更多的人来接触并认可这个产业。

甚至，许明峰隐隐觉得，那个男人所宣传的线上销售平台，将来一定会发展壮大，而他们制作的珐琅器，也许可以通过该网络平台增加一个销售渠道。

谈完建网站的事宜，许明峰随即就去联系架网线的事情。

大约一个星期后，一条网线就拉了过来。

专业人员给安装好网线后，许明峰就迫不及待地打开刚买来的二手电脑，小心翼翼地打开了自己的网站。

这时，安建民等几个工匠师傅也凑了过来，好奇地盯着电脑。对他们而言，这是个很稀奇的玩意儿。

安建民看了一眼许明峰，非常疑惑地问道："小峰，我听说这个洋电视非常娇贵啊。冬天要住暖炉房，夏天要住空调屋。而且还总是生病。"

许明峰笑了一下，摇摇头说："安师父，这具体的我也不太清楚。不过，这就是个机器,也没那么娇贵。"

另一个工匠凑过来,说:"许把式,你花了那么多钱,买这个玩意儿干啥用啊?哎,这上面怎么还有我们制作的珐琅器啊?"

许明峰明白,他们这些人是真的落后了。看来,自己买电脑是对的。是时候让他们去接受一些新事物了。

于是,他耐心地给他们讲了电脑的用途。

几个人听得惊叹不已,安建民说:"小峰,我听说这个玩意儿还能说话。只要打开一个企鹅的图标,就可以和全国各地的人说话。"

许明峰哭笑不得,忙解释说:"安师父,那不叫企鹅,那是个聊天软件,叫QQ。只要有个QQ账号,就可以和全国各地的人聊天了。"

"这么神啊,那不是比打电话还厉害了?"另一个工匠吃惊地问道。

"何止这些呢,"一个年轻的工匠说,"我听说,这电脑上能干的事情可多了。不仅可以写字,还能设计图纸。许把式,以后你要设计珐琅器,是可以用上这个的。"

关于这个,许明峰早就知道。国外很多公司,都用电脑进行设计。小到房间装修,大到汽车的设计,都用到这个。

许明峰想到,以后自己可以用电脑设计珐琅器。

不过,眼下他首先要做的,还是先学习打字,然后从基本的聊天学起。

自从安装网线后,许明峰在电脑前的时间明显增多了。

一方面,他在对刚刚建立的铜赵记网站进行完善;另一方面,他通过QQ,认识了天南海北很多对珐琅器感兴趣的人。

而让他深感意外的是,其中一个叫山雾紫然的女网友,对珐琅器无论是传承,还是工序等方面,都有独到的见解,这让许明峰非常吃惊。

随着越来越熟悉,两个人几乎成了无话不谈的朋友。

对于对方的身份,许明峰也是越来越好奇了。不知道为什么,他总觉得对方字里行间透着一种熟悉的感觉,仿佛两个人是久违的朋友。

如果认真说起来,他又不知道究竟是哪里熟悉。

这一天,两人正聊着天。很快,就谈到了珐琅器这个话题。当然,这个话题是将两个人拉得越来越近的重要方式。

第四十五章　女网友的引导

许明峰首先向对方诉苦："你知不知道，我这么长时间以来，碰到的最大难题，就是无法破解龙鳞光这一门失传的工艺。虽然说现在通过硬透明珐琅工艺，能找到一些方向。可是，现实中却还有很多工艺上的难题得不到解决。"

对方很意外，似乎是下意识地问了一句："明峰，你为什么不找你的女助手帮忙呢？"对，你没看错。许明峰没起什么特别的网名，就直接起了一个"铜赵记许明峰"的网名。

看到这里，许明峰非常吃惊，他坐在电脑前，盯着那段文字发呆。奇怪，对方怎么知道自己有个女助手。许明峰知道她说的是姚玉兰，可是自己从未和她提到过姚玉兰的事情。

仿佛对方也意识到了这个问题，连忙解释："明峰，你别多想啊。我是猜的，你们男人一般不都喜欢有个女助手、女秘书之类的吗？"说着，后面还跟着一个龇牙大笑的表情。

虽然对方解释了一番，可是许明峰心里依然生疑。但是他也没再多问。

随后，这个山雾嫣然说："明峰，我觉得，你可以在你们铜赵记的传统工艺上寻找一些灵感。说不定，你会有收获的。"

"这话怎么说呢，山雾，其实我已经找了很多，可是，根本没有一点头绪。"许明峰说到这里，发出了一个无奈的表情。

这时，山雾嫣然说："明峰，你其实还是没找全吧。比如说，你们铜赵记的烫蓝工艺，我想你也没掌握吧。"

"烫蓝工艺？"许明峰愣了一下，连忙追问道，"山雾，你怎么知道我们铜赵记有烫蓝工艺的？"

"这……这不是你告诉我的吗？"山雾嫣然继续说道。

"什么，我跟你说过吗？"许明峰有些困惑，"不对，山雾，我没跟你说过吧。我记得很清楚，烫蓝工艺是只有我们铜赵记内部人才知道的。你到底是谁，为什么知道这个？"

许明峰发送出去后，焦急地看着电脑屏幕。可是，等了好半天，对方一直没回音。

许明峰见状，有些慌了。他忍不住又发了几个问号催促。

不过，对方一直都没回音。

让他想不到的是，半个小时后，对方的头像直接变成黑白色的了。他知道，对方下线了。

那一刻，许明峰隐隐觉得，对方明显是在逃避。

这之后的一个多星期里，对方一直都没上线。

而许明峰几乎也快将这件事情忘了，不过，他没想到，这天晚上，他刚上线，山雾萦然忽然发来了一条消息。"对不起，明峰，那天家里突然断电了，我一直都没来得及上线。"

不知道为什么，看到对方上线，许明峰心里莫名地有一些期待和兴奋。

他连忙说："没关系，山雾，我还以为那天问你的话，让你感到不安了。"

很快，对方发出了一个龇牙大笑的表情，然后说："我又没做贼，怎么被你说得像做贼心虚了一样。"

许明峰迟疑了一下，忍不住问道："那，那你能告诉我，你是怎么知道我们铜赵记有烫蓝工艺的吗？"

"这很简单啊，"对方随口回答道，"你们的网站我关注很久了，而且，明峰，你不要忘了，我可是个对珐琅器工艺非常热爱的人。虽然我只是业余爱好者，但我的功课做得可不少。别说你们铜赵记，就是昔日的京铜记、陈珐记等诸多已经成为历史的工艺作坊的手艺，我也是如数家珍。保不齐，我知道的比你还多呢！"

许明峰暗暗吃惊："山雾，你……你是怎么知道这些的，难道你也是北京人？"

许明峰得承认，对方的话，说得自己哑口无言。他越发觉得，对方似乎是个从小就浸淫在珐琅器行业的人。否则，怎么会对珐琅器行业如此了解。

"没吃过猪肉，难道还没见过猪跑吗。谁说对珐琅器这么了解，就一定是北京人啊。"对方给出个模棱两可的答案，随即发出一个龇牙大笑的表情。

虽然对方说得轻描淡写，可许明峰总觉得事情没这么简单。

而这时，山雾萦然继续说："明峰，我这几天帮你收集了不少资料。你给我个地址，明天我邮寄给你。"

"这……这怎么好意思呢？山雾，多少钱，你出个价吧！"许明峰连忙打出一段字。

不过，山雾紫然并不在意："不，明峰。咱们也是朋友了，谈钱伤感情。我帮你，完全是心甘情愿。我只希望你能研究出龙鳞光工艺，将你们铜赵记发扬光大。"

许明峰百感交集，一时间也不知道该说什么。没办法，他只能发出了一大串谢谢的表情。

几天后，许明峰收到了一个邮件。他没想到，是山雾紫然邮寄来的。

打开邮件后，看到里面的资料，许明峰震惊了。这里面的资料，全部都是关于珐琅器工艺的资料。而且很多工艺竟然是他闻所未闻的。

许明峰确信，很多工艺，一定都是早就失传了的。

而其中一份手抄稿，让许明峰最为意外。上面详细记载了一种珐琅器的工艺，许明峰看了很多遍后，越发觉得，这个工艺就是他们铜赵记的烫蓝工艺。

当年，赵兴成说要将这门工艺教授给他。只可惜还没来得及，他就出了那么一档子的事情。

许明峰记得很清楚，当时赵兴成身边只有赵岚在。如果赵兴成真的要教授其中一个人的话，那么，这个人十有八九就是赵岚了。

等等，难道对方是赵岚吗？

想到这里，许明峰的心像是被什么给撩动了一下。

晚上上线的时候，山雾紫然首先问许明峰收到那些资料了没有。

许明峰回答收到了，接着，他直接问道："山雾，算起来，我们认识也有将近一年多了吧？"

"是啊，明峰，你干吗突然说起这个？"对方显得很意外。

许明峰说："山雾，我发现，你对我了如指掌。可是，我对你完全一无所知。我，我真的很想知道你到底叫什么名字，长什么样子，住在哪里？"

"这，这些真的很重要吗？"对方显得有些迟疑，间隔了几分钟，才打出一串字，"明峰，你知道什么是网友吗？"

"什么意思？"许明峰还不明白对方突然这么问的意思何在。

很快，山雾紫然又打出一段字来："明峰，所谓网友，就是不必对对方刨根问底，让彼此都保持一些神秘感。在都不知道对方是谁的情况下，我们可以畅所欲言，不用顾忌什么。我觉得，这不挺好吗，为什么非要深究对方的身份？"

"可……可是我觉得你很像我一个朋友，真的太像了。"许明峰迟疑了一下，才打出这段字。

山雾紫然发出个撇嘴的表情，说："明峰，你怎么也和其他的男人一样，居然用上这种老套的套近乎方式了。套近乎，这种方式也过时了吧。"

"不，山雾，我的意思是，你的很多方面真的和我那朋友很像。但你别误会，我不是要和你套近乎。"许明峰有些慌了，赶紧解释。

"好了，明峰，你不用解释。"对方似乎有些生气了，"如果，我是说，如果你还想继续保持这段关系，就不要刨根问底地问对方的底细。以后，我们俩就只聊天，谈珐琅器。如果你做不到这些的话，那我们就拉黑对方吧，从此别再联系了。"

"不，不，山雾，我不是那意思。"许明峰真的担心对方会拉黑自己，连忙说，"好，山雾，我答应你，以后不再问你的底细了。从此以后，我们就只聊珐琅器。"

山雾紫然似乎很高兴，发出个爱心的表情。

虽然话是说开了，可许明峰却依然有个心结。

这天中午，许明峰参加一个聊天群组织的珐琅器工艺爱好者线下见面会。

这么久以来，他是头一次参加这种见面。对于这些认识了快两年的网友，能够线下见面，当面探讨珐琅器手工艺的未来，对许明峰而言也是一件难能可贵的事情。

让他没想到的是，山雾紫然也答应会参加这个线下见面会。

许明峰心里非常激动，特意换了一身干净的衣服。

他还按照安建民的嘱咐，去理发店理了个发。

线下见面会是在一个宾馆里举办的，许明峰到了那里，有些失望。前来参加的人，大多是五六十岁的人。甚至，很多人已经是耄耋之年，拄着个拐杖。

不过，许明峰并不在意。他的目光在人群里搜寻着，希望能找到山雾紫然。

经过询问，很多人都说没见过这个人。

许明峰有些灰心，可也没办法，只能硬着头皮和他们这些人一起交谈了。

很多人都是从事珐琅器行业多少年的老工匠，他们不甘心看着传统的手工艺就这么被历史淘汰，一直都在想办法让这一门手艺重新焕发生机。

当他们得知许明峰的身份时，一个个都震惊不已，纷纷露出了钦佩的表情。

甚至不少人提出要去铜赵记拜访的请求，对此，许明峰自然是欣然答应。

虽然此行非常顺利，可是，许明峰心里却并不高兴。毕竟他没见到山雾紫然。

参加完这个会后，许明峰抱着网友送给自己的关于珐琅器的那些资料，正朝外面走着，迎面和一个人撞个满怀。

那些资料也散落了一地，对面那人连忙道歉。同时，帮着许明峰去捡资料。

就在这时，许明峰看着眼前这个人，呆住了。

他甚至有些不敢相信，眼前的人居然是赵岚。

对，他没有看错。这个人，就是他朝思暮想了多少年的赵岚。

虽然说，赵岚如今留着短发，那张脸上仿佛也多了一份沉稳，少了不少往日的天真烂漫。

许明峰愣了足足三秒钟，这时，赵岚也回过神来。抬头看到许明峰，她也愣了几秒钟。

但随即她迅速起身，掉头就走。

许明峰慌忙追了上来，一把抓着她的胳膊，忙不迭地问道："岚岚，你为什么要走？"

"对不起，先生，你认错人了，我不是什么岚岚。"赵岚的反应非常冷漠，说话非常直接。

许明峰心头颤动着，缓缓说："不，岚岚，我根本就没认错，你就是我的岚岚。"

说着，许明峰情不自禁上前来紧紧搂住了赵岚。

对方挣扎着，甚至发出了警告："先生，你放开我。否则的话，我可要报警了。"

"你报警吧，无论如何，我都不会再让你离开我了。"许明峰丝毫不理会这些，反而更加用力地抱着她，生怕她会突然离开。

这时，赵岚渐渐放弃了抵抗。许久，她才默默地吐出一句："明峰，你放开我吧，我不会走的。"

许明峰欣喜不已，连忙放开了她，激动地抓着她的手，忙不迭地问道："岚岚，这么说，你是承认了。"

赵岚微微点了一下头，看了一下不远处一个叫京华小吃店的门面，说："走吧，我们去那里坐下说吧。"说着，自顾自地走了。

许明峰也不敢怠慢，赶紧将地上的资料收拾好，迅速起身追了上来。

这个京华小吃店，许明峰是知道的。昔日，曾经在附近的一个小吃街上，专门卖驴打滚。

自从小吃街进行改建后，老板就专门开了一个店面，专门卖北京当地的风味小吃。尤其是这驴打滚，在麦当劳、肯德基大行其道的当下，成了一枝独秀的传统小吃。

此时，已经过了饭点，里面的人并不是很多。

两人进来后，找了一个位子坐下了。

这时，一个伙计跑了过来，恭敬地问他们点什么菜。

赵岚打量了他一番，疑惑地问道："伙计，请问你们老板还是老丁吗？"

"哦，你是说我老板的父亲，前年刚去世了。这会儿，可是我们老板当家。"那伙计笑吟吟地介绍道。

赵岚听着，不免看了一眼许明峰。两人的脸上，都或多或少地露出伤感的神色。

许明峰记得很清楚，多年以前，他和赵岚还是少年的时候，就喜欢跑到小吃街上，吃老丁做的驴打滚。

没想到时光荏苒，转眼之间，老丁头却已经不在人世了。

赵岚没再说什么，然后嘱咐伙计点两份原味的驴打滚。

那伙计应了一声，看了看赵岚，说："小姐，你要不要尝尝我们老板最新创制的驴打滚。完全使用西式方法制作出来的，绝对比那麦当劳、肯德基好吃得多。"

"我们不要这个，就要原味的。"许明峰看了他一眼，说，"还有，告诉你们老板。创新可以，但一定要基于自己的特色。如果自己的根本都改变了，那你的创新还有什么意义呢？"

那伙计一脸迷惑地看了看许明峰，没再说什么，转身就走了。

"明峰，这么多年，你还是这样，没任何改变。"赵岚看了他一眼，微微摇摇头，仿佛显得很无奈。

许明峰说："岚岚，有些事情，怕是一辈子都不会改变的。"

赵岚看得到许明峰眼里流露出的浓浓的情感，甚至还有几分执着。不过，她的反应却始终是平淡的。"明峰，时间在改变，环境都在改变，而人也是会改变的。"

"我知道，岚岚，你改变得太多了。"许明峰看着她，忍不住探手过来，轻轻去握她的手。

可是，赵岚却迅速缩回了手。她微微低着头，轻轻说："明峰，别这样。如果……如果让玉兰知道，那就不好了。"

"玉兰？岚岚，当年你介绍玉兰给我认识，是不是就希望她陪在我身边呢。"许明峰听到这里，轻笑了一声。

"怎么，难道你们俩过得不好吗？"赵岚疑惑地看着他。

赵岚的问题，让许明峰心中的疑惑打消了。本来，他还觉得赵岚就是那个山雾萦然。毕竟，他将自己所有的事情都告诉了对方。可赵岚的模样，明显什么都不知道。

许明峰随即将自己和姚玉兰的事情告诉了她。

赵岚听完，无奈地叹了一口气："看来，我当初还是看错了她。"

"不能这么说吧，"许明峰看了看她，问道，"岚岚，这么多年，你是怎么过来的？还有，你是不是一直都在北京？"

第四十六章　赵岚的困境

"不，其实，其实我是来处理和我丈夫的一些事情。"赵岚看了他一眼，显得非常平淡。

"丈夫？"许明峰听到这里，心里咯噔一下，仿佛被什么给深深刺痛了。沉默了几秒钟，他才缓缓说："难道……难道是童一博吗？"

"对，"赵岚微微点了点头，看了一眼许明峰说，"童一博几年前就去世了，这么多年，我一直在和童家打官司。"

"打官司？"许明峰闻言，着实有些不敢相信，"岚岚，这……这到底是怎么回事？"

"唉，不提那些烦心事了。"赵岚摆摆手，这时脸上浮起一抹淡淡的笑意，"明峰，今天能遇见你，也让我很意外。铜赵记现在发展得很不错吧，我听说很多传统的作坊都关门歇业了，只有铜赵记还存活着。"

许明峰没有说话，只是淡然一笑。

"明峰，如果我爸在天有灵，看到你如今做的一切，一定会很高兴的。"赵岚抿嘴一笑，冲许明峰投以一个鼓励的眼神。

"岚岚，我……"许明峰张口想说什么。

可是，下一秒被赵岚阻止了。她微微摇摇头，看了看他说："明峰，什么都别说了。过去的，就让它过去吧。咱们应该都朝前看，你说对吗？"

"对，对……"许明峰支吾着，一时间不知道该如何作答。

这时，赵岚身上忽然有什么响了。她拿出来一个盒子一样的东西，按了一下，贴到了耳边。

许明峰看了好半天，才明白这是手机，据说是移动电话。眼下，稍微有些身份的人，都用上这个了。似乎这就是身份的象征，完全取代了大哥大的地位。

赵岚所用的，还是诺基亚最新款，价格不菲。

许明峰那一刻也恍然明白了，也许，他和赵岚之间真的相距越来越远了，那是天壤之别。

这时，赵岚挂了电话，看了一眼许明峰说："明峰，我还有点事情，就先走了。"

"好，你走吧，赵岚。"许明峰轻轻说了一句。

"你，你刚才叫我什么？"赵岚愣了一下，忍不住回头看了一眼许明峰。

"赵岚啊，怎么了，有什么问题吗？"许明峰疑惑地看着她，显得很不解。

"没……没什么。"赵岚没再说什么，转身出去了。

许明峰虽然表现得很平静，可还是忍不住追了出去。站在门口，他看到赵岚走向不远处停着的一辆奥迪轿车。

轿车旁边，站着一个男人，看到她过来，上前紧紧和她拥抱了一下。而赵岚那张脸，终于露出笑容来。

当下，两个人上了车子。

许明峰尽管安慰自己，赵岚应该有自己的生活。可是，当看到这一幕时，他心里还是非常难受。

许明峰不知道自己是如何回家的，失魂落魄一般。

安建民他们还以为出了什么事情，慌忙劝慰他。但许明峰只是一笑置之，也不愿多说什么。

而今，自己唯一的精神寄托，就是山雾紫然了。

他回到房间里，迅速打开了电脑。

刚登录QQ，立刻就看到了山雾紫然发来的消息。那一刻，许明峰本来愁云惨淡的心头，瞬间豁然开朗了。

山雾紫然一个多小时前给他发信息说，自己临时有事，参加不了聚会了。

许明峰连忙给她发了一条信息："山雾，我参加完聚会了。你没来，真是太遗憾了。"

两分钟后，山雾紫然回了一条信息："明峰，你们只要玩得开心就好。"

"开心……"许明峰打出这一段文字，心里有些怅然。

"怎么了，是不是遇上什么事情了？"山雾紫然有些诧异，连忙问道。

许明峰犹豫了一下，还是告诉了她自己和赵岚的事情。

对方随即说："明峰，缘分这东西，就是萍聚萍散。有些事情，不能强求，你别想太多了。"

听着对方的安慰，许明峰的心头居然好受多了。

两个人畅聊了一个多小时。

随后，许明峰就去翻看山雾萦然给的那些资料，然后试验那些工艺了。

参加聚会的时候，有不少网友说有渠道，会帮着许明峰介绍几个重要客户。

但许明峰没想到，一个星期后，真的相继来了好几个客户，甚至还有几个国外的商人。

尤其是其中一个叫乔纳森的美国人，是美国奥德华软件公司的总裁。他对中国的景泰蓝文化非常着迷，不仅订购了大量珐琅器，甚至还打算在公司成立一个部门，要制作一款软件，实现珐琅器的资料查询、工艺流程设计，以及与世界各地的珐琅器工艺师父们进行交流等功能。

对此，许明峰自然是竭诚欢迎的。

铜赵记瞬间变得忙碌起来，让许明峰没想到的是，那天晚上，他看新闻，无意间看到那个乔纳森在接受一个记者采访。而乔纳森给记者介绍最新开发的软件时，竟然说深受许明峰的影响。

次日，他刚起了一个大早，就听到外面有敲门声。

打开门一看，七八个人站在外面。有一个记者拿着麦克风，后面跟着一个摄像师。

许明峰哪里见过这阵仗，忍不住后退了一步，不自然地说："你们……你们这是要干什么？"

那个记者看了一眼许明峰，笑吟吟地问道："先生，请问您认识许明峰许把式吗？"

"我……我就是啊？"许明峰愣了一下，疑惑地说道。

"什么，您就是许把式？天啊，我们没看错吧。您这么年轻，居然就做了一个作坊的把式，真是太难以置信了？"那记者吃惊地打量着许明峰。

这让许明峰浑身都不舒服，有些尴尬地说："那个，请问你们要干什么？"

那记者说："先生，是这样的，我们是电视台。听说铜赵记是我们老北京硕果仅存的几个传统景泰蓝手工艺作坊之一。故而，我们专程前来采访一下您，请您谈谈景泰蓝的历史渊源及未来的发展。"

"这个……这个我不知道该如何说啊。"许明峰不由得挠了挠头，不自然地笑了。

此时，安建民他们纷纷过来了。看到这种阵仗，一个个都无比好奇。

安建民是个明白人。他迅速将许明峰拉到一边，压低声音说："小峰，我觉得这是个机会，你可一定要好好接受人家的采访。"

"可……可是，安师父，我不知道该说些什么呢！"许明峰有些不自然地说道。

安建民拍了他一下，笑道："傻孩子，你怎么能不知道说什么呢？你不是一直都想振兴咱们的传统手工艺产业,让越来越多的年轻人都关注景泰蓝吗?我觉得,这可是一个千载难逢的好机会,你不能错过了。"

安建民的话,算是提醒了许明峰。虽然自己并不习惯在镜头前说话,可是他也很清楚,这倒是一个很好的机会,不仅可以提倡大家多关注传统手工艺产业,同时还可以借机好好宣传一下铜赵记。

许明峰点点头,随即走过来,和那记者说:"好,我接受你们的采访。不过采访什么,要按照我所说的来。"

那记者愣了一下,事实上,她还是头一次见被采访的人提出这种要求。毕竟一向采访什么,都是他们提前备好文案的。

但明显看出对方非常坚持,她迟疑了一下,随即就答应了。

整个采访应该说是非常顺利的。许明峰起初的确面对着镜头有些不舒服。

可是,当聊起了景泰蓝的历史,以及发展中遇到的问题,甚至于未来如何在这时代洪流中发展壮大,他都侃侃而谈。

不过,那记者也是有备而来,她似乎对许明峰谈的这些并不是太感兴趣。话锋一转,忽然问了一句:"许把式,您刚才说传统的手工艺和工业化生产的珐琅器有天壤之别,是艺术品和普通商品的差别。既然您说得这么好,那我想请问,您的师兄沈玉坤先生,人家现在可是名震京华,他现在就是从事工业化珐琅器生产的。对此,您如何看呢?"

那女记者带着几分得意的表情,死死地盯着许明峰。

许明峰心里多少有些不满,可是他知道现在不能发作。他略一沉思,说:"珐琅器发展到如今,自然应有相应的改变。有些人坚持传统,有些人想彻底地改变。这些都是无可厚非的。包括我师兄沈玉坤先生,他的选择,只代表他自己,并不能代表我们铜赵记。但是我相信,每一个珐琅器工艺的从业者,无论是坚守传统手工艺的人,还是进行工业化生产的,都必须有文化传承。如果脱离了文化传承,那么一切就都无从谈起了。"

那女记者似乎故意挑事,问道:"许把式,照您这么说,那您师兄就不是……"

"不是什么?"许明峰料到她要问什么,直接打断了她,"小姐,你今天是来采访,还是专门来挑事的?"

"哎,您什么意思?"那女记者似乎也愤愤不平,气呼呼地叫道。

许明峰直接站了起来,指了指门口说:"小姐,请你出去,我们这里不欢迎你。"

"你……行,许明峰,您会为今天不礼貌的行为付出代价的。"那女记者无比愤怒,

第四十六章 赵岚的困境 / 289

狠狠地瞪了一眼许明峰，随即招呼那些工作人员浩浩荡荡地走了。

这时，安建民走了过来，看了看许明峰，不安地说："明峰，你怎么这么冲动？得罪了这些记者，会给我们带来多大的灾难，你知道吗？"

许明峰看了一眼安建民，缓缓说："安师父，您是没看到，他们对于传统珐琅器行业根本没有任何关注，他们就是来挑事的。"

"唉……"安建民无奈地叹了一口气，也没多说什么。

一切都被安建民说中了。

两天后，许明峰看到一则新闻，是那个女记者现身说法。这女记者不仅说了铜赵记和许明峰的各种坏话，甚至还公开诋毁传统手工艺行业。说这个行业是什么封建遗留，是早该被时代抛弃的。

这则新闻着实让许明峰气愤得不行。

而随后，整个北京城里，对于传统手工艺产业的各种问题的探讨，都成了头条。加上那个女记者的不断推波助澜，仿佛传统的手工艺产业成了社会进步的一个巨大阻碍。

于是，不仅各种对传统手工艺产业的抵触纷至沓来。而铜赵记连同许明峰也直接被推到了风口浪尖上。他和铜赵记成了众矢之的，遭遇了同行业的排挤。

甚至有人要许明峰公开发道歉信，代表铜赵记给公众一个说法。

这一阵子，许明峰一直在四处忙着辩解。可是他人微言轻，没人听他的解释。他甚至没有公开发言的机会。

那天他从外面回来，就看到一群人围在铜赵记的门口，气焰嚣张地嚷嚷着要砸掉铜赵记，彻底让这个封建遗留消失。

眼瞅着有几个人架着梯子，要去摘掉铜赵记的匾额，许明峰慌了神，迅速冲了上来，推开了那些人。

"哦，原来你就是许明峰。大家看到没，就是这个顽固的人，口口声声说要坚持传统。"这时，一个人忽然气焰嚣张地叫骂道。

话音刚落，其他人义愤填膺，纷纷冲了上来，就要对许明峰动手。

许明峰无比气愤，看着他们，断喝一声："住手，你们想干什么？知不知道，你们现在的行为是犯罪。如果你们再敢乱来，我就报警。"

方才那个人看了看许明峰，冷笑着说："许明峰，你还有脸报警。你也不看看，我们北京现在可是一个现代化的城市，可是就因为你打着传承的旗号，要把几百年前的老封建的东西发扬光大，还吐槽我们年轻人不学无术，只会关注欧美的文化，没留意到自己国家的文化。就这景泰蓝，有什么文化可言呢？"

许明峰强忍着心里的不满，看了看他，随即目光落在其他人身上。他深吸了一口气，说："我是真没想到，你居然能说出这种话来。就冲这，我也觉得你真是个可怜的人。当外国人去故宫，对那些珍藏的珐琅器艺术品叹为观止时，你不会明白他们所惊叹的，是这珐琅器背后中国传统文化的内涵。我想，你也更不会明白这小小的珐琅器所凝聚的，是我们中华先民们千百年来智慧的结晶。你说景泰蓝代表不了文化，那你知道景泰蓝这三个字所传达出的是什么吗。你们又是否知道，多少外国人对我们中国传统的景泰蓝手工艺品着迷。如果景泰蓝没有深厚的文化价值和艺术魅力，你真当他们是傻瓜吗？烦请你们搞清楚了这最基本的东西，再来找我。"

许明峰的一席话，说得那些人哑口无言。此时，一个个都面面相觑。不少人小声议论起来。

这时，有个人忽然叫道："许把式，你既然说得这么有道理。那么，我想请问你，为什么新闻上诋毁北京的传统手工艺，甚至诋毁你们铜赵记，你却不出来解释？"

"哼，我倒是想解释，可是，我有话语权吗？"许明峰看了她一眼，说，"姑娘，我觉得你们应该去找那个女记者，帮我问问她。难道就因为我当初拒绝回答她提的很过分的问题，就要这么公报私仇，这么来报复我，不，是报复我们整个手工艺产业！"

"什么，你说那个女记者居然采访过你？"此时，有人惊叫了一声。

所有人都不平静了。

许明峰缓缓说："大家还是回去，先把事情搞清楚了再说吧。"

随后众人陆陆续续地散去了。甚至还有不少人给许明峰道歉。

回到作坊里，安建民等几个工匠师傅跑了过来，看了看他，不安地说："小峰，不好了，刚才咱们的几个客户来找我们，说要暂缓合作。至于我们已经签了的订单，也要先暂停交货。他们说，等过一段时间再说。"

听到这里，许明峰只是淡淡一笑，缓缓说："看起来，还真是应了那句话，福无双至，祸不单行。随便吧，让暴风雨来得更猛烈些吧。"

不知道为什么，刚才向那些人解释后，许明峰倒是释然了不少。

当然，尽管安建民一再建议他这段时间一定要少抛头露面，更不要公开去说什么支持传统手工艺发展的话。

可许明峰却全然不听，依然坚持自己的想法。他知道，他自己做的这些都是对的，是对得起天地良心的。

第四十七章　意外的收获

让许明峰没想到的是，事情很快就有了转机。

那天看新闻，电视台居然发声明，公开承认对许明峰和铜赵记，以及传统手工艺产业的诋毁是没缘由的。同时，他们已经开除了那个女记者。

也正是那天下午，许明峰正在作坊里忙活，那个女记者主动登门拜访。

看到许明峰，她一脸愧疚地向他道歉："许把式，对不起，都是我的错，我……"

"这位小姐，你不用给我道歉。"许明峰打断了她的话，冷冷地说，"你要说对不起的，是公众，是我们中国传统的手工艺产业。"

那女记者微微点点头，忙说："许把式，我知道。"

"你这个姑娘，年纪轻轻的，怎么可以这么信口胡诌。你知不知道，就因为你的胡言乱语，让我们很多客户都暂停合作。我们这么多人都指着这吃饭呢。这损失，谁来赔呢？"这时，一个年轻的工匠师傅，看着那女记者，气呼呼地说。

许明峰看了他一眼，慌忙摆摆手，淡淡地说："算了，她现在也丢了工作，我看也得到了应有的惩罚。不过这位小姐，我还是想告诉你一句话，我们北京城虽然现在是一座国际化的大都市，但你不要忘了，它也是一个有着悠久文化历史的古老城市。"

那女记者听到这里，忍不住低下头，哭了起来。

许明峰没再为难她，让她走了。

有一句话叫"塞翁失马，焉知非福"。许明峰没想到，经过这个事情后，有关部门对于传统手工艺产业更加重视，甚至全社会也开始反思如何保护传统产业了。

这天中午，许明峰受邀参加了一个叫京华工艺品展览会的老北京手工艺展览。据说，主办方格外重视传统产业，要在其中挑选出最具代表性的四样工艺品，代表北京参加全国的传统手工艺比赛。

为了这个特殊的日子，许明峰三四天里近乎不眠不休。他一边在网上和山雾紫然进行讨论，一边做着修改设计。终于在参加展览的前一天，做出了一把汇聚多种珐琅器制作工艺特点的如意。

前来参展的工艺品非常多，事实上，有很多工艺品是许明峰都未曾听说过的。

让他没想到的是，参加景泰蓝工艺竞选的，居然有沈玉坤。

沈玉坤带来的珐琅器是一个花瓶。不可否认，这个花瓶非常精致，并且异常华丽。在灯光的映照下，可以说珠光宝气。

可是，许明峰扫视了几眼这花瓶，微微摇摇头。因为他一眼就看出来了，沈玉坤制作的这个花瓶，是机器生产的。

师兄弟的再次相遇，彼此间少了寒暄，却多了几分说不上来的感觉。

沈玉坤看到许明峰带来的如意，心里暗暗吃惊。他明白，许明峰制作的这件如意，工艺水准超出他很多。

当然，他嘴上不能承认这个事情。他看了看许明峰，淡淡地说："许把式，你还真让我刮目相看啊。没想到，你如今的工艺制作水平，居然如此高。看来师父如果活着，他也一定被你超越了。"

许明峰淡淡一笑，看了看他，缓缓说："师兄，你说笑了。在我心目中，师父是永远不会被超越的。"

沈玉坤闻言，不由得哈哈大笑起来。他耸耸肩，不以为然地说："明峰，我看你也别太谦虚了。不过，你觉得，珐琅器工艺今天能入选吗？"

"当然能。"许明峰看了看沈玉坤，非常肯定地说道。

"哦，是吗？"沈玉坤闻言，有些诧异地看了看他："明峰，没想到你还挺有信心啊。不过，你说说看，咱们俩的珐琅器，究竟谁的能够被选上呢？"

"这个，我就不好评论了。"许明峰摇摇头，没给出答案。

事实上，他还真说不好。

沈玉坤这时凑到他跟前，小声说："明峰，你说如果我的作品入选了，你会不会觉得失落呢？"

许明峰反应平淡，看了看沈玉坤说："师兄，说实话，如果这件花瓶是你手工制作出来的话，我倒很希望你能入选。可是，我知道，这是你通过机器生产出来的。"

"你……你胡说八道。"沈玉坤似乎被人戳到了痛处，有些心虚，脸色显得很不自然，"我，这珐琅器是我亲手打造出来的。"

"师兄，你骗得了别人，难道还能骗得了我吗？"许明峰看了看他，摇摇头说，"你不要忘了，我们两个可是从小一起长大的。你亲手做出来的珐琅器，有什么样的特点，我是很清楚的。"

"是吗，那你倒说说看，我制作出来的珐琅器究竟有什么特点？"沈玉坤颇为诧异。许明峰怎么会对自己的工艺水平那么了解呢。

许明峰看了看那花瓶，说："师兄，别的不说，就说这件花瓶吧。如果是你手工制作出来的，那就有很多痕迹。比如说，最基本的就是你锻造的铜胎。咱们师兄妹三人中，就数你锻造的铜胎水平最高了。可是，你知道你锻造的铜胎水平为什么那么高吗？"

"这，我……我……"沈玉坤支吾着，一时没说上来。

许明峰说："手工敲打锻造出的铜胎，不管工艺多么精细，都会有一定的瑕疵。这一点，是和机器化生产不能比的。但是就因为这些瑕疵，反而让这些铜胎有了人文的味道。而一个真正有水准的工艺师，会将这些瑕疵进行修饰。于是，会为整个珐琅器起到锦上添花的作用。就比如你打造的铜胎，会在花瓶外口的部位形成不规则的鱼鳞状的花纹。"

"不，这不可能。"沈玉坤闻言，连忙叫道，"这不可能的，我锻造出来的铜胎都是完美的，怎么可能会出现那种显而易见的小问题。"

许明峰叹了一口气，无奈地说："师兄，这也不是什么大问题，你为什么不愿意承认呢。其实，这些经过精心修饰后的小瑕疵，正反映了你的工艺水平。"

"许明峰，你……你住口，不准再说了。"沈玉坤听到这里，也有些慌了。

许明峰说："师兄，你再看看这件花瓶。别的就不说了，单是这瓶口边沿，无比光滑，同时也非常规整。整个就是工业化生产的东西，完全没有手工艺生产所具有的温度。"

"别说了，许明峰，你听到没有？"这时，沈玉坤瞪了他一眼，有些生气地叫道，"我警告你，许明峰，你如果敢将这个事情说出来，我一定和你没完。"

说着，沈玉坤露出了一个警告的眼神。

看着对方这般模样，许明峰心里着实难受。他摇摇头，轻叹了一口气说："师兄啊师兄，你真是太让我失望了。你枉费师父对你这么多年的教导，怎么能够干出这种弄虚作假的事情。如果他老人家泉下有知，一定会很伤心的。"

"许明峰，你少在这里给我假惺惺的。"沈玉坤闻言，厉声叫道，"我告诉你，师父他就是个冥顽不灵的老古董。如果他泉下有知，看到我如今的成就，应该会后悔的。"

"师兄，看样子，你还是不能体会到师父当年的一番苦心。"许明峰看了看他，摇了摇头，转身走开了。

沈玉坤看着他的背影，叫道："许明峰，你给我记住了。如果你敢乱说，小心我让你的作品也不能入选。"

许明峰没有理会，而是径直走向主办方的办公室。

大约十分钟后，沈玉坤就接到了通知，因为他选送的花瓶不符合手工艺生产的流程，被撤销参选的机会。

沈玉坤心里很清楚，这一定是许明峰干的好事。他心里异常愤怒，当下就去找主办方了。

没过多久，许明峰也接到了通知，因为他的珐琅器如意可能存在不合章程的问题，被暂时撤销参评的资格。

似乎许明峰也早就料到了这样的结果。他反应平淡，不声不响地就取走了如意。

但是许明峰对于最后的评选结果是非常满意的。有一个老工艺师傅制作的一件景泰蓝香炉入选了。而其他入选的三样工艺品，分别是漆雕、象牙雕和玉雕。这样的结果，倒是完全在许明峰预料之中。

毕竟，老北京历史最悠久，文化和艺术韵味最为浓重的，就是这四大工艺了。

从会展厅里出来，许明峰见沈玉坤正气呼呼地往自己的车子走去。

他追了上来，说道："师兄，今天的事情，我对不起你了。但我没得选择，我只能这么做，我不能看着你一错再错。"

"许明峰，你少在这里给我假惺惺的。"沈玉坤扭头瞪了他一眼，无比气恼地叫道，"怎么着，你现在很得意吗？哼，你的作品也没有参评吧。你想算计我，我告诉你，我也不会让你有好下场。"

"师兄，你……你怎么这么想呢？"许明峰无奈地摇摇头，看了看他说，"我这么做都是为了我们的珐琅器手工艺得到良性发展。"

"你少给我扯那些不着边际的废话，我不想听你说什么传承、传承。"沈玉坤打开了车门，点上了一根烟，狠狠抽了一口，挑了挑眉头说："今天这结果，咱们是两败俱伤。不过，你失去了一个带着铜赵记扬名立万的机会。而我无所谓，大不了我再去参加别的评比。所以，认真说起来，我还是赢了的。"

听到沈玉坤的这一番话，许明峰的心里着实难受。看样子，沈玉坤在不归路上已经越走越远了。

他想了一下，说："师兄，如果你要这么说，那我可以非常明确地告诉你，今天这个评比，我希望我们珐琅器工艺能够被选上。虽然不是我的作品，但这个结果我也很欣慰。至少以后大家会更多地关注我们这一行。所以，综合这个结果，我没输，而你也没赢。"

"你，行，许明峰，你神气，你得意。那我们就骑驴看唱本，走着瞧吧。"说着，沈玉坤丢掉了烟头，钻进车子里。

看着远去的车子，许明峰神色幽幽，许久才吐出一句："师兄，你为什么从来就没体会到师父的一番良苦用心呢？"

许明峰说对了。

这次评比，虽然他没有让自己的作品入选，但自此大家对手工艺珐琅器更加重视和认可了。

令他没想到的是，铜赵记的客户越来越多，订单也越来越多了。

随着订单的增加，这个作坊渐渐不够用了。许明峰经过多方洽谈，购买了铜赵记周围的一大片地皮，将作坊规模扩大了一倍。同时，他也积极地吸纳曾经的老作坊工匠师傅。

生意越做越大，许明峰所面对的事情也越来越多。

不过，他每天不管多繁忙，总要抽出一些时间和山雾萦然聊天，并钻研龙鳞光工艺。

这一段时间，许明峰买了人生第一辆桑塔纳轿车。而这车子，还是在山雾萦然的极力推荐下，许明峰才决定买的。

他那天和助手小林开车回来，一路上神情恍惚，眼波之中透着一种说不上来的忧伤。

小林疑惑不解，好奇地问道："许把式，咱们这刚提了新车，为什么你看起来却非常难过啊。难道你不高兴吗？"

许明峰回过神来，忙不迭地说："没，没有，我高兴是高兴。只不过，想起了一些往事而已。"

是的，许明峰记得很清楚，多年之前，他骑着一辆永久牌自行车，载着赵岚在大街上看到一辆黑色的桑塔纳，他曾经信誓旦旦地跟赵岚说，有一天，一定买一辆桑塔纳，让她坐进去。

可如今，他终于买上桑塔纳了。可是，斯人却已经成了他人的妻子，永远离开了他。

这时，小林正在摆弄车子上的收音机。忽然，里面放出一首任贤齐唱的《给你幸福》。当听到那朗朗上口的歌曲，许明峰的心头仿佛被什么给撩动了。

"这首歌……"

许明峰说着，看了一眼小林。

小林有些慌张，连忙说："许把式，对不起，我……我不是故意的，我这就把歌关掉。"

"不，小林，我是说这首歌挺好听的。"许明峰淡淡笑了笑。

他没再说话，而是踩着油门，将车速提了上去。

耳畔响着悠扬的歌声："让我陪你吃苦，让我给你幸福，让我为你全心全意打造一个爱的国度……"

这时候，许明峰的眼眶湿润了，他仿佛又看到了赵岚那天真活泼而又泼辣的模样……

当晚，许明峰迫不及待地上网，想和山雾紫然聊天。可是，上线了一个多小时，对方的头像始终都是黑白的。

一直持续了四五天，山雾紫然再也没上线。

许明峰有些慌了神，隐约觉得，对方似乎出了什么事情。

说实话，这么长时间，是山雾紫然的陪伴，让他度过了多少难熬的日子。甚至在珐琅器的很多创新工艺上，他也得到了山雾紫然的帮助。

如果山雾紫然离开了，许明峰根本无法想象自己日后如何生活下去。

这天中午，许明峰刚从作坊里出来，只见安建民拄着拐杖，蹒跚着走了过来。

这一年多来，安建民似乎衰老了不少。毕竟，他也是七十多岁的人了。此时，身上也有很多毛病。不过，他一直不肯退休。

他显得很焦急，上前来，抓着许明峰的手，说："小峰，大事不好了，你可要去救救岚岚啊！"

"安师父，您……您说什么，岚岚？"听到赵岚的名字，许明峰慌了神，赶紧抓着他，忙不迭地问道，"岚岚她怎么了，是不是出什么事情了？"

安建民说："小峰，我今天出来，听说岚岚被别人给起诉了，说她打坏了对方家里一件价值连城的珐琅器工艺品，要让她赔偿。"

"什……什么，岚岚她现在在哪里？"许明峰听到这里，也慌了神。此时，他根本就没心思去想太多。

安建民说："小峰，我听说岚岚就住在望京酒店，这几天就要开庭了。可是，各种证据，都对岚岚不利。如果败诉，她恐怕要面临巨额的赔偿。倘若赔偿不上，说不定还有牢狱之灾。"

第四十八章　无私的帮助

许明峰没有听完，立刻就跑了出去。

身后，安建民不断地叮嘱他路上当心。

许明峰仿佛也没听进去，开着车疾驰而去。

许明峰直接将车开到了望京酒店。

他停好车子，从里面刚钻出来，只见赵岚站在酒店的门口正和一个男人激烈地争吵着。

让他没想到的是，对方竟然是上次见面的时候和赵岚聊得非常火热的男人。

而这时，那个男人要对赵岚动手。许明峰赶紧冲上前来，他一把将赵岚拉到了身后，瞪着那男人叫道："你要干什么？"

那男人愣了一下，打量了一番许明峰，疑惑地问道："你……你谁啊，管什么闲事呢，赶紧走开。"

许明峰冷声叫道："你动手打赵岚，这就不是小事了。"

"我奉劝你最好考虑清楚，这是我们的家务事，你一个外人插手，涉嫌破坏别人的婚姻，是要负法律责任的。"那男人言之凿凿。

许明峰闻言，淡淡地说："先生，我也懂法律。对妇女使用家庭暴力，同样涉嫌违法。严重的还要负刑事责任。"

"哟，没看出来啊，你对法律还挺了解的啊。"那男人瞥了一眼许明峰，目光落在了赵岚身上，"赵岚，我不想和你多说废话。你最好赶紧做准备，要么就赔我一件一模一样的珐琅器，要么，咱们就法庭上见。"说着，他扬扬得意地走了。

赵岚还想追上去，却被许明峰给拦住了。

他看了看她，摇摇头说："赵岚，算了，你追上去也于事无补。"

赵岚深吸了一口气，神色复杂地看了看许明峰，缓缓说："明峰，对不起，让你看笑话了。"

"赵岚，你别这么说。我今天来，就是为这事。究竟发生了什么事情，你能告诉我吗？"

"没……没什么。明峰，你还是别管了。"赵岚说着，转身就走。

许明峰见状，迅速抓住了她的手："赵岚，你真的认为我能袖手旁观吗？你不要忘了，我们还是亲人。不管多少年过去，这都不会改变的。"

听到这些，赵岚忽然转过身来，扑到了许明峰的怀里，伤心地哭了起来。

许明峰一瞬间有些意外，轻声宽慰她。

这一刻，他感觉这个女人仿佛回到了从前，回到了曾经。想到这里，他忍不住用力紧紧搂住了她。

哭了好半天，赵岚这才和许明峰分开了。她擦了一下红肿的眼睛，看了看他，说："明峰，你能带我去铜赵记吗？我……我不想在这里说。"

"好，赵岚，我们走。"许明峰说着，紧紧握着她的手，扭身就走。

来到车子边，赵岚停住了。仔细打量了一番车子，抬头看了一眼许明峰，忍不住问道："明峰，这……这是你新买的车子吗？"

许明峰点点头，看了看她，说："是啊，曾经我说过要买一辆桑塔纳，让你坐的。没想到，到现在才实现。"

"呵呵，那么久远的事情了。没想到，你还记得。"赵岚看了看他，目光变得柔和了不少。

驱车回去的路上，许明峰心情大好。多年的愿望，这会儿终于实现了，他感觉一切像做梦一般。

他打开了收音机。也不知道是不是老天爷特意安排的，此时收音机里再次播放任贤齐的那首《给你幸福》。

赵岚听着这首歌，忽然眼眶湿润了。

许明峰见状，慌忙递给她一张纸巾，担忧地问道："赵岚，你……你没事吧？"

赵岚回过神来，慌忙擦了一下眼角，忙说："我没事，那个，明峰，这首歌挺好听的。"

许明峰连忙将声音调高了一些，笑笑说："赵岚，如果你喜欢，我就专门给你买一盘磁带。"

"那……那倒不用。"赵岚闻言，慌忙说道。

此时，车子已经来到铜赵记作坊的门前了。

赵岚惊讶地看着这早就焕然一新、扩大了的作坊，震惊地说："明峰，这……这真的是我们的作坊吗？"

许明峰打开车门，引着她下来，笑着说："对，岚岚。这就是我们的作坊，如今，它已经完全变样了。"

赵岚看了一眼许明峰，微微点点头，没再说话，直接进去了。

赵岚的到来，立刻引起了轰动。

尤其对于那些铜赵记的元老级工匠师傅而言，更是开心的事。

安建民拄着拐杖上前，颤巍巍地握着赵岚的手，轻轻说："岚岚，我没看错吧，你真的来了。"

赵岚鼻子一酸，看着安建民点点头说："是……是的，安师父，我回来了。"

安建民不禁老泪纵横。他轻轻地说："岚岚，这次回来，就别走了吧。外面再好，可是总给你带来伤痛。而咱们铜赵记，虽然不是多好的地方，但这里都是你的亲人。在这里，我们都会保护你的。"

"好，安师父，我不走了。"赵岚说到这里，忍不住潸然泪下。

两个人聊了几句后，许明峰就和赵岚进里面去了。

赵岚也没想到，尽管已经时隔多年，可是，她昔日曾住过的房间还是按照原来的摆设，没有动过一点。

进到房间里坐下后，赵岚看了看许明峰，然后就跟他说起事情的原委。

原来，那个人叫陆建华，是一个律师。当年，童一博去世，赵岚和他弟弟因为家产的问题对簿公堂。正是陆建华替赵岚打的官司。

这一打就是几年。两人先后经过几番的败诉、上诉，虽然说官司一直没多大进展，可是陆建华无微不至的关心让赵岚的受伤而孤独的心得到了几分温暖。

甚至她有接受陆建华的打算。

但是，有一天，她无意间听到陆建华和童一博的兄弟打电话。原来陆建华早就被童一博的兄弟买通。他一方面假惺惺地帮赵岚打官司，另一方面却将赵岚这方面的底牌统统亮给了对方。由此，这才导致她的官司接二连三的败诉。更可恨的是，赵岚居然还听信了他的鬼话，将本来掌握的资产交给他来处理。结果，经过他的手，那些资产全部成了童一博兄弟的合法资产。

赵岚得知事情原委后，一气之下就和陆建华翻脸。而陆建华索性也撕破了脸皮，扬言掌握了赵岚所有背着童一博和其他男人来往的证据。要挟她主动撤诉。否则，就让她身败名裂。

赵岚一气之下，将陆建华花高价买给自己一个重要客户的一件珐琅器花瓶给摔坏了。陆建华由此抓到了把柄，要挟赵岚必须付出相应的代价。

许明峰听完，想了一下，说："赵岚，那是个什么样的花瓶，你有没有详细的资料，给我看看。"

赵岚也不知道许明峰要做什么，应了一声，然后从随身携带的斜挎包里取出几张照片，同时还有一堆资料。

许明峰迅速拿过来。

原来，这是个大约五十厘米高的花瓶。整体上，花瓶的色彩偏清淡，这和当下很多极力追求华丽的花瓶相比，完全不同。而且这花瓶的造型非常奇特。瓶口呈方形，瓶底是圆形的。在瓶子的上面，绘制了丰富多彩的山水图。而瓶子的上方，则出现了八龙盘绕的耳朵，这八条龙的形态也各不相同。

赵岚见许明峰一直盯着照片认真地看，她轻轻说："明峰，你别看了。我知道你在想什么呢，这个瓶子你根本复制不出来的。"

许明峰看了她一眼，有些诧异。说实话，赵岚还是很了解他的。事实上，许明峰也的确是这么想的。他打算研究一下这个瓶子，然后复制出一个一模一样的赔偿给陆建华。

许明峰笑了一声，看了看她说："赵岚，你怎么知道我复制不出来。嗯，我要是没猜错的话，这个花瓶应该是陈天利工艺作坊出品的吧。"

赵岚有些惊奇地看了一眼许明峰："明峰，你的眼睛还真毒啊，居然一眼就认出来了。"

许明峰笑了笑："赵岚，我知道的何止这些呢。"

陈天利，是民国时期有名的景泰蓝工艺作坊。据说是康熙年间成立的，他们制作的景泰蓝工艺品都气势磅礴。当时主要服务于宫廷。

不过，在抗日战争时期，陈天利一门遭遇日军迫害。而陈家的工艺技术也随之失传。由此，存世的那些工艺品，都成了孤品。而价格也是水涨船高。

赵岚看了看许明峰，微微皱着眉头说："怎么，明峰，你还看出什么了吗？"

许明峰：赵岚，这样吧。咱们打个赌，如果我能说出这个花瓶的各种门道，你就让我尝试复制一下这个花瓶。"

"这，行，你倒是说说看。"赵岚迟疑了一下，随即点点头，说道。

许明峰应了一声，随即说道："这个瓶子，我要没猜错的话，应该叫江山大瓶。原件的话，一共有四对的，分别以赵伯驹的《江山秋色图》、王希孟的《千里江山图》、黄公望的《富春山居图》、仇英的《南华秋水图》为蓝本创作。而这个瓶子，应该就是以王希孟的《千里江山图》为蓝本创作的那个。首先，我们来说这个形态方面。这个花瓶瓶口是方的，瓶底是圆形的。这种造型，贴合古代天圆地方的宇宙观念。而这八个龙形耳朵，造型各异，分别代表了八卦的各个形态。还有这釉料的颜色选择，最主要是五色，也象征着金木水火土。其次，我们来说说工艺。这个花瓶的铜锻造，应该是使用了陈天利早就失传的匀实锻造工艺。而在掐丝等工艺上，据我看来，除了用了我们最为熟知的那些工艺之外，应该用上了陈家的点蓝工艺、硬色珐琅工艺，还有这个……"

"好了，明峰，你别说了。"赵岚没听完，直接打断了许明峰的话。

许明峰看了看赵岚，疑惑地问道："怎么了，赵岚，我还没说完呢。"

"不，明峰。你刚才分析得头头是道，我相信你。"赵岚这时说了一句。

许明峰闻言，一阵欣喜，看了看她，说："赵岚，这么说来，你是同意我尝试复制这个花瓶了吗？"

"是的。不过，明峰，这个花瓶毕竟有些年月了，现在做出来的，只要稍微鉴别一下，就可以分出真假。万一……万一要是被他们认出来，那可如何是好呢？"赵岚露出一丝忧虑，看了看许明峰说道。

许明峰倒是不以为然，缓缓说："赵岚，你放心吧，我自有打算。到时候，我会让这个陆建华什么都说不上来的。"

"什么打算？"赵岚有些不放心，看了看他。

许明峰故意卖了一个关子："赵岚，这个，你就不用操心了，到时候你就知道了。"

既然许明峰不肯说，赵岚也不好再多问。

随后，她就离开了。

等她走了之后，许明峰随即就开始制作。事实上，他本来也没有多大的把握。但是为了赵岚，不管多大的困难，他都一定要全力克服。

这几天，他再次将自己关在了工作间里，近乎一种疯魔的状态，全身心地投入到设计制作中。

安建民他们在外面看到这种状况，非常担心。

本来，有很多事情需要许明峰亲自处理，小林很多次想去找他。

但最后都被安建民给拦住了。安建民说："小林，这些事儿，还是你自己去办。这个时候，你最好别去打扰小峰。"

"可是，安师父。就算这些事情我能自己处理，可是他这么多天一直困在那工作间里，万一出什么事情，可如何是好呢？"

小林说着，担忧地看了看安建民。

安建民不以为然地说："放心吧，小林，他不会有任何事情的。我相信，这个时候也是小峰最幸福的时候了。"

"什么，幸福？安师父，我……我真是不太明白。"小林听得一脸困惑，他不知道安建民究竟是怎么想的。许明峰这种状态，简直是折磨自己一般，怎么还谈得上幸福呢。

安建民这时说了一句意味深长的话："小林，等有一天，你谈了恋爱，有了使命感之后，你就什么都明白了。"

这天中午，小林慌里慌张地跑来。他看到安建民在外面晒太阳喝茶，赶紧跑了过来，顾不上喘气，忙不迭地问道："安师父，许把式呢，他还没出来吗？"

"还没呢，怎么了，出什么事情了吗？"安建民看了他一眼，问道。

小林说："我……我今天打听到，赵岚中午十点去法庭。"

"什……什么，法庭？"安建民听到这里，也慌了神，迅速站了起来。

小林说："如果赵岚不在开庭前将花瓶拿出来的话，那……那她恐怕……"

往下的话，小林没再多说，这意思再明显不过了。

安建民也有些慌了神，有些焦虑地说："这可如何是好呢。小峰到现在还没研究透那个花瓶，这……这要是跟不上，那……那岚岚岂不是要吃官司了吗？"

"谁说不是呢，我担心事情可能比想象的更加严重。那个陆建华，明显就是找碴，要将赵岚置于死地。"小林缓缓说道。

安建民略一沉思，说："不行，我现在就去找小峰，我得告诉他。"

他这就快步走向许明峰的工作间。

刚走到门口，他还没来得及敲门，门从里面打开了，就见头发蓬乱、满脸胡楂的许明峰站在门口，他双手捧着一个刚刚上好釉料的花瓶，看了看安建民说："安师父，赶紧，赶紧把花瓶送到窑炉烧制。记住，要用中、下火同时煅烧。"

"好好。"安建民也不敢怠慢，立刻叫来两个工匠，小心翼翼地将花瓶带走了。

许明峰看了看小林，揉了揉惺忪的眼睛："小林，你……你刚才说什么？"

"许把式，赵岚她……许把式，您……您怎么了？"小林的话还没说完，许明峰忽然一头栽倒了，小林赶紧上前搀扶住了他。

许明峰再次苏醒的时候，已经是两个多小时之后了。他一骨碌从床上爬了起来，看了看坐在旁边的安建民和小林，连忙问道："我……我睡了多久啊？"

小林忙说："许把式，您没睡多久呢。您太困了，要不再睡一会儿吧？"

"不行，我不能再睡了。"许明峰看了看他，忙问道，"对了，你之前说赵岚她怎么了？"

小林迟疑了一下，扭头看了看安建民，将实情跟他说了。

许明峰听完，看了看时间，已经快九点了。他一边朝外面跑，一边说："安师父，赶紧找人帮忙。"

第四十八章　无私的帮助　/　303

第四十九章　不传的法宝

安建民赶紧跑了出来，同时招呼几个工匠给许明峰帮忙。

在几个工匠的帮助下，许明峰打开火炉，然后将烧得通红的花瓶取了出来。

安建民见状，忙不迭地问道："怎么，小峰，难道这瓶子已经烧好了吗？"

"不，还不行。"许明峰小声嘀咕了一句，说着，他忽然从身上的口袋里掏出一把黑绿色的粉末，随即撒在了花瓶上。

瞬间，花瓶上不断闪烁着火花，伴随而来的，是嗞嗞的声音。

安建民等几个人看得目瞪口呆，一个个震惊无比。小林看了看许明峰，忍不住问道："许把式，你这是什么法宝啊？"

许明峰神秘地笑了笑，看了看他说："这个，可是这个花瓶能否烧制成功的秘密武器。"说着，嘱咐工匠们重新将花瓶送进了炉膛。

事实上，这些粉末是许明峰研究了这么久才参悟出的一种催化剂。这种催化剂，能给花瓶的釉料的颜色、色泽等方面有很多辅助作用。

而这些天的闭关时间里，许明峰有一大半的时间都是在研究这些。事实上，陈天利的很多工艺他也早就掌握了。

当然，这些都要感谢山雾紫然给他的那些资料。

不过，许明峰也因为这些天一直在忙碌，几乎没上网。

这时，他回想起来，叮嘱安建民他们半个小时后将花瓶取出并进行打磨清洗。而他立刻跑去上网了。

迫不及待地打开电脑，刚登录QQ，许明峰就看到山雾紫然发来了几十条信息。先是问他干什么去了，然后怀疑他不搭理自己，发出了很多委屈表情。最后，是各种哭泣的表情，好像被人抛弃了一般。

许明峰看着这一幕，感觉又好气又好笑。他赶紧给对方发了一条信息，然后又发了一堆抱歉的话。

本来，对方的头像是灰色的。可是，没多久却变成了上线的彩色。很快，对方就回了一条信息："明峰，这么说来，你这几天一直都在忙着给你心爱的女人制作花瓶，对不对啊？"

许明峰连忙辩解："也不能算心爱的女人，其实，赵岚有自己的生活，两个人早就完全不可能了。只不过，不管赵岚变成什么样子，她永远是他的亲人。这一点，不管何时都不会改变。"

许明峰发出这消息之后，对方就沉默了，许久都没发出一条信息。

许明峰见状，忍不住催促了她一下。这时，对方才回了一条信息。"明峰，听到你说这些，我真的很感动。说实话，我……我有些爱上你了。"

许明峰愣住了，傻乎乎地看着信息，半天都没回过神来："山雾，你……你开玩笑的吧？"

"不，我是认真的。"山雾发了一个害羞的表情，然后接着说："明峰，如果我和赵岚同时爱你，你会选择谁呢？"

这话算是彻底将许明峰给问住了。他呆在那里，好久都没回过神来。

十分钟后，许明峰才缓缓回了一句："山雾，我不想欺骗你。如果真有那么一天，我一定会选择赵岚。因为我们俩的感情很深厚，我想大概我一辈子都不会忘记的。不过，这世上没有如果。"

许明峰说完这个话，对方就没再说了，随后甚至直接下线了。这一点，完全出乎许明峰的意料。

他有些担心，难道是自己刚才的话，说得有什么问题吗？

当然，现在后悔也来不及了。

"许把式，瓶子清洗好了，您快点出来看看。"门口，是小林的声音。

许明峰收起了心思，二话不说起身跑了出来。

此时，一众工匠，都围拢在那花瓶前，目瞪口呆地看着。同时，一个个嘴里不断发出惊叹的声音。

许明峰走上前，看着眼前这个光彩夺目、和照片上一模一样的花瓶，悬着的心终于落地了。

安建民看了看许明峰，惊讶地说："小峰，这个花瓶真是太……太漂亮了。我做这一行这么久，也就很小的时候见过陈天利制作的这种花瓶。这样的水准，当今社会上，可是无出其右的。"

许明峰看了看安建民，吃惊地说："安师父，您真是厉害啊。没错，这件花瓶就是运用了陈天利的工艺制作出来的。"

安建民闻言，有些舍不得："小峰，咱们花费了这么多工夫和精力，制作出这样的精品，如今却要送给别人，这实在是……"

"好了，安师父。咱们现在掌握了这样的工艺，以后想要制作多少那还不是轻而易举。"许明峰拍着他的肩膀，宽慰了他一句，随即说，"这样吧，等处理完赵岚的事情，我给大家每个人都制作一款这样工艺的花瓶，当作给你们的礼物。"

听到这里，工匠们也沸腾了，一个个面上露出了欣喜的神色。

许明峰随即叮嘱小林："你赶紧将花瓶打包好，我们去找赵岚。"

小林应了一声，当即就着手去准备了。

十分钟后，许明峰和小林开车去了酒店。

尽管两人紧赶慢赶，可是，一打听，人家赵岚已经去法院了。

许明峰暗道不妙，不敢耽误一点时间，赶紧驱车赶往法院。

两个人赶到法院的时候，正巧看到赵岚和律师一起往里面走去。

许明峰和小林赶紧追了上来，他甚至顾不上喘气，上前拦住赵岚，忙不迭地叫道："赵岚，你……你不用进去了，我……我瓶子做好了。"

赵岚惊异地看了看许明峰，打量了他一番。忽然，她皱起了眉头，缓缓说："明峰，你……你怎么这么疲惫，眼圈都是红的。"

小林忙说："你还不知道吧，许把式好几天都在工作间里没出来。算起来，他都已经很久没睡觉了。"

"什么，明峰，你……你怎么这么傻。你这样，我心里会更不好受的。"赵岚露出几分担忧的神色，她甚至情不自禁地探手去摸许明峰的脸。

可又意识到不妥，随即将手放了下去。

许明峰瞪了一眼小林，随即不以为然地说："赵岚，你别听小林瞎说，我没事的。"

那个律师看了看许明峰，说："许把式，你现在就算制作出那花瓶也没用了。马上开庭了，现在陆建华那一方未必同意庭外和解。"

"哈哈，你说的没错。"这时，就见陆建华手抄在裤袋里，得意扬扬地走了过来。

谁也没想到，在这里会碰上陆建华。不过，也正应了那句话——冤家路窄。

陆建华看了看赵岚，说："赵岚，都到法院门口了，你说，我会同意和你庭外和解吗？"

赵岚刚要说什么，许明峰递了个眼色。他走上前来，看了看陆建华，说："陆律师，话别说得那么绝对，我相信，你肯定会庭外和解的。"

"许明峰，对吧？我听说你就是赵岚朝思暮想的那个小白脸啊。上次没怎么注意，今天看看，还真是仪表堂堂啊。"陆建华带着几分挑衅的口气，扫了一眼许明峰，缓缓说，"我知道你帮着赵岚做了很多。可是我告诉你，都没有用，你真的觉得这个时候我会答应和你庭外和解吗？"

许明峰笑了笑，不紧不慢地说："陆律师，你有没有想过啊。如果这个官司真的打下来。即便是我们输了，可是你自己又能捞到什么好处呢？"

"哈哈，笑话，我能捞到的好处，那可真是太多了。"陆建华闻言，轻哼了一声，"倒是你们，恐怕要输得倾家荡产了。许明峰，我看你既然那么爱赵岚，干脆还是想想准备钱财替她还账吧。"

许明峰摇了摇头，淡然一笑说："陆律师，有些话，我奉劝你还是别说得太早了。我这么跟你说吧，如果这个官司你真的打赢了，那你无非会得到这样的一个结果，即你的客户会知道你费尽千辛万苦给他找到的这个江山大瓶其实是个赝品，哎呀，他要是知道这样的结果会作何感想呢。"

"你放屁，这明明是个真的瓶子。"听到这里，陆建华气得破口大骂起来。

许明峰轻笑一声，说："你说的是真的，可是为什么瓶子会摔坏呢。如果客户认为，那瓶子是你买来的赝品，真瓶子流入市场，你担心客户知道，就故意找个理由将花瓶摔坏了。当然，这还不是最可怕的。最可怕的是，客户要知道你不止干过一次这种事情。你说说看，会是什么结果。我听说，你那个客户的法律顾问可不少。想要对付你，那可是轻而易举的事情。"

"你……你敢要挟我？"陆建华听到这里，狠狠地瞪了一眼许明峰，冷哼一声道："许明峰，你说这么多，难道你有同样的花瓶吗？哼，我知道你是个手工艺人。可是，陈天利的江山大瓶，用的都是失传的工艺，我不信你能制作出来。"

"信不信，你至少应该看一眼啊。"许明峰说着，给小林递了个眼色。

当下，小林就打开了包装好的盒子。

此时，所有人的目光都集中到了那花瓶身上。一瞬间，大家的眼眸中都闪着异样的光。

赵岚和陆建华，更是震惊不已。

赵岚的震惊，是没想到许明峰居然可以仿制出一款分毫不差的花瓶。

而陆建华的震惊，则是怀疑眼前的花瓶，就是那个坏掉的花瓶。

"这……这……这怎么可能呢？"陆建华睁大了眼睛，张口结舌。

"不可能的事情还多着呢？"许明峰淡淡一笑，轻轻说，"陆律师，你猜一下，如果我将这个花瓶送给你的客户，再随便说上那么几句。啧啧，会是什么样的后果。反正，我肯定会添油加醋地说的。"

"你……"陆建华这时脸色变得非常难看。他暗暗握了握拳头，狠狠瞪着许明峰说："许明峰，你可真够卑鄙无耻的。"

"卑鄙，陆建华，这种话从你嘴里说出来还真是够讽刺的。"许明峰瞥了他一眼，说，"你这种混账东西，也配谈卑鄙？"

"你……"陆建华极其愤怒，可是没有发作。他忽然笑了一下，微微摇摇头说："好，许明峰，咱们争得面红耳赤，到头来也是两败俱伤。这样吧，如果你这个花瓶通过专家的检测，价值与真瓶不相上下，那我可以既往不咎。可要是……"

"你就别废话了，赶紧去找专家吧。"许明峰不耐烦地打断了他的话，缓缓说了一句。

陆建华随即掏出手机，迅速拨通了一个号码。

十几分钟后，就见七八个人过来了。

陆建华跟他们说了几句，这几个人立刻凑了过来，开始检查这花瓶。

检查一番之后，陆建华忍不住问道："怎么样，这花瓶到底是不是真货？"

这时，其中一个专家扶了扶眼镜，看了看陆建华说："陆律师，这花瓶的确是货真价实的陈天利工艺的江山大瓶。不过……不过，这花瓶怎么看起来像是刚烧制出来的。"

许明峰笑了笑，说："这花瓶因为被专门收藏起来了，而且经过非常细心的保养。所以才会和新的一样。"

听到这里，那专家点点头说："那就没问题了。不过，如果当今这世上真有哪个工艺师父能烧制出陈天利的珐琅器，那他可是了不起的人。"

"行了，你们先走吧。"陆建华瞪了那专家一眼，不耐烦地说了一句。

等他们走了之后，许明峰冲陆建华一笑，挑了挑眉头说："怎么样，陆律师，你现在有什么想和我们说的吗？"

陆建华脸色阴晴不定，仿佛在权衡什么。几分钟后，他忽然咧嘴一笑，说："许把式、赵岚。你看，咱们之间，我觉得也没必要搞得这么僵。不如这样吧，我们就庭外和解。你们将这花瓶交给我，我就既往不咎了。"

许明峰转头看了一眼赵岚，分明在看她的意思。

赵岚缓缓走了过来，盯着陆建华，忽然狠狠甩了他一个耳光。

"你……赵岚，你什么意思？"陆建华气得狠狠瞪着赵岚，愤怒地叫道。

赵岚这时笑了笑，缓缓说："没什么，陆建华，我想好了，和你庭外和解。"

许明峰松了一口气，叮嘱小林将花瓶交给了赵岚，然后就走了。

路上，许明峰心情大好，甚至哼起了小曲。

小林颇为不解，忍不住问道："许把式，我真是不明白啊，您干吗将这么精美的花瓶无偿地给那个赵岚？咱们走的时候，她竟然连一句挽留话都没有。"

许明峰看了他一眼，笑着说："傻小子，你懂什么啊。赵岚是我的亲人，我们之间根本就不需要那些客套。"

"可是，我觉得她压根就没把您当什么亲人。她像是利用您一样，她和您……"

小林还想说什么，却被许明峰打断了。他看了他一眼，缓缓说："行了，你废话怎么那么多。难道你会和你的妹妹去计较那么多吗？"

这会儿，小林没再多说什么。

回去之后，许明峰随即开始翻阅资料。他知道，那江山大瓶是昔日陈天利所制作的最后一套珐琅器了。本来，他当初制作出来，是打算交给政府收藏的。可是偏偏被日本鬼子给盯上了。日本人不惜以杀害他全家胁迫他交出整套花瓶。

可是，陈天利的最后一个把式毅然决然地将所有花瓶都投进了炉膛里。

幸亏，当时有个工匠师傅及时抢救出了其中一个。而其他三个，则全部毁掉了。

不过，当时制作的花瓶，被日本记者拍了照片。

许明峰费了好一番周折，总算找到了那些照片。他仔细研究了那些照片后，就做了一个重要的决定。

这一次，又是把自己困在工作间里将近两个星期。

等到出来的时候，许明峰就招呼安建民他们将他制作出的三个花瓶拿到窑炉烧制。

对，他现在制作的，就是其他三个花瓶。

而他这么做，其实另有深意。

那天下午，他亲自将三个花瓶完成所有打磨清洗工序后，正在房间里欣赏。

忽然，赵岚过来了。

对于赵岚的到来，许明峰一点都不意外。

他引着赵岚进到房间里，然后指着那三个花瓶，兴冲冲地说："赵岚，你看这三个花瓶怎么样？"

赵岚的注意力迅速集中到了三个花瓶上，她睁大了眼睛，无比震惊。

"明峰，这……这是陈天利的江山大瓶的其他三个？难道……难道你也给复制出来了吗？"

"怎么样，赵岚，你能看出什么问题吗？"许明峰冲她笑了笑，轻轻问道。

赵岚看了他一眼，然后上前来，凑到花瓶前仔细地端详起来。

看了几分钟，她方才回过神来。看了看许明峰，一脸难以置信，诧异地说："明峰，这……这真的是你做出来的吗？"

"当然了，赵岚，这还能有假啊？"许明峰看了看她，笑道。

赵岚摇摇头，明显有些不太相信。"如果这是你做出来的，那真是太不可思议了。明峰，你就单凭少得可怜的照片，竟然可以完全复原这些毁掉的江山大瓶，真是太了不起了。我想，如果宣传出去，一定会引起巨大的轰动。"

"是吗？"许明峰闻言，愣了一下。

第五十章　永不再见了

事实上，他倒没想这么多。

赵岚看了看他，微微点点头说："明峰，我想你也许还没意识到你自己的价值。"

"赵岚，我做这个，倒是没想这么多。"许明峰随口说道。

赵岚投以赞许的目光："明峰，你能有今天的成就，我很高兴。我相信，我爸知道后，他也一定会很高兴的。"

许明峰专注地看着赵岚，犹豫了一下，方才说："赵岚，其实……其实我做这三个花瓶，从来就没想那么多。事实上，我只想帮你而已。"

"帮我什么呢？"赵岚闻言，淡淡一笑，带着怅然的口气说，"明峰，实不相瞒。其实，我今天是来和你告别的。我已经订了今天晚上去新加坡的机票。"

"什……什么，你……你这么快又要走啊？"听到这里，许明峰有些吃惊。

"对，"赵岚微微点了点头，"虽然说这次陆建华撤诉了。可是，我和他之间还有一些恩怨需要了结。"

"那你还会不会再回来呢？"许明峰看了看她，犹豫了一下，方才问道。

"我……我也许不会再回来了。"赵岚神色复杂地看了看许明峰，忽然上前，紧紧搂住了他。

几分钟后，她和他分开了，说："明峰，你也老大不小了。如果可以的话，我觉得你就找个合适的人结婚吧。有些人，真不值得你去等待的。"

听到这话，许明峰有些落寞。他很明白，赵岚的话，就是说给他听的。她分明就是想告诉他，你不要再等我了，咱们之间是不可能的。

当然，许明峰也早就认识到了。但是他心里依然无法割舍掉对赵岚的情感。

许明峰略一沉思，说："赵岚，我知道你这次回去，是去找陆建华算账。不过你不是他的对手。"

赵岚看了看他，说："怎么，明峰，难道，你有什么主意吗？"

"有，这三个瓶子，就是我给你对付陆建华用的。"许明峰冲她一笑。

那一刻，赵岚忽然明白了。她拍了一下额头，恍然道："明峰，你的意思是，让我利用这三个瓶子去找他那个客户？"

"对，赵岚。我打听过了。其实，陆建华在那个客户那里并不怎么受待见。最重要的是他背着那客户，干了不少坑害人家公司的事情。我相信，你用这三个见面礼，可以得到和那客户谈话的机会。至于要不要给那客户说陆建华的事情，这就看你了。"

赵岚听到这里，一阵感动。一瞬间，眼中噙满了泪水。她忽然上前，再次紧紧搂着他。

这时候，赵岚的内心是复杂的、痛苦的。不得不承认，她对许明峰也是深爱着的。

但是，她觉得自己是个下贱的女人，是个一次次辜负了许明峰的人。她觉得，自己深爱的这个男人的伴侣，应该是完美的。而她，早就名声在外，已经成为很多人口中无耻的女人了。

赵岚凑到许明峰的耳畔，缓缓说："明峰，不管什么时候，我们都是割舍不下的亲人。答应我，如果我不在你身边，你一定要好好照顾自己。"说完，她掩面跑了出去。

许明峰注意到，赵岚的脸上满是泪水。

随后，许明峰就让小林将三个花瓶送到了酒店。

傍晚，他站在院子里。这时，不经意间看到天空中一架飞机飞了过去。

许明峰若有所思，缓缓说道："赵岚，一路顺风。"

有一件事情，是许明峰根本没料想到的。

那天之后，山雾萦然就再也没出现过。仿佛，她突然凭空消失了。

于是，许明峰再次投入到白天繁忙、晚上钻研龙鳞光的日子里。

时间过得非常快，转眼之间，已经到了2006年。

许明峰似乎比往常更忙了。

随着国家越来越重视非物质文化遗产，景泰蓝，这个代表着传统老北京手工艺的工艺品不断得到政府的大力扶持和宣传。

许明峰没想到，突然之间，北京市多了很多打着所谓传统老作坊的工艺作坊，而且大多是景泰蓝作坊。

他还听说，有很多地方要专门建立景泰蓝工艺园区，目的很单纯，就是要汇集传统的珐琅器工艺作坊，做到统筹管理。

一方面，许明峰是很高兴的；另一方面，他也很担忧。高兴，自然是没得说的。担忧，是因为他看到那些突然冒出来的工艺作坊，其实很多都是打着传统老字号的幌子，做出来的珐琅器实在让人难以接受。

他知道，而今这个商业社会，人心都是浮躁的。每个人眼里看到的，都是下海发财。很少有人静下心来认真钻研传统的工艺。

这天，他和小林从外面开会回来。

此时，他不仅有了专属的司机老黄，同时，车子也换了一辆崭新的奔驰商务。

许明峰此时正坐在车子里，一边接电话，一边往窗外看着。

忽然，他注意到有一伙人站在距离铜赵记作坊不远的地方，正指指点点，不知道干什么呢。

许明峰迅速挂了电话，微微皱了一下眉头，疑惑地问道："奇怪，这些人是干什么的？"

小林扭头看了看他，忙说："许把式，您还不知道啊。咱们附近那一大片空地，据说政府打算转卖出去，盖成商业楼。"

"什么，难道也包括我们铜赵记吗？"许明峰闻言，有些吃惊。

小林说："是，包括我们铜赵记在内的一大片地方。估计到时候我们铜赵记要转移到别的地方了。"

"岂有此理，我绝对不允许这样的事情发生。"许明峰眉头微微皱了一下，缓缓说，"这样，回头，咱们就去找有关部门谈谈。"

这时，司机老黄转头看了他一眼说："许把式，我看您还是别白费工夫了。如今，我们这里的地皮，那可是寸土寸金。"

许明峰闻言，有些生气，"这就是过度的商业化开发，这么下去，虽然满足了物质方面的需求，精神方面却是空虚的。不行，这个事情，我一定要想办法。"

此时，车子停在了铜赵记作坊的门口。

许明峰才下了车子，忽然，身后有人叫他。

转头一看，却见那一伙人走了过来。其中一个四十多岁的男人，拿着一瓶矿泉水，笑吟吟地走了过来。

"许把式？"

许明峰想起刚才小林说的话，对眼前这人也没多少好印象。不过，他还是尽力给出一个笑脸："你好，请问你是……"

"哦，我是负责招商引资的金越江。"那人笑着伸出手来。

许明峰和他握了握手，笑着说："金主任，你好，不知道你找我有什么事情吗？"

金越江看了看许明峰，随后目光落在了铜赵记作坊上，看了几眼说："许把式，你们作坊这几年发展得是风生水起。听说，你们出产的珐琅器，行销海内外，已经成了咱们老北京的一张明信片。"

"客气了，金主任。"许明峰估计，接下来他就要说但是了。

果然，金越江沉吟了片刻，随即说："许把式，你也是个深明大义的人。想来，也会支持我们的工作的吧。"

"什么工作，金主任。听说你们想开发我们这一带，是不是？"许明峰笑了一声，看了看他说道。

"这……是，是这么打算的。现在，有几家开发商正在商谈呢。"金越江说，"许把式，我们这么做，当然也是努力想让我们北京市变得更加美好。如果有更多国际友人来我们北京，也会给他们留下一个非常好的印象。"

听到这里，许明峰感觉到好笑。他看了看他，淡淡地说："金主任，照你这么说，那些外国友人来我们北京市，就是来领略这高楼大厦了。难道人家外国人就没见过这些东西吗？"

"这……许把式，这话不能这么说。"金越江闻言，多少有些尴尬。

"许把式，外国友人当然见过高楼大厦。可是，我们要做的，是提供一个优越的环境。如果周边的环境越来越好，那么就可以吸引更多的外资来投资。这样，咱们北京市不是可以被建设得更好吗？"这时，一个五十多岁出头、戴着茶色眼镜的男人走了过来。

许明峰看了他一眼，皱了一下眉头说："这位先生，敢问你是……"

金越江见状，赶紧给许明峰介绍："许把式，这位是大通房产的董事长唐宝山。大通房产有非常丰富的房地产开发经验。东南亚很多的商业CBD，都是由他们主导开发的。这次我们这个地皮的开发，如果由唐董亲自参与的话，说不定可以……"

"哎，金主任，现在说这些为时尚早。"唐宝山摆了一下手，笑了笑。

许明峰摇了摇头，不以为然地说："唐董、金主任。在我看来，这里如果真的要开发，倒是更适合开发成一个以景泰蓝手工艺为主题的特色手工艺工业园区。我想好了，这个工业园区可以以旅游、文化宣传等为主题。嗯，现在提倡绿色无污染的经济增长。难道这不更好吗？"

金越江还想说什么，不过被唐宝山拦住了。他看了看许明峰说："许把式，这都什么年代了，你居然还在做这种白日梦。我觉得，你应该走出来，看看外面的世界。"

"哈哈，谢谢唐董的提醒。不过，我一直都在外面走着，而且我也不瞎。"许明峰随口一笑，然后说，"我所坚持的这些东西，是要给我们中国人的子孙后代留下一些文化遗产。我要让他们明白，我们祖先的手工艺是多么高超，是可以让全世界都为之瞩目的。"

唐宝山这时拍了拍手，笑了一声说："好，许把式，你说得太精彩了。我说不过你，当然我也不会浪费我宝贵的时间去跟你谈这些东西。但是我可以明确地告诉你，这块地皮我要定了。不信，咱们就走着瞧。"

唐宝山话说得轻描淡写，却带着威胁的意味。

许明峰尽管非常恼怒，却尽力忍着。他深吸了一口气，缓缓说："行，唐董，那我们就走着瞧。"

之后，他们一行人陆陆续续地走了。

小林来到许明峰身边，看了看他说："许把式，听说这个唐宝山关系网很复杂。而且认识的人非常多。我担心，咱们这作坊恐怕保不住。"

"放心，一定可以保住的。"许明峰皱了一下眉头，看了他一眼，转身就朝作坊里走去。

来到作坊里，许明峰就见工匠们议论纷纷。

许明峰有点好奇，忍不住问道："咦，你们这是怎么了，都不干活，议论什么呢？"

一个工匠忙上前来，看了看许明峰说："许把式，安师父他刚才……"

"安师父他，他怎么了？"许明峰闻言，有些吃惊，下意识地抓着那个工匠的胳膊，忙不迭地叫道。

其实，许明峰早就发现安建民不对劲了。前一段时间，他在上班的时候，就晕倒了几次。

送到医院抢救后康复了。后来，安建民坚持要来上班。家人和许明峰劝阻他很多次，他就是不听。

那工匠迟疑了一下，说："安师父他又晕倒了。不过，我们送他到医院了。"

许明峰问了哪个医院后，立刻就和小林、老黄一起出去了。

赶到医院，安建民已被送到抢救室。他的家人则在一边哭泣。

一个多小时后，手术室的灯灭了，安建民被推了出来。

许明峰赶紧上前，问主治医生安建民的病情。

医生摘了口罩，看了看许明峰，微微摇摇头说："病人的情况不是太乐观，他脑袋里长了一个肿瘤。而且已经恶化了。因为他的年龄太大，我们也只能采取保守治疗。"

听到这些，许明峰如当头一棒。安建民的家人，则哭成了一片。

看着躺在床上还插着呼吸管的安建民，许明峰心情异常沉重。

这么多年，安建民对待自己亲如儿子。事实上，许明峰一直将安建民当成自己尊敬的长者。

如果安建民有什么三长两短，许明峰真的无法想象自己能不能支撑住。

随后，安建民被送进了病房。

许明峰就坐在外面，像个木头人一样发呆。

半个多小时后，就见安建民的儿子从里面出来了。他看了看许明峰说："许把式，我爸醒了，叫你进去呢。"

"我知道了。"许明峰回过神来，迅速起身，朝里面走去。

这时，安建民已经撤掉了呼吸管。不过，整个人显得非常虚弱。

他看了看许明峰，脸上浮起了一抹浅笑。

"安师父，您醒了，可吓了我一跳啊。"许明峰走上前，忙不迭地说了一句。

安建民摆摆手，示意他坐下。然后对家人摆手，示意他们出去。

此时，房间里只剩下了他们俩。

安建民深吸了一口气，似乎在积蓄力量。许久，方才说："小峰，对不起啊，我这身体，恐怕……恐怕以后给你帮不上忙了。往后的路，你要自己走了。"

"安师父，您说什么呢。等您病好了，还来上班。我的很多工作，可都要您来帮忙呢。"许明峰努力克制住内心的伤感，平静地说道。

"不行了，我的身体我很清楚。其实，我早就知道我这脑袋里长了个东西，怕是活不久了。"

安建民说着，伸手指了指自己的脑袋。

许明峰有些惊异："安师父，您……您难道……"

"对，我自己偷偷来检查过。"安建民笑了一笑，说，"不过，我今年已经八十三了。算起来，也是长寿了。只不过，我现在最放心不下的，就是你啊。"

"安师父，我没事的。"许明峰低着头，他不想让安建民看到自己流泪。可是，那眼泪还是不争气地流了出来。

安建民努力探出一条手臂，轻轻抚了抚许明峰："小峰，你别难过。人嘛，都有这么一天。其实，这么多年以来，我是看着你长大的。孩子，虽然我们是师徒关系。可是，在我心里，你就跟我儿子一样。"

"嗯，安师父，我知道您对我很好。"许明峰低着头，轻轻应了一声。

安建民说："小峰，这么多年，师父不仅看到了你的成长，也看到你为珐琅器所付出的努力。说实话，师父很自豪。我这辈子，最得意的，就是收了你这个徒弟。尽管我根本就没教你多少东西。"

"不，安师父，您教了我太多东西。"许明峰摇着头，轻轻说道。

第五十一章 最后的交代

安建民闻言，笑了笑："小峰，知道吗？我现在最放心不下的，就是你和岚岚。岚岚走了这么多年，也不知道还能不能回来了。而你呢，又一直单身。小峰，你今年算起来也三十多岁了。孩子，人生能有几个三十多岁呢。好好珍惜当下，不如找个姑娘结婚吧。这样，我回头见你师父了，也好对他有个交代啊。"

许明峰深吸了一口气，看了看安建民，缓缓说："好，安师父，我答应您，我会尽快去找的。"

"好，小峰。"安建民这时看向窗外。他有些忧伤："唉，真希望老天爷能再给我一些时间啊，让我能抱上徒孙就好了。"

听到这话，许明峰心里更难受。

随后，医生要给安建民做检查，许明峰就出来了。

他离开医院后，本来打算过几天再来看看的。

但是，他没想到，这一次，和安建民是最后一次见面。

那天晚上，许明峰做了一个噩梦，梦见安建民朝自己招了招手，转身走了，消失在一片云雾之中。

他迅速坐了起来，有些惶惶然，同时心里隐隐升起一种不祥的预感。

许明峰记得很清楚，数年之前，他做了同样的一个梦，结果师父就……

许明峰特别恐惧，迅速掏出手机，拨了安建民的电话。可是，当要接通的时候，又犹豫了。

他很害怕，打过去，会接到一个什么样的消息，可是不打的话，心里又担忧。

几分钟后，安建民的儿子打来了电话。

许明峰刚接通，就听到对方带着哭腔说："许把式，我爸走了。"

那一刻，许明峰傻眼了，就这么呆呆地坐在那里，仿佛魂儿都没了。

给安建民送葬那天，雨下得特别大。很多人都撑着伞。

许明峰任凭雨水打在身上。

不过，许明峰没有流一滴泪。整个过程，他的神情一直都很凝重。

等下葬仪式结束后，众人都陆陆续续地走了，许明峰站在坟头前，呆呆地看着眼前的一切。

雨停了，许明峰才离开。

许明峰回去后，在房间里待了整整两天。

小林他们怕他出什么事情，那天中午，小林鼓足勇气，走到门口，正要去敲他的房门。

不承想，许明峰却自己打开了门。

他冲小林笑了下，说："小林，你要干什么？"

"啊，许把式，我还以为……还以为您……"

"怎么，你是不是以为我会出什么事情呢？"许明峰看了他一眼，摇了摇头。"傻瓜，想什么呢？"

小林有些不敢相信地看着许明峰，甚至有些不能理解许明峰。

当然，对那些工匠而言，自然也是如此。

许明峰走了过来，看了看众人，说："好了，大家都赶紧干活去吧，我没事。"

这时，众人方才陆陆续续地去干活了。

许明峰看了一眼小林，说："走吧，我们俩出去一趟。"

小林闻言，疑惑地问道："许把式，您要去哪里啊？"

许明峰看了他一眼，说："我刚才接到电话，市里最近抓了一伙盗墓贼，从他们手里查获了一大批文物。其中就有不少珐琅器，而且都是明朝的。不过，这些珐琅器残缺得非常厉害，他们请我帮忙去看看能否给修复一下。"

小林有些不解："许把式，这种工作有报酬吗？"

"你怎么也钻进钱眼儿里了。能够接触到这些文物，对我而言就是最大的报酬。"许明峰拍了一下他，随即就走了。

事实上，当许明峰听到对方说这些文物有可能是宣德、景泰年间的珐琅器时，许明峰整个人都兴奋起来了。

他甚至有一种感觉，从这些文物中或许能找到关于龙鳞光的蛛丝马迹。

四十多分钟后，许明峰和小林就赶到了文物局。

接待他们的，是一个六十岁出头的老头，叫谭英华。许明峰对他并不是太了解，听说谭英华是文物界非常有名的人。不仅担任多个博物馆的客座教授，同时还是几所大学的特聘教授，专门负责讲授珐琅器历史。

谭英华看到许明峰，立刻热情地上前紧紧握着他的手，笑吟吟地说："许把式，我们可算把你给盼来了。"

许明峰有些诚惶诚恐，忙不迭地一笑，赶忙说："谭教授，不好意思了，让您久等了。"

"没关系，你百忙中抽出点时间过来，就让我们感到很不安了。"谭英华说着，就引着许明峰朝里面走去。

两个人寒暄了几句后，许明峰迫不及待地问道："谭教授，请问那些珐琅器在哪里呢，我想现在就去看看。"

"许把式，你这效率还真是够高的。我还寻思着想让你休息一下，然后再过去呢。"谭英华看了看他，说。

"不用了，谭教授。我来就是为了做事的，我可不想把时间浪费在无聊的事情上。"许明峰随口说了一句。

"行，那我们现在就过去吧。"谭英华听许明峰这么一说，倒也不再多说什么，随即就带着许明峰走了。

很快两个人就来到一个文物修复室里。

此时，里面异常忙碌。许明峰一眼看过去，七八个人手里忙着研究的，正是珐琅器。

而且凭着多年的经验，他也一下就看出来了，这些珐琅器都有几百年的历史。

这时，他忽然看到一个二十多岁的工作人员一边用镊子翻弄着一个锈迹斑斑的花瓶，一边说："这花瓶生锈得太厉害了，我看咱们不如先给它进行盐酸清洗吧。"

"不可，"许明峰惊叫了一声，迅速上前，看了看他，忙不迭地说："你们用盐酸清洗，虽然可以清洗掉那些锈迹，同时也会对铜胎造成损害。"

那个工作人员转头打量了一眼许明峰，淡淡地说："你谁啊，谁让你进来的？"

谭英华走上前来，脸一沉，说："小胡，说什么呢，这位就是我请来的专家许明峰许把式。他对景泰蓝特别有研究。"

那个男人有些诧异地看着许明峰："什么，你……你就是铜赵记的把式。许把式，你……你真的已经从业二十多年了吗？"

"怎么，我不像吗？"许明峰闻言，不禁笑了。

此时，旁边一个女性工作人员说："许把式，我们都还以为这作坊的把式，都是白发苍苍的老年人呢。"

许明峰闻言，不免哈哈大笑起来。他摇摇头，说："那都是陈旧的观念了。景泰蓝作为我们中国最传统的手工艺，如果想得到传承和发展，是要我们年轻人多多参与，一起努力才能成功的。"

众人听许明峰这么一说，纷纷点头。

谭英华更是吃惊，有些不敢相信地打量着许明峰。"许把式，真没想到啊，你年纪轻轻，就能有这样的见识，太让人佩服了。"

许明峰闻言，倒是有些尴尬了，不自然地笑了笑。

这时，有一个工作人员惊喜地叫道："谭教授，你快来看，我将这个盘子清理干净了。"

谭英华闻言，迅速走了过去。

许明峰也不敢怠慢，立刻跟了上去。

走到跟前来，他探头看着那个盘子，虽然有些地方出现了氧化生锈的迹象，但依然瑕不掩瑜，整体造型非常漂亮。毫不夸张地说，这盘子无论是纹饰，还是形态，都不愧是一件古典工艺的瑰宝。

当然，最让许明峰震惊的，是这盘子所用的工艺。无论是里面所表现出的河流，还是外面盘绕的飞龙，很多地方的釉色都呈现出层层叠叠的质地，仿佛龙鳞一般，随着映射的光泽的不断变化，居然还有金色的光芒。

许明峰很清楚，这是龙鳞光工艺。

谭英华这时吃惊地嘀咕了一句："天啊，这难道就是失传的龙鳞光工艺吗？真是太好了，没想到，我有生之年竟然再次见到这龙鳞光工艺了。"

许明峰极其诧异，转头看了看谭英华，疑惑地问道："谭教授，你怎么也知道龙鳞光工艺？"

谭英华看了看许明峰，仿佛也很意外："许把式，看样子，你对龙鳞光工艺也非常了解啊？"

许明峰微微点了点头，也不隐瞒，说："龙鳞光工艺是我们铜赵记失传了几百年的工艺，这么多年以来，我们一直都在探究这门工艺。"

听许明峰这么一说，谭英华说："许把式，你知道吗。我知道这门工艺，大概是在几十年前，那时候我还只是个六岁多的孩子。有一次，我跟着父亲去一个作坊购买珐琅器。不过，我并不怎么记得那个作坊了，但那个作坊的把式，我记得很清楚，是个头发花白的老人。当时，他在一个房间里，盯着桌子上的一个盘子看。那个盘子，我听说叫龙凤呈祥盘，造型非常漂亮。所使用的工艺，正是龙鳞光工艺，和这个盘子一模一样。我听父亲说，这个老人每天都喜欢抽出一些时间，专门站在龙凤呈祥盘前端详。说实话，那是我头一次见珐琅器。但也是我此生见过的最精美、最漂亮的珐琅器。这么多年，我接手、见识过的珐琅器不计其数，但那个龙凤呈祥盘，是我所见过的艺术造诣最高的。"

"是吗，谭教授？"听他这么一说，许明峰此时可以说是百感交集。

谭英华长叹了一口气，转头看了看许明峰说："许把式，你不会理解这种心情的。如果我此生再见一次那龙凤呈祥盘，我死都无憾了。"

听他这么一说，许明峰想了一下，说："谭教授，你还不知道吧。那个龙凤呈祥盘就在我们铜赵记，是我们祖传的珐琅器。事实上，我师父活着的时候，就一直很喜欢站在龙凤呈祥盘面前端详。我想，你那时候所见过的那个老人，应该也是铜赵记的一任把式。"

谭英华闻言，显得激动异常。他情不自禁地抓着许明峰的手，颤声叫道："许把式，这……这是真的吗。你……你不会骗我的吧？"

"当然不会了，谭教授。其实，我们铜赵记这么多年以来，历来的把式都把找回那失传的龙鳞光工艺当成己任。所以，他们才会每天都去龙凤呈祥盘面前端详，为的就是要提醒自己。"

"哎呀，这可真是太好了。"听到这里，谭英华越来越兴奋，"许把式，这样，等我们把这手头的活儿做完了，能让我观摩一下那个龙凤呈祥盘吗？"

"这……"许明峰迟疑了。其实，他们铜赵记是有规矩的，这龙凤呈祥盘只有把式才有资格去看的。所以，当年他们三人也只能偷偷去看。

谭英华见状，有些疑惑地问道："怎么了，许把式，你难道有什么难言之隐吗？"

许明峰略一沉思，说："不，谭教授。这样吧，等我们把这里的文物修复完毕，我可以带你去看看。"

"好好，真是太好了。"谭英华听到这里，满脸兴奋。

此时，旁边一位女性工作人员说："这么久了，我可是头一次见谭教授这么高兴。"

谭英华扫了她一眼，没好气地说："去去，做你的事。"

此时，众人哄笑起来。

许明峰也没再耽误时间，立刻换了一身衣服，投入对珐琅器的修复工作中。

毕竟，他是唯一对珐琅器工艺非常了解的人。

他俨然成了这里的主要负责人。

许明峰根本没想到，原来，他打算只在这里帮忙一天的。

不知不觉，居然忙碌了一个多星期。

不过，他却是乐此不疲。

甚至说，许明峰是非常兴奋的。通过接触这些珐琅器，许明峰发现了很多之前从未接触过的工艺。甚至很多都是已经失传的。

他总是希望将这些工艺重新找回来，故而，他也很留心。每天完成工作后，就会将珐琅器上掉的一些残渣收集起来。尤其是那个使用了龙鳞光工艺的，许明峰不仅深入研究，更是细心地将上面剥落的釉料及一些掐丝都收集起来。

本来，这么一件很小的事情，他恐怕自己都没记在心上。没想到，这却给他惹来了很大的麻烦。

这天晚上，他正准备回去。

忽然，两个工作人员直接拦住了他。

许明峰愣了一下，诧异地看了看他们，忙不迭地说道："你们这是做什么？"

其中一个人看着他，冷声说："许把式，你还真是让我们刮目相看啊。之前，我们以为你是真的来帮我们修复珐琅器的。没想到，你竟然藏了一手。打着修复文物的幌子，天天从我们这里顺走一些东西。"

许明峰听到这里，有些哭笑不得。他摇摇头，说："你们这话什么意思啊，难道你们怀疑我偷你们的文物吗？"

"难道没有吗？"另一个人说，"许把式，你每天偷偷摸摸的，别以为我们不知道。眼下，我们这里的文物非常多，大家都忙着修复，也没来得及统计。你要是真的顺走几件文物，那我们也是完全不知道的。"

"岂有此理，你们这么说，就是不相信我了。"

"许把式，你别生气啊。如果你真的是清白的话，那就请让我们搜一下身吧。"这时，另一个人看了看他，淡淡地说。

"你……你们无权这么做，太过分了。"许明峰听到这里，格外地生气。

"怎么回事啊？"这时，谭英华从外面过来了。

那两个工作人员随即将事情原委说了一遍。

谭英华转头看了一眼许明峰，缓缓说："许把式，我看，你不妨就让他们搜一下身吧。"

"什……什么，谭教授，连你也不相信我。"听到这里，许明峰心凉了半截。

他深吸了一口气，说："好，既然你这么说，我也无话可说，你们搜吧。"

说着,许明峰张开双臂,就等着他们搜。

这时,那两人对视一眼,就上前搜了起来。

很快,其中一个人从许明峰的口袋里掏出一个包包。他一脸兴奋,得意地说:"看到没有,我就说他手脚不干净吧,这不是证据吗?"

这时,其他人都无比震惊。谭英华更是惊异地看着许明峰,颤声叫道:"许把式,你……你……"

许明峰缓缓说:"谭教授,你先别吃惊。我想先麻烦这位先生把包裹打开,看看里面的东西再说。"

第五十二章 你是个小偷

那人愣了一下,倒也没想太多,随即就打开了包包。

此时,所有人都盯着里面的东西。

下一秒,却都有些傻眼了。他们怎么都没想到,这里面的东西,竟然是釉料的残渣和修复文物所丢弃的废料。

许明峰一脸平静,缓缓说:"这些东西,是你们本来要丢弃的。我只不过顺势收了起来,却被你们这么误会。"

"许把式,你……你收集这些东西干什么?"谭英华非常意外,不解地看着许明峰问道。

许明峰想了一下,说:"谭教授,我收集这些东西,是希望通过研究,了解这些珐琅器失传的那些工艺具体是如何操作的。没想到,竟然被你们这么误会。好吧,我现在也不想多说什么了。"

"对不起,许把式。"此时,那两个人连忙给许明峰道歉。

而谭英华也赶紧给许明峰赔礼道歉。

许明峰反应一直很平淡,看了看他们,说:"你们不用给我道歉,真的没那个必要。谭教授,我说一句不怕冒犯的话,虽然你们这里的文物非常珍贵。但是,若论起艺术水准和整体的价值而言,和龙凤呈祥盘是无法相提并论的。可是,即便如此,我也从来没有对龙凤呈祥盘有过任何觊觎之心。对我而言,那盘子不仅是我们铜赵记的珍宝,更是我们祖先留给我们所有后世人的。我之所以舍弃那么多工作,无偿来给你们做文物修复,我图的是什么。我不过是想了解一下祖先们失传的工艺,希望有机会恢复那些工艺,了却我们这些后人的一点遗憾。"

"许把式,这件事情是我们做得不妥。这样,我们……"谭英华听到这里,羞愧得无地自容。

许明峰摆摆手，缓缓说："好了，谭教授，我没生气。不过我明天也不会再来了。因为我很失望。"说着，许明峰拿过那个包包，转身就走了。

谭英华追出去很远，但许明峰依然头也不回，再也没回来。

路上，小林担忧地问道："许把式，您……您不会真的生气了吧？"

"生气，我哪里顾得上啊。"许明峰盯着包里的那些釉料，忍不住捏了一些，在手里搓了搓，又放在鼻子边嗅了嗅，"我的时间，可珍贵着呢。"

小林自然知道许明峰这些天忙活什么呢，有些疑惑："许把式，您……您研究了这么长时间，到底研究出什么门道没有？"

许明峰看了他一眼，挑了挑眉头，轻笑一声说："我当然研究出了。比如说，现在通过研究那个盘子上所使用的一些釉料，我知道咱们祖上在釉料的搭配上可以说独树一帜。比如说，这釉料中最重要的钾长石的使用。钾长石能够增加釉面的透明度，而在合适的温度下，会发生质变，产生意想不到的神奇效果。"

小林听到这里，立刻拉下脸来："好了，许把式，您别说了，我听着就头大。"

许明峰见状，无奈地摇摇头，收起那包包，拍了一下他说："小林，你这样子，以后就只能当助理了。"

小林嘿嘿一笑："许把式，我觉得当助理挺好的。我爸说过一句话，人吃什么饭都是注定的。如果所有人都坐轿子了，那谁去抬轿呢？"

老黄转头看了一眼，笑吟吟地说："对，我赞同小林的话。咱们就是天生抬轿子的人，我就很满足现在。"

听他们这么一说，许明峰倒是无语了。

回到作坊，两个工匠迅速走了过来，看到许明峰，不安地说："许把式，今天大通房产的人来找了你两三次。"

"他们有什么事情？"听到这里，许明峰脸色立刻变得非常难看。

其中一个工匠说："他们想让我们拆了作坊，让出地方。"

"哼，做梦吧！"许明峰想都没想，直接就拒绝了。

不过，他没想到，他和大通房产之间的博弈，才刚刚开始。大通房产的人以后又多次登门拜访，不厌其烦。

他们居然还发动相关部门来找许明峰，做他的思想工作。这让许明峰非常恼怒，不胜其烦。

但，事情远远没有这么简单。

那天中午，许明峰约了一个客户吃饭。本来，说好的十二点见面。但是一直到十二点半对方都没来。

而最后，赶过来的却是唐宝山。

他满脸堆笑："许把式，不好意思，让你久等了。"

听他这么一说，许明峰忽然就明白是怎么回事了。很显然，唐宝山所耍的手段，和当年童一博是一样的。生意人本来社交面就非常广，认识的人非常多。

许明峰笑了一声，随即说："唐董，你为了我们那作坊的地皮，还真是煞费苦心啊。不过，我可以明确地告诉你，你不要做任何努力了，我们作坊是不会迁走的，你省省心吧。"

"你……"唐宝山闻言，也是非常气愤。他哼了一声，说："许明峰，我实话跟你说吧，我所认识的客户，有十几个都不止。而且他们的实力都非常雄厚。如果你今天肯配合我，那我动动嘴，就可以让他们和你合作，保证你们铜赵记从此飞黄腾达。"

"如果仅仅因为这所谓的飞黄腾达，连家都不要了，那么一切还有什么意义呢？"许明峰说着，起身就走了。

看着他的背影，唐宝山捏了捏拳头，气恼地叫道："许明峰，你还真是不识抬举。行，那就别怪我了。"

几天后的一个中午，许明峰从工作间里出来，看见小林站在门口。

小林看到他出来，连忙叫道："许把式，您可算出来了。"

"怎么了，小林，有什么事情吗？"许明峰疑惑地看着他，问道。

小林看了看他，哭丧着脸说："许把式，咱们作坊今天有十几个工匠突然辞职了。"

"什么，突然辞职？"许明峰闻言，有些诧异。

小林说："是的，他们突然不告而别。甚至连自己的工资都不要了。"

"为什么，到底是怎么回事啊？"许明峰完全蒙了。

这时，有一个工匠走了过来，看了看许明峰说："许把式，他们这些人都……都被别人给挖走了。"

"别人，还有能比我们作坊给出更好待遇的地方吗？"许明峰非常意外。

那工匠说："我不太清楚。但任江波是我的朋友，我前天和他一起喝酒，偶然听他谈起，好像有人给他开出了高出咱们作坊三倍的工资待遇。所以，他才决定不辞而别的。"

小林吃惊地说："啊，三倍的工资。那可就是一个月两万多啊。天哪！这……这太不可思议了。放眼咱们北京城，就算那些大公司的高管，都未必能有这么高的薪水啊！"

许明峰听到这里却很冷静。他沉吟了片刻，缓缓说："我看事情没这么简单，他们有可能被利用了。"

"被人利用？"小林有些不解，看了看他。

许明峰说："你们想想吧，工人工资的高低，完全取决于市场，以及作坊的规模大小、订单多少。放眼整个北京城，我们铜赵记作坊已经是数得上的大型手工艺作坊了。现在，我们有那么多订单的支撑，有还不错的市场需求。所以，我们这里的工匠才能有一月七八千元的收入。在整个手工艺界，这其实已经是很高的待遇了。能开出比我们高三四倍的工资，除非他们的作坊有更大的规模。但是，你们觉得有吗？"

小林和那个工匠对视了一眼，摇摇头。

许明峰点了一下头，说："这就对了，根本就没有。所以，我才说这件事情有猫腻。那些离职的工匠，他们只不过暂时得到了一些甜头。他们所丢失的，却是永久性的工作。"

那个工匠听到这些有些担心。看了看许明峰，忙不迭地说："许把式，你也别生气。这样，我去找那些人谈谈。怎么说，他们也是在我们这里工作了很多年的老人了。对咱们铜赵记，也是有感情的。"

许明峰淡淡一笑，说："你可以去找他们谈，就把我刚才的话，说给他们听。但是，你要提醒他们，我只给他们三天时间。三天过后，他们就算想回来，我也不会再要了。"

"这，好，好的。"那工匠闻言，忙不迭地应了一声。

小林凑到许明峰跟前，不安地说："许把式，您说，这是什么人干的？"

许明峰笑了一声，说："很简单的事情，我没猜错的话，应该就是唐宝山。他这一招釜底抽薪好啊，这一招真是太高明了。"

小林听着，也是义愤填膺。

许明峰见状，却是一笑，拍了一下他的肩膀，笑吟吟地说："小林，你也别生气。我寻思，他也许很快就会来找你了。"

"许把式，您放心，不管他开出多诱人的条件，我也不会离开咱们作坊的。"小林闻言，忙不迭地说道。

"为什么，这俗话说良禽择木而栖。你如果真的要走，我也不怪你。"许明峰随口说道。

小林忙说："许把式，说实话，我有自知之明。我知道自己几斤几两，是您对我特别关爱，才让我有这么一份稳定的工作，收入还是可以的。就这待遇，已经让我诚惶诚恐。如果别人给我开出更高的待遇，那绝对不是看上我的能力了，肯定有别的猫腻。"

听小林这一说，许明峰也忍不住大笑起来。

第五十二章 你是个小偷 / 327

他拍了一下他的肩膀，笑笑说："小林，就冲你这句话，等会儿我请你吃饭去。"

"啊，许把式，您是领导，怎么能让您请我吃饭呢。要请，也是我请。"小林闻言，忙不迭地说道。

"走吧，今天我们谁也不用破费，有人请客。"许明峰笑了一下，随即就出去了。

小林愣了好半天，才回过神来，赶紧追了上去。

很快，小林就明白过来了。

原来，市里特意邀请了各珐琅器作坊有名望的代表，参加一个会议，具体商讨建设景泰蓝手工艺园区的计划。

许明峰其实早就想建设这样一个园区，而且对于具体的操作，他也是有自己的规划的。

让他没想到的是，今天来参加会议的，除了传统作坊的把式，还有那些工艺公司的老板，其中包括沈玉坤。

这么多年以来，许明峰其实很少和沈玉坤见面。

不过，他听说，沈玉坤这几年的日子过得并不是太好。

随着人们的精神需求越来越高，也更加重视传统手工艺。昔日，沈玉坤那引以为傲的用工业化手段生产的珐琅器，市场的需求越来越小。他的公司已经进行了多轮裁员，现在据说还有很多工人闹着要涨工资呢。

此时再见沈玉坤，他整个人似乎也落寞了很多，完全失去了往日的风采。

看到许明峰，沈玉坤甚至装作没看见，与他擦肩而过。

小林想去叫他，却被许明峰拦住了。

主持这次会议的，是市里新上任的领导。他一上来，就非常亲切地让大家各抒己见。

不少人也提了一些意见。

这时，这位领导的目光落在了许明峰身上。他说："许把式，你作为而今景泰蓝手工艺界发展最好的作坊的把式，就请来谈谈吧！"

许明峰点点头，他其实早就准备好了。他看了看众人，说："各位，我觉得珐琅器作为我们老北京历史悠久的手工艺作品，是有鲜明特征的。如果要建设工业园区，我觉得主题要明确。首先，必须以宣传传统的手工艺为主题。其次，这个工业园区可以以旅游景区的方式进行规划。"

"旅游景区的方式规划？"这时，沈玉坤站了起来，看了看许明峰，缓缓说，"许把式，你这么说未免有些天方夜谭吧。"

"我不是天方夜谭，"许明峰看了一眼他，缓缓说，"沈老板，你也是个北京人，也应该明白一件事情。我们北京，不仅是一座繁华的国际化大都市。同时，也是一座历史悠久的文化旅游城市。而景泰蓝，不仅是北京的一张重要名片，同时，它也是一种文化、一种历史。现在，随着大家对景泰蓝越来越热衷，也会更加想要了解传统作坊的作业方式。所以，我们这些作坊如果能够以此为基础，将传统的老作坊打造成景区，让游客们一方面了解景泰蓝的文化和历史，另一方面也会给作坊带来订单和收入。当然也会拉动周边的消费和经济。"

"这……这根本就是无稽之谈。你当游客都是傻瓜吗。还有，我觉得你说的这些，都不过是你的一厢情愿而已。"沈玉坤看了看他，生气地说道。

许明峰见状，微微摇摇头，说："沈老板，你这么说，我非常不理解。为什么江西的景德镇瓷器作坊都可以建成这样的旅游示范园区，我们景泰蓝却不能建成呢。我相信，只要我们肯用心，一定可以做得更好，绝对不会比他们逊色的。"

"好，说得好。许把式，听君一席话，胜读十年书啊。"这时，那个领导带头鼓起了掌。

其他的人见状，也跟着赶紧鼓掌。不过，他们对许明峰说的这些，完全是一知半解。

许明峰接着说道："而且关于选址，我也想好了。我觉得，就以我们铜赵记作坊为中心，在周边建设一批传统的作坊。尤其对于那些已经消失的老作坊，如果他们的后人想重建，政府应该给予支持和帮助。"

"这……这恐怕有些难度吧。"

"对啊，那里现在都建设了那么多的酒店。"

这时，各种声音此起彼伏。

那个领导看了看许明峰，微微皱了一下眉头，缓缓说："许把式，你为什么觉得要在你们铜赵记那里选址呢？难道就因为你们作坊在那里吗？"

"对，但也不对。"许明峰给出了一个模棱两可的答案。

这话，倒是让那领导，连同其他的人都有些困惑不解。

许明峰想了一下，随即说："我说对，就是因为我们作坊在那里。而且我们作坊在那里已经几百年了。我说不对，是因为我不仅仅是为了我们作坊发声。而是因为我们作坊周边的地段，曾经是很多老作坊的原址。这一点，老北京人都应该很清楚。哪怕就是在二十年前，那里还有数不胜数的大大小小的传统老作坊。这些作坊的历史，很多甚至都可以追溯到明朝时期。毫不夸张地说，这个地方，是我们老北京整个珐琅器工艺作坊的核心聚集地。在这里建设景泰蓝工业园区，是再合适不过了。"

第五十三章　最好的建议

　　这时，那位领导眉头皱了一下，神情变得很凝重。他沉吟了片刻，看了看许明峰说："许把式，你提的这些问题很重要。你放心，我们会认真研究的。"

　　看到这一幕，许明峰心里有些失望了。他隐隐感觉，自己的这些建议未必会被采纳。

　　会议结束后，许明峰颇感失落地走了出来。

　　没走多远，沈玉坤在后面叫了他一声。

　　他转头看了一眼沈玉坤，缓缓说："沈老板，你有什么事情吗？"

　　"哟，明峰，现在和我这么见外了。怎么，是不是看我这几年公司发展得不好，你们作坊却如日中天，你就连一声师兄都不肯叫我了。"

　　"师兄？哼！沈老板，你说这个话真是够可笑的。"许明峰闻言，摇了摇头，缓缓说，"我想请问你，你什么时候当我是你师弟了，你现在还当自己是铜赵记的人吗？你还认赵兴成是你的师父吗？"

　　"你……许明峰，你凭什么质问我呢？我告诉你，你也别太得意了。你现在得意，不代表你就能一直这么得意下去。"沈玉坤气呼呼地说了一句，快步走了。

　　许明峰看着他的背影，无奈地摇了摇头，叹口气说："师兄，你真是越走越远了。"

　　离开这里，许明峰正打算和小林回去。

　　忽然，他手机响了。

　　他打开一看，是一个陌生号码。

　　许明峰迟疑了一下，随即接通了，听到一个温柔的女人声音："明峰，好久不见啊，你还记不记得我的声音了？"

　　许明峰起初还真没听出来，愣了几秒钟，恍然记起来了。他有些不敢相信，激动地说："明丽，你……你是明丽。天哪，我没听错吧？"

那边，传来了柔柔的笑声："明峰，我还以为你早就忘了我了呢。没想到，这么长时间，你居然还记得我的声音。"

"明丽，你怎么突然想起给我打电话了？"这时，许明峰还是有些不敢相信。

"这还用说吗，自然是想你了呗。"那边，李明丽调侃了一句。

"别闹了，明丽。"许明峰有些无语。

"好了，不和你说笑了。这样，你现在就来望京酒店的餐厅，我等你。"说着，对方就挂了电话。

小林这时凑了过来，好奇地看着许明峰，问道："许把式，刚才给您打电话的那女人是谁啊？我怎么听着和您的关系很不一般啊。"

"你怎么学得那么八卦啊。"许明峰白了他一眼，随手拍打了一下他。

几分钟后，许明峰和小林来到了餐厅。站在门口，他一眼就看到了餐厅里坐着一位端庄娴雅，同时透着一股高贵气质的成熟女性。

小林看到她，忍不住用力擦了擦眼睛，惊讶地叫道："啊，许把式，这……这就是您要见的那个李小姐吗？"

"对啊，有什么问题吗？"许明峰瞥了他一眼，淡淡地问道。

小林忙不迭地说："不，我只是惊奇啊。这个女人真是太……太有气质了。一看，人家就是很有修养的人。我就纳闷了，许把式，您成天钻在铜器堆里，乱糟糟的一个男人，怎么有机会认识这样的美女呢？"

"去你的，你小子敢来揶揄我。"许明峰拍了一下他，然后叮嘱他在门口等着。

说实话，许明峰也是很意外，多年不见，李明丽越发光彩照人了。他看到她的时候，也有些呆住了。

李明丽这时挤出一抹笑容，轻轻说："明峰，你坐啊，干吗一直盯着我看？"

这时，许明峰才回过神来，赶紧拉开椅子，坐了下来。

李明丽看了看他，轻轻说："明峰，真是不好意思啊，就这么冒昧地让你过来了。"

"不，明丽，我……我只是很好奇，你如何知道我的手机号的。"许明峰诧异地看着她。

李明丽一手托着下巴，眨了眨迷人的眼眸，笑道："我想知道你的手机号，那还不是一件轻而易举的事情嘛。"

许明峰摇了摇头，淡淡一笑。想想也是，人家李明丽是什么人，人脉那么广，想要知道他的手机号，不是易如反掌啊。

李明丽专注地看着许明峰，好像眼底只有这个男人。她说："明峰，这么多年你过

第五十三章　最好的建议　/　331

得如何？我发现，你好像瘦了不少。不过多了几分男人味。"

"明丽，你这么说倒是让我有些不好意思，"许明峰尴尬地一笑，"我还是那个老样子嘛。"

"唉，你身上发生的事情我都知道了。"李明丽看了看他，长叹了一口气，幽幽地说，"这些年，你一直都一个人过。你……你会不会……"

"啊，我还好了。"许明峰干笑了一声，他尽管感受到李明丽眼眸中透出的关切。他却当作浑然不觉。不得不承认，李明丽是那么动人，让人无法拒绝。

可许明峰的心里无比平静。眼前的女人，似乎根本没什么令他动心的。

"那个，明丽，你这么多年过得咋样啊？你丈夫是做什么的？"

李明丽听到这里，收起了脸上的笑容，变得认真起来，注视着许明峰，轻轻说："明峰，我过得也就那样吧。我现在已经是风华集团的老板。"

"风华集团，明丽，这是真的吗？"许明峰惊愕地睁大了眼睛，一脸难以置信的表情。

他怎么都无法想象，眼前这个女人，竟然是电视上经常出现的什么全球五百强的大型跨国公司风华集团的老板。

"是啊，这有什么好骗人的。这么多年，我一直都在忙工作，其实也没顾得上个人的事情。"李明丽说着，轻轻搅动着咖啡，那目光却一直在许明峰的身上。

许明峰应了一声，看了看她说："明丽，按说这是好事。可是，我怎么觉得你似乎一点都不高兴呢！"

"有什么值得高兴的，白天那么辛苦地在外面装女强人。夜深人静的时候，我却发现自己是个柔弱的小女人，渴望着一个男人的肩膀。"李明丽轻轻说着，那眼里流淌出柔柔的光，似乎在倾诉着自己的衷肠。

许明峰对此不可能无动于衷。他轻轻说："明丽，我觉得你应该找个合适的男人。我相信，这对你而言不难的。"

"不难吗，可是我总觉得非常难。"李明丽说着，眼里充满了忧伤。

许明峰闻言，多少有些不自然。他轻咳了一声，赶紧说："那个，明丽，咱们说点别的吧。你这次来北京，是不是有什么计划和打算啊？"

李明丽点了点头，端着咖啡喝了一口，然后看着他说："明峰，其实我这次来，是想搞投资的。"

"搞投资，投资什么啊？"许明峰闻言，有点不解。

李明丽想了一下，说："投资景泰蓝啊！"

"什么，明丽，你还想投资这一行业啊？不过，现在这个行业有些……"许明峰也不知道该如何跟李明丽说。事实上，虽然现在珐琅器行业越来越兴盛。可是，整体市场规模已经饱和。李明丽现在投资，恐怕很久都难以见到效益。

似乎李明丽也知道许明峰要说什么。她看了看他说："明峰，你放心吧，我这次的投资，和以往是不同的。当然，你还要感谢我的。如果不是我，我想你今天恐怕也没机会和政府的领导慷慨陈词吧。"

听到这里，许明峰有些讶异。他惊愕地看了看李明丽，问道："怎么，明丽，你的意思是今天这个会和你有关系？"

李明丽这时微微朝后面靠了靠，然后将双臂交叉抱在胸前，得意地说："当然了，如果不是我牵线的话，你怎么可能会参加呢？"

"我不太明白。"许明峰听到这里，更是无比困惑，忍不住皱起眉头来。

李明丽想了一下，说："明峰，实话跟你说吧。政府提出要兴建景泰蓝手工艺工业园区，其实正是我提出的规划。而这个就是我要投资的项目。本来，我也只是想了一个大概，是想等你参加完这个会议，具体和你商议的。没想到，你今天竟然提出了详细的建设规划了。这一点，还真令我感到意外。不过，也让我很高兴。因为你的这个计划，正是我想要的。这说明什么呢，咱俩也算是不谋而合了。"

"明丽，要是这么说，我还真的要好好感谢你了。"许明峰闻言，忙不迭地说道。

"不，明峰，应该说，是我要好好感谢你才是。"李明丽看了看他，随即说，"在商业上，咱们这也算是双赢，互惠互利，你说对吗？"

"对，你说得非常对。"许明峰知道，李明丽这么客气，无非是不想让自己有太大的心理负担。

事实上，人家这么做，基本算是无偿帮助自己了。

李明丽这时看了看他，又说："明峰，其实这次我找你，还有一个重要的事情想和你合作。"

"嗯，你说，什么事情？"许明峰闻言，连忙问道。

李明丽没有立即开口，而是从旁边椅子上的挎包里取出一份文件递给了许明峰。

许明峰一看，上面写着一行文字：景泰蓝工艺品网络销售意见书。

他愣了一下，有些困惑地说："明丽，你这是什么意思？"

李明丽说："明峰，我想你也看到了，如今互联网发展日新月异。有很多新兴的大公司，都是以网络起家。国内的，诸如腾讯、新浪、阿里巴巴。国外的，诸如推特、INS、脸书等互联网公司。我相信，将来通过互联网产生的市场，将会非常庞大。"

"所以，你们集团公司也盯上了这一块，对不对？"许明峰脑子转得非常快，马上反应过来，看了看她，问道。

"对，明峰，你说得很对。"李明丽说，"而今，我觉得你们作坊也要做出一些调整。可以通过开设网店的形式，增加一个重要的销售渠道。"

"这……这个……"许明峰皱了一下眉头。

李明丽见状，忙问道："怎么，明峰，你有什么困难吗？"

许明峰摇摇头，慌忙说："不，明丽。我的意思是，这个提议非常好。可是，我对网络销售这些东西并不是太了解，我担心……"

李明丽听到这里，笑了，摆摆手说："好了，明峰，这个你大可不必担心。其实，我们公司现在正在投资兴建网络店铺呢。而其中景泰蓝的网络销售，是重要的一个部分。如果你不介意的话，可以将你们铜赵记的网络销售独家代理权给我们。我们可以按照二八分成。至于宣传营销等问题，你不用担心，一切都交给我们来做。"

"真的吗？明丽，我对你是放心的。"许明峰看了看李明丽，有些不敢相信，"不过，二八分成，这对你是不是有些太不公平了。毕竟你们前期投入那么大。"

"没关系，事实上我们做网络销售，盯上的并不是你们一家作坊。"李明丽轻笑了一声。

此时，许明峰还能说什么呢。当下就决定了。

这时，李明丽看了看时间，说："走吧，明峰，现在我要带你去见个人。这个人是我的一个表叔，他对景泰蓝很有兴趣。听说你之后，就坚持要见见你，和你探讨一下。"

"行，没问题。"许明峰对于想探讨交流景泰蓝工艺的人，一向都热烈欢迎。

不过，他绝对想不到，接下来要见的人，却是个老熟人。

二十多分钟后，两个人来到一个俭朴的公寓。打开门，跟着李明丽进来，看到迎接的人，许明峰愣住了。

他万万没想到，对方竟然是谭英华。

不过，谭英华显然是知道许明峰的。他上前来，紧紧握着他的手，笑吟吟地说："许把式，真不好意思啊，我们用这种方法骗你过来。"

许明峰扭头看了一眼李明丽，分明问她是什么意思。

李明丽面带愧疚，看看他说："明峰，对不起，我没经过你同意，就带你来这里，你不会怪我吧？"

"不，明丽，我没有怪你的意思。"许明峰淡然一笑，似乎并没有生气。

李明丽忙说："明峰，我这次请你过来，其实，也是想替我叔叔给你道歉。你们的事情我都听说了，说起来，的确是他们的人做得不对。"

"算了，都过去那么久了，我也早就不放心上了。"许明峰不以为然地笑了笑。

谭英华听到这里，也很感激。看了看许明峰，忙不迭地说："明峰，真是谢谢你啊。"

李明丽赶紧说："好了，既然没事了，那我们大家赶紧坐下来说吧。"

当下三人相继落座，随即谈了起来。

就在这时，许明峰的手机忽然响了。他打开一看，是小林打来的。

一接通，就听到小林慌乱的声音："许把式，不好了。有一伙人去我们作坊闹事。而且还打伤了我们的几个工匠。"

"什么，怎么回事啊？"听到这里，许明峰慌了神，迅速站了起来。

"我也不太清楚。但听说那几个人要在我们作坊的东侧挖一条水沟。我们的工匠担心挖到我们的地基，就和他们争吵起来。"

"好，你等着，我这就来。"许明峰迅速挂了电话。

李明丽看了看他，忙问他怎么回事。许明峰简短地说了几句，然后说："明丽，对不起，要不我就先回去了。"

李明丽见状，忙说："这样吧，明峰，我陪你一起回去看看。"

"我也去，说不定能帮上什么忙。"这时，谭英华也说道。

许明峰没再多说什么，当即和他们俩一起出去了。

二十多分钟后，他们来到了作坊门口。

这时，就见警察已经过来了，正在处理相关事宜。

不过，那几个闹事的人此时态度依然非常嚣张。有的人甚至扬言以后要天天来找铜赵记的麻烦。见他们这里的工匠一次，就打一次。

许明峰迅速走上前来，看着那些人断喝道："你们的口气好大啊，我是这个作坊的把式，想找麻烦的话，就冲我来吧。"

其中一个人轻蔑地看了一眼许明峰，冷冷地说："小子，你的胆儿挺肥啊。我告诉你，最好把你的破作坊给搬走。否则的话，哼，以后有你的好果子吃。"

许明峰听到这里，也是不以为然地大笑了一声。他看了看他，说："是吗，这说的话，那我还真是有些期待了。不过，我也知道你是什么来头。麻烦你回去转告唐宝山，想要我的地方，门儿都没有。有什么阴招损招，就尽管使出来，我等着。"

"什么，唐宝山？"李明丽听到这里，有些意外地看了看许明峰。

第五十四章　山外有山

"怎么，小妞，你听到我们唐董的名号很震惊吗？"那个人扫了一眼李明丽，戏谑道。

这一幕也被李明丽看在眼里。她眼里透出几分厌恶，不过没发作。

她拦住想说话的许明峰，看了看他说："你说得没错，我们是很震惊。这样吧，回头你转告唐宝山，就说铜赵记想和他谈谈呢。"

"好，这话我一定带到。"那个人非常张狂，似乎根本就没将眼前的人放在眼里。

等他们都走后，李明丽连忙问许明峰究竟发生了什么事情。

随后，许明峰一五一十地将事情原委讲了一遍。

听完这些，李明丽冷哼了一声，显得很生气地说："这个唐宝山，真是越来越过分了。明峰，这事你别管了。等会儿他过来，我帮你处理。"

"什么，明丽，你来处理？"许明峰有些不解。

不过，这时候他却隐约觉得，李明丽和唐宝山之间，十有八九是认识的。

"怎么你还对我不放心啊。"李明丽显得很得意。

许明峰怎么可能对李明丽不放心呢，看她这么信心满满的样子，他就知道，李明丽一定早就有办法了。

李明丽这时拉着许明峰进到房间，说："明峰，咱们别管他们。来，我们先坐下喝茶，继续谈我们的事情。"

许明峰点了点头，当即和谭英华进去了。

四十多分钟后，就见唐宝山满脸堆笑，和金越江等工作人员过来了。

唐宝山在院子里，就笑着叫道："许把式，我就说嘛，你迟早会屈服的嘛。你看你，早知现在何必当初呢。不然，咱们之间也不用费这么多的工夫了吧。"

"唐宝山，我看你高兴得太早了吧。怎么着，你该不会真的以为我们叫你来，是为了和你谈作坊拆迁的事吧？"

这时，李明丽从里面走了出来，冷冷地看着他说道。

唐宝山身边的人都诧异了，谁都没想到，眼前这个年纪轻轻的女人，竟然敢这么放肆地直呼唐宝山的名字。

不过，下一秒唐宝山却拉着脸，极其恭敬地凑上前来，惊恐不安地说："李董，你……你怎么在这里？"

"怎么着，是不是我就不该出现在这里，看样子打搅你的好事了吧？"李明丽的眼神多了几分冷酷。

唐宝山见状，惊出一身冷汗来。他赶忙说："不不，李董，你误会了，我不是那个意思。我的意思是……"

"好了，唐宝山，你就不用跟我解释这么多了。"李明丽径直走到他面前，紧盯着他，缓缓说，"我告诉你，我不是来听你废话的。我是想通知你，你就别打这个作坊的主意了。这个作坊，包括周边的一大片地皮，都是我的了。"

金越江闻言，有些不满地说："这位小姐，你的口气还不小。我想，这个事情还轮不到你来当家吧。"

"金主任，我看是你的口气不小吧。"此时，谭英华从里面走了出来，沉着脸说道。

看到谭英华，金越江显得诚惶诚恐，很恭敬地说："啊，谭教授，你……你怎么在这里？"

"哼，我来这里，就是为了阻止某些人胡作非为的。"谭英华瞪了他一眼，说，"金主任，我还真佩服你们啊。之前口口声声说要经济发展和文化历史建设一同推进，口口声声说什么要振兴我们老北京的传统手工艺业。怎么，这前面的话刚说完，现在就火急火燎地要对这仅有的老作坊赶尽杀绝？"

"不不，谭教授，你不理解我们的工作，我们……"金越江闻言，慌忙解释。

"金主任，你不用跟我说这些。我知道，你不过是为了政绩。可我告诉你，哪怕你的政绩完成不了，我也不会让你们拆迁铜赵记，开发这一片地方的。保护老北京最后的手工艺业，已经到了刻不容缓的地步，我不会让任何人去破坏的。"

"谭教授，我们的工作其实也是为了景泰蓝这一门手工艺业……"金越江仍然试图解释。

只可惜，谭英华根本就不听，直接打断了他："金主任，我不想听你任何的解释。"

金越江这时不再说话，低着头。

唐宝山这时也极其尴尬，不自然地看着李明丽。

李明丽压根就没给他什么好脸色，瞪了他一眼，冷声说："怎么着，唐董，你还想让我八抬大轿请你回去吗?"

"啊，不不，李董，我……我这就走。"唐宝山闻言，赶紧掉头就走。

这时李明丽却忽然叫住了他："等一下，唐宝山，我还要再交代你几句。"

唐宝山赶紧转过头，忙不迭地恭敬请示："你说，李董。"

李明丽说："以后，如果让我再看到你使用下三滥手段来骚扰铜赵记，那我一定会让你知道我的手段的。"

"啊，不敢，不敢。"唐宝山闻言，大惊失色，忙不迭地应着。

"带着你的人，赶紧走。"李明丽没好气地说了一句。

唐宝山哪里还敢多说什么，招呼着自己的人立刻就走了。

等他们陆续走了之后，许明峰方才回过神来。他非常惊讶地说："明丽，你和谭教授今天真是让我刮目相看啊！"

李明丽闻言，忙谦虚地一笑，看了一眼谭英华说："明峰，区区小事，算得了什么呢。不过，你要是感谢，还要感谢我谭叔叔了。他说话可是很管用的。有关部门也很重视他的意见。"

谭英华闻言，忙不迭地说："哪里的话，明丽，如果要感谢的话，还是应该感谢你。谁不知道，这个唐宝山可是指着你吃饭的。你们公司一直都是他们最大的客户。只要你皱皱眉头，我看他的公司明天就可以关门了。"

"谭叔叔，您言过其实了，哪里有那么夸张呢。"李明丽忙不迭地说道。

许明峰无比感叹，看着他们俩说："看来，我今天请你们来，真是来对了。如果不是你们的话，后果真不敢想象。"

李明丽看了看他，说："明峰，咱们之间，就不用说这个客气话了。再说了，这一片区域，我本来也相中了，谁也别想打主意。"

许明峰很清楚，李明丽不过是故意说的。

谭英华走到许明峰的跟前，带着几分神秘说："怎么，许把式，我们今天帮你这么大的忙，你还不好好感谢我们。"

"谭叔叔，我没听错吧。您……您怎么这么庸俗，居然要人家感谢。"李明丽听到这里，有些哭笑不得。

许明峰慌忙说："要感谢的，谭教授今天是帮了我们的大忙。这样吧，谭教授，我们作坊新出的一些珐琅器，送您一件如何？"

谭英华摆摆手，看着他说："不，许把式，我不要珐琅器。当然，我也不要吃饭，或者钱财的报酬。"

许明峰听得有些糊涂了，困惑地看着他："谭教授，既然如此，那您到底想要什么呢？"

谭英华说："许把式，上次你不是说过，要给我看看你们铜赵记的镇店之宝——龙凤呈祥盘吗？你看，择日不如撞日，我们今天来了，不如……"

往下的话，谭英华没再说了。不过，这意思再明显不过了。

听到这里，许明峰着实有些始料不及。他没想到，都过去这么久了，没想到谭英华居然还惦记着这件事情。

倒是李明丽，完全没听说过这个盘子，诧异地看着他们，忙问怎么回事。

谭英华倒也不隐瞒，一五一十地给她说了一遍。

许明峰其实是想阻止的，这时候已经来不及了。

李明丽听完，也是无比兴奋。她紧紧抓着许明峰的胳膊，非常激动地说："明峰，你带我们去看看吧。"

这时候，许明峰也不好推辞。他想了一下，说："好，我带你们去看。"

"太好了，明峰。"李明丽听到这里，欣喜异常。

许明峰引着他们来到了那个房间，随后打开了门，等他们进去后，关上了门。

他径直走到桌子跟前，然后将下面藏着的一个紫檀盒子取了出来。

此时，两个人都睁大了眼睛，紧紧盯着这个盒子。

谭英华是个内行人，一眼就看出这盒子有些年月了，暗红的颜色，尤其这盒子上还进行了非常细腻的雕琢，主要表现的是几个工匠进行珐琅器制作的场面。

谭英华嗟叹道："许把式，我要是估摸得没错，这盒子应该是康熙时期的吧。嗯，这做工真是太好了。上面的漆质，还有这些雕工。不说里面的盘子怎么样了，单就这盒子，可就代表了咱们老北京最著名的漆雕文化了。这个盒子拿出来，也绝对是一件惊世之宝。"

许明峰非常吃惊，他惊讶地看了看谭英华，钦佩地说："谭教授，您还真是厉害啊，一眼就看出门道来了。没错，之前，我曾听师父说过这盒子的来历。好像是当年铜赵记的把式专门请漆雕作坊的老师傅做出来的，用来保存龙凤呈祥盘。"

谭英华点点头，说："嗯，漆雕来保存景泰蓝，这也算是珠联璧合了。"

许明峰笑了，随即打开了盒子，然后将龙凤呈祥盘取了出来，小心地摆放在旁边的一个架子上。

谭英华和李明丽瞬间睁大了眼睛，紧紧盯着眼前这个散发着珠光宝气的华美盘子。

"珍宝，真是绝世珍宝啊。"谭英华双眼放射着异样的光。随即，眼里又溢满了泪水，"没错，没错，当年我看到的就是这个盘子。感谢老天爷啊，这辈子，终于让我再次看到这个盘子了。唉，我此生也无憾了。"

李明丽也非常震惊，不过，相对而言冷静不少。她看了一眼谭英华，轻轻说："谭叔叔，你要感谢的话，应该感谢明峰才对吧？"

谭英华回过神来，忙不迭地说："哦，对对对。明峰，我真要好好感谢你才是啊。"

"啊，谭教授，您客气了。"许明峰慌忙说道。

从这里出来后，许明峰就给他们详细讲了作坊的历代把式们都想将龙鳞光工艺恢复的愿景。

谭英华想了一下，说："许把式，你这个工作我非常支持。老祖先的这门手艺，咱们可不能丢了。所谓传承，我觉得这个是最值得去做的。嗯，这样吧，你如果有什么需要帮助的，就尽管开口，我会尽我所能去帮你的。"

"好，多谢您了，谭教授。"许明峰忙不迭地说道。

三人又聊了几句后，谭英华和李明丽就走了。

从这里离开后，谭英华一直处于兴奋之中，兴致勃勃地和李明丽聊着许明峰。

李明丽非常得意，看了他一眼，说："怎么样，谭叔叔。我就说嘛，明峰这人很不错的吧。"

"对对，这小子的确不错。年纪轻轻，就能够有这样的使命感。"谭英华说到这里，打量了一番李明丽，似乎明白了什么，说，"明丽，我算是明白了，为什么你父母给你安排了那么多的相亲，你都不感兴趣。看样子，你的心思可都在这里呢。"

"哎呀，谭叔叔，您别乱说了。"闻言，李明丽露出几分娇羞，忙不迭地说道。

谭英华似乎对什么事情都了然于心，摇摇头说："明丽，你还骗你谭叔叔呢。呵呵，我可是个明白人啊。刚才你看许把式的眼睛一直都在放光。而且满脸都是钦佩无比的神色。傻子都看得出来，你对他有不一般的感情。"

李明丽似乎也觉得没什么好隐瞒的，当下就直接承认了："对，谭叔叔，我就是喜欢明峰。从十八岁的时候，头一次见他我就喜欢了。"

"这么久了，可……可你们俩怎么就没成呢？"谭英华听到这里，非常意外。

"唉，一言难尽啊。谭叔叔，我之前跟你说过的，明峰身上发生了太多的事情了。"李明丽说着，露出了一丝忧郁的神情。

谭英华微微颔首，说："明丽，我承认，许把式这小子确实年轻有为，而且看得出来是个很专一、很有责任心的人。不过，有句话我不知当讲不当讲啊。"

"谭叔叔，咱们什么关系，您还有什么不能说的。"李明丽冲他一笑，忙说道。

谭英华说："明丽，不是叔叔我说泄气的话。只是，我感觉你们这么多年过去了，都没发生什么。我担心，你们以后……"

"谭叔叔，您放心吧。我的事情，我自有分寸的。"李明丽忙说道。

"好好，明丽。你说吧，接下来需要我为你做一些什么呢？"谭英华和李明丽交往较多，对她自然也是非常了解和熟悉的。

李明丽也不客气，说："谭叔叔，那我就不客气了。我求您帮我办两件事情。第一，如果我爸问我的私人事情，您帮我圆一下，行不行？"

"这……你这丫头，我就知道你找我肯定不是什么好事。行，我给你圆谎。不过，你父亲是什么人，你也清楚。我说的话，他要是不听，那我也没办法。"

"这您就别管了。"李明丽得意地一笑，接着说，"第二件事情，就是您要帮帮忙，让有关部门尽快将这一片区域的定位给定下来。"

"你是说，开发景泰蓝手工艺工业园区的计划吗？"谭英华看了看她，略一沉思，说，"行吧，这事情不用你操心，我也会去办的。"

"那太好了，谭叔叔，我都不知道该如何感谢您才是了。"李明丽看了看他，非常兴奋地说道。

谭英华淡淡一笑，随即脸上露出几分无奈："明丽啊，我就是觉得，你这么做不知道值不值得。说实话，你是我从小看着长大的。我不想看到你最后弄得很伤心难过，懂不懂？"

"谭叔叔，我明白。其实我做这件事情，也不单单是为了明峰。毕竟这对我而言，也是一门生意。做成了，不仅可以赚钱，同时也为我们集团增加了不少文化亲和度。而且我还打算将这个塑造成我们企业文化的一部分。"

谭英华点点头，满脸都是赞许的表情："明丽，你这丫头从小就比你哥精明。啧啧，我现在算明白了，为什么你现在的生意做得这么大，你哥的生意反而越来越不行了。"

李明丽没说话，只是笑了笑。事实上，多年之前，李明飞在内地的投资，接连遭遇挫折，他已经有些心灰意冷了。

尽管李明丽曾多次劝告他，做生意一定要走正道，千万不能使用一些违法的手段。但李明飞始终听不进去。

李明丽预感他迟早会出事，但是没想到那么快。三年前，李明飞在东南亚进口的一批货物涉嫌走私，面临巨额罚款。

这次事件后，李明飞彻底沉沦了。而他昔日一手打造的商业帝国，也瞬间瓦解。

第五十五章　工业园区正式建设

许明峰绝对没想到，他之前觉得很难办到的事情，后来竟然办理得非常顺利。

这天中午，他正在翻弄山雾紫然留给他的那些资料。

忽然，就见李明丽兴致勃勃地赶来作坊了。

看到许明峰，她立刻就兴奋无比地叫道："明峰，喜事，大喜事啊。"

也许因为跑得太快，李明丽也没在意脚下。结果，不小心给绊了一下。

许明峰见状，慌忙冲了上来，直接将她抱在了怀中。这一次，两人来了一个亲密接触。甚至脸颊几乎都要贴上了。

李明丽满脸绯红，带着几分期待和欣喜。

"明丽，你没事吧？"许明峰抱住她后，赶紧问道。

"没事，明峰。"李明丽微微低着头，柔柔地说道。

许明峰松了一口气，也没在意很多："你说你怎么这么不小心呢，也不看路。"

"这算什么，如果可以，我宁愿再摔一下。"李明丽低低地说了一句。

"什么，明丽，你刚才说什么？"许明峰有些意外，诧异地看了看她。

李明丽意识到失态了，赶紧掩饰："没……没什么，我随口说的。"

许明峰随即放开了她，问道："明丽，你刚才急急忙忙找我，有什么事情啊？"

李明丽这时才回过神来，看了看许明峰，忙说："那个，明峰，是这样的。这几天经过多方努力和论证，有关部门已经下批文了，准备正式开发周边地段。"

"什……什么，真的吗？"许明峰闻言欣喜若狂。他怎么都没想到，这事情居然会这么容易达成。

这一刻，他真的很激动。他知道，这个事情一旦促成，那么，昔日铜赵记周边遍地都是作坊的场景必然会再现。而这正是老北京的一道亮丽的风景。

许明峰用力抱住李明丽，叫着："明丽，我不是做梦吧！太好了，太好了……"

"啊，明峰，你……你弄疼我了。"李明丽也有些意外。认识许明峰这么久，说实话，她还是头一次见许明峰这样疯狂。她心里跟吃了蜜一样甜。

毕竟和许明峰认识这么久，头一次见他对自己这么热情。她忽然觉得，自己一切的努力都是值得的。

许明峰这时回过神来，赶紧丢开了李明丽，尴尬地说："哦，对不起，明丽，我……我刚才太……太……"

许明峰结结巴巴的，有些说不上来话了。

"哈哈，明峰，没关系。你的心情，我很理解。"李明丽看了看他，轻轻说道。

许明峰这时忍不住望向远处的山上，他仿佛看到赵兴成就站在那里，注视着自己。他心里轻轻说："师父，我没给您老人家丢脸。"

下午，许明峰陪着李明丽参加了有关部门召开的一个会议，接下来，这事情就算正式敲定了。

数天之后，就开始动工了。

许明峰突然之间也变得忙碌起来，李明丽是整个项目的投资人，许明峰是项目的总监。

白天，他很多时间都忙着和李明丽去检查工程图纸。而且他还要抽出时间应付作坊里的事情。晚上，他还得找时间研究龙鳞光工艺。

这天晚上，李明丽拿着刚打印出来的一幅效果图，兴致勃勃地来找许明峰。

刚走到他房间门口，却见小林站在那里。小林看到她忙说："李董，你还是别去打扰他了。"

"怎么了，他在忙什么？"李明丽有些吃惊，忙问道。

小林摇摇头，说："不，我们把式太困了，刚才在里面睡着了。"

"睡着了？"这一点，是李明丽完全没想到的。

小林闻言，叹了一口气，说："是啊，实不相瞒。这一段时间，许把式白天黑夜，一直都在忙。说实话，他已经很多晚上没好好睡觉了。今天下午，他正说着话，突然就晕倒了。"

"什么？这么严重。"李明丽听到这里，心也跟着揪了一下。她略一沉思，说："这样，小林，你先回去休息吧。我来照顾他。"

小林对李明丽是很放心的，当即点点头。

等他走后，李明丽没有立刻进去，而是去了厨房，做了一碗汤面。

推开许明峰的房间，就见他趴在桌子上，正在睡觉。他的旁边是一摞珐琅器的资料。

多日的劳累，让许明峰无比憔悴，整个人都瘦了很多。

李明丽有些心疼，忍不住伸手抚了抚许明峰的脸颊。她轻轻说："明峰，让我来照顾你吧。如果你愿意，我可以放弃事业，只做你身边的一个普通女人。"

"呃！"许明峰这时忽然醒了过来，他睁开眼睛，看到李明丽在旁边，忽然站了起来，揉了揉眼睛，忙问道："明丽，你……你怎么来了？"

李明丽没有说自己来的原因，而是说："明峰，我担心你连日劳累，所以特地来看看你。这是我给你做的面，我看你晚上都没吃饭吧。"

"明丽，谢谢你了。你还别说，我现在真有些饿了。"许明峰嘿嘿一笑，"那我就不客气了。"说着，他端着碗就吃了起来。

看着他狼吞虎咽地吃着饭，李明丽说："明峰，你慢点吃。"

很快，一碗面就吃光了。

李明丽见状，忙问道："明峰，怎么样，够不够，不够我再给你做一些。"

"不用了，够了。"许明峰擦了一下嘴角，冲她一笑，"明丽，你说吧，找我什么事。"

"我不是说了吗，没什么大事。"李明丽笑了笑。

"算了吧，你肯定有事。否则，你不会这么晚跑过来的。"许明峰冲她一笑，目光却落在了她旁边的图纸上。

李明丽见没办法隐瞒，就将图纸拿了出来："明峰，这几个地方，需要你给一些意见。"

许明峰看到图纸，立刻打起了精神，凑过来，给李明丽耐心地说了起来。

说实话，李明丽哪里听得进这些，她有些恍惚，目光一直在许明峰的身上流连，似乎有些忘乎所以了。

许明峰回过神来，看了看她，有些诧异："明丽，你干吗盯着我看呢？"

李明丽这时托着下巴，凑到许明峰跟前，眨了眨眼，柔声说："明峰，我发现你这时候挺有男性魅力的，让我有些着迷了。"

"明丽，你说什么呢。别开玩笑了，咱们说正事吧。"许明峰有些尴尬，不自然地笑了笑，赶紧将注意力放在了图纸上。

李明丽见状，也不在意。她又靠近了一些，说："明峰，说实话，我真希望我们能一直像现在这样。就我们俩，一直这么谈心，多好。"

"那个，明丽，我……我们……"许明峰支吾着，他当然明白李明丽对自己的感情。

可是他现在根本无法接受任何感情。在他的心里，也许除了赵岚之外，再也无法容下任何人。

尽管许明峰知道赵岚再也不会回来了。

"好了，明峰，你别说了。"此时，李明丽打断了他的话，低着头，神情中带着几分幽怨。

虽然之后两个人一直在谈论工作上的事情，但多少有些尴尬。

十点多的时候，李明丽决定要走了。

许明峰送她出来的时候，李明丽在门口看了他一眼，似乎想起了什么，说："明峰，明天中午一所大学组织了一场中国手工艺的学术讲坛。我为你报了名，明天中午来接你。"

"啊，讲课，"许明峰大惊失色，看了看李明丽，为难地说，"那个，明丽，我……我不会讲课啊。"

"有什么不会的，"李明丽冲他一笑，说，"你也别有太大的压力，就当作开会一样。"

"可是……"许明峰还是有些犹豫。

李明丽说："明峰，你就这么想。你讲课，目的是让那些大学生了解老北京的手工艺文化。这样，一门工艺才能更好地传承啊。"

许明峰苦笑了下，说："明丽，话是这么说，只是我没什么经验，我担心讲不好。"

"没关系，明峰，有我在，你不用担心。"李明丽这时忽然走到许明峰身边，用手轻轻抚了抚他的脸颊，旋即转身走人了。

许明峰就呆呆地站在那里，看着李明丽走了。

一直到对方的车子远去，许明峰方才回过神来。不由自主地，他轻轻摸了摸自己的脸颊，心里头五味杂陈，不知道该说些什么。

次日中午，许明峰在作坊里正给工匠讲解新的烧制方法。这时，李明丽带着一个人走了过来。那个人提着一个袋子，衣着不凡。

"明峰，还在忙呢，时间差不多了，我们走吧。"

许明峰走了过来，看了看她说："明丽，你稍等，我去换一身衣服。"

"哎，明峰，衣服已经给你准备好了。"李明丽说着，给身边那个人递了个眼色。

那个人上前来，看了看许明峰说："许先生，这是我们专门为你定制的西装。"

"西装？"许明峰有些大跌眼镜，诧异地看着李明丽，"明丽，我……我不太习惯穿这种衣服。"

"明峰，你今天参加的论坛可不一般。据说，参加的人来自全国各地。所以，你今天要穿戴得特别一些才行。"

许明峰听她这么一说，也不好再说什么，当即点了点头。

李明丽从那个人手里接过衣服袋子，然后和许明峰一起进了他的房间。

这时，小林和几个工匠议论起来。

说实话，小林这么长时间观察李明丽对许明峰的感情，看得一清二楚。他很清楚，李明丽对许明峰很热情。不过，看样子许明峰并不怎么感冒。

"啧啧，你瞧瞧，咱们把式的桃花运真是太旺盛啊。身边总是不乏漂亮热情的姑娘。先前是咱们作坊的前把式的女儿赵岚。后来又是京铜记的梁把式的女儿梁艳。接着是女大学生姚玉兰。看看，现在又是这个美女老板。"

那工匠抽着烟，无比羡慕地说道。

小林说："唉，说这些有什么用呢。人家落花有意，可我们把式却流水无情。我怀疑，他有些走火入魔了，满脑子里想的，都是作坊，还有珐琅器的传承。"

说着，他和那工匠不免唏嘘起来。

许明峰没想到李明丽也跟着进了房间，他有些尴尬，忙不迭地说："那个，明丽，我……我换衣服，你……你在这里……"

"哈哈，明峰，你怕什么呢，又不是换贴身的衣服。"李明丽看了他一眼，淡淡一笑说，"再说了，如果我不在的话，这西装你也穿不好的。"

这倒是实话，别看许明峰如今将铜赵记作坊的生意做得很大，可他的穿着一直都很简单，从来不讲究。

虽然之前小林曾建议给他买西装，但被他拒绝了。

在他看来，穿着那种衣服根本就不能做事了。

许明峰此时也不好再说什么，不过他在李明丽面前脱衣服，还是有些羞涩的。

等他脱了外面的衣服后，李明丽注意到许明峰身上穿的衣服居然都是非常破旧的。甚至里面的背心，还是十多年前的，上面都破了很多洞。

看到这一切，李明丽鼻子一酸。她瞥了一眼许明峰，有些责怪地说："明峰，你怎么还穿这么破旧的衣服。你的作坊生意如今做得这么大，难道，你连买一身衣服的钱都没有吗？"

"不是，明丽。我觉得，衣服只要能穿就可以了，犯不着买太好的。"许明峰淡然一笑，不以为然地说，"何况，我觉得如今我们作坊虽然生意做得很大，可是各方面的开销也很大，我还是要节省一些的。"

"明峰，你为作坊好，这点我很理解。可是你也不能一直这么苛待自己。答应我，以后不准再这么苦自己了，行吗？"李明丽带着责怪的口气，瞪了一眼许明峰。

这时候，许明峰倒也不好再多说什么。

随后，李明丽将西装取了出来，然后递给了许明峰。

许明峰有些吃惊，一边穿衣服，一边惊讶地说："明丽，这衣服摸着真舒服，多少钱啊？"

"不多，也就两三万块钱吧！"李明丽随口说了一句。

"什……什么，两三万？"许明峰闻言，惊叫了一声，愕然地看着她，"明丽，这……这么一件衣服居然都两三万，这也太贵了吧。不行，我不能穿。给退了吧。"

说着，就要脱那衣服。

李明丽见状，连忙阻止了他。她将衣服给他重新穿好，然后扣上扣子："退什么退啊。明峰，你现在的身份，就该穿这样的。再说了，两三万也不是什么大钱。我平常买零食花的钱都比这多。"

许明峰有些无语了，他不得不承认，这李明丽还真是财大气粗啊。也许，两三万对人家而言只是小钱，不放在心上。可对他而言，却是很大的一笔钱。尽管他现在手里也并不缺钱。

李明丽一边嘟囔着，一边取出领带，然后给他系上。

许明峰呆呆地站着，看着李明丽耐心细致地给自己整理。说实话，他心里非常感动。

可是，又有些愧疚。毕竟他知道自己无法接受对方。

多少年了，她一直渴望能够给自己心爱的男人穿衣服、打领结。如今，终于做到了。她心里却怎么也高兴不起来。

收拾妥当后，李明丽的手一直放在许明峰的胸膛上，久久没有离开。

许明峰见状，轻咳了一声，说："那个，明丽，你……你弄好了吧。弄好的话，咱们可以出去了。"

"噢，好，好了。"李明丽恍然回过神来，有些尴尬地一笑，忙说，"那，我们走吧。"

两个人出来后，就见小林他们在偷笑。

许明峰脸一沉，瞪了他一眼，没好气地叫道："小林，你傻笑什么呢？"

小林闻言，赶紧止住了笑，不自然地说："啊，没什么。那个许把式，你们可以在房间里再待一会儿，我们不着急的。"

他话音刚落，其他人都跟着大笑起来。

李明丽脸上飞上一朵红晕，她没有说话，只是微微笑着。似乎她很享受这个时刻。

许明峰有些窘迫，瞪了一眼小林："小林，你要是再敢胡说，明天我就让你去烧窑炉。"

小林闻言，赶紧捂着嘴，也不敢多说什么了。

大约半个小时后，许明峰和李明丽来到了那所大学。

不过他根本没想到，今天这个景泰蓝工艺论坛，搞得非常大。

在这里，他见到了不少传统作坊的把式。

不过，除了一些已经垂垂老矣、要人搀扶着的几个老把式之外。大部分把式，许明峰别说见过，甚至听都没听过他们的作坊名号。

第五十六章　再见姚玉兰

他有些感慨，摇摇头说："真是没想到啊，这北京城里，突然之间多了这么多的作坊。"

李明丽叹口气，说："没办法，很多作坊都成立不久。因为最近政府出台了很多扶持景泰蓝工艺的政策，甚至还有奖励措施。故而就给了很多善于钻营的人机会。其实，他们研究景泰蓝工艺的本事是没有的。"

"如果真是这样，那我们必须想办法管一管才是啊。"许明峰知道，如今景泰蓝工艺好容易得到政府重视、得到扶持。一旦被某些钻营的人利用，会适得其反，在社会上造成不良影响。到时候，公众对于这一门传统手工艺恐怕就会更加抵触、讨厌了。

李明丽说："明峰，我正想跟你说这个事情呢。这次咱们建设的景泰蓝手工艺工业园区，市里有政策，能够入驻的作坊，都可以得到一大笔补助资金。"

许明峰仿佛明白了什么，说："所以，某些人就为了这个想进入这个园区吧！"

"对，对他们而言，也是一种得到公众认可的标志。"李明丽说道。

"那可不行，明丽，我们必须想办法，绝对不能容许那些乱七八糟的作坊进来。"许明峰闻言，说道。

"明峰，这个我知道。"李明丽微微点了点头，说，"其实，我都计划好了。经过与有关部门沟通，申请入驻的作坊，通过专家组的评估、考核后，才准许进驻。"

"这样好，"许明峰闻言，欣喜不已，他情不自禁地拍了一下李明丽的肩膀，笑着说，"明丽，我发现有你在我身边，可是省了不少事。"

"是吧，那你以后是不是就离不开我了呢？"李明丽看了他一眼，掩嘴偷笑了一下。

"我……"许明峰听到这里，不知道说什么。

"许把式，还真是巧啊。我没想到，这论坛，你这个一心只钻在珐琅器研究上的人竟然也会感兴趣。"这时，人群里走过来一个人。

沈玉坤的出现，让许明峰有些意外。他随即说："沈老板，我可不是一门心思地研究珐琅器的。我的使命是将这门手工艺传承下去。"

"嗬，说得倒好听。不过，我看你也没怎么用心吧，这身边的美女是谁啊，是在哪里认识的。"沈玉坤走过来，用讽刺的口气，看向正背对着他的李明丽。

李明丽这时转过头来，看向沈玉坤，似笑非笑地说："不好意思，沈老板，我可不是什么美女。不过，我还是谢谢你这么夸赞我。"

"啊，明丽。怎……怎么是你？"沈玉坤有些吃惊，惊愕地看着眼前这个最熟悉的人。

这么多年以来，其实沈玉坤身边不缺女人。可是他得承认，自己的内心深处，一直深爱的还是李明丽。

而今，再次看到这个昔日的梦中情人，他发现自己的心依然跳得非常厉害。

李明丽却一脸冷漠，看着他说："怎么了，沈老板，看到我难道很失望啊。"

"不，不是的，明丽，我不是那意思。"沈玉坤之前还是很傲慢的，可是这时忽然谦卑了不少。他的举手投足之间，甚至都带着几分讨好："明丽，咱们好久都没见了。再次见到你，我很激动。那个，你有时间吗，我想和你……"

"对不起，我没空。"李明丽根本不等他说完，直接打断了他。然后，她挽着许明峰的胳膊，柔声说："明峰，我们走吧。"说着，不由分说拉着许明峰就走。

沈玉坤傻眼了，愣在那里，看着两人远去的身影，久久无法释怀。

此刻，他怒火万丈。又或者说，对许明峰充满了无尽的憎恨。在他看来，李明丽对他这种冷漠的姿态，都是因为许明峰。

十几分钟后，论坛正式开始了。

许明峰一直盯着台上演讲的人，不过他发现很多人对景泰蓝完全不懂。即便有一些懂的，也只是懂一点皮毛。也就是那几个老把式，还能上来说出一些真知灼见。

很快就轮到许明峰上台了。

许明峰走到台前，多少还是有些紧张的。

不过，当看到台下李明丽鼓励的眼神，许明峰放松了不少。

接下来，他就开始发表演讲了。

对于演讲内容，其实许明峰早就准备多时了。今天讲来，他也是驾轻就熟。

许明峰讲的主要内容，也是关于景泰蓝的历史渊源，以及文化传承等一些问题。最重要的是他渴望如今的大学生更多地关注这一传统的手工艺行业，可以更多地加入这个行业。为这个古老的行业传承去付出一份努力。

他讲的正动情时，忽然，有一个人站了起来，大声叫道："许把式，对于你所讲的内容，我实在不敢苟同。"

许明峰朝那人看去，不禁吃了一惊。有好几秒，他一直愣在那里。

他怎么都没想到，那个人居然是姚玉兰。

对，就是这个女人。多年不见，姚玉兰似乎早就没了往日清纯的气质。身上反而多了些功利的气息。

此时，李明丽在台下有些意外。她并不知道许明峰和姚玉兰的事情，只是看到他发呆，心里有些慌了，不断给他递眼色，企图提醒他。

这时，许明峰看了看姚玉兰，努力让自己镇定下来，缓缓说："这位小姐，你有什么不同意见，欢迎你来陈述。"

姚玉兰走了过来，几步走上台。这时，许明峰才发现，对方穿着非常精致。尤其手腕上戴的那个手表，许明峰好像听说过，叫什么百达翡丽，据说价值能顶得上一辆小轿车。

许明峰忽然很庆幸，当年没有和姚玉兰走。如今他看不到姚玉兰身上还有往日的那种对于珐琅器工艺的执着。

"你好，小姐。你有什么不同的意见，可以谈一谈。"许明峰装作不认识，看了看她，轻轻说道。

姚玉兰微微一笑，权当不认识。她几步走上前，说："许把式，刚才你说珐琅器的工艺要得到传承，须靠年轻人去继承、去发展。对于这点，我非常不认同。"

"哦，是吗？这位小姐，你是说，我这提议错了吗？"许明峰淡淡地说道。

"不，我没说你这提议错了。我是觉得，你这样的提议，弄不好就会让对珐琅器很着迷的同学们误入歧途。"姚玉兰说着，眼里带着挑衅。

许明峰完全没想到会出现这种状况，而台下的人，此时也都跟着骚动起来。似乎众人都感觉出来，姚玉兰这分明就是来挑事的。

许明峰却非常镇定。

他淡淡一笑，说："小姐，你这么说，我不太明白。如果可以，请说得更详细一些。"

姚玉兰说："许把式，让年轻人去参与到珐琅器的传承之中，我觉得这个出发点很好。毕竟我们中国的传统文化，想要得到传承，的确是要靠年轻人的。但是如何让他们参与，这恐怕是个很大的问题。据我所知，你从事珐琅器工艺的研究，已经有二三十年了吧。这么多年以来，你固执地抱着陈旧的传统观念，过着一种极其清贫孤苦的生活，仿佛一个苦行僧一样。我就想问问在座的各位热心参与到景泰蓝这一行业的同学们，如果让你们也过这样的生活，几乎没有自己的私生活，满眼只有景泰蓝，只有珐琅器，全部都是所谓的工艺传承，天天把自己折磨得人不人、鬼不鬼，连个人的生活都没有了。请问，大家还愿意过这样的生活吗？"

这时，下面的人纷纷议论起来。

姚玉兰借机说："大家看看，现在这位给你们做讲座的许把式，他就是这样的人。他到现在，还是单身一人。他今天给你们讲这些，无非也是希望带你们去体验他这样的生活。"

"如果真是这样的话，那这样的生活我可不想要。"这时，一个大学生站了起来，不满地说，"我虽然很热爱景泰蓝这门手工艺，不过我也不会为了它，弄得自己走火入魔，连个女朋友都没空去交吧。这样的日子，还是人过的吗？"

姚玉兰转头看了一眼许明峰，颇为得意地说："许把式，你听到了吗？我相信你也明白了吧！你这样的生活和工作方式，根本就没人受得了。而且你也早就和社会脱节了。"

姚玉兰尽管说得很平静，可是许明峰从她的眼睛里看到几分怒火，看到几分怨恨。他忽然明白，原来这么多年过去了，当年自己没有和她一起去国外发展，她至今都很恨他。

许明峰微微摇摇头，淡淡地说："小姐，你说我的追求不对。那我想问你，究竟什么是对的。是不是就如你这样，把珐琅器工艺研究当作跳板，来实现你扬名立万的企图，才是正确的呢？"

"这有什么，许把式，这是人之常情。"姚玉兰双手一摊，很得意地说道。

许明峰无奈地叹了一口气，缓缓说："姚玉兰，真是没想到啊。已经过去了这么多年，你压根就没任何改变。其实你对景泰蓝这门手工艺根本就没了解过。我看也没资格去了解。你和某些打着景泰蓝工艺的幌子，骗取政府补助的那些作坊又有什么区别？他们图的是钱，而你，图的是名。你真正为景泰蓝做过什么？"

"你……"姚玉兰断然没想到，这时候许明峰竟然会言辞如此激烈，说出这一番话来。

此时，台下躁动了。这时候，大家都看出来了，许明峰和这个女人是认识的。

看样子，关系还很不一般。

许明峰继续说："是，我从事珐琅器工艺这么多年，的确过得很辛苦。可是，这又怎么了，我乐在其中。而且我真正为珐琅器工艺的传承努力着。真正的景泰蓝珐琅器工艺研究，要靠无数默默无闻辛苦付出的人来实现，而不能靠一些追名逐利的人。达·芬奇画《蒙娜丽莎》不是一蹴而就的，罗马城也不是一天建成的。我知道这一行很辛苦，但我觉得这一切都是值得的。还有我也提醒在座的各位同学，这一行的确很辛苦。大家如果怕吃苦受累的话，那我奉劝你们还是从事别的行业吧。但我想提醒你们，做任何行业，如果不用心，不肯全身心地投入付出，你永远都做不好的。"

他话音刚落，下面响起了雷鸣般的掌声。

论坛结束后，李明丽兴致勃勃地找到许明峰，非常高兴地说："明峰，你今天演讲得真是太精彩了。刚才，学校领导都在夸赞你呢。"

"是吗？我还担心今天说错了什么话呢！"许明峰闻言，看了看她，不安地说道。

李明丽说："不不，你演讲得非常好。我听说，有很多大学生被你的演讲深深感动。不少人都已经决定，要加入珐琅器工艺行业了。"

"是吗？这太好了。"听到这里，许明峰松了一口气。

李明丽忽然话锋一转，看着他说："对了，明峰，刚才和你辩论的那个姚玉兰，你们俩是不是早就认识啊？我看你们说话的架势，似乎是一对旧情人争吵呢。"

"这……"许明峰有些尴尬，他迟疑了一下，随即将和姚玉兰的故事给李明丽讲了一遍。

听完这些，李明丽忍不住笑了："咳，真是没想到啊。看样子，这就是所谓的不是冤家不聚头。不过，明峰，你们俩之间以后该不会还……"

"想什么呢，明丽，我和她肯定不可能的。"许明峰闻言，有些哭笑不得，白了她一眼。

李明丽不好意思地一笑："对不起，是我多虑了。"

两个人从学校里出来的时候，正准备离开，忽然一辆红色的奔驰跑车挡住了他们的去路。

这时，车窗摇下，就见戴着墨镜的姚玉兰探出脑袋，朝许明峰望了一眼说："峰哥，这是要去哪里啊？"

"我去哪里，好像和你没多大关系吧？"许明峰淡淡地回了一句。

现在，他对这个女人也没多大兴趣，甚至从内心深处有些抵触了。

"峰哥，别着急啊。"这时，姚玉兰打开车门，迅速钻了出来，直接挡住了他的去路。

许明峰看了看她，说："怎么，玉兰，你有什么事情要说吗？"

姚玉兰说："峰哥，是有些事情要和你谈。怎么样，上车来吧。"

李明丽看了一眼许明峰，说："行，明峰，那我陪你去吧。"

"你？"姚玉兰打量了一眼李明丽，说，"这位小姐，你好像不是我峰哥的女朋友吧？所以，这次我们之间的私人谈话，我看你还是别参与了。"

"你说什么……"听到这里，李明丽着实气恼。这个女人明显就是来挑事的。

这时许明峰轻轻握住了她的手。他看了一眼姚玉兰，淡淡地说："玉兰，真不好意思，明丽是我非常好的朋友。如果你不让她去的话，那很抱歉，我也不能去了。"

说着，他故意紧握着李明丽的手，在姚玉兰面前晃了晃。

姚玉兰看到这一幕，脸色极其难看。她微微咬了咬嘴唇，迟疑了一下，说："好，那你们就来吧。十分钟后，我在前面不远的星岛咖啡馆等你们。"说着，她显得很生气地钻进了车子里，直接驱车而去。

许明峰这时赶紧松开了李明丽的手，忙道歉："明丽，对不起啊，刚才我不是故意的。"

"不，明峰。你干吗要道歉？其实我还很高兴呢。"李明丽似乎比往常任何时候都温柔了很多。她注视着许明峰，缓缓说："谢谢你刚才对我的保护，我现在越发觉得你男人味十足啊。"

听到这里，许明峰着实有些哭笑不得。

十分钟后，两个人如约来到了那家咖啡馆。

第五十七章　观念不相同

此时，姚玉兰已经在那里等候多时了。

看到他们俩，姚玉兰招手，示意两人过来。

等两人坐下后，姚玉兰叫来服务员，点了三杯咖啡，以及一些点心之类的。

不过，许明峰对这些无动于衷。

他就坐在那里，静静地看着姚玉兰，淡淡地问道："玉兰，你约我过来，有什么事情就直说吧。"

姚玉兰端着咖啡喝了一口，用酸涩的口气说："峰哥，你是不是很着急？看来你这是有了新的女朋友，对我这个前女友都不正眼瞧一眼了？"

许明峰轻哼了一声，淡淡地说："玉兰，你现在说这些话，有什么用呢？当初的路，都是我们自己选的。既然我们当初义无反顾，那现在我们也不会有任何后悔可言。"

"说的是啊。"姚玉兰放下了咖啡，拿起一块饼干，吃了一口，"峰哥，今天在台上公开反对你，你别介意啊。"

"放心吧，我不会放心上的。"许明峰说。

姚玉兰沉思了片刻，说："峰哥，其实，我现在也开了一个珐琅器作坊，叫玉兰斋。有机会，我带你去看看。"

"恭喜你了。"许明峰随口说了一句，"不过，玉兰，你叫我过来，不会是专门跟我说这个吧？"

"当然不是了。"这时，李明丽突然开口了，她注视着姚玉兰，缓缓地说，"我要是没猜错的话，这位姚小姐应该是想通过你，进入我们珐琅器工业园区吧。"

姚玉兰闻言，有些惊诧地看了看李明丽，吃惊地说："哦，这位小姐，你还真聪明啊，这都可以猜得到啊。怪不得我峰哥会这么喜欢你。"

"你客气了，这不难猜。我想是个人，用脚趾都能猜得出来。"李明丽故意说得轻描淡写，仿佛压根就没放在心上。

越是这样，姚玉兰脸色越难看。她明显感觉到，对方是想压她一头。可是，她却没任何办法。

许明峰仿佛也感觉到了空气里弥漫着的火药味，他不由得看了一眼李明丽，不断给她递眼色。只不过对方似乎没看见，目光一直在姚玉兰的身上。

姚玉兰到底还是忍住了内心的怒火，看了看李明丽，笑了一笑说："既然这位小姐都说出来了，那么，我就想听听峰哥你的意思。"

许明峰还没来得及开口，李明丽却已经插上话了："对不起，姚小姐，你这个要求我们不能答应。"

"为……为什么？"姚玉兰闻言，有些意外，但随即皱了一下眉头，有些生气地说，"这位小姐，我对你一忍再忍，但你别太过分。这件事情我是问峰哥的，你又当不了家。"

李明丽笑了一声，说："姚小姐，你还真说错了，这件事情我不仅当家，而且当很大的一部分家。"

"这……这是真的吗，峰哥？"姚玉兰忍不住转头看向许明峰。

许明峰也不好隐瞒，看着她说："玉兰，明丽说得很对。这个工业园区，主要投资人就是她。而我只不过是监工而已。"

"是……是这样啊。"姚玉兰听到这里，脸上的表情立刻就变了。她迅速看向李明丽，刚才脸上的傲慢神情荡然无存，露出一副极其恭敬的姿态，"你叫李明丽，李小姐，对吧。既然你是峰哥的女朋友，那也就是我未来的嫂子啰。嫂子，说起来，我们也算是一家人。这件事情，你看能不能给帮个忙呢？"

李明丽听到这里，转头看了一眼许明峰，微微摇了摇头。

她尽管什么都没说，意思却表达得再清楚不过了。分明就是告诉许明峰，这样的人，我是绝对不会要的。

李明丽转头看向姚玉兰，直接说："姚小姐，你转变得还真够快的啊。刚才还一口一个'这位小姐'地叫我。现在，立刻就变了态度。说实话，我阅人无数，但是像你这样的人，我见的还真不是很多。"

姚玉兰脸上闪过一抹不自然的神色，显得很尴尬。可是，她似乎也并不在意这些，堆着笑说："嫂子，刚才是我不懂规矩。我的事情，请你一定要放心上，给帮个忙啊。"

说着，她抓住了李明丽的手。

不过，李明丽迅速抽回了手，然后用一种非常坚决的态度说："对不起，我不能答应你。即便我真的成了你口中的嫂子，我也不会答应你的请求的。"

"这……这，为什么？嫂子，我的作坊，你完全可以去考察。"姚玉兰连忙说道，"我知道，现在很多投机倒把的人，都打着振兴传统珐琅器工艺的幌子，其实都想骗取国家的补助。但是，我们不需要国家的任何补助的。我们真的是……"

"真的是什么，玉兰。之前我在会上已经说了，有的人图钱，有的人图名。"许明峰打断了她的话，然后说，"而我看来，你所图的是名利双收。"

"峰哥，你我认识这么久了，难道在你眼里我就是这么狭隘的人吗？"姚玉兰闻言，有些生气，"还是说，你仅仅因为当年我抛下你一走了之，而一直怀恨在心？"

"玉兰，你要是这么想我，那真是太让我寒心了。"许明峰说，"当年的事情，你我都是非常清楚的。我只想告诉你，如果再有一次，我依然会那么去做。你根本就没有想过为珐琅器的传承去努力。这点你应该比任何人都清楚。"

"我……"姚玉兰只吐了一个字，却语塞了。

李明丽看了看许明峰，说："明峰，咱们走吧，还有别的事情呢。"

许明峰应了一声，当即起身，和李明丽头也不回地走了。

"峰哥……"看着许明峰缓缓离去的背影，姚玉兰眼眶湿润了，忍不住叫了一声。

但许明峰只是顿了一下，随即头也不回地走了。

从里面出来，李明丽见许明峰脸色不太好，有些担忧地问道："明峰，你如果不舍得的话，可以回去。"

"说什么呢，明丽，我不是后悔。只不过我是替她感到惋惜。"许明峰说到这里，叹了一口气。

接下来，李明丽带着许明峰，去见了几个传统老作坊的把式。有的作坊不存在了，他们也亲自去找那些作坊把式的后人。

李明丽本来以为，这些人会非常高兴。没想到，他们对于重新成立传统作坊，然后进驻工业园区的想法，不仅持怀疑态度，甚至还觉得是天方夜谭。

忙活了好半天，真正答应的人没有几个。

回去的时候，许明峰有些灰心。

李明丽宽慰了他一句，说："明峰，你知道这些人为什么不肯答应吗？"

"你说为什么？"许明峰闻言，有些疑惑地看着她。

李明丽说："很简单，他们少了一个带头人引路。如果有个昔日的领头羊率先进入工业园区的话，那么他们一定会纷纷效仿的。这就是从众效应。"

听李明丽这么一说，许明峰陷入了沉思。几分钟后，他忽然一拍脑门，欣喜地说："啊，明丽，谢谢你的提醒，我知道该怎么办了。"

"明峰，你说什么？"李明丽闻言，着实有些意外。

许明峰一脸兴奋，看着她说："刚才你的话提醒我了。如果按你说的，那我们现在就应该找到过去的作坊里影响最大的那个。而那个作坊，其实就是京铜记。昔日这个京铜记曾经是所有作坊里的翘楚。很多作坊的大事，也都要京铜记来裁决。"

"所以，你的意思是要成立京铜记吗？"李明丽听到这里，有些意外。

许明峰用力点点头，说："对，明丽。当年京铜记拆迁的时候，那块牌匾还在我们作坊里。而且最重要的是，我们作坊里也有不少京铜记昔日的工匠。再加上流失到社会上的那些工匠，如果我们把他们都找回来的话，那成立京铜记，就是很容易的事。"

"明峰，成立京铜记是很容易的事。只是他们京铜记的核心工艺你懂吗？还有，他们作坊的把式，京铜记的精神领袖，必须是上一任把式的后人或者指定的人来担任才行。"

"这……"许明峰听到这里，不免陷入了沉思。他沉默了一下，缓缓说："事实上，当年梁把式对京铜记的未来没有一点信心。所以，他根本也没指定什么继承人。而他唯一的后人梁艳，自从京铜记解散后，这么多年我一直都没见过。"

"别着急，慢慢来吧，明峰。"李明丽看了看他，轻轻说道。

许明峰很清楚，似乎也只能如此了。

不过，他已经将这件事情放在心上了。

回到作坊，已经是晚上了。

李明丽本来打算要离开的，许明峰却叫她留下来吃饭。

这让李明丽非常意外。毕竟认识他这么久，头一次见他主动挽留自己。

李明丽也没客气，直接就过来了。

她跟在许明峰的身边，笑吟吟地说："明峰，你今天打算做什么款待我呢？"

许明峰眨了眨眼睛，笑着说："明丽，我今天打算请你吃我们老北京最地道的铜火锅涮羊肉。"

"是吗，那我还真想尝尝呢！"李明丽闻言，故意表现得很热情。

事实上，对这个铜火锅涮羊肉她其实没多大的兴趣。但是在她看来，为自己心爱的人付出，那都是值得的。毕竟这本身就是一种幸福。

许明峰嘿嘿一笑，说："不过，明丽，可不是我做。我已经让小林去买材料了。我就负责准备好锅底，招呼好客人就行。"

"招呼好客人，明峰，你的意思是今天吃饭的还不止我们俩？"听到这里，李明丽的喜悦减了一大半。

许明峰点点头，说："是啊，其实我想趁着今天这一顿火锅，召集之前京铜记的工匠，和他们谈谈重组京铜记的事。不过，我怕自己说不好，所以请你来帮忙。"

"什么，原来这么回事，我还以为……"李明丽有些不悦，微微抱怨了一句。

"明丽，你以为什么呢？"许明峰有些不太明白，不解地看了看她。

"没什么。"李明丽淡淡地说，"行了，你去招呼那些工匠吧，我去给你准备材料。"说着，她就去忙了。

看着李明丽迅速到厨房去，仿佛到了自己家一样忙活，许明峰此时此刻心情非常复杂。也许在那么一瞬间，他真的很感动。甚至也曾想过，身边有这么一个人陪着自己，生活其实也多了很多乐趣。只不过，这种感觉就出现了一瞬间。因为他的心，依然被赵岚占据着。

许明峰收起神思，去召集那些工匠了。

半个小时后，铜火锅准备妥当。而小林也买好了各种火锅材料回来。

众人相继坐下后，纷纷看向许明峰。大家都还不知道他究竟要做什么。

许明峰看了看众人，说："今天召集大家伙儿过来，首先，是感谢这么长时间大家辛苦努力地做事。"

其中一个工匠有些不安地说："许把式，你今天宴请的人，都是我们京铜记的老人。你……你该不会是想……"

"不，你误会了。许把式他没那个意思，他今天宴请你们的目的是很单纯的。"这时，李明丽赶紧帮着说话。

许明峰看了一眼李明丽，眼里带着赞许。他随即看向那工匠，笑笑说："你别担心，我宴请你们，不是要辞退你们。我这顿饭，是想给大家伙宣布一个好消息。"

"什么好消息？"另一个大约六十岁的人，忍不住看向许明峰问道。

许明峰想了一下，说："是这样的，相信你们也知道最近我们作坊的周边要兴建景泰蓝工业园区的事情。届时，会有大量传统老作坊进驻。"

"是的，这些我们都知道。"那个老工匠端着一杯酒，喝了一口，说道。

许明峰微微点点头，说："我要说的，就是这个事情。你们都是京铜记的老人。昔日我答应梁把式，要好好照顾你们。于是，你们就来到了我们作坊做事，一直到现在。但是我很清楚，其实你们很多人一直还心系京铜记，有很多人是不是还想继续留在京铜记做事呢？"

许明峰话音刚落，不少人开始议论起来。事实上，虽然很多人在铜赵记安家落户这么多年，但是，依然有不少人心怀旧主，对京铜记念念不忘。尤其是那些老人，怀旧情绪更重。这一点，徐明峰还是非常清楚的。

许明峰见状，继续说道："所以我打算重新成立京铜记，如果大家愿意，可以继续去京铜记做事。当然，薪资待遇，和我们铜赵记是完全一样的。"

许明峰话音刚落，大家开始议论起来了，甚至发生了激烈争执。

毕竟，也有人不愿意走。而愿意走的，被不愿意走的骂忘恩负义。而愿意走的，又觉得留下的人是乐不思蜀。

这一幕，是许明峰始料不及的。

倒是李明丽，这时吆喝了一声，让所有人都安静下来。

她沉着脸，看了看众人说："大家争吵什么呢，有什么好争吵的呢。"

此时，大家都惊讶地看着李明丽。估计，谁也没想到平常这个看起来那么温顺的女人居然脾气这么暴躁。

李明丽继续说："我告诉你们，不管在哪里做事，其实都是一样的。大家谁也不要说谁。最重要的，请你们记住一件事情：不管在哪里做事，只要将手里的工作做好，就是对得起铜赵记、对得起京铜记了。"

这时，大家纷纷点点头，仿佛都赞许李明丽的话。

李明丽这时冲许明峰投来一个得意的眼神，似乎在炫耀。

许明峰也很吃惊，没想到李明丽就这么几句话直接将众人的意见给统一了。

看来，人家到底是大集团的领导啊，说话就是有分量。

此时，一个工匠看了看许明峰，说："许把式，就算成立京铜记。可是，现在要去哪里找把式呢？"

"这还用说吗，自然是许把式担任我们京铜记的把式。"旁边一个工匠看了他一眼，没好气地说道。

"什么，许把式？"那人有些诧异地看着他，不解地问道。

第五十八章　京铜记的新把式

那个工匠说:"这难道还用怀疑吗?许把式是最有资格担任的了。你们应该也记得当年我们梁把式单独把许把式叫到病房交代事情,连梁艳都没叫进去。这说明什么?说明梁把式唯一认可的继承人,就是许把式。"

"不行,这我不能答应。"许明峰见状,赶紧拒绝,"谢谢你们的好意。但是,按照我们作坊的规矩,这是不允许的。俗话说,一女不侍二夫,我不能坏了规矩,让全行业的人看笑话。"

"明峰,这都什么时代了,你怎么还有这么守旧的观念呢?"李明丽看了他一眼,有些不满地说道。

"明丽,你根本不懂。在我们这一行,有些规矩,是永远都不能坏的。这个事情,我绝对不会答应。"许明峰说得非常坚决,根本不容商议。

那个老工匠叹了一口气,说:"许把式,如果你不能接任的话,那……那还有谁有资格呢?事实上,除了你,也没人能够服众,能够领导京铜记。"

"不,其实还有一个人。"许明峰看了看那工匠,说,"梁把式的唯一后人梁艳。"

"梁艳,她……她不够格的。"其中一个工匠异常生气地叫道,"当年,许把式的死,跟她脱不开关系。"

"对,绝对不能让她接任。"这时,另一个工匠跟着反对。

瞬间,不少人都跟着反对起来。有人质疑梁艳对珐琅器工艺一窍不通,如何领导京铜记?更有人觉得她是个只会玩、毫无责任心的人。

许明峰见状,忙说:"我知道,大家对梁艳当年的行为存在很多看法和误会。可是你们想过没有?梁艳是梁把式唯一的后人。你们京铜记的所有核心工艺,都是由她来掌握的呢。"

"这……这可能吗?"那个老工匠看了看许明峰,将信将疑。

许明峰看了看他，说："老师傅，这没什么不可能。按照咱们作坊里的规矩，这一个作坊就算解散了，但核心工艺，那上任把式，也会传给自己的后人。虽然梁把式当年对梁艳有些误会。但我相信血浓于水。他对这个女儿，还是有感情的。如果我没猜错，他一定会将京铜记的工艺传给她，以期将来薪火相传吧。"

　　那老工匠说："许把式，你说了这么多。可是眼下梁艳都消失那么久了，我们又上哪里去找她呢？"

　　"是啊，这还真是个难题。"许明峰觉得，这才是眼下最大的问题。

　　他想了一下，说："不过，梁艳，我们可以慢慢找。大家如果谁愿意去京铜记，可以先商量下，明天早上给我答复。"

　　众人应了一声，欢呼了起来。

　　十点多之后，众人陆陆续续地散去了。

　　也许是因为心情太好，许明峰也喝了一点儿酒。

　　他迷迷糊糊的，就感觉自己被人架着回到了自己的房间。

　　刚躺下来，忽然，就感觉一个柔软的、充满香味的身体贴了过来。

　　许明峰被本能驱使着，紧紧将那个身体拥入了怀中。

　　而对方似乎也很享受，也是紧紧地搂着他。

　　两个人就这么相拥着，许明峰忽然打了一个激灵，立刻清醒了。

　　他定睛一看，见怀中抱着李明丽。她红红的脸颊，此时正贴到自己的脸上。

　　许明峰惊呼了一声，迅速推开了李明丽，不安地叫道："明丽，对不起，我……我刚才失态了。"

　　李明丽见状，忍不住笑了，不紧不慢地说："明峰，你紧张什么呢，我又没有生气啊。"

　　"我……我……哎呀，我刚才怎么就……"许明峰拍了拍脑袋，有些自责。

　　"明峰，你还好吧？"李明丽见状，担忧地问道。

　　"我没事，明丽。"许明峰见她探手过来抚摸自己的脸颊，有些慌了神，赶紧往后退了一些。

　　"看把你吓得。"李明丽摇了摇头，笑了笑说，"行了，明峰，你先睡吧，我走了。"说着，起身就走。

　　"哎，明丽，你等一下。"许明峰见她出去，慌忙起身。

　　"怎么，你还有事情吗？"李明丽有些意外，看了看他问道。

　　"那个，天已经黑了，外面很冷，你不嫌弃的话，穿着我的衣服吧。"许明峰说着，将自己的外套给她披上了。

"明峰,你……"那一刻,李明丽只觉得心头暖暖的,一种幸福感忽然涌上了心头。

一路上,李明丽抑制不住内心的欣喜。她仿佛看到,自己的幸福,就在不远的前方了。

第二天清早,京铜记的那些老工匠,有不少人过来,都向许明峰表达了想要重回京铜记的想法。对此许明峰非常高兴。

不过,他第一时间是去梁博达的坟前告诉他这个好消息。如果他在天有灵,一定会很高兴的。

他和小林一起出来的时候,却见李明丽赶过来了。

见他出去,李明丽连忙问他要去哪里。

许明峰说了之后,李明丽忙说:"明峰,我跟你一起去吧。"

许明峰迟疑了一下,还是答应了。

路上,李明丽看了看许明峰,说:"明峰,其实,我这次来,是想告诉你一件事情。"

"什么事情?"许明峰闻言,有些意外,诧异地看着她。

李明丽略一沉思,说:"是这样的,今天我的员工跟我说,他们打听到了梁艳的下落。"

"什么,你们找到梁艳了?"许明峰闻言,着实非常欣喜。

"嗯,你也别着急。等今天我们祭拜过梁把式,一起去找她。"李明丽冲他笑了笑,说道。

"好好,明丽,真是太谢谢你了。这次你可是帮了我的大忙。"他有些激动,情不自禁地握住了李明丽的手。

李明丽脸一红,有些羞涩地说:"明峰,你……你轻点,我都被你抓疼了。"

许明峰意识到失态了,赶紧放开她,不自然地说:"对不起明丽,我……我刚才失态了。"

副驾驶的小林,扭头看了一眼,嘿嘿一笑说:"许把式,我看这应该是爱的表达吧。"

"小林,你胡说八道,看我不打碎你的牙。"许明峰瞪了他一眼,故意晃了晃拳头。

小林似乎也不在意,虽然许明峰是自己的领导。不过在许明峰面前,他一直都很随意。在他眼里,许明峰倒是更像一个朋友。

"许把式,我可没胡说。我觉得,李董这么好的女人,您要错过了,我看您就算买后悔药都找不到地方。"

李明丽冲他笑笑说:"小林,我还没发现你的嘴这么甜啊。唉,我的助理如果有你

第五十八章 京铜记的新把式 / 363

一半的机灵就好了。"

小林闻言，大笑。不过，这时许明峰的脸色却显得很复杂。

梁博达被安葬在一个陵园里，这里环境很好，周围树木郁郁葱葱。

许明峰和李明丽两人过来，也没带其他人。

他们来到梁博达的墓碑前，看到前面放着一束鲜花，非常意外。

李明丽说："这鲜花，好像是不久前放的。明峰，难道有人来祭拜梁把式了吗？"

许明峰想了一下，说："梁把式只有梁艳一个亲人，难道是她？"

李明丽闻言，叹了一口气说："看出来没有，这亲情到底是割舍不断的。我现在越来越相信你昨晚说的那些话，也许，梁把式当年真的将京铜记的核心工艺交给梁艳了。"

许明峰将自己带来的鲜花放在了墓碑前，然后给梁博达行了一个礼，默默地说："梁把式，当年您含恨而终，最遗憾的，应该就是京铜记在您的手中解散了。不过，现在您不用难过了。我们打算将京铜记重新成立起来，然后找到梁艳让她继任京铜记的把式，继续将京铜记的工艺和精神传下去。如果您在天有灵，希望您保佑我们这次能顺利找到梁艳。"

李明丽看了一眼许明峰，轻轻握着他的手："明峰，相信梁把式，他一定会保佑我们的。"

许明峰闻言，微微点点头。

从墓园出来后，许明峰迫不及待地问李明丽梁艳的踪迹。

李明丽故意卖了一个关子，说："别着急，明峰，咱们这就过去。"

大约半个小时后，他们的车子停在一个网吧的门口。

许明峰愣了一下，有些诧异："明丽，咱们来这里干什么？我又不去上网。"

"明峰，谁让你去上网了。你别多问，跟我来就是了。"李明丽说着，就朝里面走去。

许明峰见状，也没再多问，就跟了上去。

他是头一次来这种地方，看到里面的人一边玩着电脑，一边不断兴奋地吆喝着，也着实感觉荒唐可笑。

不过，看到不少人和网友聊得火热，许明峰有些感慨。忽然，他回想起了山雾萦然。这个突然闯入了他生活的神秘网友，最后又不声不响地离开了。

许明峰到现在都对对方一无所知。

李明丽径直走到吧台，看了看服务员说："你好，请问你们老板在不在？"

那服务员抬头看了看李明丽说："你找我们老板做什么？"

许明峰刚要说话，被李明丽拉了一下，继续说："你好，我是你们老板的朋友。她约我过来的，怎么不出来迎接呢？"

"哦，你等一下，我给老板打个电话。"随后，那服务员就打了一个电话过去。

几分钟后，她挂了电话，看了看李明丽说："你们去吧，我们老板在办公室里等你们。"

李明丽应了一声，给许明峰递了个眼色，当即和他一起朝里面走去。

网吧的里面，是一间并不很大的办公室。李明丽和许明峰进来后，就见办公桌后面，坐着一个大约三十岁的女人。这时，她一边看着身边一个四岁左右的小男孩，一边忙着打电话。

眼前的人，正是梁艳。

许明峰差点没认出来。

这么多年过去了，梁艳仿佛变了一个人。她似乎多了几分慈爱，少了往日的那种浮躁。

梁艳本来打着电话，看到他们俩，傻眼了。

尤其是眼睛，一直盯着许明峰。三四秒过后，她才回过神来。随便说了几句，就挂了电话。

她缓缓站了起来，目瞪口呆地看着他们俩，诧异地问道："明峰，你们……你们是怎么找到这里来的？"

李明丽笑了一声，看了看她说："梁老板，你这地方虽然说有些偏僻，不过倒也并不算太难找。"

"哦，请坐吧。"梁艳指了指旁边的沙发，说道。

许明峰和李明丽坐了下来，梁艳走过来，给他们各自倒了一杯茶。

"梁艳，这网吧是你开的吗？"许明峰问了一句。

梁艳点点头，说："是啊，我和丈夫联手开的。我负责管理，他负责电脑技术。"

"这挺好的，夫唱妇随。看样子，梁老板的生活，过得还挺惬意的。"李明丽盯着她笑了笑，轻轻说道。

"还行吧，明峰，你怎么又和李小姐走到一起。难道你们俩已经……"梁艳问。

"还没呢，不过到时候会请你吃喜糖呢。"李明丽连忙说了一句。

许明峰有些无语，不过他根本来不及解释，就被李明丽瞪了一眼。

梁艳笑了笑说："还真是造化弄人啊。不过，明峰，我还是要祝福你。"

"梁艳，那个，我们今天来，其实是有事情找你的。"许明峰轻咳了一声，说道。

"哦，什么事情，你说吧。"梁艳说着，随即抱起乱跑的孩子。

许明峰想了一下，随即说明自己的来意。

本来，他以为梁艳会稍微考虑一下的。但是他根本没想到，梁艳听完后，几乎想都没想就直接拒绝了："对不起，明峰，我恐怕帮不上你这个忙。"

"为什么，梁艳，重新组建京铜记，这也是你父亲的遗愿啊。如果他在天有灵，我想也一定会非常高兴的。"许明峰非常不解地看着梁艳。

梁艳反应平淡："明峰，也许你说得很对。但过去对我而言，充满了伤痛。而现在，我只想过平静的生活。再说了，你看我现在被孩子缠身，还有网吧的一堆事情处理，我根本抽不出时间去处理京铜记的事情。"

"可……可是，梁艳……"许明峰闻言，有些激动，忍不住站了起来。

梁艳不等许明峰说完，直接打断了他："明峰，我知道你为了帮我父亲完成这个遗愿所付出的努力。说实话，我真的很感动。可是我实在帮不上你什么忙。我看，不如你来担任京铜记的把式，我相信，那些工匠也一定会服从你的。"

"梁艳，这是两码事。那京铜记的核心工艺，明峰又不懂，他就算担任京铜记的把式，恐怕也毫无用处。"李明丽这时说话了。

梁艳略一沉思，说："这样吧，你们稍等一下，我去去就来。"说着，她就抱着孩子出去了。

许明峰疑惑，梁艳要去干什么呢。他刚要走出去问问，却被李明丽给拦住了。

许明峰看了看她，有些不满："明丽，你干吗拦着我？我感觉，梁艳要趁机摆脱我们吧。"

"不，我要是没猜错的话，她应该要给你拿一件东西。这样吧，咱们就安静地坐在这里等吧。"说着，拉着许明峰就在旁边坐下。

虽说许明峰非常焦急，可也毫无办法，只能耐着性子坐下来等。

大约半个小时之后，梁艳火急火燎地赶回来了。

进到房间，梁艳就将一个黑褐色的木头匣子交给了许明峰。

许明峰有些意外，疑惑地问道："梁艳，你……你这是什么意思？"

梁艳看着他说："明峰，这是我们京铜记所有核心工艺的记录。我爸当年说，每一个老把式卸任后，要将这本书交给新的把式，以示薪火相传，永不间断。"

"这……这是梁把式当年交给你的吗？"许明峰非常吃惊。

第五十九章　全新合作模式

梁艳倒也不否认，微微点了点头说："是啊，虽然我和我爸之间有很多矛盾和误会。可是他临终的时候，还是将这盒子交给了我。"

"梁艳，既然是梁把式当年亲手交给你的。这不是很明显，就是希望你能继承京铜记的衣钵，让你传承下去？"许明峰忙说道。

梁艳摇摇头，有些伤心地说："不，明峰。我爸是交给了我，可是，可是我根本承担不起这样的重担。而且我自认为罪孽深重，根本不配担任京铜记的把式。不过，你不一样。明峰，你是众望所归，我相信我爸在天之灵也一定希望你能接任京铜记的把式。而且那些工匠，也一定会对你心悦诚服的。"

"可……可是……"许明峰看着那盒子，迟迟没有接。说实话，他还是无法接任这个工作。

倒是李明丽，直接替他接过来了。她看了看梁艳，说："梁艳，你既然这么说了，那我们就却之不恭了。"

"哎，明丽，你怎么可以……"

许明峰的话还没说完，就被李明丽给拉着出去了。

回去的路上，许明峰非常不满，看着李明丽把玩那个匣子，说："明丽，你刚才什么意思，为什么要替我答应这件事情。"

李明丽看了看他，淡淡一笑说："明峰，我刚才这叫以退为进。你难道没看出来吗？梁艳是肯定不会接任把式的。我们就算再劝，也是于事无补。与其这样，不如先将这匣子带走，然后再想办法。"

"想什么办法，明丽，我可以非常明确地告诉你，我是断然不会接任京铜记的把式的。这是原则问题，我不能答应。"许明峰说得非常干脆，似乎没有任何商量的余地。

李明丽笑了笑说："明峰，不让你接任京铜记的把式。可是，如果退而求其次呢？"

"你……你这话什么意思？"许明峰闻言，着实有些不解。

李明丽说："我的意思是，如果让你担任京铜记的顾问，全面负责京铜记的各项业务。而把式，还是梁艳担任。不知道你能不能答应呢？"

"这……这样能行吗？"许明峰怎么都没想到，李明丽居然想出这么一个主意来。

小林这时回头看了看他们说："许把式，我觉得李董说得非常有道理。您看，梁艳不肯接任京铜记的把式，最重要的是她对珐琅器工艺一窍不通，而且她平常工作那么多，也没时间过问。但是，如果只让她担任名誉上的把式，挂个名头。而您担任顾问，负责实际的工作。这样岂不是一举两得？您不用担心违背作坊的老规矩，更方便去管理京铜记。"

李明丽看了一眼小林，投来一个赞许的眼神，笑笑说："瞧见没有，明峰，人家小林都比你看得透彻。我看，你也真该跟着小林多学学了。"

许明峰挠了挠头，迟疑地说："这，这样能行吗？我总觉得，有些怪怪的。"

"有什么怪的。"李明丽不以为然地说，"明峰，我看这事情就这么定了。这样，明天我去找梁艳谈。你呢，就赶紧负责京铜记的具体重建工作吧！"

许明峰也不好再说什么了，当下就算答应下来了。

许明峰就和小林及京铜记的几个工匠去京铜记的作坊检查了。

这时候，周边已经兴建起了很多作坊。而这些作坊，许明峰都是按照之前曾存在的那些老作坊的模样修建的。

尤其是京铜记的作坊，更是严格地按照先前的样子修建的。

那些工匠进到作坊里，看着里面几乎和当年一模一样，一个个都感触颇深。

不少人甚至流下了眼泪。

许明峰跟大家讲解，哪里是工作区，哪些地方是专门让游客参观的。有些地方甚至还会让游客参与进来，和工匠师父合作制作珐琅器。

许明峰打算将京铜记打造成一个规格很高的集旅游、生产于一体的综合性作坊了。

从里面出来，那些工匠对许明峰感激不已。

两天后的下午，许明峰刚从外面回来，就见李明丽和梁艳在家里。

她有些意外，迅速走了过来："梁艳，你怎么来了？"

梁艳笑了笑，看着许明峰说："明峰，我听了李小姐说的那些提议，认为非常不错。所以，我决定答应做京铜记的名誉把式。但是，你要做我们京铜记的顾问，我全权让你负责所有事务。"

"好，梁艳，只要你能答应做把式，其他什么事情都好说。"许明峰听到这里，终于松了一口气。

李明丽这时走了过来，冲他一笑，说："怎么样，明峰，我说过这事情很容易办到的吧。我帮了你这么大的忙，你还是想着如何报答我吧。"

"好好，明丽，我一定会报答的。"许明峰忙不迭地说。

许明峰和梁艳商议好后天进行正式挂牌，随后就送梁艳回去了。

送梁艳到网吧门口，许明峰正打算走人，却被梁艳叫住了。

"明峰，你等一下，我有个事情想和你谈一谈。"

"和我，谈什么事情？"许明峰闻言，有些意外地看着她。

梁艳看了他几眼，说："明峰，你和李小姐的事情我都听说了。其实，我知道你这么多年以来，心里一直爱着的人是赵岚。可是，人总是要往前看的。赵岚这么多年一直杳无音讯，我想人家也许早已经过上自己想要的生活了。"

"我……我知道。"许明峰低着头，不知道该说什么。

梁艳继续说："明峰，你是个非常执着的人。一旦认定一件事情，就很容易坚持到底，不管碰上多大的阻碍。这其实是好事，对待事业、工作可以，但对待感情却不能如此。在感情方面，我们还是要相信缘分的。你看，当年我对你多执着，但是后来也都放下了。为什么你却不肯放下呢。李小姐是个非常好的女人，真的，她这么多年了，对你还是这么执着。我看得出，她对你感情非常深厚。我想，你不能再这么辜负这么好的女人了，懂不懂？否则，一旦这种好缘分没了，你恐怕不会再有机会碰上同样的感情了。"

"梁艳，我知道，谢谢你的这些忠告。"许明峰看了看她，随即就走了。

回去的时候，许明峰心情非常复杂。梁艳的话，一直回响在耳畔。他不断地问自己，自己接受了李明丽这么多的帮助，的确很惭愧。

对于和李明丽的关系，他内心是茫然的，是无措的，是没有答案的。

在内心深处，似乎一直有一个声音呼喊着："你是爱着赵岚的，你怎么能再接受别人呢。"

"许把式，刚才梁艳都跟您说什么了？"这时，小林凑了过来，好奇地问道。

"你管呢，你小子怎么这么多事啊。"许明峰瞪了他一眼，说。

小林嘿嘿一笑，不以为然地说："没关系，许把式，您不告诉我，那我也知道。我没猜错的话，肯定是劝说您和李小姐好吧。"

"你……你怎么知道的？小林，你难道偷听我们说话了。"许明峰有些惊异地看了看他。

小林忙说："不不，我可没听你们说话。只不过，我是听李小姐的司机说的。好像李小姐帮了梁艳那么大的忙，梁艳很感激，就问李小姐有什么需要帮助的。于是，李小姐就说了和您之间的事情。不过，她并没有让梁艳帮忙。但是梁艳也很聪明，这就来找您谈话了。"

听到这里，许明峰心里忽然掠过一股凉意。

他忽然觉得，自己和梁艳似乎都如同一枚棋子一样，被李明丽操纵、利用。

许明峰承认，李明丽的确非常精明，而且非常聪慧。但是他之前一直都不明白，为什么自己始终对她不感兴趣呢。

而就在刚才，他忽然明白了。李明丽这个人非常善于权谋，而且你会不知不觉中被她操纵、利用。尽管她根本没什么恶意。

甚至说，有时候也是出于一片好心。

可是，自己就是不能接受。许明峰明白，也许自己一直钟情于赵岚，仅仅就因为对方是个直来直去、在自己面前毫无心机的人。尽管有时候她显得笨笨的，却让自己有一种很心安的感觉。

这会儿，许明峰突然想通了所有问题，心情霍地好了。

他看了一眼小林，拍了一下他说："小林，谢谢你，我的心结算是被你给解开了。"

"心结，什么心结？"小林闻言，一头雾水。

回去之后，李明丽看到许明峰，显得忐忑不安。同时又是非常期待。她上前来，假装不经意地问道："明峰，刚才你送梁艳回去，没谈点什么吗？"

"谈了，而且谈了很多。"许明峰看了看她，淡然一笑。

"是吗，那你们都谈什么了？"此时，李明丽眼里闪着光，期待地问道。

"这是秘密，我不能告诉你。"许明峰笑了一下，然后说，"不过，我可以明确告诉你一件事情。和她谈过后，我突然明白了很多事情。之前我一直犹豫不决的事情，现在我要做出一些决定了。"

李明丽闻言，脸上露出一丝喜色："怎么，明峰，你的意思是……"

许明峰也不多言，只随口说了句："明丽，你以后慢慢就会懂了。"

许明峰这模棱两可的话，让李明丽越发糊涂了。

中午，李明丽约许明峰吃饭，许明峰一口回绝。这一点，李明丽很意外。

下午，她本来要约许明峰去考察工地，也被他拒绝了。

隐约地，李明丽感觉要出事了。

今天清早，许明峰特意起得很早。而且他打扮得非常精神。

毕竟，今天对他而言，是个非常特殊的日子。京铜记重新挂牌开张，而他总算对梁博达有个交代了。

昨晚，许明峰甚至还梦见了赵兴成和梁博达。两个人满脸堆笑，对许明峰一顿夸赞，同时给予他更大的期许。

从房间里出来的时候，就见小林已经在外面等候了。

许明峰走过来，看了他一眼，说："小林，你今天来得挺早啊。"

小林嘿嘿一笑，说："许把式，这是李小姐特意交代我的。他说，今天的日子特殊，您一定会起来得特别早。而且有很多工作需要准备，让我提前过来帮你的忙。"

"是吗，那明丽现在去哪里了？"许明峰闻言，有些疑惑地问道。

小林摇摇头，说："这个我也不是很清楚，她好像说今天要联系一些重要的人过来。但具体是什么人，我也不太清楚。"

听到这里，许明峰也没再多说什么。

之后，他和小林做了一番准备后，看看时间差不多了，就和小林去京铜记作坊了。

他们赶到的时候，就见作坊的门口，已经聚集了不少人。

让他深感意外的是，这里的很多人，居然都是那些传统作坊的把式或他们的后人。

这时，就见李明丽笑吟吟地走了过来。

许明峰什么都明白了。他看了看李明丽，说："明丽，这些人都是你召集来的吗？"

"对啊，明峰。我趁着今天京铜记挂牌开张的机会，也让他们来见识一下。这样，以后咱们劝说他们入驻我们工业园区，也就不是什么问题了。"

"好吧，看来你考虑的的确比我周全得多啊。"许明峰随口说了一句。

这时，他似乎想起了什么，忙问道："对了，我怎么没见梁艳过来呢？"

"别着急，她要准备一下，很快就来了。"李明丽神秘地一笑。

看她这表情，许明峰就觉得，这事情一定没那么简单。

趁着这机会，许明峰迅速上前，和众人寒暄。

这时，梁艳开着一辆白色的捷达过来了。

下车后，她火急火燎地赶了过来，看了看许明峰及众人，歉疚地说："对不起，明峰，我来晚了，让你们久等了。"

"没关系，梁艳，这不是还没开始吗？"李明丽冲她一笑，说道。

梁艳应了一声，几步走到了许明峰跟前，冲他点点头。

许明峰随即将目光落在了京铜记门口的招牌上。此时，招牌正被一大块红布遮盖着。而下面是一条绳子。

按规矩，这揭牌仪式，是要由把式来完成的。到时候，就是由把式亲自拉下来这根绳子。

梁艳看着作坊，神情变得复杂起来。

她缓缓走上前，看着眼前的招牌，思绪又回到了从前。

眼前，似乎出现了父亲梁博达的身影。

"梁艳……梁艳……"许明峰的呼喊，让梁艳回过神来。

她愣了一下，回头看了看许明峰，忙不迭地说："啊，明峰，对不起，我刚才走神了。"

许明峰笑了笑，说："梁艳，吉时已到。现在，就请你来亲自揭牌吧。"

"什么，让我来揭牌？"听到这里，梁艳慌了神，"不行，明峰，这事不能由我来做。"

梁艳听完，立刻拒绝了。

"梁艳，这揭牌仪式本来就该你来做的，你不要推辞了。"这时，李明丽也走上前来，看了看她，连忙说道。

梁艳摇摇头，忙不迭地说："不，你们的好意我心领了。但是我觉得这揭牌仪式，更应该由一个为景泰蓝工艺做出巨大贡献的人来完成。而明峰，你就是这个人。"

"不行，梁艳，我不是把式，这个我不能做。"许明峰知道传统的规矩，这揭牌仪式，必须由把式来完成。

所以，他几乎想都没想，就直接拒绝了。

看着他们俩争执不休，李明丽说："我看你们俩都别推让了。要不这样吧，这揭牌仪式就由你们俩共同来完成，这样可以了吧？"

话既然说到这个份儿上了，两个人对视了一眼，仿佛也都没什么意见了。

随后，两人同时走到了门口，然后共同握住那绳子，同时拉扯了一下。

呼啦一声，牌匾上的红布掉了下来。

那块古朴的牌匾，出现在了众人的面前。

所有人的目光，这时都齐刷刷地落在了牌匾上面。"京铜记"三个字，让不少老工匠泪流满面。

梁艳和许明峰久久凝视着那三个字。此时此刻，他们两人的心情最为复杂。

渐渐地，两人的眼眶湿润了。

完成揭牌仪式后，许明峰看向众人，说："从现在起，京铜记正式开张营业。各位作坊的同仁们，如果大家有兴趣的话，也可以随时进驻工业园区。让我们携手，为景泰蓝的繁荣不断努力。"

下面的人热烈鼓起掌来。

第六十章 山雾萦然的真实身份

随后,梁艳也发表了一番讲话。自然也是感激许明峰的帮忙。接着,她也袒露心声,渴望更多传统作坊把式们,能够继续从事珐琅器这个行业,为这个行业的发展努力。

仪式结束后,许明峰和李明丽送梁艳离开。

她临上车的时候,看了看两个人,再次表达了自己的感谢。

随后,梁艳说:"明峰、李小姐,你们放心吧。这阵子,我有时间,就会去找那些老作坊的把式们去谈。很多老把式和我爸当年都有些交情。我想,他们看到京铜记如今重新开张营业,一定会大受鼓舞。"

听到这里,许明峰自然感激,上前来,紧紧握着她的手说:"梁艳,如此的话,真是太谢谢你了。"

"不,明峰,应该我谢谢你。"梁艳说着,用力握了握他的手,随即钻进车子里走了。

看着车子渐渐远去,许明峰长出了一口气。

忙碌了一整天,晚上回去的时候,许明峰又像从前一样,习惯性地打开电脑,然后登录自己的QQ。这么多年,他每天上线,总是希望能够看到山雾萦然发来的消息。可是,对方的头像一直是黑白的。

许明峰万万没想到,他今天刚上线,忽然看到山雾萦然发来了一条消息。

一度,许明峰以为自己眼花了。他甚至用力地擦了擦眼睛,这才看到,没错,的确是山雾萦然发来的。

许明峰欣喜若狂,赶紧打开了对话框,只见对方只说了几句话:"明峰,好久不见。恭喜你了。你们今天的工业园区建设算是取得了阶段性的成功。有了李明丽的帮忙,你现在不仅成功地找到梁艳,促成了京铜记的开业,也成了京铜记的实际负责人。我想,赵把式和梁把式在天之灵,一定会欣慰的。"

起先，看到这消息，许明峰还没怎么怀疑。但是，他越看越觉得蹊跷。奇怪，山雾紫然怎么对自己的事情了如指掌。事实上，许明峰虽然对她说了很多自己的事情，但他从来没提及李明丽和梁艳。他说的最多的，就是和赵岚的事情。

可对方的语气，明显对他的事情了如指掌。而能够这么了解的，又这么长久关注他的，能是谁呢？许明峰忽然想到了一个人。

他沉默了片刻，缓缓打出了一行字："赵岚，原来你一直都在关注着我呢！"

虽然打出去了，可是对方一直都没任何回音。许明峰这时慌了神，他又问了一遍。

但对方一直都没回音。过了十多分钟后，山雾紫然忽然说了一句："明峰，看来，你已经彻底成长了。现在我再也不用为你担忧了。"

对方这种口气，许明峰刹那间明白过来。没错，对方就是赵岚。他的心，仿佛忽然间飘了起来，眼睛死死地盯着那一串文字。沉默了好久，许明峰才缓缓打出一串文字："赵岚，我就知道，能够这么多年默默陪在我身边，对我提供各种帮助的，除了你，不会有别人。"

随后对方打出了一个微笑的表情。就没下文了。

对方下线了。

许明峰坐在那里，很颓丧。

京铜记正式入驻工业园区在老北京的整个景泰蓝手工艺界引起了轩然大波。很多之前还处于观望状态的作坊，此时纷纷提出要进驻工业园区。

许明峰变得繁忙起来。

这一阵子，他和李明丽几乎天天都要忙碌到大半夜。而两个人似乎都乐在其中。尤其是李明丽，能够天天和许明峰在一起，朝夕相处，对她而言如此知足。

她甚至一度还希望这样的生活能够永远继续下去，不要结束。

而许明峰，自然也感受到李明丽对自己的关怀，对方无微不至的照顾，着实令他非常感动。可是，许明峰始终无法接受对方的爱。李明丽越是如此，他的内心反而越惭愧。

有好几次，他其实很想和对方摊牌。可是，话到嘴边，许明峰还是止住了，他不知道该如何开口。

随着工业园区各项条件逐渐完善，相应的配套招商也开始了。许明峰不得不佩服，李明丽着实是个商业天才。本来，许明峰只打算将工业园区建成一个能够收纳传统老作坊的地方，同时提供相应的旅游资源。

李明丽更聪明，她在周边兴建了很多商店、游乐场所，甚至酒店等设施。

建好之后，也立刻吸引了大量商家。

这天晚上，两个人刚刚见了一个客户，到一家火锅店里吃涮羊肉。李明丽兴致勃勃地给许明峰讲着自己未来的商业宏图，正在这时，旁边的一个餐桌上忽然发生了争执，双方几乎要大打出手。

两个人迅速回头，怎么都没想到，这其中的一方，居然是沈玉坤。

沈玉坤大概喝了不少酒，脸颊红红的。他提着一个酒瓶子，一边骂骂咧咧的，一边就朝那人打过来。

许明峰见状，赶紧冲了上去，紧紧抱住了沈玉坤。

不过，对方见状，也是一副气焰嚣张的姿态，瞪着沈玉坤，骂道："沈玉坤，你他娘的发什么火呢，难道老子说错了吗？那工业园区就是许明峰和李明丽骗政府钱的地方。哼，一个没落的产业，我还真不信他们能搞出什么名堂。"

"混账，你说什么？"沈玉坤闻言，显得异常激动："你懂什么，你一个满身铜臭味的家伙，你知道传统的手工艺业代表什么吗？你不懂。"

"我不懂，哼，不就是你师父那些老古董弄的那些破铜烂铁吗。现在居然还登堂入室了，说什么艺术，还传承呢，真是扯淡，在我看来就是狗肉上不了席面。"那人大骂着，似乎根本就没将沈玉坤放在眼里。

"你算什么，敢侮辱我师父，敢侮辱珐琅器手工艺业，我今天非要教教你如何做人。"沈玉坤激烈挣扎着，眼见被许明峰拉着脱不开身，骤然将那酒瓶子扔向那个人。

那人见状，惊呼一声，赶紧躲闪。

他幸运地躲开了，随即扫了一眼沈玉坤，冷哼一声："沈玉坤，我说这些，戳到你痛处了吗？但是，我说的没错，你师父，还有那个什么铜赵记，都早该退出历史了。现在还在社会上，不是恶心人吗？"

"哦，是吗，这么说来，那你现在这么乱吼乱叫的，是不是也很恶心人呢。不，你应该比恶心人更可恶，简直就是疯狗，四处乱咬。"这会儿，李明丽走了过来，看了一眼那个人，冷冷地说道。

那人闻言，愣了一下，转头看了一眼李明丽，随即愤怒地叫道："你谁啊，敢来教训我？"

李明丽耸耸肩，嘴一撇，不紧不慢地说："真不好意思，我就是你刚才说的那个李明丽。我说今天我耳朵怎么很不舒服呢，原来是你这疯狗在乱叫。"

"原来是你！"那人极其愤怒，冷不丁抄起一把凳子就朝李明丽砸了过来。

"哎，小心，明丽。"沈玉坤惊叫了一声，忽然用力挣脱许明峰，直接上前，挡在

第六十章 山雾萦然的真实身份 / 375

了李明丽的面前。

李明丽吓了一跳，还以为那一下要砸在自己身上了。下一秒却见沈玉坤挡在面前，着实有些愣神了。

她慌乱不安地看着他，忙不迭地叫道："玉坤，你……你没事吧？"

"我……我没事。明丽，你……你没受伤吧？"沈玉坤淡然一笑，担忧地问她道。

"我……玉坤，你……你的头流血了！"这时，李明丽才看到，沈玉坤的额头上，有血流了出来。

"哦，是吗？"沈玉坤刚说完，忽然眼前一黑，晕了过去。

等他醒过来的时候，发现自己躺在病床上。他挣扎着坐起来，就见许明峰和李明丽慌忙从外面跑过来。

许明峰上前，担忧地看着他说："师兄，你总算醒了，吓死我了。你知不知道，刚才我有多担心啊！"

"明峰，我是不是昏迷了很久啊？"沈玉坤捂着头，皱了一下眉头，问道。

"没多久，也就一两个小时而已。"这时，李明丽走上前来，将提着的水果放在了旁边的桌子上。

看到李明丽，沈玉坤立刻精神起来。毕竟眼前站着的是他最喜欢的人。他看着对方，忙不迭地问道："明丽，你没有受伤吧？"

"玉坤，今天多谢你了。谢谢你的保护，才让我没受一点伤害。"李明丽目光温柔地看着他，相比于之前，态度俨然好了很多。

事实上，李明丽也万万没想到，沈玉坤今天会这么英勇，会为自己这么奋不顾身。在那一瞬间，她其实还是有些感动的。

沈玉坤忙不迭地说："没什么，你没事就好。哦，对了，那个人他……"

"师兄，你放心吧，那个浑蛋已经被警察抓走了。"许明峰不等他说完，道。

沈玉坤松了一口气，缓缓说："那就好，那就好啊。"

"对了，师兄，那人是谁，你今天怎么会和他发生争执？"许明峰疑惑地看着他问道。

"唉，也没什么。就是生意上的合作伙伴而已。不过，这次的生意算是彻底黄了。"沈玉坤淡淡地说了一句。李明丽和许明峰对视了一眼，许明峰随即说："师兄，我听说你们公司最近经营状况非常糟糕。如果你不介意的话，我可以帮你联系一些业务，你看如何？"

"不，明峰，你的好意我心领了。"沈玉坤闻言，拒绝了他。他沉思了片刻，说："明峰，刚才昏迷的时候，我仿佛遇见了师父。说实话，我……我到现在才感觉自己误会了师父。所以，我打算将公司卖掉。"

"什么，你要卖掉公司，为什么，师兄？"许明峰听到这里，非常意外。毕竟这么长时间以来，这公司对沈玉坤而言，可是非常重要的。毫不夸张地说，简直就是他的心肝宝贝，是他的命。

现在他却突然要卖掉公司，太让人匪夷所思了。

别说许明峰，就连李明丽也深表不解。

沈玉坤看了看他们，说："我这么多年，走了很多弯路。明峰，一直以来，我总以为自己所做的一切，都是为了我们传统的手工艺能够更好地得到传承。我还误会你和师父。可是，经过了这么多的波折、这么多的磨难，现在，我终于明白了。其实，一直以来，最错误的人是我。所以，我要卖掉公司。"

"玉坤，你卖掉了公司，以后打算做什么呢？"李明丽看了看他，不解地问道。

"我暂时还没想好。"沈玉坤迟疑了一下，抬头看了看他们，说，"明峰，我，我有个不情之请，不知道你能不能答应我。"

"嗯，师兄，你说。"许明峰闻言，连忙说道。

"明天早上，我想去拜祭一下师父，不知道，你能不能和我一起去。"沈玉坤看了看他，说道。

"师兄，行啊，没问题。"许明峰没想到沈玉坤居然提这样的要求，他几乎想都没想就答应了。而且他现在的心情是非常愉悦的。从沈玉坤的话里，他听得出来，这个师兄，现在终于迷途知返了。

沈玉坤这时打了一个哈欠说："好了，时间也不早了，那你们赶紧回去休息吧。"

"这，玉坤，你一个人在这里方便吗？"李明丽看了看他，担忧地问道。

毕竟对方是因为自己才住进来的。

沈玉坤不以为然地笑了笑，往床上一躺，跷着二郎腿说："怎么，明丽，难道我的样子看起来很像是生活不能自理了吗？行了，你们赶紧走吧。"

李明丽看了一眼许明峰。许明峰应了一声，当即就和她一起走了。

从医院离开，李明丽像有什么心事。她看着许明峰，想了一下，说："明峰，我感觉今天玉坤完全像变了一个人。"

许明峰转头看了她一眼，笑着说："怎么，明丽，你该不会就因为他救了你一次，才有这种印象的吧？"

"当然不是了，"李明丽瞥了他一眼，缓缓地说，"明峰，我觉得玉坤对待手工艺业的态度，发生了巨大的改变，这点是很让人意外的。"

许明峰淡淡地说："明丽，你现在才有这种感觉啊。其实，师兄是什么人，我一直都很清楚。虽然他在珐琅器的传承问题上和我们的观点有很大的不同。但是归根结底，他的出发点是好的，也是希望振兴我们传统手工艺业，能够让我们的珐琅器工艺传承下去。"

"嗯，就冲这点，玉坤也很有人格魅力。"李明丽随口说了一句。

许明峰闻言，笑了："哟，明丽，你该不会对我师兄动心了吧？"

"胡说什么呢？"李明丽白了他一眼，没好气地说，"不过，说实话，我今天还真是觉得玉坤挺不错的。这么多年，他可是头一次让我有这种感觉。所以，明峰，你可要把握机会，保不齐哪天我就真的对玉坤动了心。到时候，你后悔都来不及了。"

虽然李明丽只是一句玩笑话，可是许明峰看得出来，李明丽对沈玉坤的成见的确有所减少了。当然，他也知道，李明丽刚才这番话，其实就是要让自己紧张。

次日一早，许明峰刚起床，就见沈玉坤已经过来了。

许明峰有些哭笑不得，沈玉坤脑袋上还缠着纱布。

不过，沈玉坤似乎完全不在乎这些。已经好多年了，自从赵兴成去世之后，他一直未曾来过这里。

沈玉坤环顾四周。看着这里熟悉的一切，他感触良多。

之前铜赵记的那些老工匠，看到沈玉坤，也都纷纷出来和他打招呼。

相比于从前的傲慢无礼，这时候沈玉坤友善了不少，热情地和众人说着话。

许明峰见状，也赶紧过来，给他介绍这里的工匠。

这时沈玉坤走到了窑炉边，朝里面张望了一番，皱着眉头说："对了，明峰，怎么不见安师父呢，他去哪里了？"

他无意间的话，瞬间让众人神色黯淡了下来。

第六十一章　重新回归

许明峰的心情忽然沉重了很多，他看了一眼沈玉坤，说："师兄，你还不知道吧。其实……其实安师父已经去世了。"

"什……什么，去世了？什么时候的事情，为什么不通知我？"听到这里，沈玉坤后退了一步，脸色变得很难看。

"很久的事情了，不过，那时候你那么忙，就算通知你，怕你也不会来。"这时，旁边一个工匠说道。

沈玉坤闻言，瞬间语塞了。他必须承认，倘若之前告诉他，也许他真的未必会来。毕竟那时候他信心满满，是和铜赵记势不两立的。

许明峰这时轻咳了一声，笑着说："好了，事情都过去了，就别再提了。师兄，时候不早了，我们赶紧走吧！"

沈玉坤闻言，应了一声，点点头，和许明峰出发了。

两人将车子停在了山下很远的地方，直接徒步上山。

他们刚上山，远远看到赵兴成的坟头旁站着一个人。山风很大，那个人一头乌黑的长发随风飘舞。

虽然没看到正脸，可是这身影，两人再熟悉不过了。

两人异口同声地叫道："赵岚……"

说着，两人对视了一眼，随即快步走了上去。

没错，这人的确是赵岚。她伫立在坟头已经很久了。这时，她长叹了一口气，轻轻擦了一下眼角的泪水，幽幽地说："爸，您现在真的可以安息了。虽然明峰现在还没研究出龙鳞光工艺，但是您可以看看，如今铜赵记在他的带领下发展得越来越好。甚至在我们铜赵记的带动下，那些已经解散的作坊又重新开业了。明峰没让您失望，从来都没有，当初您不该那么误会他的。"

"赵岚，你来了很久了吧？"许明峰走到距离她一米多远的地方时，站住了，轻轻说道。

赵岚转过头来，发现许明峰和沈玉坤站在身后，她有些诧异，看着他们俩，愣住了。

看着这个朝思暮想多少年的人，许明峰此时的心情非常激动。

他缓缓走上前来，尽力让自己保持冷静。眼前这个女人，似乎又恢复到从前的姿态了。岁月在她脸上仿佛什么都没留下，那头发又变得长长的，就如同多年之前一样。

在赵岚的眼睛里，许明峰仿佛看到了独属于她的那种野蛮和耿直。

"赵岚，我不是做梦吧，我终于再次见到你了。"许明峰一阵激动，忽然上前来，紧紧搂着她。

赵岚就那么站着，无动于衷，任凭许明峰紧紧搂着。

许久，她才缓缓说："明峰，你可以放开我了吧！"

许明峰回过神来，这才放开了她，同时，略显尴尬地说："赵岚，对不起，我……我刚才失态了。"

"没什么。"赵岚挤出一抹浅浅的笑。

她的目光，落在了沈玉坤的身上，非常意外："玉坤哥，你怎么会和明峰在一起？"

"唉，说来话长。岚岚，等我们祭拜完师父，回头再谈吧。"沈玉坤忙说道。

赵岚没再多说什么，随即让出了一条道。

沈玉坤迅速走上前来，将带来的花放在了墓碑前。接着，他跪了下来，用力磕了三个头，默默地说了起来。

那些话，意思大体和昨晚说得差不多。不过在这种时候说出来，充满了感染力。

许明峰和赵岚站在他身后，听到沈玉坤说出这一番幡然醒悟、深表愧疚、迷途知返的话语，心情是非常复杂的。

他们两个人都泪目了。

祭拜完后，三兄妹从山上下来。赵岚正打算离开，许明峰慌忙追上来，拦住她说："赵岚，你要去哪里啊？"

"明峰，我祭拜完我爸了，自然是要回去。怎么，你们今天不忙吗？"赵岚看了他一眼，淡淡地说道。

"我们今天不能就这么不明不白地分开了。有些事情，我们必须谈谈。"许明峰决定了，这次绝对不能轻易让赵岚走掉。

"谈什么呢？明峰，我们之间好像也没什么好谈的吧。"赵岚的眼里没有任何波澜。

"赵岚，你真的和我们没什么可谈吗？"沈玉坤也很意外，走上前，惊愕地看着她问道。

"玉坤哥,我也不知道谈什么。我现在的生活很好,我不想打扰别人,也不想别人打扰我。"赵岚平静地说道。

"赵岚,我们没想打扰你的生活,我们只想和你谈谈,难道这都不行吗?"许明峰有些着急,他不明白,为什么赵岚故意表现得这么冷淡、这么决然呢?

"对不起,明峰,我等会儿还要上班,就先走了。"赵岚说着,从旁边的树丛里推出一辆自行车,骑上就走。

许明峰见状,上前拦住了她。他皱了一下眉头,盯着她冷声说:"赵岚,你可以表现得这么决绝,你也可以对我们视而不见。可是,你为什么要用山雾紫然的网名和我聊天,这么多年一直默默地帮助我呢?为什么,你告诉我?如果你真的放下了,为什么你要这么做?"

"我……我不懂你在说什么。明峰,我看你是不是没睡醒啊?"赵岚闻言,有些吃惊。

许明峰注意到,她表情慌乱、带着躲闪。这样子,他就更加确信自己的猜测了。没错,山雾紫然一定就是她,绝对不会错的。

许明峰轻哼了一声,缓缓说:"好,赵岚,到现在你还否认。那行,你走吧。只要你现在走了,我就将那些资料全部都烧了,我也会将山雾紫然的QQ号拉黑。这样,咱们就一了百了了。"

"你……许明峰,你……你都多大的人了,怎么还跟个小孩子一样。"赵岚闻言,也有些慌了,连忙叫道,"那些资料是我花了多少工夫搜集到的,你就这么烧掉,怎么一点都不懂得珍惜别人的劳动果实呢?"

许明峰闻言,忍不住笑道:"怎么样,赵岚,你现在还否认你是山雾紫然吗?"

"我……我……"赵岚一时语塞。

许明峰叹了一口气,说:"其实我早该想到的。山雾紫然,其实不就是山岚吗?你都已经给我说明了,我脑子却转不过弯来。"

沈玉坤走上前,看了看赵岚说:"岚岚,我真是搞不懂你啊。明明你那么关心明峰,可是,为什么却装出这么一副爱搭不理的样子呢?"

赵岚低着头,一言不发。

沈玉坤说:"好了,咱们师兄妹三人难得相聚。这样吧,中午我做东,我们去吃涮羊肉吧,就那个荣氏火锅城。"

赵岚抬头看了他一眼,刚想拒绝,沈玉坤抢先说:"岚岚,你就算不给明峰面子,总该给我这个师兄面子吧。如果你不去,那咱们兄妹间的情分可就这么完结了。"

赵岚无奈地点点头,说:"好吧,我去就是了。"

许明峰松了一口气，赶紧向沈玉坤投来感激的目光。

沈玉坤也眨了眨眼。其实，他乐得促成他们俩走到一起。一方面是成人之美，一方面也为了自己着想。毕竟对沈玉坤而言，还是有那么一点私心的。他一直惦记着李明丽，当然他也很清楚，人家李明丽喜欢的是许明峰。

如果许明峰和赵岚走到一起，那么，也许李明丽就会知难而退了，说不定就会考虑自己。

当然，这不过是自己的奢望罢了。李明丽是什么人，未必能看得上他。

中午时分，三兄妹来到了荣氏火锅城的一个包厢里。

那老板仿佛认识他们，见他们过来，亲自为他们服务。

一边给他们弄着火锅，一边摆放羊肉，同时，叮嘱他们羊肉如何吃。

许明峰很早就听说过，这老板的祖上曾经是服务于宫廷的御厨。故而人家对于吃，尤其是涮羊肉，是非常讲究的。老北京总有这么一些人，在衣食住行上，还用宫廷礼仪的那一套来约束自己。对他们而言，这就是贵族该有的范儿。

老板弄好后，目光落在了许明峰身上，笑吟吟地说："许把式，我听说你们景泰蓝工业园区现在基本成形，里面有很多饭店落户。"

"是啊，怎么，老板你突然问这个，什么意思啊？"许明峰有些疑惑，看了看他。

老板不自然地笑了笑，犹豫了一下，方才说："我……我的意思是，我想，你们能不能给我们也弄一个店铺，我们想将我们的荣氏火锅城落户到那里。"

"什么，你们这涮羊肉也想进工业园区？老板，你不是说笑的吧？"这时，沈玉坤冲他一笑，随口道。

"你话可不能这么说。我这涮羊肉可有历史了。想当年，太后老佛爷尝过我爷爷做的涮羊肉，都亲口夸赞说好的。"老板听到这里，有些着急了。

沈玉坤看了一眼许明峰和赵岚，三人都忍不住笑了起来。

这老板惯常挂在嘴边的，就是这么一句。不过，当年他的太姥爷伺候的是咸丰皇帝，现在变成慈禧太后了。

许明峰说："老板，这不是问题。这样吧，回头你来找我，我给你找一间人流量多的店铺。"

"哎哟，这可太好了。明峰，我就知道你行。你们这工业园区主打的可是咱们老北京的特色，想我这涮羊肉，也是咱们老北京的特色饮食了。"

许明峰应了一声，就让老板出去了。否则，他一定还会滔滔不绝。老板身上有传统老北京人的那种范儿，特别能侃，尤其是碰上熟人。

沈玉坤这时端着一杯酒，看了看他们俩说："好了，我们先干一杯。这杯酒，祝贺我们师兄妹三人重聚。"说着，他率先喝了。

赵岚和许明峰对视了一眼，当即将酒也干了。

喝了酒后，许明峰迫不及待地问道："赵岚，这么多年你是不是一直都在北京啊？"

赵岚没有立刻回答，而是扭头看了一眼沈玉坤，缓缓说："玉坤哥。"沈玉坤再次倒了一杯酒，一饮而尽，然后一五一十地讲了起来。

听完后，赵岚无限感慨，激动地说："玉坤哥，你现在能迷途知返，我真的为你高兴。我相信，铜赵记在你和明峰的共同努力下，一定会发展得更好的。"

"是吗，可是，赵岚，如果你也在的话，那岂不是更好吗？"许明峰看了看她，轻轻说道。

"不，明峰，这么多年了，我已经没有再碰珐琅器，一切都生疏了。而且我现在的生活很好，家庭也很美满。"赵岚随口说道。

"家庭？"沈玉坤有些吃惊，愕然看着她，忍不住叫道，"岚岚，你……你的意思是，你不会已经结婚了吧？"

"怎么，我不能结婚吗？"赵岚缓缓说，"师兄，我想你应该知道梁艳吧。她是梁把式的女儿，京铜记唯一正统的继承人。可是，她抛下了这些，找了个普通人过着普通的生活。我觉得这就是幸福。而我向往这种生活。"

"你撒谎。赵岚，这根本不是你的心里话。"许明峰叫道，情绪有些激动。

"明峰，我为什么要撒谎？"赵岚瞪了他一眼，缓缓说，"我有自己的生活，我有自己的家庭，我过得挺好。而且铜赵记在你的带领下，也发展得挺好。还有李小姐对你一直这么体贴，你们不是也挺好的吗？既然大家都挺好，为什么要破坏这种好呢？"

"是吗，赵岚，既然如此，你为什么要假装成山雾紫然？"许明峰紧紧盯着她，冷声说。

"明峰，我看你就是自作多情。我那么做，其实不仅是帮你，也是帮铜赵记。毕竟这是我爸留下的产业，我不会让它这么垮掉的。"赵岚说到这里，笑了下。

"你……我不相信，我绝不相信。"许明峰听到这里，情绪显得有些激动。

"明峰，你既然这么说，那我也不想多说什么了。行，就让事实说话吧。你等着，我这就让我丈夫带着孩子过来。"说着，赵岚起身出去打电话了。

丈夫，孩子？许明峰听到这里，呆住了。他跟个木头桩子一样傻坐在那里，很久都没说一句话。

大约二十分钟后，就见一个四十岁左右的男人，带着一个三岁的小孩过来了。

他进到包厢，看到赵岚，径直走了过来，亲热地说："岚岚，你这么火急火燎地打电话让我带孩子过来，究竟有什么事情？"

赵岚慌忙起身说："俊江，我的师兄弟要见你们。没办法，我只好请你们过来了。"

那男人应了一声，将孩子递给了赵岚。而那个孩子看到赵岚，就显得非常亲热。当下就上前紧紧搂着她，一口一个妈妈地叫着。

而赵岚，对孩子相当宠溺。

许明峰看到这一幕，心里像是被什么狠狠地捶打着。

那个男人上前，笑吟吟地和沈玉坤打了招呼。然后又走到许明峰身边，轻轻说："许把式，早就听闻你的大名了。今日一见，果然不同凡响啊。"

"你好，你……你真的是赵岚的丈夫吗？你们什么时候结婚的？"许明峰仍然不敢相信，看着对方，试探性地问道。

"哦，大概四五年前吧。那时候，岚岚心情低落，我经常帮助她。于是，我们日久生情。"这男人说着，忍不住回头看了一眼赵岚。

赵岚露出一丝羞涩的表情，轻轻说："好了，那些事情都不要提了。"

这种眼神，许明峰真是太熟悉了。赵岚曾经对自己也是这样的。可惜，现在她看自己的眼神只有冷漠。

"恭喜，恭喜你们了。"许明峰不知道怎么开口。

这男人笑了笑，说："许把式，我之前可听岚岚说了不少你的事迹啊。过几天是我们的孩子生日，我们准备举办个聚会，到时候你一定要来啊。"

"那个……那个我就不去了。"许明峰站了起来，脸色变得非常难看。他看了看他们，说，"我忽然感觉有些不舒服，就不陪你们了。"说着，就走了。

沈玉坤见状，连忙追了出去。

不过，等他出来的时候，许明峰已经没影了。

赵岚对那男人说："俊江，我们也走吧。"

那男人应了一声，当即接过了孩子。

这时沈玉坤走上前来，直接挡住了赵岚的去路。

第六十二章　赵岚的苦衷

赵岚有些诧异，看着他问道："玉坤哥，你……你这是做什么？"

沈玉坤轻笑了一声，摇摇头说："岚岚，刚才你们的戏演得真好啊！"

"你……你什么意思啊？"赵岚听到这里，有些慌乱。

而那个男人赶紧走到赵岚身边，搂着她说："沈先生，你别胡说啊。我们是夫妻，这难道还能有假？"

"你少给我装了，你是赵岚的司机吧。你刚才说得没错，你的确是四五年前就结婚了。不过，你的结婚对象可不是赵岚。这样，咱们去你们家，找你老婆当面对质。"

那男人见状，顿时慌了神。

赵岚看了一眼他，说："玉坤哥，你……你闹够了没有？"

"岚岚，你闹够了没有？"沈玉坤瞪着她，很生气地说，"你刚才为什么那么做，我实在不明白你心里到底怎么想的。"

"我……我没怎么想。"赵岚低着头，支支吾吾地说道。

"没怎么想，你这话骗得了谁啊？"沈玉坤无奈地叹口气，说："我看得出来，你心里明明是深爱着明峰的，而你也看到了。他这么多年，心里最爱的人是你。你却这样将他拒于千里之外。"

"师兄，我有我的苦衷，请你别再问了。"赵岚低着头，说道。

"什么苦衷，你当我不知道吗？"沈玉坤看着她说，"你觉得你曾经和师父都误会了明峰，给他带来了很大的麻烦。而后，你又经历过和童一博的婚姻，认为自己配不上他，对不对？我知道，这么多年，你心里一直过不去这道坎儿，内心备受折磨。可是你知道吗，不管如何，明峰他都不在乎的。"

"可是我在乎，我在乎这一切。我已经不是当年那个赵岚了，我只是一个不断给明峰带来各痛苦的人。我这样的人，不配在他身边。他应该有更好的归宿，比如说李小姐。"

这时，赵岚忽然抬头看着他，情绪非常激动。那一刻，她的眼里溢满了泪水。

"岚岚啊岚岚，你怎么到现在还是这么执迷不悟呢。"沈玉坤闻言，长叹了一口气。"这只是你自己的想法而已，根本代表不了别人。你不是明峰，凭什么就认为他一定和明丽在一起会幸福呢。如果真是这样，那他们现在为什么还没在一起呢？"

"这……这……"赵岚语塞了，不知道该如何作答。

沈玉坤叹了一口气，缓缓说："岚岚，该说的话我说了。但是，如何做决定，还是看你自己。只是，明峰这么多年，为了铜赵记，他真的吃了太多太多的苦。而今，你又这么伤害他，你于心何忍？"

说完，沈玉坤转身就走了。

赵岚呆呆地站在那里，呜呜地哭着。她的脸上满是委屈和无奈。

许明峰不知道是如何回到家里的。

回去之后，他并没有睡觉，更没有借酒浇愁。当走到电脑边，许明峰本来想打开电脑，可是他最后却停住了。

他默默地走到了工作间里，然后坐在工作台前，独自去研究龙鳞光工艺了。

也许，只有在这个时候，他才能忘掉所有的痛苦，可以让自己更专注。最重要的是让自己觉得自己的生命有价值。

一直到第二天中午，许明峰仍然在房间里没有出来。

小林焦急地守在外面，显得非常不安。

这时，他看到沈玉坤和李明丽从外面进来，赶紧跑上前来，说："李小姐，沈先生，你们总算来了。再不来，恐怕要出大事了？"

"怎么了，小林，发生什么事情了？"听到这里，李明丽非常紧张，紧紧抓着他的胳膊，忙不迭地问道。

小林指了指工作间的门，然后将事情原委一五一十地讲了一遍。

听完，李明丽脸色变得非常难看，生气地说："这个许明峰，真是越来越过分了。他这么做，分明就是在和自己过不去，分明就是在作践自己的身体。"

"明丽，别说了，我们先进去看看吧。"沈玉坤看了她一眼，随即就朝那工作间走去。

两个人拍了好半天的门，许明峰就是不开门。李明丽慌了神，看了看沈玉坤说："玉坤，这……这明峰该不会出什么事情吧？"

"明丽，别胡说，明峰不会有事的。"沈玉坤虽然这么说，但也非常紧张。他用力踹了一脚，咣当一声，门开了。当下，就和李明丽冲了进来。

而这时，就见许明峰正趴在工作台前，就着旁边的电灯光，在给一个铜胎焊接铜丝。

对于刚才所发生的一切，许明峰仿佛浑然不觉，完全沉迷在自己的世界里。

"明峰，你快停下，你疯了吗？"沈玉坤走上前，看到许明峰眼圈通红，满脸疲惫。整个人犹如走火入魔一般。

"师兄，你别管。我一定要将这龙鳞光工艺研究出来，我一定要研究出来。"许明峰嘟囔着，一副不管不顾的架势。

"明峰，你这又是何苦呢？"沈玉坤见状，无奈地叹了一口气，摇摇头说，"我知道，你这分明就是和自己赌气呢。"

"明峰，难道说人家赵岚结婚了，你就真的一辈子活在痛苦中吗？你就没有自己的生活了吗？"李明丽看着他这副模样，除了很心疼，心里也很难受。

她也没想到，许明峰到现在依然深爱着赵岚。尽管在他得知对方已经结婚后，还是如此执着。

曾经，她一度那么自信，那么深信不疑，然而，现在她有些动摇了。

许明峰摇着头，像是自言自语，又像是回答他们："不，我一定要找到这个工艺的窍门，我一定要找到。我会找到的，我会的。"

"明峰，你给我起来。"李明丽见他这样，异常恼怒。眼前这个人，突然间变得这么垂头丧气，像疯魔了一般，这还是自己所认识的那个许明峰吗？

她拉着他，用力拉扯了过来。

许明峰像是散架一般任凭李明丽拉扯着，直接摔倒在了地上，然后嘴里还在嘟囔着，依然是刚才的那一番话。

紧接着他又站了起来，再次走向工作台。

李明丽见状，看了一眼沈玉坤，慌忙叫道："玉坤，快点拦住他，别让他再过去。"

沈玉坤闻言赶紧上前，紧紧抓住他。可是，许明峰这时却挣扎得非常厉害，同时嘴里还大声地叫喊着什么。

不过，他们俩完全听不懂。

李明丽心里非常难受。她走上前来，不由分说，狠狠一个耳光甩在了许明峰的脸上。

那个耳光非常响亮，许明峰被打后，忽然呆住了，站在那里，跟个木头人一样。

沈玉坤见状，不免担忧地说："明丽，你……你该不会把明峰给打傻了吧。"

"别胡说，我刚才不打那一下，他还不知道怎样疯魔呢。看我的。"李明丽说着，走到许明峰跟前，然后握着他的手，轻轻说："明峰，听话，跟我来。走，咱们睡觉去。"

"好，好，睡觉，睡觉去。"许明峰喃喃地应了一声，一双木然的眼睛，无神地看着李明丽。

李明丽看了一眼沈玉坤，随即拉着许明峰走了。

很快许明峰被带到自己的房间，躺在床上。

说来奇怪，许明峰居然乖乖地听话，闭着眼睛就睡觉了。

这时，沈玉坤赶紧跑了进来，看了看她，说："明丽，明峰他怎么样了？"

"唉，不好说啊。"李明丽看了他一眼，说，"玉坤，昨天的事情，对明峰打击太大了。我担心，他如果挺不过来的话，就会永远变成刚才那一副痴痴呆呆的样子。"

"什么，"沈玉坤听完，立刻慌了神，"不行，明丽，这怎么能行呢？明峰是我们铜赵记的把式，是我们的领头羊。他可不能出现任何闪失啊，咱们得想想办法。"

李明丽摇摇头，无奈地说："玉坤，有些事，必须他自己走出来。这时候，我们谁都帮不上忙的。"

"可是……"沈玉坤还有些担心。

"好了，玉坤，什么都别说了，让他好好休息吧。"李明丽看了他一眼，说道。

"唉，事情怎么会变成这样呢？"沈玉坤想了一下，说，"不行，我得去找岚岚。俗话说解铃还须系铃人。也许她来了，事情就有转机了。"

"没用的，我看赵岚未必会来。"李明丽看了他一眼，淡淡地说了一句。

"那可不一定，我去试试。"沈玉坤说着，就出去了。

沈玉坤本来自信满满，以为会劝说赵岚回来。结果他根本没找到赵岚。经过打听才知道，赵岚一早就坐飞机离开了。

沈玉坤打她的电话，却提示关机。

沈玉坤心里非常难受，下午，他帮着许明峰处理了工业园区的事情。到晚上忙完时，沈玉坤赶紧去买了晚餐，打算带给许明峰。

来到作坊里，刚走到许明峰的房间门口，只见李明丽坐在他的床头，用手轻轻抚着他的脸颊，同时轻轻说："明峰，你快点恢复过来吧。不管以后的路多艰难，我都会陪着你的。多大的困难咱们一起扛，行吗？"

沈玉坤看到李明丽的眼里充满了浓浓的情意，这时候他的心情别提有多压抑了。

他长出了一口气，低声说道："算了，人家明丽是什么人，就算真的看不上明峰，也未必能看得上你沈玉坤。以后还是别这么自作多情了。"

尽管沈玉坤这么宽慰自己,但是他的目光落在李明丽的身上时,依然难以控制自己对她的情感。

他没有进去,轻咳了一声。

李明丽迅速站了起来,转头看到沈玉坤,走了出来。

"玉坤,这么晚了,你怎么还没走呢?"

"明丽,这话应该我问你吧?"沈玉坤看了看她,淡淡地说道。

"哦,明峰这个状况,你也看到了,我想留下来陪他。要不然,我不放心。"李明丽说着,又下意识地朝房间里看去。

沈玉坤见状,摇摇头说:"明丽,你也累了一天了,不如回去休息吧。这里有我呢,放心吧!"

"不行,我不放心明峰。今晚我不走了,我要留下来照顾他。"李明丽想都没想,直接说道。

对方说得这么干脆直接,出乎沈玉坤的意料。可是,看着李明丽那疲惫而专注的样子,沈玉坤有些于心不忍。他很清楚,李明丽这么执着地付出,其实到头来也未必会得到许明峰的爱。对这个师弟,他太了解了。这个许明峰,从小就是个认死理、很执着的人。一旦认定了一件事情,就不会轻易改变的。他可以专注珐琅器手工艺这么多年,不离不弃,就是因为这个。而他对赵岚那深厚的情感,大概也是如此。

沈玉坤想了一下,说:"明丽,有些话,我不知道当讲不当讲。"

"什么?"李明丽闻言,疑惑地看了他一眼。

沈玉坤迟疑了一下,说:"明丽,我说出来你不准生气。但是,我是真心为你好。"

"玉坤,你怎么突然也变得这么啰唆了。有什么话,你就说吧。"李明丽漫不经心地看了他一眼,目光再次落在了许明峰身上。

沈玉坤看在眼里,也着实够无奈的:"明丽,你这么执着而无怨无悔地为明峰付出。这么长时间都没得到对方的一点爱,你难道就不后悔吗?"

"什么?"李明丽听到这里,也愣了一下,扭头看了看沈玉坤,有些诧异,"玉坤,你怎么突然说起这个来了?"

"明丽,我说这个你不明白吗?我不想让你到头来一场空,还把自己弄得伤痕累累,你懂不懂呢?"沈玉坤注视着她,缓缓说道。

"玉坤,谢谢你的好意。可是这是我的事情,不用你管。如果真有这么一天,那是我活该,不需要任何人操心。"李明丽淡淡地说道。

"你……明丽,你怎么到现在还执迷不悟。你和明峰一样,都活在一种自我安慰的梦境中了。可是,我们总要面对现实。人,必须往前看。"沈玉坤情绪有些激动,看了看她,大声叫道。

"你给我住口,我的事情不用你管。沈玉坤,你管好自己的事情就好了。就算我一辈子都得不到明峰的爱,那是我自己的事情,用不着你狗拿耗子,多管闲事。"李明丽也非常激动,话说得狠了不少。

"什么,你……你说我狗拿耗子。"沈玉坤怎么都没想到对方竟然用这种话来骂自己,一时间非常伤心。他缓缓点点头,说:"好,你说得对,是我狗拿耗子,多管闲事了。行,我走就是了。"说着,转身就走了。

这时,李明丽也意识到自己有些用词不当了,赶紧去追。

可是,当从作坊里跑出来的时候,她已经看不到沈玉坤的身影了。

看着渐渐远去的车子,李明丽默默地说:"玉坤,对不起,我不是故意的。"

一连三天,沈玉坤都没过来。

而这几天,一直是李明丽在照顾许明峰。

李明丽最担心的事情,到底还是发生了。虽然许明峰终于醒了过来,可惜,他却像是变了一个人。整个人痴痴呆呆的,要么就不说话,要么就一个人在那里傻笑,说着一些谁也听不懂的话。

这时,整个作坊里的人都慌了神。毕竟许明峰对他们而言,不仅仅是把式这么简单,还是精神支柱。

尤其是小林,许明峰这么长时间对他的照顾,他是感触最深的。

"李小姐,我们把式什么时候能够痊愈呢?"小林坐在许明峰的身边,担忧地问道。

李明丽摇摇头,有些无望地说:"我也不知道,可是他的病情非常严重。小林,你要做好心理准备。"

"你……你什么意思,李小姐,你的意思是,我们把式会永远这样了吗?"

"也许会,至少他短期之内,很难恢复的。"李明丽无奈地叹了一口气,说,"眼下,我也不能一直在这里照顾他,因为还有很多事情需要我去处理。所以,只能暂时拜托你了。"

"好,李小姐,你放心,我一定会照顾好他的。"小林看了看她,连忙说道。

李明丽应了一声,随后接了一个电话就走了。

不过,小林坐在那里,看着痴痴呆呆的许明峰,心里非常不是滋味。

本来李明丽想晚上回来,可是因为一个饭局给耽误了。

这两三天里，她一直在外面忙活。同时一直关心着许明峰。

那天中午，好容易处理完手头上的事情，李明丽赶紧往作坊赶。

驱车来到作坊门口，只见沈玉坤的车子也停在这里。

她打开车门出来，沈玉坤也同时从自己车里出来了。

沈玉坤看了看她，有些吃惊："明丽，你……你来了？"

李明丽看到沈玉坤，多少有些不自然。她迅速走了过来，满脸愧疚地说："玉坤，对不起啊，那晚我……我有点口不择言，请你别往心里去。"

第六十三章　疯魔的许明峰

"明丽，你说什么呢。你要是不提，我恐怕早就忘了。"沈玉坤看了看她，淡淡一笑。

对方早就放下了，完全出乎李明丽的意料。

她看了看他说："那好，我们赶紧去看看明峰吧。这几天，因为一些事情，我一直没来看他。"

"好。"沈玉坤应了一声，就和她一起进来了。

可是，进到作坊里，他们就感觉不对劲。

这作坊里，除了那些正在工作的工匠，少了很多人。

沈玉坤慌忙找了一个工匠，问发生了什么事情。

那工匠看到沈玉坤，仿佛看到救命稻草一样，赶紧抓着他，不安地说："沈先生，你和李小姐可算来了。我们把式，他……他……"

"他怎么了，是不是出什么事情了吧？"这时，李明丽快步上前，看着那工匠，担忧地问道。

"我们把式从早上就失踪了，大家都去找他了。可是，到现在还没一点音信。"那工匠说道。

"什么，小林不是照看着他的，怎么会突然失踪了？"李明丽闻言，忙问道。

那工匠说："这个，其实也不能怪小林。这几天，小林几乎不分昼夜地照顾着他。可是，我们把式像是着了魔一样，几乎不怎么睡觉。要么他就独自将自己关在房间里，一整天坐在那工作台前。要么就四处乱转。还说，还说……"

"还说什么了？"李明丽忙不迭地问道。

那工匠迟疑了一下，说："他还说，赵把式在等他呢，他要研究出龙鳞光工艺，带着赵岚去找赵把式。"

"明峰，他……"李明丽听到这里，心里有一种说不上来的感觉。

沈玉坤对李明丽的心情最了解。他知道，李明丽听到许明峰都这样了还深爱着赵岚，心里肯定非常不舒服。

可是，她现在明知许明峰对赵岚的爱，还对他不离不弃。试想，这未尝不也是一种疯魔呢。

他想了一下，忙说："明丽，咱们赶紧去找明峰吧。"

"对，对，这才是最重要的。"李明丽闻言，方才回过神来。

两个人出来，就分别去不同的地方寻找了。

可是，一直到天黑的时候，两个人依旧没能找到许明峰。

李明丽着实有些慌了。她感到非常无助，忍不住大声叫道："明峰，你在哪里啊？你回来啊！"

当然，回应她的，只有她自己的回音。

一直到天亮之后，李明丽才拖着疲惫的身体回去了。

回到作坊里，就见沈玉坤也垂头丧气地坐在里面，正和小林说着什么。

看这情形，李明丽也知道，两人也没找到许明峰。

这时，她心里有一种非常不祥的预感。

她迅速走了过来，看了看他们说："你们怎么还坐着，赶紧想办法去找明峰啊！"

沈玉坤见状，说："明丽，咱们这么找不是办法。就算再找十天半个月恐怕也未必能找到。"

小林更是无比愧疚，低着头说："对不起，李小姐，都是我不好，是我把我们把式给弄丢了。"

李明丽仿佛没听到这些，微微摇着头，茫然无措地说："不，我不相信。明峰一定在什么地方，只不过是我们没想到，我要去找他，我一定要找到他。"说着，转身就走。

沈玉坤见状，赶紧追了上来，上前用力抱住了她："明丽，你这是做什么？你这么做根本于事无补的，你找不到他的。"

"那怎么办？难道我们就眼睁睁地看着明峰生死未卜不管吗？"李明丽歇斯底里地大叫着。

众人都愣住了，毕竟，认识李明丽这么久以来，还是头一次见她这么失态。

"明丽，你清醒一下好不好？现在，我们当然是要去找明峰了。可是，我们也要讲究方法。"沈玉坤大声道。

李明丽听到这里，忽然瘫软了。沈玉坤见状，赶紧将她抱在了怀中。

李明丽靠在他的身上，呜呜地哭了起来："玉坤，你说我们该怎么办呢？我真的很担心明峰，我真的很害怕他会出什么事情。"

这么抱着她，还是第一次，沈玉坤这时感觉心都要融化了一样。尽管他明白对方并不是为他，可是这对他而言已经足够了。

他轻轻抱着李明丽，缓缓地说："明丽，我也很担心明峰。你放心吧，他一定会没事的。我已经联系人去寻找了。一有消息，会马上通知我们。"

李明丽闻言，抬头看了看他，轻轻说："玉坤，谢谢你。"

"明丽，你干吗谢我呢？"沈玉坤有些意外地看着她，也不明白她为什么要这么说。

"没什么。"李明丽一副欲言又止的样子，随即推开了他，缓缓走到了许明峰的房间里。

在这里，她回忆起和许明峰在一起的点点滴滴。

小林和沈玉坤在外面看到这种情形，也很吃惊。小林轻轻叫道："沈先生，李小姐这么下去，会不会出什么事啊？"

"不会的，她不会有事情的。"沈玉坤看了看他，忙说道。

这时，小林似乎想起了什么事，连忙看向沈玉坤，说："对了，沈先生，我突然想起了一件事情，不知道该不该说啊？"

"什么事情，你说！"沈玉坤随口回了一句，也没太当回事。

小林说："过段时间要在北京举办一次东南亚景泰蓝手工艺文化博览会。你猜这次东南亚方面派来的讲解员是谁？"

"谁啊？"沈玉坤看了他一眼。

"是……是赵岚。"

"你说谁，赵岚，真的吗？"沈玉坤听到这里，有些惊愕地看着他。

这时，李明丽忽然从里面冲了出来，看着小林叫道："小林，你刚才说见到赵岚了，她在哪里？"

"她……她好像今天中午九点到北京。然后，十点多的时候，要召开新闻发布会，主办方宣布这次东南亚景泰蓝手工艺文化博览会的活动章程。"小林看着李明丽，有些害怕，小心翼翼地说道。

"这个臭女人，把明峰害成了这样，她还来北京。哼，是想再害一次明峰吗？不行，我要去找她算账。"李明丽说着，气呼呼地就出去了。

"小林，你……你真是……"沈玉坤狠狠瞪了他一眼，无奈地叹了一口气，快步去追李明丽了。

小林愣在了那里，说："我哪里知道会有这么多的事情呢！"

尽管沈玉坤跟了出来，李明丽却丝毫不听他的劝阻。

没有办法，沈玉坤只好跟上。他担心李明丽冲动之下，会做出什么出格的事情。

两个人经过四处打听，总算得知了赵岚所在的酒店。

不过，他们两个人根本进不去。李明丽非常聪明，脑子转得很快，马上就联系到了主办方，并获得了新闻发布会现场入场券。

十点钟的时候，这个新闻发布会准时召开。

在一大群记者的跟随下，就见打扮得光鲜亮丽的赵岚，在众人的簇拥下，款款走进会场。

瞬间，下面躁动起来。

赵岚坐下后，看了看众人，说："谢谢大家的光临，也谢谢你们对我们东南亚景泰蓝手工艺的支持。"

李明丽和沈玉坤站在人群中，看着上面赵岚的样子，心里很不是滋味。

尤其是李明丽，此时可以说怒火冲天，小声说："这个女人，真是不要一点脸面啊。把明峰伤害得遍体鳞伤，自己却旁若无人一样。"

"不，明丽，岚岚她只是不知道明峰的事。"沈玉坤赶紧劝阻，尽力替赵岚说好话。毕竟他绝对不想将事情闹僵。

"哼，我才不管呢，反正今天这笔账都要算到她头上。玉坤，我知道你们师兄妹关系好。可是，今天的事情我希望你最好别插手。"李明丽看了一眼沈玉坤，缓缓说道。

听到这里，沈玉坤隐约感到一丝不安，看了看她，忙不迭地说："明丽，你……你要干什么？这个地方有很多警察，你如果大闹，弄不好，是要负刑事责任的。"

"我才不在乎，我今天就要当着这么多记者的面，和她好好理论一下。究竟明峰有什么对不起她的，为什么她要这么伤害他呢？"李明丽异常生气。

沈玉坤想了一下，说："这样吧，明丽，要不然，咱们等一等再说。"

"等一等，你什么意思？"李明丽有些不解，转头看了看沈玉坤。

沈玉坤说："现在新闻发布会刚开始，所有人的神经都紧绷着呢。你现在冲出去，我担心她也一定会有所应对。可是，如果等发布会进行到一半的时候，你再站出来，赵岚一定放松了。到时候你不管说什么，也一定会让她措手不及。"

"玉坤，你这提议倒是不错啊。没看出来啊，你还挺聪明的。"李明丽看了他一眼，随口说了一句。

沈玉坤听到这里，也是哭笑不得。虽然说李明丽是夸赞他的，但他丝毫高兴不起来。

第六十三章　疯魔的许明峰　/　395

很快新闻发布会正式开始了，那些记者逐一发问。

而赵岚坐在那里，始终面带微笑，对答如流。

李明丽看到这种情形，不免叹口气说："看来，刚才没冲出来是对的，保不齐就让她给化解了。"

沈玉坤尴尬地笑着，事实上，他的本意，还是希望能拖一秒是一秒。但是没想到事情的发展却……

发布会进行到一半的时候，沈玉坤明显就看到李明丽有些按捺不住了。他正想去劝阻，这时，一个记者突然发问："赵小姐，听说您是我们老北京的作坊铜赵记前把式赵兴成的女儿，对不对？"

"是……是啊。这位记者，有什么问题吗？"赵岚看向那记者，眉头微微皱了一下。很明显，她感觉到对方的问题有些不怀好意。

那记者闻言，继续说道："那您和如今的把式许明峰先生一定非常熟悉吧？"

"是，他是我的同门师兄弟。不过，我们铜赵记交付到他的手上，现在发展得非常好。"赵岚随口说道。这时候，她还不清楚对方到底想问什么。

这时，就见那记者忽然话锋一转，摇摇头说："不，赵小姐。其实铜赵记现在的发展前景恐怕是不太乐观。"

"你……你什么意思？"赵岚闻言，立刻感觉到不对劲了，脸沉了下来。

而这时，其他记者纷纷惊愕地看着她。

沈玉坤也有些傻眼了，他转头看向李明丽。只见她脸上挂着得意的笑，霎时间明白了。

原来，李明丽竟然连自己都骗了。她其实根本就没打算亲自出马，而是找别人。这样的心智，沈玉坤觉得甩了自己十条街。

那记者看着赵岚，笑着说："赵小姐，您还不清楚吗？许明峰先生前一段时间不知道受了什么刺激，得了失心疯，整个人变得疯疯傻傻的。"

"什……什么，真的假的？"赵岚闻言，立刻大声叫道。

"怎么，到现在赵小姐还在装糊涂吗？据我所知，这件事情好像和您有莫大的关系啊。据说许明峰就是因为您，才变成如今的样子的。"

"哎哎，那个记者。你是不是来捣乱的，提的什么问题！"这时，周边一个保安看出了一些不对劲。

赵岚看了一眼那保安说："没事，你让他说。"

那记者继续说："许明峰如今已经失踪了，整个铜赵记的人都在找他，可就是找不到。毫不夸张地说，他现在生死未卜。对此，赵小姐，您有什么想说的吗？"

"我……我……"赵岚没回答，忽然站了起来，缓缓说，"对不起，我有些不舒服，今天的新闻发布会到此为止。"说着转身出去了。

沈玉坤见状，赶紧追了出去。

不过被李明丽给拉住了："玉坤，慌什么？"

"明丽，你……你怎么可以这么做呢？"沈玉坤也有些生气，主要是因为李明丽欺骗了他。

"哼，这还只是开始呢。接下来，还有更好的戏呢。"说着她转身就走。

沈玉坤见状，赶紧追了上来。他不由得感叹，这女人一旦发火动怒，真是够可怕的。

似乎李明丽也早就打探清楚了赵岚什么时候回去，走什么通道。

故而，从发布会现场出来后，她就迅速赶到了一个路口。

沈玉坤气喘吁吁地赶过来，正想去问她，忽然见两辆车子从远处开了过来。

李明丽迅速冲了上去，直接挡在了前面。

车子停下来，司机打开车门冲出来，刚想叫骂，却被后面的赵岚制止了。

她几步走了过来，看了看他们俩说："你们……你们怎么在这里呢？"

李明丽交叉着双臂抱在胸前，瞅着她说："赵岚，你不是明知故问吗？"

赵岚叹口气，无奈地说："我知道，你们也是为明峰的事来的吧？"

"知道就好，明峰现在人间蒸发，生死未卜。如果他真的有什么三长两短，赵岚，你是要负全责的。"李明丽的话说得特别狠。

赵岚闻言，身子微微颤动了一下。她一个箭步上前，紧紧抓着李明丽的胳膊，忙不迭地问道："李小姐，你告诉我，明峰到底出了什么事情？"

沈玉坤担心两人闹僵，赶紧上前来，忙说："咱们换个地方说吧，总不能在大街上说这些事情。"

两人看了他一眼，随即点头答应。

随后，他们来到了一家餐厅里。

沈玉坤将事情原委说了一遍，然后宽慰赵岚说："岚岚，你也别太担心。我看，明峰应该不会有事情的。"

"玉坤哥，都是我的错。"赵岚低下头，呜呜地哭了起来。

这时候，她追悔莫及，极度痛苦。

她从没想过，事情会变成如今这个样子。

本来,李明丽也是气不打一处来,心想着找到赵岚了,如何和她算账。可是,真正看到对方了,她却心软了。尤其是看到对方伤心欲绝的模样,更加于心不忍。

她想了一下,说:"赵岚,我实在不明白。为什么你这么爱明峰,却要做伤害他的事情呢?"

"李小姐,我这么做有我的苦衷,我没有办法,更没有别的选择。"赵岚抬头看了看她,幽幽地说道。

第六十四章　寻找许明峰

"哦，什么苦衷？难道，都比不上你们之间这么多年深厚的感情吗？"李明丽在这一瞬间，是有想法，想劝赵岚和许明峰和好。是的，她也不知道为什么会突然有这种念头。

尽管自己深爱着许明峰，可是她也逐渐地意识到了，许明峰根本不可能爱自己。在他的心里，唯一所爱的，只有赵岚。也许自己现在唯一想的，就是只要许明峰好好的，她就心安了。

"我……我……"赵岚迟疑了一下，随即将自己的无奈说了出来。

说完后，她忽然紧紧抓着李明丽的手说："李小姐，我知道你对明峰一往情深。你对他所付出的这些，我也都看到了。我拜托你，替我好好照顾明峰，行吗？"

"赵岚，你说笑了。还有你低估了明峰，更高估了我。说实话，我是很爱明峰。可是经过这件事情，我突然明白了，这世界上，不是一路人，就算抄近路都走不到一起的。你的这些话，我觉得还是当面对他说吧。"

"我……我不知道如何开口。"赵岚低着头说道。

"咳咳，"这时，沈玉坤说道，"那个，咱们现在还是赶紧想想，到哪里能找到明峰吧。他在外面多待一天，所面临的危险就多一分。"

"是啊，这是当务之急。"李明丽这时也明白了过来，转头看了看赵岚，连忙问道，"赵岚，你对明峰最了解了。依你看，他最有可能去哪里呢？"

"这个，"赵岚紧锁着眉头，沉思了片刻，方才说，"我想到一个地方，说不定他会在那里。"

"那，事不宜迟，我们赶紧过去吧。"李明丽闻言，心头一喜，迅速起身。

赵岚带他们所去的地方，是一个荒废的四合院。

这个地方，因为多少年都没人来过，到处都是灰尘和蛛网。

李明丽和沈玉坤跟着赵岚进来，疑惑地说："这……这是什么地方啊？"

赵岚说："这个地方，曾是我们赵家祖上的一套宅子。但是，我们赵家好几代人都没有在里面居住过。这个地方，存放着我们铜赵记历代把式制作工艺的资料。"

沈玉坤有些吃惊，诧异地看了看赵岚，说："岚岚，这个地方我怎么从来都没听说过？"

赵岚扭头看了一眼沈玉坤，微微一笑说："玉坤哥，这个地方属于我和明峰的秘密花园。一直以来，是只有把式才能知道的。不过我和明峰是偶然发现的。于是，我们俩约好，这个地方只有我们俩知道，谁也不让知道。"

"是……是吗？"沈玉坤听到这里，也不好多说什么了。

倒是李明丽，此时脸色非常难看。她的心头，越发生出一股醋意。

赵岚对这里轻车熟路，带着他们推开一道道的门，径直朝里面走去。

虽然说身为地道的老北京人，也见过不少四合院，但沈玉坤今天才发现，这个四合院比他见过的那些四合院都要壮观。这是个四进式的四合院。虽然里面一片颓败，可是，依然能够从那雕梁画栋的精美程度，感受到这四合院昔日的气派。很难想象，当年铜赵记的把式祖上多么辉煌。

赵岚引着他们进到最里面的一个房间里，沈玉坤和李明丽吃惊不小。这最里面的房间里，四周的墙壁上，挂着一幅幅的画像。从服饰上看，有身着明朝时期服饰的，也有身着清朝、民国时期服饰的。

两个人都看得傻眼了，睁大了眼睛。

李明丽忍不住问道："赵岚，这……这……这都是谁啊？"

"明丽，我没猜错的话，这应该是我们铜赵记历代的把式。"沈玉坤很快就反应过来，非常平静地说道。

赵岚转头看了他一眼，说："对，玉坤哥。这些画像，的确是我们铜赵记历代的把式。想当年，我和明峰第一次来，看到这些，还以为碰上鬼了呢。"

"岚岚，我也真够纳闷的，你们怎么会想到跑到这种地方来玩，也太诡异了。"沈玉坤非常费解。

"因为，这个地方没人打扰，在这里我们可以毫无顾忌地过属于我们的二人生活。"赵岚随口说了一句。

李明丽看得出来，赵岚的表情里，分明透着几分幸福。

赵岚说到这里，深吸了一口气，迅速回过神来，就往后堂走去。

来到后面，就见地上到处散乱地扔着各种珐琅器制作的材料。铜胎、铜丝，甚至还有釉料。

李明丽皱了一下眉，迅速上前，随手抓了一把铜丝，仔细看了一眼说："这些铜丝，好像都是不久前用过的。"

沈玉坤听到这里，有些愕然，马上想到了什么，说："难道，明峰他真的在这里吗？"

这时，后院忽然传来了响动。

三人互相看了看，赶紧冲了过去。

不过，他们赶到后院，却见一个穿着破烂的男人，正围着一个刚刚建好的窑炉，朝里面吹气呢。

他们还以为是许明峰，可是那男人转过身，惊慌失措地看着他们叫道："你们……你们是谁啊？"

这个人明显是大家都不认识的，赵岚迅速上前，盯着他问道："你是谁，为什么会在这里？"

"我……我是峰峰的工匠。他说了，让我将这窑炉给收拾好。回头，给我带吃的。"

"什……什么，峰峰？"沈玉坤闻言，差点没笑出来。用脚趾想，也知道他说的是许明峰。

李明丽连忙问道："你和峰峰是什么关系，他去哪里了？"

那个人警惕地看着他们，不安地说："你们……你们是谁啊？我……我为什么要告诉你们。"

"我们……"

赵岚刚想说，却被李明丽拉住了。她微微摇摇头，然后走上前来，冲这男人一笑，掏出一个巧克力塞给了他，笑着说："我们是峰峰的朋友，是专程来找他的。你告诉我们他在哪里，这个巧克力就是你的。"

"我……我……"那个男人眼巴巴地瞅着这巧克力，舔了舔嘴，这才挠了挠乱蓬蓬的头发，说："峰峰不让我说的，他……他不想被人找到。"

"什么，不想被人找到。什么意思，难道，明峰他是故意装疯的吗？"沈玉坤闻言，有些诧异。

"不，他是真的疯了。但是，他还是有几分清醒的。只不过，他努力控制自己，不让自己清醒过来。因为他会觉得痛苦，生不如死。"李明丽看了看他，缓缓说道。

"给我，给我吃啊。"那个男人这时冷不丁地来抢。

不过，却被李明丽闪躲开了。她收起了那巧克力，笑了笑说："你还没回答我呢。否则，我可要自己吃了。"说着，她故意做出要塞进嘴里的样子。

那男人见状，连忙说："好，我说。"

原来，许明峰在多日之前，一个人流浪到天桥下，碰上了这个男人。两人似乎一拍即合，迅速成了好朋友。他们俩一起流浪，一起讨饭吃。

但是，两个人饥一顿饱一顿的，根本吃不饱。后来，许明峰不知道怎么回事，突然脑子清醒了一些。他直接带着这个流浪汉来到了这四合院里。

在这个流浪汉的帮助下，找了一些边角料，制作了几个珐琅器，拿出去卖钱。

因为许明峰制作的珐琅器非常精良，而且价格几乎都是白菜价。这两人就有钱买东西吃了。

而这里，就成了他们赚钱吃饭的基地了。

听到这里，他们三人忍俊不禁，一时间不知道该说什么好。

赵岚连忙问道："那，那现在他去哪里了？"

这个男人说："今天早上我们刚刚一起制作出大瓶子，峰峰说要去参加什么比赛。如果比赛得奖了，我们以后就有吃不完的好吃的了。"

"什……什么？"沈玉坤闻言，惊愕不已。"明丽，你还说明峰疯了。可是，他要是得了失心疯，怎么还知道比赛。"

"唉，这不过是他潜意识的行动。当然，你说的也许是有道理的。通过这种疯傻的状态，来掩饰内心的痛苦，也许才是他的真正目的。这件事情，对他造成的打击太大了。所以，他就自甘堕落了，就想这么浑浑噩噩地过一辈子了。"

"明峰……明峰……"赵岚听到这里，心里一阵阵难受，再也忍不住了，掩面跑了出去。

沈玉坤和李明丽对视了一眼，赶紧追了出来。

"岚岚，你要去哪里啊？"眼见赵岚哭泣着朝远处走去，沈玉坤赶紧追了上来。

"我要找到明峰。"赵岚缓缓说道。

"好了，岚岚，咱们现在要从长计议。"沈玉坤忙叫道。

"可是……可是……"赵岚无力地痛哭着。

李明丽说："对了，刚才听那个男人说，明峰要带着制作的一个花瓶，去参加什么大赛。"

"大赛？"三人互相看了看。

赵岚皱着眉头，困惑地说："可是，据我所知，北京市最近也没什么大赛吧。"

"不，有的。"沈玉坤仿佛想起了什么，说，"赵岚、明丽，你们还不知道吧。最近，北京市好像在组织一次世界手工艺品大赛中国赛区的活动。如果得到冠军，就能够代表中国去参加世界手工艺品大赛。我怀疑明峰他，该不会去参加这个比赛了吧。"

"还有这比赛，想不到明峰都疯魔了，竟然还关心这个事情。"李明丽有些吃惊地说道。

赵岚幽幽地说："你们不了解明峰，对他而言，继承和发扬珐琅器手工艺的念头已经深入到他的骨头里了。我想不管他变成什么样，都不会有任何改变的。"

"既然如此，我们就赶紧去找他吧，事不宜迟。"李明丽看了看他们俩，忙说道。

两人对视了一眼，当即就走了。

下午四点多，他们好容易找到了那个手工艺比赛的报名处。

可是，当他们说了许明峰的身份后，却没人知道。

就在他们不知所措的时候，这时一个工作人员说："你们说这世界真够大的，真是无奇不有啊。今天居然有个流浪汉，拿着一件制作精良的景泰蓝瓶子想参加比赛。傻子都看得出来，这瓶子是偷的。当我们这里是什么地方，什么阿猫阿狗都能来参加的吗？"

"什么，流浪汉？"沈玉坤慌忙上前，盯着那工作人员，迫不及待地问道，"你给我说清楚，那个流浪汉去哪里了？"

"他……他被人带走了。"那个工作人员看到沈玉坤冲动的模样，着实吓了一跳，不安地说。

"被人带走了，被谁带走了？"李明丽问道。

那个工作人员挠了挠头，略一沉思说："我记得，对方好像叫陈天诺。对，就叫陈天诺。"

"我还听说，这个流浪汉好像偷了人家陈老板的花瓶。但是人家陈老板不计前嫌，没有报警，反而还带他走了。"这时，另一个工作人员缓缓说道。

"什么，他被陈天诺带走了？"听到这里，沈玉坤顿时感到一丝不安。他明白陈天诺是什么样的人，如今许明峰神志不清，如果真落到他手上，那恐怕……

"我们赶紧去找陈天诺。"李明丽想都没想，转身就走。

两人见状，也立刻跟了上去。

凭着李明丽的关系，打听到陈天诺的住处，并不算什么难事。

大约半个小时后，他们就来到了陈天诺下榻的酒店。

其实，这时候他们才知道，陈天诺也打算参加世界手工艺大赛。而且他这多年一直醉心于珐琅器。故而一直想通过珐琅器来拔得头筹。但是他也有自知之明，知道本身工艺有差距。所以这次来北京，其实是专门来找许明峰帮忙的。

本来他还担心许明峰那么固执，未必会帮忙，但是没想到许明峰居然出现了这种状况。

他们三人刚来到酒店门口，就见那里围着很多人。

挤进来一看，竟然是陈天诺被一个浑身脏兮兮的流浪汉死死地抱着。那个流浪汉嘴里一直嚷嚷着："还给我，还给我，那是我的东西。"

"走开，赶紧放开我。"陈天诺皱着眉，用力地挣扎着。而他的怀中，死死地抱着一个六十多厘米高的极其精美的铜胎掐丝珐琅器花瓶。

三人一下就认出来了，这就是许明峰。这么长时间他一个人在外面漂泊，完全成了一个彻头彻尾的叫花子。

看到他的样子，三人心如刀割。

沈玉坤一个箭步上前，用力将陈天诺推开，他迅速搀扶起许明峰，然后冲陈天诺叫道："陈老板，你干什么呢？"

陈天诺已经白发苍苍，被沈玉坤刚才那么一推，打了个趔趄，差点摔倒。他非常生气，瞪了一眼沈玉坤说："姓沈的，你睁开眼睛看清楚了，我可是陈天诺，我是你最大的客户。你敢这么推我。你信不信，一个电话我就把你所有的订单都给……"

"取消了，对不对？"沈玉坤不等他说完，直接说道，"行啊，你随时取消。我还想告诉你，其实我的公司早就卖掉了。当然即便你不取消，我也不会和你这种浑蛋合作的。"

"你……你说什么，你敢骂我。"

李明丽走上前来，看着他说："陈天诺，骂你算轻的了。做人一定要有良心、讲信用。这个花瓶是你的吗，你为什么搂在怀中？还给我们。"

"还给你们，真是笑话，凭什么啊？这个花瓶可是我的心肝宝贝，我打算拿去参加世界工艺品大赛的。"

"陈天诺，你是不是也太无耻了。这是你们制作出来的吗？你这么弄虚作假，如果被新闻曝出来，你知道是什么后果吗？"李明丽闻言，气不打一处来，气恼地叫道。

"李明丽，你懂什么啊。行了，我懒得和你们废话。这个花瓶就是我的，是许明峰这小子刚才要抢。幸亏我反应快，才没有被他抢走。现在我不计前嫌，你们还想讹我不成？"陈天诺不紧不慢地说道。

他们没想到这个陈天诺居然倒打一耙。两人正要发火，赵岚走上前来，盯着那花瓶看了几眼说："陈天诺，你仔细看看这花瓶，看看上面所使用的工艺。如果你能随便指出一样，我们就将这花瓶给你。"

"我……我凭什么跟你们说。"陈天诺低头看了一眼，心虚地说道。其实，他哪里知道这花瓶都用什么工艺了。

赵岚说："可是，我却说得出来。这个花瓶用了很多只有我们铜赵记才有的工艺。而最重要的，这花瓶使用的是我们铜赵记失传几个世纪的龙鳞光工艺。你仔细看看上面的釉蓝，它所呈现的五彩的龙鳞样的花纹，这就是最大的特点。"

第六十五章　重归于好

陈天诺刚才也没怎么注意，被赵岚一提醒，仔细一看，还真是这么一回事。这下子，他更是如获至宝，紧紧地把瓶子搂在怀中，说："我当然知道了。这个龙鳞光工艺是我花费了多少年的心血研究出来的，和你们有什么关系？"

沈玉坤和李明丽被赵岚刚才那么一提醒，这时也回过神来，仔细打量着那花瓶。果不其然，这花瓶的确使用了龙鳞光工艺。他们简直不敢相信，许明峰研究了这么多年，而今终于研究出了这龙鳞光工艺。

不过，这时候他们也更加不同意将这花瓶交给对方了。

"陈天诺，这花瓶不属于你。我劝你最好交出来。否则我会让你付出代价的。"这时，李明丽缓缓说道。

"哼，李明丽，我知道你现在生意做得很大。可是你也不用吓唬我，我可不是被吓大的。"陈天诺淡淡地说道。

"你……"李明丽也没想到，这个人竟然软硬不吃。

她还想说什么，却被赵岚给拦住了。赵岚示意她什么都别说。接着，她走上前，看了看陈天诺说："陈老板，你让我摸一下这个花瓶，这事情就这么算了，行吗？"

"什么，赵岚，你疯了吗？"李明丽惊慌地叫道。

沈玉坤也非常不解，诧异地看着她。

赵岚没有搭理他们，而是紧紧盯着陈天诺。

陈天诺也不太明白，不过，既然对方提出这样的要求，他也没什么好说的。他说："行，这可是你说的，让你摸一下。"说着，小心翼翼地将花瓶递过来一点。

赵岚探手过来，在上面摸了一下，说："好，陈老板，多谢了。"

说完，她扭头看了看身边的两个人，说："玉坤哥、李小姐，我们走吧。"

"什么，赵岚，你……你疯了吗，咱们真的就这么走了？"李明丽惊愕地看着她，她怎么都没想到赵岚会做出这样的决定。

赵岚笑着说:"李小姐,没关系,我们走吧。我刚才看了,这个花瓶不是明峰制作的,我们还是走吧。"

"哈哈,还是赵小姐聪明啊。"陈天诺得意地大笑了起来。

既然赵岚这样说了,他们也不好再说什么。当下,就和她一起带着许明峰回去了。

这一路上,许明峰一直痴痴呆呆的。

来到作坊后,众人看到许明峰被带回来,一个个都欣喜不已。

不过,赵岚却缓缓走到他跟前,轻轻说:"明峰,你不用再装了。这里只有我们这些人,你可以恢复真面目了。"

赵岚的话让所有人都大吃一惊。装,难道许明峰一直都在装。

所有人的注意力都集中在了许明峰的身上。

就在大家困惑不解的时候,只见许明峰双手用力地抹了一把脸,然后长出了一口气。他看了看赵岚,缓缓说:"赵岚,看来这世界上,只有你最了解我。"

所有人都惊奇不已,不明白究竟发生了什么。

赵岚一脸淡然,笑着说:"明峰,其实,当我进入四合院,看到那些窑炉的时候,我就什么都明白了。"

"岚岚,你和明峰在说什么,我们怎么听不懂。"沈玉坤有些惊愕地看着他们。

赵岚看了一眼许明峰,说:"明峰,这个问题,我看还是由你亲自回答吧?"

"这个……"许明峰迟疑了一下,看着众人,缓缓地说,"对不起,这么长时间,我让大家担心了。"

"明峰,究竟发生了什么事情?"李明丽走上前,困惑地瞅着他。

许明峰沉思了片刻,方才说:"那段时间,我其实是真的有些失心疯了。尽管我潜意识里有几分清醒,可是我感觉整个都不受控制。仿佛突然间,有另一个人在替我应付着外面的一切。而我自己,则完全放松下来,可以一门心思去思考龙鳞光工艺了。说实话,就是在那段时间里,我很多之前想不通的东西全部都想明白了。可是小林天天这么看着我,不厌其烦地在我耳边说一些话,让我逐渐清醒的意识再次受到了影响。我没有办法,只好找机会摆脱了他。然后我改头换面,以一个流浪汉的身份,完全卸下了身上所有的负担。我再也不用去想铜赵记的未来,不用担心工业园区的建设。仿佛那些都和我没任何关系。而我唯一要做的,就是专心思考。我发现,这样真的可以事半功倍。终于,在那个朋友的帮助下,我研究出了龙鳞光工艺。"

"补充一下,应该说这是个不成熟的龙鳞光工艺。"赵岚这时看了他一眼,缓缓说道。

许明峰微微点点头,冲她一笑说:"赵岚,我知道,你其实早就看出那龙鳞光工艺有问题了。所以,你才特意去摸了一下,才很自信地让他拿走了瓶子吧。"

赵岚点点头,说:"明峰,我就知道这瞒不过你的。不过,你这么煞费苦心,是不是就是想报复陈天诺?"

"是,我就是要教训一下他。"许明峰收起了笑容,小声说道。

尽管那张脸脏兮兮的,可是丝毫无法掩饰他眉宇间透出的英气,以及坚毅。

"教训他,为什么要教训他?"李明丽着实有些吃惊。

赵岚说:"李小姐,你还不知道吧。陈天诺这王八蛋又去骚扰梁艳了,还胡说梁艳的孩子是他的。导致梁艳的家庭出现了矛盾,夫妻近乎闹到离婚的地步。而陈天诺胁迫梁艳继续跟着她,否则就让梁艳家破人亡。"

"这个老东西,未免也太卑鄙了吧。"听到这里,李明丽忍不住气愤地叫道,"我说呢,怎么好一段时间都没见到梁艳。"

沈玉坤看了看许明峰,说:"明峰,我不太明白,你故意将那花瓶给陈天诺,又能怎样呢?"

赵岚看了他一眼,笑着说:"师兄,这你还不明白吗?那个花瓶运用的其实是非常不成熟的龙鳞光工艺,我刚才摸了,这釉质烧制得非常差,那火候,还有釉料的调配都有问题。估摸着用不了多久,这花瓶釉质一定会出现裂纹,甚至剥落的现象。你说,如果这花瓶被陈天诺拿去参赛。突然出现这种情况,他会怎么办呢?"

沈玉坤说:"很简单,要么进行修复,要么重新制作。"

"说得对,可是他根本不懂这门工艺,又如何能制作出同样工艺的花瓶呢?"赵岚看了看他,淡淡地说道。

被赵岚这么一提醒,沈玉坤恍然大悟。他拍了一下头,说:"对啊,我怎么没明白过来呢。是啊,陈天诺将来肯定制作不出同样的款式。那么,他就穿帮了。"

"明峰,真没想到,你这一招也未免太损了吧。"沈玉坤冲他开玩笑地说道。

许明峰眉头微微皱了一下,说:"这算轻的了,本来我还有更狠的招,但是我不想那么做。"

赵岚这时看了看他们,说:"好了,既然明峰没事了,那我也可以放心了。这样我先走了。"说着,转身就走。

"赵岚,不,岚岚,你……你还要走吗?"许明峰看了看她,忍不住叫道。

"我……我还有事情。"赵岚轻轻说道。

许明峰似乎明白了什么,深吸了一口气,缓缓说:"好,岚岚,你走吧。现在很多事情我都想明白了。你放心,你要走,我不会再拦你了。正好,我现在也要去完善龙鳞光工艺,以后我保证不会再打扰你了。"许明峰说着,转身就朝工作间走去。

赵岚没走几步，听到这话，身子微微颤抖了一下。她听出来了，许明峰这是彻底地放下了，她很清楚，自己今天一旦走出去，就和许明峰彻底地断了。

她很想走，可是脚下却仿佛有千钧重。

李明丽看了看她，忙叫道："赵岚，你可要想清楚啊。如果你今天敢踏出这门槛，恐怕以后你们就真的……"

"我……"赵岚忽然转过身来，冲许明峰走过来。

此时，许明峰才走到门口，正要打开门进去，没想到被赵岚从身后紧紧搂住了。

他有些意外，微微转过头，看了看她，诧异地问道："赵岚，你……你怎么回来了？"

赵岚抬起那泪眼婆娑的脸，看着许明峰："明峰，对不起，这些年我害苦你了。我……我不走了，我再也不走了。"

"你……你说什么，你真的不走了？"许明峰简直不敢相信自己的耳朵。

"真的，现在我终于明白了，我不能没有你。这么多年，我虽然没有和你在一起。可是，我无时无刻不在想念着你。明峰，我不想再离开你了。"赵岚呜呜地哭着，像一个小孩子。

许明峰缓缓转过身来，紧紧搂住赵岚，轻轻地说："岚岚，我也不会让你再离开我了，我发誓，绝对不会了。"

看到两个人紧紧地拥在一起，周围的人都看得傻眼了。

随后，一阵热烈的掌声传来，每个人的脸上都带着笑。

唯有李明丽，眼里满是泪水。虽然看着许明峰终于彻底恢复过来，可是她的心里却说不上来的难受。

这时，小林凑上来，看了看许明峰，说："许把式，你看你这一身脏兮兮的，把人家赵岚的衣服都弄脏了。"

"啊，是吗，我真的非常脏吗？"许明峰闻言，回过神来，赶紧和赵岚分开了。

李明丽擦了一把脸上的泪水，看了看小林说："小林，我说你也真是太不懂事啊。这个时候，你干吗上去凑热闹呢？"

小林这时才回过神来，挠了挠头。

许明峰走过来，来到李明丽身边，看了看她说："明丽，谢谢你。真的，谢谢你这么长时间为我所做的一切。"

"明峰，你别这么说。"李明丽听到这里，心里更加不是滋味，微微低下了头。她不想让许明峰看到自己流泪，看到自己伤心。

这时许明峰凑过来，紧紧将她拥入怀中："明丽，虽然我不能和你成为夫妻。可是你是我生命里非常重要的人。"

"明峰，你……你……"李明丽就那么愣愣地站着，任凭许明峰紧搂着。这时候，她的脑袋里一片空白。

许明峰继续说："明丽，从今以后，我会当你是我的亲人。"

许明峰说完，才和李明丽分开了。

李明丽这时候忽然释然了，深吸了一口气，缓缓说："明峰，你说得对。不管到什么时候，我们都是彼此的亲人。"

沈玉坤看到这里，心里万分高兴，看样子这是要皆大欢喜了。他赶紧走上前来，看了看他们说："明峰，你别说了。看你这一身脏兮兮的，难道还要和我们大家都拥抱一遍，将我们都弄得脏兮兮的吗？"

"师兄，她们俩都拥抱过了，现在该你了。"许明峰嘿嘿一笑，这就凑了上来。

沈玉坤见状，赶紧闪躲开："赶紧去洗洗吧，不然我们真以为你是流浪汉了。"

许明峰爽朗地笑了，转身就走。

李明丽下意识地想去帮忙。可是被沈玉坤给拦住了。他微微摇摇头，然后看了看赵岚说："岚岚，你还傻愣着干什么呢？赶紧去给明峰帮忙啊，我看他的衣服都粘身上了。"

"哦，我知道了。"赵岚这才回过神来，赶紧去了。

李明丽看了看沈玉坤，微微一笑说："玉坤，刚才谢谢你拦住了我。"

"明丽，不用和我客气。其实我还是挺高兴的，你现在终于走出来了。"沈玉坤笑着说道。

李明丽长叹了一口气，有些怅然："你说得没错，我终于走出来了。"

"其实，明丽，你也该好好想想自己的生活了。"沈玉坤试图劝李明丽，可是，他也不知道这话究竟该如何说。

李明丽嘀咕了一句："是的，我该好好想想自己的生活了。"说着，她缓缓转过身，走到了一边。

大约一个小时后，许明峰在赵岚的陪伴下走了出来。

此时他已经焕然一新，整个人完全恢复了往日的神采。

许明峰看了看众人，说："既然大家都到齐了，那咱们现在就开个会吧。"

众人点了点头，倒是一边的李明丽还在发呆呢。

直到沈玉坤叫了她几声，她方才回过神来。

她有些魂不守舍，迅速走了过来，看了看许明峰说："明峰，你……你要开什么会呢？"

许明峰说:"今天这个会,我主要是布置一下任务。明丽,眼下工业园区的工作基本完成了。剩下的一些日常管理,我也不想插手。所以这些事情,就由你们公司全权负责。"

李明丽点点头,看了看他说:"行,这不是问题。"

许明峰继续说:"这几天,我一直都在想一个问题,我们作坊在管理模式上,是有些过时了。说实话,咱们这作坊,其实也是一个企业了。这段时间,我一直在研究国外的那些百年企业。比如日本的很多企业,都有几百年的历史。他们为什么一直到现在还非常成功,整体发展得非常好。最重要的一点就是他们能顺应时代,对企业的内部进行了改革。所以我也想对我们作坊进行这样的改革,形成一种公司化的商业管理模式,这样可以让作坊更好地适应时代的发展。"

"明峰,你这么做,不是和我当初的想法完全相同了吗?"沈玉坤闻言,有些诧异地看着许明峰。

许明峰说:"不,师兄,咱们这是两回事。作坊进行公司化管理,是为了更好地在这个时代生存、运营。但我们作坊生产的珐琅器,还是要坚持传统的手工艺,这一点是绝对不能改变的。因为这也是咱们最核心的竞争力。"

赵岚似乎想到了什么,说:"明峰,现在很多大企业都有自己的企业文化。那你觉得,我们作坊的企业文化应该是什么?"

"这还不简单,肯定就是精致的工匠文化了。"这时,小林插嘴道。

说完后,见大家都注视着他。他有些慌了神,下意识地捂着嘴,不安地说:"那个,我……我是不是说错了什么?"

许明峰冲他一笑,摇摇头说:"傻小子,没人说你说错了什么。相反,你刚才说得非常有道理。没错,这就是我们要提倡的企业文化。"

小林听到这里,不由得笑了起来。

许明峰看了看李明丽,说:"明丽,这些具体的改革措施,我们要交给你来做。毕竟你是最在行的。"

"好,好的,明峰,你放心,这不是问题。"李明丽看了看他,忙说道。

沈玉坤看了看许明峰,连忙问道:"明峰,那我做什么呢?"

第六十六章　大结局

"怎么，玉坤哥，你是不是等不及了？"赵岚冲他笑了一下，调侃了一句。

沈玉坤挠了挠头，笑了笑说："岚岚，说实话，来这里这么久了，我其实都没做什么。说是来帮明峰的，可是，我什么都没帮上。所以，这心里一直很不舒服啊。"

"怎么没帮上呢，师兄，你其实已经帮了我们很多了。"许明峰看了看他，笑着说，"师兄，这段时间我这里出了这么多的事情。我知道都是你在帮忙照应。所以，我一直都心怀感激。"

"明峰，你说这个话就太见外了。本来，咱们就是一家人嘛，干吗说这种见外的话呢？"闻言，沈玉坤连忙说道。

许明峰微微点点头，目光落在了小林身上："小林，这一段时间，你也辛苦了。但是，接下来还需要你再辛苦一些。"

"许把式，我不辛苦，您有什么需要我做的，就尽管吩咐吧！"小林看了看许明峰，连忙说道。

许明峰点了点头，略一沉思，说："这样，小林，咱们铜赵记现在正进行网络销售的相关工作。你这个年轻人，接受的新鲜事物非常多，思维也比较活跃，比我们强很多。因而我要将这些工作交给你来做。到时候，你做好和明丽他们公司的对接工作就行。"

"这……这……"小林听着，不由得皱了一下眉头，有些迟疑地说，"许把式，我……我担心我胜任不了这种工作啊。"

李明丽冲他一笑，说："小林，你都跟明峰这么久了，我可是看着你成长的。我觉得吧，你早就可以出师了。"

"对，明丽说得非常对。"许明峰看了一眼李明丽，微微点点头，"就这么定了。"

沈玉坤看着许明峰："明峰，你怎么都给他们安排工作，却不给我安排呢？"

"玉坤哥，你着什么急呢。我看，明峰接下来就要给我们安排相关的工作了。"这时赵岚看了看他，说道。

许明峰笑着说："对，师兄，我要安排的，可是非常重要的工作。"

"什么，你尽管说。"沈玉坤非常兴奋，忙不迭地叫道。

许明峰说："相信你们都知道眼下北京市正组织世界手工艺大赛中国区的选拔活动。眼下，你、岚岚，还有我，咱们三人要打造一件珐琅器去参加这个比赛。而且我想好了，我们就以龙鳞光工艺入题。"

"我？"沈玉坤有些错愕，"明峰，我……我的手工艺能力，和你不能比。我……我能帮得上什么忙啊？"

许明峰笑了笑，淡淡地说："师兄，你能帮的忙可大了，只不过你没意识到而已。咱们三人中，你锻造的铜胎最好，而岚岚做的掐丝工艺一流。眼下，我们只有通力合作，才能取得成功。"

听许明峰这么一说，沈玉坤感激不已："明峰，谢谢你对我的信任，你放心，我绝对不会让你失望的。"

三人的手紧紧放在了一起。

他们知道，在这一刻，三人的心又在一起了。而他们也知道，如果赵兴成看到这一幕，也会非常高兴的。

在接下来的日子里，三兄妹几乎天天泡在工作间里，为制作新的工艺品而忙碌着。李明丽每次过来的时候，也总能看到三个忙碌的身影。当然，有时候能听到他们的说笑，有时候能听到争吵。

这让李明丽非常羡慕。在她看来，也许，这才是真正的生活吧。

这一晚，李明丽得知许明峰仍旧一个人在工作间里忙碌。她也没多想，就去外面买了一些夜宵送来。

刚走到工作间门口，就从虚掩的门里看到一幕让她心里非常不舒服的画面。

只见许明峰坐在那里，赵岚端着一碗面在旁边，她喂他吃着，两人有说有笑。

李明丽愣住了，傻傻地看着，许久都没回过神来。

尽管，她早就知道和许明峰之间不可能有什么了，可是看到这情景，心里还是很不舒服。

她默默地将手里的夜宵放在台阶上，转身朝外面走去。

此时，外面忽然下起了雨。

而且那雨下得越来越大。

第六十六章　大结局　/　413

李明丽对此浑然不觉。她有些茫然地在路上走着，任凭雨水浇在自己的身上。

就在这时，她忽然感觉头顶上没雨了，转头一看是沈玉坤撑着一把伞站在旁边。

李明丽有些意外："玉坤，你……你怎么来了？"

"明丽，我其实一直都关注着你呢。只不过你没注意到而已。"沈玉坤笑了笑。

"是……是吗？"李明丽听到这话，再看着沈玉坤带着微笑的脸，忽然间感觉心头涌起一股暖流。

沈玉坤愣了几秒钟，随后就反应过来，然后紧紧搂住了她。

这天，三人在工作间里正忙活着，许明峰忍不住问道："师兄，你和明丽是不是在谈恋爱？"

"没……没有，明峰，你说什么呢？"沈玉坤闻言，脸上闪过一丝慌乱。

"哎哟，你还不承认，我们都看到了。"这时，赵岚也凑了过来，手搭着他的肩膀，笑眯眯地说，"玉坤哥，快说，你打算什么时候让李小姐成为我的正牌嫂子呢。"

"我们……我们还正谈着呢。"沈玉坤脸一红，赶紧岔开话题，"那个，明峰，咱们还是说说这龙鳞光工艺吧。这个工艺，你看什么时候能够……"

"师兄，这个是我眼下正犯愁的事情。我现在还是没头绪。我总觉得，在釉质的煅烧上，似乎少了一个重要的环节。但是我就是找不出来。"

赵岚看了看他，紧锁着眉头说："明峰，其实有个事情，我一直想跟你说，却不知道当不当说。"

"岚岚，有什么事情你说吧。"许明峰冲她一笑，说，"咱们之间，还有什么好藏着掖着的吗？"

赵岚闻言，微微点点头说："是这样的，咱们现在所研究的龙鳞光工艺，其实是我们铜赵记独有的一门工艺。我寻思，如果你所说的那个缺失的环节，会不会也要从我们铜赵记现有的这些工艺中寻找呢？"

"现有的工艺？"许明峰愣了一下，疑惑地看着她说，"岚岚，可是现有的工艺，我几乎都尝试遍了，依然不行啊！"

"不，明峰，有一个工艺，你还没尝试过呢。"赵岚缓缓说道。

"还有一个？"许明峰摸了摸头，一瞬间没转过弯来。

沈玉坤似乎想到了什么，说："对，岚岚说的，应该是烫蓝工艺吧！"

赵岚点点头，冲沈玉坤投来一个赞许的眼神："玉坤哥，你真聪明啊。这个烫蓝工艺是我们铜赵记独有的工艺。而且只有把式才懂。当年，我爸本来要传给你的。可是因为那场事故，后来又发生了那么多的事情，一切就都不了了之了。"

"是啊，我还没尝试过烫蓝工艺呢？"许明峰闻言，恍然大悟。

"我会这门工艺。咱们在网聊的时候，我很多次都想将这些资料发给你。但是，因为这个工艺的资料太重要，我担心会泄密。"赵岚皱着眉头，说道。

"没关系，岚岚，咱们现在就赶紧试试吧。"许明峰有些迫不及待。

"好。"赵岚应了一声。当下，她就要说出烫蓝工艺的具体工序。

沈玉坤见状，连忙起身："你们谈，我还是出去吧。"

"师兄，你出去干什么呢。正好你在，我们也好有个商量。"许明峰看了他一眼，连忙说道。

"不，明峰，这烫蓝工艺只有你们把式才能知道。我不是把式，不能在旁边听。"沈玉坤看了他一眼，说道。

"这有什么了，玉坤哥，你就别走了。"赵岚不以为然地说道，"我不也不是把式吗？"

"那不一样，你们可是一家人啊。"沈玉坤正色道，"再说，规矩就是规矩，我们都不能破坏。好了，你们谈吧，我不打扰了。"说着就急匆匆地出去了。

"好了，明峰，你别叫了。你还没看出来啊，玉坤哥压根心都不在这里，人家想着和李小姐约会呢。"许明峰刚想叫沈玉坤，被赵岚给拦住了。

这时，许明峰恍然大悟了，也不再多说什么。

事实上，还真让赵岚说对了。沈玉坤从里面出来，立刻就去联系李明丽了。

正巧李明丽刚刚开完会，接到沈玉坤的电话后，两人约在了工业园区里的一个餐厅见面。

吃了饭后，他们在园区里闲逛。如今这工业园区已经正式营业了。每天游客如织，热闹非凡。

当然，带来的经济效益也是很可观的。

沈玉坤走在她的旁边，看着她滔滔不绝地讲着将来工业园区的宏图伟略，心里美滋滋的。他仿佛也看到自己和李明丽的美好未来。

两个人闲逛了一个多小时，沈玉坤忽然接到了许明峰的电话，说是珐琅器烧制成功了。

挂了电话，他和李明丽迅速赶往作坊。

此时，作坊里热闹非凡。不少人围着一件六十多厘米高的花瓶看着。

阳光下，花瓶格外地耀眼。当然，最引人注目的，不是那花瓶精美的造型，而是花瓶上釉色所折射出的瑰丽无比、五彩斑斓的龙鳞一般的光芒。

有不少工匠激动得几乎要流泪了，毕竟，对他们而言，这种失传的龙鳞光工艺，也只是传说而已，他们未曾得见。而今，他们终于在有生之年见到，可以死而无憾了。

沈玉坤和李明丽跑过来，看到这花瓶，自然也是震惊无比。

沈玉坤几步走到许明峰和赵岚身边，看了看他们，失声叫道："真的成功了吗？"

"成功了，师兄，我们成功了。"许明峰抑制不住内心的欢喜，看着他，用力地点了点头。

"明峰，我不是做梦吧，咱们……咱们真的成功了。"沈玉坤这时眼眸里溢满了泪水。

"玉坤哥，我们真的成功了。"这时，赵岚上前来，紧紧地搂着沈玉坤，抽泣着说，"我们使用了烫蓝工艺，终于成功了。"

这时候，要说感悟最深的，当属许明峰了。他知道，龙鳞光工艺之所以能研制成功，不仅仅使用到了最关键的烫蓝，还有硬透明珐琅这个重要的工艺。而这个工艺，也是他当初从姚玉兰身上学来的。往事一幕幕，而今只会让人无限感慨。

他们四个人一同将这个花瓶送去参赛。

其实，许明峰他们本来只是抱着试试看的心态。他们根本没想到，这个花瓶一经展出，就引起了轰动。很多新闻媒体，纷纷以"遗失几世纪的古老工艺重现人间"为主题予以报道。

不出意外，这个花瓶将代表中国的手工艺去参加世界手工艺大赛。

这个花瓶引起了轰动，国外媒体也纷纷报道。

连许明峰都没想到，这个花瓶居然征服了那么多的评委，顺利摘取了世界工艺品大赛的最高奖项。

此时，许明峰的心情非常紧张。站在后台，他惶惶不安。

因为接下来他要登上世界手工艺品大赛的领奖台，当着来自世界各地的手工艺人，发表获奖感言。

赵岚似乎看出了他的紧张，拍了拍他的肩膀说："明峰，你别紧张。这样，你就当前面的人是我爸，还有梁把式他们这些人。"

被赵岚这么一说，许明峰还真是放松了不少。

他看了看赵岚："好，我懂了。"说着，随即就上去了。

登上舞台，看着下面黑压压的人群，许明峰深吸了一口气。他闭着眼睛，沉默了几秒钟，然后缓缓睁开双眼。这时，他似乎看到坐在台下的，是铜赵记的历任把式，是老北京各大作坊的把式们。

许明峰随即开始了自己的演讲，当然，他讲的主要还是景泰蓝的历史、渊源等。

最后，主持人看了他一眼，问道："许先生，能谈一谈您的成功秘诀吗？"

许明峰淡然一笑，说："谈不上什么秘诀。对我们手工艺人而言，最大的成功秘诀，就是不管面对多少艰难困苦，都要守住底线，一定要坚守传统，充满使命感。"

此时，台下响起了热烈的掌声。

一天下午，许明峰坐在椅子上，一边喝茶，一边赏玩一个珐琅器镯子。这时，一个男人带着一个十一二岁的小男孩走了过来，看了看许明峰，恭敬地说："许把式，孩子我给您带来了，以后就托付给您了。"

许明峰的目光落在那孩子的身上，他仿佛看到了昔日的自己。他脸上浮起一抹浅笑，冲那看起来怯生生的孩子说道："来，孩子。"

几天后的一个清晨，许明峰带着那个孩子站在赵兴成的坟前。他伫立了许久，缓缓说："师父，我没有让您失望，我完成了您的遗愿，让我们京铜记传承下去了。"

（完）